Heinrich Mann

Die Göttinnen oder Die drei Romane der Herzogin von Assy

Diana – Minerva – Venus

Mit einem Nachwort von
Birgit Vanderbeke

S. Fischer

Die Erstausgabe erschien 1902
Alle Rechte liegen beim S. Fischer Verlag GmbH,
Frankfurt am Main
© 2002 S. Fischer Verlag GmbH, Frankfurt am Main
Druck und Bindung: Clausen & Bosse, Leck
Printed in Germany
ISBN 3-10-047819-3

Inhalt

Diana 7
Minerva 281
Venus 547

Editorische Notiz 803
Nachwort 805

Diana

Diana

Che son fatti dei gorghi d'ogni abisso,
Degli astri d'ogni ciel!...
Ada Negri

Einleitung in das erste Kapitel von *Diana*
(vermutlich gedacht als Vorspruch
für einen Vorabdruck oder eine Lesung)
in der Handschrift Heinrich Manns

I

Im Juli des Jahres 1876 war die europäische Presse voll von den Reizen und den Taten der Herzogin Violante von Assy. Sie hieß »ein hocharistokratisches Rasseweib mit pikanten Launen im schönen Köpfchen, deren politische Abenteuer die Geschichte verzeichne, ohne sie ernst zu nehmen«.

Es wäre unbillig gewesen, sie ernst zu nehmen, da sie erfolglos verlaufen waren. Ehemals als eine der stolzesten Erscheinungen der internationalen hohen Gesellschaft bekannt, war die Herzogin neuerdings auf den Gedanken verfallen, im Königreiche Dalmatien, ihrem Heimatlande, eine Revolution anzuzetteln. Die Schlußszene dieses romantischen Komplotts, die mißlungene Verhaftung der Herzogin und ihre Flucht, ging durch alle Blätter.

Um Mitternacht, die Stunde der Verschwörer, ist im Palais Assy, an der Piazza della Colonna zu Zara, eine glänzende Gesellschaft versammelt. Das Entscheidende soll geschehen; alle der kühnen Frau Ergebenen treten ihr in letzter Stunde unter die Augen; Würdenträger, die Sitz und Stimme im Rat der neuen Königin erhoffen, zwanzigjährige Leutnants, die um einen Blick aus ihren Augen ihre Laufbahn und ihr Leben wagen. Der Marchese di San Bacco ist herbeigeeilt, der alte Garibaldiner, ohne den in keinem der fünf Weltteile konspiriert werden kann. Auch fehlt nicht das Faktotum der Herzogin, der Baron Christian Rustschuk, mehrfach getauft und obendrein mit dem Freiherrntitel geschmückt.

Sie selbst verzieht noch, alle suchen sie mit den Augen.

Man tritt von der Tür in zwei Reihen zurück, die erregten Flüstergespräche schweigen. Da erscheint sie, ein Hochruf will losbrechen. Aber sie steht im – Hemd und lächelt. Man drängt, murmelt, reißt die Augen auf. Die Verwegensten, Unbedingtesten der Getreuen wollen alles übersehen: aber es ist ein Nachthemd, – bis über die Füße wallend und mit Point d'Angleterre reich behangen, aber doch ein Nachthemd.

Plötzlich sinkt es. Ein Herr wehrt erschrocken mit der Hand ab, mehrere Damen kreischen leise. Es gleitet über die Büste zurück: ein Augenblick hoher Spannung, die Herzogin steht in Balltoilette und lächelt. Sie tritt über das Hemd weg, das jemand fortträgt, sie beginnt zu sprechen, es ist nichts geschehen.

Ein Brief wird ihr gebracht. Sie liest ihn und wirft ihn, mit dem Fuß stampfend, den Nächsten zu. Ihr Intimer, der temperamentvolle Volkstribun Pavic oder Pavese schreibt ihr, es sei alles verloren und schleunige Flucht geboten. Er erwarte sie am Hafen.

Sie zieht sich zurück. Ein Offizier, den Helm auf dem Kopf, betritt den Saal: »Im Namen des Königs.« Er sieht sich um, er wird mit Fragen umringt, er weist den Haftbefehl vor. Gegenüber steckt die Herzogin, im Nachthemd, den Kopf zur Tür herein. Der Oberst erschrickt und salutiert. »Ich bin nicht wohl«, sagt sie, »ich habe mich zurückgezogen. Wollen Sie mir erlauben, mich anzukleiden? Eine halbe Stunde?« Gleich darauf drängen aus allen Gemächern die Gäste ins Treppenhaus. Eine Dame in gelber Atlasrobe, den Spitzenschleier übers Gesicht gezogen, bricht draußen in Lachen aus. Ein Haufe von Herren umsteht sie eng bei jedem ihrer Schritte. Sie wird in einen Wagen gehoben. Wie die Pferde schon anziehen, winkt sie aus dem Fenster dem keuchenden Rustschuk zu. »Adieu, Hausjud!« – und fährt im Galopp davon.

Schloß Assy, wo sie groß ward, stand einen Büchsenschuß vor der Küste im Meer, auf zwei durch einen schmalen Kanal getrennten Scoglien. Aus diesen Riffen schien es erwachsen, grau und zackig wie sie. Kein Vorbeifahrender sah, wo Fels und Mauerwerk sich schieden. Aber an den düster gehäuften Steinmassen entlang schwebte etwas Weißes: eine kleine weiße Gestalt schmiegte sich an den vordersten der vier eckigen Türme. Sie bewegte sich über einer Galerie spitzer Klippen, zierlich und sicher auf dem schmalen Steg zwischen der Mauer und dem Abgrund. Die Schiffer kannten sie, und auch das Kind erkannte jeden in der Weite, an seiner Tracht, am Anstrich und Segelwerk seiner Barke. Der Mann im Turban, der über seinen schwarzen Bart strich, während er sich fernher verneigte, sie erwartete ihn seit acht Tagen: er kam jeden dritten Monat daher, sein Boot tanzte, es trug nur Schwämme. Jener mit Faltenhose und roter Zipfelmütze hatte ein gelbes Segel mit drei Flicken. Aber der dort zog, wie er näher trieb, den braunen Mantel bis über den Kopfbund hinaus: er hielt das Weiße da oben für die Morra, die Hexe, die an den Scoglien in Höhlen wohnte und Schuhe aus Menschenadern trug. Der Teufel flog, anzusehen wie ein Schmetterling, aus ihr heraus und fraß Herzen aus Brüsten. Durch die Vertraulichkeit einer Kammerfrau hatte Violante von dieser Sage erfahren; sie lächelte erstaunt, sooft ein unverständliches Wesen ihr begegnete, das daran glaubte. Und indes der Scirocco mit Toben die Wogen bis zu ihrem verwitterten, durchnäßten Bollwerk hinauf und ihr vor die Füße peitschte, träumte das Kind in unsicheren Bildern voller Fragen von den fernen fremden Schicksalen der Schatten, die hinter einem Schleier von Gischt, still und zögernd, an ihr vorüberglitten.

Zuweilen überraschte ihren einsamen Kindersinn eine Herrinnenlaune: sie befahl ihr Gesinde in den Wappensaal. Er ruhte, ungeheuer lang, mit zertretenen Fliesen und brauner Balkendecke, die sich senkte, über der Tiefe zwischen den beiden Felsriffen, die das Schloß trugen. Unter den Füßen fühlte man das Meer sich wälzen; das Meer schien, stahlgrau in schwüler Nebelsonne, an drei Seiten zu neun Fenstern herein. Auf der vierten Seite sanken die gewirkten Stoffe von der Mauer, die Türen knarrten im Zugwind, über ihren Simsen hingen schief und geborsten die Wappenschilde: ein weißer Greif vor einem halboffenen Tor, in schwarz-blauem Felde. Jemand räusperte sich, dann verstummten alle. Vor dem spitz bedachten Kamin stand der Schloßvogt, ein Buckliger, der mit großen Schlüsseln klapperte und den wichtigsten, den Schlüssel zum Brunnen, auch im Schlaf nicht losließ. Drüben ängstigte ein winziger Gänsejunge sich vor dem starren Holzbild des Herrn Guy von Assy, vor dem braunen Rot hoch oben auf seinen entfleischten Wangen und vor dem eisernen Blick unter seinem schwarzen Helm. Wie ein weißer Turm reckte sich in der Mitte der riesige Koch. Die Schaffnerin mit Flügelhaube und Spitzbauch lugte hinter ihm heraus, und links und rechts entwickelte sich die bunt geordnete Reihe der Zofen, Lakaien, Küchenmägde und Viehdirnen, der Knechte, Wäscherinnen und Gondolieri. Violante raffte ihr langes Seidenkleidchen zusammen, die Schnur kleiner Türkise klimperte in der Stille auf ihren schwarzen Locken; und sie ging mit anmutigen festen Schritten über den wankenden Boden, an wackelnden Weiblein und geblähten Tressendienern vorbei, die ehrerbietige und groteske Flucht des Hofstaates entlang, der nur für sie arbeitete und nur vor ihr zitterte. Sie tippte dem Koch mit dem Fächer auf den Wanst und belobte ihn für seine mit Marzipan gefüllten Pfirsiche. Sie fragte einen Lakaien, was er eigentlich tue, sie sehe ihn nie. Zu einem

Mädchen sagte sie gnädig: »Du bist eine gute Dienerin«, – ohne daß jene wußte warum.

Das Meer ward still; dann ließ sie sich nach dem Festlande übersetzen. Ein Stück Pinienwald, unter dem Schutze des Schlosses stehengeblieben, führte zu bebuschten Hügeln; sie umschlossen einen kleinen See. Platanen und Pappeln krönten ihn spärlich, seltene Weiden neigten sich hinein, doch wanderte das Kind wie im dichten Walde unter den Sträuchern, unter Wacholder mit großen Beeren und Erdbeerbäumen voll hellroter klebriger Früchte. Von einer leeren Wiese fielen fette gelbe Widerscheine auf den stillen Spiegel. In der feuchten Tiefe erstarb das Himmelsblau. Dicht beim Ufer türmten sich im grünen Wasser große grüne Steine, und Silberfische schwammen umher in diesen schweigsamen Palästen. Über einen steinernen Brückenbogen ging es zu einer schmalen Insel, darauf erhob sich das weiße Gartenhaus, im Schmuck seiner Rosetten und flachen Pilaster von buntem Marmor. Drinnen barsten die schlanken Säulchen, die rosigen Muscheln füllte Staub, die Trumeaus erblindeten unter ihren Kränzen aus Porzellan.

Ein lautes Krachen kam aus der Ecke, wo die Bergère von Rosenholz stand. Das Kind erschrak nicht, es lehnte an Sommermittagen den Kopf ins Kissen und erwiderte das Lächeln zweier heiterer Bildnisse. Die Dame hatte eine milchweiße Haut, verblichen violette Bänder lagen in der weichen Senkung zwischen Schulter und Brust und im graublonden Haar, eine schwarze Fliege hatte sich schelmisch in den Winkel ihres blassen Mündchens gesetzt. Ihr koketter, zärtlicher Hals wendete sich nach dem seidenen rosigen Kavalier, der jene Dame hier so liebgehabt haben sollte. Er war gepudert, auf der geschürzten Lippe saß ihm ein dunkles Bärtchen. Violante wußte viel von ihm: es war Pierluigi von Assy. In Turin, Warschau, Wien und Neapel hatte er Allianzen ertändelt und Höfe entzweit. Die Königin von Polen war ihm hold, er brachte ihretwegen fünf Schlachtizen um und ward halbtot gestochen. Wo er vorbeikam, da klingelte Gold in hellen Haufen. War es zu Ende, so verstand er neues zu machen. Sein Leben war voll von Flitter, Intrigen, Duellen und verliebten Frauen. Er diente der Republik Venedig; sie ernannte ihn zu ihrem Proveditor für Dalmatien, und er regierte das Land wie die glückliche Cythere: unter Rosengewinden, mit erhobenem Kelchglas, und den Arm um jene milchweiße Schulter. Er starb unter Scherzen, höflich, nachsichtig mit den Sünden der andern und zur Reue über die eigenen nicht geneigt.

Auch Sonsone von Assy stand in Diensten der Republik, als ihr General. Für eine kunstreich gegossene Kanone mit zwei Löwen darauf verkaufte er die Stadt Bergamo dem König von Frankreich. Dann eroberte er sie zurück, weil er auch den Gießer haben wollte, der drinnen saß. Aber die Erstürmung kostete ihn zu viele von seinen teuer bezahlten, reich und schön gerüsteten Soldaten; im Zorn ließ er die Kanone einschmelzen und den Künstler aufhängen. Eine goldene Pallas Athene stand auf seinem Helm, aus seinem Brustpanzer sprang gräßlich schreiend ein Medusenhaupt. Sein Leben war erfüllt von purpurnen Zelten auf verbrannten Feldern, den Fackelzügen nackter Knaben, und Marmorbildern, besprengt mit Blut. Er starb stehend, eine Kugel in der Seite, und auf den Lippen einen horazischen Vers.

Guy und Gautier von Assy verließen die Normandie, sie zogen aus zur Eroberung des Heiligen Grabes. Durch ihr Leben wälzten sich Massen zerstückelter Leiber, verzerrter Häupter in Turbanen, bleicher Frauen mit flehend emporgehaltenen Säuglingen, in weißen Städten, die schaudernd hinabblickten auf blutgerötete Meere. Ihre Seele atmete in lichten Wolken, ihre eisernen Füße traten auf menschliche Gedärme. Sie sahen brünstige Sultaninnen sich winden und dachten an ein keusches Kind mit fest geschlossenem Munde, das zu Hause wartete. Auf dem Heimwege, prunkend mit den Fürstentiteln von Fabelreichen, und ohne einen Heller, und mit ausgezehrten Gliedern, erfuhren sie, daß es dasselbe Kind war, an das sie beide dachten. Darum erschlug Guy seinen Bruder Gautier. Er baute auf den Riffen im Meer sein Schloß und starb als Pirat, angesichts einer Übermacht krummer Säbel, die ihn nicht erreichten; denn sein Schiff brannte.

Aus dem tiefsten Dunkel der Zeiten schien geisterweiß bis in die Träumerei der kleinen Violante hinein eine Halbgottmaske: das steinerne Antlitz ihres ersten Ahnen, jenes Björn Jernside, der von Norden kam. Kräftige Tränke, die seine Mutter ihm eingab, machten aus ihm einen Bären mit eiserner Seite, der in Frankreich den Seinigen Land nahm und an Spaniens und Italiens Küsten den Christen und den Muselmännern das Andenken einbrannte an heidnische Riesen voll Tücke und mit schicksalsschweren Händen. Er ankerte im Ligurischen Meer vor einer Stadt, die ihm stark schien. Deshalb schickte er Boten hinein an Graf und Bischof: er sei ihr Freund, er wolle sich taufen lassen und im Dom begraben werden, denn er liege todkrank. Die dummen Christen tauften ihn. Der Trauerzug der Seinigen trug den Toten zur Kathedrale. Da sprang er aus dem Sarge, aus den Mänteln flogen Schwerter, es begann ein fröhliches Gemetzel unter den entsetzten Christenlämmern. Aber als Björn der Herr war, sagte man ihm zu seinem Schmerz, daß es nicht Rom sei, das er unterworfen habe. Er hatte Rom erobern und sich krönen lassen wollen zum Herrscher aller Welt. Nun zerstörte seine enttäuschte Sehnsucht die arme Stadt Luna so furchtbar, wie er Rom zerstört haben würde, wenn er es gefunden hätte. Er suchte es lange. Und er starb, niemand wußte wie und wo: unter zufälligen Rächerhieben, während einer Kirchenschändung oder beim Plündern eines Hühnerhofs, vielleicht im Straßengraben, und vielleicht entrückt und unsichtbar emporgehoben zu den Asen, den heiligen Vätern der Assy.

So wie diese fünf waren alle Assy über die Erde geschritten. Sie alle waren Menschen der Entzweiung, der Schwärmerei, des Raubes und der heißen, plötzlichen Liebe. Ihre festen Burgen standen in Frankreich, in Italien, auf Sizilien und in Dalmatien. Überall empfanden die Schwachen, das weiche und feige Volk, ihre lachende Grausamkeit und ihre harte, fremde Verachtung. Unter ihresgleichen bewährten sie sich opfermütig, ehrfürchtig, zartsinnig und dankbar. Sie waren unbedenkliche Abenteurer wie der Libertin Pierluigi, stolz und dürstend nach Größe gleich Simson dem Condottiere, blutbefleckte Halluzinierte wie Guy und Gautier die Kreuzfahrer, und wie der Heide Björn Jernside so frei und unverwundbar.

Dem Heere von Männern und Frauen, die in tausend Jahren den Namen Assy getragen hatten, folgten nur noch drei Nachzügler, der Herzog und sein jüngerer Bruder, der Graf, mit einem Töchterchen, Violante. Das Kind wußte von seinem Vater nichts weiter, als daß er irgendwo in der Welt lebe. Der arme Graf war ein Verschwender, er vergeudete die Reste seines Vermögens ganz ohne Rücksicht auf die Zukunft des jungen Mädchens. Er ließ sie an seiner Verschwendung teilnehmen, er ließ das einsame Kind im schrankenlosen Luxus eines fürstlichen Haushaltes aufwachsen: das beschwichtigte sein Gewissen. Übrigens baute er auf den Familiensinn des unverheirateten Herzogs.

Violante sah den Vater nur einmal im Jahr. Ihre Mutter hatte sie nie gekannt, doch brachte er immer eine Mama mit, jedesmal eine andere. Im Laufe der Zeit zogen blonde und braune Mamas an dem Kinde vorüber, magere und sehr dicke; Mamas, die sie zwei Sekunden lang durch ein Lorgnon betrachteten und weitergingen, und andere Mamas, die anfangs beinahe schüchtern schienen und am Ende ihres Aufenthaltes fast zu Spielgefährtinnen geworden waren.

Das Kind gewöhnte sich, den Mamas mit leisem Spott zu begegnen. Warum führte der Papa sie her? Sie überlegte:

›Zur Schwester möchte ich keine von ihnen.

Aber auch nicht als Kammerfrau‹, setzte sie hinzu.

Mit dreizehn Jahren erkundigte sie sich: »Papa, warum bringst du immer nur *eine* mit?«

Der Graf lachte; er fragte: »Weißt du noch, die bunten Scheiben?«

Die Mama des vorigen Sommers hatte die Sucht gehabt, überall farbige Gläser einsetzen zu lassen. Sie mußte das Meer rosig sehen und den Himmel gelb.

»Es war eine gute Person«, sagte Violante.

Plötzlich reckte sie sich stocksteif, tat ein paar vor Vornehmheit behinderte Schritte und führte mit lächerlich gespreizten Fingern das Spitzentuch an den Mund.

»Das war vor drei Jahren. Die Feine, weißt du.«

Graf Assy krümmte sich. Er machte sich, zusammen mit seinem Kinde, über die Mamas lustig, doch immer nur über die der vergangenen Jahre, niemals über die gegenwärtige. Er versäumte nie, nachzuforschen, ob die Kleine mit ihren Dienern zufrieden sei.

»Das Schlimmste«, so betonte er, »wäre, wenn einer es an Ehrerbietung gegen dich fehlen ließe. Ich würde ihn schwer bestrafen.«

Er zog ernsthaft die Brauen empor.

»Nötigenfalls würde ich ihm den Kopf abschlagen lassen.«

Es war seine Absicht, dem Kinde eine möglichst hohe Achtung vor der eigenen Person beizubringen, und es gelang ihm. Violante verachtete nicht einmal; es kam ihr niemals der Gedanke, daß außer ihr etwas Nennenswertes vorhanden sein könne. Welchem Lande gehörte sie an? Welchem Volke? Welchem Stande? Wo war ihre Familie? Wo ihre Liebe und wo ein mitschlagendes Herz? Auf keine dieser Fragen hätte sie eine Antwort gewußt. Ihre natürliche Überzeugung war, daß sie einzig, dem Rest der Menschheit unzugänglich, und unfähig sich ihm zu nähern sei. Draußen sollten die Türken gehaust haben. Auch gab es keine Assy mehr. Es lohnte sich nicht der Mühe, hinauszulugen zwischen den Gitterstäben des verschlossenen Gartens, worin sie weilte. In ihrem Kinderhirn herrschte eine verständige Resignation. Allem Geheimnisvollen, allem, was sich versteckte, brachte sie eine gleichmütige Ironie entgegen: den Mamas von unbekannter Herkunft und Daseinsberechtigung, und auch demjenigen, den ihre Gouvernante den lieben Gott nannte. Die Gouvernante war eine flüchtige Deutsche, die lieber mit einem schönen Lakaien aus dem Hause lief, als daß sie lässig von biblischen Geschichten erzählte. Violante suchte den alten Franzosen auf, der in einem Turmzimmer unter Büchern saß. Er trug die Haube des Alten von Ferney, einen bunten Schlafrock voll von Schnupftabak, und machte den Essai sur les Mœurs zur Grundlage von Violantes Weltanschauung.

»Die christliche Religion ist zweifellos göttlich, da trotz allen Unsinns, den sie enthält, so viele an sie geglaubt haben«, so lautete die Apologie des Christentums durch Monsieur Henry. Über wichtige Fragen, wie die Auferstehung, äußerte er sich nur indirekt, mit boshafter Hinterhältigkeit.

»Der Heilige Geist«, sagte er, »läßt sich, um überflüssige Worte zu sparen, zuweilen herbei, die Vorurteile des Volkes gutzuheißen. Der Heiland selbst bemerkt, daß das

Korn in der Erde verwesen muß, damit es reif werden kann, und Sankt Paulus schreibt an die Korinther: ›Ihr Unverständigen, wißt ihr nicht, daß das Korn sterben muß, um wieder lebendig zu werden?‹ Heute weiß man wohl, daß das Korn in der Erde weder verwest noch stirbt, um darauf wieder aufzustehen; wenn es verwesen würde, stände es sicher nicht wieder auf...«

Nach diesen Worten machte Monsieur Henry eine Pause, kniff die Lippen zusammen und sah seine Schülerin scharf an.

»Aber damals«, so setzte er mit sachlicher Ruhe hinzu, »befand man sich in diesem Irrtum.«

In solchen Gesprächen bildeten sich Violantes religiöse Meinungen.

»Das Land ist von den Türken verwüstet?« fragte sie.

»Das sagt das Volk. Man findet diese irrige Meinung in sogenannten Volksliedern ausgesprochen, einfältigen Machwerken ganz ohne Kunst... Wollen Sie wissen, wer es verwüstet hat? Dummheit, Aberglaube und Trägheit, die geistigen Türken und unerbittlichen Feinde des menschlichen Fortschritts.«

»Aber als Pierluigi von Assy Provediter für Dalmatien war, da haben die Dinge sicher anders gestanden. Und die Republik Venedig, die ist nun auch verschwunden? Wer hat sie vernichtet?«

Der alte Franzose wies mit dem Finger auf seine Brust.

»Wir.«

»Ah!«

Sie wandte ihm die Schulter zu.

»Da haben Sie etwas sehr Überflüssiges getan... Waren Sie übrigens selbst dabei, Monsieur Henry?«

»Vor achtundsechzig Jahren. Ich war damals ein fester Kerl.«

»Das glaube ich Ihnen nicht.«

»Sie sollen es auch nicht glauben. Von allem, was man Ihnen sagt, sollen Sie höchstens die Hälfte glauben, und die nur bis auf weiteres.«

Violantes Auffassung des Weltlaufs ergänzte sich mit Hilfe dieser Lehren.

Alle Kenntnisse wurden, kaum daß sie ihr vorgelegt waren, schon wieder in Frage gestellt. Sie fand es ganz natürlich, an keine Tatsachen zu glauben; sie glaubte nur an Träume. Wenn sie an den blauen Tagen nach ihrem Garten übersetzte, so fuhr die Sonne mit ihr, als ein goldener Reiter. Er saß auf einem Delphin, der trug ihn von einer Welle zur andern. Und er landete mit ihr, und sie spielte mit ihrem Freunde. Sie haschten sich. Er erkletterte einen Maulbeerbaum oder eine Fichte; seine Tritte hinterließen lauter gelbe Spuren. Dann ward aus ihm ein Hirte, er hieß Daphnis. Sie selber war Chloe. Sie wand einen Kranz von Veilchen und krönte ihn damit. Er war nackt. Er spielte Flöte um die Wette mit den Pinien, die der Wind erklingen ließ. Sie sang, süßer schallend als die Nachtigall. Sie badeten zusammen in dem Bach, der die Wiese hinabrann, zwischen Säumen von Narzissen und Margeriten. Sie küßten die Blumen, wie die Bienen es taten, die summten im warmen Grase. Sie sahen auf dem Hügel die Lämmer springen, und sprangen ebenso. Beide waren sie berauscht vom Frühling, Violante und ihr heller Gefährte.

Schließlich nahm er Abschied. Seine Fußtapfen lagen nur noch als flüchtiges Gold in den Wegen; gleich zerrann es. Sie rief noch: »Auf Morgen!« Von Pierluigis Pavillon her antwortete es, mit verhallendem Lachen: »Auf Morgen!«... Nun war er fort. Sie streckte sich, müde und stillen Sinnes, unter dem Hange in den Ginster und schaute hinab auf ihren See. Eine Libelle mit breitem behaartem Rücken stand bläulich vor ihr in der Luft. Die gelben Blüten verneigten sich. Sie wandte sich um; auf einem Stein saß eine Eidechse und sah sie mit spitzen Äuglein an. Das Kind legte den Kopf auf die Arme, und lange belauschten sie einander in Freundschaft, die letzte, zerbrechliche Tochter sagenhafter Riesenkönige und der urweltlichen Ungeheuer schwache kleine Verwandte.

II

An einem Sommertage ihres fünfzehnten Jahres sprang sie einmal, noch verschlafen, ans Fenster von Pierluigis Lusthäuschen. Sie hatte im Traum ein scheußliches Kreischen gehört, wie von einem großen, häßlichen Vogel. Der Lärm entsetzte sie noch im Wachen. Da lag im See, in ihrem armen See, ein riesiges Weibsbild. Ihre Brüste schwammen auf dem Wasser als ungeheure Fettberge, sie reckte Beine wie Säulen in die Luft, peitschte Schaum mit wuchtigen Armen und schrie dazu aus weit und schwarz nach oben gerichtetem Munde. Am Ufer trieb geknicktes Schilf, die grünen Paläste, in denen die Fische wohnten, waren zertrümmert; ihre Bewohner huschten angstvoll umher, die Libellen waren entflohen. Das Weib hatte Verwüstung und Schrecken bis in die getrübte Tiefe getragen.

Violante rief mit Tränen in der Stimme:

»Wer hat Ihnen denn erlaubt, meinen See zu beschmutzen! Wie sind Sie widerwärtig!«

Am Ufer lachte jemand, sie bemerkte ihren Vater.

»Fahr nur fort«, sagte er, »sie versteht kein Französisch.«

»Wie sind Sie widerwärtig!«

»Italienisch und Deutsch versteht die Mama auch nicht.«

»Es ist gewiß eine Wilde.«

»Sei artig und begrüße deinen Vater.«

Das junge Mädchen gehorchte.

»Die Mama wünschte zu baden«, erklärte Graf Assy, »sie ist ungemein sauberkeitsliebend, es ist eine Holländerin. Ich komme nämlich aus Holland, meine Liebe, und wenn du deinen Vater gut behandelst, nimmt er dich einmal mit dorthin.«

Sie widersetzte sich entrüstet: »In ein Land, wo es solche... solche... Damen gibt? Niemals!«

»Bestimmt?«

Er nahm freundschaftlich ihren Arm. Die Holländerin war ans Ufer gestiegen, sie hatte sich notdürftig bekleidet und kam herbei, schnaufend, mit wogendem Busen und zärtlicher Miene.

»O das süße Kind!« rief sie. »Darf ich sie küssen?«

Violante ahnte, was jene vorhatte. Ein jäher Ekel beraubte sie des Atems; sie riß sich los, mit wahrer Kinderangst rannte sie und rannte. »Was hat die Kleine?« fragte ganz erschrocken die Fremde. »Schämt sie sich?«

Violante schämte sich nicht. Das Erscheinen eines nackten Frauenzimmers an der Seite ihres Vaters berührte gar nicht ihre Würde. Aber die Plumpheit, die unschöne Masse dieses Weibskörpers empörte ihre Mädchennerven zu einem Stolz, den zu bezwingen ein ganzes Leben sich verschwören mochte: es hätte sich umsonst verschworen.

»Wie darf sie es wagen, sich mir zu zeigen!« stöhnte sie, eingeschlossen in ihrem Zimmer. Sie verließ es erst nach Graf Assys Abreise, und den See mied sie; er war entweiht und für sie verloren. Sie versuchte in Gedanken einem Schmetterlinge zu folgen auf seinem Fluge über die leise Fläche und das Himmelsblau hinabtauchen zu sehen in die gläserne Tiefe –, da plumpste etwas Grobes, Rötlichweißes hinein: zerpeitscht war die gespiegelte Bläue und der Falter entflattert.

Sie grämte sich in tiefer Stille und blieb standhaft, ein halbes Jahr lang. Dann beruhigte sie sich; die lieben Plätze ihres Kinderlebens gingen nur noch durch ihre Träume. Eines Nachts stand Pierluigi von Assy mit seiner Geliebten vor ihrem Bett. Die Dame verzog schelmisch den Mund, die schwarze Fliege hüpfte in eine weiße Grube. Er bat Violante mit zierlicher Verbeugung, mit ihnen zu kommen. Sie erwachte; neben dem weißen Mondlicht lagen blaue Schatten, im Nebenzimmer stand das Bett der Gouvernante leer. Lächelnd schlief sie wieder ein.

Am nächsten Tage trat ein Herr in ihr Zimmer.

»Papa?«

Sie war fast erschrocken, sie hatte ihn erst in Monaten erwartet.

»Es ist nicht Ihr Papa, liebe Violante, es ist Ihr Onkel.«

»Und der Papa?«

»Dem Papa ist leider ein Unglück zugestoßen – oh, ein leichtes.«

Sie sah nur erwartungsvoll aus, nicht ängstlich.

»Er schickt mich zu Ihnen. Er hat mich schon längst gebeten, mich Ihrer anzunehmen, falls er einmal nicht mehr dazu imstande sein sollte.«

»Nicht mehr imstande?« wiederholte sie traurig, ohne Erregung.

»Ist er –«

»Abberufen.«

»Tot.«

Sie senkte den Kopf, sie dachte an das letzte unerfreuliche Zusammentreffen. Sie bekundete keinen Schmerz.

Der Herzog küßte ihr die Hand, er sprach zu ihr und betrachtete sie dabei. Sie war schlank, feingliedrig und voll Spannkraft, mit den schweren, schwarzen Haaren des Südens, in dem ihr Geschlecht gewachsen war, und Augen blaugrau wie das nordische Meer ihres Ahnherrn. Der alte Kenner überlegte: ›Sie ist eine Assy. Sie hat noch etwas von der kalten Kraft, die wir hatten, und Siziliens entnervtes Feuer, das wir auch hatten.‹

Er war trotz seines hohen Alters noch ein sehr achtbarer Reiter, verbarg es aber, sooft er mit dem ungeschulten jungen Mädchen ausritt, nach Kräften. Sie jagten den Strand entlang hintereinander her, auf dem harten Sande und im Wasser. Muscheln und Fetzen von Seesternen spritzten von den Hufen.

»Ich bin ein recht ausgelassener Kamerad«, seufzte der Herzog für sich. »Aber es heißt die Hundekapriolen mitmachen. Stolzer Tritt, Passagieren oder Redopp würde die Kleine nötigen, zu mir und meiner Kunst emporzublicken. Und gegen das Emporblicken hat sie, glaube ich, von Hause aus eine Abneigung.«

Nur als einmal ihr Hut ins Meer wehte, und Violante kommandierte: »Hinein!« – Da widersetzte er sich.

»Ein Schnupfen... in meinen Jahren...«

Sie sprengte hinein, sie saß auf dem Rücken des schwimmenden Pferdes zusammengekrümmt wie ein Äffchen. Bei der Rückkehr zeigte sie ihre nasse Schleppe vor.

»Das ist alles. Warum haben denn Sie das nicht fertiggebracht?«

»Weil ich Ihnen bei weitem nicht gewachsen bin, liebe Kleine.«

Sie lachte glücklich.

Er ließ die Zeit verstreichen, bis es ihm schien, daß das Leben zu zweien ihr zur Gewohnheit geworden sei. Da sagte er: »Wissen Sie, daß ich fünf Wochen hier bin? Ich muß einmal wieder nach meinen Freunden sehen.«

»Wo denn?«

»In Paris, in Wien, überall.«

»Ah!«

»Bedauern Sie's, Violante?«

»Nun –«

»Sie können ja mitkommen, wenn Sie Lust haben.«

»Habe ich Lust?« fragte sie sich.

»Wenn der See noch wäre wie früher, hätte ich gar keinen Grund, fortzugehen; aber so...«

Sie dachte an Pierluigis nächtlichen Besuch, seine einladende Verbeugung und das liebliche Lächeln der Dame.

»Muß ich euch nun ganz verlassen?« meinte sie im stillen, tiefernst geworden.

»Als meine Frau?« setzte der Herzog ruhig hinzu.

»Als Ihre... Warum denn?«

»Weil es das einfachste ist.«

»Nun, dann...«

Unvermittelt fing sie zu lachen an. Die Werbung war genehmigt.

Den Winter des Trauerjahres verbrachten sie in Cannes, streng zurückgezogen in eine Villa, die, hinter Lorbeermauern und dichten Rosenhecken hervorscheinend, in dem Vorübergehenden Ahnungen erregte von versunkenen Innigkeiten. Die Herzogin langweilte sich und schrieb Briefe an Monsieur Henry.

Sie reisten im Sommer durch Deutschland und trafen Ende September in Biarritz des Herzogs Pariser Freunde. Bei ihrer Ankunft in Paris stand Violante bereits in einem engen Verhältnis zur Fürstin Urussow und zur Gräfin Pourtalès. Pauline Metternich, der sie eine kleine Schwester ward, vermittelte ihre Bekanntschaft mit Wien. Es war das Jahr 1867. Für einige aus dieser Gesellschaft ging eine gerade Lustallee von Paris nach Wien. Was links und rechts dazwischenlag, waren Dörfer, gerade gut genug, um die Pferde zu wechseln. Denn man verschmähte eine volkstümliche Beförderungsart; der Graf d'Osmond und die Herzogin von Assy mit ihrem Gemahl trafen in zwei Viererzügen aus Paris ein und fuhren ins Hotel Erzherzog Karl. Violante folgte einer Einladung der Gräfin Clam-Gallas in ihre Hofburg-Loge; sie bestieg in Paris ihren Wagen, um durch das Wiener Fernrohr der Astronomin Therese Herberstein zu sehen.

Die Leichtigkeit ihres Wesens, die Abwesenheit gemeiner Eitelkeiten in ihrem ungesuchten Hochmut erregten Begeisterung; sie entzückten vor allem den Herzog. Er war sechsundsechzig, und seit sechs Jahren betrachtete er, seiner Gesundheit zuliebe, die Frauen nur noch als glänzende und verwickelte Dekorationsstücke. Nun sah er, näher als andere, dem schönen, freien Geschöpfe zu, dem in einem Dunstkreis von Begierden, dunklen Nachträgereien, ängstlichen Gespinsten und geheimen Lüsten alles klar und lichtvoll blieb, das nirgends Tiefen und Nöte ahnte. Es beglückte ihn eigenartig, wie sie durch das überanstrengte Gewühl der legitimierten Glücksritter und der in schwierigen Genüssen Altgewordenen mit harmlosen, sicheren Kinderschritten dahinging. Sie aufzuwecken erschien der welken Feinheit des Greises wie ein törichtes Verbrechen. Übrigens sagte er sich, daß er ein Narr wäre, sie in Freuden einzuführen, deren Fortsetzung sie notwendig bei andern suchen müßte.

Er führte sie nicht ein. Man erzählte ihr, daß die Marquise de Châtigny von ihrem Mann keine Kinder zu erwarten habe.

»Woher weiß man das?« fragte Violante.
»Von Mademoiselle Zozie.«
»Ah, der von der Oper?«
»Ja.«

Sie wollte weiterfragen, woher denn Mademoiselle Zozie das wissen könne, doch fühlte sie, daß diese Frage nicht zu denen gehöre, die man äußern dürfe.

Die schlanke Gräfin d'Aulnaie erschien eines Abends auf der österreichischen Botschaft mit einem ungeheuren Bauch; es handelte sich um einen vereinzelten Versuch, die Mode der andern Umstände, wie sie in den fünfziger Jahren bestanden hatte, wieder einzuführen. Die Herzogin belustigte sich sehr; dann folgten einige nachdenkliche Tage, nach deren Verlauf sie dem Herzog erklärte, daß sie sich Mutter glaube. Er schien heiter überrascht und ließ den Doktor Barbasson rufen. Der Arzt untersuchte sie mit der zarten Hand, die aus Klientinnen Geliebte machte. Sie blickte gespannt auf: er hatte sein Lächeln rechtzeitig unterdrückt und erklärte, daß hier nichts zu fürchten und nichts zu hoffen sei.

Sie ritt im Prater und im Bois mit immer neuen Anbetern spazieren, und ohne von den Endzwecken der Anbetung etwas zu wissen, erhielt sie, mit der Geschicklichkeit einer Nachwandlerin, alle in Atem. Der Conte Paul Papini bekam ihretwegen eine Kugel vom Baron Leopold Tauna, und er lag noch im Sterben, als Raffael Rigaud sich vor ihrem eben vollendeten Bildnis erschoß. Das waren ihr unverständliche Dummheiten, und sie sprach es aus, mit einer Miene so ruhig und ohne Mitleid, daß abgehärteten Roués ein Schauer über den Rücken lief. Man fing an, sie zu fürchten. Sie aber empfand das lebhafteste Vergnügen über eine noch nicht gekostete Art von Gefrorenem oder über den Schnee, der, dichter als sie ihn je gesehen hatte, auf dem Pelzkragen ihres Kutschers liegenblieb. Und eine größere Teilnahme als allen ihren Liebhabern brachte sie dem Lord Eppom entgegen, jenem alten Herrn, der das ganze Jahr hindurch eine weiße Hose und eine rote Nelke trug. Er fuhr im schäbigsten Einspänner bei ihr vor, und es erheiterte sie bis zu Tränen, wie er den argwöhnischen Widerstand ihrer Dienerschaft zu überwinden hatte, ehe er bis zu ihr vordringen und ihr sein kostbares Cadeau zu Füßen legen konnte. Sie besuchte ihn und betrat sein Schlafzimmer: er schlief in seinem Sarge. Er überreichte ihr galant einen seiner im voraus gedruckten Partenzettel und spielte ihr zu Ehren auf einem Leierkasten seinen selbst verfertigten Trauermarsch.

Sie begann Moden zu machen. Ein Bacchantinnenkostüm, im Januar 1870 auf dem Opernball getragen, krönte ihre Berühmtheit. Die fliegenden Tandkrämer verkauften ihre Karikatur, die Boulevards entlang leuchtete in den Schaufenstern auf großen Photographien die Büste der Herzogin von Assy. Bei einem Feste in den Tuilerien ruhte auf ihr mit einer langen, schwer scheidenden Sehnsucht das glanzlose Auge des Kaisers.

Der Krieg mit Deutschland brachte sie zum Stillstehen inmitten eines Tanzes, dessen Musik jäh abbrach. Den von Melodien gewiegten Kopf noch wollüstig im Nacken, fühlten die Tänzerinnen von ihren Lippen das Lächeln gleiten und ein Zittern um sie her von fernem Donner.

Der Herzog brach sofort mit ihr auf. Am Morgen nach ihrer Ankunft in Wien lag er tot im Bett. Sie reiste weiter, von der Leiche begleitet, und sie begrub sie in der Assyschen Gruft zu Zara, auf jenem feierlichen Friedhofe, dem entgegen mit düsterm Pomp der Zug der Zypressen schreitet. Dann verschloß sie sich in ihrem Palais. Die Gesellschaft der dalmatinischen Hauptstadt rückte vor ihrer Tür an, doch beobachtete die Herzogin ein strenges Trauerjahr.

Sie fühlte sich aufgerüttelt, und mehr verwundert als erschreckt durch die Ereignisse. Zum erstenmal hatte sie die beunruhigende Empfindung von etwas Unbekanntem, nicht ganz leicht zu Nehmendem, das irgendwo auf sie wartete. Sie meinte die verflossenen Jahre dort hingebracht zu haben, wo das Leben am stärksten pulse; nun war es ihr, als hätten Ballmusik und leeres Lachen alles übertönt, was des Gehörtwerdens wert war. Und in der plötzlich eingetretenen Stille begann sie zu lauschen.

»Nun bin ich *allein*. Was ist es nun, was gibt es zu verstehen?«

An der Piazza della Colonna in Zara gab es offenbar nichts zu verstehen. Sie begann wieder, sich zu langweilen, woran sie seit Cannes nicht mehr gewöhnt war, und sah gleich andern Frauen hinter den geschlossenen Läden auf das eingeschlafene besonnte Pflaster hinunter. Zuweilen kamen Leute vom Hof vorbei, Gesichter, die sie bei ihrem raschen Besuche mit dem Herzog gesehen zu haben meinte. Der König saß im Wagen mit Beate Schnaken; die Herzogin lachte, ganz allein in ihren leeren Sälen, über die spaßhaften Geschichten, die man in allen Residenzen weitererzählte.

Die Dalmatiner wurden durch die Eifersucht der einheimischen Geschlechter daran gehindert, einen Fürsten in ihrer Mitte zu suchen. Die Mächte, der unter den früheren Verwaltungen nie beendeten Rassen- und Bürgerkriege müde, lenkten die Wahl des dalmatischen Volkes auf Nikolaus, einen noch verfügbaren Koburger. Um ihm die Krone anzutragen, drang man bis in ein verstecktes Jagdhäuschen, wo er mit Treibern und Hunden in einer Küche lebte. Er war ein anspruchsloser Rauschebart, der mit Pelzmantel, Kappe und kurzer Pfeife durch die Wälder ging wie der Weihnachtsmann. Die Übersiedlung als Herrscher in ein fernes Reich, von dessen Lage er keine sichere Kenntnis besaß, ward dem Alten nicht leicht; doch entsann er sich seiner Fürstenpflicht. Der Bundeskanzler sollte ihm beim Abschied gesagt haben: »Reisen Sie mit Gott, und sehen Sie zu, daß wir von Ihrem Lande nichts mehr hören.«

Nikolaus sah zu. Er regierte still und bescheiden. Und wenn sich im Laufe der Jahre niemals herausstellte, ob er klug, gewalttätig, verschlagen oder edelmütig sei, so wurde eines sehr bald klar: er war ehrwürdig. Seine Völker, die sich gegenseitig Verarmung und gänzliche Ausrottung wünschten, waren darin einig, auf ihren greisen König mit gerührter Liebe zu blicken. Nikolaus war ein Muster als Familienvater. Eine tiefe, unzweifelhafte Ehrbarkeit hüllte alle, die ihm nahe standen, wie in einen Mantel ein, unter dessen Falten ihre Gebrechen verschwanden. Niemand entrüstete sich über den Thronfolger, den jungen Philipp, der, seit im Wiener Theresianum seine Erziehung beendigt war, einem hanswurstmäßigen Vergnügungstrieb lebte; und die schöne Freundin des Königs empfing überall wohlwollende Anerkennung.

Beate Schnaken war eine kleine Schauspielerin, die, von Wien nach Zara verschlagen, niemand fand, der gern ihre Schulden bezahlt hätte. In ihrer Not schlich sie früh um fünf aus dem Hause, um in der Jesuitenkirche zu beten. Sobald Nikolaus von Koburg die Führung eines katholischen Volkes übernommen hatte, war er voll Frömmigkeit mit seinem ganzen Hause in die römische Kirche zurückgekehrt. Auch in der Ausübung seiner religiösen Pflichten ging er allen seinen Untertanen voran; in kalter Morgendämmerung verrichtete im Tempel der Jesuitenväter der greise Herr seine Andacht. Beaten war dieser Umstand bekannt. Sie faltete die Hände und verhielt sich ganz ruhig. Der König sah im Winkel etwas Schwarzes und achtete nicht weiter darauf. Am Morgen danach bemerkte er, daß aus dem schwarzen Schleier, der über einem Betstuhl lag, ein bleiches Profil in den Weihrauch hineinstarrte. Als ihm am dritten, vierten und fünften Tage immer dasselbe Bild auffiel, konnte der Alte sich einer herzlichen Rührung nicht enthalten, und Beate Schnakens Glück war gemacht.

Außer ihrer Gage empfing sie eine anständige Apanage. Nikolaus besuchte sie jeden Abend. Geheime Agenten lauschten an den Türen, doch selten fiel ein politisches und niemals ein unpassendes Wort. Im Wagen saß Beate immer an der Seite des königlichen Freundes, weiß und rosig, das sich entwickelnde Doppelkinn in den schwarzen Spitzenkragen gedrückt. Graf Bittermann, Nikolaus' Jugendfreund, hatte sie kniefällig gebeten, sich ihm antrauen zu lassen; mit der Gräfin Bittermann *dürfe* der König verkehren. Beate aber wies den treuen Diener der Dynastie Koburg ab; sie glaubte, der von ihm gewünschten Ehrenrettung gar nicht zu bedürfen. In der Tat verlangte sie niemand von ihr. Die Königin sogar hatte Beate ins Herz geschlossen; man erzählte in dieser Beziehung rührende Züge.

Beate fand sich in ihre zarte Stellung mit der größten Gewandtheit, ohne jeden Rückfall in frühere Lebensphasen. Hier und da nahm sie kurzen Urlaub zu einem Stelldichein in Nizza mit einem Wiener Pferdejuden, oder um jenseits der Schwarzen Berge einen Kollegen von der Hofbühne zu treffen. Dann kam sie zurück, vernünftig, schlicht, mit stiller Würde; innerhalb der Landesgrenzen geschah nie das geringste.

Die Herzogin unterrichtete sich manchmal sogar aus den Zeitungen über die Taten und Gebärden dieser Herrschaften. Wer ihr in Paris, vor fünf Monaten gesagt hätte, daß sie, um ihre Stunden hinzubringen, zu solchen Mitteln greifen werde!

Prinz Phili ritt eines Tages über den Platz. Sie stand leicht und lässig auf dem monumentalen Balkon ihres ersten Stockwerks und sah an den langen Säulen hinab, an deren Fuß zwei Greifen das Portal bewachten. Links saß ein eleganter Kavalier, rechts ein Hüne in Uniform, in der Mitte aber ein Männchen von schlechter Haltung, das fahrige Blicke umherwarf und unablässig mit kleinen bleichen Händen in den dünnen schwarzen Haaren grub, die auf seinen Wangen keimten. Die Herzogin wollte sich zurückziehen; Phili hatte sie schon erblickt. Er schleuderte die Arme in die Luft, in seinem Gesicht leuchtete es rosig auf. Er wollte anhalten. Sein eleganter Begleiter blieb gefällig stehen, doch der riesige Krieger riß rauh am Zügel des Prinzen. Phili zog den Kopf tief zwischen die Schultern zurück und folgte ohne Klage. Seine bemitleidenswerte Rückenlinie verschwand um die Ecke.

Es war im Dezember. Sie setzte einmal über die Hafenbucht. Die helle, feine Stadt, geformt mit der Anmut Italiens, blieb zurück; gegenüber lag unter dem schweren Sturmhimmel nichts als eine graue Steinwüste mit zerbröckelnden Hütten. Der Anblick, der sie kränkte, stachelte etwas in ihr auf, ein Bedürfnis zu wagen, zu handeln und die Kräfte zu messen: sie ließ sich die Ruder reichen, sie tauchte sie tapfer in die lärmenden Wellen, die das Boot herumrissen. Sie sah sich machtlos und kämpfte aus Trotz. Da bemerkte sie am Strande einige Männer mit aufgesperrten Mündern und wild umhergeworfenen Armen. Sie schienen zornig; ein Alter mit gesträubtem weißen Bart drohte ihr mit den Fäusten und sprang dabei von einem Bein auf das andere.

»Was haben die Leute?« fragte sie ihren Gondolier.

Der Mann schwieg. Der Jäger erklärte zögernd: »Es ist ihnen nicht recht, daß die Frau Herzogin rudern will.«

»Ah!«

Was konnte ihnen das machen? Es mußte eine kleine Eigenheit des Volkes sein, diese seltsame Eifersucht. Sie erinnerte sich jener unverständlichen Menschen, von denen sie als Kind für eine Hexe gehalten wurde. Das Volk besaß lauter Marotten. Es sang in sogenannten Volksliedern von Türkenkriegen, die niemals stattgefunden hatten.

Sie hatte die Ruder weggelegt, das Boot war ans Land geschleudert. Sie stieg aus. Der Alte kreischte noch einmal auf und schlich scheu davon. Sie besah sich durchs Lorgnon die jungen Burschen, die ungeschickt stehenblieben.

»Haßt ihr mich denn sehr?« forschte sie wißbegierig.

»Prosper, warum antworten die Leute nicht?«

Der Jäger wiederholte ihnen die Frage in ihrer Sprache. Schließlich sagte eine Stimme, die noch heiser vom Fluchen war: »Wir lieben dich, Mütterchen. Gib uns Geld für Schnaps.«

»Prosper, frage sie, wer der Alte ist.«
»Unser Vater.«
»Trinkt ihr viel Schnaps?«
»Selten. Wenn wir Geld haben.«
»Ich gebe euch welches. Aber die Hälfte gebt ihr eurem Vater.«
»Ja, Mütterchen. Alles, was du befiehlst.«
»Prosper, geben Sie ihnen –«

Sie wollte sagen: zwanzig Franken, überlegte aber, daß das Volk sich tottrinken könnte.

»Fünf Franken.«

»Die Hälfte dem Vater«, wiederholte sie und stieg schnell ins Boot.

›Wenn ich zusehe, werden sie es ihm natürlich geben‹, dachte sie. ›Wie aber, wenn sie unbeobachtet sind?‹

Sie war gespannt, obwohl sie sich sagte, daß es gleichgültig sei, wie eine schmutzige Familie sich um fünf Franken vertrage.

Tags darauf wollte sie den Jäger hinschicken, doch meldete Prosper ihr, der Alte sei gekommen. Sie ließ ihn vor; er küßte ihren Rocksaum.

»Dein Knecht küßt deinen Saum, Mütterchen, du hast ihm einen Franken geschenkt«, sagte er und sah sie lauernd an. Sie lächelte. Ah, er traute den Burschen nicht, und hatte recht. Er hätte ja zwei und einen halben Franken bekommen sollen. Aber daß sie ihm doch *etwas* gegeben hatten!

»Erwartete ich das?«

Sie war belustigt und sagte: »Es ist gut Alter, ich komme morgen wieder an euer Ufer.«

Der folgende Tag war blau. Sie stand zum Ausgehen bereit, als draußen sich Stimmen erhoben. Prinz Phili stolperte an fünf Lakaien vorbei, über die Schwelle.

»Einem Freunde Ihres Gemahls, des seligen Herzogs«,

so rief er aufgeregt, »Frau Herzogin werden doch einem lieben Freund des Herzogs nicht die Tür weisen. Küß die Hand, Frau Herzogin.«

»Königliche Hoheit, ich empfange niemand.«

»Aber einen lieben Freund. Wir hatten uns ja so lieb. Und dann, wie geht es der lieben Fürstin Pauline. Ach ja, Paris. Und die gute Lady Olympia, a so a herzigs Weiberl.«

Die Herzogin lachte. Lady Olympia Ragg war gerade noch einmal so groß und breit wie Prinz Phili.

»Ist sie noch in Paris, die Olympia? Ist gewiß schon wieder in Arabien oder am Nordpol. Eine wirklich liebe, überaus leicht zugängliche Frau. Es hat mich gar keine Mühe gekostet«, sagte er schäkernd. »Aber gar keine. Schauen Sie, jetzt werden Sie schon munterer.«

»Königliche Hoheit, es ist schwer, Ihnen zu widerstehen.«

»Trauern ist schon recht, aber nicht gar so arg. Ich trauere ja auch. Da schaun's.«

Er berührte seinen umflorten Ärmel.

»Der Herzog war doch mein Busenfreund. Das letztemal, als ich ihn sah, wissen Sie, in Paris, ermahnte er mich so rührend zur Vernunft, aber so *rührend*, ich sage Ihnen. ›Phili‹, sagte er, ›Mäßigkeit im Genuß von Wein und Weibern.‹ Er hatte nur zu recht, aber kann ich ihm folgen?«

»Königliche Hoheit können sicher, wenn Sie wollen.«

»Das gehört zu Ihren Vorurteilen. Mit achtzehn Jahren bekam ich von einem Hofmeister Portwein; er stahl ihn mir eigenhändig von der Hoftafel. Heute bin ich zweiundzwanzig und trinke schon nur noch Kognak. Erschrecken bitte nicht, Frau Herzogin, ich verdünne ihn mit Sekt. Ein Wasserglas voll, halb Sekt, halb Kognak. Meinen Sie, daß es schadet?«

»Ich weiß wirklich nicht.«

»Mein Arzt sagt mir, es schadet gar nichts.«

»Dann können Sie's ja tun.«
»Das denken Sie doch auch wirklich?«
»Aber warum trinken Sie? Es gibt für einen Thronfolger doch so viele andere Beschäftigungen.«
»Das gehört zu Ihren Vorurteilen. Ich bin unbefriedigt wie alle Thronfolger. Erinnern Sie sich an Don Carlos. Ich möchte nützlich sein, und man verurteilt mich zur Untätigkeit, ich bin ehrgeizig, und jeder Lorbeer wird mir vor der Nase weggeschnitten.«
Er sprang auf und trollte gebeugt durchs Zimmer. Seine Arme waren immer erhoben wie Flügel, die Hände wippten in der Höhe der Brust, an den Gelenken auf und ab.
»Sie Ärmster«, sagte die Herzogin und blickte auf die Uhr.
»Die Schranzen verdächtigen mich bei dem Könige, meinem Vater, als könne ich die Zeit meiner Thronbesteigung nicht erwarten.«
»Aber Sie können es doch?«
»Mein Gott, ich wünsche dem König langes Leben. Aber ich möchte auch leben, und man will es nicht.«
Er schlich auf den Fußspitzen nahe zu ihr hin und flüsterte mit Anstrengung dicht an ihrem Gesicht: »Wollen Sie wissen, wer es nicht will?«
Sie hustete; ein scharfer Alkoholduft wehte sie an.
»Nun?«
»Die Je-su-iten!«
»Ah!«
»Ich bin ihnen zu aufgeklärt, darum verderben sie mich. Wer ist denn heute fromm? Die Klugen geben vor, es zu sein: ich bin zu stolz dazu. Glauben Sie, Frau Herzogin, etwa an die Auferstehung, oder an die Unbefleckte Empfängnis, oder überhaupt an das ganze Himmelreich? Ich persönlich bin über das alles hinaus.«
»Ich habe mich nie dafür interessiert.«

»Vorurteile habe ich keine mehr, sage ich Ihnen. Die Kirche fürchtet mich, darum verdirbt sie mich.«

»Bitte, wie macht sie das?«

»Sie fördert meine Laster. Sie besticht meine Umgebung, daß man mir zu trinken gibt. Wenn ich irgendwo einem schönen Weibe begegne, so haben die Schwarzen mir's in den Weg gestellt. Ich bin nicht einmal sicher, Frau Herzogin, ob nicht Sie... Sie selbst... Sie sind vielleicht doch fromm?«

Er schielte sie von der Seite an. Sie begriff nicht.

»Warum standen Sie neulich auf dem Balkon, gerade als ich vorbeiritt?«

»Ach, Sie glauben?«

Er zögerte, dann stimmte er in ihr Lachen ein. Er rückte auf seinem Sessel zutraulich näher.

»Ich fürchtete nur, weil Sie gar so schön sind. Phili, hab ich zu mir gesagt, da ist eine Falle. Schau daß du weiterkommst. Aber Sie sehen, ich bin nicht weitergekommen: da sitze ich.«

Er kam noch näher, seine wippenden Händchen streiften schon die Spitzen vor ihrer Brust. Sie erhob sich.

»Gelt, ich darf da sitzen bleiben?« lallte er, erregt und unsicher.

»Aber mir erlauben Königliche Hoheit, daß ich ausgehe?«

»Aber wozu denn! Gehn's, Frau Herzogin, sein's gemütlich.«

Er trollte ihr nach, von einem Stuhl zum andern, demütig und ausdauernd.

»Aber das alte Empire-Gerümpel müssen Sie hinaustun und was Molliges da hereingeben, daß man lieb plauschen kann und sich auswärmen. Dann komm ich alle Tage zu Ihnen. Sie glauben nicht, wie ich zu Hause kalt hab bei meiner Frau. Muß man mir auch eine Frau aus Schweden holen, die zu predigen anfängt, sobald sie meiner gewahr wird. Quelle scie, Madame! Ein Sägefisch aus Schweden: das ist ein selbsterfundenes Wortspiel. Und ein französisches auch noch! Ach Paris!«

Er redete langsamer, ängstlich horchend. Der Vorhang öffnete sich, der elegante Begleiter des Prinzen erschien auf der Schwelle. Er verneigte sich tief vor der Herzogin und vor Phili, und sprach: »Königliche Hoheit erlaube mir zu erinnern, daß Seine Majestät Euere Königliche Hoheit um elf Uhr zum Frühstück erwarten.«

Er verneigte sich abermals. Phili murmelte: »Gleich, mein lieber Percossini.« Die Tür ging zu.

Der Prinz wurde plötzlich beweglich.

»Haben Sie ihn wohl gesehen, den Schuft. Das war der Baron Percossini, so ein Italiener. Der Schuft, er wird ja gezahlt von den Je-su-iten. Er hat gewartet, bis ich hier bei Ihnen recht warm geworden bin. Jetzt holt er mich fort, gerade im schönsten Moment, wo ich anfange zu hoffen. Ich soll närrisch werden, die Jesuiten zahlen's. Sagen Sie, liebste Herzogin, darf ich morgen wiederkommen?«

»Unmöglich, Königliche Hoheit.«

»Bitte, bitte.«

Er flehte, tränenerstickt.

»Sie sind zu schön, ich kann doch nicht anders.«

Dann plauderte er wieder.

»Der Major von Hinnerich, mein Adjutant, ah, das ist ganz was anderes. So ein braver Mann! Ein wirklich braver Mann, er hindert mich an jedem Vergnügen. Aber an *jedem*, sag ich Ihnen. Haben Sie neulich gesehen, wie er an meinem Zügel zog? Ein so treuer Diener meines Hauses. Seien Sie lieb, Frau Herzogin, besuchen Sie meine Frau, kommen Sie zu unserm cercle intime. Ich muß Sie doch wiedersehen, ich kann doch nicht anders. Gelt, Sie kommen? Der Prinzessin machen Sie *solche* Freude, sie spricht immerfort von Ihnen. Gelt, Sie kommen?«

Sie machte ungeduldig ein paar Schritte auf die Tür zu.

»Ich komme.«

Der Vorhang rauschte von neuem. Phili legte unvermutet eine gnädige Anmut an den Tag.

»Mein lieber Percossini, ich gehöre Ihnen. Küß die Hand, Frau Herzogin, und auf Wiedersehen beim cercle intime.«

Die Herzogin begab sich zu Fuß nach dem Hafen. Ein reiner Nordwind strich über das violette Meer. Beim Landen fand sie drüben am Strande einen bunten Volkshaufen, der auf sie zu warten schien. Allen voran leuchtete unter dem kraßblauen Himmel der kupferrote, schöne Bart eines feingekleideten, stattlichen Herrn. Der graue Schlapphut war von seinem Anzuge das einzige nicht der Mode entnommene Stück. Er verneigte sich: im selben Augenblick schrien und plärrten Männer, Frauen und Kinder im Chor, wie etwas Eingelerntes: »Das ist Pavic, unser Retter, unser Väterchen, unser Brot und unsere Hoffnung!«

Die Herzogin ließ sich sagen, was es bedeute. Dann betrachtete sie den Herrn; sie hatte von ihm gehört. Er stellte sich vor: »Doktor Pavic.«

»Ich bin gekommen, Hoheit, um Ihnen zu danken. Ihnen *ist* gedankt, denn Sie wissen: ›Was ihr den ärmsten meiner Brüder tut, das tut ihr mir.‹«

Sie verstand ihn nicht, sie dachte: ›Mir? Wem denn? Ich habe ja überhaupt niemandem etwas tun wollen.‹ Da sie nichts erwiderte, setzte er hinzu: »Ich spreche, Hoheit, zu Ihnen im Namen dieses unmündigen Volkes, dessen Menschwerdung ich mein ganzes Leben geweiht habe. Mein ganzes Leben«, wiederholte er mit Hingebung.

Sie erkundigte sich: »Was ist es mit diesen Leuten? Ich möchte etwas über sie wissen.«

»Dies arme Volk, es liebt mich sehr. Sie bemerken, Hoheit, wie dicht es mich umdrängt.«

Sie hatte es bemerkt: das Volk roch übel.

»Ah! Um mich spinnt sich ein gutes Stück Romantik!«

Er breitete die Arme aus, den Kopf im Nacken, daß der schöne, breite Bart keilförmig in die Luft stand. Sie erklärte sich seine Gebärde nicht ganz.

»Wenn Sie wüßten, Hoheit, wie das süß ist: vom Hasse einer Welt umtobt, sich auf einen Wall von Liebe zu stützen.«

Sie erinnerte ihn: »Und das Volk, das Volk?«

»Es ist arm und unmündig, darum liebe ich es, darum schenke ich ihm meine Tage und meine Nächte. Die Umarmungen eines Volkes, Sie mögen mir glauben, Hoheit, sind heißer, sind weicher und beglückender als die einer Geliebten. Ich entreiße mich ihnen manchmal, zu langen, einsamen Fußwanderungen durch mein trauriges Land.«

So schloß er, stiller und getragener.

Er war entschieden von der Darlegung der eigenen Persönlichkeit nicht abzulenken. Sie hatte die Lippen zu einem spöttischen Wort geöffnet, aber sein Organ, dies erstaunliche Organ, das dem Könige und seiner Regierung Furcht einflößte, bezwang ihren Widerspruch. In seiner Stimme schmolz Liebe, die Liebe zu seinem Volk, wie eine köstliche Dragée. Ein Duft, fade und berauschend, entströmte seinen leersten Worten, ein ihr peinlicher Duft; aber er wirkte auf sie.

Einige Schritte landeinwärts äußerte sie: »Sie sind ein Tribun? Man fürchtet Sie sogar?«

»Man fürchtet mich. O ja, ich glaube wohl, daß jene vornehmen Herren mich fürchten, die damals, als ich die schamlosen, verworfenen Sitten des Thronfolgers nach Verdienst öffentlich gebrandmarkt hatte, in mein Haus gedrungen sind.«

»Ach, wie ist das abgelaufen?« fragte sie, begierig auf Geschichten.

Er blieb stehen.

»Sie mußten sich in der nächsten Apotheke die Köpfe verbinden lassen. Die Polizei vermied es ängstlich, sich einzumischen«, sagte er kalt und ging weiter.

Er gab ihr zehn Sekunden zum Nachdenken; dann hielt er wieder an.

»Aber niemand, der ein gutes Gewissen besitzt, braucht mich zu fürchten. Man weiß ja gar nicht, wie weich ich bin, wieviel von meinem Zorn aus einer zu zärtlichen Seele kommt, und wie dankbar und treu ich dem Mächtigen, Frau Herzogin, wäre, der für meine Sache seine Hand erhöbe.«

»Und Ihre Sache?«

»Ist mein Volk«, sagte Pavic und setzte seinen Weg fort.

Sie wanderten über spitze Kiesel. In einem armseligen Acker standen gebückte Gestalten, sie warfen unablässig, mit immer gleichen Bewegungen, Steine auf die Straße hinaus. Der Weg lag voll, und das Feld ward nicht leer. Ein Bauer sagte: »So werfen wir das ganze Jahr. Gott weiß, wo der Teufel all die Steine hernimmt.«

»Das ist auch *mein* Los«, versetzte Pavic sofort. »Jahrein jahraus schleudere ich Ungerechtigkeit und Frevel an meinem Volk aus dem Acker meines Vaterlandes – aber Gott weiß, woher der Teufel immer neue Steine nimmt.«

Die Öffnung einer Lehmhöhle klaffte. Die Herzogin trat, um dem immer nachdrängenden Volke auszuweichen, auf die Schwelle. Ungeheure irdene Krüge ragten in den Ecken, auf dem Boden von hartgestampfter gelber Erde. Durch den schwarzen Raum zog der Geruch von gebratenem Öl. Vor dem schwelenden Feuer eines feuchten Reisigbündels froren drei Männer in braunen Mänteln. Einer sprang auf und kam mit einem tönernen Gefäß auf die Gäste zu. Die Herzogin wich hastig zurück, aber der Tribun ergriff den Weinkelch.

»Das ist der Saft meines Mutterbodens«, sagte er zärtlich, und trank. »Das ist Blut von meinem Blut.«

Er verlangte ein Stück Maisbrot, zerbrach es und teilte mit den Umstehenden. Die Herzogin sah einem großen Seevogel zu, der kreischend durch die Nacht der Höhle flatterte. Eine kleine Natter ringelte sich auf dem Tisch.

»Wahrscheinlich ist mir jetzt alles vorgeführt«, sagte die Herzogin. Sie wandte sich wieder dem Ufer zu.

»Sie wollen zur Stadt, Herr Doktor, und haben kein eigenes Boot? Steigen Sie bitte in meines.«

Er nahm einen Knaben mit hinein, ein kränkliches Wesen mit schwachen Augen, weißen Ringellöckchen und von käsiger Farbe.

»Sie haben einen Knaben bei sich?«

»Es ist mein Kind. Ich habe es sehr lieb.«

Sie dachte: ›Das brauchte nicht gesagt zu werden. Und mitzunehmen brauchte er es auch nicht.‹

Nach einer Pause fragte sie: »Sie werden doch Pavese genannt?«

»Ich habe mich so nennen müssen. Ohne die Sitten und sogar die Namen unserer Feinde anzunehmen, können wir in unserem eigenen Lande nicht gedeihen.«

»Wer, wir?«

»Wir...«

Er errötete. Sie bemerkte, daß er eine eigentümlich zarte Haut und rosige Nüstern hatte.

»Wir Morlaken«, ergänzte er rasch.

›Morlaken?‹ dachte sie. So nannte man also jene Bunten, Schmutzigen dort drüben. Das war also ein Volk. Sie hatte es für eine namenlose Herde gehalten. Sie vergewisserte sich: »Und die Leute am Strande, das waren wohl auch –«

»Morlaken, Hoheit.«

»Warum verstehen sie nicht Italienisch?«

»Weil es nicht ihre Sprache ist.«

»Ihre Sprache?«

»Das Morlakische, Hoheit.«

Also besaßen sie auch eine Sprache. Sie hatte, sooft jene die Münder öffneten, ein ungeregeltes Grunzen zu hören gemeint, aus dem Eingeweihte möglichenfalls allerlei traumdunkle Absichten herausahnten, wie aus den Lebensäußerungen der Tiere. Pavic versetzte: »Wie ich sehe, ist Ihnen, Frau Herzogin, dieses Volk noch unbekannt.«

»Ich habe unter meiner Dienerschaft nie welche gehabt. Ich erinnere mich, mein Vater nannte sie –«

Sie besann sich und schwieg. Er schluckte hinunter. Plötzlich gerade aufgerichtet und eine Hand in der Nähe des Herzens, mit der ganzen Spannung eines vielleicht einzigen Augenblickes begann er zu reden.

»Wir Morlaken sehen zu, wie zwei fremde Räuber sich um unser Land vertragen. Wir sind der Kettenhund, den zwei Wölfe anfallen; und der Bauer schläft.«

»Die beiden Wölfe?«

»Sind die Italiener, unsere alten Bedrücker, und der König Nikolaus mit seinen fremden Schergen. Oh, Hoheit, mißverstehen Sie mich nicht. Es hat der Dynastie Koburg niemals ein treueres Herz geschlagen als hier in dieser slawischen Brust. Als die Mächte den Prinzen Nikolaus von Koburg auf Dalmatiens Thron setzten, da ging ein Aufatmen durch die slawische Welt. Die vielhundertjährige Schmach wird nun doch gesühnt werden, so hieß es von Archangel bis Cattaro: denn von Cattaro bis Archangel und vom Eismeer bis zu der öligen Flut des Südens schlagen die slawischen Herzen im gleichen Takt. Die lateinischen Räuber, die ein heiliges Slawenvolk schänden, man wird ihnen endlich den Stein um den Hals binden und sie im Meer versenken. So jauchzten wir! So jauchzten wir *voreilig*. Denn, Frau Herzogin, wie es war, so ist es geblieben: die Fremden herrschen.«

»Welche Fremden?«

»Die Italiener.«

»Die nennen Sie fremd? Hier ist doch alles italienisch.

In eine Wildnis, an ein ödes Meer haben die Italiener schöne Städte gebaut...«

»Und nun sitzen – Sie sehen, Hoheit, wie wund Ihre Worte mein Herz trafen, daß ich Sie, Frau Herzogin, zu unterbrechen wage – und nun sitzen sie in diesen schönen Städten als Spinnen und trinken das arme Blut des slawischen Landes. In den Städten am Meer wird auf italienisch geschrien, genossen und Theater gespielt. Man führt den Neugierigen, die vorbeifahren, die Komödie einer Wohlhabenheit, einer Gesittung und Zufriedenheit vor, die dieses Land nicht kennt. Dahinter aber, in den langgestreckten, traurigen Gefilden, geht es ernst und stille zu. Dort wird auf slawisch geschwiegen, gehungert und gelitten. Das Reich, Frau Herzogin, ist nicht derer, die genießen, es ist der Leidenden.«

Sie fragte sich: ›Hält er leiden für ein Verdienst?‹

Der Tribun fuhr fort: »Die Barbarei und das Elend in ein Land tragen, wo nur Genügsamkeit und Unschuld waren; in den Leibern der Armen nach Gold graben und um Gold ihre unsterblichen Seelen verkaufen – das nannten unsere einstigen Herren, die Venetianer: kolonisieren. Zum Ersatz für alles, was sie uns nahmen, sandten sie uns ihre Künstler, die bauten uns einige nichtsnutzige Monumente; daran durften die Hungernden sich satt sehen.«

Er sprang auf. Die gespreizte Rechte ausgestreckt nach der weißen Stadt, die vor ihnen sich aus dem Wasser erhob, rief er in den Wind hinein: »Wie ich sie verabscheue, diese ruchlose Schönheit!«

Die Herzogin wendete, leicht angewidert, den Kopf weg. Pavic vermochte sich in dem heftig schwanken Boot nicht lange auf den Beinen zu halten; er taumelte und saß hart nieder. Dann legten sie an. Pavic seufzte tief: »Der König Nikolaus weiß von alledem nichts. Ich achte ihn, er ist fromm, und auch ich war als einfaches Slawenherz immer ein gläubiger Sohn der Kirche. Aber er steckt im

Lügengarn der Italiener. Hätte er sonst einen treuen Untertanen wie mich verfolgt und eingekerkert?«

Ihr Wagen war vorgefahren, sie stand schon am geöffneten Schlage; plötzlich sah sie sich nochmals nach ihm um.

»Sie haben im Kerker gesessen?«

»Hoheit, zwei Jahre lang.«

Die Herzogin erhob das Lorgnon: sie hatte noch niemals einen Staatsverbrecher gesehen. Pavic stand barhäuptig im Schmuck seiner kurzen, braunroten Locken, das Licht flimmerte in seinem rotblonden Bart, er blickte ihr freimütig in die Augen.

»Sie müssen unversöhnlich sein«, versetzte sie endlich.

»Ich wäre es.«

»Gott verhüte es. Aber immer fromm und immer loyal gewesen, und bloß weil ich mein Volk liebe, verfolgt und eingekerkert – Hoheit, das schmerzt«, sagte er innig.

»Schmerzt? Sie müssen doch *wütend* sein!«

»Hoheit, ich vergebe ihnen –«

Er hielt die Rechte mit nach außen gekehrter Handfläche ein Stück seitwärts von der Hüfte weg. Er blickte gen Himmel.

»Denn sie wissen nicht, was sie tun.«

»Erzählen Sie mir gelegentlich mehr, Herr Doktor.«

Sie grüßte ihn aus dem Wagen.

Es war Mittag, in den windgeschützten Straßen brannte die Sonne. Die Herzogin fühlte sich aufgeweicht und eingeschläfert vor lauter auf sie herniedergegangenen Worten, einfangenden, umstrickenden, entkräftenden Worten. Noch in ihren kühlen Sälen umspann sie ein ungesunder Zauber. Alle Gegenstände, die sie anfaßte, waren zu weich, das Schweigen im Hause zu schmeichelnd und zu träumerisch. Ein kleiner Vogel, der sich an ihrem Fenster den Kopf einstieß, hätte ihr fast leid getan, als er schon tot war. Sie brauchte eine Nacht, um wieder gelassen und vernünftig zu werden.

Acht Tage später kam ein verzweifelter Brief vom Prinzen Phili. Von Hinnerich sei zu treu, er lasse ihn keinen Schritt mehr allein gehen. Wenn sie ihm ein Wiedersehen beim cercle intime versage, so verliere er den letzten moralischen Halt. Das werde sie nicht wollen, nur die Jesuiten könnten das wünschen.

Sie gab bei der Prinzessin ihre Karte ab. Darauf erschien bei ihr ein Hofjäger mit der schriftlichen Einladung zu Ihrer Königlichen Hoheit.

Als der Lakai vor ihr die Flügeltür aufriß, warf Phili einen Handarbeitstisch um. Zwei Teetassen gingen in Scherben. Die in dem weiten, kalten Gemach einsam frierenden Personen erhoben sich eifrig, erlöst aus trüber Langeweile. Die Prinzessin zog liebenswürdig einen zweiten Sessel neben den ihrigen, in dessen warmen Tiefen sie mit frostigem Beben ganz verschwand. Sie war lang, beängstigend schmal und mager, und weißlich von Haaren, Haut, Augen und Wesen. Ellenbogen und Knie stachen wie Lanzen durch den Stoff des schlichten, geschlossenen Kleides, die Handgelenke wollten abbrechen in den Spitzenmanschetten.

»Sie haben uns aber lange warten lassen«, äußerte sie.

Sie sprach langsam, leise klagend. Man wußte beim ersten Wort, ihr sei auf keine Weise beizukommen.

»Mit Bedauern, Königliche Hoheit«, entgegnete die Herzogin.

»Dennoch hätte ich meine Zurückgezogenheit noch lange nicht aufgegeben, nur der Wunsch Euerer Königlichen Hoheit konnte mich dazu bewegen.«

»Sie tun es mir zuliebe, Hoheit? Gott lohne es Ihnen. Wie habe ich mich danach gesehnt, mit einem Menschen der großen Welt, mit Ihnen, liebe Herzogin, von da draußen reden zu dürfen – von Paris...«

Dies Wort erregte ein Stöhnen, es pflanzte sich fort durch den Raum. Phili wiederholte dumpf: »Paris.« –

»Paris«, lispelten zwei reichgeputzte Damen, deren kunstvolle Locken, von großen Rosen gekrönt, über porzellanweiße Nacken fielen. Hinter ihnen warfen ihre Männer die blaßbraunen Köpfe zurück, daß die gewichsten Stacheln ihrer dicken schwarzen Schnurrbärte zur Decke starrten. »Paris.« – »Paris«, murmelte Percossini mit angenehmem sehnsuchtstiefen Bariton. Aus einem wenig erhellten Winkel, von Seidenkissen erstickt, drang der matte Seufzer einer dicken, schönen Frau: »Paris.« Und nur von Hinnerich blieb, ohne eine Miene zu verziehen, aufmerksam und pflichtgetreu, neben dem Stuhl stehen, auf dem des Thronfolgers kümmerliche Glieder zappelten.

Die Prinzessin sagte: »Hoheit erlauben, daß ich Sie mit unsern Freunden bekannt mache.«

»Mes dames Paliojoulai und Tintinovitsch.«

Die beiden Damen beschrieben in ihren hinten centaurenmäßig entwickelten Roben weite Komplimente. Ein anmutiges Lächeln wollte die milchige Fettschicht auf ihren Gesichtern in Fluß bringen. Die Herzogin bemerkte, daß Madame Tintinovitsch schön sei mit ihrer feinen Adlernase und den schwarzen Brauen unter den blondgefärbten Locken.

»Prinzessin Fatme«, sagte Friederike von Schweden, »meine liebe Fatme, die Gemahlin Ismael Iben Paschas, des Gesandten Seiner Majestät des Sultans bei unserem Könige.«

»*Eine* Gemahlin«, so verbesserte Phili. »Drücke dich stets genau aus, meine Liebe: *eine* von seinen vier Gemahlinnen.«

Die Herzogin ging freundlich der schönen, dicken Frau entgegen; sie wickelte sich aus ihren Kissen heraus. Ihre knappe, blaue Atlastunika über gelben Spitzen war nicht weit vom Boulevard entstanden; aber das mondvolle, schimmernde Antlitz mit den gemalten Bogen hoch über den kohleumränderten, schmalen Augen und das köstlich gesalbte Haar im bleichen Tau der Perlengehänge entschlüpfte sichtlich einer aus Versehen offengebliebenen Tür des Harems. Starker Patchouligeruch entströmte ihren Gliedern; im Hauch ihres Mundes indessen vermischte sich eine Erinnerung an süßen Tabak mit ganz, ganz leisem Knoblauchduft.

»Herr Tintinovitsch, Herr Paliojoulai«, sagte Philis Gemahlin.

Der eine war vom andern nicht zu unterscheiden. Die Schnurrbärte, die kalten, müden Augen, die blendende Wäsche und die Brillanten, überall angebracht, wo es irgend ging, gehörten ihnen gemeinsam. Sie verneigten sich gleichzeitig. Sie schienen einer Art von Männern anzugehören, die durch vornehme Gewandtheit jeden Salon zieren, und denen man zutraut, daß sie in kritischer Stunde, nach einem Spielverlust, den Frauen die Ohrläppchen abreißen, an denen Juwelen hängen. Die Diamanten, die auf ihren geschmeidigen Körpern blitzten, vielleicht hatten sie sie eigenhändig aus den Schächten Indiens geholt. Ein Blick in ihre harten, eleganten, mit haarscharfen Fältchen übersäten Gesichter ließ eine Menge fremdartiger Geschichten ahnen. Wenn es mit der Dynastie Koburg je bergab ging, so vertauschten die Herren Paliojoulai und Tintinovitsch das dalmatinische Königsschloß möglichenfalls mit den Spielsälen Monacos, immer gleich sicher, als Höflinge und als Croupiers.

Die künftige Königin sagte: »Baron Percossini, Major von Hinnerich.«

Die schlanke, elegante Gestalt des Kammerherrn klappte zusammen. Sein verehrendes Lächeln war weich wie sein gekräuseltes Bärtchen; aber sein Blick schätzte und stahl. Er bot sich mit weißen Zähnen und sanften Händen als stiller Freund an, als bangloser Verehrer und feiner Vermittler in allen Heimlichkeiten. Er hielt alles für möglich und zweifelte an allem, außer am Wert des Geldes.

Von Hinnerich zweifelte an gar nichts, und möglich war für ihn nur das Bestehende. Er war baumgroß und hatte ein rotblondes, ungelenkes Gesicht, nicht ganz frisch rasiert. Er verbeugte sich rasselnd.

»Ja, Frau Herzogin, das ist der Hinnerich, so ein treuer Mensch!« schrie unvermittelt Prinz Phili und sprang von seinem Sitze. Er schlang einen Arm um die Hüfte seines Adjutanten und grinste gebückt und ganz verklärt zu ihm hinauf, wie ein Äffchen am Fuß der deutschen Eiche. Plötzlich besann er sich auf etwas anderes.

»Sie sind ja gesehen worden, Frau Herzogin. Wissen's, das ist aber gar nicht schön von Ihnen, daß Sie mit andern Leuten spazierengehen und nicht mit uns.«

»Königliche Hoheit meinen?« fragte die Herzogin. Friederike erläuterte: »Sogar mit jemand, der solche Ehre vielleicht nicht ganz verdient.«

»Mit einem Staatsverbrecher, Hoheit«, fügte Percossini liebenswürdig hinzu. Prinzessin Fatme meinte mit sehr hoher Flötenstimme: »Einem gefährlichen Kerl, Frau Herzogin.«

Die Damen Paliojoulai und Tintinovitsch kreischten leise. Ihre Gatten bestätigten mit Überzeugung: »Einem höchst gefährlichen Kerl, Hoheit.«

Sie war aufrichtig erstaunt.

»Doktor Pavic? Es war eine zufällige Begegnung. Er scheint ein gutmütiger, ziemlich eitler Mensch zu sein.«

»Ach nein!«

»Riesig naiv für sein Alter«, so ergänzte sie. »Was man eine gläubige Natur nennt, meine ich.«

»Das ist ja –«

Phili lachte kindisch. Der Rest der Gesellschaft sah sich ernst an.

»Frau Herzogin verzeihen, das ist ja gottvoll.«

»Mein Lieber, das ist *nicht* gottvoll«, berichtigte seine Gemahlin. Sie saß lang und weißlich da.

»Dieser Pavic, Hoheit, ist unser gefährlichster Revolutionär. Er verhetzt unser gutes Volk, er will uns vertreiben. Wir sollen im Exil enden oder auf der – der Guillotine.«

Sie sprach säuerlich und jeden Widerspruch ausschließend.

»Wenn Euere Königliche Hoheit davon überzeugt ist...«, sagte die Herzogin.

»Das *ist* so.«

»Dann müßte man einmal mit ihm reden. Übrigens hat er schon im Kerker gesessen, das fand ich famos. Sie könnten ihn ja wieder hineinsetzen.«

»Wenn das heute noch ginge.«

»Auch ist es sicher nicht nötig. Er begeht keine Gewalttaten, er ist fromm.«

»Weil er die Geistlichkeit braucht.«

»So ein Heuchler!« rief Phili. »Er hält's mit die Jesuiten.«

»Königliche Hoheit erlauben«, äußerte Percossini mit zärtlicher Stimme. »Es fragt sich, für wie wichtig man den Herrn hält. Mit etwas Geld wäre er natürlich leicht zu beschwichtigen.«

»Ich bezweifle es«, sagte die Herzogin.

»Geld!« schrie entrüstet Tintinovitsch. »Prügel!«

»Prügel, wollen Sie sagen, Baron«, schrie Paliojoulai.

Ihre Gattinnen fragten in süßen Tönen: »Ihr habt ihn doch schon einmal durchgehauen. Wenn Königliche Hoheit der Meinung ist, so tut ihr's eben nochmals. Nicht wahr, Eugène? Nicht wahr, Maxime?«

»Ah! Sie haben damals die Exekution übernommen«, versetzte die Herzogin. »Sagen Sie bitte, meine Herren, befindet sich bei Doktor Pavic' Wohnung nicht eine Apotheke, wo man Verbandzeug bekommt? Ich frage nur beiläufig.«

Die beiden bewegten fassungslos ihre weißen Augäpfel, sie rissen die Münder auf und zeigten ihre vollständigen Gebisse wie zwei große, braune Nußknacker. Die Herzogin überlegte ungeduldig: ›Wie komme ich dazu, mich wegen des Pavic aufzuregen? Aber die Dummheit all dieser Leute zwingt mich ja, Partei zu ergreifen.‹ Nach einer verlegenen Pause begann die Prinzessin schleppend zu sprechen.

»Nein, ich halte es nicht für möglich, alle Klagen vermittelst Prügel zu beseitigen. Aber beseitigt müssen sie werden. Ich werde sogar schon in allernächster Zeit eine Suppenküche eröffnen lassen. Baron Percossini hat von meinen diesbezüglichen Weisungen Notiz genommen.«

Der Kammerherr verneigte sich.

»Am nächsten Mittwoch beginnen wieder unsere Strickabende bei den Dames du Sacré Cœur. Samstag ist dann an den jungen Mädchen die Reihe. Bitte, sich daran zu erinnern, meine Damen. Das Volk soll Suppen und wollene Westen erhalten, das ist mein fester Wille. Ferner das Geistige. Wir sind jetzt ja allerdings katholisch...«

»Allerdings«, bestätigte schnarrend von Hinnerich.

»Trotzdem, meine ich, könnten wir einen Bibelverein gründen. Sie gehen doch fleißig mit den Sammellisten für die Friederiken-Versöhnungskirche umher, meine Herren Paliojoulai und Tintinovitsch? Vergessen Sie nicht den Baron Rustschuk; diese Juden können geben.«

Die künftigen Croupiers rollten weiße Blicke gen Himmel.

»Und die Feste?« äußerte Prinzessin Fatme, die unvermutet im Lichtkreis der Kerzen erschien.

»Wo bleiben die Wohltätigkeitsfeste, liebste Friederike? Ein Bazar, eine Weihnachtskrippe, nicht wahr, so nennt ihr das? Beate Schnaken verkauft Puppen; die Schnaken kleidet reizend Puppen an. Ich habe eine türkische Konfiserie. Mesdames Paliojoulei und Tintinovitsch...«

»Und ein Ball!« bat Frau Tintinovitsch.

Fatme war schmerzlich berührt.

»O nein, kein Ball!«

Sie watschelte mit kurzen Beinen unbehilflich auf Friederike von Schweden los und fiel ihr plump um den Hals.

»Bitte, du Süße, kein Ball!«

Die Prinzessin tröstete sie.

»Liebste, auch ich halte nichts vom Tanzen. Dagegen werde ich den Polizeidirektor veranlassen, daß er die Wirtshäuser um neun Uhr schließt. Ferner denke ich auf die Frauen einzuwirken, daß sie nicht mehr aufs Rad steigen, sondern Kompott einmachen, was ich für sittlicher halte. Überhaupt muß die Unsittlichkeit aufhören. Das wäre, denke ich, alles. Oder sollte ich noch etwas vergessen haben?«

Niemand hatte Ergänzungen zu machen.

»Es ist ganz gut, liebe Herzogin, daß Sie mich heute abend auf die Sache gebracht haben. Einmal muß die soziale Frage doch aus der Welt kommen.«

So schloß die Prinzessin, merklich gereizt.

Die Gattin des türkischen Gesandten schlug sich klatschend vor die üppige Brust, sie machte ein unsäglich verwundertes Gesicht.

»Ich begreife gar nicht, was ihr euch für unnütze Mühe gebt, ihr seid doch zu unerfahren. Hört einmal, wie mein Mann es gemacht hat, als er in Kleinasien Pascha war. Die Christen kamen von den Feldern, es waren auch Gläubige dabei, und alle hatten nichts zu essen und waren schrecklich aufgebracht. Mein Mann ließ ihnen sagen, er habe Mehl die Menge, sie sollten nur in den Hof des Kastells kommen. Sie kamen; und kaum waren alle zwischen den hohen Mauern eingepfercht, da ließ mein Mann die Tore schließen, und von oben herab –«

Fatme lachte zwischen den Worten. Ihre Erzählung war ein kindliches Gezwitscher.

»– von den Mauern herab wurden sie alle massakriert. Haha! Massakriert.«

»Oh! Oh!« machten die Damen Paliojoulai und Tintinovitsch, und in ihren Seufzern mischten sich Grauen und Verlangen.

»Sie drängten sich und schrien wie Schweine auf einem zu engen Fleischerwagen, wenn eines nach dem andern vom Fleischer herabgeholt wird.«

Die Prinzessin lächelte nachsichtig.

»Nein, du Gute, das würde bei uns doch zu viel Anstoß erregen.«

Von Hinnerich trat geräuschvoll von einem Fuß auf den andern.

»Leider!« schrie er plötzlich, dunkelrot im Gesicht. Der preußische Major war begeistert von der Anekdote der Haremsdame.

»Es bleibt bei den Suppen und den wollenen Westen«, so entschied Friederike von Schweden.

»Nicht wahr, meine liebe Herzogin von Assy, Sie übernehmen bei einem meiner guten Werke den Ehrenvorsitz. Sie interessieren sich doch auch für die Lösung der sozialen Frage.«

»Königliche Hoheit, ich habe noch nicht daran gedacht. Möglichenfalls fällt es mir einmal ein...«

Man erstaunte auf allen Seiten.

»Aber warum geben Hoheit sich alsdann mit dem Pavic ab?«

»Warum waren Sie drüben bei den Morlaken?«

»Zweimal schon?«

»Weil ich mich langweilte«, erklärte die Herzogin. »Da dachte ich an das Volk. Denn das Sonderbarste, was ich im Leben kennengelernt habe, ist das Volk. Sooft ich ihm begegnet bin, ist es mir ein Rätsel gewesen. Es gerät nämlich in Wut über Dinge, die ihm vollständig gleichgültig sein könnten, und glaubt an Dinge, die eigentlich nur ein Verrückter für wahr halten kann. Wenn man ihm einen Knochen hinwirft, wie einem Hunde – und wo ist denn der Unterschied? –, so frißt es ihn zwar, wedelt aber nicht mit dem Schweife. Ah! Das hat mich immer am meisten neugierig gemacht. So glaube ich auch nicht, daß mit Suppen und wollenen Westen alles erledigt wäre...«

»Da irren Hoheit«, sagte überlegen die Prinzessin. »Da irren Sie ganz entschieden.«

Die Herzogin sprach weiter: »Der Kaiser Napoleon war um sein Volk sehr besorgt. Paris blühte und ward immer fetter. Ich glaube kaum, daß es dort viele Leute ohne Suppe und wollene Weste gab.«

Jemand stöhnte: »Ah! Paris!«

»Dennoch tobte das Volk unter Krämpfen in diesen überflüssigen und unvernünftigen Krieg hinein. Auf unsern Reisen ist mir manches aufgefallen, doch nichts so sehr wie jener schwarze Tumult, und daraus hervorschreiend im gelben Licht der Gasflammen die bleichen, schwitzenden Gesichter: ›Nach Berlin!‹«

»Ah! Paris!«

»Und Hoheit, Sie, die alles bis zuletzt miterlebt haben, können uns aufklären: wo ist Adelaïde Troubetzkoi geblieben?«

»Und d'Osmond?«

»Und die Komtesse d'Aulnaie?«

»Und die Zozie?«

Die Herzogin zuckte die Achseln.

»Die kleine Zozie soll einen Kommunard lieben. Sie steht in den Straßen auf umgeworfenen Schränken und Omnibussen und lädt Flinten.«

»Quelle horreur! Auf den Marquis de Châtigny folgt ein Kommunard!«

Madame Paliojoulai sagte bitter: »Die Vorfälle in Paris

sind einfach eine Niedertracht. Sehen Sie doch, mit was für Handschuhen ich gehen muß. Aus Paris bekomme ich schlechterdings keine Handschuhe mehr. Ist es zu glauben?«

»Aber die Friederike hat noch gerade einen Hut erwischt. Sie, Frau Herzogin, den müssen's sehen!« rief erregt Prinz Phili.

Plötzlich schrien alle durcheinander. Die Damen wiesen mit hastigen Griffen ihre Fächer, ihre Spitzen, ihre Armbänder vor. Percossini versuchte, eifrig plaudernd, gemeinsame Erinnerungen an festliche Tage in der Herzogin wachzurufen. Der Prinzessin farbloser Kopf bekam einen rosa Hauch. Paliojoulai und Tintinovitsch mahnten einander mit männlich zurückgedrängter Wehmut an gewisse Spiellokale, die sie beide kannten, und an die ihnen beiden vertrauten Alkoven gewisser Damen. Der Name Paris elektrisierte ihre in der schweren Luft einer weit entlegenen Provinz ermatteten Herzen. Die Lichtstadt ließ hierher an ein fernes Meer ihren Nimbus leuchten als ein Märchen, als eine Fabelsehnsucht. Sie ward unter diesen östlichen Menschen genannt, und es war, als wenn die Kinder des Westens Geschichten lauschten von Tausendundeiner Nacht. Und kaum von einer Pariser Reise heimgekehrt, dachten zur Bezahlung der nächsten diese Damen an ersparte Mittagessen und nicht erneuerte Unterkleidung, diese Kavaliere an Totalisator und Baccarattische, diese Fürsten an das Volk.

Prinzessin Fatme hob mit der Anstrengung eines Athleten ihr schweres Bein auf einen Stuhl und lud jedermann ein, sich zu überzeugen, daß ihr weicher Lederschuh sich bis dicht unters Knie um die Wade schmiege. »Das ist Paris«, sagte sie andächtig. Um wieder den Boden zu erreichen, hing sie sich voll und lastend um die Schulter des Thronfolgers, der neugierig über sie gebeugt stand. Er entwand sich, halb erstickt, der schönen Frau. Er führte das Taschentuch an die Stirn und murmelte unsicher, mit einem schiefen Blick auf von Hinnerich: »I mag ka Weib.«

Noch stark angegriffen, schrie er mit gewaltsamer Munterkeit: »Frau Herzogin, was sagen Sie denn zu unserer Fatme? Ist sie nicht ein lieber Schneck?«

Sie reichte der Türkin die Hand.

»Gnädige Frau, von allen Meinungen, die vorhin geäußert sind, hat mir Ihre am besten gefallen. Sie war echt.«

»Hoheit ist zu freundlich«, erwiderte Fatme mit süßem Kinderlächeln. Phili flüsterte: »Na, die andern haben schon strohdumm dahergeredet. Hoheit wissen ja: wenn ich könnte... Man erlaubt mir leider nichts, aber mit den andern bin ich nicht zu verwechseln, da muß ich schon bitten. Die Friederike schwätzt, was Platz hat...«

Fatme fiel ein.

»Nichts gegen Ihre Gemahlin, Königliche Hoheit. Sie ist meine liebe Freundin.«

»Weil ihr beide so liebe Männer habt. Drum hockt ihr immer beisammen und erzählt euch, wie's euch so wohl ist.«

»Ich möchte den Pascha kennenlernen«, sagte die Herzogin.

»Ich bring ihn zu Ihnen, Hoheit. Oh, er ist stark und energisch«, erklärte Fatme mit Ehrfurcht.

»Ganz den Eindruck hat er mir auch in Ihrer Erzählung gemacht.«

Fatme seufzte.

»Leider ist er mir untreu – gerade wie der da meiner armen Friederike.«

»Da schaut's die an!« rief Phili. »Habt's denn ihr euch gegen die bestehende Ordnung der Dinge zu empören? Der Pascha hat seinen Harem, das ist ja recht, und ich hab auch meinen Harem.«

»Sie auch, Königliche Hoheit?«

»Kann ich denn nicht alle miteinander haben? Die Paliojoulai, die Tintinovitsch, was meinen's denn? Die Schnaken will mi a! 's scheniert mich ordentlich, wenn sie's vor der ganzen Gesellschaft durchblicken lassen. Der Percossini ist auch ein Lump. Immer hat er Mädeln, die er mir anbietet. Ah was –«

Er wandte sich halb ab und sah, das blasse Händchen im dünnen Backenbart, schmollend zu Boden.

»I mag ka Weib.«

Fatme seufzte wieder, in Gedanken verloren.

»Wenn ich ihm nur auch einmal untreu sein könnte.«

»Dem Pascha?« fragte die Herzogin. »Sie lieben doch Ihren Gemahl, gnädige Frau?«

»Eben darum. Er soll's einmal merken, wie das tut. Aber das ist ja das Unglück, es geht nicht. Was ich *hier* anstelle, unter den Christen, in Pariser Toiletten, das ist dem Manne ganz gleich.«

»Wirklich?«

»Nur im Harem, da leidet er's nicht, da darf nichts vorkommen.«

»Ach nein«, meinte Phili, aufs neue angeregt.

»Drum möcht ich so gern einen Mann in den Harem bringen.«

»So gern«, wiederholte sie mit gefalteten Händen.

»Ach gehn's, nehmen's *mi* mit«, bat der Prinz.

»Der Pascha hat wohl einen krummen Säbel?« fragte lächelnd die Herzogin.

»Das ist es ja«, bestätigt Fatme, mit weit geöffneten Augen.

Der Thronfolger wollte etwas sagen, schloß aber eilig den Mund. Seine Gemahlin war aus den Tiefen ihres Sessels aufgetaucht, sie glitt lang und lautlos auf die Plaudernden zu. Fatme zog sich mit Phili zurück. Die Prinzessin legte ihre kalte, magere Hand auf den Arm des Gastes, sie begann merklich verlegen.

»Wie befinden Sie sich, meine liebe Herzogin? Ist es

hier nicht kalt? Wie mich im Süden friert! Die Zugluft aus den Kaminen! Und dieser steinerne Prunk!«

Sie warf trostlose Blicke über die vergoldete Dutzendeinrichtung für Königsschlösser, die den Raum halbleer ließ.

»Und dann die geistige Öde! Wenn wir über die höchsten Probleme debattieren – Sie dürfen nicht meinen, liebe Herzogin, daß ich mich mit den hohlen Phrasen begnüge, die hier in der Luft schwirren. Verwechseln Sie mich nicht mit meiner Umgebung...«

»Wie könnte ich! Euere Königliche Hoheit haben soviel nachgedacht...«

Aber die Prinzessin schien noch nicht erleichtert.

»Wenn das Volk wüßte – wir Großen sind auch nicht immer glücklich«, versetzte sie schleppend, und dann leise, hastig, mit überstürztem Entschluß: »Sehen Sie meinen armen Mann... Wir beide sind recht sehr zu bedauern. Jeder nutzt seine Schwäche aus, ich glaube, Percossini verkauft ihm Kognak. Der Baron ist gar zu industriös veranlagt... Und die Frauen! Alle werfen sich dem Thronfolger an den Hals. In Stockholm ahnte mir nicht, daß es solche Sitten gebe... Er weint manchmal in meinem Schoß und klagt mir – aber was wollen Sie, er ist schwach. Sehr schwach...«

Sie grub ihren starren, blassen Blick in das Gesicht der anderen. Flehentlich, mit versagender Stimme wisperte sie: »Ich weiß, er stellt Ihnen nach. Bleiben wenigstens Sie kalt und standhaft! *Eine* anständige Frau... Wie wollte ich Sie achten!«

Der Herzogin blieb keine Zeit zu antworten. Sie spürte noch einmal den Druck von kalten Fingern auf ihrem warmen Arm, dann hatte Friederike sich ihren horchenden Höflingen zugewendet. Phili war sogleich bei der Herzogin.

»Hat sie Ihnen über mich vorgejammert?« flüsterte er.

»Natürlich! So ein Kreuz mit der Frau. Kann sie denn gar

nicht gemütlich sein? Soll sich doch ein Beispiel an meiner Mama nehmen! Die hat erst neulich dem Papa das lebensgroße Porträt von der Beate geschenkt. Aber meine Mama ist auch nobel, wirklich äußerst nobel, finden Frau Herzogin nicht?«

»Ah! Die Königin hat Seiner Majestät das Porträt seiner Freundin geschenkt!«

Sie sag weg; unvermutet empfand sie es, wie weit sie getrennt war von diesen Menschen und ihrem Seelenleben.

»Sie waren heute abend still, Königliche Hoheit?« fragte sie. »Hoffentlich nicht in trüber Stimmung?«

»Was denn sonst! Hier bei meiner Frau bekomme ich ja nur Tee, das ist doch zum Weinen. Wenn ich keinen Kognak habe, Frau Herzogin, dann denk ich gleich an meinen unbefriedigten Ehrgeiz, und was für ein verfahrener Karren ich bin. Dann möchte ich meinen weißen Kragen umlegen.«

»Ihren weißen Kragen?«

»Frau Herzogin wissen noch nicht? Meinen Infantenkragen, weiß mit Goldstickerei und Hermelinfutter. Ja, Frau Herzogin, ganz wie der Don Carlos. Ah! Den Don Carlos lieb ich wie meinen leiblichen Bruder. Sind wir nicht Brüder? Sein Schicksal ist doch meines. Der unbefriedigte Ehrgeiz, die Pfaffen, alles geradeso. Ich hab meinen Hinnerich, er seinen Roderich. Nur mit der Stiefmama hapert's. Ich will die Beate ja gar nicht; sie will bloß mich... Aber das Infantenkostüm ist wirklich chic, finden nicht, Frau Herzogin? Wenn ich mich Ihnen mal darin zeigen könnte. Da hätt ich eine Bitte...«

Er hob sich auf die Fußspitzen und hauchte ihr seine zitternde Sehnsucht ins Gesicht.

»Frau Herzogin, gewähren's dem Don Carlos den Schlüssel zu Ihrem Kabinett!«

Sie zog den Kopf aus dem Bereiche seines Atems. Sie

hatte seine Werbung nicht verstanden und redete gleichgültig den Baron Percossini an, der herzutrat. Der Thronfolger versank in Sinnen.

Der Kammerherr sagte: »Bei unserm ernsten Meinungsaustausch über die Behandlung des Volkes werden Hoheit sich allerlei gedacht haben. Nicht wahr, jedes Wort schmeckte nach seiner Provinz. Alles so wichtig und so zweifellos. Nun, man tut eben mit... aber heimlich lächelt man, wie in Paris gelächelt wird.«

Er lächelte fein.

»Hoheit werden mich mit meinen hiesigen Freunden nicht verwechseln.«

Sie erwiderte: »Natürlich nicht. Und sagen Sie bitte auch den Herren Paliojoulai und Tintinovitsch, sowie den Damen dieser Herren, daß ich sie mit niemand verwechsle.«

Darauf verabschiedete sie sich von der Prinzessin. Phili wollte hinter ihr aus der Tür schlüpfen, doch ein schwerer Blick seines Adjutanten lähmte ihm den Fuß.

Die Herzogin war kaum draußen, als die eben verlassenen Gesichter ihr entfielen, wie zurückgetaucht in einen dicken Nebel von Langerweile und Beschränktheit. Sie erinnerte sich, müde und verstimmt, einiger unbestimmt lungernder Gestalten, zwischen denen Lakaien umherschlichen mit Teetassen und Bonbons. Während der folgenden Tage dacht sie mit Vergnügen an Pavic; seine Worte kehrten ihr ins Ohr zurück, sie klangen fast bedeutend. Sie schrieb ihm.

Er stellte sich sogleich ein, im strenggeschnittenen Salonrock. Sein Schlapphut war draußen geblieben. Sie meinte: ›Er könnte ein Staatsmann sein.‹

»Sie haben schon einmal im Kerker gesessen«, sagte sie. »Das können Sie leicht wieder erleben. Man will Ihnen gar nicht wohl.«

Er beschrieb, während er sich setzte, eine wuchtige Gebärde, alles zermalmend unter einer Last von Verachtung.

›Nein, kein Staatsmann‹, überlegte die Herzogin. ›Aber beinahe ein Künstler.‹

Pavic versetzte: »Hoheit, in der Gefahr bin ich am stärksten. Bevor damals die Schergen Hand an mich legten, lebte ich in einem Rausch von Kraftgefühl. Ich redete täglich mindestens zweimal zum Volke, ich wies keinen der Mühseligen und Beladenen von meiner Schwelle – und dennoch hatte ich gerade damals meine todkranke Frau zu pflegen. Ich kann sagen, Hoheit, von Dolchen umzückt, habe ich mein Weib beweint.«

Er machte einige feste Schritte; es ward ihm schwer, stille zu sitzen. Sein Organ mäßigte sich in der intimen Umgebung. Draußen tönte es weit ins Land hinein, hier schmiegte es sich behutsam in Stofftapeten und verlor sich in schattigen Winkeln. Nur seine Bewegungen blieben groß, als würden sie am Meeresstrande, in weiten Ebenen vollführt und sollten von den hintersten der zehntausend Zuschauer erkannt werden.

»Ihre Frau ist gestorben?«

»Von ihrer Leiche rissen sie mich fort. Ich las in der Bibel. Denn –«

Er nahm Platz.

»Denn ich pflege in der Bibel zu lesen.«

»Warum eigentlich?«

Er sah sie an, tief erstaunt; er stotterte: »Warum... Warum... Nun... es beglückt mich... und es hilft, Hoheit, es hilft! Wie oft habe ich in Gefahren gebetet, bei Wanderungen durch die Felsschlünde des Velebit und über seine steilen Mauern. Noch ganz kürzlich, während einer Überfahrt mit dem Baron Rustschuk. Wir fuhren in Geschäften, es war der wütende Nordwind: Hoheit erinnern sich. Unser Boot wollte umschlagen, eine übermächtige Welle rollte auf uns zu. Ich sah sie nicht an, ich sah zum Himmel auf. Die Welle überschlug sich, dicht bevor sie uns erreicht hatte. Ich wandte mich nach dem Juden um, er war fahl. Ich sagte nur: ›Ich habe gebetet.‹«

Sie betrachtete ihn.

»Von Ihnen, Herr Doktor, erfahre ich lauter neue Dinge. – Und lauter Dinge, die ich Ihnen nicht zugetraut hätte.«

Er lächelte schmerzlich: »Nicht wahr? Der Revolutionär darf kein Herz, der Tribun kaum ein Privatleben haben? Ich aber bin der fromme Sohn armer Leute, ich liebe mein Kind und spreche mit ihm das Nachtgebet. Das Gemütsleben meines Volkes, Hoheit, das ist's, was sie niemals verstehen werden, die Fremden, die unter uns wohnen.«

»Schon wieder die Fremden. Sagen Sie, war Pierluigi von Assy, der Proveditor der Republik Venedig, in diesem Lande ein Fremder?«

Er stutzte, er erkannte seinen Fehler.

»Ich bin weder Italienerin noch Morlakin. Ihr Volk interessiert mich nicht, lieber Doktor.«

»Aber... Die Liebe eines ganzen Volkes! Hoheit, Sie wissen nicht, was das bedeutet. Sehen Sie *mich* an, um mich spinnt sich ein gutes Stück Romantik.«

»Das sagten Sie schon einmal... Wofür ich mich erwärmen könnte, das wäre der Gedanke, in diesem Lande die Freiheit, die Gerechtigkeit, die Aufklärung, den Wohlstand einzuführen.«

Sie machte lange Pausen zwischen diesen vier Worten. Diese vier Begriffe schienen, während sie redete, in ihr zu entstehen, zum erstenmal in ihrem Leben. Sie setzte hinzu: »Das ist meine Idee. Ihr Volk ist mir, wie gesagt, gleichgültig.«

Pavic war wortlos.

»Hier herrscht eine Clique von kleinen Leuten«, sagte die Herzogen, »Provinzadeligen, die in Paris lächerlich wären. Bei Hofe begegnen sich Halbwilde mit bürgerlichen Pendanten und überbieten sich an Roheit. Es ist ein unerquicklicher Anblick, darum möchte ich's abschaffen.«

Sie sprach immer entschiedener. Plötzlich ordneten sich in ihrem Geiste eine Menge Einfälle, und einer zog den anderen nach sich.

»Was tut der König? Man sagt mir, er gibt Almosen. Im Kreise der Prinzessin ist viel die Rede von Suppen und wollenen Westen, was ich zu billig finde. Übrigens ist ein König fast überflüssig – oder wird überflüssig werden. Ein freies Volk (sehen Sie nach Frankreich!) gehorcht sich selbst. Selbst Gesetze –, ich weiß nicht, ob sie notwendig sind, aber sie sind verächtlich.«

Pavic sagte ganz erstarrt: »Hoheit sind Anarchistin.«

»Ungefähr. Meinetwegen soll jemand da sein, der über der *Freiheit* wacht. Nur deswegen also ein König.«

Er atmete tief auf vor Genugtuung, denn er meinte, er habe ihre Menschlichkeit entdeckt.

»Oder eine Königin«, versetzte er bedeutsam.

Sie wiederholte, die Schultern hebend: »Oder eine Königin.«

Dann stand sie auf.

»Kommen Sie wieder, Herr Doktor. Wir haben uns noch mehr zu sagen.«

»Hoheit, ein Befehl von Ihnen genügt zu jeder Stunde, mich herzuführen.«

»Durchaus nicht. Sie haben zu arbeiten, ich sitze untätig. Kommen Sie, sobald Sie Zeit haben.«

Er ward von einer freudigen Regung erfaßt. Das Gefühl, gewürdigt zu werden, machte ihm Mut zu einem langen, dankbaren Handkuß. Und er entfernte sich, wie auf Wolken getragen von dem Bewußtsein, er habe mit den Lippen das Fleisch der Herzogin von Assy berührt.

Sie erfuhr von Pavic, daß ihre Pläne viel Geld kosten würden, und erstaunte darüber.

»Es wird eine unerhörte Agitation nötig sein und klingende Ermunterungen nach allen Seiten.«
»Das muß eine neue Eigentümlichkeit des Volkes sein. Dafür, daß man ihm Freiheit, Gerechtigkeit, Aufklärung, Wohlstand gibt, verlangt es auch noch Trinkgeld.«
Der Tribun senkte den Kopf.
»Aber ich habe nichts dagegen«, erklärte die Herzogin.
Darauf schlug er ihr für alle finanziellen Operationen den Baron Rustschuk vor.
»Dieser Rustschuk ist bereits in sämtlichen Donaustaaten verkracht und in Wien, wo es ihm ebenso erging, auf geradezu glänzende Weise freigesprochen. Jetzt schätzt man ihn auf zehn Millionen.«
Die Herzogin machte eine Bewegung. Pavic besann sich; die Bewunderung des Advokaten für den erfolgreichen Finanzier wurde rasch unterdrückt durch die sittliche Mißbilligung, die er bei dem Volksmanne erregte.
»Ich lasse Sie, Hoheit, über die Moralität des Rustschuk nicht im Zweifel. Nur ungern bringe ich unsere Sache, die heilige Sache meines Volkes in Berührung mit dieser anrüchigen Persönlichkeit. Ich mache mir schwere Gewissensbisse... indessen...«
»Warum denn. Er scheint fähig zu sein.«
»Fähig und gefährlich. Zur Zeit hält er sich ruhig, aber ich, der geschäftlich mit ihm zu tun habe, weiß, welcher Ehrgeiz an ihm zehrt. Er will Minister werden, Minister in einem der Länder des europäischen Asiens, wo er in contumaciam verurteilt wurde: sie sollen sich vor seinem Glanze beugen. Wenn Hoheit mich ermächtigen wollen, ihm inzwischen einen Ministerposten hier in diesem Lande anzubieten... Er ist ja allerdings ein höchst verwerflicher Charakter...«
»Was macht das?« so entschied sie. »Wenn er uns nur nützen kann. Die ihn verurteilt haben, sind natürlich nicht besser als er. Wen sollte man schließlich verwenden?«

Sie ließ ihn sich vorstellen. Rustschuk war ein unendlich eleganter Herr mit stark gerötetem, aufgeblättertem Gesicht, dick bedeckt von wolligem schwarzen Haar. In seiner schön gemusterten Hose schüttelte ein weicher Bauch hin und her, und seine dünnen Arme zerteilten behende und eckig die Luft. Er begann, sobald er der Herzogin gegenübersaß, vom Jammer des armen Volkes zu reden, und von glücklichen Ländern unter weisen und schönen Königinnen, und er duftete dabei nach Moschus. Als sie nichts erwiderte, rieb er sich die Hände und ließ merken, daß sie mit Kölnischem Wasser gewaschen waren. Sodann öffnete er sein Schnupftuch; es war, als habe er einen Veilchenstrauß aus der Tasche gezogen. Er klopfte sich auf die Weste und schwenkte den Bauch wie ein Räucherfaß: es entstieg ihm eine Patchouliwolke.

›Gefährlich?‹ dachte sie. ›Er ist ja grotesk.‹

Um durch eine schnelle Laune ihr Glück zu erproben, betraute sie ihn auf der Stelle mit der obersten Aufsicht über die Verwaltung aller ihrer Besitzungen, der weiten, über ganz Dalmatien sich erstreckenden Domänen des verstorbenen Herzogs, der Inseln Busi, Lissa, Curzola mit ihren wertvollen Fischereirechten. Und an die Spitze dieses ungeheuern Vermögens getreten, gewann Rustschuk sofort an Sicherheit. Beim Fortgehen sagte er, freundlich belehrend: »Das Geld muß also immer mehr werden und uns immer mehr Freunde machen.«

Bevor das Jahr zu Ende ging, hörte man von einer bedeutenden Zunahme des Räuberwesens. Die Malviventi waren in größerer Anzahl als sonst von den Bergen gestiegen. Den Italienern wurden die Ernten angezündet und die Ölbäume gefällt. Wenn ihre Weinbeeren noch klein und hart waren, fanden sie eines Tages alle Reben zerschnitten. Im Winter 72 brachen zwei Regimenter Landesschützen von Zara nach Süden auf: in den Bocche, zwischen den Klippen und auf den Felseninseln kämpften die aufständischen Slawen für die Freiheit, die eine unbekannte Frau ihnen versprach, eine ferne, nie erblickte Königin, von der sie träumten, über die sie betrunken in den Wirtshäusern einander vorlogen, und an die sie ihre klagenden Gebete richteten. Auf der Straße fühlte die Herzogin, wie gespannte, ernst gewordene Blicke zu ihr in den Wagen drangen. Unter ihren Fenstern vernahm sie häufig schlurfende Tritte. Es waren die Bundschuhe von acht oder zehn mageren, braunen Kerlen, die, die Hände in den Ziegenfellhosen, scheu und gebannt an ihren Säulen hinaufstarrten.

Eines Tages verkündete Pavic mit feierlicher Miene die Ankunft des Marchese di San Bacco. Einen Augenblick klopfte ihr Herz stärker; denn wo immer in der Welt der alte Sturmvogel erschien, da drohte ein Aufstand, eine Umwälzung, ein politisches Abenteuer. Er hatte seine Begeisterung und seine Faust den Griechen geliehen, den Polen und den Unabhängigkeitskämpfern Südamerikas, der französischen Kommune, Jungrußland und der italienischen Einheit. »Freiheit« war das Stichwort, auf das er losbrach, sooft es erscholl. Er hatte es als Knabe vernommen und war der Familie entlaufen, für das junge Italien eingekerkert und über Gefängnismauern nach Amerika entkommen, zu Garibaldi, seinem Helden. Er hatte als Korsar die kaiserlich brasilianischen Schiffe geplündert und als Diktator über exotische Republiken geherrscht, er hatte von raffinierten Barbaren lächerliche Torturen erduldet, in den Lagunen von Riesenflüssen ein vogelfreies Brigantenleben geführt, Kühe geraubt und Reiche herausgefordert: alles im Namen der Freiheit. In Italien, wohin er seinem Meister folgte, bewahrte noch jeder Fußbreit Landes die Spuren des Ringenden. Um sie für den Samen der Freiheit zu pflügen, hatte er jede Scholle seiner Heimaterde mit seinem Schwerte umgewendet.

Jetzt, mit fünfzig Jahren, focht er in der Kammer zu Rom, hitzig und gebieterisch, für den Willen des roten Generals. Er war schlank und spannkräftig, mit großen türkisblauen Augen. Das rote Kinnbärtchen tanzte bei allen Grimassen der ungeduldigen Lippen. Das Haar wirbelte schlohweiß über der schmalen Stirn in die Höhe.

Er lud sich bei der Herzogin zu Gaste; die Hotels paßten ihm nicht, sagte er. Er war sehr arm, denn er hatte die Freiheit des Menschengeschlechtes ebensogut mit seinem Vermögen bezahlt wie mit seiner Jugend.

Sofort begann er, Pavic auf seinen Agitationsfahrten über Land zu begleiten. Er gebrauchte größere Worte als der Tribun, schrie noch lauter, schäumte, warf die Glieder, reizte zum Aufruhr, veranlaßte Prügeleien und wanderte, nach einem Widerstande auf Tod und Leben, zwischen zwei Dorfpolizisten auf irgendeinen Gendarmerieposten, wo er mit verächtlich gekrümmten Lippen seinen Namen hinwarf: Marquis von San Bacco, Oberst der italienischen Armee, Commendatore des Ordens der Krone von Italien, Abgeordneter zum Parlament in Rom. Ein Telegramm aus Zara befreite ihn. Er kehrte heim und stieß, vor der Herzogin rastlos hin und her schreitend, mit hoher gequetschter Kommandostimme zerhackte Reden aus: »Es lebe das freie Wort!... Worte sollen locker sitzen wie Schwerter!... Feige sind stumm!... Tyrannen und verbundene Mäuler!«

Allmählich beruhigte er sich, und immer auf den Beinen, mit dem Rücken am Kamin, erzählte er friedlich und mit maßvollen Gesten die Eroberung einer großen brasilianischen Sumaca. Es verstand sich, daß er gegen die Passagiere und besonders gegen die Frauen die ritterlichste Haltung beobachtet hatte. Unglücklicherweise hatte man ihn festgehalten, als er in der Stadt den erbeuteten Kaffee verkaufen wollte. Er wurde halbnackt vor den Gouverneur geführt. »Ich spie dem Elenden ins Gesicht, und er ließ mich mit den Händen an ein schwebendes Seil binden, woran ich zwei Stunden lang hängenblieb.«

Nach drei Wochen reiste er ab, und die Herzogin verlor ihn ungern.

Pavic unterrichtete sie im Morlakischen, er las ihr Lieder von bunten Hirschkälbern und von der goldhaarigen Sosa, von Heiducken, von Berggeistern auf umbrandeten Klippen und von Müttern, weinend unter Orangenbäumen. Diese unklare, weich schwärmende Poesie, die sie halb verstand, und in die er sie einwickelte Tag für Tag, betäubte ihre ruhige Vernunft; die slawischen Wörter, von seinem Organ zärtlich gewiegt und verführerisch dargeboten, erregten und ermatteten sie. Sie fühlte sich wie im warmen Bade, wo eine Frau unter erhitzten Locken aus müden Augen den Perlen zublinzelt, die im Wasser aufsteigen. Pavic ward immer feuriger, je stiller er sie sah. Er pries stürmisch sein Volk und starrte entzückten Blicks in das schöne Gesicht der Dame auf den Kissen neben ihm. Er küßte ihre Hand, er berührte ihr Kleid, ihr Haar sogar, und es war immer noch, als liebkoste er sein Volk.

Sie sah ihn in der Ehrlichkeit seines Herzens erröten, zittern, verstummen. Dabei gedachte sie der Geständnisse, die sie in Wien und Paris empfangen hatte, all des Flehens und Drohens, das in ihrem Schoß erstickt und von ihrem Panzer abgeprallt war – und sie fand Pavic weniger lächerlich als die andern. »Was konnte ich jenen geben? Sie wußten es selbst nicht, die Narren. Dieser hier verlangt etwas von mir: ich soll ihm helfen, seine Feinde zu besiegen.«

Anfangs brachte er seinen Knaben mit. Das kränkliche, unschöne Wesen saß, von der Herzogin niemals beachtet, in einem Winkel. Eines Tages kam Pavic ohne das Kind.

Im Vorfrühling, an einem Kirchenfeste, fuhr sie mit ihm nach Benkovac. Vom Meere her brauste die bittere, aufstachelnde Luft über baumlose Steinfelder. Goldene Lichter warfen sich aus jagenden Wolken in das erwartungsvolle Land, jäh entzündet und gleich wieder erloschen. Im Dorfe bewegte sich ihr Gefährt mühsam über vorspringende Felskanten. Die kotigen Höfe lagen verödet zwischen ihren mit Dornen bepflanzten Mauern.

Die Bauern warteten beim Wirtshause. Pavic sprang sofort auf einen Tisch, sie drängten sich um ihn, bunt und faul glotzend.

Pavic redete. Nach der Stille seiner ersten Sätze schlug ganz vorn sich einer klatschend aufs Knie. Hinten brach ein erfreutes Feixen los. Einige Morlaken ließen den frostig zusammengerafften Mantel im Winde flattern und griffen mit den Händen durch die Luft. Kroaten mit Gemüsekarren blieben neugierig stehen. Es traten mit feindlichen Mienen zwei Sicherheitswachen herzu, rot angezogene Kerle, ganz mit Silbertalern behangen, und stellten die Gewehre hart auf den Boden. Die Herzogin blickte hinter der Gardine hervor aus dem geöffneten Wagenfenster.

Pavic redete. Ein Esel riß sich los, stieß einige Leute um und rannte gegen den Tisch des Tribunen. Pavic verglich ihn, ohne sich zu besinnen, mit allen seinen Widersachern. »Steht fest wie ich!« Er drohte und fluchte mit gesträubtem Bart und gerungenen Fingern, er segnete und verhieß mit einem Angesicht, von dem beseligendes Licht troff. Ein unsicheres Gemurmel ging durch die Hörer, die starren Augen fingen zu glänzen an. Zerlumpte Schafhirten gaben ungeformte Laute von sich. Drei Viehhändler in geblümten Turbanen rasselten mit Pistolen und Dolchen. Pavic senkte sich, mit wild ausgreifenden Armen, so tief nach vorn ins Leere, als wolle er über die Versammlung hinwegfliegen. Gleich darauf schwebte er, leicht und federnd, am jenseitigen Rande des Tisches. Sein lechzender Blick und alle seine Glieder schmiegten sich um das bezwungene Volk: jeder einzelne fühlte mit angehaltenem

Atem seine Umschlingung. Wohin er sich wendete, dahin taumelten die weich gewordenen, willenlosen Leiber all dieser Geschöpfe. Sie lächelten weinerlich.

Pavic redete. Er stand in einem Qualm von Seelen. Die Sicherheitswachen hielten die Gewehre nur noch in lässigen Händen, sie hingen mit entwaffneten, dummlichen Mienen an des Tribunen Atemzügen. Die Dynastie Koburg hatte zwei Stützen weniger. Plötzlich breitete er die Arme aus, den Kopf im Nacken. Sein breiter Bart stand rotbesonnt, keilförmig in die Luft. Die Augen sanken ein unter den gequälten Lidern und erloschen, in einem letzten Krampf zuckten die grauen Lippen. Er war Christus. Weiber schlugen das Kreuz, packten sich bei der Brust und heulten lange Klagetöne. Verwünschungen und Beschwörungen grollten tief. Die Herzogin sah ihm zu wie einem Spiel, einem Aufwallen und einem Sturz von Elementen, ohne Urteil und ohne einen Vorbehalt ihres Geistes dem Schauspiel des Mannes hingegeben. Mit ihm atmete, stöhnte, sehnte sich, röchelte, schrie und verschied die ganze Natur.

Unversehens war er am Wagenschlag. Er sprang hinein, sie fuhren im Galopp davon. Der wütende Aufschrei der Menge vergellte hinter ihnen. Sie ließen die Wagendecke herab und hielten die Gesichter dem Wind und der Sonne hin. Die Herzogin schwieg mit ernsten Augen, Pavic schnaufte. Vor und hinter ihnen rollte durch das Steinland der blendende Fluß der Landstraße. Von einer ihrer Erhöhungen sahen sie fern einen blinkenden Streifen: das Meer.

Da sprang aus einem Schutthaufen etwas heraus, etwas Zerlumptes, Tolles, wovor die Pferde scheuten. Es war ein Weib in grauen Zottellocken, sie schwenkte mit der Hand einen langen Haarschopf, daran flog im Kreise ein Totenkopf. Sie kreischte etwas Unverständliches, immer dasselbe, und klammerte sich an die Wagenräder. Pavic rief hinaus.

»Bist du schon wieder da! Ich kann dir nicht helfen, so geh doch und werde vernünftig!«

Die Herzogin ließ halten.

»Was schreit sie? Heißt es nicht ›Gerechtigkeit‹?«

Die Alte war mit einem Satze bei ihr, sie hob ihr den Schädel dicht vors Gesicht.

»Hoheit, es ist eine Närrin!« murmelte Pavic. Das Weib zeterte: »Gerechtigkeit! Sieh, das ist er, das ist Lazika, mein Söhnchen. Sie haben ihn ermordet und leben noch! Mütterchen, ich liebe dich, hilf mir doch zu meiner Rache!«

»Schweige endlich!« befahl Pavic. »Es ist dreißig Jahre her, und sie haben Zwangsarbeit getan.«

»Aber sie leben!« heulte die Mutter. »Dürfen sie leben, und er ist gemordet! Gerechtigkeit!«

Die Herzogin starrte den gebleichten Kopf an. Pavic bat: »Hoheit, gestatten Sie mir, den Auftritt zu beenden.«

Er winkte, die Pferde zogen an. Das Kleid der Alten verfing sich in den Speichen, sie fiel um. Ein scheußliches Knirschen entstand; das Rad war über den Schädel gegangen. Sie waren schon weit; dahinten wälzte sich mit Wimmern im weißen Staube ein Haufen Lumpen über den Splittern vom Haupte des Sohnes. Die Herzogin lenkte erblaßt den Blick weg.

»Dreißig Jahre«, sagte Pavic, »und noch immer rachedürstend! Wir sind Christen, wir verlangen nach Gnade.«

Die Herzogin erwiderte: »Nicht Gnade. Ich bin für Gerechtigkeit!«

Sie sprach nichts weiter. Sie versuchte darüber zu lächeln, wie heute alles so tragisch erscheinen wollte, doch beängstigte sie diese Stunde, die schwanger aussah von Fremdartigem. Sie mochte sich nicht umsehen nach dem Manne neben ihr.

Pavic dachte zurück an den armen Studenten, der zu Padua scheu und gedrückt, als Angehöriger der unterworfenen Rasse umhergegangen war. »Jetzt halte ich euch!« so frohlockte er. »Denn für mich habe ich die Herzogin von Assy.« Er dachte an den wunden Ehrgeiz des kleinen Advokaten, dem man zuweilen einige kühne Worte erlaubte. Dann zogen die Gewalten das Seil an; er hungerte, er saß im Kerker, er hörte seine Drohungen verlachen. Heute lag das Atlasfutter seines schwarzen Havelocks über einem in Wien gefertigten Salonrock. Wo er vorbeikam, ward man tiefernst, denn er lehnte im Wagen der Herzogin von Assy. Was war in diesem Augenblick noch unmöglich? Ah! schon manche Frauen, auch schöne, auch reiche, waren, von seiner Rede im Blute aufgepeitscht, zu ihm geschlichen, bettelnd um das Almosen einer Umarmung. Es ward ihm plötzlich sehr heiß in den Augen, er meinte die Besinnung zu verlieren und sprach es sich zum ersten Male aus, er begehre die Herzogin von Assy.

Den ganzen Weg entlang ruhte Pavic im Gefühl seiner seltenen, romantischen Persönlichkeit. Er bebte und schmolz darin.

Bei ihrer Ankunft gingen sie sogleich zu Tische. Nach der geleisteten schweren Lungen- und Muskelarbeit aß und trank der Volkstribun stark. Die Herzogin sah in die Kerzen. Später, in ihrem Zimmer, kam er, satt und sanguinisch, auf den Triumph des Tages zurück. Er wiederholte ihr einzelne Glanzstellen, und die Huldigungen, die ihnen gefolgt waren, rauschten ihr wieder im Ohr. Sie sah ihn aufs neue, ragend groß in furchtbarer Stellung von jagenden Wolken abgehoben, ein Held, gegen den sie keinen Einwand wußte, ein Held, staunenswert und übermächtig. Nun jubelte und befahl er zu ihren Füßen; seine stolzen Freiheitsrufe stiegen zu ihr herauf aus seinen feuchten, roten, verlangenden Lippen.

Und endlich, zwischen zwei Liebeserklärungen an sein Volk, bemächtigte er sich ihrer. Das Sofa, auf dem es geschah, trug mitten über seiner Lehne eine große, goldene

Herzogskrone. In den Sekunden seiner Seligkeit hafteten Pavic' Gedanken unverwandt an dieser Herzogskrone.

Gleich darauf packte ihn namenloses Staunen über das, was er gewagt hatte. Er stammelte: »Dank, Hoheit, Dank, Violante!«

Und sich selbst rührend, immer inniger: »Dank, Dank, Violante, daß du das für mich tatest! Herrliche, gütige Violante!«

Aber ihr Blick floh, von blauen Schatten umzogen, teilnahmslos an ihm vorbei. Ihr Haar war in Unordnung geraten; es hing in starren, dunklen Wellen um das erschreckend bleiche Gesicht. Sie stützte sich mit hart gestreckten Armen auf den Polsterrand. Ihre spitzen Finger zerrissen den gewirkten Stoff. Pavic wand sich in Angst und Reue: ›Was habe ich getan!‹ schrie er sich selbst zu. ›Ich bin nur ein Vieh! Jetzt ist alles verloren!‹ Er verdoppelte seine Anstrengungen: »Verzeih mir, Violante, verzeih! Ich bin ja nicht schuldig, es ist das Schicksal... Jawohl, das Schicksal, das mich dir zu Füßen warf. Ich soll dir dienen... Wie will ich dir dienen! Violante! Ich will den Staub von deinem Saume küssen und sterbend den Kopf unter deine Absätze legen, Violante!«

Er rang, berauscht von den eigenen Worten, um einen ihrer Blicke. Sie strich sich, nach langen Minuten, mit zwei Fingern über die Stirn und sagte: »Lassen Sie mich, ich möchte allein sein.«

»Du verzeihst mir nicht? O Violante, sei gnädig!«

Sie zuckte die Achseln. Er flehte mit Tränen in der Stimme: »Nur ein Wort, daß du mich nicht verdammst! Violante! Du verdammst mich nicht?«

»Nein, nein.«

Sie wendete, unfähig, den Auftritt länger auszuhalten, den Hals hin und her.

»Gehen Sie jetzt.«

Er ging endlich, mit schwerem Tritt, weichen Gliedern,

aufgelöst in Gefühl und immerfort murmelnd: »Dank... Verzeih... Verzeih... Dank.«

Sie begab sich sogleich in ihr Schlafzimmer. Sie schickte die Kammerfrau hinaus und begann selbst, sich zu entkleiden. Nach dem Erlebten war jede Berührung mit einer menschlichen Haut ihr widerlich. Aber ihre Hände waren schlaff; sie verlor sich immer wieder in Gedanken. Ihre Verwunderung war so mächtig wie seine, doch ganz unvermischt mit Genugtuung.

Also das war alles? Das war alles, was sie hatte erfahren sollen? »Ich wollte lieber, ich hätte es *nicht* erfahren... Übrigens ist es zum Lachen.« Sie wollte den Mund verziehen, aber in die Kehle stieg ihr eine Übelkeit. Dann fiel ihr ein, daß Pavic sie immerfort Violante genannt hatte. Wie kam er dazu? Bildete er sich auf das Geschehene etwas ein? Solch ein untergeordneter Vorgang, gab er denn ein Recht zu Zärtlichkeiten der Rede und zu seelischem Nahekommen?

Sie zerrte an ihren widerspenstigen Hüllen, sie warf, was ihr in den Händen blieb, auf einen Haufen von Musselin und Seidenstoffen, am Fußende ihres Bettes von flüchtigen Dienerinnen zurückgelassen. Plötzlich entstand darunter eine Bewegung. Die Herzogin ging rasch darauf zu. Es raffte sich etwas daraus hervor, eine kleine abenteuerliche Gestalt, die mit ihrem Degen in den Tüchern hängenblieb. Schließlich stand vor ihr Prinz Phili, in Trikots, Barett und blauem Atlaswams, mit dicken, goldenen Blumen auf dem weißen, hermelingefütterten Kragen. Er hatte große Furcht.

»Da bin i schon«, flüsterte er.

Ihre nervöse Überreiztheit entlud sich: »Wie kommen Sie hierher? Trachten Sie doch gleich wieder zu verschwinden!«

»Sie nehmen es also doch übel?« fragte er. »Der Percossini hat mir ja auch gesagt, Sie würden's übelnehmen, aber konnte ich denn anders? Warum haben's mich nie vorgelassen, Frau Herzogin, und meine Frau haben's auch nicht mehr besucht, Sie Schlimme.«

»Entfernen Sie sich! Ich lasse die Prinzessin benachrichtigen.«

Phili war bestürzt.

»Verzeihung, o bitte! Der Percossini hat gemeint, Sie würden nichts sagen... Das wenn ich gewußt hätt!«

»Hinaus!«

»Erst verzeihen's mir, Frau Herzogin. Verzeihung, o bitte!«

Sie warf den Kopf in den Nacken. Sollte dasselbe Spiel von vorne anfangen? Sie trat auf den Thronfolger zu und faßte ihn hart um beide Handgelenke.

»Ich werde Sie in meinem Wagen nach Hause fahren lassen, mit einem Billet an Ihre Frau. Hören Sie?«

Der warme Duft ihres geöffneten Corsage machte Phili schwach. Er knickte, fahl, ins Knie und hing nur noch an ihren Händen. Er bettelte: »Sein's doch nit so bös, liebste Herzogin, Sie wußten doch, ich wollt Sie schon längst besuchen als Don Carlos. Aber die Weiber haben mi nimmer ausgelassen. I war schon ganz hin und hab mir gedacht: Jetzt wenn du zu ihr gehst, fallst am End ab, und aus is. Neuerdings bin i wieder stramm, und da werd i außig'lahnt...«

Sie drängte ihn zur Tür. Kaum losgelassen, fiel er weich hin, wie eine Gliederpuppe. Er erhob die Händchen, laut weinend: »Sehen's denn nicht, daß ich ein armer Teufel bin! Auf den Thronen, Frau Herzogin kennen doch das, da geht's auch nicht heiter zu. Mich haben's die letzte Zeit so arg hergenommen – und immer hab ich an Sie gedacht wie an Unsere Liebe Frau. Wenn Sie mich nicht wollen, dann stirb ich, ich hab schon so trübe Ahnungen. Gewähren's mir... das...«

Sie setzte sich auf den Bettrand. Ihre Kraft war erschöpft; sie empfand in dem, was sie erlebte, nichts Widerwärtiges mehr und kaum noch etwas Lächerliches. Aus Gier nach der tierischen Berührung mit ihrem Fleische hatten in Paris die kalten, feinen Kavaliere sich selbst und einander umgebracht. Es war natürlich, daß das dürftige Geschöpf dort am Boden daran starb. Aber lohnte es sich der Mühe, sein Gejammer länger anzuhören? Um was er bat, das war so nichtig... Vor Müdigkeit, vor Überdruß und vor unsäglicher Verachtung dachte sie beinahe daran, es ihm zu gewähren. Da erschien ihr das weißliche Antlitz Friederikens von Schweden, flehend mit versagender Stimme.

Der Prinz hatte seine Tränen abgewischt und sich erhoben. Sie fragte jetzt ganz gleichmütig: »Werden Sie gehen, Königliche Hoheit?«

»Ich geh schon.«

Er nickte traurig.

»Frau Herzogin wollen also wirklich nicht?«

Sie nahm die Klingelschnur in die Hand.

»Geh ja schon«, murmelte Phili. »Daß nur am End zwischen uns kein fâché draus wird.«

Und er verschwand.

In den Morgenstunden schlummerte sie. Des Thronfolgers erinnerte sie sich darauf kaum noch. Tagelang beschäftigte sie sich nicht mit Pavic. Dagegen machte sie eine Menge alter Erlebnisse noch einmal durch. Gespräche, einst in Paris oder Wien geführt, vernahm sie wieder vom ersten bis zum letzten Wort: nun hatten alle eine unerwartete Bedeutung bekommen. Die Personen standen aufs neue vor ihr. Das waren ja Liebhaber... und das auch. Und jener dort ein betrogener Gatte. Damals hatte sie lächelnd wie im Traume dies alles mit angesehen. Der Schlüssel zu jenen wertvollen Träumen war ihr erst jetzt zufällig in die Hände gefallen. Nun öffnete sie einen jeden.

Sie ging höchst belustigt umher und ließ aus den Winkeln ihres Gedächtnisses einen vergessenen Scherz nach dem andern hervorsteigen und verstand sie plötzlich alle. Wie ein um Jahre verspätetes Echo hallte ihr einsames Lachen durch die Säle.

III

Die Prinzessin Friederike bat die Herzogin von Assy mehrmals zu ihrem cercle intime. Da dies nichts half, schickte sie den Kammerherrn Baron Percossini, um ihr freundschaftliche Vorstellungen zu machen. Percossini deutete an, Ihre Königliche Hoheit sei der Meinung, daß die Herzogin sich vom Hofe fernhalte, um dem Thronfolger Versuchungen zu ersparen. Sie wisse ihr für soviel Delikatesse des Herzens unendlichen Dank; doch sei zur Zeit nichts zu fürchten. »Man entzieht Seiner Königlichen Hoheit zeitweilig die geistigen Getränke«, erklärte vertraulich der Kammerherr, »und Seine Königliche Hoheit sind sofort vollkommen inoffensiv.«

Ein anderes Mal erkundigte er sich im Namen der Prinzessin, warum die Herzogin noch niemals zu den Strickabenden bei den Dames du Sacré Cœur erschienen sei. Es würde so wertvoll sein für sie beide, wenn sie Fühlung miteinander gewinnen würden bei der gemeinsamen Arbeit für das Volk. Percossini setzte skeptisch lächelnd hinzu: »Hiermit meinten Ihre Königliche Hoheit die Suppen und die wollenen Westen.«

Prinz Phili sandte ihr mehrere kläglich lautende Briefe. Er wisse wohl, sie arbeite am Untergang seines Hauses, doch verlange er es gar nicht besser. Wenn sie ihm nur verzeihen wolle!

Der König Nikolaus knüpfte mit der schönen Frondeuse Verhandlungen an, die erfolglos blieben. Er verlieh Pavic und Rustschuk seinen Hausorden. Der Tribun nahm ihn gar nicht an, der Finanzmann schickte ihn nach dreitägigem Seelenkampfe zurück. Sooft ihr Wagen den des Königs kreuzte, begrüßte der alte Herr sie mit nachsichtigem Schmunzeln. Beate Schnaken drückte das Doppelkinn sehr tief in den Spitzenkragen. Ihre Gebärde besagte die herzliche Achtung einer anmutig sich Unterordnenden. Bei einem Konzert des Pablo de Sarasate verließ sie, allen sichtbar, ihren Vorzugsplatz, um ihn der eben eintretenden Herzogin von Assy anzubieten.

Die Gutmütigkeit all dieser Leute erbitterte die Herzogin. Sie wollte Kampf, und fühlte sich gelähmt durch das höfliche Wesen von Gegnern, die sich gar nicht wehrten. »Wie lange muß ich euch kitzeln?« fragte sie. »Schließlich will ich euch doch noch *wütend* sehen! Eure Behaglichkeit widert mich an. So weiche Herren wie ihr dürfen nicht länger ungestört herrschen; es wäre ungerecht. Und sei es nur meine Laune! Ehemals, in Paris, reizte ich den Leopold Tauna so, daß er mich töten wollte. Und ich wußte nicht einmal, wodurch mir das gelang: ich spielte nur. Jetzt will ich auch euch dahin bringen, das ist mein Spiel.« Ihr »Hausjude« hörte manchmal auf, sie zu belustigen, ohne Genugtuung empfing sie die Meldungen von wiederholten Scharmützeln zwischen Bauern und Truppen und von meuternden Regimentern; Pavic' Tiraden machten sie gähnen. Aber dann tauchten aus dem Nebel von Langerweile und Beschränktheit, hinter dem sie versunken waren, die Freunde des Thronfolgerpaares hervor. Sie sah wieder die schwerfälligen Geister sich spreizen und vorsichtig schwanken zwischen Massacres und weiblichen Handarbeiten, und sogleich fühlte sie mit frisch erregtem Blut einen neuen verlockenden Sinn in den Worten Freiheit, Gerechtigkeit, Aufklärung, Wohlstand.

Es fanden sich in ihrem Lager die ersten Begeisterten ein, junge Leute aus guten Häusern, die für den Fortschritt schwärmten und für das bleiche, kühne Haupt der Herzogin von Assy. Die ersten Leutnants verrieten ihren Fahneneid und schritten, blaß und entschlossen, zu den kleinen, hochverräterischen Zusammenkünften an der Piazza della Colonna. Allmählich kamen die Klugen, hohe Beamte und Hofleute, denen es nicht länger rätlich schien, ihre Zukunft bedingungslos dem Glücke der Dynastie Koburg anzuvertrauen. War irgendwo im Lande das Militär erfolgreich, so verschwanden mehrere von ihnen.

Früher noch als die Enthusiasten versicherte der Baron Percossini die Herzogin seiner vollständigen Ergebenheit. Jeder Besuch, den er ihr im Auftrage der Prinzessin machte, fügte seinem glatten Treubruche etwas hinzu. Unmerklich, unter lauter obenhin gelispelten Fadheiten, langte er bei Kundschafterdiensten an. Übrigens war die Herzogin sich bewußt, er spioniere ebensogut sie selbst aus wie seine Herrschaft. Er plauderte ihr von den Versuchen vor, die die von ihr Bedrohten endlich zu ihrer Vernichtung unternahmen. Sie erfuhr ohnehin von Freunden an allen Höfen, die Vertreter des Königs Nikolaus führten Klage über sie. Sie erreichten nichts; denn durch ihre eigenen Verbindungen im internationalen Hochadel war die Herzogin besser geschützt als die regierende Familie durch den Willen einiger europäischer Staatsmänner. Die Partei Koburg hatte für sich überall nur die Kabinette, die Partei Assy die Camarilla. Das Geld Rustschuks wirkte in den fremden Hauptstädten rascher als die aus Zara eintreffenden Depeschen. Auch war der Weltfriede wichtiger als das Schicksal der Nikolaus, Friederike, Philipp, Beate. Von diesen vier erwies Beate sich am stärksten. Sie brach ohne weiteres auf, behufs Gewinnung des Ministers einer Großmacht, der eben in Italien reiste. Es war ein weicher, frommer Herr; fast hätte sie ihn auf die gleiche Weise gerührt wie ehemals den König Nikolaus. Im Augenblick vor seinem Falle besann er sich auf die Pflicht und floh in großen Tagesmärschen vor der Verführerin.

Die Herzogin nahm diese Geschichte heiter auf. »Wenn der Mann weniger stark gewesen wäre«, so meinte sie, »was dann? Ich hätte mit dem Fräulein Schnaken in Wettbewerb treten müssen, und alles wäre auf die Frage hinausgekommen: bevorzugt Seine Exzellenz die blonden Haare oder die braunen? Meine Herren, die weibliche Politik ist wenig verwickelt.«

Aber die Partei Assy ward stärker und fing an, Fehler zu machen. Der erste war eine jähe Verbesserung der herzoglichen Güterverwaltung. Sie war sinnreich geordnet. Unter einem Generalpächter stand eine Anzahl Pächter, diese verfügten über eine größere Menge Unterpächter, und die einzelnen Unterpächter befehligten ihre Aufseher, die unmittelbar die Bauern beherrschten. Die Aufseher nahmen den Bauern fast den ganzen Ernteerlös ab und gaben ihn größtenteils weiter an die Unterpächter, die ihn nach Abzug des ihrigen den Pächtern aushändigten; das meiste davon verabfolgten diesem dem Generalpächter. Jeder ernährte also seinen Vorgesetzten, und alle zusammen lebten vom Bauern. Niemand hätte daran Anstoß genommen, nur Rustschuk fand den Generalpächter zu wohlhabend und zu einflußreich: sie hatten sich an der Börse hassen gelernt. Er stachelte mehrere Anhänger der Herzogin gegen das Latifundien-System auf. Pavic lieh ihnen seine Beredsamkeit. Die Herzogin war freudig überrascht. Eine kraftvolle Handlung machte es ihr möglich, im eigenen Hause die Gerechtigkeit einzuführen. Ein sanguinischer Federstrich beseitigte das ganze Heer der Pächter. Acht Tage darauf brannten überall in Dalmatien die Rebstöcke, die Ölbäume fielen über Nacht in Splitter. Die kleinen Entlassenen stifteten Unruhen auf dem Lande, in den Städten lärmten die größeren. Was ihnen von der Ernte blieb, mußten die Bauern an den Ring der Pächter verschleudern; diese bedrohten die Käufer. Die Einnehmer, die den Gewinnanteil der herzoglichen Kasse eintreiben wollten, wurden mit Steinwürfen und Flintenschüssen empfangen.

Der Herzogin konnte sich nicht genug wundern.

»Das Volk bleibt ein Rätsel. Offenbar ist es gewohnt, ausgebeutet zu werden, und will keine Gerechtigkeit. Wieviel durfte es früher vom Ertrage seiner Arbeit behalten?«

»Kaum ein Zwanzigstel.«

»Ich überlasse ihm die Hälfte, und es wirft mit Steinen. Was würde es tun, wenn ich ihm das Ganze schenkte?«

Rustschuk lächelte geistvoll: »Hoheit, das wäre unser aller Tod.«

Bei dem von den weggeschickten Beamten in der Presse erregten Sturm spritzte manches schmutzige Wasser auf. Neugierige Zeitungsmenschen, die, von ihren Rädern mit Kot besprengt, in die Tiefe ihres Wagens danach lugten, welche Boutons sie heute trage, nannten die Herzogin von Assy eine Deklassierte. Ihr Umgang mit Pavic und Rustschuk deklassiere sie. Pavic beging die Ungeschicklichkeit, sie deswegen um Entschuldigung zu bitten. Sie hob die Schultern.

»Welches ist denn meine Klasse?«

Sein eigener Verkehr konnte ihr unmöglich Schande bringen, davon war Pavic überzeugt. Bezüglich ihres Verhältnisses zu Rustschuk stand seine Meinung nicht ganz so fest. Er stellte ihr anheim, einen andern Finanzier zu berufen, zum Beispiel den entlassenen Generalpächter; damit wäre manches wiedergutzumachen. Sie zeigte sich nicht geneigt.

»Ich will alles tun, was ich zum Wohl des Volkes gut finde. Aber was kümmert es das Volk, mit was für Leuten ich mich umgebe?«

Sie wies auf den hohen, schlanken Hund, der sie gelassen ansah.

»Soll ich mir den Charmant wegnehmen lassen? Ebensowenig darf das Volk verlangen, daß ich meinen Hausjuden abschaffe.«

Er sollte sie noch manches kosten. Rustschuk hatte eine Mätresse vom Theater, und diese hegte den Wunsch, ihren rechtmäßigen Gatten, einen beliebten Schauspieler, im Irrenhaus zu sehen. Der Finanzmann wußte dies den Ärzten einleuchtend zu machen. Unglücklicherweise sikkerte es einige Zeit später ans Licht, daß der internierte Mime vollständig gesund war. Beate Schnaken, vom Schicksal des Kollegen gerührt, enthüllte ihrem königlichen Freunde alle dunklen Machenschaften. Die Befreiung des Opfers und sein erstes Auftreten auf der Hofbühne ward ein Triumph für sie und für das regierende Haus, eine Niederlage für die Herzogin. Ein antisemitisches Stück wurde aufgeführt, in dem der Zurückgekehrte die Rolle des zwangsweisen Geisteskranken spielte. Der Intrigant trug die Maske des Rustschuk, und es fielen böse Andeutungen über eine hohe Dame, die hinter dem allen stecke. Das Volk jubelte fünfzig Abende hintereinander auf vollen Bänken; es war ein umfangreicher Skandal. Beate, die edle Retterin, wurde stürmisch begrüßt bei jeder Ausfahrt. Die Herzogin begegnete überall kalten Blicken, und Rustschuk, der sich nirgends sehen lassen durfte, stellte betrübte Berechnungen darüber an, welche Unsummen nötig sein würden, um diese Kälte zu besiegen.

Pavic arbeitete wie ein Besessener; doch die Polizei hatte Mut gefaßt, sie schloß ihm den Mund. Er hörte wieder wie ehemals in der Ferne ein Kerkertor knarren. Auch die Soldateska zeigte gewalttätigere Neigungen. Im Winter kam es in der Nähe von Spalato zu einer förmlichen Schlacht. Die Rache der Pächter hatte dort Hungersnot bewirkt. Das wütende Volk ging mit Sensen und Bratspießen dem Militär zu Leibe. Dieses verlor einige fünfzig Mann, aber es tötete oder verwundete die doppelte Anzahl Bauern.

An einem Sonntag kam die Kunde nach Zara. Der Himmel hing düster herunter. Es fuhren fast keine Wagen in den Straßen. Eine schwarz gekleidete Menge schob sich zwischen den Häusern fort und flüsterte nur; man vernahm das Rauschen der Brunnen. Der Scirocco schlich faul, schwül, mutlähmend über den Köpfen hin.

Unversehens, wie nach schweigender Übereinkunft, gelangten alle auf die Piazza della Colonna und blieben dort versammelt, still, traurig und widerspenstig. Plötzlich stand Pavic auf einem umgestürzten Handwagen, mit dem Rücken an der zweitausendjährigen Säule, und begann zu sprechen. Zum ersten Male seit vielen Wochen begleitete wieder das Murmeln erregbarer Gemüter seine Worte. Er fühlte wieder die Herzen der Seinigen ihn warm umzittern und war glücklich. Da kam im Laufschritt durch die engen Gassen eine Infanteriekolonne daher. Am Eingang des Platzes machte sie halt, pflanzte die Bajonette auf und rückte langsam vor. Das Volk wich zurück, quoll zur Seite auseinander und zerstreute sich in die Straßen. Nur um die Säule herum staute sich ein Haufe, vom Militär eingeschlossen, durch die Rednertribüne behindert. Die hereindringenden Stoßeisen warfen alles um. Eines richtete sich drohend gegen die Brust eines ratlosen Alten. Es war der Vater eines dort unten erschlagenen Kriegers, er sah noch nichts vor den Tränen, die Pavic' Rede ihm in die Augen getrieben hatte. Er schien verloren. Pavic beschwor, die Hände ringend, laut seine Angreifer. Aber er verstand, was die blaß zu ihm erhobenen Gesichter von ihm verlangten. »Rette den Alten!« stand auf allen. Er fuhr zurück: sein Blick hatte den der Herzogin getroffen. Sie lehnte in ihrem Fensterrahmen und sah ihn starr an. Sie öffnete den Mund und schrie Worte, die in einem Angstruf des Volkes untergingen. Pavic kannte dennoch jedes von ihnen: »Spring hinab! Decke den Alten!« so befahl sie. Der Alte lag schon am Boden, mit etwas Blut auf dem zerrissenen Hemd. Pavic, leichenfahl, griff sich ans Herz. Dann drang eine jähe Purpurröte durch seine zarte Hand. Hastig kletterte er von seinem Piedestal, erfaßte den Knaben, der hinter ihm an der Säule kauerte, und verschwand im Portal des Palais Assy.

Rustschuk ward, inmitten einer Rotte Zuschauer, von zwei grinsenden Unteroffizieren festgehalten. Sein Bauch schlotterte; er wies mit peinvoll zappelnden Gliedern, den hohen Hut im Nacken, auf den vorübereilenden Tribunen, plappernd in übermäßiger Angst: »Der dort hat alles allein getan, glauben Sie mir doch, meine Herren! Ich bin ein schlichter Kaufmann... Überhaupt habe ich mit der Dame gar nichts zu tun!«

Pavic stieg langsam, gesenkten Hauptes die Treppe hinauf. Ihm war es zumute, als stellte er sich, nach einer Schandtat, dem Gericht. Der Alte hatte geblutet! Pavic erschauerte tief, sobald er es sich vorstellte. Er gedachte der Herren Paliojoulai und Tintinovitsch, jener durchgeprügelten Eindringlinge. Oh, er hatte es nicht, wie die Herzogin meinte, eigenhändig getan. Er hatte es niemals übers Herz gebracht, ihr zu gestehen, daß sein Diener es gewesen war, ein riesiger Morlak, der die feinen Hofleute windelweich schlug. ›Ja, als sie gingen‹, so dachte Pavic, verloren in einem Bilde des Entsetzens, ›da troff es rot von ihren Stirnen!‹

»Und ich bin doch ein starker Mann!« murmelte er vor der Tür des Boudoirs. Sie kam ihm rasch entgegen. Er sagte unsicher: »Hoheit, es ist nur ein Opfer zu beklagen.«

»Nein zwei: der Bauer und Sie!«

Er zuckte zusammen und schlug die Augen nieder. Sie

stand so bleich, in so schwarzen Haaren und so starr wie an dem Tage, da er sie vergewaltigt hatte als ein empörter Sklave. Heute war sein Gewissen noch schlechter.

»Daß ein Bauer gespießt wird«, versetzte sie, »ist ein belangloser Zufall. Aber meine Sache verlangte, daß Sie ihn retteten.«

»Hoheit, ich bin auch Vater.«

»Oder, wenn Ihnen das näherliegt: Sie lassen sich von der Liebe des Volkes mit Romantik umgeben, aber für einen Bauern, der gespießt wird, rühren Sie keine Hand.«

Er faßte den Knaben, der an seinen Rockschößen hing, und schob ihn ihr unter die Augen.

»Hoheit, ich bin auch Vater.«

»Ach ja, immer das Kind! Sie langweilen mich unsäglich mit dem Kind. Können Sie ihm keine Bonne halten?«

»Ich liebe es sehr...«

Er fügte nachdenklich, fast verwundert, wie eine Erkenntnis, die ihm im selben Augenblick aufging, die Worte hinzu: »Gerade das gefällt dem Volk...«

»Dann wählen Sie zwischen mir und dem Volk!«

»Hoheit! Ich sollte also mein Kind zur Waise machen und... und... mich opfern?«

»Ist das nicht selbstverständlich?«

Sie wandte ihm den Rücken. Er rang nach Luft. Kannte sie denn gar kein Erbarmen? Er begann Beteuerungen zu stammeln.

»Mich opfern... Ja, gewiß, ich opfere mich. Aber muß ich mich von betrunkenen Soldaten zerfleischen lassen? Gibt es kein würdigeres Opfer? Hoheit, ich bringe täglich Opfer des Geistes und des Herzens. Mich und mein Wort hetzen die Gewalten wund. Ich werde noch mit blutenden Augen der Qual meines Volkes zusehen müssen – durch die Gitterfenster des Kerkers. Hoheit, ich saß schon einmal im Kerker...«

Er wartete vergeblich auf Antwort.

»Wer opfert sich denn gleich mir? Ah! Rustschuk! Frau Herzogin, hören Sie, Rustschuk – wissen Sie, wie ich ihn eben noch getroffen habe? Drunten, zwischen zwei Unteroffizieren – und er verleugnete Sie! Er schob, toll vor Feigheit, alles auf mich, und Sie, Frau Herzogin, verleugnete er laut!«

Sie zuckte die Achseln.

»Rustschuk! Er versteht etwas von Geldsachen. Weiter verlange ich nichts von ihm.«

»Keine Ehre? Man möchte die Leute, mit denen man umgeht, achten können.«

»Ich habe das nicht nötig... Rustschuk ist wegen des Geldes da. Sie, Herr Doktor, sprechen von Freiheit. Er darf als Wucherer leben, Sie mußten als Freier –«

›Sterben‹, so sprach er in Gedanken zu Ende. Er wagte ihr nicht nachzusehen, wie sie hinausging. Er hatte sich dem Gericht gestellt und war verurteilt.

Draußen fing eine ohnmächtige Sucht nach Wiedervergeltung in ihm zu brüten an. ›Schließlich habe ich sie doch besessen!‹ sagte er sich und ballte die Faust in der Palettotasche. ›Es war falsch, daß ich damals Reue zeigte! Ich hätte sie demütigen sollen, ihr klarmachen, daß das Geschehene besteht und niemals verlorengehen kann! Tut sie nicht, als sei gar nichts vorgefallen?‹

Er machte sich vergeblich Mut: ihm selbst war es, als sei gar nichts vorgefallen. Es war ihm unmöglich, sich die Herzogin von Assy noch einmal in seinen Armen zu denken. Und jetzt erst quälte ihn die Lust. Damals war es ein unvorhergesehenes Wagestück gewesen, ein berauschter Tribunenerfolg.

Pavic genoß nur halb all das Große, das jetzt eintrat.

Am fünfzehnten Januar ward die Schutzheilige der Diözese Zara durch eine Prozession geehrt. Der Zug bewegte sich vom Dom der heiligen Anastasia durch die lange, gerade Straßenlinie bis zum Sankt-Simons-Platz. Eingebogen auf die Piazza Colonna machte der Klerus halt, um die Zurückgebliebenen nachrücken zu lassen. Den Mönchen und den geschmückten Schulkindern folgte eine Abteilung Militär. Dahinter gingen städtische Korporationen und auf ihren Absätzen marschierten wieder Soldaten. In feierlichem Abstande schwankte der Baldachin des Erzbischofs daher; er schritt zwischen zwei Vikaren. Nach ihm kam als Vertreter des Königs Nikolaus Prinz Phili, barhäuptig inmitten seines Hofstaates. Abermals stampften Infanteriereihen das Pflaster. Und eine ungeordnete Menge verstopfte, unablässig nachdrängend, die Zugänge des weiten Platzes.

Man wartete; die Geistlichen hörten auf zu singen. An ihrer geöffneten Terrassentür, abseits von ihren Gästen, stand die Herzogin von Assy. Kaum drei Minuten vergingen, bis alle, so viele ihrer den Raum füllten, den Blick zu ihr erhoben hatten. Zuletzt merkte der Erzbischof, wie es ringsumher still ward, und sah lächelnd hinauf.

Da liefen von dahinten, wo ein letztes Gebetemurmeln versiegte, andere Laute durch die langen Menschensäulen. Es war ein Ruf, der die Bürger und die Krieger ergriff. Sie einigten sich in ihm, ihre Reihen vermischten sich und sie versprachen sich mit Händen und Augen, keiner wolle ferner seine Söhne hinausschicken, um auf die Väter der andern zu schießen; keiner wolle die Faust gegen den uniformierten Sohn eines Freundes erheben. Die Trauer der jüngsten Ereignisse hatte plötzlich alle der Sache jener Frau zurückgewonnen; sie riefen: »Es lebe die Herzogin von Assy!« Sie riefen es mit Feuer, manche unter Schluchzen.

Die Rechte auf der Brüstung des Balkons, sah die Herzogin auf die tausend zurückgebogenen Gesichter hinab, die die Sonne verklärte. Die Banner der Kirchen und Klöster erfüllten die blendende Luft mit dem Prunk ihrer

Goldstickereien. Das rotgoldene Zeltdach des Kirchenfürsten stieg wie die Wiege eines Gottes vom blauen Himmel herab. Die Helme blitzten. Zarte Engelsflügel schimmerten an den Schultern kleiner Mädchen, die der Herzogin mit den Fingern Küsse zuwarfen. Das Volk schnellte Arme, Mützen und Liebesschwüre zu ihr in die Höhe; es jauchzte und wogte bunt. Plötzlich flammte ein Degenstahl auf: in der Umgebung des Prinzen hatte ihn jemand gezogen. Gleich darauf grüßten alle Schwerter; es war wie der Flug eines Silbervogels durch das Mittagslicht. Phili selbst sandte Kußhändchen hinauf, gleich den Schulkindern.

Die Herzogin verneigte sich; die Sonnenstrahlen glitten über ihre schmalen Schultern. Die Prozession zog weiter, sie sah ihr zu, in einem gelassenen Machtgefühl.

Sie war damals einundzwanzig. Von der Wölbung des schwarzen Haars, das in schwerer Welle zurückgeschlagen war, fiel auf ihre Stirn ein bläulicher Schatten. Im Nacken bogen sich die vollen Flechten. Die Brauen zogen schwache Linien, der Mund lag unbestimmt da, mit leise aufeinandergeschmiegten, blaß gefärbten Lippen. Aber das Kinn und die Biegung der feinen, großen Nase sagten entschiedene Dinge. Der Kopf war farbenarm, doch reich vom Silberzauber des Lichts. Sie hob die breiten Lider: ein fester, stahlblauer Glanz fand den Weg fernher, von großen Meeren.

Pavic zeigte sich hinter ihr, in Frack und weißer Halsbinde, unbeweglich und ein wenig unaufmerksam, als ein Schöpfer, der nicht geruht, merken zu lassen, das alles sei sein Werk. Er zerbiß sich die Lippen und legte zwei Finger an die Nasenwurzel, gegen die Blendung oder gegen den Druck eines trüben Gedankens. Alle Fenster der zwei herrschaftlichen Stockwerke waren von den Freunden der Herzogin besetzt. Rustschuk, von schönen Frauen umringt, verbeugte sich unermüdlich. Er tupfte sich mit dem gelbseidenen Schnupftuch elegant auf den Mund; er zog die Camelia aus seinem Knopfloch und warf sie unter das Volk.

Den ganzen Tag wurden die Salons des Palais Assy nicht leer. Hunderte trieb es heute an, sich der mächtigen Dame ins Gedächtnis zu rufen. Andere hundert waren erst heute von der Notwendigkeit durchdrungen, zu wählen zwischen den Koburg und ihr. Sie bestellte alle auf denselben Abend; sie wollte noch am gleichen Tage bei einem umfassenden Rout die Parade der Ihrigen abnehmen. Es gab eine Überfülle zu tun, sie griff nach dem ersten besten, um ihn auf Botengänge zu schicken. Einmal, als sie das Vorzimmer öffnete, fiel ihr ein riesiger Offizier entgegen. Er verbeugte sich rasselnd.

»Major von Hinnerich!«

Dieser treue, strenge Mensch, der gute Engel des armen Phili! Sie war doch überrascht, ihn hier zu finden. Kam er ehrlichen Herzens? Einen Augenblick zögerte sie. Aber von Hinnerich sah sie mit rotem Gesicht, bärbeißig und zutunlich an. Er strömte Mannentreue aus. Er hatte lange mit sich gekämpft; jetzt war er ihr gewonnen, unverbrüchlich. Sein Glück hatte gewollt, daß seine Begeisterung für die Herzogin von Assy gerade an dem Zeitpunkt durchgebrochen war, wo ihre Sache am günstigsten stand.

Empfangsabende wechselten jetzt mit Bällen ab, unablässig. Das Palais Assy lieh allabendlich seinen roten Festglanz der ganzen Stadt. Rustschuk, der früher Revolten bezahlt hatte, kaufte nun dem Volke einen beständigen Freudenrausch. Musik zog durch die bunt beleuchteten Straßen, der Wein floß kostenlos in den Schenken, im Hafen glitten bekränzte, bewimpelte Kähne durch die glückliche Nacht. Niemand konnte sich erinnern, daß die Welt je so schön gewesen wäre; nur ein paar sehr Alte meinten, es sehe aus, als sei die Republik Venedig wiedergekehrt.

Auf der Piazza Colonna lagerte beim Schmause eine dankbare Menge und schaute zu, wie die Wagen der Gäste heranrollten. Über die Stufen des Portals ging immerfort Seidenrauschen und Degenklirren. Prinz Phili trieb sich ohne Begleiter in der Umgegend herum und hielt die Leute an, um tränenden Auges nach den Vergnügungen im Hause seiner Feindin zu fragen. Warum er nicht dabeisein dürfe! Er könne sich ja gar nichts Lieberes denken, als von solch einer Frau depossediert und in den Kerker geworfen zu werden!

Die Freunde der Herzogin trafen, um sich die dalmatinische Revolution anzusehen, aus Paris und Wien ein, als führen sie zu einem Derby oder zu einer Premiere. Sie gerieten in einen Tanzsaal, wo niemand an die nahen Ereignisse zu denken schien. Die Herzogin selbst besann sich zuweilen darauf. Sie spürte dabei denselben leichtfertig prickelnden Vorgeschmack des Triumphs wie sonst, wenn sie eine alte Marquise im Whist besiegte. Sie hatte dann die entscheidende Karte noch einen Augenblick in der Hand behalten und der ratlosen Greisin zugeblinzelt. So blinzelte sie jetzt, des Ausganges der Dinge gewiß, nach dem Königsschlosse hinüber, wo Nikolaus und Beate, gänzlich vereinsamt, durch die schlecht beleuchteten Säle irrten. In einem Winkel fror Friederike.

Bei einem Frühstück in engem Kreise hörte die Herzogin ganz entzückt dem türkischen Gesandten Ismael Iben Pascha zu; der beleibte, lebenslustige Mann plauderte von der Rechtspflege in seinem Lande.

»In Smyrna wird mir ein Schwarzer vorgeführt; er ist wie ein Narr aus einer Moschee herausgesprungen und hat einem zufällig vorübergehenden Europäer ein langes Messer in den Bauch gerannt. Er rollt weiße Augen und schwört, der Prophet habe ihm im Gebete befohlen, den ersten Ungläubigen, der ihm begegne, zu töten. Ich erwidere: ›Und mir befiehlt der Prophet, dich aufhängen zu lassen!‹«

Der Gesandte leerte ein Glas Sekt.

»Was wollen Sie, Hoheit, gegen den Propheten hilft nur der Prophet. Und ein rasches Urteil ist besser als ein weises. Eine arme Frau soll Milch getrunken haben, die ihr nicht gehörte. Ich sage nur: ›Aufschneiden!‹«

Pavic, der an der andern Seite der Tafel saß, ward auf einen kleinen, jungen Lakaien aufmerksam. Die andern schlichen mit Platten und Flaschen geschäftig um den Tisch, jener aber stand ungeschickt da, horchte auf die Gespräche und ließ den Blick nicht vom Gesicht der Herzogin. Aus einer Schüssel, die er schief hielt, tropfte Soße auf den Teppich. »Sie!« raunte der Hausfreund verweisend. Der Diener sah ihn an, und Pavic zuckte heftig zusammen. War das... das war Prinz Phili! Er wandte sich nach seinen Nachbarn um, keiner hatte etwas bemerkt. Da faßte er den kleinen Lakaien recht fest ins Auge. Gewiß, das waren die hilflosen Bewegungen des Thronfolgers, das waren auch seine Züge, nur die Haare fehlten auf den blassen Wangen. Pavic warf sich plötzlich in die Brust, sein gestärktes Hemd krachte; er hielt sein Glas hin. »Sie!« Und er ließ es von dem jungen Menschen füllen.

Kurz darauf war der Lakai verschwunden. Pavic ward nachträglich von Zweifeln befallen, die ihm keine Ruhe ließen. Er mußte mit irgend jemand über die Sache reden. Man lachte ihn aus: Prinz Phili als Bedienter! Ob er denn an Gesichtstäuschung leide. Aber Pavic wollte vom Thronfolger bei Tische bedient worden sein; er war nicht geneigt, sich dies nehmen zu lassen. Am nächsten Tage glaubte es die halbe Stadt. Man erfuhr auch, daß der König Nikolaus die Geduld verloren und seinen Erben geohrfeigt habe. Phili blieb geraume Zeit unsichtbar. Als er wieder zum Vorschein kam, war sein Bart noch sehr kurz.

Die Geschichte ward viel zu stark gefunden, sie brachte

manchen zur jähen Erkenntnis der Lage. Das Spiel, das die Herzogin und ihre Leute mit der bewährten Dynastie Koburg, mit dem ehrwürdigen König Nikolaus trieben, galt nun als unwürdig. Viele verließen die Partei Assy.

Sodann folgte der Zwischenfall mit dem jungen Brabanzine. Dieser achtzehnjährige Edelmann hatte gerade die klösterliche Erziehungsanstalt verlassen und saß in einer Vorstellung von Frou-Frou. Beate Schnaken betrat ihre Loge: das Geschick des Jünglings war entschieden. Er suchte sie auf und stammelte zu ihren Füßen seine erste, ungeschickte Begierde. Beates reifes Herz trank dankbar dieses seltene Elixier; doch konnte sie unmöglich einem jugendlichen Stürmer zuliebe von ihren langjährigen Grundsätzen abweichen. Innerhalb der Landesgrenzen durfte nichts vorkommen. Sie verständigte hiervon ihren Verehrer, mit dem Hinzufügen, zu einer Reise ins Ausland lasse ihr die Politik keine Zeit.

Zwei Tage später ertrank der arme Brabanzine bei einer Bootfahrt. Gleichzeitig erhielt Beate Schnaken von ihm einen Brief, den sie im ersten Schmerz ihrer Umgebung zu lesen gab. Dieses beklagenswerte Ereignis brachte es erst wieder allen zum Bewußtsein, wie sympathisch Beate sei. Am Grabe ihres unglücklichen Liebhabers wurde sie von seiner Mutter in die Arme geschlossen. Sie trug dabei einen großen, schwarzen Crêpeschleier, und die Musik spielte etwas aus einer Oper. Die gemeinsamen Tränen der beiden Frauen, der Mutter des jungen Mannes und der Geliebten, um deretwillen er gestorben war, kamen jedermann unsäglich rührend vor. Sie gewannen der Dynastie Koburg unzählige Neigungen zurück.

Die Herzogin begriff Beate vollkommen; nur die Mutter war ihr unverständlich. Sie zog sich innerlich fremd und feindlich zurück von solcher melodramatischen Seelengüte, bei der mit dem Zorn auch der Stolz abdankte, und bei der den Toten ein Unrecht geschah. Sie sprach es aus und wurde für neidisch gehalten.

Indessen war sie der Meinung, ihr Glück sei über solche Wechselfälle längst hinausgewachsen. Es beunruhigte sie gar nicht, wenn sie unzufriedene Gesichter im Volke sah. Sie nahm sich vor, ihm gelegentlich in aller Freundlichkeit die Wahrheit zu sagen.

Ende Mai verbrachte sie einige Morgenstunden im Harem des Paschas, bei Madame Fatme, seiner Gemahlin, an der sie ein oft befremdetes und oft verwandtes Wohlgefallen fand. Fatme war ein Kind, das in Pariser Toiletten mit sich selbst wie mit einer Puppe spielte: in ihrem innersten Bewußtsein behielt sie immer weite, seidene Beinkleider an. Sie träumte scheu und lüstern von allen Männern, denen sie in der Gesellschaft begegnete, und hielt alle frei einhergehenden Frauen für Hetären. Sie war überaus volkstümlich gesinnt und kannte unter Menschen keine Abstände. Ein türkischer Bettler hockte am Weg, wo die Herzogin von Assy und Prinzessin Fatme vorüberkamen. Er aß eine Schüssel Bohnen und sagte grüßend sein gewohntes heimisches »Sei mein Gast!«. Die Prinzessin hatte Hunger, das Gericht duftete nach gutem Öl. Sie ließ es sich reichen und führte den Löffel des Bettlers an den Mund. Sie legte keinen großen Wert auf Menschenleben und hielt es für wichtiger, daß ein jeder zu seiner Unterhaltung alles tue, was er könne. Sie erzählte ihrer Freundin: »In Smyrna hatte mein Mann eine Menge kleiner Mamelucken, die im Palast aufwuchsen. Und auf der Balustrade unseres Balkons standen große Marmorkugeln. Manchmal ließ der Pascha die Mamelucken auf den Balkon kommen und maß sie. Wer niedriger war als die Marmorkugeln, bekam ein Goldstück. War aber einer höher, dann: – Kopf ab.«

Sie zwitscherte hell.

»Das Spiel hatte mein Mann selbst erfunden.«

Die Herzogin blieb ernst. Sie sann, und sie fand nicht, ob solch gleichgültiges Hantieren mit dem Tode scheußlich sei oder groß.

Es war warm. Die beiden Damen saßen in Wolken von süßem Rauch auf niedrigen Diwans, drei alabasterne Stufen über dem Parkett. Das Zimmer hatte kein Fenster, die Tür stand offen, auf den grell besonnten Hof hinaus; es hingen Rosenranken davor, die der Eintretende zurückschlagen mußte. Draußen schlichen fettig schwarze Mohren, rote Binden um die Lenden, über die Marmorplatten. Sklavinnen, weißer als die Säulen, hinter denen sie vorbeiwandelten, und in mattfarbenen Seiden sich wiegend, trugen auf den Köpfen bronzene Schalen, an deren Rand sie eine Hand legten. Der gestreckte Arm schimmerte mit gewölbten Muskeln. In den Achselhöhlen glitzerte es goldig. Eine von ihnen brachte auf Schalen aus Lapislazuli Seker Lokoum und Rachat Lokoum, köstliche »Bissen der Ruhe«, die auf die Zunge, wo sie schmolzen, einen milden Vorgeschmack des Paradieses legten. Eine andere hinterließ, auf rosigen Zehen rasch durch das Zimmer gleitend, wundersame Wohlgerüche; sie schienen aus ihren Fingerspitzen zu sprühen.

Die Herzogin befand sich wohl in diesem vergessenen Winkel, wo Farben, die wie in künstlicher Sonne standen, und tanzmäßig abgemessene Bewegungen sich traumselig vermischten. ›Wenn draußen nicht so vieles zu tun wäre!‹ dachte sie plötzlich. Ihre Freundin seufzte.

»Fatme ist recht unglücklich. Ihre Sehnsucht wird nie gestillt.«

»Was für eine Sehnsucht, kleine Fatme?«

Die Türkin raunte ihr ins Ohr: »Neulich habe ich einen Mann hier gehabt!«

»Nicht möglich. Wen denn?«

»Zwar nur Prinz Phili. Weil er gerade keinen Bart hatte,

weißt du. Ich hatte ihn angezogen wie ein schönes Mädchen. Ich dachte an den Pascha und erstickte fast vor Vergnügen. Aber, nun natürlich – er hat versagt. Endlich ein Mann im Harem, und da versagt er!«

»Phili hat... versagt?«

»Ganz und gar.«

»Wie schade. Also ein anderes Mal. Hast du es denn durchaus nötig, deinen Mann zu betrügen?«

»Er hat ja behauptet, im Harem würde es mir nie gelingen. Muß mich das nicht kränken? Und er selbst gibt das, was mir gehört, allen Sklavinnen. Ah! Ich gewöhne es ihm noch ab. Sieh dir einmal die große Blonde an, dort drüben bei der Palme. Sie ist neu, sie gefällt dem Pascha. Vorgestern nachts will er zu ihr, er schämt sich und schleicht im Dunkeln. An der Ecke des langen Ganges, wo sie alle schlafen, passe ich ihm auf und setze ihn, mit einem Stoß, gerade in den Brunnen hinein. Er prustet und schreit. Als die Eunuchen mit Lichtern kommen, bin ich längst in meinem Bett. Und ihm, du begreifst wohl, war alle Lust vergangen.«

Die Herzogin stellte sich den hilflosen Mann vor, auf dessen liebeglühenden Wanst der Springquell niederplätscherte. Sie lachte schallend, unerschöpflich.

»Früher waren wir nicht so harmlos«, erklärte Fatme. »Wir duschten nicht, sondern gaben Gift. Kennst du die Alte, die im Hofe sitzt?«

Eine flitterbunt behangene Alte kauerte gekrümmt in der Sonne, die gelben Füße über einem silbernen Kohlenbecken. Sie wackelte beängstigend mit einem entfleischten, enthaarten Schädel, von dem der Unterkiefer herunterklappte.

»Das war die große Suleika, des Paschas Mutter. Wie viele Nebenbuhlerinnen hat sie wohl vergiftet, damit sie ein Kind bekommen und ihr Kind Pascha werden konnte! Und ob sie Männer im Harem gehabt hat! Keiner hat etwas verraten, denn am Morgen schlug sie ihm den Kopf ab.«

»Immer den Kopf ab«, sagte achselzuckend die Herzogin, und verabschiedete sich.

Wie sie am Gemüsemarkt vorbeifuhr, war eben ein Mörder abgeführt worden. Das Volk stand in dichten Gruppen umher und erzählte sich, was geschehen war. »Der Bäcker zahlt ihm seinen Lohn aus. ›Zwei Francs zehn‹, sagt er. ›Ich soll doch zwei Francs fünfzehn haben?‹ – ›Nein, zwei Francs zehn‹, sagt der Bäcker. Da zieht er seinen Revolver und schießt den Meister mausetot.«

Die Pferde der Herzogin mußten im Schritt gehen. Man reckte die Hälse nach ihr. Einige zogen die Mützen, aber andere machten augenfällig kehrt. »Schreit doch Hoch!« rief ein biederer Arbeiter. Ein paar Leute schrien, aber die meisten schwiegen mürrisch. Ein breiter Morlak, dem möglichenfalls die geschenkten Mittagsessen nicht gut bekommen waren, sagte langsam und laut: »Der Teufel hole dich, Mütterchen!«

›Ich will doch einmal sehen‹, dachte sie, und ließ den Wagen halten. Einen Augenblick mußte sie sich besinnen. Sie kam aus einem farbenreichen Stilleben, wo unter Wollustseufzern und Dolchklirren Befehle ergingen an schöngewandete Sklaven. Unmittelbar darauf wollte sie einem Gewühle abgerissenen Packs die Freiheit lehren und es mitreißen zu einer Staatsumwälzung. In Haar und Kleidern noch die Düfte des Harems und seine Träume noch in den Augen, begann sie ihre Volksrede.

»Ich habe gehört«, sagte sie über die Köpfe der Hörer weg und mit leichtem Widerstreben, »daß ihr jetzt manchmal unzufrieden mit mir seid. Ihr habt aber nicht das geringste Recht dazu...«

»Nein gewiß nicht«, lallte ein Betrunkener, und schwenkte eine Flasche. Seine Nachbarn feixten. Die Herzogin sprach weiter.

»Man meint es gut mit euch. Ich werde euch immer nur geben, was für euch paßt. Ob sonst etwas vorgeht, ob junge Herren ertrinken oder andere sich die Bärte abschneiden, darum solltet ihr euch nicht kümmern, dieweil euch das gar nichts angeht. Laßt euch doch ruhig führen, nachzudenken braucht ihr überhaupt nicht.«

Aus den angrenzenden Gassen liefen Neugierige herbei, der Platz füllte sich. Die städtisch angezogenen jungen Leute grinsten. Die Begeisterten klatschten in die Hände und verstärkten dadurch das Murren der Übelwollenden. Zum Glück waren in der Menge viele von Pavic' Getreuen und manche, die im Solde Rustschuks standen. Auf allen Punkten des Marktes erhob sich, pflichtgetreu und aus voller Kehle, ihr Geschrei: »Wir lieben dich! Lebe lange!«

Die Herzogin begann nochmals, ungeduldig, doch nicht unfreundlich.

»Übrigens verzeihe ich dem Volke, wenn es sich unsinnig benimmt. Ich weiß ja, Dummheit, Aberglaube und Trägheit sind an allem schuld. Was kann zum Beispiel jener, der den Bäcker umbrachte, für seine Tat? Man muß euch erziehen...«

Sie kam nicht weiter. Die Entrüstung des moralisch empfindenden Volkes brach los.

»Ein Mörder! Was ein Mörder dafür kann?! Du weißt gewiß nicht, was du redest!«

Die vom Lande brüllten fassungslos durcheinander. Die Schlingel aus der Stadt stießen schrille Pfiffe aus. Die bezahlten Beifallspender waren verstummt, überall herrschte Ehrlichkeit. Vor beiden Türen des Wagens stauten sich Haufen drohender Gestalten, die die Finger ausstreckten: »Da seht die an, was ihr nur einfällt, der Vornehmen!«

Von ihren Kissen herab blickte die Herzogin umher, sehr erstaunt. Vorne fuchtelten zwei Erbitterte mit blanken Äxten, gerade über den Köpfen der Pferde. Die Tiere scheuten; der Kutscher hieb auf sie ein. Er meinte es gut mit seiner Herrin und entführte sie im Galopp.

Am Nachmittage zogen johlende Scharen auf die Piazza Colonna. Vor dem Palais Assy vollführte die gebildete Jugend, unterstützt von den unteren Ständen, eine Katzenmusik. Die Herzogin erfuhr, daß im Schlosse und bei der Partei Koburg eitel Freude wohne. Sie machte eine zornige Regung durch und beschloß, der ganzen Sache ein eiliges Ende zu bereiten. Das Glück sollte sich nicht nochmals wenden, wie zur Zeit der Pächterunruhen und des Lärms um den internierten Schauspieler. Sie berief die Ihrigen auf denselben Abend und empfing, wieder vollkommen wohlgelaunt, die Erschreckten im langen Spitzenhemd. Vor Vergnügen über die gelungene Maskerade vergaß sie ganz, daß ihr Mißerfolg sie ohne weiteres mit Verrätern umgab, und daß er den Machthabern Mut machen mußte zu einem Schlage gegen sie. Noch in der Nacht sollte der Staatsstreich geschehen; statt dessen fand die Nacht sie, mit Mühe der Verhaftung entgangen, weit draußen im Meer.

Ihr Tag hatte im Harem begonnen und in einer Volksrede gegipfelt; sie beschloß ihn auf dem Hinterdeck einer schwerfälligen Segelbarke, allein und flüchtig. Zu ihren Füßen öffnete sich eine Luke über der Küche und dem Schlafraum des Schiffers; ein übler Geruch stieg heraus. Vorne auf einer Taurolle saß Pavic und hielt seinen Knaben umschlungen. Beim Einsteigen hatte sie zu ihm gesagt, lachend und mit leiser Geringschätzung: »Sie wissen, Herr Doktor, Opfer verlange ich von Ihnen nicht mehr. Sie dürfen dableiben.«

Er hatte sie groß und innig angeschaut: »Wohin Sie gehen, Hoheit, dahin gehe ich.«

Er liebte sie, er litt unter ihrem Schicksal, und er war in

großer Angst für die eigene Person. Nach dem Verschwinden seiner Beschützerin würde ihm selbst der Garaus gemacht werden, das wußte er. Nun gab er sich, hinter der aufgespannten Leinwand, die ihm ihre Gestalt verbarg, peinlichen Gedanken darüber hin, was für ein Gesicht sie wohl mache? Was sollte jetzt aus ihnen beiden werden? Wenn sie am Morgen einsam und verloren in der Weite einander wiedersahen, als was für Menschen würden sie sich begrüßen? ›Ich bin doch ihr Geliebter‹, sagte Pavic sich, ohne daran zu glauben.

Aber es konnte sein, daß die Verbannung ihren Hochmut brach! ›O gewiß, sie wird noch demütig werden gleich uns Armen! Was ihr und mir zustößt, ist heilsam‹, so überlegte er, ergeben in die Fügung. ›Und dann... und dann...‹ Aus der Verstörtheit des plötzlich ganz Entgleisten richtete sich eine neue stürmische Hoffnung auf. ›Dann bin ich ihr wieder, was ich ihr früher war! Alle haben mich angestaunt als Helden, nur sie tat es niemals mehr, seit ich damals... nicht starb. Ah! Jetzt bin ich gerächt! Zu mir wird sie sich flüchten in der Fremde, unter den Verächtern. Denn sie werden sie, die Gestürzte, verachten... Wer weiß, vielleicht lernt sie die Armut kennen...‹

Pavic begann, damit sie ihm gehören könne, für seine Herrin das äußerste Elend herbeizusehnen.

Plötzlich meinte er sie rufen zu hören. Er sprang, mit der Eile seines schlechten Gewissens, von seinem Sitze auf, stolperte über eine Kette und schlug hin, die Beine in der Luft. Sein rechter Fuß stieß heftig gegen den am Bootsrand schlummernden Knaben. Pavic raffte sich entsetzt vom Boden auf: das Kind war verschwunden. Der Vater wollte es nicht glauben, er tastete, auf den Knien rutschend, in der Dunkelheit umher. Dann richtete er sich steif empor und stieß einen rauhen Schrei aus. Der Schiffer lief herbei, er reffte die Segel. Sie ruderten gemeinsam zurück und suchten. Sie ließen Laternen über Bord; die blutigen Lichter glitten die Wand hinab und herauf, wie rotgeweinte Augen, die nichts fanden.

Die Herzogin sagte ihm kein Wort. Er schlich zurück hinter das wieder aufgespannte Segel. Die Luft der Mainacht trug ihr seine zerrissenen Klagelaute zu, und sie wußte nicht, wovon es sie jetzt fröstelte, vom Winde oder von seinem Schluchzen. Sie hatte nur einen leichten Ballumhang über den nackten Schultern. Der Morlak, der die Barke lenkte, legte ihr seinen weiten Mantel um. Die Nacht verging ihr in peinvoller Schläfrigkeit; jedesmal im Augenblick des Einschlummerns schrak sie empor.

Einmal, als sie die Augen öffnete, hatte das Meer die Finsternis durchbrochen, von der es gebannt gehalten war. Eine graue Schlange, krümmte es sich um sie her und wollte sie ersticken. Sie stieß, mit einem leisen Wehruf, den Alp von sich. Aber ein neuer Schauder ergriff sie; das Kind fiel ihr ein, sie fühlte, wie es hinter ihr im Wasser trieb und den Kopf mit toten Augen nach ihr ausreckte. ›Was will es von mir?‹ dachte sie. Da hörte sie sich selbst sagen: »Sie wissen, Herr Doktor, Opfer verlange ich von Ihnen nicht mehr.«

»Was für ein Unsinn!« flüsterte sie sich zu. »Habe ich ihm denn zugemutet, sein Kind ins Wasser zu stoßen?«

Sie wandte sich hastig um; es schwamm wirklich, in der beginnenden Helligkeit, ein Wesen ihrem Fahrzeuge nach, ein Delphin, der heiter grunzte, wie ein Schwein. Unversehens schoß er, schnell und kraftvoll, dem Boote voraus, in den Kreis der Genossen, die umherspielten in den Morgenwellen. Vom Horizont, wo noch die Angstblässe der Nacht hing, sickerten rosige Tropfen, als eine Erlösung in das Meer. Es glättete sich und ward durchsichtig. Der Blick tauchte in geahnte Gärten hinab, wo an Pfaden von bunten Muscheln Korallenbäume die bleichroten Äste ausbreiteten und farbenreiche Fungusarten aufblühten inmitten von Tang und Algen.

Nun war der halbe Himmel vom roten Licht überspült. Die Herzogin dachte: ›Wo die Sonne aufgeht, liegt das Land, das ich verlassen habe. Dieser Frühwind kommt dorther, er riecht nach Salz, nach Fischen, nach Uferschlamm, mir scheint, er riecht auch nach dem Moos der Klippen und nach ihrer Einsamkeit. Ich spüre dies Wehen und muß an unabsehbare Steinfelder denken, mit weißen Straßen ohne Ende, an denen nur bestaubte Kakteen wachsen.‹

»Diese Luft sollte der Atem eines freien Landes sein«, sagte sie, tiefernst, vor sich hin.

Das Meer gewann eine azurne Färbung, dann eine ultramarine, und aus dem abgründigen Blau quirlte weißer Schaum herauf, wie ein Zeichen geheimer Erregungen.

›Gestern abend, beim Einsteigen, habe ich noch gelacht. Warum jetzt nicht mehr? Was ist geschehen? Das Kind... Oh, das Kind ist nur ein Zeichen für... etwas, was vorgeht. Bin ich es noch selbst, die erst vor wenigen Stunden in galanter Kostümierung den Staatsstreich einleiten wollte? Wo sind nun die Gesichter, deren Verblüffung mich belustigte! Ich reizte die Armseligen und freute mich, wenn sie boshaft wurden. Ich weiß nicht einmal, ob ich Feste gab, um eine Revolution anzuzetteln, oder ob ich durch Verschwörung und Umsturz meine Geselligkeit beleben wollte. Das prickelnde Hin und Her glücklicher und unglücklicher Zufälle erhielt mich munter. In das grämliche Stilleben der alten grotesken Leute im Königsschloß warf ich mit Faschingslaune die Wörter Freiheit, Gerechtigkeit, Aufklärung, Wohlstand. Es war, als tanzte ich noch in Paris und habe mir eine neue Mode ausgedacht. Soll jetzt etwas Dauerhaftes daraus werden, oder gar etwas Tragisches?‹

Sie wehrte ihren Gedanken und sann doch unablässig

über zurückgelassenen Bildern. Ein junger Hirt, mit stumm leuchtenden Augen unter der niedrigen blassen Stirn, stand, die Arme über seinem Stabe gekreuzt, unter dem epischen Himmel, unbeweglich inmitten eines sich drehenden Kreises von Ziegen und Schafen. Ihre Köpfe beunruhigten seltsam, sie erinnerten an heidnische Mythen. Ein junges Weib, bedeckt mit verhärtetem Schmutz, der die Lüste der fremden Beherrscher abwehren sollte von ihrem Leibe, gab ihrem Kinde ein Messer in die Hand. Sie lehrte es den Angriff auf einen magern Hund, der die Zähne fletschte.

Die Herzogin murmelte in brennendem Gedenken:

»Das war stolz und voll tiefen Sinnes! Wie lange ist es schon her, daß ich es sah! Ich habe doch in derselben Liebe gebebt wie jene in Benkovac unter dem lodernden Wort des Tribunen, und in demselben Haß wie die Alte mit dem Schädel ihres Sohnes. Konnte ich es vergessen? Dies Volk ist stark und schön!«

In ihren Ziegenfellen standen sie, übriggebliebene Bildsäulen aus heroischen Zeiten, neben Haufen von Knoblauch und Oliven, bei riesigen gebauchten Krügen aus Ton, unter großen friedlichen Tieren. Sie waren selbst fast Tier – und fast Halbgott! Vergessene Profile tauchten vor ihr auf, gerade scharfe Nasen, Münder mit Leidenszügen, lange schwarze Locken. Sie sah ihnen zu wie einst, da sie als weißes Kind von den Klippen vor Schloß Assy hinabschaute zu den Barken, auf denen unbekannte Wesen grüßend an ihr vorüberzogen.

»Ah! Es sind mir keine Schatten mehr wie damals! Ich kenne jetzt ihre Stimmen, ihren Geruch, ihre Sehnen, ihr Blut! Die hageren, feierlichen Gestalten, die zu meinen Fenstern heraufstarrten, ihre Gebärden, von Pavic' Rede entfesselt, ihr tierischer Jubel bei den geschenkten Gelagen, die drohende Wut ihrer beschränkten Geister, erst gestern um meinen Wagen her! Ihre Anbetung und ihre

Mordlust, beides gilt mir gleichviel, beides ist stark und schön!«

»Über Schönheit und Stärke ein Reich der Freiheit aufzurichten: welch ein Traum!«

Fernher, von dem Lande, das ihm gehörte, flog dieser Traum ihr nach, auf dem Rücken des Windes, der nach seiner Küste roch. Er holte sie ein und faßte sie mit Gewalt. Sie glühte unter seinen stürmischen Werbungen, ganz allein mit ihm am Rande ihrer einsamen Barke, auf einem verlassen leuchtenden Meere. Der braune Faltenmantel des Armen fiel von ihren zuckenden Schultern. An die schimmernde Rundung ihrer Perlmuschel geschmiegt, ein kostbares Geschöpf der Tiefe, nackt, feucht und duftend lag sie in den Armen eines Gottes.

Pavic kam zum Vorschein, mit geschwollenen Augen. Er trug Brot und Speck herbei; der Schiffer teilte mit ihnen. Der Sturm begann die Wellen mit Schaum zu krönen; sie sahen sie grün und klar heranrollen gleich Blöcken von Smaragd. Gegen Abend trat Ruhe ein. Die Sonne ging als Riesenscheibe, mit grellem Glanze unter; die Welt verschwand unter einer Purpurdecke. Allmählich streiften Schatten darüber hin, graue Nebelfiguren, Rauchsäulen auf der Trümmerstätte eines verbrannten Tages. In der Dunkelheit begegneten sie heimkehrenden Fischerbooten. Und endlich landeten sie.

»Wo sind wir?« fragte die Herzogin.

Pavic verlangte Auskunft von dem Morlaken.

»Ein Stückchen unterhalb Ancona«, erklärte er mit mutloser Handbewegung.

»Wir brauchen ein Fuhrwerk«, sagte er sodann. »Jetzt um zehn Uhr abends, und in die Stadt dürfen wir uns nicht getrauen.«

»Warum nicht?« meinte sie.

»Hoheit, wir sind politische Flüchtlinge.«

Sie standen ratlos am Strande. Schließlich geleitete der Schiffer sie eine Stunde ins Land hinein. Die Herzogin verlor im Sande ihre Tanzschuhe; Pavic zog sie ihr schweigend wieder an. Sie wanderten an einer Dorfmauer hin; es war ein Passionsweg darauf gemalt. Wo sie aufhörte, stand eine kleine achteckige Kirche, ein Stück abseits von ihrem hohen Glockenturm. Dahinter erschloß sich eine lange, blühende Laube von Linden und Kastanien. Pavic und der Führer durchmaßen sie langsam. Zwischen den Blättern hindurch spielten Lichter des aufgehenden Mondes über den Weg und zeigten ihnen an seinem Ende ein weißes Haus.

Die Herzogin sah ihnen nach, aus dem Schatten der Kirche. In dem ragenden Marmorportal lehnte eine niedrige hölzerne Pforte, mit hochgeschnitzten Engelsköpfen darauf, leise geöffnet. Die Herzogin trat ein. Sie erblickte auf den acht inneren Wandflächen, deren vier sich zu Kapellen vertieften, lauter kleine Genien. Sie streckten die Köpfe aus den schweren Falten steinerner Vorhänge, sie schlugen Akanthusblätter zurück und entstiegen Blütenkelchen. Sie hielten einander umschlungen, sie klatschten in die Grübchenhände, lachten mit vollen Gesichtern und sperrten herzhafte Münder auf: der enge Raum war erfüllt von ihren Geisterstimmchen. Die Liebkosung des Mondscheins lockte ein Lächeln auf die kalkgepuderte Miene des einen, es löste einem andern die kurzen üppigen Glieder, daß er sie heimlich und zaghaft aus der Mauer hob, hinaus in das Leben der Nacht.

Von oben, aus einer Öffnung in der Kuppel fielen scharfe weiße Strahlen auf das Bild eines Knaben in goldenen Locken und langem pfirsichroten Gewande. Er hielt die linke Hand hinter sich, zwei Frauen in Lichtgelb und Blaßgrün hin. Mit silberner Ampel leuchtete seine Rechte ihnen voran, durch den in Finsternis versteckten Garten. Der Herzogin war es, als sei sie es selbst, der dieser schlanke, ernste und noch ganz freie Knabe ihr ungestüm erträumtes Reich erhellen wolle. Ihr Traum, zufrieden damit, sie im Sturm bezwungen zu haben, durchsonnte sie nun mit stiller Kraft; sein geglättetes Gesicht aber trug dieser Knabe.

»Aber wir sind zwei, vor denen er einhergeht«, so fragte sie sich. »Wer ist der andere?«

Die Züge der beiden Frauen lagen tief im Dunkel.

Sie ging hinaus, bedächtigen Schrittes, und folgte nun auch dem stummen, vom Monde gebannten Baumgang, bis vor das weiße Haus. Der Hauptbau, breit und einstöckig, streckte sich im grauen Hintergrunde; eine blendende Rampe führte flach und langsam auf ihn zu. An einem der rechteckig vorragenden Flügel standen Pavic und sein Begleiter, sie verhandelten fruchtlos. Ein wütender Mensch fluchte über die Ruhestörung und drohte mit den Hunden: ihr Gebell übertönte sein Schreien.

Als die Herzogin auf die Bildfläche trat, brach aller Lärm ab. In dem dreieckigen Schlagschatten zwischen Mittelfront und linkem Pavillon flammte rot ein Fenster auf. Es ward geöffnet, eine Frau sagte verschleiert und so gütig, daß man gern ihre Hand berührt hätte: »Sie sind nicht umsonst gekommen, das Fuhrwerk steht gleich bereit.«

Die Herzogin rief selbst ihren Dank hinauf zu der Unbekannten. Sie warteten; der Wagen rollte um das Haus. Die Herzogin und Pavic stiegen ein. Die Stimme der Frau wünschte ihnen eine glückliche Fahrt. Sie kamen an der kleinen Kirche vorbei; die Herzogin fühlte sich voll Zuversicht, fast glücklich. Sie meinte, von diesem zufälligen Orte, dessen Tagesbild sie nicht kannte, an den eine Stunde der Nacht, der Flucht, des gehobenen Empfindens sie getragen hatte, nehme sie Freunde mit. Sie gedachte des Knaben mit silberner Ampel: ›Du gehst vor uns her. Aber wer ist die andere?‹

IV

Die Einwohner von Palestrina liefen hinunter auf die alte Straße, die ihre Bergstadt mit Rom verbindet. Es trieb sie an, von weitem auszuschauen nach dem Kardinal. Endlich sollte er Besitz ergreifen von dieser suburbanen Diözese, die der neue Papst ihm verliehen hatte. Er trug einen deutschen Namen, den keiner behalten konnte.

Der schwarze Wagen rollte schwerfällig herbei; aus den Gärten, den Abhang hinauf, winkten ihm Tücher und grüßten ihn Kränze. Er schlich, vom Volke umringt, das Hoch schrie, mühsam den steilen Platanengang hinan, und er rasselte auf den geschmückten Platz. Böllerschüsse krachten; da sah man einen noch jungen Mann aussteigen. Wo war sein rotes Käppchen und wo die Scharlachstreifen an seinem Kleide? Die Gemeinde schwieg enttäuscht. Aber sie wartete auf Feuerwerk, Konzert und Lotto. Darum fand sie sich darein, daß statt des Kardinals nur sein Vikar erschienen war, der Monsignore Tamburini.

Sie geleiteten ihn durch die engen Treppengassen hinauf zu den Kapuzinern, bei denen er übernachtete. Am nächsten Morgen besuchte er, auf Schritt und Tritt von schmetternder Musik begleitet, das Nonnenkloster. Die Oberin empfing ihn in dem kühlen Hofe, wo von den arabischen Säulchen junge Rosen hingen. Nach der Begrüßung schob sie die Gartenpforte zurück und lud den Vikar in die Vigne. Unter dem schweren Blau des Augusthimmels woben die Weinblätter ihren schwanken Schatten über einen schmalen Felsgrat hin. Am Ende des Weges, wo jäh die Wand abfiel, stand ein Marmortisch, und es saß eine Dame davor, das Gesicht auf die Landschaft gerichtet. Sie sah rechts aus einem Gewoge blauer Kuppen den Soracte emporsteigen. Geradeaus dämmerte ein Wall von grauem Duft, näher und entfernter, den Horizont entlang: Albaner- und Volskergebirg. In der Lücke zwischen ihnen glitzerte weiß eine Ahnung des Meeres. Die braune Campagna dehnte sich in sommerlicher Verlassenheit, fieberglühend bis in jene Ferne.

Der Vikar flüsterte neugierig: »Wen habt Ihr dort, eine Dame?«

»Sie ist es eben«, erwiderte die Oberin, »wegen derer ich Monsignore hierherführe. Sie ist uns eines Abends ins Haus geschneit, und geht nicht mehr fort. Was sollen wir tun?«

»Zahlt sie?«

»Sehr gut.«

»Wie heißt sie?«

»Sie hat einen Namen genannt, den sie später selbst wieder vergessen hatte. Ich möchte schwören, daß es nicht der ihrige war.«

Monsignore Tamburini lächelte.

»Ein Roman? Was Ihr für ein Glück habt, hochwürdige Mutter! Bekommt sie Briefe?«

»Einmal war am Tore ein Mann aus Rom und brachte ein Paket Wäsche. Ich habe es untersucht, es war Geld darin, aber nichts Schriftliches. Es ist alles sehr geheimnisvoll und fast ängstlich.«

»Wir werden sehen«, sagte selbstbewußt der Vikar. Er raffte seine Soutane über die Füße hinauf, daß die violetten Strümpfe zum Vorschein kamen, und durchmaß mit großen Schritten, sich kräftig räuspernd, die Vigne. Die Fremde wandte sich nach ihm um und dankte ihm für seinen Gruß. Ihre Züge dünkten ihm eigentlich bekannt. Er stellte sich vor und fragte: »Nicht wahr, gnädige Frau, der Anblick dieses Landes fesselt uns wochenlang.«

Die Dame versetzte: »Es ist schön, aber ich bin nicht deswegen hier. Ich bin die Herzogin von Assy.«

Er fuhr zusammen.

»Ich hätte es fast erraten!« stotterte er. »Man kennt ja Euere Hoheit aus den illustrierten Blättern!«

Indessen er sie anstarrte, dachte er: ›Die Oberin, das furchtbare Gänschen, hat also recht, wir erleben Abenteuer.‹ Er sammelte sich.

»Welch seltsames Zusammentreffen! Hier im weltfernen Klostergarten finde ich die hohe Frau, die Heldin und die Märtyrerin, deren großartigem Kampf für eine heilige Sache wir alle voll atemloser Angst gefolgt sind...!«

Er redete mit eherner Stimme, seine mächtigen Hände griffen aus. Er hatte die niedrige, durch eine Haarsträhne geteilte Stirn, die kurze, gerade Nase und das starke Untergesicht des Römers, und stand bieder und massig vor sie hingepflanzt; doch unter ihren schweren Lidern prüften seine kleinen Augen sie, beweglich und tiefschwarz. Die Herzogin lächelte.

»Heldin – kaum. Märtyrerin – ich weiß nicht. Jedenfalls keine besonders tapfere, da ich mich hier verkrochen habe. Aber, glauben Sie mir, Monsignore, die Langeweile verleiht Mut. Bevor Sie kamen, hatte ich gerade fünfmal gegähnt, und kaum erblickte ich Sie, war ich entschlossen, mich Ihnen zu erkennen zu geben.«

»Sie haben Furcht gehabt... vor...?«

»Ganz recht. Vor der Auslieferung.«

Er hatte sich nicht denken können, was sie fürchtete. Sie hielt sich also für verfolgt? Wie unnötig! Die Machthaber in ihrem Lande waren gewiß sehr froh, sie los zu sein. Seither war es dort beinahe still geworden, wußte sie das nicht? Er öffnete den Mund, um es ihr zu sagen, schwieg aber und wiegte den Kopf. Wenn sie Furcht hatte, warum sollte er sie ihr nehmen? Aus der Furcht eines andern ließ

sich immer irgendein Vorteil ziehen. Er sagte fett und überzeugt: »Hoheit, ich verstehe das.«
Er hatte nachgedacht und belebte sich.
»Die jetzige räuberische Regierung Italiens ist stets zu jeder Schandtat bereit. Die Tyrannen Ihres Heimatlandes brauchen bloß in Rom den Wunsch zu äußern, und Sie, Frau Herzogin, werden schonungslos ausgeliefert.«
»Sie glauben?«
»Da gibt's keinen Zweifel. Solange Sie allein und schutzlos sind, heißt das.«
»Wer sollte mich schützen?«
»Das kann nur...«
»Wer?«
»Die Kirche!«
»Die Kirche?«
Er ließ sie nachdenken.
»Warum nicht«, äußerte sie schließlich.
»Vertrauen Sie sich der Kirche an, Frau Herzogin! Die Kirche vermag mehr, als Sie ahnen. Was ohne sie fehlgeschlagen ist, vielleicht – vielleicht gelänge es mit ihrem Beistande!«
Sie überhörte seine gedämpfte Andeutung.
»Ich könnte dann in Rom frei umhergehen?« fragte sie.
»Frei und sicher, ich bürge dafür.«
»Nun dann – meinetwegen. Und rasch. Monsignore, rasch! Sie sehen, ich langweile mich.«
»Sofort, Frau Herzogin. Heute abend, nach Beendigung des hiesigen Festes. Ich hole Euere Hoheit in meinem Wagen ab.«
Er verabschiedete sich mit geistlichem Anstande. Draußen erwartete ihn das Orchester. Unter Marschgebläse gelangte er zum Dom und zelebrierte das Hochamt. Am Abend, als vom Stadtplatz zum stahlblauen Sternenhimmel Raketen schossen, hielt sein Wagen an der Klosterpforte. Sie öffnete sich halb, die Herzogin bestieg das Ge-

fährt. Sie reichte der knicksenden Oberin die Hand, das Gesicht der Alten ruhte elfenbeinfarben im Frieden ihrer weißleinenen Flügelhaube. Hinter den kleinen Öffnungen in der kahlen gotischen Fassade spähten die müden Augen junger Nonnen.

Der Vikar erreichte mit seiner unverhofften Begleiterin auf einem Seitenwege die Campagna. Die Pferde mußten laufen; um elf Uhr waren sie beim Tor, kurz darauf auf dem Monte Celio. Dort stand das kleine Haus eines Prälaten, der plötzlich nach dem Orient entsandt war. Es war vollständig möbliert zu vermieten. Die Herzogin übernachtete darin. Am Morgen war sie entschlossen, dazubleiben.

Das Häuschen lag auf dem Rücken des verlassensten der römischen Hügel, in der Tiefe eines verwilderten Gartens. Davor, auf dem von zerbröckelnden Mauern eingehegten, ungepflasterten Platze sonnte sich die Navicella, das bemooste, geborstene Brunnenbecken in Schiffsgestalt. Es träumte von Tagen, als drüben Trinitarierritter klirrend auf die Schwelle ihres Hauses traten. Noch erhob sich über der verschlossenen Tür das Sinnbild des Ordens, ein weißer und ein Mohrensklave, die zur Rechten und zur Linken des segnenden Christus von ihrer Befreiung zeugten. Aber die Front ragte vor zusammengesunkenen Wänden ins Leere. Das Geräusch weniger Schritte verirrte sich an den Ort. Vom Kloster der heiligen Johannes und Paulus her schlürften manchmal durch den Bogen des Kaisers Dolabella die Sandalen eines Mönches.

Seitwärts unter ihrem überspringenden Dache hatte die weiße Villetta der Herzogin einen Pfeilergang. Von dort erblickte sie, eingerahmt von den beiden Zypressen, die an ihrem Gartengitter sich zueinander neigten, das Kolosseum und das Trümmerfeld des Forums.

Im Innern klapperten die Absätze auf roten Fliesen. Die Zimmer waren dunkel tapeziert oder geweißt. Die Möbel luden durch Formen und Stellungen zum Meditieren ein oder zum Beten. Etwas Sachtes und leicht Dumpfiges hing wie unsichtbare Spinnengewebe in allen Räumen; es glich einer Erinnerung an alte Bücher, schwarze, behutsam gleitende Gewänder und längst abgestandenen Weihrauch. Die Herzogin dachte an Monsieur Henry, ihren spottsüchtigen Lehrer. ›Ich will ihm doch schreiben, wohin ich nun geraten bin.‹

Sie benachrichtigte Pavic. Er stellte sich alsbald ein und brachte San Bacco mit. Der Freiheitskämpfer ging feierlich auf sie zu; sein Gehrock war über den Hüften zusammengeschnürt und stand oben offen. Blitzenden Auges sagte er: »Willkommen, Herzogin, im Exil!«

»Marquis, ich danke Ihnen!« erwiderte sie, mit leiser Parodie seines tragischen Tonfalls.

Pavic trat vor.

»Euere Hoheit taten einen folgenschweren Schritt, als Sie, ohne den Rat Ihrer Freunde einzuholen, Ihr sicheres Asyl verließen.«

Sie hob die Schultern.

»Lieber Doktor, haben Sie sich denn eingebildet, ich würde mein Leben im Kloster beschließen?«

»Wir hofften, Sie würden Geduld haben, nur noch eine Weile. Man arbeitete für Sie.«

»Wir arbeiteten für Sie«, wiederholte San Bacco. Die Herzogin meinte: »Gut. Arbeiten wir also gemeinsam! Und unterhalten wir uns nebenbei. Rom macht mir einen fast närrisch lustigen Eindruck.«

Sie wies durch das Fenster auf den schwermütigen Platz. Pavic rang die Hände.

»Ich beschwöre Sie, Frau Herzogin, setzen Sie keinen Fuß hinaus! Bei Ihrem ersten Erscheinen verhaftet man Sie!«

»Verhaften? Ah! Meine Herren, es ist Ihnen noch unbekannt, welchen mächtigen Schutz ich genieße.«

»Einen... Schutz...?« fragte Pavic mit hörbarer Enttäuschung.

»Den Schutz unserer heiligsten Mutter, der Kirche.«

Sie lächelte und bekreuzigte sich. Pavic ahmte hastig ihre Gebärde nach, er bat die Sünde ihres Hohns in Gedanken ab.

»Nun schweigen Sie?«

San Bacco schritt aufgeregt durch das Zimmer. Er rief in der Fistel: »Ich ehre die Kirche als Christ, als Demokrat und als Edelmann. Aber wo ihre Tätigkeit beginnt, da endet die des Soldaten. In meiner Vorstellung, Herzogin, erscheint der Priester erst am Sterbebett des Helden!«

»Marquis, Sie haben vollkommen recht, bis auf eine Kleinigkeit: ich bin kein Held.«

Sie stellte sich vor ihn hin und sah ihm in die Augen.

»Sie überschätzen mich, mein Lieber, ich bin schwach. Die Langeweile hat mich schwach gemacht. Ein starker, gewandter Priester lief mir in den Weg, ein Vikar des Kardinals Grafen Burnsheimb, und ich bin ihm hierhergefolgt. Was wollen Sie, Marquis, ich bin erst fünfundzwanzig! Man muß nicht zuviel von mir verlangen. Ich habe Freunde in Rom, die mich über mein Unglück trösten werden. Monsignore Tamburini erzählt mir, daß die Prinzessin Laetitia hier ist. Ich kenne sie seit Paris und will sie aufsuchen. Meinen Sie, daß die Fuchsjagden im Oktober ohne mich stattfinden sollen?«

San Bacco schüttelte den Kopf.

»Sie stellen sich frivol, Herzogin! Inmitten der leichtfertigen Festlichkeiten in Zara waren Sie von historischer Größe... jawohl, von historischer Größe! Und jetzt, unter der Last eines pathetischen Verhängnisses, kokettieren Sie mit Oberflächlichkeit. Sie lieben das Bizarre, Herzogin – und es steht Ihnen.«

»Aber Ihnen steht das Geistreiche gar nicht. Seien Sie gut!«

Sie bot ihm die Hand.

»Ich muß eine Menge Einkäufe machen. Sie sehen, wie es hier kahl ist. Kommen Sie, begleiten Sie mich. Nicht wahr, Sie schenken mir ein paar Stunden?«

Er murmelte: »Ein paar Stunden? Ich gehöre Ihnen ja ganz.«

Er beugte sich über ihre Finger. Sein rotes Kinnbärtchen zitterte.

Hinter ihnen stand Pavic, betreten und mit einem bitteren Geschmack auf der Zunge. Die Herzogin wandte sich um.

»Und Sie, Herr Doktor, sind Sie versöhnt?«

Pavic stammelte: »Bin ich nicht Ihr Diener? Frau Herzogin, Ihr Diener, wie es auch kommen mag. Ich hatte mir's anders gedacht. Sie sind in Gefahr, Sie fürchteten sich, ich wollte Sie decken mit meiner Brust...«

Da sie den Mund verzog, verwirrte er sich vollständig.

»Auch ich selbst fürchtete mich, es ist ja wahr... Genug, jetzt schützen Sie stärkere Hände. Ich als einfaches Slawenherz war stets ein gläubiger Sohn der Kirche...«

»Dann ist also alles in Ordnung. Ich höre den Wagen des Kardinals. Gehen wir.«

Sie setzte sich den Hut auf.

»Das Kammermädchen, das man mir geschickt hat, versteht nicht viel. Es ist ein Verbannungs-Kammermädchen.«

San Bacco suchte in allen Zimmern nach ihrem Sonnenschirm. Dann stiegen sie ein. Vor einer der Ladentüren, wo sie auf ihre Dame warteten, sagte der Garibaldianer zu dem Tribunen: »Ich bewundere diese Frau, denn sie hat mich enttäuscht. Ich kam und meinte Vernunft predigen zu müssen. Sie konnte verbittert sein, nicht wahr, oder kindisch ratlos, oder empört. Nein, durchaus nicht; sie scherzt. Sie hat die kraftvolle Leichtigkeit dessen, der seiner Sache gewiß ist. Diese Frau ist groß!«

Pavic murrte.

»Groß, hm, groß – ich sage nicht nein. Es gibt eine passive Größe. Manche sterben lustig. So ein Aristokrat, der sich guillotinieren ließ, weil irgendeine Liebesgeschichte ihn vom rechtzeitigen Überschreiten der Grenze abhielt, ich halte ihn für eine lächerliche Figur, schon darum, weil er zwecklos ist.«

»Mein Herr! Sie vergessen, zu wem Sie das sagen!«

San Bacco richtete sich stolz auf. Aber Pavic versetzte ruhig: »Sie, Herr Marquis, den ich so hoch verehre, sind ein Mann der Freiheit.«

Und der Mann der zwei Seelen, der San Bacco hieß, wußte nichts zu entgegnen. Der andere sprach weiter.

»Der aber, an dessen Leben eine große Sache hängt, ist zu kostbar; er darf nicht sterben irgendeiner Chimäre zu Gefallen, und trüge sie den klingendsten Namen. Sollte ich, der ich meinem Volke viel bin, zusehen müssen, wie auf Barrikaden Blut fließt? Muß ich mich statt eines Bauern spießen lassen?«

San Bacco verstand nicht, er schwieg, und Pavic verbiß sich stumm in seine Idee. Sie hielt ihn besessen bei Tage und bei Nacht. Kaum vom Schlummer erwacht, begann er der Herzogin, als ob sie vor ihm stünde, die Gründe vorzuhalten, weshalb das Opfer seines Lebens, das sie verlangt hatte, töricht und verderblich gewesen wäre. Er saß dann im Bett und redete mit dem Mute, den er vor ihrem Angesicht nicht fand, auf sie ein, schallend laut, mit starken Gesten und schließlich ganz erbittert. Er warf ihr seine Nachtwachen vor, seine Heimatlosigkeit und sein gebrochenes Dasein, ja, auch den Tod seines Kindes. In seiner Überreiztheit glaubte er oft, sie habe den Knaben gefordert statt seiner selbst.

»Und nach so vielen Opfern...!«

Er vollendete sich den Gedanken niemals, aber sein Gefühl überzeugte ihn, daß sie für so viele Opfer sich ihm hätte geben müssen. Und nie mehr würde sie es tun, er wußte es! Er hatte sie, in einer Stunde, da er über die Ratlose verfügen durfte, nach der grauen Bergstadt und ins Kloster gebracht. Die Gefahr hatte er übertrieben, ihr und sich selbst. Einsamkeit, Ernüchterung und Furcht sollten an ihrer Seele arbeiten, sie demütig, zahm und mitleidig machen. Nun war sie ihm aus der Hand entschlüpft, ein bunter Vogel, der hoch über ihm auf einem schmalen Zweige saß und zwitscherte, unüberwindlich frei und hochmütig. Pavic verzweifelte. Was konnte er noch tun, um in ihrem Gedächtnisse jene Stunde auszulöschen, da er nicht gestorben war. Er irrte umher und suchte.

Nach Beendigung ihrer Einkäufe sagte die Herzogin: »Morgen abend sehen wir uns beim Kardinal. Sie sind eingeladen, meine Herren.«

Zur bestimmten Zeit trafen sich die beiden in der Lungara, der zwischen Palästen still dahinziehenden Straße jenseits des Tiber. Sie erstiegen gemeinsam die breite flache Treppe im Hause des Kirchenfürsten. Hinter einem schwarzgekleideten Diener, der fromm geneigten Hauptes einen Armleuchter vor ihnen hertrug, durchmaßen sie eine Reihe von Sälen mit verschlossenen Fensterläden. Das Kerzenlicht riß Lücken in das Dunkel, es enthüllte ein Stück Deckengemälde: große kalte Leiber, berechnete Haltungen und wohlgeordnete Faltenwürfe erstarrten in einem öden Pomp; es streifte verblaßtes Gold an weit voneinander getrennten Stühlen, von denen brokatene Fetzen fielen. Dann öffneten sich den Besuchern einige kleinere Gemächer, von Schaukästen eingenommen, auf denen ausgestopfte Vögel mit gewundenen Hälsen, gespreiztem Gefieder, aufgesperrten Schnäbeln sich in der Dämmerung bauchten zu seltsamen Gestalten. Im Bibliothekszimmer stand ein junger Abbate vom Studium auf, verbeugte sich und kehrte zu seinem Schreibzeuge zurück.

Endlich gelangten sie in das Kabinett des Hausherrn. San Bacco, der ihm bekannt war, nannte ihm Pavics Namen; darauf stellte er sie beide den vier Damen vor, die um die Herzogin von Assy herumsaßen, einer sehr fetten und überaus lebhaften Greisin, der Fürstin Cucuru, sowie ihren zwei schönen blonden Töchtern und der Contessa Blà, einer noch jungen Frau. Monsignore Tamburini hielt sich, ein pflichtstrenger Adjutant, im Rücken des Kardinals. Graf Burnsheimb lehnte klein, schmächtig und leicht gebeugt, im schwarzen, rot umsäumten Gewande und das rote Käppchen auf dem dünnen weißen Haar, an einem hohen roten Ledersessel. Seine weiße magere Hand ruhte ungekrümmt und lebensvoll auf der gelben Marmorplatte seines Arbeitstisches. Es erhob sich darauf zwischen gehäuften Büchern eine römische Ampel, drei bronzene Schnabelbecken an einem langen Stiel. Sie erhellte von unten das versteckte, feine Lächeln des Kardinals. Er wandte das schmale blasse Gesicht den Damen zu, einer nach der andern, und lud mit kühler langsamer Stimme seine Gäste ein, ihm in die Galerie zu folgen.

Tamburini schob in der Wand eine Kulisse zurück, sie betraten die lange, ansehnlich breite Wandelhalle, die durch drei Glastüren auf den Garten hinaussah. Er drängte sich hier in der Höhe des ersten Stockwerks, eng und abgezirkelt, an den Abhang des Janiculushügels. Noch hing etwas rosiger Staub, von der Sonne zurückgelassen, in den Taxusmauern. Sie umgaben quadratisch zwei dreieckige Wasserbecken, auf deren niedrigen Einfassungen zwei Tritonen sich rekelten und zwei Faune.

An beiden Enden der Galerie befand sich eine verschlossene Pforte, überdacht und umflutet von Vorhängen aus grünem Marmor. Aus den mächtig geschwungenen Steinwellen traten zwei weiße, nackte Figuren, ein Knabe hüben, und drüben ein Mädchen. Sie lächelten und legten einen Finger auf den Mund. Die ganze Länge des Raumes trennte sie; zaghaft setzten sie den Fuß an, als wollten sie einander entgegengehen über den spiegelnden Mosaikboden, worauf blaue Pfaue, umkränzt von Rosen, die goldigen Schweife aufrollten. Statt ihrer humpelte die Fürstin Cucuru darüber hin. Sie bot, sobald sie auf den Füßen war, einen überraschenden Anblick. Ihre lahmen Knie machten sie ungeduldig, sie bestrebte sich, ihnen vorauszueilen, mit angelnden Armen und leidenschaftlich stampfendem Krückstock. Sie beugte sich, fast zusammenbrechend unter der Last ihres Fettes, so weit nach vorn, daß der untere Teil ihres Rückens die Schultern überragte. Dadurch ward hinten das Kleid aufgerafft und enthüllte die geschwollenen Beine der Greisin. Ihr ägyptisches Profil, mit platter, auf der Oberlippe fest anliegender Nase, schoß vor sich her den bekümmerten Blick eines die Beute versäumenden Raubvogels. Sie blieb hinter der Gesellschaft zurück und schrie mit gieriger Lockstimme abwechselnd »Lilian!« und »Vinon!«; aber die Hilfe ihrer Töchter verbat sie sich wütend.

Atemlos und hochrot fiel sie schließlich in einen Fauteuil bei der geöffneten Gartentür. Daneben schob der Kardinal eigenhändig einen zweiten Sitz für die Herzogin. Die Cucuru rief: »Nehmen Sie dreist allen Platz, Herzogin! Sie brauchen Kühlung, Sie sind zart. Ich, ich habe überhaupt keine Luft nötig, ich habe eine Gesundheit und eine Kraft! Vierundsechzig bin ich, hören Sie, vierundsechzig, und werde noch hundert werden! Mit Seiner Hilfe!«

Sie schielte nach oben und murmelte, sich bekreuzigend, etwas Unverständliches.

»Ja, ja, Anton«, so wandte sie sich, noch lauter, an den Kardinal, »Ihr seid natürlich recht froh, daß Ihr die da im Hause habt!«

Und sie klopfte mit dem Horngriff ihres Stockes die Herzogin kräftig auf den Arm. Der Kardinal sagte: »Genießen Sie unsere Abendkühle, liebe Tochter, hier am Janiculus ist sie zuträglich, und trösten Sie sich, wenn es möglich ist, über die Bitternisse des Exils!«

»Papperlapapp!« machte die Cucuru, »Freund, was redet Ihr vom Exil! Die Frau ist jung, sie kann tätig sein und leben, leben, leben! Geld hat sie, sie weiß kaum wieviel, und Geld, Freund Anton, ist die Hauptsache!«

Monsignore Tamburini bestätigte dies mit einem fetten »So ist es!«. Die Contessa Blà erkundigte sich: »Hoheit, nehmen Sie Ihr Mißgeschick schwer?«

»Ich weiß nicht«, erklärte lächelnd die Herzogin, »ich habe mich bisher nicht genau untersucht. Augenblicklich ist es mir gleich, der Garten duftet so frisch.«

Die Blà nickte und schwieg. Aber Pavic, der noch nichts gesagt hatte, ließ sich vernehmen. Die schleichende Rachsucht, die seine Begierde, der Herzogin von Assy zu Füßen zu liegen, jetzt manchmal verdrängte, stieg ihm plötzlich zu Kopf. Seine Stirn war gerötet, er sagte leidselig und dem Auge der Herzogin ausweichend: »Eine Unheilsbotschaft; ich weiß nicht, wie ich sie länger zurückhalten soll. Den Assyschen Besitzungen in Dalmatien droht die Konfiskation. Der Staat steht im Begriffe, sie einzuziehen. Zu dieser Stunde ist es vielleicht schon geschehen.«

Der Kardinal fragte ruhig: »Sie wissen es im voraus?«

»Hier ist der Brief meines Vertrauensmannes.«

Pavic trat zurück, befriedigt und dennoch von Schmerz zerrissen.

Der Kardinal las und reichte das Papier der Herzogin. Dann griff die Cucuru danach. Sie prüfte es und brach, sobald sie es für echt befunden hatte, in Gelächter aus. Vermittels ihres Stockes, den sie unablässig auf den Boden stieß, verstärkte sie ihren Lärm. Dann wurden die Augen der alten Dame wässerig, und ein Stickhusten gestattete ihr nur noch leise Kreischlaute. Monsignore Tamburini maß die Herzogin von der Seite, mißtrauisch und entrüstet, wie einen zahlungsunfähig gewordenen Kunden. Sie selbst fragte plötzlich: »Der Staat konfisziert meine Domänen? Das soll heißen, Nikolaus nimmt sie mir weg?«

Pavic antwortete düster: »Ja.«

»Ah, Nikolaus... und Friederike und... Phili«, sagte sie vor sich hin. Das Vernommene erregte ihr tiefstes Staunen. Es kam ihr keineswegs wie ein Unheil zum Bewußtsein, das sie betroffen hätte; ohne an seine Folgen zu denken, sah sie nur den Akt vor Augen. Der König Nikolaus vollzog in einer Regung väterlicher Unzufriedenheit die gewichtige Urkunde. Friederike stand spitz und entschieden daneben, Phili ganz begossen. Die armen Leute, um ihrem Gegner nahezukommen, erfanden sie nichts weiter, als ihm sein Geld zu stehlen. Auch Rustschuk wäre darauf verfallen! Plötzlich hörte sie dicht an ihrem Ohr die Contessa Blà: »Nicht wahr, Hoheit, die Sache hat etwas Groteskes?«

»Etwas... Woher wissen Sie?«

Sie sah überrascht auf.

»Ganz recht, ich finde dasselbe. Aber sagen Sie, woher wissen Sie?«

»Aus den Bildnissen der dalmatinischen Herrschaften. Sie haben etwas so streng – wie soll ich sagen, so streng Bürgerliches. Sie müssen überaus sittenrein sein und werden, was sie Ihnen, Hoheit, nun zufügen, sicherlich nicht gern tun. Der König Nikolaus, wie konnten Sie ihn erzürnen, er ist so ehrwürdig.«

»Ehrwürdig, das ist für ihn das Wort!« rief die Herzogin, mit zuckendem Gesicht. Die beiden jungen Frauen begannen gleichzeitig zu lachen. Unwillkürlich reichten sie einander die Hand. Die Blà murmelte: »Natürlich, es sind Bürger...«, und zog ihr niedriges Taburett näher heran. Sie setzte sich vor die Herzogin hin, fast zu ihren Füßen.

San Bacco lief, durch die Neuigkeit mächtig aufgerüttelt, in der Galerie hin und her. Er schleuderte, mit den

Armen fuchtelnd, aus seinem gärenden Selbstgespräch zuweilen ein lautes Wort ins Freie. Endlich brach er los. Die Verruchtheit dieser elenden Tyrannen hatte also an der Knechtung des Volkes nicht mehr genug, sie erfrechten sich zu Übergriffen gegen alte, erbeingesessene Geschlechter!

»Ein tausendjähriger Familienbesitz, wer hat denn ein Recht, ihn mir abzusprechen? Kein Staat und kein König – nur Gott!«

Nach diesem Ausspruche ließ der Revolutionär, der diesseits und jenseits des Meeres alle angestammten Rechte gestürmt hatte, drohende Blicke unter seinen Zuhörern kreisen.

»Ein hergelaufener Monarch, mit dem Reisesack in der Hand ins Land gekommen! Nicht einmal ein Eroberer! Aber ich werde ihn vernichten! Ich werde zu ermitteln wissen, wieviel jünger die Koburg sind als die Assy! Und das werde ich den Blättern mitteilen!«

Pavic ward durch die Heftigkeit des andern an glückliche Tage erinnert. Es war ihm zumute, als liefe wieder das Volk von allen Seiten zusammen; es umwogte ihn keuchend, und er fühlte schon die Bretter irgendeines Weinfasses unter den Füßen. Seine Augen begannen zu glänzen, die Hände bebten, und dann redete er. Er hielt eine seiner großen Reden: niemand war darauf gefaßt gewesen. Die Damen erschraken, der Kardinal betrachtete gelassen diesen neuen Menschentypus. Monsignore Tamburini verlor vorübergehend sein überlegenes Urteil unter dem Anprall dieser Beredsamkeit und versuchte sich klarzumachen, wieviel sie unter Umständen wert sei.

Die Herzogin sah unaufmerksam weg; sie war zu oft bei den Proben auf der Bühne gewesen. Allmählich blieb sie an den Gesichtern ihrer neuen Bekannten haften. Die Blà, die das Mienenspiel des Tribunen skeptisch studierte, machte den Eindruck einer eleganten Frau ohne Schicksale, fein und gütig. Und obendrein spielte Geist auf der schönen Weiblichkeit ihrer Züge. Vinon Cucuru, die Dunkelblonde, kicherte in ihr Schnupftuch. Sie war mit Stumpfnase und Grübchen ein selbstbewußtes Kind, dem es gar nicht fehlen konnte. Aber ihre Schwester schien alles hinter sich zu haben und gebrochen von allem zurückgekommen zu sein. Lilians Haar war tiefrot, mit violetten Lichtern. Sie hielt den blassen Blick gesenkt, ihre Nase begann vorn sich zu röten, die Hände lagen, wie kranke Mollusken, trostlos im Schoße. Das Mädchen kam dem Fremden ganz weiß und kalt vor von abgestorbenen Schmerzen, die als Leichen in ihrer Brust vergessen waren. Sie ließ davon jeden sehen, was er mochte. Keine Gesellschaft war wichtig genug, um ihr etwas zu verbergen.

Im Rücken der Damen und hinter Tamburini und San Bacco, an der langen Wand der Galerie gesellten sich wie auf Balkonplätzen die alten Bilder zu Pavic' undankbaren Hörern. Das Haar in Schläfen und Stirn gestrichen, sann ein junger Mann mit ungleichen Augen zärtlich über den hohen steifen Fältelkragen hinweg. Ein liebliches, reiches Kind hatte über dem Tisch, worauf seine Taschenuhr lag, eine Seifenblase geformt. Sein Papagei floh kreischend, sein Hündchen sprang herzu. Man sah es, der Spitz würde noch Kapriolen machen und der Vogel noch schreien, wenn der Stundenzeiger der Kleinen schon stillgestanden und der bunte Schaum ihrer zehn Jahre geplatzt sein würde. Die todesdüstere Schönheit daneben, in gewellten Haaren, Agraffen und wehenden Schleiern, hielt in Händen ein Sieb. Ihr zugespitzter, üppiger Finger deutete auf den durchlöcherten Behälter wie auf ein Leben, in dem alles vergeblich gewesen wäre und alles bodenlos. Doch Judith, die schmale Jungfrau, trug unter gemmengekrönten Locken das bleiche Antlitz sehr hoch, ohne es je auf ihre starken Hände zu neigen, in denen das Schwert blitzte und der Kopf blutete.

Pavic machte krampfhafte Anstrengungen, um sich in der Täuschung zu erhalten, als umringten ihn Bewunderer. Allmählich versiegte seine Rede in der allgemeinen Gleichgültigkeit. Er stotterte, faßte an die feuchte Stirn und verstummte, beschämt und unglücklich. Die alte Fürstin hatte ihn die ganze Zeit mit offenem Munde angestarrt. Kaum war es still, so klappte sie das Gebiß zusammen und sprach von etwas anderem.

Zwei leise Diener mit rasierten, friedevollen Lippen reichten Erfrischungen umher. Die Herzogin und die Blà nahmen Zedernschnee. Der Kardinal tat in sein geeistes Wasser ein Stückchen Zucker, San Bacco und Pavic gossen Rum hinein; die Cucuru trank ihn unverdünnt. Ihre Tochter Vinon schleckte Vanillegefrorenes. Monsignore Tamburini bereitete eine Orangeade, wobei ihm der Fruchtsaft über die Finger tropfte, und bot sie der trübseligen Lilian. Sie streckte achtlos die Hand aus; er zog das Glas zurück und bat verzerrten Mundes und mit der Anmut eines schlecht Gebändigten: »Aber erst ein freundliches Gesicht machen!«

Sie drehte ihm den Rücken zu, doch traf sie den Blick ihrer Mutter und schrak zusammen. Darauf kehrte sie zu Tamburini zurück, lächelte ihm zu wie eine, die auch das noch tun kann, und goß, als habe sie sich zum Giftbecher entschlossen, das Getränk auf einmal hinab.

Die Cucuru hatte sich einen Teller mit Marmelade belegt. Sie schrie den Aufwärter an: »La bouche!« Mit unerwartetem Ruck senkte sie sich so tief seitwärts, als wollte sie den Kopf unter den Stuhl stecken, sie brach sich mit einem Knacken die Kiefer aus und legte sie in die bereitgehaltene Schale.

»Ihr braucht eure Zähne zum Essen, ich meine nur zum Sprechen. Kauen tue ich mit dem Gaumen!«

So heulte sie, mit plötzlich dumpf und uralt gewordener Stimme, angestrengt hinaus in die Galerie, deren edle

Maße den feinen Reden bedächtig wandelnder Geistmenschen erbaut waren.

Der Kardinal unterhielt die Herzogin von Münzen und Kameen. Er zeigte ihr in Kästen, die er herbeitragen ließ, eine Abteilung der seinigen.

»Ich habe niemals erfahren, woher diese da stammt. Man erkennt auf einer Seite eine Weintraube und auf der andern unter den Buchstaben Jota und Sigma eine Amphora.«

Sie rief überrascht: »Die kenne ich ja! Sie ist von Lissa, meiner schönen Insel. Ich schreibe dem Bischof; Sie werden mir erlauben, Eminenz, Ihnen mehr von diesen Dingen anzubieten.«

»Können Sie das denn noch?« fragte die Cucuru. »Ihre Länder sind Ihnen ja weggenommen.«

»Sie haben recht, ich dachte nicht mehr daran.«

Sie mußte sich besinnen.

»Nun, der Bischof wird mir die Münze aus Gefälligkeit schicken«, meinte sie lächelnd.

»Nein, nein, lassen Sie das lieber!«

Die Greisin war unzufrieden. Sie nahm ihr Gebiß wieder an sich und sprach ohne Mummeln.

»Freund Anton gibt sich viel zuviel mit solchen Dummheiten ab, bestärken Sie ihn nicht darin! Er sinnt nur darauf, sein Geld wegzuwerfen, und nichts hat er übrig für tatkräftige Unternehmungen, wobei Familien reich werden. Haben wir Geld, so haben wir Verpflichtungen!«

Der Kardinal wandte leise ein: »Alles zu seiner Zeit, liebe Freundin.«

Er achtete nicht weiter auf die alte Dame, die sich bei Monsignore Tamburini eine Bestätigung ihrer Ansicht holte. Er hauchte auf einen geschnittenen Stein und glitt mit zärtlichem Finger darüber hin. Sie schrie höhnisch: »Wie er putzt! Wie er verliebt ist in den Firlefanz! Freund Anton, Ihr wart immer nur ein Frauchen!«

Tamburini machte sich von neuem an Lilian Cucuru heran.

»Singen Sie doch etwas«, sagte er, und unter dem süßen Schleim, worin er seine Aufforderung einwickelte, grollte etwas Plumpes, wie die Drohung eines Herrn und Besitzers. Sie wand sich, ohne ihn anzusehen. Ihre Mutter rief scharf: »Du hörst doch, Lilian, man bittet dich zu singen. Wozu bekommst du die teuren Stunden?«

Das Mädchen blickte hilflos auf die Herzogin. Diese fragte: »Wollen Sie mir eine Freude machen, Prinzessin Lilian?«

Sie erhob sich sofort und ging langsam die Galerie zu Ende. Dort blieb sie stehen und sang irgend etwas. Man sah sie undeutlich. Ihre Stimme huschte ängstlich und wie vom Schatten erstickt durch den Raum. Die schimmernde Figur des Marmorknaben hinter ihr legte einen Finger auf den Mund. Man klatschte; darauf kam sie zurück, müde und ohne eine Spur von Erwärmung in Wangen und Augen.

Es ging auf Mitternacht, die Herzogin brach auf. Sie sollte den Wagen des Kardinals benutzen, und als sie die Länge der Fahrt beklagte, bot sich ihr die Contessa Blà zur Begleitung an.

Die beiden Frauen fuhren die Lungara zu Ende. An der Ecke des Borgo entstiegen dem Hintergrunde flüchtig ein paar Säulen von den Kolonnaden Sankt Peters. Vor den Osterien saß das Volk bei Windlichtern und trank Wein. Einige spielten schreiend Morra.

»Die arme Lilian sieht aus wie ein Opfer ohne Rettung«, bemerkte die Herzogin. Die Blà erklärte: »Ein Opfer der mütterlichen Politik. Die Cucuru hat ihr Vermögen verloren. Sie ist überaus geschäftskundig und zieht Wechsel auf die Zukunft ihrer Töchter; aber doch wohl zu hohe Wechsel, es wird nichts übrigbleiben. Haben Sie nie etwas von dem verstorbenen Fürsten gehört?«

»Doch. Er soll das Seinige an Schauspielerinnen verschenkt haben.«

»Man tut ihm unrecht, er gab es ebensogern den Schauspielern. Er war ein heftiger Verehrer des Brettl, und wo immer in Neapel oder im ganzen Königreich ein solches Institut mit Schwierigkeiten kämpfte, da half er aus. In späteren Jahren reiste er selbst mit einer Truppe. Er saß allabendlich im Frack und mit schwarzer Perücke, steif und tiefernst, unter einem schofeln, lärmenden Publikum. Am Schluß stieg er auf die Bühne und verbeugte sich. Die Mimen waren seine Kinder, er verheiratete sie und stattete sie aus, schlichtete ihre Eifersüchteleien und nahm ihnen ihre Liebesbeichten ab. Seine Familie hatte schon bei seinen Lebzeiten nichts. Die Fürstin ist seit vierzig Jahren die Mätresse des Kardinals Burnsheimb.«

»Noch immer?« rief die Herzogin, ganz erschrocken.

»Beruhigen Sie sich, Hoheit. Sie haben gehört, was der Kardinal sagte: Alles zu seiner Zeit. Jetzt ist es nicht mehr an der Mutter, für den Unterhalt der Ihrigen zu sorgen: Lilian muß dies tun.«

»Auf dieselbe Art?«

»Schlimmer, finde ich. Denn eine feingeborene Frau sträubt sich auch noch in der letzten Not gegen einen Tamburini.«

Sie ließen das Kastell und die Engelsbrücke hinter sich und rollten durch den Korso Vittorio. Zwischen dem trotzigen Cäsarengrab und den kläglichen Ruinen der unfertigen Straße tanzten in Flatterröcken über den blinkenden Fluß die späten, fleischesfrohen Genien. Aus den scharfen Schatten der Neubauten schlichen unbestimmte Gestalten, mager und faul, hinaus ins Mondlicht. Sie reichten den Dirnen, die ihnen ohne Hut, mit geöffnetem Brusttuch, schlenkernd und wiegend entgegenkamen, die weichen Verbrecherhände und gähnten.

»Wirklich... Tamburini?« wiederholte die Herzogin.

»Er hat den Anstand, den sie in den Sakristeien lernen. Zu Hause muß er gemein sein.«

»Er ist Sohn eines Bauern und ein Bauer mit allen bäuerlichen Eigenschaften. Die stärkste ist der Geiz. Die arme Lilian wird von ihren Sünden nicht satt.«

»Und wozu diese Barbarei, wozu?«

»Vor drei Jahren liebte Lilian den Prinzen Maffa. Ich sage nicht, daß sie nicht auch jetzt liebt. Er brauchte Geld. Nach einer Weile hochmütiger Koketterie hat sie, bei der Nachricht von seiner Verlobung, den Kopf verloren und sich ihm schriftlich angeboten. Der Brief ist im Klub des Prinzen herumgereicht worden, und die alte Cucuru hat ihre Tochter, um von der armen Jugend zu retten, was zu retten war, dem Tamburini zugeführt.«

»Einem kleinen Priester! Wie genügsam.«

»Auch Monsignore Burnsheimb war ein kleiner Priester, als die Fürstin ihn erhörte. Seitdem ward aus ihm ein Kardinal. Die Mutter hofft, der Purpur werde der Tochter nachfolgen in das Bett ihres Monsignore. Was wollen Sie, an so etwas glaubt man eben. Überdies ist für ein verunglücktes Mädchen das Bett eines Monsignore ein wahres Reinigungsbad. Ich weiß nicht, Frau Herzogin, ob Ihnen diese Anschauung frommer Leute bekannt ist?«

»Ich bin glücklich über diese Anschauung, falls sie der armen kleinen Lilian zugute kommt.«

»Oh, manche sehen ihren Fehltritt schon jetzt als gesühnt an, und in einiger Zeit könnte sie sich standesgemäß verheiraten, wenn...«

»Wenn sie nicht so traurig wäre, die traurige Prinzessin.«

»Nicht bloß traurig. Zu ihrem Unglück scheint sie Wert zu legen auf Menschenwürde. Ich fürchte fast, sie lebt innerlich in Empörung!«

»Sie weiß wenigstens warum. Und der Kardinal? Er hat das alles geschehen lassen?«

Ihr Wagen lenkte ein, sie befanden sich bei der Kirche Gesù. Vom Korso her bewegten sich Gruppen heimkehrender Theaterbesucher. Rauschende Frauen näherten ihre geschminkten Gesichter den Schnurrbärten von Stutzern, an den Tischen vor den strahlenden Kaffeehäusern. Dem Lachen und Summen die Trottiors entlang, dem Klappern von Geld und Kristallen, den mutlosen Rufen der Alten und der Kleinen mit Zeitungen und wächsernen Zündstäben gesellten sich ferne Orchesterklänge, als käme ein Nachtvogel herbeigeflattert zu andern.

»Der Kardinal«, sagte die Blà, »er war immer nur ein Frauchen, wie seine Freundin sich ausdrückt. In den Duetten der beiden hat die Cucuru die Männerstimme gehabt. Jetzt ist ausgesungen, er hat sich den Vergewaltigungen durch ihr hartes Organ entzogen. Einzig seine Leidenschaft für teures altes Gerümpel war imstande, ihm dazu Kraft zu verleihen. Nun genießt er seine Selbständigkeit und gibt, mit dem Eigensinn der Schwachen, der alten Freundin nicht einmal das, was er ihr anständigerweise geben müßte.«

»Also ein einfacher Egoist?«

»Kein einfacher: ein feiner, der unter Umständen auch fähig wäre, Gutes zu tun, bloß aus Neugier, und ohne an das Gute zu glauben. Wenn man seine weibliche Neugier kitzelte, so könnte er vielleicht sogar Teilnahme fassen für den Freiheitskampf der Völker!«

»Aber die Freiheit lieben...?«

»Niemals. Sie wird ihm so gleichgültig bleiben wie die Frage, ob es in zwanzig Jahren noch Kirchenfürsten geben wird. Es genügt ihm, daß er selbst einer ist.«

»Dieser alte Mann ist unheimlich eisig. Gehört er nicht zu den böhmischen Burnsheimb?«

»Er stammt von säbelrasselnden Draufgängern mit Stallduft, vor denen er sich verstecken mußte in seiner Zartheit und Geistigkeit. Ich kann mir es denken, als

Jüngling hat er viel geheuchelt, ist scheu geworden und krankhaft eigensüchtig. Das geistliche Gewand nahm er bloß, weil das in jener Umgebung für ein Wesen wie das seinige die einzige Art war, um anerkannt zu werden. Der neue Papst hat ihn recht gern, sie helfen einander beim Dichten von lateinischen Oden auf den Segen der Taubheit oder Episteln über die Bereitung von Radichiosalat. Haben Sie bemerkt, Frau Herzogin, wie er seine Medaillen und Gemmen anschaut? Mit tief beunruhigter Liebe, nicht wahr, und fast mit Neid.«

»Mit Neid?«

»Weil sie ihn überleben werden.«

Nach einer Pause setzte die Blà, etwas leiser, hinzu: »Schließlich ist er von uns allen, die heute abend beisammen waren, doch vielleicht der einzige, den man glücklich nennen kann.«

»Sie vergessen Vinon Cucuru?« meinte die Herzogin.

»Oh, Vinon: ein Mädel, ahnungslos und hochgemut. Bei Tische, in der Pension zu sechs Lire, wo die fürstliche Familie Cucuru der Reklame wegen für fünf Lire wohnen darf, macht sie sich lustig über die Deutschen.«

»Aber San Bacco?«

»Ganz glücklich ist er wahrscheinlich nur bei den parlamentarischen Duellen, von denen er allerdings jährlich zwei oder drei hat. Seine geredete Begeisterung, die Sie kennen, dient ihm nur als Ersatz für die gehauene und gestochene. Zwar liebt er die hohen Ideen und glaubt an sie, denn er ist ja Christ und Ritter. Aber sie müssen ihm auch die Berechtigung geben zu Handlungen, denen es einigermaßen an... wie soll ich sagen, an bürgerlicher Solidität gebricht.«

»Er ist arm. Wie lebt er eigentlich?«

»Er lebt von Freiheit und Patriotismus. Da er sein Vermögen dem Lande geschenkt hat, so hält er jeden Landsmann für seinen Schuldner. Seit Jahren wohnt er im Hotel

Roma, beim Essen umringt ihn immer ein Schwarm von Deputierten, Journalisten, Neugierigen und Leuten, die es nötig haben, sich von dem alten Kämpen ihre Vaterlandsliebe oder ihren Radikalismus bescheinigen zu lassen. Ein einziges Mal hat der Wirt es gewagt, ihm eine Rechnung zu schicken. San Bacco hat ihn rufen lassen. ›Ist das für mich?‹ hat er stirnrunzelnd gefragt. ›Wie, Sie wollen Geld haben von mir... von mir? Verlange ich denn Geld von Ihnen dafür, daß täglich eine Menge Leute Ihr schlechtes Diner hinunterschlucken, die es nur mir zuliebe tun?‹ Und zorngerötet ist er hinausgegangen, mit Hinterlassung von fünf Lire für den Kellner.«

Die Herzogin sagte, ohne zu lachen: »Seine Ehre hängt ihm von Gesinnungen ab, nicht von Handlungen. Das ist das Vorrecht einiger.«

»Einiger... die keine Bürger sind«, sagte die Blà.

Die Umgebung des Forums schlief lichtlos und ohne Geräusche. Die langen Zeiten entrückten diese Steine um Welten aus dem Dasein des ehrsamen Volkes bei Wein und Morraspiel, der schleichenden Geächteten in den Neubauten, der blassen Genießer vor den Kaffeehäusern. Zuweilen wandelte über schattenhafte Tempelstufen eine hagere Säule, in Mondstrahlen gekleidet, dicht vorüber an den Wagenfenstern der Frauen. Am dunkel starrenden Mauerwall des Kolosseums, unter dem Konstantinbogen weckten die Hufe und die Räder einen Widerhall, so mühsam, als sei er von einem längst verschollenen Echo der verspätete Rest. Dann erstieg der Weg, weiß zwischen den schwarzen Wänden von Klöstern und Zypressen, den Caelius. Die Herzogin lehnte sich tiefer zurück.

»Und Sie selbst? Alles, was ich von Ihnen erfahre, klingt mir offen und vertraulich wie ein Selbstgespräch. Aber wie wollen Sie, daß ich über Sie selbst denke? Was sind Sie, Contessa?«

»Keine Contessa. Mein Vater war ein Franzose und Kapitän bei den päpstlichen Zuaven. Noch nach seinem Tode litt meine Mutter unter seiner verjährten Untreue. Sie war schwach und launisch, und ich ertrug ihre Launen mit einer krankhaften Bereitwilligkeit. Kaum war sie gestorben, so heiratete ich einen schwindsüchtigen Engländer, ich hätte sonst das Leiden in meiner Nähe entbehrt.«

»So gerne leiden Sie?«

»Für jemand zu sorgen und zu dulden, ist mir unglücklicherweise ein Bedürfnis, dessen ich mich schäme.«

»Und Sie selbst, Contessa, Sie möchten nicht in die Arme genommen und getröstet werden?«

»Wenn ich mich nach einer Vergeltung meines Mitleids sehnte, wäre es dann noch etwas wert?«

»Sie haben recht. Und so haben Sie also gelebt?«

»Mein Mann, der Schriftsteller war, konnte wenig mehr arbeiten. Er lehrte mich diesen Erwerb, und ich schrieb als Contessa Blà anfangs Modebriefe, dann Plaudereien, schließlich sogar Politik, ich weiß nicht, warum mit katholischem Anstrich. Man sucht sich seinen Geist nicht immer selbst aus. Der Kardinal fördert gern Talente, er gibt mir jeden Mittwoch eine Portion Gefrorenes oder eine Tasse Tee, und wenn ich darum bäte, würde er mir anstandslos beides gleichzeitig verabfolgen.«

Wie sie ankamen, äußerte die Herzogin lächelnd: »Wir sprechen miteinander, als ob wir uns liebhätten.«

»Gleich in den ersten Minuten unseres heutigen Abends sind Sie mir liebgeworden«, erwiderte die Blà.

»Wie ist es gekommen?«

»Weil Sie lachten, Herzogin, weil Sie nach allem, was Ihnen begegnet ist, noch lachen konnten über die heuchlerischen, wichtigen Gebärden und Mienen der Bürger.«

»Jetzt verraten Sie mir noch, was Sie mit ›Bürgern‹ meinen.«

»So nenne ich alle, die häßlich empfinden und ihre häßlichen Empfindungen obendrein lügenhaft ausdrücken.«

»Sie wollen mich liebhaben, das macht mir wahre Freude.«

»Hoffentlich wird es Ihnen niemals Kummer machen. Von mir geliebt zu werden, ist ein fragwürdiger Vorzug. Bis jetzt haben eine leidende Grillenfängerin ihn genossen und ein englischer Phthisiker.«

Noch in ihrer Gartenpforte, zwischen den beiden zueinander geneigten Zypressen wiederholte die Herzogin: »Wir wollen recht oft einander sehen.«

Sie empfing den Besuch des Monsignore Tamburini, der ihr sagte: »Der Kardinal ist von der Ankunft Eurer Hoheit ganz entzückt.«

»Ich danke Seiner Eminenz aufrichtig.«

»Er unterhält jeden, der zu ihm kommt, von der berückenden Persönlichkeit der Herzogin von Assy. Ja, Herzogin, er ist begeistert von Ihnen und Ihrer Sache.«

»Begeistert?«

»Und wie sollte er es nicht sein? Eine so edle Frau, und eine so große Angelegenheit! Die Freiheit eines Volkes! Dafür hegt der Kardinal das wärmste Mitgefühl. Er betet für Sie.«

»Betet?«

»Und auch ich bete«, fügte er hinzu und gab sich Mühe, sein Organ des weltlichen Fettes zu entkleiden.

Sie verstummte. ›Er sagt stärkere Unwahrheiten‹, dachte sie, ›als die Höflichkeit ihm vorschreibt. Warum?‹ Er rechtfertigte sich.

»Die Kirche begünstigt bekanntlich jede Art werktätiger Liebe, und wie viele schöne Gesinnungen treten hier in den Dienst eines unglücklichen, von Tyrannei und Armut darniedergedrückten Volkes. Sie, Frau Herzogin, sind die hehre Liebe selbst. Uneigennützige Gotteskämpfer wie der Marquis von San Bacco tragen das Feuer ihres Mutes herzu. Und darf der christliche Priester fehlen, wo Staatsmänner wie Pavic und Finanzleute wie Rustschuk eine wahrhaft biblische Gesinnung hegen? Sind sie doch klug wie die Schlangen und unschuldig wie die Tauben.«

»Besonders Rustschuk«, meinte sie, ohne das Gesicht zu verziehen.

»Rustschuk ist ein hochbedeutender Mann! Wir verfolgen seine Tätigkeit seit langem. Das Übergewicht, das ihm seine Geschicklichkeit unter den Kapitalisten des südöstlichen Europa verschafft hat, beschäftigt uns.«

»Also so wichtig ist mein Hausjud?«

»Hoheit! Ohne ihn oder gar gegen ihn ist in Dalmatien nichts auszurichten. Bedenken Sie, all das Geld!«

Er wiederholte aus vollen Backen: »All das Geld!... Wer wirken und herrschen will unter den Menschen, braucht Mut, Klugheit und Geld: diese drei. Das Geld aber ist das höchste unter ihnen.«

»Monsignore, jetzt vergessen Sie die Liebe!«

›Eben war er ehrlich‹, sagte sie sich und hörte ihn wieder süß werden. Er schwelgte in den seelischen Reizen einer großen Dame, die, noch im jugendlichen Alter, den Eitelkeiten der Welt den Rücken wendet.

»Standen Sie nicht in der Fülle alles Glanzes, den eine vornehme Geburt, Reichtum, Schönheit und Anmut verleihen? Sie aber, Frau Herzogin, erachteten das alles für nichts. Noch in sehr jugendlichem Alter entsagten Sie und wurden Mutter, Trösterin und Fürsprecherin der Witwen, Verlassenen, Waisen und Bedrückten, der Darbenden und Hilflosen... Speiserin und Stillerin der Hungernden und Dürstenden, Schwester der Siechen...«

Er nannte alle Zustände des menschlichen Elends, die ihm einfielen, und alle evangelischen Tugenden, zu denen sie Gelegenheit gaben. Seine Finger mit quadratischen Nägeln hoben und senkten sich nachzählend auf seinem schwarzen Gewande. Endlich hatte er seine Gefühle genügend aufgemuntert, um auszurufen: »Am Krankenbett der Menschheit stehen Sie, Frau Herzogin, als dienende Magd, in der Glorie christlicher Demut!«

Sie fand sich angewidert: »Ich bin weniger demütig, als Sie glauben. Auch handle ich ohne Vorschrift, also unfromm.«

Er sah sie an, mit offenem Munde und stockendem Verständnis. Doch faßte er sich gleich.

»Daher Ihre Prüfungen!« erklärte er triumphierend.

»Sie tun viel Lobenswertes, ich leugne es nicht. Aber Sie tun es ohne den rechten Glauben. Und Gott sieht auf das Herz allein. Erkennen Sie dies, solange es noch Zeit ist!«

Staunend hörte sie ihn in einen barschen, landläufigen Predigerton verfallen.

›Er ist ein Bauer‹, bemerkte sie im stillen. ›Man kratze den Prälaten, und zum Vorschein kommt ein Landpfarrer.‹

»Noch hat er Sie nicht verworfen, denn er ist überaus langmütig. Verbannung, Armut, Verlassenheit sind seine sanften Lockungen, daß Sie ihm folgen sollen. Folgen Sie ihm! Unterwerfen Sie sich der Gnade! Tun Sie es schon aus Klugheit! Sie sollen sehen, wie Ihnen dann alles gelingt! Ein wie reicher Lohn winkt Ihnen alsdann!«

Sie warf dazwischen: »Wer hat ein Recht, mich zu belohnen?«

Doch überhörte er es. Er sang jetzt und wimmerte und warb, in der schulmäßigen Abstufung und unter der mimischen Begleitung, die ihn für seinen Beruf gelehrt war. Sie kannte Tamburini kaum noch. Seine Augen rollten, aus schiefem Kopf, verdreht und weiß zur Decke. Seinem sehr irdischen, noch kürzlich mit guten, gehaltvollen Speisen angefüllten Leibe entstieg eine völlig unvorhergesehene Verzückung. Auf die Dauer erfaßte sie bei seinem Anblick eine Art Scham und etwas wie Verschüchterung. Sie folgte seinen Blicken: dort oben hing eine Muttergottes, ältlich, mit grellblauem, weit ausgebreitetem Mantel.

Fromme Frauen und Heilige knieten verkleinert darunter, gleich untergekrochenen Küchlein.

»Sub tuum praesidium refugimus!« rief Tamburini aus, und die Herzogin mußte zugeben, er habe die begleitenden Umstände für sich. Die häßliche, dunkelgrüne Tapete mit ihrem leisen Weihrauchduft, die schwarzen, vom Gebrauch geglätteten Möbel, die zusammengestoßen nur noch gedämpft rumpelten – alle die dumpfen Erinnerungen in den geschlossenen Zimmerchen dieser Priesterwohnung berechtigten seine Aufführung. ›Er ist an seinem Platze‹, sagte sie sich. ›Ich weniger.‹

Er fühlte dasselbe. Seine Hände trafen ganz von selbst die Gegenstände, über die sie bei Andachtsübungen hinzugleiten pflegten. Über einem Betschemel hing ein Rosenkranz. Tamburini ließ sich nieder, beinahe unbewußt. Seine Finger legten sich ineinander, das lange Kleid schleppte hinter ihm. Ohne seiner Rede weiter zu folgen, betrachtete die Herzogin ihn, mit neu angeregter Teilnahme. Er erinnerte sie an das Bild manches jesuitischen Heiligen, der, steif aufgepufft und starkknochig, himmlischen Gesichten unterlag. Das gallige, muskulöse Antlitz des Glückseligen deutete auf einen tüchtigen Verwalter und Geschäftsmann, einen hohen Ordensbeamten, der Übung besaß im harten Umspringen mit Menschen und im Handhaben großer Gelder. In freien Stunden unterhielt er sich manchmal, so wie man ihn gemalt hatte, mit schönen, reichentwickelten Engeln. Sie schwebten über dem Erdboden, doch mit Mühe, denn ihre Reize waren derb und sinnlich. Der Heilige erfreute sich dieser Sendlinge seines Paradieses mit Ernst und Zurückhaltung. Seine frommen Hände tasteten nicht einmal nach dem Untersten, Beleibtesten. Nur feuchteten sich die gen Himmel flehenden Blicke, und die Lippe fiel wulstig aufs Kinn.

Die Herzogin gab, in der Lebhaftigkeit ihrer Einbildung, einer seltsamen Versuchung nach. Plötzlich trat sie vor den Knienden hin; sie erhob einen gerundeten Arm, sie streckte einen Fuß nach hinten, gleich dem größten der Engel auf jenen Altartafeln, und sie lächelte. Sogleich verzerrte Tamburini den Mund, ganz so wie am Abend, als er Lilian Cucuru den Orangensaft anbot, der über seine Finger geronnen war. Diese Wirkung genügte ihr. Sie ließ ihn, laut auflachend, allein.

Nach Verlauf von drei Minuten kehrte sie ins Zimmer zurück und sagte: »Wenn es Ihnen recht ist, Monsignore, so teilen wir uns jetzt als vernünftige Menschen mit, was wir voneinander wollen.«

Er stand ein wenig betreten da, doch im Grunde nicht unzufrieden mit dem Ausgang der Sache. Der Versuch, die Herzogin von Assy für den Glauben zu gewinnen, mußte gemacht werden. Daß er aussichtslos sei, daran hatte der kluge Priester kaum gezweifelt. Er hatte einfach einer Gewissenspflicht genügt. Nun durfte er, endgültig beruhigt, zu sachlichen Verhandlungen schreiten, die seinem Geschmack und Wesen besser entsprachen als ekstatische Bekehrungsversuche. Er bot ihr in schlichten Worten für die dalmatinische Staatsumwälzung die Bundesgenossenschaft der Kirche an.

»Endlich erkenne ich Sie wieder, Monsignore«, entgegnete sie. »Sie sind ja ein viel zu starker Mensch, als daß Sie ein überzeugender Bußprediger sein könnten. Ich bitte Sie, mit einem römischen Profil spricht man nicht von Gnade und Jenseits.«

Er verbeugte sich, merklich geschmeichelt. Sie saßen sich höflich gegenüber, und Tamburini erklärte ihr, sie habe ihre Unternehmungen romantisch, also falsch begonnen. Es gelte nun, sie nüchternen Sinnes fortzuführen. Die Kirche sei wesentlich praktisch, überstürzte Wagnisse lehne sie ab. Der Tropfen Öl, der jeden Sonntag von der Kanzel fließe, der bereite ein fernes, doch sicheres Feuerbad vor.

»Noch besser, es wird alles milde und unvermerkt verlaufen. Ich wundere mich, daß es Euerer Hoheit bisher entgehen konnte, wie unwiderstehlich die Teilnahme der niederen Geistlichkeit Ihre Sache machen muß. Das Volk ist mit kleinen Abbaten durchsetzt, es sind seine Söhne, Brüder, Vettern und Schwäger. Jede größere Familie hat einen, und ordnet sich ihm unter bei allem, was nicht Ernte oder Vieh ist. Überlassen Sie uns die Propaganda, Frau Herzogin, und nach einigen Jahren wird der Wille Ihres Volkes so klar sein und so zwingend, daß der jetzige Monarch den vom Marquis San Bacco erwähnten Reisesack ungebeten wieder zur Hand nimmt.«

Schließlich erklärte sie sich mit allem einverstanden.

»Es erübrigt nur, uns über unsere Forderungen zu einigen. Ich brauche gegen meine Feinde die Hilfe der Kirche. Und Sie, was brauchen Sie?«

Er sah aus, als wüßte er nichts.

»Ihre Bekehrung, Hoheit... wäre zu schön gewesen«, fügte er rasch hinzu, angesichts ihres spöttischen Blickes. »Wir würden uns begnügen mit der des Baron Rustschuk.«

»Rustschuks Bekehrung! Ist er Ihnen unbekehrt noch nicht grotesk genug?«

»Unterschätzen Sie ihn nicht. Wir halten ihn für den Berufenen, um im Osten das katholische Kapital zu organisieren gegen...«

»Gegen?«

»Gegen die Juden... Das wäre eine seiner würdigen Aufgabe.«

»Allerdings«, meinte sie. »Und das ist alles, was Sie verlangen?«

Er redete lange, um sie zu überzeugen, daß das alles sei, und sie glaubte ihm nicht ungern. Es belustigte sie beträchtlich, am Horizont ihrer Zukunftspläne als den begehrtesten, ansehnlichsten Gegenstand ihren alten, treuen

Hausjuden heraufsteigen zu sehen, mit weich schüttelndem Bauch und aufgeblättertem roten Gesicht. Noch als Tamburini sich verabschiedete, wiederholte sie: »Jawohl, er muß bekehrt werden. Sooft er auch schon getauft ist – bekehrt ist er nicht. Und er *muß* bekehrt werden.«

»Es wäre ein großes Glück – für ihn und uns. Ich verehre den Herrn von Rustschuk hoch, sehr hoch. All das Geld... All das Geld!«

Und Tamburini entfernte sich mit vollen Backen.

Die Herzogin schuldete der Fürstin Cucuru einen Besuch. Die Blà ging mit. Als sie in der Pension Dominici, Via Quattro Fontane, erschienen, schrie die Cucuru über die Köpfe der achtungsvoll verstummenden Gäste hinweg: »Sagen Sie der Herzogin von Assy, daß ich bei Tisch sitze und sie zu warten bitte.«

Die beiden Damen betraten den vom Speisezimmer durch einen schmutzig braunen Vorhang getrennten Salon. Er war voll von Plüschmöbeln, deren Lehnen durch die Arme und die Rücken ungezählter Fremdlinge hart und fuchsig gescheuert waren, und von Teppichen mit widerspenstig nach oben gerollten Ecken. Von der Decke hingen Festons, an den Wänden die Bildnisse des Wirtes und seiner Gattin. Vor Spiegeln in den Winkeln standen auf Konsolen aus grünem Blech gedrungene, neckische Biskuitfiguren, inmitten von Papierblumen, und trugen in vergoldeten Körbchen Rosen aus Seife. Alle diese Gegenstände schützte dicker Staub.

Aus dem Nebenzimmer drang der Duft billiger Fette. Man hörte Bestecke klappern und das Kichern von Vinon Cucuru. Die Mutter heulte der angewidert von ihrem Teller wegsehenden Lilian zu, sie solle sich pflegen. Tüchtig essen und täglich auf geordnete Verdauung halten, das sei die ganze Lebensweisheit.

»Ich habe die kranken Knie und kann mir keine Bewegung machen. Aber ich trinke mein Vichywasser und verdaue ganz prächtig!«

Sie versenkte sich in die liebevolle Beschreibung ihrer körperlichen Verrichtungen und kaute dabei unablässig, keuchend und nach Luft schnappend. Sie goß glucksend ein Glas Wein hinab, die Wangen der Greisin erblühten rosig unter ihrem weißen Scheitel. Sie faltete die Hände in gestrickten Halbhandschuhen über dem unförmlich vorgestreckten Bauche und genoß einen Augenblick der Abspannung und des Friedens. Dann nahte der fettige Kellner mit einem frischen Gericht, und die Begierde nach möglichst langer Erhaltung zwang die Lebenslustige zu neuer angestrengter Arbeit. Jeder Zugwind, der den braunen Vorhang aufflattern ließ, enthüllte den Besuchern nebenan das scheußliche Bild der sich nährenden Alten.

Eine Magd zeigte sich in der Tür.

»Carlotta!« schrie die Fürstin, »hast du den Rosenkranz gebetet? Gleich tust du es, sonst sage ich deinem Beichtvater, daß du heute nacht wieder den Joseph in deinem Zimmer gehabt hast!«

Die Magd verschwand.

Endlich befahl sie: »La bouche!« Das Gebiß knackte, der Kautschukkolben ihres Stockes stieß auf den Boden.

»Meine Leute!« rief sie den Bediensteten der Pension zu, »ihr kocht recht ordentlich, ich habe gut gegessen!«

Sie ging auf die Herzogin los und wiederholte: »Man wird hier satt. Gesteh es, Lilian, man wird satt.«

»Schon vom Ansehen!« erklärte Lilian.

Stöhnend fiel die Greisin in einen Sessel.

»Machen Sie sich nichts aus dem Trödel hier in dem Lokal. Ich mache mir auch nichts daraus. Da, schaut die Reiterfigur auf dem Tischchen nicht aus wie schwere Bronze? Und nun stoß ich sie um, paßt auf, mit einem einzigen Finger stoß ich sie um. Das ist kein Kunststück, es ist ja hohle Pappe! Ich pfeife drauf! Unsereiner, nicht wahr,

Herzogin, nimmt in die elendste Bude doch immer die große Welt mit.«

›Auch ins Bett des Tamburini?‹ dachten die Blà und die Herzogin gleichzeitig. Sie sahen sich an und errieten einander. Vinon lachte, und Lilian blickte, voll leidenden Hochmutes, über das ganze Zimmer hinweg, worin sie nur dem winzigen Stück eines Stuhlrandes und dem schmalen Raum unter ihren Füßen die Berührung mit ihrer Person gestattete. Die Greisin stampfte mit dem Krückstock.

»Aber ich gedenke hier durchaus nicht mein Leben zu beschließen. Einen Palast will ich mir noch erobern durch meine Tätigkeit, und reich und groß soll meine Familie wieder werden. Ich arbeite, und meine Kinder lohnen es mir mit Undank. Mein Sohn, der in Neapel ich weiß nicht wie lebt, kommt und macht mir Szenen und wirft mir meine Geschäfte vor. Kümmere ich mich etwa um die seinigen? Ich glaube fast, er läßt die Frauen zahlen!«

Sie greinte halberstickt.

»Und niemals unterstützt er davon die Seinigen!«

»Und Ihre Geschäfte?« fragte die Herzogin.

»Ah! Geschäfte! Unternehmungen! Bewegung! Ich will hundert Jahre alt werden! Ich werde eine Pension gründen, oh, ein bißchen feiner als diese hier. Fünfhundert Zimmer, Preis mit Verpflegung nur vier Lire, und dabei hochfein. So mache ich alle andern tot! Glauben Sie's mir?«

»Es scheint...«

»Haha! Alle andern mache ich tot! Und werde hundert Jahre alt! Nur fehlt mir das Geld, um etwas anzufangen, und mit wieviel Niedertracht muß ich kämpfen, bis ich welches bekomme! Ich will Ihnen mein Geschäft mit der Versicherung erzählen. So eine Versicherung, hab ich gedacht, ist eine wunderschöne Sache. Man versichert sich recht hoch, dann veräußert man die Police und hat Geld, um eine Pension zu gründen. Ich bin schon vierundsechzig, aber man nennt mir eine Gesellschaft, die statutengemäß bis zu fünfundsechzig aufnimmt. Der Arzt dieser Gesellschaft untersucht mich, ich sage ihm noch, er soll in seinen Bericht schreiben: ›Diese Dame wird hundert Jahre alt werden‹, und er tut es auch.«

»Herzlichen Glückwunsch.«

»Danke. Aber jetzt kommt die Niedertracht. Sie sollen selber sehen. Vinon, geh und hole meine Geschäftsmappe!«

Das junge Mädchen brachte ein hoch angeschwollenes schwarzes Portefeuille.

»Das sind die Briefe des Agenten und die Abschrift des ärztlichen Berichtes, und alles übrige. Nun lassen die Leute mich sechs Wochen warten und dann, würden Sie's für möglich halten, schreibt man mir, ich sei zu alt!«

»Das ist beleidigend«, bemerkte die Blà. »Sie können die Gesellschaft verklagen, Fürstin.«

»Wenn ihnen vierundsechzig zuviel ist, warum sagen sie erst, daß sie Personen bis zu fünfundsechzig aufnehmen? Oder ob...«

Die Stimme der Greisin zitterte plötzlich.

»Oder ob sie doch eine Krankheit in mir entdeckt haben? Was meinen Sie dazu, Herzogin?«

»Das ist unwahrscheinlich, bei Ihrer Lebenskraft.«

»Nicht wahr? Ach was, ich bin ja gesünder als Sie! Mit Seiner Hilfe!«

Sie schielte nach oben und murmelte, sich bekreuzigend, etwas Unverständliches.

Die Pensionäre, die den Salon betreten wollten, wichen beim Anblick der fürstlichen Gesellschaft scheu von der Schwelle zurück. Nur ein junger Mann drang, zwischen den Zähnen pfeifend, ein und verbeugte sich leicht. Vinon hob unverschämt ihr Lorgnon vor die Augen, Lilian übersah ihn, und die Cucuru rief schallend: »Guten Tag, mein

Sohn!« Darauf nahm er drüben Platz und langte nach einer Zeitung. Zwei Finger am Bärtchen, sah er mit einem zerstreuten Senkblick seiner weichen, schwarzen Augen nach der Herzogin aus; dann nach der Blà, und dann unentschieden hin und her zwischen beiden Damen. Schließlich überzeugte er sich, prüfend geneigten Hauptes, von der Lage seiner übergeschlagenen Beine und dem Sitz seiner zur Hälfte mattgelben, zur andern Hälfte schwarz lackierten Schuhe. Er war der elegante Herr der Pension, der im Klub speiste und mit dem wohlfeilen Frühstück des Hauses Dominici nur nach Nächten vorliebnahm, in denen er schlechte Karten gehabt hatte. Er ward von den Gästen bewundert, die allein reisenden Engländerinnen schwärmten für ihn. Vinon Cucuru behandelte ihn mit gewollter Verachtung, doch gelang es ihr nicht, über ihn zu lachen.

Ihre Mutter schlug die Herzogin auf die Knie.

»Übrigens, Herzogin, haben wir zwei sehr viel Ähnlichkeit miteinander! Beide kein Geld, und beide aus den höchsten Kreisen. Mein Vermögen hat der Fürst, mein armer Mann, an die Komödianten verschenkt, na und auch mit Ihnen ist Komödie gespielt. Eine Revolution, ist das keine Komödie? Haha! Wie sind Sie nur darauf verfallen? Wozu dient so etwas?«

»Zur geselligen Unterhaltung, Fürstin«, sagte die Herzogin und lächelte der Blà zu, die es nicht bemerkte. Ihre Lippen waren leise geöffnet, sie hing mit fieberndem Ausdruck an der Gestalt des Fremden. Er wandte ihr zu bequemer Betrachtung sein Profil zu. Es war ein griechisches Profil, mit bläulich schwarzen, seidenen Haaren auf Wangen und Kinn. Auch die Herzogin hielt ihn für einen schönen Mann, einen von den sehr südlichen, auf deren Händen und Gesicht trotz aller Beräucherung durch Zigarettendampf, Absinthdünste und heiße menschliche Ausströmungen in Spiel- und Weiberhäusern, doch unverwüstlich ein Rest liegenbleibt von dem durchsichtigen Marmorglanz der auf ihrer Heimaterde erwachsenen Götter. Aber konnte solche bezaubernde und leere Maske, dargeboten in selbstgefälligen Allerweltsposen, eine Frau, klug, fein und spöttisch wie die Blà, in krampfhaftes Schweigen versenken?

»Eine teure Unterhaltung!« schrie die Cucuru. »Endet damit, daß Ihre Partner Ihnen alle Taschen ausleeren und Ihnen die Tür vor der Nase zumachen. Plötzlich sehen Sie sich im Freien – und lachen noch?«

Die alte Dame ward von Wut bemeistert.

»Wie können Sie noch lachen bei solchen Schurkenstreichen. Ah! Die Schurken! Mit mir sollten sie's zu tun haben, anstatt mit einem Dämchen! Was ich für einen Lärm machen wollte und was für ein Leben! Leben! Bewegung! Hetzen wollte ich sie, die Diebe meines Geldes! Der Himmel sollte sie verschütten und die Erde sie verschlingen! Ich werde es nicht dulden, Herzogin, daß Sie sich beruhigen! Statt Ihrer werde ich selbst den Räubern auf den Buckel springen, sie kratzen und ihren Klauen entreißen, was ich bekommen kann. Haha, verlassen Sie sich darauf, ich werde etwas bekommen! Ich werde...«

Plötzlich stürzte Pavic ins Zimmer, rosig gefärbt und fast verjüngt. Er rief aufgeregt: »Etwas Wichtiges, Hoheit. Endlich finde ich Sie. Ein großes Glück für uns, eine sichere Aussicht... Ja so, Piselli, woher kommen denn Sie?« Der elegante, junge Mann trat mit ausgestreckter Hand auf ihn zu. Pavic hatte ihn auf dem Korso kennengelernt, in irgendeinem Kaffeehause, unter den Genossen des müßigen Lebens, zu dem er jetzt selber verurteilt war. Er stellte ihn der Herzogin vor: »Herr Orfeo Piselli, ein Kollege, ein ausgezeichneter Advokat... und auch ein Patriot.«

Während Piselli seine geschmeidigen Verbeugungen machte, überstürzte Pavic seine Worte.

»Ich komme nämlich von San Bacco, ich habe mit ihm eine Konferenz gehabt, er läßt Ihnen offiziell sagen, Frau Herzogin, daß er bereit ist, mit tausend Garibaldianern in Dalmatien einzufallen. Der Erfolg ist gar nicht zweifelhaft. Alles ist gerüstet, die Tausend warten bloß auf das Zeichen. Wir müssen noch Schiffe mieten, dann kann es losgehen. Nehmen Sie an, Hoheit, nehmen Sie an! Diesmal ist der Sieg unser... Lauter erprobte Helden...«

Er redete um so nachdrücklicher, je ungläubiger die Mienen seiner Hörerinnen wurden. Noch stand er unter dem Sturzbad von Begeisterung, das erst eben, ganz frisch, von einem ritterlichen Schwärmer über ihn ausgeschüttet war. Er fühlte es noch sprudeln, er *wollte* begeistert sein – und insgeheim bangte ihm dennoch schon vor der Ernüchterung. Piselli fiel ihm ins Wort, säuselnd, mit einschmeichelndem Bariton.

»Diesmal, Herzogin, gehört der Sieg Ihnen! Nehmen Sie an, ich kann es kaum erwarten, – ah, was spreche ich von mir; die ganze idealistische Jugend kann es kaum erwarten. Wir alle wollen den großen Kampf mitkämpfen, Herzogin, für ein Lächeln von Ihnen. Wenn Sie wüßten, wie unser aller Herzen für Sie schlagen, und wie sie geblutet haben bei Ihrem Unglück! Jetzt endlich naht die große Stunde, jetzt endlich verbündet sich Ihre Hoheit und Anmut mit unserer Begeisterung und unserer Kraft. Der unwiderstehliche Zauber des Namens der Tausend von Marsala wird vor Ihren Fahnen hergehen, als ein Schicksal, dem alle sich beugen. Sie siegen... und wir... wir...«

Er ließ seinen glücklichen Blick unter den Damen kreisen. Es lag ihm fern, sein Organ anzustrengen. Nur ganz oberflächlich spielte er mit dem ausschweifenden Gefühl, das in des Tribunen Stimme sich überschlagen hatte, und ließ ruhigen Mutes merken, es sei ein Spiel. ›Ich führe mich Ihnen vor‹, schien er zu sagen. ›Meine Damen, ist das nicht genug?‹

Die Herzogin erlaubte ihm, mit seinen Wohlklängen fertig zu werden; sie fand ihn angenehm vor Augen zu haben. ›Er ist ein wohlgeratener Mensch‹, dachte sie, ›und hat recht, wenn er mit sich zufrieden ist.‹ Wegen des Planes, den man ihr vortrug, hatte sie keine Bedenken. Sie fragte achselzuckend die Blà um Rat. Doch ihre Freundin kam nicht los von Piselli. Sie sah aus, als verursache sein Anblick ihr einen körperlichen Schmerz, der sie beselige.

Aber die Cucuru brach los; ihre Stirn war schon lange gerötet.

»Hört ihr endlich auf mit eurem Unsinn? Mit euren tausend lächerlichen roten Hemden wollt ihr ein Königreich erobern, das Soldaten hat? Ihr meint wohl, es gehe überall wie in Neapel: alle Welt bestochen und alles im voraus abgemacht, Kanonen mit Blumen gefüllt und mit Knallbonbons, und von den Mauern reichen schöne Mädchen den Stürmenden die Hände. Nicht wahr, so denkt ihr's euch? So denkt ein Narr wie San Bacco sich das Leben. Auch einer, den die Komödie all sein Geld gekostet hat. Patriotismus und Freiheit, welch alberne Komödientitel!«

Sie stieß, außer sich bei dem Gedanken an all das für Ideale verschwendete Geld, mit der Krücke nach der Herzogin, die zusammenschrak.

»Geht ihr nur mit euren tausend Hampelmännern nach Dalmatien! Nichts wird dabei herauskommen, nichts, als daß man euch auch nur noch euer letztes Geld wegnimmt, falls ihr noch ein letztes habt! Und nichts werdet ihr wiederbekommen, gar nichts, gar nichts, gar nichts!«

Plötzlich saß sie da wie gelähmt. Der Mund blieb offenstehen, die Zunge lag dick aufgerollt zwischen den Zähnen. Sie hatte mitten im Sprechen eine Eingebung gehabt, die sie überwältigte. Nach einer Weile ängstlichen Wartens sah man die alte Dame das Gebiß schließen und sinnend vor sich hin murmeln.

Die Herzogin und die Blà verabschiedeten sich. Piselli hatte wieder zu sprechen begonnen. Er rühmte seine Beziehungen zu der vornehmen Jugend und nannte die stolzesten Namen.

»Alle diese Herren sehe ich täglich im Klub. Mit vielen habe ich schon von Ihrer Sache gesprochen, Herzogin. Ich kann unendlich viel für Sie tun. Die Damen kennen sicher den Prinzen Maffa. Das ist mein Freund...«

Bei der Erwähnung dieses Namens hörte man ein dumpfes Aufstöhnen. Lilian Cucuru entfernte sich ohne ein Wort. Piselli ließ sich dadurch nicht stören. Jede Wirkung seiner Persönlichkeit war ihm recht; nur wirken mußte sie. Er ging mit Pavic hinter den beiden Frauen her. Draußen atmete er im Nacken der Blà und redete nur für sie. Der Instinkt des berufsmäßigen schönen Mannes hatte ihm längst gesagt, wo das Weib sei.

Sie faßte sich. Sie lächelte ihm über die Schulter zu, ihre Augen bekamen einen künstlichen Glanz, wie von Atropintropfen. Sie gab ihren Geist zum besten, und Piselli wand sich vor Bewunderung.

»Contessa, ich habe Ihre Gedichte gelesen. Welch Schmelz, welch Blütenstaub! Ach, die Gefühle! Wer kennt nicht Ihre ›Schwarzen Rosen‹? Sie sind eine Berühmtheit, Contessa. Ein Verehrer mehr oder weniger, der Ihnen einige Minuten raubt, was macht Ihnen das! Ich darf Sie besuchen, Contessa? Sie gestatten es?«

Die Herzogin sagte: »Ich weiß nicht, die Cucuru hat etwas Pittoreskes, von gemeiner Ängstlichkeit ist sie weit entfernt. Möglichenfalls wäre sie zu manchen ungewöhnlichen Handlungen fähig. Sie sagt mir beinahe zu.«

Kaum war die Haustür hinter den Besuchern geschlossen, so wurden Lilian und Vinon von der Mutter in das Wohnzimmer der Familie geschoben. Sie riegelte ab und humpelte in die Mitte des Gemachs. Ihre Gestalt verbreiterte sich seltsam nach unten; ihr Fett hatte die Neigung, in gewellten Klumpen herabzurutschen, von den Wangen auf den Hals, vom Hals auf den Busen, vom Busen auf den Bauch und vom Bauch auf die Beine. Den Stock entlang, an dem die Alte sich aufrecht erhielt, wollte es scheinbar hinabfließen, um auf dem Boden einen Brei zu bilden. So stand die Fürstin, schnaufend und heiter äugelnd, vor ihren hohen blonden Töchtern.

»Was ist denn?« fragte Lilian kurz.

»Kinder, ich habe ein neues Geschäft!«

Vinon jubelte hell auf: »Maman hat ein Geschäft!«

Lilian erklärte verächtlich: »Maman, du machst dich lächerlich. Eben erst hat dich eine Versicherungsgesellschaft zum besten gehalten, und du bist noch nicht zufrieden?«

»Die Schurken von der Versicherung, mit denen bin ich fertig. Sie werden es übrigens bereuen. Jetzt bin ich in der Lage, wichtige politische Dienste zu leisten, die man mir hoch bezahlen wird. Davon errichte ich dann eine Pension.«

»Und wirst hundert Jahre alt. Kennen wir.«

»Hört doch nur zu, Kinderchen, ich bitte euch. Vorhin meinte ich, daß bei dem unsinnigen Geschwätz von ihrem Einfall in Dalmatien gar nichts herauskäme. Aber es kommt doch etwas heraus, das habe ich gleich darauf gemerkt. Ich werde nämlich von dem Plane des Narren San Bacco Seine Exzellenz den dalmatinischen Gesandten in Kenntnis setzen. Was meint ihr, daß das Geschäft einbringen kann?«

»Ein nettes Geschäft«, meinte Lilian. »Maman, deine Industrien werden immer ordinärer.«

»Das habe ich davon«, so greinte die Cucuru. »Ich opfere mich für sie, und so danken sie's mir. Euch muß man zu eurem Glücke zwingen, ihr Kindchen... Und ich zwing euch!« schrie sie, aufstampfend, hochrot, wild und boshaft. »Ich leg euch noch in die Betten von steinreichen Männern, und erobere mir all das Geld, das die Gauner mir nicht geben wollen, und mache unser Haus groß und lebe... lebe.«

»Maman, deine Lebenslust ist nachgerade widerlich«, sagte Lilian, weiß und kalt. Sie entschädigte sich in der Vertraulichkeit solcher Unterredungen für alle Vergewaltigungen, die sie draußen erfuhr.

»Deine Geschäfte werden dich vor Gericht führen, so endest du.«

Die Alte keifte dagegen.

»Und wo wirst denn du enden, du schlechte Tochter? In einem Hause, das ich gar nicht nennen will!«

Lilian ging ins Schlafzimmer und schlug die Tür zu.

»Du bist besser als deine Schwester«, sagte die Cucuru zu Vinon. »Geh, Töchterchen, zur Wirtin und bitte sie um einen großen Bogen weißen Papiers und um Tinte; die unsrige ist eingetrocknet. So ist es recht, setze dich an den Tisch, wir schreiben dem Gesandten. Als ob das nicht ein ausgezeichnetes Geschäft wäre; was will denn jene? Was gehört alles dazu, damit einem so etwas einfällt, und wieviel Arbeit habe ich nun davon! Ah, Unternehmungen! Bewegung! Leben! Sie werden mir Geld geben müssen, die Schurken, für meine Nachrichten, und ich werde etwas zurückgeholt haben von dem, was sie der armen Herzogin gestohlen haben... der armen, törichten Herzogin«, wiederholte sie, schadenfroh und weinerlich.

Vinon ordnete ihr Schreibgerät vor sich auf dem Tische, sie zog Linien, sauber und genau, und begann dem Diktat der Mutter zu folgen.

»Wir schreiben Französisch, meine Vinon, das ist die Diplomatensprache. Nimm dein Wörterbuch zur Hand.«

Die junge Prinzessin schlug Vokabeln nach, die Ellenbogen auf dem Tische, ernst und vertieft wie ein Schulmädchen.

»Das ist einmal eine Arbeit«, stöhnte die Fürstin, »mir brummt schon der Kopf. Ich brauche eine Anregung. Lilian, mein Kind, reiche mir die Schachtel mit den Zigaretten.«

Das Schlafzimmer war, da die Damen es spät verlassen hatten, noch nicht aufgeräumt. Lilian kehrte in den Salon zurück; es gehörte ihr kein dritter Raum. Sie hob einen alten Morgenrock auf, dessen Saum herabhing und durchkostete eine lange Weile, mit untätigen Händen, die Erniedrigung, diesen Fetzen ausbessern zu müssen. Dann machte sie sich daran.

Die Alte stieß zwischen den Sätzen, die sie Vinon vorsagte, Rauchwolken aus und trällerte dabei im scharfen Diskant, kurzluftig und heiter, Bruchstücke einer Arie. Endlich war sie fertig, sie faltete die Hände und warf den Kopf in den Nacken.

»Wenn du mein neues Geschäft nur segnen wolltest! Ohne deinen Segen schlägt es natürlich wieder fehl. Ach was, du wirst es segnen.«

»Kinderchen!« rief sie und sprang auf. »Wir wollen meine Madonna bitten, meine schöne Madonna!«

Sie wälzte sich zur Tür, die sie aufstieß.

»Meine Leute! Kommt alle herein, ihr müßt mit mir beten, damit meine Madonna mein neues Geschäft in ihren Schutz nimmt.«

Der fettige Kellner, Carlotta und Joseph der Arbeitsmann, die Köchin und die Scheuerfrau drängten hinter der Fürstin her, in das Schlafgemach. Lilian wandte sich ab, händeringend. Vinon lachte. Die Cucuru ließ sich auf die Knie nieder vor einer großen, glatt und süß gemalten Madonna, ihrer Hausgöttin, die ihr durch alle Schiffbrüche ihres Lebens und bis in das Haus Dominici treu geblieben war. Inmitten von abgelegten Strümpfen, von Puderbüchsen, Waschschüsseln mit ausgekämmten Haaren und von nicht mehr frischen Peignoirs knieten die Bediensteten der

Pension. Sie ließen Rosenkränze durch schwarze Finger gleiten und plärrten mit zuversichtlichen Stimmen nach, was die Fürstin, im Litaneienton, ihnen vorbetete.

Am nächsten Mittwoch des Kardinals kam der garibaldinische Eroberungsplan zur Sprache. San Bacco selbst vertrat ihn mit Feuer. Die Cucuru lachte schallend und fuhr wieder die mit Blumen und Knallbonbons gefüllten Kanonen auf. Monsignore Tamburini sagte mit der fetten Stimme der Wirklichkeit, man müsse sich für eines entscheiden: mit Hilfe der Kirche langsam Boden zu erkämpfen, oder aber mit einem Schlage alles gewinnen zu wollen und wahrscheinlich alles zu verlieren – nach Art grauer Jünglinge. Darauf schnaubte San Bacco dem Priester zu, nur das Kleid, das er anhabe, schütze ihn vor einer Züchtigung. Tamburini sah sich, leicht beunruhigt, nach zustimmenden Gesichtern um. Schließlich gab die Blà ihm recht. Sie widerriet ihrer Freundin ein übereiltes Abenteuer. Die Herzogin fragte enttäuscht: »Warum haben Sie neulich geschwiegen?« Die Blà dachte an Piselli, sie errötete schwach. Die Herzogin erinnerte sich: Sie hatte ja Besseres zu tun...

Der Abend verlief flau. Die Cucuru erzählte, albern wiehernd, der Herzogin, sie habe jetzt ein neues, sicheres Geschäft, es werde ihr viel Geld einbringen.

»Nächstens eröffne ich meine Pension. Kommen Sie zu mir, Herzogin, es kostet nur vier Lire, das werden Sie doch bezahlen können. Und dafür will ich Sie nähren! So fett sollen Sie werden wie ich selber.«

Die folgende Versammlung fiel aus. Ereignislos gingen die Wochen hin. Die Herzogin fuhr Korso mit der Blà. Wenn sie beim Konzert auf dem Monte Pincio in einer Reihe glänzender Gefährte hielten, besuchten Pavic und Piselli, in schönem Anzuge wetteifernd, sie am Wagenschlage. Prinz Maffa und seine aristokratischen Klubfreunde ließen sich vorstellen. San Bacco grüßte aus einem Kreise offizieller Persönlichkeiten heraus die verbannte Herzogin von Assy.

Nach einem sanften Musikstück schlenderte in der stillen, warmen Septemberdämmerung die ganze Gesellschaft zu Fuße die Ripetta entlang. Monsignore Tamburini stieß zu ihr.

»Ein Gelato zu einer Kantilene von Rossini, was wollen wir denn mehr?« fragte die Blà, süß erschauernd. Piselli ging neben ihr. Sie fügte träumerisch hinzu: »Zum Konspirieren braucht man soviel Geld.«

Pavic wiederholte trübe: »Soviel Geld.«

Tamburini bestätigte hart und habsüchtig: »Geld.«

Lüstern und weich sprach Piselli es nach: »Geld.«

San Bacco, der erhabene Bettler, der im Namen des Ideals alles umsonst hatte, ließ das Wort verächtlich fallen: »Geld.«

Befremdet, als hörte sie zum ersten Male davon reden, sagte die Herzogin: »Geld.«

V

Zur rechten Zeit erinnerte die Herzogin sich einer Summe von dreihunderttausend Franken, die ihr verstorbener Gemahl, der Herzog, als Reisepfennig für alle Fälle bei der Bank von England liegenzulassen pflegte. Sie erhob das Geld und verteilte es unter Tamburini und Pavic. Dem Tribunen diente es zur Ermunterung seiner Söldner in Dalmatiens Presse, Beamtenschaft und Volk, dem Priester als Vergütung für die ersten schüchternen Hilfeleistungen der Geistlichkeit. Es reichte nicht weit; darauf verblieben ihr die Einkünfte aus ihren sizilianischen Besitzungen, um Caltanissetta und bei Trapari.

Pavic hatte die Rechnungen zu führen, aber das Exil machte ihn faul und genußsüchtig. Er fühlte sich als Erster Minister einer entthronten Königin, – und war er nicht von Rechts wegen sogar ihr Geliebter? Mißhandelt als Liebhaber und als Staatsmann, aus Reich und Schlafzimmer verbannt, konnte er seine schmerzliche Größe unmöglich schlecht nähren und billig kleiden. Aus Achtung vor seinem Seelenleiden schonte er seinen Körper und schaffte ihm ein wattiertes Dasein. Sein tragisches Geschick war etwas ausgesucht Vornehmes, er hüllte sich weich darin ein, wie in die teuren englischen Stoffe, deren Gebrauch er von Piselli erlernte. Seufzend setzte er sich auf die Sammetpolster der feinsten Speisehäuser und verzehrte, trübe und geringschätzig, die köstlichsten Diners. Er ließ sich in den Cercle des Prinzen Maffa einführen und verlor beim Baccara ansehnliche Summen, nicht so sehr aus Prahlerei wie aus Nichtachtung für alles, was nicht in seiner Psyche vor sich ging. Seines Kindes beraubt, büßte er viel von der sittlichen Festigkeit des Familienvaters ein; bald kannte man ihn allgemein unter Damen mit heiteren Sitten. Sein Gemüt befriedigten sie nicht, es sehnte sich oft nach edlerem Austausch. Dann lud er die Fürstin Cucuru und ihre Töchter an den mit Damast gedeckten Tisch irgendeines roten Hotelsalons. Beim Dessert hatte Vinon zuviel Champagner im Kopf. Pavic fing das junge Mädchen gerührt in seinen Armen auf. Bei diesem Anblick berechnete die Cucuru, ein wie segensreicher Gebrauch unter Umständen von der herzoglichen Kasse gemacht werden könne. Doch empört mischte Lilian sich ein. Sie nahm alles von oben herab, die Gerichte, die Weine und den Gastgeber. Die Mutter bemühte sich ganz vergeblich, sie zu entfernen. Schließlich erheuchelte sie einen Erstikkungsanfall und fiel vom Stuhl. Lilian ließ sie einfach liegen; sie behauptete, nüchtern und weiß, ihren Posten zwischen ihrem erhitzten Schwesterchen und dem reichen Herrn.

Es kamen Pavic manchmal unklare Bedenken, als ob seine neue Lebensführung in keinem richtigen Verhältnis stehe zu der Höhe des Gehaltes, das seine Herrin ihm aussetzte. Doch wich er peinlichen Entdeckungen aus, und es ward ihm leicht, denn seine persönlichen Ausgaben waren seit langem mit seinen amtlichen hoffnungslos verwirrt. Sogar die Herzogin wunderte sich einmal über den Betrag seiner Forderungen.

»Sie streuen unsere Saat noch dorthin aus, wohin keine Sonne und kein Regen fällt. Wozu?«

»Ich bin ein slawisches Gemüt«, erklärte er. »Ich weiß wohl, ich kann nicht rechnen. Bin viel zu träumerisch und zu nachgiebig.«

»Ach ja, Sie sind ein Romantiker.«

»Die Kasse muß in festeren Händen sein«, sagte er, und überzeugte dadurch sich selbst von seiner Uneigennützigkeit. Gleich darauf gab er dem undeutlich gefühlten Wunsch nach, sie in Freundeshänden zu wissen.

»Wenn Hoheit sie einer praktischen Persönlichkeit übergäben... zum Beispiel der Fürstin Cucuru...«

»Praktisch ist sie... Ich will sie lieber der Contessa Blà geben.«

Piselli stand dabei, als die Blà die Verwaltung des Geldes übernahm. Er zählte die Banknoten, mit geübten Fingern. Es war nicht mehr viel. Die Briefe und Belegstücke stimmten nicht zusammen. Piselli erklärte kurzerhand alles für ordnungsgemäß, ohne Pavic anzublicken, der errötend wegsah. Zum Schluß trat er, noch in Anwesenheit der Herzogin, frei und ritterlich auf den gewesenen Geschäftsführer zu.

»Lieber Freund, wenn Sie etwa noch Forderungen an die Kasse haben... Sie wissen, wir erledigen das freundschaftlich.« Das unbekümmerte Gebaren eines bedeutenden Finanzmannes stand Piselli zum Entzücken. Die Herzogin verzieh seiner Anmut die Leerheit der Kasse. Die Blà hatte nichts zu verzeihen; sie fühlte sich in seiner Schuld, weil er da war.

Kurz darauf erschien Pavic mit einer rettenden Nachricht. Ein dalmatinischer Flüchtling in Rom, ein Schuster, hatte einen Brief erhalten von seinem Vetter, einem Viehhändler, dem ein jüdischer Wucherer in Ragusa gesagt hatte, er wolle der Herzogin soviel leihen, als sie gebrauche. Der Zinsfuß war nicht einmal hoch. Niemand nahm den Zwischenfall ernst; da kam ein Scheck auf die römische Bank und ward ausbezahlt. Monsignore Tamburini, äußerst wißbegierig in Geldsachen, zog Erkundigungen ein. Eines Tages, im Zimmer der Herzogin, sagte er: »Nur Baron Rustschuk kann der Geber sein. Was für ein bedeutender Mann!«

Pavic wußte es längst und verschwieg es aus Eifersucht auf den Finanzmann.

»Dieser Verräter!« rief er sofort. »Dieser doppelte Verräter! Er hat uns verleugnet, sooft unser Glück ins Schwanken kam. Hoheit erinnern sich, wie er Sie laut verleugnete, damals als...«

»Als der Bauer gespießt wurde«, so ergänzte die Herzogin.

Er schnappte nach Luft.

»Wer war der erste, der uns nach unserer Niederlage verließ? Rustschuk! Sofort hat er sich den Koburg angeboten, vollständig ohne Gewissen. Ich begreife es nicht, wie man ohne Gewissen leben kann: ich bin ein Christ...«

Piselli bezeugte es ihm.

»Gewiß, das sind Sie.«

»Nun nennt man ihn den kommenden Mann, den Retter der schiffbrüchigen Dynastie. Er ist auf dem Wege zum Finanzminister!«

Aller wunde Ehrgeiz des Tribunen kreischte auf in diesem Wort.

»Und in eben diesem Augenblick erfrecht er sich zu einem zweiten Verrat! Er bietet uns Geld an! Er verkauft uns diejenigen, an die er uns eben noch verraten hat!«

»Wir zahlen ihm Zinsen«, meinte begütigend die Blà. »Das entschuldigt ihn.«

»Ein hochbedeutender Mann!« wiederholte Tamburini.

Pavic geriet vollends außer sich.

»Sie finden ihn bedeutend, einen Abtrünnigen und einen Käuflichen – Sie, Monsignore, der Priester der Wahrheit?«

Tamburini hob die Schultern, gemächlich und stark.

»In der Politik gibt es keine Wahrheit, es gibt nur Erfolge.«

Pavic, der Erfolglose, senkte den Kopf. Er sehnte sich nach Freunden, in denen das gleiche halberstickte Rachegefühl gegen die Glücklichen schwelte, wie in ihm selbst. Nun trafen ihn lauter fremde Blicke. Die Herzogin erklärte ihm: »Sie müssen doch zugeben, Herr Doktor, daß mein Hausjud gescheit ist. Er richtet sich so ein, daß er auf alle Fälle Finanzminister werden kann. Sollte es wider Erwarten mit den Koburg schiefgehen, dann wird er meiner. Ja, ich glaube fast, ich mache ihm die Freude.«

»Hoheit könnten es tun?«

»Er beweist mir ja täglich seine Talente... Ganz abgesehen davon, daß ich ihn ungewöhnlich grotesk finde.«

»Grotesk! Ja, ja, grotesk!«

Pavic lachte laut auf. Er vollführte eine jähe Willensanstrengung und setzte sich, mit einer Gelassenheit, die noch fieberte.

»Sie nehmen ihn als lustige Person. Wenn Sie erst wüßten, wie weit er's darin gebracht hat. Kürzlich hat er den königlichen Hausorden bekommen.«

»Worin liegt die Komik?« fragte Tamburini befremdet.

»Warten Sie nur.«

Pavic kicherte erregt.

»In den Verdiensten, die die Auszeichnung begründen. Er verdankt sie seinen Dummheiten, die ja am Scheitern unserer Revolution schuld sind. Die Herrschaften erinnern sich der Pächterunruhen. Rustschuk war albern genug, unser bewährtes Pachtsystem abschaffen zu wollen. Sie kennen auch die Geschichte mit dem Schauspieler, den er als geisteskrank einsperren ließ. Seit alle diese Dummheiten ihm einen Orden eingetragen haben, spricht er davon wie von Intrigen. Er hält sich allen Ernstes für einen verräterischen Ränkeschmied und ist seitdem in seinen Augen unermeßlich gewachsen.«

»Auch in meinen«, sagte lächelnd die Herzogin. Alle lächelten mit. Aber Pavic preßte sich die Seiten, unsäglich erleichtert. Rustschuk war glücklich, daran war nichts zu ändern. Aber er war auch lächerlich, und das machte vieles gut. Die Blà versetzte: »Und er baut vor sich her einen Wall von Viehhändlern, Wucherern und

Schustern. Durch ein Labyrinth geheimnisvoller, nicht sehr sauberer Hände sickert sein Geld, unsichtbar und geräuschlos, bis...«

»Bis es endlich zu uns gelangt«, so vollendete Piselli, sichtlich befriedigt.

»Eine offizielle Persönlichkeit! Spielt doppeltes Spiel und fürchtet, sich zu kompromittieren«, flüsterte die Herzogin vor sich hin, und durchkostete den Sinn der Tatsache.

»Was aus einem Hausjuden alles werden kann!«

›Mehr als aus dir, du Arme‹, dachte Monsignore Tamburini, auf sie herabblickend.

Öfter als die andern zeigte sich die Blà in dem weißen Häuschen auf dem Caelius. Sie trat unangemeldet zu der Herzogin in die hängende Vigne, wo das Weinlaub sich färbte. Die jungen Frauen waren beide weiß gekleidet, die schwarzen Flechten der Herzogin von Assy hoben und senkten sich im Nacken auf einer Veilchenstickerei, die aschblonden ihrer Freundin über einem Kragen von Rosen, und ohne einander zu berühren, gingen sie hin und her im Schatten ihres biegsamen Daches; kleine blattförmige Himmelsausschnitte durchleuchteten ihn blau. Am Ende des Ganges, bei den Pfeilern, blieben sie manchmal stehen und lehnten die leichten Schultern zusammen, um gemeinsam hindurchzuspähen durch die Spalten des verführerisch roten Vorhanges, den die Reben herabließen. Die Blà sah drunten im Garten einen Strauch, oder vielleicht nur eine seiner Blüten, die eben einen Falter trug. Der Blick der Herzogin fand alsbald in der Ferne das Forum, er tauchte dort in Gewölbe und erstieg Säulen, ohne daß es ihm schauerte oder schwindelte. Es war ihr Traum, den sie entsandte, ihr Traum von Freiheit und irdischem Glück. In eine Toga geworfen, feierlich und stumm, bewegte er sich zwischen jenen leeren Sockeln, über jene vom Moose gesprengten Fliesen, auf denen er – so fühlte sie – zu Hause gewesen war, ehe sie versanken und zerbrachen.

Nach mehreren solchen Stunden, als einige Male der weinrote Vorhang der Träumerei sich vor ihren beiden Seelen geöffnet hatte, waren sie Schwestern und nannten sich du. Die Herzogin meinte jetzt mit ihrer Beatrice schon lange Hand in Hand gegangen zu sein, nämlich nahe dem Meeresstrande, in jener kleinen Kirche voller Engel, wo zwei Frauen in Lichtgelb und Blaßgrün einem Knaben nachfolgten mit goldenen Locken und langem, pfirsichrotem Gewande. Die Stunde, die sie damals an das Ende des Laubganges führte, vor ein weißes Haus, unter ein sich öffnendes Fenster und zu einer befreundeten Stimme, die Stunde jener flüchtigen und seltsam bewegten Mondnacht war prophetisch gewesen. ›Gewiß‹, dachte die Herzogin, ›Beatrice ist jene andere im Schein der silbernen Ampel.‹ Doch sprach sie der Blà niemals davon, aus einer lächelnden Scham, aus Selbstverspottung und beinahe auch aus Aberglauben.

Die Freundschaft der Blà war sanft und duftig; ein feiner, flinker Geist trat oft unerwartet aus ihrem Herzen hervor. So stand in ihrem Arbeitszimmer unter Garben von Orchideen und Rosen, in reinem Marmor der schmallendige, beschwingte Hermes aus dem Sockel von Cellinis Perseus, einen magern Fuß erhoben zum Aufflattern. Schon auf der Treppe wehten Blumengerüche der Herzogin entgegen. Sie erstieg bald täglich die fünf Stockwerke in dem Eckhause der Via Sistina. Es saß sich gut auf den schlanken Möbeln, vor den hell lackierten Tischchen, wo von geraden Vasen herunter Blüten rot und weiß auf zerblätterte Bücher tropften. Zu dem weiten Atelierfenster strömte ein Meer von Blau herein. Drunten blitzte das Leben auf der Spanischen Treppe.

Piselli war immer zugegen. Er rückte Stühle, beschaffte

Tee und Gebäck und betätigte sich dazwischen im schmeichlerischen Wiegen hoher Worte.

»Wollen Sie sich nicht an den Kamin stellen, Herr Piselli?« bat die Herzogin, als er einmal lange von Freiheit geredet hatte.

»Lehnen Sie sich ganz bequem dagegen und verhalten Sie sich ruhig. Sie sind schön.«

»Danke sehr«, sagte er aufrichtig.

Seine Hüften waren gerade soviel enger als die Brust wie bei dem Hermes hinter ihm. Piselli stand da, durchtrieben spannkräftig, gleich dem Gotte. Jeder Muskel an ihm wußte, daß Frauenaugen ihm zusahen. Die Blà hatte rosige Wangen und feuchte Augen; sie versetzte: »So, er hat aufgehört. Nun darfst du mir sagen, Violante, was du meinst, wenn du die Freiheit nennst. Denn jeder denkt sich bei solchem Wort, das alle lieben, sein Liebstes.«

Die Herzogin antwortete: »Ich, Bice, ich denke an einige Dutzend Hirten, Bauern, Banditen, Schiffer, und an hagere, feine Leiber, die zwischen den Steinen meiner Heimaterde vor meinen Blicken aufwuchsen. Sie waren dunkel, starr, ihr Schweigen war wild, Fell und Glieder bildeten eine einzige Linie aus Bronze. Ich will, daß Luft und Land so stark werden wie sie: das nenne ich Freiheit.«

»Und ich«, erklärte die Blà, »ich bin frei, wenn ich leiden darf. Das Volk, für das ich mich in Gefahren stürzte, sollte es mir so übel lohnen wie dir, Violante – denn es läßt deine Verbannung geschehen –, und ich wäre schon beseligt.«

»Du bist bescheiden, Bice.«

»Bescheiden?«

Sie lächelte.

»Ich verlange *sehr viel* Leiden, weißt du... und wenn zufällig ein Martyrium daraus würde, vielleicht...«

»Das darf niemand hören«, sagte die Herzogin.

Doch Piselli verstand, seinem teilnahmsvollen Mienenspiel zum Trotz, von ihrer Unterhaltung kein Wort; denn sie sprachen französisch.

Die Blà begann wieder: »Ganz im Ernst, ich bin nicht uneigennützig. Das bist nur du, Violante, nur du willst von der Freiheit nichts für dich. Pavic will von ihr Beifall, Ruhm und das Hochgefühl, das klatschende, stöhnende Volksmassen ihm verschaffen. San Bacco will um sich hauen, und das Wort Freiheit hat ihm dazu gedient, sein Leben lang in Bewegung zu bleiben. Alles Selbstsüchtige!«

»Und dein Orfeo?«

»Ach, Orfeo! Er spricht von der Freiheit so verhalten wohllautend und so feurig stolz. Aber ich habe ihn im Verdacht, *seine* Freiheit ist die Möglichkeit, jede Nacht mit vollen Taschen lumpen zu gehen.«

Piselli rollte große, süße Augen. Er hörte seinen Namen fallen und horchte argwöhnisch und vergeblich auf den Zusammenhang, in dem es geschah. Allmählich fühlte er sich gereizt durch die leichten, raschelnden Geschöpfe, die dort vor seinen Augen plapperten, lauter nicht zu überwachende Dinge und vielleicht sogar anzügliche. Er war ein Mann und hätte es in der Ordnung gefunden, sie zur Ruhe und Unterwürfigkeit zurückzutreiben, mit einigen kräftigen Griffen seiner mattweißen Hand, die Übung besaß im Anfassen von Weibern, oder auch durch eine Zote. Und je böser sein Sinn ward, desto glücklicher und anmutiger seine Haltung. Bloß seine Miene wurde ratlos hin und her gezerrt von Gefallsucht und von Wut. Sein Körper allein hatte Manieren gelernt. In sein Gesicht aber traten, naiv und tierisch ungezügelt, alle seine Gefühle. Die Herzogin bemerkte es gar nicht; Piselli war für sie eine bewundernswerte Form ohne Inhalt. Nur die Blà lächelte ängstlich. Die Herzogin sah, beim Sprechen und beim Träumen, an seinen Gliedern entlang, wie an denen des Hermes hinter ihm. Er hätte nackt dort stehen dürfen, so gut wie der andere, und hätte sie nicht verwundert, sondern nur erfreut.

Die Herzogin fragte langsam: »Und dabei liebst du ihn?«

»Ja doch, mein Mitleid liebt den Armen.«

»Mitleid mit... dem da! Wenn er das Wort verstände, er würde dich auslachen. Er ist ja gesund, begehrt und selbstgewiß über die Maßen. Vielleicht würde er auch sehr böse werden.«

»Niemals. Es wäre ihm ganz gleich. Erbittert durch Mitleid werden nur Kranke; glaube einer barmherzigen Schwester... Er fühlt sich stark und überlegen – und ich bemitleide gerade seine Schönheit und seine Ungebrochenheit und seine Erfolge und die Ruhe und die Wucht, mit der er sie genießt. Wir andern, wir Schwachen, nicht wahr, wir bändigen unser Geschick durch ein wenig Geist. Für ihn aber gibt es nur Zufall, Spielerglück und -unglück. Er wappnet sich gegen das Leben mit Fetischgläubigkeit und Vertrauen auf gute Karten. Er ist von Geblüt ein Campagnole, der nicht ahnt, woher er kommt, und von Natur ein Spieler und weiß von keiner Zukunft. Er ist nur das Abenteuer eines Augenblicks, der Arme. Wenn ich hinabsehe in den wunderbaren, dunkeln Brunnen seiner Augen – was schläft alles da drunten, ihm selber unbekannt und bestimmt, eines Tages emporgewühlt zu werden. Instinkte! Dunkel und trüb wie die namenlosen Reihen der Bauern, die hinter seiner Geburt entschwinden. Schicksale! Vielleicht Prunk und Triumph, vielleicht Elend... vielleicht... Blut.«

»Du bist eine Dichterin, Bice! Und in den Stunden der Nüchternheit? Denn natürlich liebst du ihn nur auf Augenblicke.«

»Nein... immer!«

»Immer? Was für ein Wort! Immer, Bice, werden doch nur wir Frauen geliebt. Wenn wir nämlich in uns selbst ruhen, recht hübsch stillsitzen, die Hände zusammenlegen, ins Kerzenlicht blicken und lächeln. So ersehnen uns die Männer: Einer in Paris, der sich beobachtet hatte, hat es mir gesagt; übrigens wußte ich es... Aber der Mann! Der gilt nicht seine Taille und sein Grübchen, sondern seine Taten und seinen Geist. Mit ihnen steigt und fällt er. Er kann es nur in sehr glücklichen Augenblicken bis zum Geliebtwerden bringen.«

Sie zögerte, und Pavic' Name blieb ungenannt, aus jener zärtlichen Scham, die der Herzogin erst bekannt war, seit sie eine Freundin hatte.

»Der Mann, den ich einmal liebte, war zuweilen groß und Held. Die übrige Zeit kannte ich ihn gar nicht.«

Die Blà versetzte: »Arme Violante. Ich halte Orfeo immer für groß – in der Liebe. Braucht ein Mann, den ich liebe, sonst in etwas groß zu sein? Er besorgt alle Gänge für mich, er holt meine Gelder von den Redaktionen. Vielleicht will er wissen, wieviel ich verdiene. Ich aber glaube, er erspart mir jeden Schritt in die Prosa, er breitet Blumen unter meine Füße und füllt damit mein Zimmer.«

Beim Weggehen drückte die Herzogin Pisellis Hand, zur Belohnung, weil er so schön gestanden und ihr Gesichtsfeld geschmückt hatte. Sie verspürte Lust, ihm etwas Süßes in den Mund zu stecken.

Piselli reckte sich und rief aus: »Welch Glück! Wir sind allein!«

Er umschlang die Blà und trat mit ihr, in der Versunkenheit eines Bühnenglücks, vor das weit und blau klaffende Fenster.

Sie sah bittend nach seinen gefalteten Brauen.

»Du biegst deinen Kopf so liebevoll, und er sieht doch wild aus.«

Zum Erschrecken plötzlich brach seine üble Laune los.

»Diese Frau mag der Teufel holen!«

»Aber Orfeo!«

»Welch ein Hochmut!« so knirschte er und warf die Arme in die Luft.

»Welch ein Hochmut! Aber er wird gestraft! Sie soll nur warten, solch ein Hochmut wird gestraft!«

»Mein Gott! Was hat sie dir getan?«

»Mir? Gar nichts. Und was sollte sie mir tun? Will ich denn etwas von ihr? Für soviel Hochmut ist sie überhaupt nicht schön genug!«

»Aber... Sie ist ja so schön! So wunderschön!«

»Ach was, ich kenne hundert Schönere... dich zum Beispiel«, setzte er herablassend hinzu.

»Und erstens ist sie kalt, abscheulich kalt. Das schließt schon jede Schönheit aus. Ich verlange ganz etwas anderes. Aber *ganz* etwas anderes. Die rechte Frau... Da haben wir's!«

Er beruhigte sich.

»Sie ist keine rechte Frau!«

»Orfeo, sie ist meine Freundin.«

»Das ist gleich. Ich verkehre nicht gern mit ihr. Solch eine Frau... überhaupt, wer anders ist als die andern, bringt Unglück, das weiß man. Ich will dir etwas sagen, du solltest dich vor ihr hüten, denn sie ist keine gute Christin!«

»Wie kommst du darauf?«

»Ich merke das schon. Seit ich sie kenne, bin ich im Verlieren.«

Er murmelte noch: »Dabei muß etwas geschehen.«

»Was denn, ich bitte dich«, fragte sie ängstlich.

»Du wirst sehen.«

Er aß einige Kuchen, nahm einen Schluck Likör und zündete eine Zigarette an. Darauf fühlte er sich wiederhergestellt, und sie gingen aus. Im ersten Laden, an dem sie vorbeikamen, kaufte Piselli ein dickes Bündel hörnerner Breloques und hängte sie sich vor den Magen.

»So, jetzt mag sie mir wieder begegnen.«

Die Blà lächelte gerührt. Sie ermunterte ihn.

»Recht so. Vergiß nur niemals deinen Talisman. Wer sollte dir jetzt noch Unglück bringen.«

In eine Kirche am Korso drängte Volk. Piselli zog seine Freundin hinterher. Die Priester des Tempels beendeten eben die Zurüstungen für das Fest ihres Heiligen; in einer Kapelle im Hintergrunde befestigten sie die letzten Kränze. Der Boden des schmalen Gelasses stand voll von Körben mit Papierblumen, daraus erhoben sich brennende Kerzen. Sie erklommen, in gedrängtem Zuge, und fortwährend anschwellend an Höhe und Umfang, den Altar. Zu seiten des Kreuzes flammten zwei wächserne Türme. Und über dem von roten Lichtern durchirrten Gewoge falscher Blüten schaukelte sich an Ketten der Silberschatz: Ampeln, Kessel und Krüge, matt und alt schimmernd oder mit aufdringlichem Geglitzer, köstlich gebogenes Prunkgerät, belebt von schwellenden Bildern, neben Tand aus dem nächsten Bazar. Die Pupillen, die in all diesen Zauber hineinstarrten, erweiterten sich und wurden fromm.

Piselli breitete sein Schnupftuch über die staubigen Fliesen und kniete darauf hin. Er zog aus der Tasche seinen um ein Spiel Karten gewickelten Rosenkranz. Die Blà neigte sich neben ihm über einen Betstuhl. Sie atmete leise den süßen Rauch ein, der ihr aus lautlos geschwungenem Bekken zuwehte, und durchkostete den reizvollen Schmerz des Kreuzes, nach dem sie sich sehnte, ohne daran zu glauben. Piselli bekreuzigte sich ein über das andere Mal; er roch nach Chypre, aber seine Furcht und seine Brunst erhöhten sich vor seinem Gotte zu ebenso dumpfer Ehrfurcht und Inbrunst wie bei den Gläubigen vor und hinter ihm, die nach Knoblauch stanken. Den Geist der Blà durchkreisten feine und schwache Erinnerungen eines Mystizismus, der eine Gemeinde geschmackvoller und müder Lateiner verlockte, und fielen endlich, wehmütige

Blätter im Treiben des Herbstwindes, zu einem Kranze zusammen, der ein welk und süßlich duftendes Gedicht war. Piselli verschlang mit Augen, die vor Gier verblödeten, den buntstrotzenden Heiligen aus Wachs hinter dem Gitter seiner Krypta. Seine Finger und Lippen überhasteten die Gebete; er fühlte sie erhört und sah bereits die Karten vor sich, mit denen er gewinnen sollte. Darauf standen die Liebenden auf und gingen weiter, Seite an Seite, wie in ganz derselben Welt.

Der Heilige täuschte Pisellis Vertrauen. Am folgenden Tage sah die Blà es ihrem Orfeo an, er hatte verloren. Es war eine ungewöhnliche Summe, und er schuldete sie dem Prinzen Maffa auf Ehrenwort. Sie raffte ihm Ersparnisse und allen ihren Kredit bei ihren Verlegern zusammen, um ihn zu retten. Er nahm das Geld ohne Ziererei. Es war für die Blà ein freudiger Augenblick. Schon nach achtundvierzig Stunden hatte er alles zurückgewonnen und übergab es ihr in einer Börse aus Atlas, bestickt mit echten Perlen. Aber bald durfte sie ihm wieder, und im Laufe der Zeit immer häufiger, mit kleinen und großen Beträgen aushelfen. Sie lernte jetzt kühle Gesichter bei sonst ritterlichen männlichen Kollegen kennen, wenn sie Artikel bezahlt haben wollte, die noch nicht geschrieben waren. Die kleinen Blätter gaben ihr Manuskripte zurück, um keine Vorschüsse erlegen zu müssen. Sie aber trottete, elegant und rosig, mit ihrem besonnenen, frauenhaften Schritt unermüdlich über den Asphalt, hin und her zwischen den Zeitungen, den Literaturmaklern, kleinen Wucherern und wohlhabenden Freunden. Und Piselli trat unter seine Klubgenossen nie anders als mit ebenbürtig gefüllten Taschen. Sie begann ihre Entbehrungen zu spüren, ihr Leiden hub an, und wo sie erschien, ging es hold von ihr aus wie das Glück eines geliebten Schicksals. Im Frühling veröffentlichte man die Verse, die sie ihrer Bekanntschaft mit Orfeo verdankte. Sie hatten einen lauten, schwärmerischen Erfolg bei Frauen und jungen Leuten. Die Blà rechnete aus, daß das kleine Buch ihr einige tausend Franken eingebracht haben würde. Sie hatte es, als Piselli sich einmal in einer angstvollen Verlustkrise befand, für zweihundert Lire verschleudert.

Freitags versammelte man sich noch immer beim Kardinal. Monsignore Tamburini fühlte die Verpflichtung, der Herzogin für die starken Summen, die sie den revolutionären Umtrieben der dalmatinischen Geistlichkeit widmete, hie und da eine Genugtuung zu gönnen. In langen Zwischenräumen zeigte sich im Palast an der Lungara irgendein hagerer Bettelmönch, der mit großen Gebärden, phantastisch in flatternden Ärmeln, beim spärlichen Lampenlicht in der Mitte eines übermäßig hohen, an allen Wänden von Dunkel umlagerten Saales, eine seiner Predigten wiederholte. Sie war unglaublich fanatisch, mystisch und mordgierig. Er wollte sie auf offener Kanzel, in einer gefüllten Dorfkirche gehalten haben, und der Kardinal, der mit Wohlwollen zuhörte, sagte sich, daß die Machthaber, die einen so unverblümten Redner noch heute frei umherlaufen ließen, verrückt sein müßten. Die Cucuru stemmte, weit vorgebeugt, die Arme auf die Knie und klappte schallend das Gebiß zu. Die Blà träumte vor sich hin, und Monsignore Tamburini beaufsichtigte die Vorstellung als ein strenger Regisseur, reglos und ohne Anerkennung. Tags darauf gedachten nur noch er und die Herzogin der schnell verflüchtigten Erscheinung. Wenn weiter nichts vorgefallen war, ließ man Pavic sprechen; er erzählte von seinem politischen Klub.

Seit ihm mit der Verwaltung der Kasse auch die Möglichkeit eines vornehm genährten Seelenleidens fortgenommen war, wurde er immer fetter und trübsinniger. Sein Fett stammte aus schlechten Garküchen, ranzig wie sein Trübsinn, und sein erstickter Haß auf seine Herrin vermehrte sich um den vollen Betrag der Schulden, die ihn jetzt drückten. Der Tribun schlich umher auf Promenaden und in Kaffeehäusern wie ein frühzeitig abgedankter Opernsänger, mit verbundenem Hals, planlos, nörgelnd und nicht mehr ganz sauber. An Tagen, wo er keine Aussicht hatte, sich irgendeinem Zuhörer vorführen zu können, ging er an allem vorüber, auch an seinem Waschtisch; denn es ekelte ihn vor den Verrichtungen des täglichen Lebens, das auf keine Tribüne mehr mündete. »Was wollen Sie, ich brauche den Erfolg«, so seufzte Pavic, sooft er im Blicke eines Bekannten die Verwunderung über seinen Verfall las.

Und den Erfolg, der ihm in heller Öffentlichkeit versagt blieb, er ergatterte ihn nun in Hinterstuben. Es war in dem Keller eines Neubaues, weit draußen vor Porta Sant' Agnese, wo ein paar geflüchtete Landsleute zusammenkamen, Handwerker, Lastträger und Straßenverkäufer. Sie trockneten sich zweimal die Woche den Schweiß der schweren Arbeit, zu der die Fremde sie verdammte, von den Händen und reckten sie zu ihrem Apostel empor, – und mit den Händen die Seelen, die so übervoll waren von Selbstmitleiden, Beklemmung und der Sucht nach Wiedervergeltung, Befreiung, Herrschaft, Rachegelagen. In diesem Keller, der an Katakomben grenzte und fast schon dazugehörte, unter den gequälten Schatten der Armen, von qualmenden Tonlampen auf triefende Mauern geworfen – hier in der Konventikelluft erster Christen war Pavic nochmals Held. So gut versteckt, frönte er den Ausschweifungen des Gefühls und starb zum hundertsten Male, mit ausgebreiteten Armen, röchelnd an einem nicht vorhandenen Kreuz, das alle sahen. Darauf stieg er wieder ans Licht, rotfleckig im Gesicht, unheimlich ermuntert und zu täppischen Scherzen aufgelegt: ein heimlicher Trinker, der sich kaum noch darauf besann, daß er einst bei Bacchanalen unter blauem Himmel ein großartiger Genießer gewesen war.

Am Freitag berichtete er dann: »Wie diese Menschen mich lieben! Ah! Nichts erwärmt ein Leben so, wie die Liebe eines Volkes. Ich darf sagen, für sie bin ich ein Halbgott!«

›Ein Halbgott zum Weinen‹, dachte die Blà. Die Cucuru platzte einfach aus.

»Und ich kenne einen jeden nach Namen, Herkunft und Geschichte! Alle werden wegen lauterer Gesinnung verfolgt, wie ich, und wie Sie selber, Herzogin. Einer hat gestohlen.«

»Mir zu Gefallen?« fragte sie.

»Seinem Ideale folgend. Denn der Eigentumsbegriff ist dem einfachen Gemüte nicht natürlich. Und als die Revolution losbrechen sollte, da hielt er die Stunde für gekommen und... stahl. Ein anderer bringt eine Puppe in Generalsuniform mit, die auf einem Pfahl steckt. Er dreht sie sehr rasch um den Pfahl, und ehe man sich dessen versieht, sitzt sein Messer ihr im Herzen. Er gibt mit rührender Andacht alle seine freie Zeit her, um sich diese Sicherheit des Stoßes einzuüben. Er wird eines Tages den König Nikolaus richten...«

Vinon Cucuru kreischte auf.

»Dreht Nikolaus sich immerfort um einen Pfahl?«

Pavic sagte unbeirrt: »Dieser Jüngling ist reinen Herzens, mit seelenvollen, blauen Augen, und hat noch nie ein Weib berührt.«

Die Damen betrachteten ihn, erheitert und leicht angewidert, sie wußten nicht, ob durch ihn oder durch seinen Jüngling. Hinter seinem Rücken krümmte sich lautlos der Kardinal. »Welch redlicher, empörter Patriotismus in allen ihren Handlungen und in jeder Herzensregung! Das unglückliche Dalmatien ist, wie Sie wissen, von seinen Tyrannen so herabgewirtschaftet, daß es nur noch Papiergeld besitzt. Im gerechten Zorn darüber hat einer meiner Verehrer sein neugeborenes Töchterchen Papiria genannt.«

»Allerdings habe ich ihn darauf gebracht«, setzte er hinzu, da er die Wirkung auf den Gesichtern sah. Er trank mit krankhafter Begierde die Teilnahme von den Mienen, ohne es zu beachten, wenn sie höhnisch war. Und er jagte eine Anekdote der andern nach, aus Furcht, man möge ihn unterbrechen.

»Alle beten Euere Hoheit an!« rief er, da die Herzogin ihm unaufmerksam schien; und mit verzweifelter Selbstüberwindung: »Beinahe noch mehr als mich! Die Gestalt der Herzogin von Assy ragt diesen Armen, die für sie leiden, bereits in eine Sagenwelt hinein. Sie meinen, sie sitze irgendwo in Rom in einem Turm gefangen. Ihr schwarzes Haar hänge aus dem Gitterfenster bis auf die Straße. Wenn der Papst vorbeigehe, so speie er darauf.«

»Oh!« machte die Blà, ängstlich fast vor Entzücken. Lilian richtete ihr blasses Antlitz schnell auf die Herzogin, in das frische ihrer kleinen Schwester trat zum erstenmal etwas wie Nachdenklichkeit, und ihre Mutter glotzte gänzlich verdummt darein. San Bacco ging, geärgert durch all das nutzlose Gerede, im Hintergrunde auf und ab; er blieb plötzlich stehen und bemerkte: »Das, was Sie da sagen, ist einmal schön.«

»Man könnte das Bild in einen Stein schneiden«, meinte der Kardinal. »Es ist recht kurios; ich will Seiner Heiligkeit davon erzählen.«

»Ich möchte die Leute sehen«, sagte unerwartet die Herzogin.

»Pavic, von wem haben Sie diese... Sage? Hoffentlich nicht von Ihrem reinen Jüngling?«

»Dem mit dem Pfahl und... ohne Weiber?« fragte die Blà.

»Nein, von zwei Bauern«, berichtete Pavic. »Sie haben daheim einen Gendarmen blutig geschlagen. Sie sind über das Meer geflohen – gleich uns, und sie verlangen sehr danach, Euerer Hoheit zu Füßen zu fallen.«

Tamburini hegte Bedenken gegen eine zu nahe Berührung der Herzogin mit den Ihrigen.

»Was wird denn aber aus dem Märchen vom Turm, wenn Sie sich den beiden am hellen Tage, in einem behaglichen Zimmer zeigen.«

»Es könnte draußen geschehen, und bei Nacht«, meinte die Blà, verliebt in eine romantische Vorstellung. Die Cucuru kicherte, kurzluftig vor Bosheit.

»Jawohl, in finsterer Nacht! Huhu! Und an einem Orte, wo es keine Polizei gibt. Da schleicht eine vornehme Dame zu zwei verdächtigen Individuen. Alle drei sind vermummt und erzählen sich gräßliche Geschichten. Man hört in der Ferne jemand umbringen, und es blitzt. So ist es doch auf dem Theater, nicht?«

»Herzogin, ich begleite Sie!« rief San Bacco.

›Zögere ich?‹ dachte sie. ›Habe ich denn Furcht?‹ Sie sagte laut: »Ganz so, Fürstin. Aus Ihrer Vision wird Wirklichkeit, und es gehört nicht viel dazu. Ich gehe allein zu der Zusammenkunft, ich danke Ihnen, Marquis. Ein abgelegener, möglichst dunkler Ort, wo finden wir ihn? In der Tibergegend, denke ich; vielleicht beim Wechslerbogen. Herr Doktor, bestellen Sie mir die Männer.«

»Frau Herzogin...«, stotterte Pavic. Die Cucuru verlor zum zweiten Male das Verständnis.

»Tu es nicht!« bat leise die Blà. Eindringlich wiederholte San Bacco: »Herzogin, ich begleite Sie.«

»Gehen Sie hin, Herzogin!« so verlangte Lilian Cucuru, »und gehen Sie allein! Auch ich würde ganz allein hingehen!«

Sie sprang auf, sie dachte mit Leidenschaft an Nacht, Gefahr und Ende. Jener Mensch zu sein, der in der Ferne umgebracht ward, während es blitzte – sie hätte das für ein Glück gehalten. Tamburini belästigte sie empfindlicher als sonst. Es wurde Frühling, und seine Säfte machten ihm zu schaffen. Tragisch gestimmt in gewitterschwerer Sciroccoluft, empfand Lilian vorübergehend als tötende Lasten die Gemeinheit, auf Kosten der Herzogin von ihrer Mutter ausgeübt, und die Unkeuschheit des eigenen Lebens. Sie wurde von Neid zerrissen beim Anblick der Blà, die mit gutem Gewissen dieser Frau die Hand hinstrecken konnte. Die ihrige zuckte, und wenn die Herzogin sie ergriffen hätte, vielleicht hätte Lilian, von einem Krampf erlöst, schluchzend vor Dankbarkeit und besinnungslos eine Menge störender Geständnisse gemacht.

Doch nahm die Herzogin raschen Abschied.

Eine halbe Woche später fuhr sie zu ihrem ungewöhnlichen Stelldichein. Es schlug ein Uhr, die Stunde war schwarz und regnerisch. Sie verließ ihren Wagen bei Piazza Bocca della Verità, am Flußufer. Der Tiber spülte trübe, langsame Fluten unter der einzigen Wölbung der zerbrochenen Brücke hinweg, wie durch einen versunkenen Triumphbogen. Die Herzogin stieg drei Stufen hinab, der Platz war weit und leer, verwahrlost und schlecht beleuchtet. Sie überschritt ihn mit einem Entschluß; im wankenden Geplätscher seines Brunnens lag er seltsam dumpf, wie verbannt aus dem Leben, in eigener Luft, die ihre Schritte erstickte. Die Gebäude umstanden ihn als Märchen einer Nacht, und höchst geheimnisvoll. Warum schimmerte der Vestatempel so schlank und still? Niedrig wie für den Besuch alter Zwerge hockte die Kirche neben ihrem langen, greisenhaften Glockenturm. Das Haus des Rienzi spreizte sich, abenteuerlich geziert. Um seine Schwelle huschte es! Pavic, der noch lärmte, begab sich zu einem Bruder mit längst verhalltem Geschrei. Vor dem Kirchenportal, und höher als sein Dach, reckte sich Tamburini; er lugte nach dem heidnischen Tempel aus, wo die Cucuru mit Lilian, der Blà und Vinon sich zwischen den zersprungenen Säulen erging.

›Meine Vestalinnen! Vestalinnen, Priester und Tribunen, ich kann hier alles auferstehen machen und alles bevölkern. Nur den Triumphbogen, den muß ich noch ein wenig unter dem Wasser lassen.‹

Sie war drüben und sah sich nicht um. Sie betrat rasch die verlassene Via de' Cerchi. Es führten wieder drei Stufen hinab; dann hielt sie unter dem Wechslerbogen und erschrak. Im Nu, und ohne Ankündigung ihres Erscheinens, erhoben sich vor ihr zwei Gestalten.

›Der erste Theatereffekt‹, dachte sie. ›Er ist gelungen. Übrigens sind diese beiden schwarz und verstecken die Köpfe unter ihren Fellen. Ich selbst trage einen sehr weiten Mantel, die Maske habe ich vergessen.‹

Die beiden Geschöpfe starrten ohne einen Laut, unter gierigem Rücken ihrer Köpfe, in den tiefen Schatten, der ihnen die Frau verbarg. Die Laterne an der Mauer warf vier Lichtstrahlen in ihre vier Augen; sie suchten, scheu zuckend und leuchtend gleich Tierblicken. Plötzlich fanden sie; und die zwei Fremdartigen lagen am Boden, die Lippen im Staub.

»Steht auf«, sagte sie, und ungeduldig, da keiner sich rührte: »Richtet euch auf und antwortet! Ihr habt den Gendarmen blutig geschlagen?«

»Mütterchen, wir lieben dich«, erklärte der eine.

»Und du?« fragte sie den andern. Er stotterte: »Mütterchen, wir lieben dich.«

Der erste stampfte wild und schlug sich mit den Fäusten vor die Brust; unter dem Fell klirrte etwas.

»Hätten wir nur alle deine Feinde unter unsern Flintenkolben!«

»Und du?«

Der zweite sagte nichts mehr. Er war eine jener strengen Bildsäulen in den epischen Feldern ihres Traumes, ein junger Hirt, schwarze Locken in der niedrigen, blassen Stirn, die Arme über dem Stabe gekreuzt, unbeweglich inmitten eines sich drehenden Kreises von Ziegen und Schafen. Sie dachte: ›Ein sehr wohlgebildetes Tier, ich halte es gern für einen Halbgott. Der andere gebärdet sich menschlicher, aber ich habe nie von ihm geträumt.‹ Er war erdfarben und starkknochig, mit dünnem Bart und äffischen Gebärden. Er fuchtelte mit langen, knotigen Armen.

»Ihr sollt das nicht wieder tun«, befahl sie. »Hört ihr? Ihr sollt den Tag abwarten, an dem ich euch das Zeichen gebe. Was nützt es, daß ihr einen armen Kerl prügelt, der geradesoviel wert ist wie ihr selbst!«

»Du irrst, Mütterchen. Thimko war ein Hund und dein Feind.«

»So? Du hast recht.«

Sie bedachte: ›Ich darf nicht in den alten Fehler verfallen, der mich das erstemal soviel gekostet hat, und wieder fragen, was ein Mörder für seine Tat könne. Das Exil hätte mich geschickter machen sollen. Der königliche Gendarm im Heimatsdorf meiner beiden Freunde ist ein Hund und mein persönlicher Feind. Ich hasse ihn.‹

»Erzählt nun«, äußerte sie, »was ihr für mich tatet.«

»Mütterchen, deinetwegen sind wir Räuber geworden und von den Bergen herabgestiegen.«

»Waret ihr sehr unglücklich?«

»Es war ein freies Leben, an unserm roten Sonntagsrock saßen als Knöpfe lauter Taler, die haben wir auf der Reise nach dem Auslande alle hergeben müssen.«

»Es ist schön, daß es euch gut ging.«

»Herrlich war es! Wie vielen habe ich den Bauch aufgeschlitzt, wenn wir herabstiegen! Die Höfe, die wir verbrannten, rauchen gewiß noch jetzt! Die Kühe, die wir hinaufholten in die Berge, werden sich nun wohl verlaufen haben. Wir konnten nicht alle essen.«

Der Wohlgebildete machte eine Bemerkung: »Das schmerzt uns sehr.«

»Ihr mußtet also fliehen?« fragte sie. Der Erdfarbene antwortete: »Der Hund Thimko, den wir prügelten, hat die andern Hunde auf uns gehetzt. Sie trennten uns von unsern Genossen, und diese kamen um, die Armen. Da gingen wir in ein Boot. Der Sturm warf uns weit fort von der Heimat, und fast wären auch wir umgekommen, wir Armen. Wir sind elend, Mütterchen, sei so gut und reiche uns eine Unterstützung!«

Sie warf ihnen Goldstücke zu. Sie schossen, eines nach dem andern, blitzend aus dem Schatten des Torbogens, Flammen, die an den Gliedern der Fremden hinauf und bis in ihre Augen züngelten. Sie wälzten sich übereinander, unheimlich zusammen scherzend, unter Messergeklirr und rauhen Kehllauten. Der Häßliche schien stärker, aber der Schöne kämpfte unbedenklicher und erraffte das meiste.

›Ein Halbgott‹, meinte die Herzogin, ›solange er Statue bleibt. Er zeigt nur selten, daß er lebt, und zwar als Tier.‹

Dann zählte jeder seinen Raub, geduckt und schweigend. Der Tiber gurgelte. Aus der Ferne kam ein Pfiff, drei kurze Noten, die sich wiederholten. Plötzlich jagten ein paar unkenntliche Gestalten droben in der Zirkusstraße hintereinander her. Die Herzogin versuchte zu lachen, sie zitterte ein wenig.

›Es stimmt alles. Jetzt wird jemand umgebracht. In den Fluß mit ihm! Wie ist es schwül, ich atme kaum noch!‹

Drüben in der schwarzen Höhe zuckte es wild und rot, mehrmals rasch nacheinander.

›Auch das war vorhergesehen! Übrigens, diese Räuber, die vom Bauchaufschlitzen reden wie vom Wassertrinken, sie verhalten sich gegen mich recht achtungsvoll. Vielleicht noch mehr als das? Werden sie bald fertig gezählt haben? Ich habe hoffentlich Mut?‹ Sie fragte schroff: »Ihr wollt also für mich in den Krieg ziehen?«

»Wir lieben dich, Mütterchen, wir sterben für dich. Gib mehr Gold! Ein Trinkgeld, Mütterchen!«

Sie gab, ungeduldig und enttäuscht.

›Kein Grund zur Furcht; es handelt sich immer nur um Geld.‹

Die beiden standen schließlich, von verwirrendem Glück beregnet, fast davon erweicht, mit gehobenen, entzückten Sinnen.

»Wie bist du schön, Mütterchen!«

»Wie bist du groß, dein Haupt entschwindet weiß und hoch unter dem Turm, worin du gefangensitzest. Wir wußten ja, es sei ein Turm. Anfangs sah es aus wie ein Bogen, doch nun sehen wir wohl, daß es ein Turm ist. Merke dir das, Lazise, wir sagen es daheim.«

Der Wohlgebildete grunzte. Er stieß gewaltsam aus: »Mütterchen, wo ist dein Haar?«

Der andere fuhr auf: »Dein Haar! Gib es, wo ist es?«

Sie fühlte, sie werde ihre Haltung verlieren, und dachte an die Bestien, die ihren Bändiger erblassen sehen.

»Nun geht heim!« befahl sie, und setzte gleich hinzu, unsicherer und schwächer: »Geht ihr heim?«

Die beiden Wilden rutschten auf den Knien, tastend und schnaubend.

»Jaja. Alle sollen kommen und dich befreien. Aber gib dein Haar!«

Sie streckten die Hände aus und wagten doch nicht, unter den Bogen zu greifen. Ohne Mauer und Gitter war er ihnen verschlossen durch einen magischen Strich.

Die Herzogin nahm sich zusammen. Sie rief zornig und mit Gewalt: »Ihr geht auf der Stelle!«

Sie richteten sich auf, sahen einander an, bezwungen und traurig, und schlichen zur Seite. Einer wandte sich.

»Es ist gut, Mütterchen, wir gehorchen.«

Und sie tauchten langsam in das Dunkel.

Sie sah ihnen nach. Plötzlich, ohne Nachdenken, sagte sie: »Kommt zurück!«

Sie löste ihr Haar, mit zwei tapferen Griffen. Sie hielt es in den Händen, es entfloß ihr, lang und schwer. Da fiel ihr die Cucuru ein. ›Das ist der Schlußeffekt‹, dachte sie. ›Was für ein Theater!‹

Im nächsten Augenblick sagte sie: »Trotzdem«, und sie warf den beiden Seltsamen ihre schwarzen Flechten zu, wie vorher ihr Gold. Sie stürzten sich darauf, mit Lippen und Zähnen. Die Herzogin sah auf sie herab, erbleicht, den Kopf zurückgelehnt, wie aus der starren Höhe des Turmes, von dem nach dem Glauben dieser Geschöpfe ihr Haar herunterhing.

»Geht nun!«

Ihre Stimme drang matt in die mit Dämpfen von Sinnlichkeit erfüllten Köpfe. Sie fand sich überwältigt von einem Auftritt, den sie nicht überlegt hatte. Sie durchsuchte das Dunkel, ratlos und fast blind vor jäher Angst. Sie war nahe daran, um Hilfe zu rufen. ›Warum?‹ fragte sie, und gestand sich: ›Weil ich mich schäme.‹ Und dabei fühlte sie, daß sie diese sonderbare Feierlichkeit nicht hätte missen wollen. Sie stampfte auf. »Geht!«

Die beiden taumelten, erschraken und verschwanden. Sie wartete, abgewendet, bis sie allein war. Endlich erreichte sie, fast flüchtend und unterwegs ihr Haar zusammenraffend, ihren Wagen. Sie warf sich in eine Ecke und schloß die Augen, voll wilder Bilder, die sie schwindeln machten. Nach einer Weile fand ihr Finger im Winkel des Lides eine Träne.

Beim Kardinal erzählte sie alles, kühl und anschaulich. Dabei formte sich ihr erst der Vorgang; sie ergänzte ihn durch Züge, die nicht hätten fehlen dürfen. Sie waren grausam, und die Herzogin lächelte dabei nur noch zurückhaltender. Ehe sie die Hingabe ihres Haares eingestand, ward es ihr heiß zumute. Sie fügte rasch hinzu, die beiden Wilden hätten ihr mit den Zähnen große Stücke herausgerissen. Da sie gleichzeitig vor wütendem Eifer sich selbst in die Hände gebissen hätten, so sei das Blut ihr über die Haare geronnen. Man fand ihre Stimme vollkommen gefühllos. Die Blà zweifelte vorübergehend an ihr, die Cucuru fühlte sich unbehaglich.

Zu Hause in ihrer Vigne, über der duftenden Stille des Frühlingsgartens, bebte sie bei der Erinnerung an jene Nacht.

›Wer waren die beiden Seltsamen? Menschen und Freunde, die zu mir den Weg fanden und keine andere Bedeutung hatten als andere Menschen und andere Freunde?‹

›O nein, was ich damals sah, es muß ein Stück meiner eigenen Seele gewesen sein, mir unversehens entsprungen, rot, warm und pochend. Vor meinen Augen hat es sich geregt und gespielt, ein wunderbares Spiel, eine Maskerade, beängstigend und bezaubernd.‹

Sie blieb stehen und lächelte sich zu.

›Das hätte ich ihnen am Mittwoch sagen sollen! Aber du bleibst immer das Kind auf dem Felsenriff im Meer, – dein Leben lang, kleine Violante. Mit Monsieur Henry verspottest du Gott und die Weltgeschichte, und dann legst du dich an das Ufer deines Sees und träumst mit Farren und mit Eidechsen.‹

Man ließ sie träumen.

Am Abend nach ihrer erstaunlichen Erzählung blieb Monsignore Tamburini länger als sonst beim Kardinal. Seine Eminenz war angeregt und wißbegierig, er näherte einige Münzen dem Lichte der dreiarmigen Ampel und sah darüber weg.

»Mit der Gesellschaft, die wir uns für unseren Mittwoch geschaffen haben, bin ich recht zufrieden. Was wir soeben wieder gehört haben, war durchaus merkwürdig und unterhaltend. Aber nun sagt mir einmal, lieber Sohn, was Ihr mit diesen so liebenswürdigen Versammlungen für eine Absicht verfolgt. Ich gestehe, daß ich mich noch gar nicht darum bekümmert habe, warum Ihr eigentlich mit der schönen Herzogin Politik treibt. Mir selbst – Ihr wißt, wie ich genügsam bin – ist sehr an den schönen, alten Geldstücken gelegen, die sie mir verehrt. Aber Ihr, ein so wirklichkeitsliebender Mann...«

»Eminenz, das Ganze ist ein Zufall, und mein Verdienst beschränkt sich darauf, daß ich ihn nicht ungenützt gelassen habe. Ich fand die Herzogin von Assy im Klostergarten zu Palestrina –«

»Wie ein Blümchen! Und Ihr brachet es mir, Ihr Guter!«

»Ich nahm sie mit – ursprünglich nur aus Spekulation, weil eine Herzogin von Assy der Kirche stets nützen kann. Ich dachte an eine Bekehrung der allzu weltlichen Frau, an ihr großes Vermögen, auch an eine interessante und nutzbringende Verbindung mit ihrem Geschäftsmanne, dem Baron Rustschuk...«

»Ein großes Licht unter euch praktischen Leuten, nicht wahr?«

»Ein hochbedeutender Mann. All das Geld! All das Geld!...Leider ist die Bekehrung der Herzogin unmöglich; ich mußte mich davon überzeugen. Diese Heidin verschließt sich der Gnade. Auch wurden ihre Besitzungen eingezogen. Ich gestehe, daß mich das anfangs gegen sie einnahm.«

»Ich begreife Euch, mein Sohn.«

»Dann aber erkannte ich, daß uns gerade die Konfiskation ihrer Güter die erfreulichste Aussicht eröffne, nämlich sie ihr wiederzugewinnen und dafür belohnt zu werden.«

»Sie ihr wiedergewinnen? Ihr müßt mir das Kunststück zeigen. Ich habe nicht genug Genie, es selbst zu finden, doch reizt es mich gewissermaßen.«

»Sehr einfach. Die dalmatinische Regierung ist erzürnt wegen der revolutionären Umtriebe, die im Namen der Herzogin von Assy stattfinden. Wir verhandeln also mit der Regierung wegen Unterdrückung der Revolten. Alles kommt auf den Preis an, den sie uns bietet. Nach Beruhigung des Landes muß man das Assysche Vermögen freigeben, es wird keinesfalls möglich sein, die Konfiskation aufrechtzuerhalten. Die Herzogin hat zu mächtige Verbindungen, ihr Kredit bei den Höfen ist größer als der des Königs Nikolaus... Sie erhält alles zurück und zeigt sich natürlich gleichfalls gegen uns erkenntlich.«

»Belohnung von zwei Seiten! Ihr seid stärker, als ich dachte, Tamburini. Nur möchte ich noch wissen, weil ich's ganz kurios finde – wie Ihr's anstellen wollt, daß die Revolten aufhören.«

»Aber mir scheint... da wir sie anzetteln, können wir sie auch aufhören lassen.«

»Das ist... Das übersteigt, ich gestehe es, meine Voraussicht. Also man erregt Aufstände; die dalmatinischen Bischöfe, die Kirche – sagen wir: *wir*...«

»Jawohl, sagen wir: wir.«

»Wir erregen in jenem Lande Aufstände, dann gehen wir zu den Machthabern und sagen: ›Gebt uns Geld, so hört es auf.‹ Das ist gut erdacht, mein Sohn. Und sollte es fehlschlagen, so war es darum doch eine höchst sinnreiche Sache.«

Der Kardinal kehrte bereits zu seinen Altertümern zurück. Eine Frage machte ihm noch zu schaffen.

»Solch ein gelungenes Spiel, wie nennt man es nur? Erpressung, vielleicht? Mir scheint, ja, Erpressung.«

Und er nahm die Lupe zur Hand. Tamburini entrüstete sich ehrlich.

»Es ist eine der heiligen Kirche durchaus würdige Angelegenheit, einer unglücklichen Verbannten ihr irdisches Gut zurückzugewinnen.«

»Um dafür belohnt zu werden.«

»Das ist nicht unmoralisch.«

»Ich sage ja nichts, lieber Sohn.«

Die Cucuru fragte ebensowenig nach den Träumereien der Herzogin. Vinon mußte ihr Schreibgerät ordnen und über die nächtliche Zusammenkunft beim Wechslerbogen einen reinlichen Bericht aufsetzen für den dalmatinischen Gesandten.

»Stets auf französisch, meine Vinon. Es ist die Diplomatensprache.«

»Und, Maman, wenn wir nicht so gut französisch schrieben, dann würden sie vielleicht noch weniger dafür geben.«

»Noch weniger! Die Schufte! Eine saubere Regierung, die einer armen, alten Frau für ihre mühsame Arbeit solche Hungerlöhne zahlt. Ihr könntet sticken für Geschäfte und würdet noch ebensoviel verdienen.«

Man warf rasch eine Handarbeit über das angefangene Schriftstück.

Lilian betrat das Zimmer.

»Gebt euch keine Mühe«, sagte sie. »Ich habe es vorausgewußt, ihr würdet euch heute wieder mit eurem schmutzigen Gelderwerb befassen.«

»Schmutziger Gelderwerb? Vinon, hat sie schmutziger Gelderwerb gesagt? Aber das Geldausgeben, wenn man keines auszugeben hat, das ist wohl sauberer, mein Töchterchen? Da seht mir einmal die hochmütige, weiße Jungfrau an! Diesen Winter hat sie vier Promenadenkostüme angeschafft und keines bezahlt!«

»Ich wohne in einem Stall, und ich würde, wenn es sein müßte, Käse essen und nichts weiter. Aber ich muß beim Korso in seidenen Kissen liegen und trage auf der Straße ein Kleid keinen Monat lang. Ich kann es nicht, ich bin eine Dame.«

»Sie ist eine Dame! Hörst du's wohl, Vinon? Aber sorgt sie wohl dafür, daß ihr Schatz die Schneiderin bezahlt? Und wenn ihre Mutter ihr sagt, wir brauchen in der Familie einen zweiten Mann, für die Schneiderin und den Konditor, dann vergißt sie sich fast und läßt es an Ehrerbietung fehlen gegen ihre alte Mutter.«

»Jetzt kommt Raphael Kalender! O mein Gott, erfinde etwas Neues. Es ist langweilig, auch die Schande wird langweilig.«

Lilian warf sich in ein Sofa; es ächzte schwach.

»Herr Raphael Kalender, was hat sie denn gegen ihn? Vinon, Töchterchen, kannst du dir denken, warum sie ihn nicht will? Herr Kalender ist ein Fremder aus Berlin, ein steinreicher Herr. Er ist hergekommen, um Geschäfte zu machen, weil die Römer dazu zu dumm sind. Jetzt gründet er ein riesiges Varieté-Theater, ein anständiges, in das auch Familien gehen können. Darauf war hier noch niemand verfallen, Geld zu verdienen mit Anständigkeit. Welch kluger Mann!«

»Ein Jude mit einer Glatze, der mir bis an die Brust reicht. Ich werde ihn und den Priester sich abwechseln lassen, und der eine wird mich absolvieren von den Sünden, die ich mit dem andern begehe.«

»Jetzt scherzt sie schon! Sie wird schon noch Vernunft annehmen!«

»O ja, Maman, sei unbesorgt, schließlich nehme ich doch immer Vernunft an. Du bewegst mich auch noch zu der allerschmutzigsten Sache. Du hast dafür ein so einfaches Geheimnis: du wiederholst sie mir hundertmal. Beim erstenmal halte ich sie für vollständig unmöglich, bin noch guter Dinge und lache. Beim fünfzigsten Male weine ich. Ich will in den Tiber laufen – vor Ekel. Und beim hundertsten tue ich, was du verlangst – vor Ekel.«

Vinon hatte vor sich hin gekichert. Plötzlich sah sie auf, ihre Brauen, dunkler als das Haar, grenzten aneinander. Aufmerksam und trotzig betrachtete sie ihre Schwester. Sie sagte: »Jawohl, Lilian, so bist *du*.«

Darauf machte sie sich wieder an ihre Schreibarbeit.

Die Blà hätte wohl mit ihrer Freundin geträumt; doch beschäftigte ihr Geliebter jeden ihrer Augenblicke. Er war häufig übler Laune.

»Ich verliere, verliere, verliere. Das war nicht immer so.«

»Und warum ist es jetzt so, mein Orfeo?«

»Mir bringt jemand Unglück.«

»Wie kann sie denn noch, die arme Herzogin! Du faßt, sobald du sie siehst, an deine Hornbreloques und streckst zwei Finger gegen sie aus. Was soll sie dir also anhaben?«

»Nichts. Sie ist es gar nicht, es ist eine andere.«

»Wer denn, ich bitte dich.«

»Du selbst. Denn du liebst mich zu sehr, das bringt Unglück.«

»O Himmel!«

Sie war bestürzt bis zur Sprachlosigkeit. Also ihre Liebe kostete ihn Opfer! Wenigstens glaubte er es.

›Wie tief bin ich in seiner Schuld?‹

Sie entäußerte sich ihres bescheidenen Schmucks. Als eine sicher erwartete Einnahme ausblieb, hatte sie einen Augenblick der Schwäche und der Auflehnung gegen alle ihre Mühsal. Piselli entnahm die Summe, deren er bedurfte, der herzoglichen Kasse.

»Sind wir denn Pedanten?« meinte er. »Du hättest das tun sollen, ehe du deine armen Kolliers drangabst. Versteht es sich etwa nicht von selbst, daß du von deiner Freundin stillschweigend ein Darlehen entnehmen darfst? Mußt du ihr davon erst sprechen? Dann ist es mit euerer Freundschaft nicht weit her.«

Sie hatte nicht nötig, der Herzogin davon zu sprechen. Denn schon tags darauf war das Geld zurückerstattet; Piselli hatte gewonnen. Er gewann immer. Täglich griff er in die Schatulle, und täglich brachte er den dreifachen Betrag nach Hause. Er war stets überaus gnädig und großherrlich heiter. Sie zitterte vor der Zukunft und liebte sie. Es war eine Zeit des schönen Einklanges. Orfeo gab ihr prächtige Diamanten, wie sie nie welche besessen hatte. »Da hast du deine Juwelen zurück. Ich könnte es nicht ertragen, daß du meinetwegen etwas entbehrst.«

Sie verkaufte sie heimlich und bereicherte mit dem Erlös den dalmatinischen Agitationsfonds. Es war eine schwere Viertelstunde, als sie gestand, das sei eine Sühne.

»Du verlierst überhaupt nie mehr«, sagte sie. »Jetzt wirst du nicht wieder behaupten, meine Liebe bringe dir Unglück.«

»Sie würde es tun, wenn sie könnte. Aber etwas anderes wirkt dagegen«, erklärte er geheimnisvoll. »Und zwar viel stärker.«

»Was denn, mein Orfeo?«

Sie fragte leise. Es erregte sie süß und angstvoll, in die Tiefe seiner abenteuerlichen Seele hinabzublicken. Dort war alles voller Wunder.

Er ließ sich bitten. Endlich verriet er etwas: »Wir sind ja keine Pedanten. Aber es ist nun einmal Tatsache, daß der Einsatz, womit ich spiele, nicht uns gehört. Und die Eigentümerin weiß nichts davon! Das ist von höchster Wichtigkeit, du magst mir glauben oder nicht. Ich habe in den Spielhäusern oftmals die Bekanntschaft von Leuten gemacht, denen ich zutraute – wenn ich's nicht sogar wußte –, daß sie mit fremdem Gelde spielten. Du verstehst: Muttersöhne, die den Schreibtisch des Papas erbrachen, oder Bankiers, die das Depot eines Kunden wagten. Nun...«

Er stellte sich vornehm vor einen lackierten Paravent und erhob belehrend den Zeigefinger.

»Nun, diese gemeinen Schufte gewannen immer – ausnahmslos immer.«

Da bemerkte er, daß sie mit geschlossenen Augen dunkel errötete. Die Unehre stand vor ihr, und sie hatte nicht den Mut, ihr ins Gesicht zu sehen. Piselli lachte herzlich und umarmte sie.

»Bin ich etwa ein diebischer Bankier? Kleine Närrin! Solange ich keinen Orden bekomme, darfst du ruhig sein.«

Sie wagte eine Bitte.

»Wenigstens solltest du sparen. Du bist so leichtsinnig, mein armer Geliebter.«

»Ich verdiene, nicht wahr? Wer verdient, hat auch das Recht, Ausgaben zu machen.«

Er saß auf dem Korso vor den reichen Caféhäusern, den linken Fuß auf den rechten Schenkel gestützt und den Torso leicht und fein darübergeneigt in der Haltung des Dornausziehers. Eine Schar eleganter Damen und Herren umringte ihn, und er bewirtete alle. Er war glücklich und versagte sich keine Laune. Zwei Schwestern aus England, die abenteuernd das Festland durchzogen und manchem Millionär zu teuer waren, – Piselli gönnte sie sich. Nächsten Tages gab er seiner Freundin einen ausführlichen Bericht, zuungunsten der Inselbewohnerinnen.

»Man fällt auf ihre gelben Schöpfe hinein und auf ihre Länge, und weil sie englisch sprechen. Wie sind wir Männer dumm!«

Sooft er sie warten ließ, benutzte sie es als Vorwand, um bei ihrer Arbeit die Nacht zu durchwachen. Er kam in der Dämmerung, schwankend und aufschluckend, doch marmorschön. Sie legte ihn hin, bettete seinen Kopf in ihrem Schoße und behütete, zärtlich und weihevoll, den Schlaf eines Gottes. Das Lampenlicht ward gelb und erlosch. Die Sonne sprenkelte die beschriebenen Blätter, die den Tisch bedeckten. Die Blà berechnete, erschöpft und sorgenvoll, was sie für das Werk dieser langen, fiebernden Stunden bekommen werde. Piselli reckte sich, er sprang auf, gut ausgeruht. In seinen Taschen klimperte der Gewinn der Nacht, er rief fröhlich: »Was für ein Frühlingstag! Heute habe ich wieder Glück!«

Pavic genoß auf Pisellis Kosten manches gute Frühstück, aber er genoß es, in der Menge der Gäste versteckt, als namenloser Mitläufer. Auf die Frage nach dem dicken Herrn in abgetragenem Anzug und schwärzlichem Hemd erklärte Piselli, der Name sei ihm entfallen. Pavic war in seinen Schmerz vertieft, er merkte es nicht, wenn junge Gecken, die ihn gestreift hatten, sich mit dem Schnupftuch den Ärmel betupften, oder wenn ein feines Fräulein, dessen Vater den Rinnstein kehrte, ihm unter angewiderten Fratzen mit Maiglöckchensträußen vor dem Gesicht umherwedelte.

Eines Abends befand er sich in der Gesellschaft der Pariser Diva Blanche de Coquelicot. Raphael Kalender hatte sie für seine Bühne gewonnen; ihre Bewunderer gaben ihr ein Souper. Auf dem Absatz der flachen Treppe, die zum Speisesaal emporleitete, erhob sich ein Prachtstück von einem Spiegel, wundervoll geschliffen, in gemeißeltem Rahmen, den schwebende Putten umkränzten. Kerzenlicht und Farben glühten höher in diesem Spiegel als in der Wirklichkeit. Er war wie ein Haus der Wonnen, das sich weit auftat, strahlend und lockend: man mußte hineinsehen. Jeder, der vorbeikam, zögerte und unterdrückte ein Lächeln der Befriedigung; denn der Spiegel zeigte ihm nur das, was er an sich liebte.

Der Tribun näherte sich dem Spiegel zwischen zwei Klubleuten. Der eine bewunderte sich hauptsächlich wegen seiner Favoris und seiner schmalen Lackschuhe, der andere wegen seines neuen Fracks. Pavic erkannte dies mit einem plötzlich grell erleuchteten Blick.

›Warum bin ich denn zerknittert von Falten, als ob ich jede Nacht auf dem Sofa schliefe? Sind meine Stiefel heute gewichst? Wann war ich zum letzten Male beim Coiffeur?‹

»Er kann sich nicht losreißen«, sagte hinter ihm eine Dame. Pavic merkte, daß er stehengeblieben war. Er zog seine Hose hinauf, doch sie rutschte gleich wieder; und er enteilte errötend.

Er aß verzweifelt und stumm. Gegen Ende des Festes benahm Blanche de Coquelicot sich gegen ihn ausgelassen. Sie behauptete, den inneren Rand seines Hutes bedecke eine Schicht Schweinefett. Sie versuchte sogar, ihn zu reinigen, indem sie Champagner darauf goß.

Pavic war weit entfernt von den Gänsen, die ihn bewitzelten. Er dachte an seine Photographie, die ehemals in den Schaufenstern zu Zara aushing. Wer weiß, vielleicht hing sie noch dort. Die Frauen schwärmten noch immer vor dem Bildnis des edelgeformten Freiheitshelden. ›Und ich sitze hier!‹ Plötzlich fiel ihm, mit leidenschaftlicher Deutlichkeit, ein perlgraues Beinkleid ein. Er war einmal mit ihm im Triumph spazierengefahren, im Wagen der Herzogin von Assy.

Er ging erst, als die Rechnung bezahlt war und ihm kein Wein mehr gereicht wurde. Darauf besuchte er eine Weiberkneipe. Gegen Morgen erreichte er sein Zimmer, es lag im vierten Stockwerke eines von Handlungsreisenden benutzten Hôtel meublé. Er hielt sich für todmüde, aber als er an dem gelben Stück Glas vorbeikam, vor dem er sich zu kämmen pflegte, begann er unversehens vor Wut zu zittern. Er wandte sich drohend um nach einer unsichtbaren Person.

»So hast du mich aussehen gemacht! Ruchlose! Die Hölle erwartet dich, das glaube nur! Du Vornehme! Eine Herzogin gehört in die Hölle! Sie hat ja nie gelitten!«

»Du! Spielt man so mit Menschenleben?« schrie er, und sein Haß und seine Gier quollen auf in Tränen. Eine Sucht quälte ihn, nach der Herzogin und der perlgrauen Hose, beide auf immer verloren. Wären beide vor ihm gelegen, so wäre Pavic in ohnmächtigem Verlangen an ihnen zerflossen. Er begab sich nicht zu Bette, er redete bis an den Morgen mit der Herzogin.

»Du bist nun vogelfrei, denn du bist zu böse! Dir darf man antun, was man will! Schlecht? Nein, schlecht ist nichts, wenn es zu deinem Schaden geschieht!«

Nachmittags traf er Piselli im Café Venezia. Er winkte ihn in die Ecke und überreichte ihm eine um ein halbes Jahr zurückdatierte Schuldverschreibung der Herzogin von Assy. Pisellis Haut verlor ihren Glanz, sie ward fahl.

›Dieser Mensch bringt mir Unglück‹, dachte er. Er zahlte sofort aus seiner Tasche und begann dabei schon nachzusinnen, wie Pavic, falls er sein Stückchen wiederholte, zu beseitigen sei.

Doch hatte er von Pavic nichts mehr zu befürchten. Der Tribun ließ sich die Hose anfertigen, aber als sie über seinem Stuhl hing, verkroch er sich ins Bett. Ihn schauderte vor ihr und vor seiner Tat. Die Bettwärme erweichte endlich seine grausame Reue, und er durfte weinen. Er schluchzte dermaßen, daß sein Bauch umherkollerte und das Tuch, das ihn bedeckte, Wellen schlug. Das Morgenrot fand Pavic auf den Steinfliesen im Gebet.

San Bacco ging oft im Zimmer der Herzogin auf und nieder. Unter Fechterbewegungen und mit hoher Kommandostimme erklärte er: »Diesen Tamburini liebe ich nicht, er ist ein Wolf. Und gar die Fürstin Cucuru und ihre Tochter – ha! Was für Wölfinnen.«

»Die armen Frauen!« meinte die Herzogin.

»Arm? Oh, ich glaube, daß es für jede weibliche Schande Verzeihung gibt, nur nicht für die Wölfinnen von Priestern.«

»Die Familie Cucuru ist also verdammt?«

»Ich glaube es. Dann die Contessa Blà, sie ist mir viel zu witzig. Der Doktor Pavic, ich weiß nicht, warum er ganz verblödet.«

»Der eine hat zuwenig Geist, der andere zuviel. Lieber Freund, Sie sind grämlich.«

San Bacco verstand seine Gefühle nicht zu deuten, doch wurde ihm im Verkehr mit allen diesen Leuten nicht wohl. Sie berührten ihn geradeso unheimlich wie manche unter seinen Kollegen im Parlament: beträchtliche, weltkundige Herren, deren zahlreiche Ordensbänder als Fahnen aufgepflanzt waren auf einem Wall von Diebereien und Gesinnungslosigkeiten. Er konnte ihnen nichts davon nachweisen, und wenn der alte Garibaldianer, unterstützt von den geraden Draufgängern und den ahnungslosen Philosophen seiner Partei, einmal losbrach gegen die gewandten Regierungsfreunde, dann hatte er sie zum Schluß verleumdet, sich lächerlich gemacht und vom Präsidenten drei Rügen erhalten.

Gerade jetzt forderte er mit Ungestüm von Land und Volksvertretung, man solle den Bulgaren im Kampfe um ihre Unabhängigkeit zu Hilfe kommen, und zwar nicht bloß gegen ihre Unterdrücker, die Türken, sondern erst recht gegen die Russen, ihre Freunde, die schlimmer seien. Er ging in besonders kriegerischer Stimmung umher, zu höhnischen Reden aufgelegt und zu Revolte.

»Taten! Woher kommt nur die allgemeine Angst vor Taten? Ich verlange nicht, daß man sie *tun* soll – wie dürfte ich denn? Aber sie zuzugeben und mit anzusehen, auch dazu findet niemand den Mut: Herzogin, nicht einmal Sie! Hätten Sie sonst meinen Plan verworfen, als ich mit tausend Tapferen Ihr Land befreien wollte?«

Sie vertröstete ihn jedesmal.

»Ihre Stunde kommt, Marquis – vielleicht kommt sie. Vorläufig tragen meine Soldaten keine roten Hemden, sondern schwarze Soutanen. Aber ich bitte Sie, bleiben Sie der meinige!«

»Ich könnte ja doch nicht anders, wenn ich auch wollte«, sagte er zum Schluß, besänftigt, schüchtern fast, und mit einem Handkuß.

Es geschahen Umwälzungen in San Bacco, die ihn tief

erregten, ohne daß er wußte warum. Eines Morgens ward es ihm dennoch klar, und in einer der Wallungen, aus denen sich sein Leben zusammensetzte, schrieb er seiner Freundin einen Brief.

Frau Herzogin!
Ich habe die Ehre, Sie um Ihre Hand zu bitten.

Sie werden sagen, daß Sie darauf nicht vorbereitet waren. Ich kann nur erwidern, daß auch ich bis heute früh es nicht vorausgesehen habe.

Mir ist zumute, als kämpfte ich wie ehemals, auf einem der Riesenflüsse Südamerikas, als Pirat im Dienste der Republik von La Plata gegen den Kaiser von Brasilien. Mein Schiff fährt vor einer grünen Insel vorbei, es steht ein einsames Blockhaus darauf, und in den klaren Morgen hinaus tritt ein junges Weib. Ich lehne am Mast und erblicke sie. Ich lasse die Segel reffen und steige ans Land. Ich bitte das junge Weib in schwarzen Haaren, die meinige zu sein, und führe sie auf mein Schiff, und wir kämpfen fortan Seite an Seite. Die Erde, die ich erobere, gehört ihr.

So, Frau Herzogin, wie eine Unbekannte, und ohne mich zu besinnen, möchte ich Sie auf mein Schiff geleiten. Unsere Segel schwellen, wir dringen gemeinsam in das Reich der Freiheit ein, das Sie erträumen; unsere Degenspitzen uns voran.

Warum ich Ihnen meine Werbung nicht selbst überbringe? Ich schäme mich – und ich sage Ihnen, warum. Ich lasse die Sache der Bulgaren im Stich, für die ich soviel geworben habe, und werfe mich ganz auf diejenige Dalmatiens. Sie ist mir wichtiger, weil sie *Ihnen* wichtiger ist. Und ich erwarte meinen Lohn nicht mehr, wie bisher noch stets, von der Göttin der Freiheit, sondern, Herzogin, von Ihnen.

Die Freiheitsgöttin hat mir mit Ehre gelohnt. Ich, der ich den Völkern soviel freie Erde gewonnen habe, bewohne mit fünfzig Jahren ein Gasthauszimmer. Kein Gärtchen ist mein, aber ich dachte noch nie daran.

Alle meine Taten tat ich ohne das Verlangen nach irdischem Gewinn. Für eine einzige und vielleicht letzte begehre ich nun auf einmal alles, und das Allerherrlichste: das Weib, das ein klarer Morgen vor meinen Blick auf eine Insel hingezaubert hat, und ohne das ich meine, nicht mehr weiterfahren zu können. Ich bin selbstsüchtig geworden und gesunken; aber nun habe ich es Ihnen wenigstens gestanden: richten Sie nun.

Sagen Sie mir, ob ich bleiben darf und für Sie rüsten, zum Zuge in Ihr Land! Wenn nicht, dann breche ich unverzüglich, mit den Selbstlosesten meiner Landsleute, auf nach Bulgarien.

Und gehöre trotzdem immer Ihnen. *San Bacco*

Sie antwortete:

Mein lieber Marquis!

Sie dürfen reisen und – der meinige bleiben. Ihnen folgen, darf ich nicht. Wir sind uns zu ähnlich, merken Sie nicht, daß wir alle beide mutige Phantasten sind? Wie Sie sich meine Revolution denken, so habe ich sie ja schon zu machen versucht: sanguinisch, offen und mit Gewalt. Jetzt bescheide ich mich und lasse die Priester gewähren. Sie tun es, wie sie's verstehen, nämlich unterirdisch, langsam und mit Mißtrauen nach allen Seiten. Das erstemal mußte ich flüchten. Jetzt will ich aushalten; überreden Sie mich nicht zum Wankelmut. Wie meine Sache jetzt geführt wird, sieht sie viel weniger schön aus. Aber, nicht wahr, Marquis, unter uns kommt es auf Gesinnungen an; nicht auf Werke.

Sie gehören trotzdem immer mir: ich nehme Ihr Wort an, in tiefem Ernst. Wann immer ich Sie rufen mag – und ich weiß jetzt nicht einmal, wann und wozu ich einen Ritter und einen braven Mann nötig haben werde –, dann werden Sie ohne Zögern kommen.

Ich entlasse Sie nicht, ich beurlaube Sie nur nach Bulgarien. Sie dürfen reisen.

Ihre *Violante von Assy*

Darauf reiste San Bacco.

VI

Den Sommer verbrachte sie in Castel Gandolfo. Ihr Traum war tief, und nur auf seiner Oberfläche glitt ihr Leben fort, so wie über die gespiegelte Welt des Sees ihr Kahn sein Ruder nachschleifte. Der Herbst spann sie von neuem dicht ein in die roten Schleier ihres Weinganges. Blitzende Wintertage führten ihr die Gestalten ihrer Sehnsucht, hartgliederig und herrisch blickend, in Wind und Gold durch Roms Ruinen dahin.

Die Gräfin d'Aulnaie, die Fürstin Urussow und die Gräfin Hatzfeld kamen nach Rom und wurden bestürmt mit Bitten um eine Einführung bei der Herzogin von Assy. Sie erfuhren zu ihrer hohen Verwunderung, daß niemand ihre Freundin kannte. Die Herzogin erstaunte selbst, wie man sie an die Gesellschaft erinnerte: sie hatte vergessen, daß es eine gebe. Während der folgenden Saison tanzte sie in den römischen Palästen, Wünsche aufregend ringsumher und von keinem Verlangen erwärmt, gerade wie einst in Paris – und doch nicht so leicht und nicht so leer, wie auf jenen Parketts. Aus diesen kalt glänzenden Mosaikböden begrüßten sie, ihr den eigenen Widerschein verdunkelnd, die ernsten Augen ihres Traums.

Das dauerte drei Jahre. Im März 1880 brachte der römische »Intrasigente« mehrere Entrefilets über unbedeutende Zusammenstöße, die in Dalmatien zwischen Militär und Volk vorgekommen waren. Die nationaldalmatinische Sache und die Partei Assy waren mit merklichem Wohlwollen behandelt, und man fragte sich, warum. Das gefürchtete Blatt pflegte im Kampfe zweier Interessenten sonst keinem recht zu geben; meistens machte es beide verächtlich. Della Pergola, der Herausgeber, bewies dadurch, daß er von niemand bezahlt war. Das war eine bekannte Tatsache; es hatte noch jedes Ministerium unter seiner Kritik gelitten, und jede Partei erklärte er für eine Gesellschaft zur gegenseitigen Unterstützung bei Diebereien. Diese Unbedenklichkeit verschaffte ihm in der hauptstädtischen Presse eine Stellung, einzig und viel beachtet. Es gab auf der Welt bisher nur einen Menschen, den er ernst nahm, und der war nicht in der Lage, es ihm zu lohnen: es war Garibaldi.

Man wunderte sich noch über sein herzliches Betragen gegen die hungernden Untertanen des Königs Nikolaus, da feierte er an erster Stelle, in einem großen Artikel, die Herzogin von Assy. Jeder suchte begierig nach dem Brokken Bosheit, durch den der Journalist sein Lob tödlich zu machen verstand: es blieb umsonst. Man vernahm nur den wilden Preisgesang eines, der blaß und mit Tränen der Begeisterung in der Stimme alle Zurückhaltung vergessen hatte. Violante von Assy war die größte Seele der Zeit, ein Weib, das Männern Lehren gab im Ideal, in der Unschuld und der Tapferkeit. Ihre Person verdiente zur Religion erhoben und angebetet zu werden.

Der Hymnus ward belächelt, es hieß, daß es mit Della Pergola abwärts gehe. Alle bemitleideten ihn, weil er ohne Not sich der Überlegenheit begab, die man einer bösen Zunge verdankt. Aber die Mitleidigsten wurden schon tags darauf sehr übel zugerichtet. Die Herzogin fand die Nummer des »Intrasigente« unter ihren Briefen. Sie erkundigte sich bei der Blà, was der Vorfall bedeute.

»Wer ist dieser Della Pergola?«

»Paolo Della Pergola, du kennst ihn, du mußt ihn oft getroffen haben, er gehört zur Gesellschaft. Besinne dich nur, ein bartloser Kopf, rechts gescheitelt, ziemlich dicke

Lippen, skeptischer Blick, herausfordernd – aber mit den Händen weiß er nichts anzufangen.«

»Ich finde ihn nicht...«

»Er geht in Gesellschaft nur der Selbstachtung wegen, und ist frech, weil er verlegen ist. Er muß dir die Hand geküßt und einen höhnischen Witz gerissen haben, während er errötete.«

»Mir fällt nichts ein.«

»Noch immer nicht? Als Schriftsteller benimmt er sich geradeso. Er hat mit Ironie begonnen und mit Geringschätzung, einfach aus Furcht, sich Blößen zu geben. Wie er dann merkte, daß jeder sich über die Stiche freute, die der Nachbar bekam, und niemand ihn für seine Unverschämtheit zur Rede stellte, da hielt er sich am Ende wirklich für berechtigt, alle Welt zu verachten. Alle sind feige und bestochen, nur er nicht. Er aber lebt von der Feigheit der andern und von der eigenen Unbestechlichkeit.«

»Was will er also von mir, wenn er unbestechlich ist?«

»Wir werden sehen. Ja, er ist unbestechlich, und ich will nicht einmal sagen, daß er es aus Berechnung ist – wohl eher aus Vorurteil und aus Eitelkeit. Wenn alle ehrlich wären, würde er stehlen. Denn er muß *anders* sein, es ist bei ihm krankhaft. Inzwischen bekommt ihm seine Ehrlichkeit recht gut. Sooft Bankenskandale bevorstehen, verkaufen alle Zeitungen ihr Schweigen. Della Pergola gönnt sich das Vergnügen des Redens. Seine Auflage steigt um zwanzigtausend, und zum Schluß muß die Regierung, damit man ihren guten Willen sieht, ihm einen Orden geben.«

Die Herzogin besann sich.

»Wenn er also sich für unsere Sache begeistert, dann müssen alle andern über sie recht kühl denken.«

»Das... müssen wir fürchten«, sagte die Blà. Die Herzogin erklärte: »Nachgerade interessiert er mich. Was weißt du noch von ihm, Bice? Woher kommt er?«

»Aus dem Dunkel. Bald soll er Schauspieler gewesen

sein, bald ein jüdischer Agent aus Buenos Aires. Ich glaube, er ist einfach ein Literat ohne Erfindungsgabe. Er kann keine Charaktere aus eigener Kunst erwachsen lassen, aber er versteht die in der Wirklichkeit gegebenen sehr geschickt zu zergliedern. Darum geriet er in die Politik und treibt nun Seelenanatomie an Ministern und Finanzbaronen. Seine Kollegen erkennen die Menschen nur an den Abzeichen ihrer Partei, Della Pergola weiß etwas von den Individuen. Er erklärt sie, was ja heute nicht mehr schwer ist, aus ihrer Physis, und diese wieder aus dem Unterleib. Der berühmte Dichter leidet ihm zufolge an einer Neurasthenikerphantasie, befruchtet durch Verdauungsstockungen. Hochgesinnte Weltverbesserer sind nach seiner Meinung gute Kerle, zu Kongestionen geneigt, die vielleicht in einer zu lange durchgeführten Enthaltsamkeit ihre Ursache haben. Bei den Prozessen der Bankdiebe ist der Staatsanwalt ein Monomane ohne Spur von Menschenkenntnis, der Richter ein am Hungertuch nagender, leberkranker Neidhammel, die Geschworenen sind eine verstörte Herde von Hineingefallenen, der große Verteidiger ist ein behender Witzbold, trivial und sentimental, mit einer aus Kolportageromanen geschöpften Weltanschauung, und der Angeklagte ein gutmütiger und erblich belasteter Trottel. Alle miteinander sind über die Maßen einfältig, nicht ganz zurechnungsfähig und hinreichend verächtlich. Die besondere Gabe Della Pergolas besteht darin, daß er dies alles auf unangreifbare Weise vorbringt. Er beschimpft keinen Gegner – er hat es überhaupt nie mit Gegnern zu tun, sondern eben nur mit Charakteren, die er zergliedert. Er treibt Psychologie – allerdings eine rechte Kammerdienerpsychologie, indiskret und untergeordnet.

Und zur Sühne für alle seine unfruchtbare Bosheit gerät er von Zeit zu Zeit in Ekstase bei der Nennung des Namens Garibaldi. Er spricht von ihm nur mit einer zärtlichen Rührung, und fast geheimnisvoll, so, als dürfe man ganz besondere Beziehungen ahnen zwischen ihm und dem Alten. Er schleudert den großen Namen allen denen entgegen, die etwas zu leisten glauben: ›Seid wie er, wenn ihr könnt!‹ – mit dem Hintergedanken: ›Wenn ihr so wäret, wäret ihr unschädlich.‹ Der tiefste Trieb in dem allen ist der Neid, ein ruheloser Neid auf alle, die auch etwas können, und besonders natürlich auf die, die schreiben können. Della Pergola ist ein Plebejer, der selber gar nicht begreift, wo er soviel Talent her hat. Mit ebensoviel Staunen wie Triumph berichtet er seinen Lesern von jedem Geheimrat, der ihn in seiner Wohnung aufgesucht hat, um ihn vermittels vertraulicher Mitteilungen an sich zu locken. Er nennt das: von der Schreibstube aus Macht gewinnen.«

Die Herzogin betrachtete lächelnd ihre erhitzte Freundin. Sie legte ihr den Arm um den Nacken.

»Bice, du beschreibst ihn auffallend... anschaulich. Gestehe, daß er dich sehr gekränkt hat.«

»Mich, niemals. Aber er hat ein paar Leute... zergliedert, die ich verehrte. Ich hasse ihn als Räuber meiner Illusionen.«

»Und wenn das auch nicht geschehen wäre – du bist eben doch eine... Kollegin. Gestehe, Bice?«

»Ich gestehe«, sagte die Blà.

Auf einem Ball beim Fürsten Torlonia ließ die Herzogin sich den Journalisten vorstellen. Nach den ersten zehn Worten zeigte es sich, daß er vollständig verliebt war.

Sie konnte sich kaum auf sein Gesicht besinnen. Es war kalt und hatte allenfalls etwas Englisches, vielleicht etwas von einem englischen Schauspieler. Er mußte immer in Haufen schwarzer Fräcke versteckt geblieben sein. Zwar hatte er längere Beine als der Durchschnitt, möglichenfalls bloß, weil er sehr enge Hosen trug und eine zu kurze Weste. Er spielte mit einem wunderschönen Stock, Jaspis und Ebenholz, mit dickem Kristallknopf. Seit kurzem brachte man Stöcke in die Salons mit; Prinz Maffa hatte die Mode durchgesetzt. Sie dachte: ›Ah! er hat ein Mittel gefunden, seine Hände zu beschäftigen. Sobald er es gefunden hatte, schrieb er seinen Artikel und wagte sich in meine Nähe.‹

Ohne Einleitung begann er ihr vorzuplaudern von Fürstentöchtern, die auf einsamen Meerschlössern anstatt mit Heldensagen an der Volksseele sich begeistern.

»Und endlich eröffnet sie, umrauscht vom Jubel der Armen, ihren großartig unschuldigen Kriegszug. Oh! Das Hohngelächter der Wirklichkeit wird niemals den Panzer ihres Traumes durchdringen: ich glaube es inbrünstig.«

»Sie setzen mich in Erstaunen«, sagte sie, und sie überlegte: ›Die Verliebtheit verschlechtert seinen Geschmack.‹

Er erklärte: »Die Welt, Herzogin, liegt Ihnen zu Füßen, und Sie sind noch so kühl wie von Silber. Wie dürfte ich mich wundern, da Sie nichts Ungewöhnliches empfinden beim Anblick eines kleinen Kritikers, der Ihretwegen den Kopf verliert. Und doch saß er nach meiner Meinung ziemlich fest, dieser Kopf.«

»Ich halte ihn einfach für unverrückbar«, bemerkte sie.

»Sie... glauben mir nicht?« fragte er leise, und er wendete seinen Stock hin und her. Der geschliffene Kristall zog ihren Blick an. Im Augenblick hielt er ihn so, daß sie, ungestört durch die Lichtbrechungen, ins Innere sehen konnte. Sie erblickte ein blau und schwarz geteiltes Feld, mit einem geschlossenen Tor; davor lag ein weißer Greif.

›Welch eine Dreistigkeit von dem Menschen‹, so meinte sie im stillen, ›er trägt mein Wappen spazieren!‹

Sie hob die Schultern und sah weg. Er flüsterte kaum vernehmbar: »Ich bin ja eigentlich ein Enthusiast! Glauben Sie nichts von dem, Herzogin, was man Ihnen über mich gesagt hat! Ich bin naiv und begeisterungssüchtig, und wenn ich nicht wüßte, daß dann alles aus wäre – in diesem Augenblick läge ich Ihnen zu Füßen!«

Sie verzog den Mund.

»Zum Dank für Ihr hochmütiges Lächeln«, setzte er hinzu. »Sie halten mich für abgefeimt, man hat es Ihnen eingeredet. Aber ich stelle mich ja nur so, um den Spott zu entwaffnen und Furcht einzuflößen. Ihnen gestehe ich es. Sie sehen: nichts von mir kann ich Ihnen vorenthalten. Glauben Sie mir?«

»Nehmen Sie mir endlich den Stock vor den Augen fort. Sie haben eine Geschmacklosigkeit begangen.«

Er deckte den Kristall mit seiner Hand zu, und reizte sie dadurch noch mehr. Es war, als bemächtigte er sich ihres Bildes und ihres Geschicks, das jene durchsichtigen Wände bargen.

»Glauben Sie meinen Worten?«

»Ich gebe mir nicht die Mühe, an ihnen zu zweifeln.«

Er zog, unbeholfen aber entschlossen, einen Sessel herbei und setzte sich.

»Wissen Sie, Herzogin, warum man uns hier allein läßt?«

Seine Ausdrucksweise verblüffte sie einfach. Sie sah auf: der Salon war leer. Im Nebenzimmer wütete grellbleich beleuchtet auf seinem Sockel der kolossale Herkules, der den Lykas ins Meer schleudert. Dahinter ward ein Durchblick frei auf den Hof im Prunk seiner Galerie. Dort am Eingang drängten sich hundert Wartende.

Die Augen der Herzogin fragten, ohne es zu wollen. Della Pergola antwortete, und faltete dabei die Stirn.

»Properzia Ponti.«

»Properzia«, wiederholte die Herzogin, »Sie, die das geschaffen hat – das dort?«

Sie fühlte einen Schauer.

Della Pergola nickte nach dem Herkules hin.

»Sie selbst. Übrigens hat sie auch die Lichtbündel darauf geworfen. Jeder Kandelaber steht dort, wo sie ihn hingestellt hat. Was für Fäuste hat diese Frau! Vor drei Tagen ist sie heimgekehrt aus Sankt Petersburg. Welch ein Triumph! Da haben wir sie!«

Eine mächtige Frau trat vor. ›So mächtig ist sie‹, sagte sich die Herzogin, ›daß der Kopf mit seiner Mauer von schwarzem Haar über der niedrigen Stirn viel zu klein aussieht. Hat nicht auch ihr Herkules einen winzigen Kopf?‹

Ein junger Mann, blond, fein und schmächtig, hob ihr den Umhang von ihren schweren Schultern. Sie nahm seinen Arm, in purpurnem Atlas gleißend.

»Wer ist das?«

»Herr de Mortœil, ein Pariser, wie Sie sehen. Sie hat ihn mitgebracht.«

»Und –?«

»Jawohl. Und um die Lächerlichkeit vollzumachen, will er gar nichts von ihr wissen. Sie reizt höchstens seine Eitelkeit.«

»Eine Properzia!«

Die Herzogin war ganz erschüttert. Wie konnte Größe sich so vergessen! Properzia war ein schreitender, wuchtender Marmorblock. Ihre starken Hände rangen mit andern Blöcken. Die Gedanken mußten in diesem Kopfe auf Marmortafeln stehen, in markigen Charakteren. Und ein geleckter Zwerg kritzelte, skeptisch lächelnd, seinen Namen hinein!

Sie empfand Unwillen über Properzia und eine heiße Verachtung, wie für eine Verwandte, die die Familienehre befleckt hatte. Die große Künstlerin ging vorbei, von ehrfürchtigen Gruppen gefolgt. Die Herzogin blieb sitzen und sah weg.

Der heftige Widerspruch gegen das arme Gefühl der andern weckte in ihr ein Gelüste nach Herzlosigkeiten. Sie äußerte: »Properzia ist unförmlich wie ihre Kolosse, und wer hat die starken Hände, die sie behauen könnten? Doch nicht ihr Pariser.«

»Sie ist weicher, als man meint«, erwiderte Della Pergola. »So 'n dickes Mädchen.«

Sein niedriger Witz stieß sie ab. Doch lachte sie.

»Endlich geben Sie sich zu erkennen. Also Properzias Erscheinung entringt Ihnen keine Poesie?«

»Ich wage nicht mehr... Herzogin, Sie schüchtern mich ein. Es wäre nicht die erste Geschmacklosigkeit, zu der Sie mich verführen.«

Und er ließ die Strahlen des Kristalls zwischen seinen Fingern hervorbrechen.

»Wie haben Sie das nur fertiggebracht?«

»Sie können fragen? Die Sucht, von Ihnen bemerkt zu werden, hat mich aus meiner Rolle geworfen. Ich bin in Natürlichkeit zurückgefallen.«

»Von Natur sind Sie...«

»Harmlos und leidenschaftlich. Sie glauben das noch immer nicht?«

Sie sah ihn ein für allemal mit den Zügen, die die Blà ihm gezeichnet hatte.

»Nein.«

»Aber Sie glauben, daß Properzia stärker ist als der kleine Pariser? Sie wird ihn bezwingen, er wird unter ihrer Last seine Spöttereien vergessen, nicht wahr? Nun wohl, Herzogin, ich trage in meinem Hirn einen kleinen, witzigen Pariser, nüchtern, lasterhaft und geschmackvoll. Er hat große Furcht, sich lächerlich zu machen und bietet niemals Angriffspunkte. Aber da kommt Properzia und faßte ihn an und drückt sein Köpfchen gegen ihre wogenden Steinschultern, daß ihm aller Witz ausgeht. Properzia ist die Kraft, die Unschuld der Taten, das große Empfinden. Properzia, Herzogin, sind Sie. Als ich Sie erkannt hatte, da war mein kleiner Pariser verloren.«

»Ich merke es.«

»Oh, Sie merken noch gar nichts. Hören Sie erst. Ich will für Sie arbeiten, Dalmatien soll in meinem Lande eine nationale Sache und Sie, Herzogin, sollen populär werden. Ich bin mächtig, und wäre ich's noch nicht, so würde ich es werden, weil Sie, Herzogin, meine Macht gebrauchen. Aber dafür fordere ich Ihre Liebe.«

»Bitte?«

»Ich will mich Ihnen ganz ergeben, und noch nie im Leben ergab ich mich – aber als Bezahlung verlange ich Ihre Liebe.«

Sie verstand ihn wirklich erst jetzt. Er machte ein Gesicht so unverschämt, wie ein Geschäftsmann, der sie überforderte, und erblaßte dabei vor Spannung. Das Übermaß seiner Frechheit lähmte ihre Empörung. Er belustigte sie.

»Sie wollen für mich schreiben«, sagte sie einfach. »Wie viele Artikel, und wann?«

»So viel und so lange, bis ich gesiegt habe. Ich setze meine Existenz aufs Spiel.«

»Wie mutig!«

›Wie fein‹, dachte sie, ›mich daran zu erinnern!‹

»Übrigens sind Sie Geschäftsmann und müssen die Gefahr übernehmen.«

»Aber dafür will ich, daß Sie sich von mir lieben lassen.«

Sie wollte ungeduldig werden, doch überlegte sie: ›Will ich mich durch Sentimentalität entehren gleich Properzia? Ich kann ihn gebrauchen, er wünscht mit mir einen Vertrag abzuschließen. Warum nicht?‹

»Aber meine Gunst ist teuer«, äußerte sie. Er fragte hastig: »Also Sie wollen?«

Er hatte es sichtlich kaum gehofft. Er bestätigte nachdrücklich.

»Also Sie wollen! Ich halte Sie dabei fest. Vergessen Sie nicht, daß Sie ja gesagt haben! Fordern Sie nun, was Sie wollen, ich bin zu allem entschlossen. Ich weiß, was ich tue... Aber Sie haben nicht mehr das Recht, sich zurückzuziehen!«

»Schreien Sie wenigstens nicht so! Der Saal füllt sich, man hört uns. Warten Sie einen Augenblick, gleich beginnt die Musik.«

Sie sprach hinter dem Fächer. Der gewollte Leichtsinn ihrer Rede stieg ihr zu Kopf, er verschaffte ihr einen Genuß, unerwartet und bitter. Was für ein Liebhaber, der sie in Worten fangen wollte wie ein Advokat! Sie fing wieder an: »Wer sagt mir, daß Sie selbst bei Ihrem Entschlusse bleiben? Sie haben den Kopf verloren, mein Lieber. Wenn Sie ihn wiederfinden, werden Sie sich erinnern, daß Sie unbestechlich sind.«

»Ich bin tatsächlich unbestechlich«, versetzte er wichtig. »Aber von Ihnen, Herzogin, will ich bestochen werden.«

»Meinetwegen.«

»Und zwar mit Ihrer Liebe.«

»Ich verstehe vollkommen.«

Sie betrachtete ihn und dachte: ›Morgen wird er sich selbst sagen, was das heißt. Der Ruf der Unbestechlichkeit ist für ihn alles. Sobald man erfährt, daß er interessiert ist, nimmt niemand ihn mehr ernst.‹

»Meine Gunst kostet ungeheuer viel«, erklärte sie. »Sie dürfen nur noch für mich schreiben und jedesmal mit sichtbarer Wirkung. Sie müssen agitieren, reisen, Ihre Persönlichkeit einsetzen: jede Minute Ihres Lebens ist mein.«

»Ist Ihr. Aber mir gehört Ihre Liebe. Sie können nicht mehr zurück. Sagen Sie, wann werde ich glücklich sein?«

»Oh, Sie haben es eilig. Erst der Erfolg, dann der Lohn.«

»Das geht nicht. Wie kann ich den Erfolg abwarten. Wenn er da ist, kann ich mich nicht mehr dementieren. Bedenken Sie nur. Dann werden Sie mich sitzenlassen, und ich bin um alles betrogen, um mein Recht, die Bestochenen zu verachten, und um den Genuß der Herzogin von Assy.«

»Unglaublich!«

Sie lachte laut auf. Er sagte ihr die unanständigsten Beleidigungen, in seiner Angst, bei dem Handel zu kurz zu kommen.

Es wurde getanzt, sie waren umringt von Geschwätz und Gekicher. Die erhitzten Körper drängten sich an ihren Knien vorbei. Della Pergola sagte, völlig bei der Sache:

»Es liegt mir daran, Mißverständnisse zu vermeiden. Also gleich bei Beginn meiner Kampagne, Herzogin, werde ich Ihr Geliebter. Mit dem Probedruck meines ersten Artikels in der Hand, gehe ich zu unserm ersten Stelldichein.«

Ein Wort entschlüpfte ihr: »Sie scheinen an Glück bei Frauen nicht gewöhnt zu sein.«

Er starrte sie an, heftig überrascht.

»Ich habe Sie doch nicht gekränkt?«

»Wodurch denn? Aber es bleibt dabei –«

Sie stand auf.

»Erst der Erfolg.«

»Herzogin, ich bitte, versetzen Sie sich in meine Lage!«

Er blieb an ihrer Seite und stotterte: »Wie kann ich mich denn darauf verlassen! Ich will ja nicht auf meinen Bedingungen bestehen – aber stellen Sie selbst mir annehmbare.«

Als sie nicht antwortete, erkundigte er sich ängstlich:

»Wenigstens ziehen Sie sich nicht zurück?«

»Durchaus nicht.«

»Ich soll also glücklich sein? Aber wann! Nun, ich soll also glücklich sein...«

Sie ward in einen Kreis von Damen gezogen. Sie meinte:

›Er kann noch nicht daran glauben. Auch wenn ihn ein Geheimrat in seiner Wohnung aufsucht, glaubt er nur mit Mühe an sein Glück.‹

Gleich darauf bedachte sie: ›Aber von dem Geheimrat berichtet er sofort seinen Lesern! Wenn er ihnen morgen nur nicht erzählt, er stehe im Begriff, von der Herzogin von Assy erhört zu werden!‹

Er hätte es fast getan. Der Gedanke, der sein Stolz war, schlich sich tags darauf in alle seine Sätze. Er hatte Mühe, ihn aufzuhalten, sooft er aus der Feder wollte.

Er lehnte sich zurück, die Augen in denen des großen, bronzenen Garibaldi, drüben am Rande des breiten Schreibtisches. Über zwei Säle herüber kam das Getöse der Druckerpressen. Della Pergola sann.

›Wie ist es gekommen? Sie hat sich, an welchem Zeitpunkt, das weiß ich nicht mehr, in meiner Phantasie festgesetzt. Ich bin ja eigentlich ein Dichter, ein zurückgestauter, Katastrophen ausgesetzter. Ich fragte mich, wofür die andern sie hielten. Für eine Volksfreundin. Das war natürlich Unsinn, wie alle Urteile der andern. Schlaue oder Übelwollende behaupteten, sie sei ehrgeizig. Aber sie ist viel mehr, sie ist stolz. Dalmatiens, des Ziegenreiches, Königin zu werden, ist für sie sicher kein Ziel, würdig einer Assy. Ich entschloß mich, etwas Ungewöhnliches in ihr zu sehen, eine große Chimärenfängerin, einen Garibaldi in Unterröcken – und einen unglücklichen Garibaldi. Welche wahrhaft tiefe Überlegung habe ich da angestellt!

Aber gleichzeitig hörte ich auf, in Gesellschaft zu gehen. Denn der Anblick dieser Frau wurde mir zu qualvoll. Ihre Schönheit, das Seltene ihrer Seele, ihre Fremdartigkeit, alles quälte mich, weil es mich dazu verpflichtete, ihr Freund zu werden, womöglich ihr Geliebter. Die andern waren Pack, alles Pack, außer mir und dieser Frau. Leider achtete ich sie nun einmal. Ich mußte zu ihr und war weniger gewandt als jeder Laffe. Es war überaus qualvoll, aber ich mußte.

Nun, gottlob, es ist geschehen. Einmal war ich nahe daran, etwas sehr Böses über sie zu schreiben, um die Aufregung, die ich ihr verdankte, doch einmal zu ihrer Strafe zu entladen. Dann fiel mir das mit dem Kristall ein. Alles ist mir gelungen, vermittels des Kristalls und eines Willens, kalt und klar wie er.

Ich habe ihr einen prachtvollen Stolz gezeigt voll hoher Empfindungen. Meinen Charakter habe ich ihr mit dichterischer Tiefe geschildert und dabei mit staatsmännischer Geschicklichkeit. Wie sinnreich habe ich ihr von Properzia gesprochen und von meinem kleinen Franzosen. Für sie greife ich in den Vorrat meiner Dichtergedanken, die ich der Welt keusch vorenthalte – wie sollte ihr das nicht schmeicheln. Ich bin überzeugt, sie ist schon ganz hingerissen.

Ah! Ah! Sie behauptet, ich habe den Kopf verloren. Aber wenn er wirklich fort ist, will ich die Gelegenheit benützen und einmal genießen. Wozu gewinne ich Macht, wenn ich aus Vorsicht in meiner Schreibstube sitzenbleibe. Endlich will ich mich dem Überschwang überlassen, der Leidenschaft und der Unvernunft, der Donquichotterie und der Götzenanbetung.

Ja, ich werde sie anbeten, diese Violante von Assy – möglichenfalls sogar lieben. Aber ihr trauen, nein. Was ich besitze an Ruf, Ehre, Einsamkeit und Strenge, alles auf einmal für eine Frau wegzuwerfen, das ist eine Laune, die Laune eines großen Herrn, die ich mir gönne. Aber ihr das alles auszuliefern, bevor sie sich mir gibt, und ohne Sicherheit, daß sie es je tun wird – ich bringe es nicht fertig.

Wenn sie wüßte, wie gern ich es täte! Auch das ist qualvoll. Aber wenn ich hineinfiele – soviel Gutmütigkeit würde mich für immer unmöglich machen vor mir selber!«

Er erschien bei ihr mit einem Manuskript, worin er die Sorge um die Geschicke Dalmatiens, abseits von den Parteien, einfach zur Pflicht der anständigen Leute erhob.

Wer darüber lächeln konnte, war im voraus mit Verachtung zugeschüttet.

»Einverstanden, drucken Sie das.«

»Wann befehlen Hoheit«, sagte er mit einer tiefen Verbeugung, »daß ich mir das Honorar hole? Der Artikel wird bis dahin gesetzt sein.«

»Es bleibt dabei: erst der Erfolg.«

»Sie versteifen sich darauf?«

»Und Sie?«

»Also ist es unnötig, ferner davon zu reden?«

»Ich glaube fast. Sie sind unbestechlich.«

Er kam wieder und bat um Erhörung, nicht mehr wie um eine Bezahlung, sondern wie um ein Gnadengeschenk.

»Wenn Sie's nicht verdienen, sind Sie um so weniger berechtigt, etwas im voraus zu verlangen, das heißt, ehe ich Ihren Erfolg sehe.«

»Sie haben recht, ich habe ein Versehen gemacht.«

Und er fing von neuem an, ihr geschäftsmäßig die Gründe darzulegen, weshalb sie ihn rasch befriedigen müsse.

»Seien Sie klug. Der Frühling vergeht, die tote Saison kostet Sie wieder ein halbes Jahr. Nächsten Winter sind gewisse Skandale zu erwarten, die so einträglich sein werden, daß sie mich möglichenfalls dazu verführen, Ihre Sache im Stich zu lassen...«

Sie hörte aus alledem heraus, daß er sie kaum begehrte. Sein Fleisch machte ihm, so heftig er sich manchmal gebärdete, fast gar nicht zu schaffen.

›Warum hat er damals bei Torlonia mit so ehrlichem Beben mir seinen unglaublichen Antrag gemacht? Was für ein seltsam hartnäckiger Sophist! Er hat sich vielleicht nur eine Herzogin in den Kopf gesetzt? Oder er will einfach recht behalten gegen mich wie in einem Zeitungsstreit?‹

Ihre Weiblichkeit empörte sich. Ihr Blick kehrte im Gespräch, als besänne sie sich auf ihn, voll und aufreizend auf sein Gesicht zurück. Sie legte zuweilen ihre Hand neben die seinige auf ein ausgebreitetes Druckpapier, und hob sie gleich wieder auf. Er ward von dem Vorüberstreifen ihrer kühlen Epidermis aus der Fassung gebracht, sagte sich, daß er ein Narr sei, und nahm einen rohen Anlauf zur Galanterie. Darauf fühlte er sich von ihrem Hochmut wie mit einem kalten Mantel zugedeckt. Er stockte und erblaßte.

Einmal hatte sie die Genugtuung, ihn am Boden zu sehen. Sie erlaubte seiner Leidenschaft niemals, vollends aufzubrechen; sie glitt über ihren Abgründen hin wie eine Schlittschuhläuferin. Sie dachte daran, daß sie es in Paris, mit siebzehn Jahren, ebenso gemacht hatte, zur Zeit der Papini, Tauna, Raphael Rigaud. Sie gab sogar einem Einfall nach, der damals naiv gewesen wäre, und der ihr jetzt bloß als ironische Übertreibung galt: ›Wenn er sich nur nicht erschießt, bevor er überhaupt etwas geschrieben hat!‹

»Ich verspreche alles, was Sie wollen!« rief er zu ihren Füßen. »Ich liege auf den Knien und umklammere die Ihrigen. Wie sollte ich mich Ihnen nicht auf Tod und Leben ausliefern. Aber...«

Und er reckte die Arme in die Luft.

»Glauben Sie mir nicht, was ich in diesem Zustand sage! Heute ist, dem Himmel sei Dank, die Druckerei geschlossen, und morgen werde ich nichts von dem tun, was ich jetzt versprechen muß.«

»Ich weiß es, mein Lieber. Alles das ist überflüssig. Wenn Sie bloß aus Berechnung keine Trinkgelder annähmen, so hätte es keine Bedeutung. Aber Sie sind ein Gehirn- und Willensmensch und darum, ob ich Ihnen gewähre, was Sie wollen, oder nicht, vollkommen unbestechlich.«

Er sprang auf.

»Nein! Ich bin bestechlich! Wie soll ich es Ihnen nur begreiflich machen? Ich will von Ihnen bestochen werden! Ist es mir denn unmöglich, Sie davon zu überzeugen?«

Schließlich rannte er in völliger Verzweiflung aus der Tür.

Anfang Juli begab sich die Herzogin wie gewöhnlich ans Ufer des Sees von Albano. Sie bat den Journalisten, sie in Castel Gandolfo nicht aufzusuchen, und er versprach es überlegen lächelnd.

›Wie wird sie in der Einsamkeit des Landlebens von ihrer Einbildung genarrt werden!‹ sagte er sich. ›Wie wird sie nach Zeitungsartikeln dürsten, die ihren Chimären ein wenig greifbares Leben zu fressen geben! Ich werde sie nicht aufsuchen, nein – aber sie wird zu mir kommen. Wer weiß, in vier Wochen habe ich sie vielleicht schon, und schreibe trotzdem für sie erst im Oktober.‹

Die vier Wochen vergingen, und Della Pergola fragte: ›Warum fühle ich mich gereizt und matt? Ich gehe ja niemals aufs Land, und die Großstadt, der ich täglich meine Verachtung beteuere, auch nur acht Tage zu vermissen, wäre mir unerträglich. Ist die Hitze dieses Jahr ungewöhnlich? Was fehlt mir?‹

Er wußte es, und allmählich gestand er's sich, in rücksichtslosen Ausdrücken.

›Wodurch beunruhigt mich diese Frau so tief? Die umfassende Weltverachtung, die ich Plebejer mir so erfolgreich angemaßt habe – ihr ist sie angeboren. Sie wird nie auf den Gedanken verfallen: Du bist auch ein Mensch. Daß man mich hieran erinnern könnte, das gerade ist meine ewige Furcht. Wie gern wäre ich vornehm, ganz unzugänglich vornehm! Und daß ich eine gefunden habe, die es ist, fast ohne darauf zu achten, das ist mein Schicksal.

Diese Frau gewinnt noch durch Abwesenheit. Man

sieht sie im Traum, eine ferne Jägerin Diana, frei, keusch und grausam, das Dunkel mythischer Wälder durcheilen. Ein weißer Mondstrahl folgt überallhin ihren Schultern. Welche Pein, daran zu denken!‹

Um von ihr reden zu können, befreundete er sich mit Pavic, der gar nichts Besseres verlangte. Der Tribun haßte Della Pergola; er sah in ihm den vorherbestimmten Liebhaber seiner Herrin. Eine posthume Eifersucht quälte ihn. ›Ich bin tot für sie‹, bedachte er. ›Sie selbst hat mich umgebracht, die Ruchlose. Aber soll nun ein anderer sie besitzen, der nicht soviel wert ist wie ich damals war. Was war ich für ein Held!‹

Sooft er den Journalisten traf, verlegte er sich mit Erbitterung darauf, ihn zu entmutigen. Sie schlichen zusammen um Mittag im stickigen Schatten der leinenen Schutzdächer den Korso entlang. Ein eherner Augusthimmel lastete auf den verödeten Palästen. Die Gecken mit ihren Mädchen waren von den Perrons vor den Caféhäusern verschwunden, die bunten Blumenverkäuferinnen schliefen, von den brennenden Schwellen der Portale flüchteten die goldenen Portiers. Beim Auftauchen eines vereinsamten Fremden mit dem Leinwandhut im Nacken traten die Besitzer sehr teurer Geschäfte auf die Straße hinaus und boten ihm ihre Waren um ein geringes an. Die Ausdünstungen der Läden, Parfüms, Blumen- und Tabaksdüfte durchdrangen den Geruch des erhitzten Asphalts, und eine leise Mahnung an Kloake plante über allem. Eine Zigarettenwolke blieb viertelstundenlang liegen in der stillen Luft.

Aufatmend betraten sie das Café Roma. Della Pergola bestellte ein erlesenes Frühstück und durfte dafür beim Käse an den Erinnerungen des Tribunen teilnehmen. Die Lust, sich zu rühmen, kämpfte in Pavic mit der Furcht, des andern Begehrlichkeit zu entfesseln. Ein paar Gläschen grüner Chartreuse gaben den Ausschlag, und er zerlegte mit saftig gerundeten Händen vor den Augen des andern die Formen der Herzogin von Assy.

»Die Schenkel sind wunderbar lang und nervig. Sie, das feine, feste Fleisch! Man fühlt gleich die Rasse, wenn man's anfaßt.«

»Bilden Sie sich nicht ein, daß ich Ihnen ein Wort glaube«, sagte Della Pergola giftig und mit leidender Miene.

»Aber erzählen Sie nur weiter!«

»Sie wollen daran zweifeln, daß ich die Herzogin besessen habe? Ja, mein werter Herr, soll ich Ihnen einmal das Sofa beschreiben, auf dem es geschah? Über der Lehne, ein wenig vorragend, so daß man sich leicht den Kopf daran stoßen konnte, schwebte eine große, goldene Herzogskrone. Ich vergesse sie nie. Am innern Rande – und in meiner charakteristischen Lage, Sie begreifen, konnte ich von unten hineinsehen – war die Vergoldung abgeblättert. Nun? Kann man solche Einzelheiten erfinden?«

»Also war es sehr leicht, sie zu bekommen?«

»Leicht? Was Sie nur meinen! Sie, Freundchen, hätten sie niemals bekommen. Ich allerdings, ich – das war etwas anderes. Einem Manne wie mir war sie noch nie begegnet. Was war ich für eine Persönlichkeit! Wissen Sie, um mich spinnt sich ein gutes Stück Romantik. Die Liebe meines Volkes umgibt mich wie ein Wall – noch immer, und erst recht jetzt, da ich elend bin. Ah! Je elender wir alle sind, desto besser sind wir. Desto inniger bemitleiden wir einander und desto demütiger werden wir. Trink, Brüderchen, trink ein Gläschen, du arme Seele. Wirst schon auch noch daran glauben lernen.«

»Und dann hat sie dich natürlich weggeschickt, du Unglücksmensch«, sagte Della Pergola über die Schulter weg. Eine wütende Lust versuchte ihn, Pavic' weichen Bauch mit den Fäusten zu bearbeiten und ihm den fetten Bart von den schlaffen Wangenpolstern zu reißen.

›Sie gehört mir‹, rief er sich zu. ›Zu meiner Pein gehört sie mir, weil ich sie nun leider einmal achten muß. Und dieses Tier hat mit seinem eklen Fleisch ihr köstliches berührt!‹

Die Vorstellung dieses Geschehnisses quälte ihn in der Hitze. Er nährte seine Gier mit immer neuen Vertraulichkeiten des Tribunen.

»Nun erzähl, wie sie dich weggeschickt hat!«

»Sie hat mich nicht weggeschickt«, erklärte Pavic und überwand ein Schluchzen.

»Sie war zu böse, diese Vornehme; darum ging ich. Sieh, was ich aus ihr gemacht habe, und sie aus mir. Ich habe ihr meinen Odem eingeflößt, unter den Sonnenstrahlen meines Wesens ist sie aufgeblüht. Wäre sie denn ohne mich eine Volkserretterin geworden? Sie ist ja ein Weib, ein schwaches Ding, das Befruchtung braucht durch des Mannes Willen und Gedanken. Und einen Mann hat sie gehabt. Ah! Was war ich für einer! Glaube nur, du bekommst sie nie!«

Della Pergola zuckte zusammen.

»Denn sie liebt mich, Brüderchen, sie sehnt sich nach mir. Einen solchen findet sie nie wieder. Aber sie hat mir mein Kind getötet, das ich sehr liebte; darum verließ ich sie. Mag sie sich nun sehnen, ich komme nie wieder. Nein, so wahr Gott mir helfe, ich widerstehe dem Übel.«

Er schluchzte aus dem Zwerchfell herauf und trank. Der Journalist betrachtete ihn. ›Ein Haufen ranzigen Fettes, ungewaschen und staubig; aber es steckt ein Zauber darin, der mich festhält.‹

Er gab Pavic die Hand, sein Gesicht zog sich dabei zusammen vor Haß. »Auf Wiedersehen, mein Lieber. Morgen frühstücken wir wieder zusammen.«

Pavic blieb sitzen, die Hände in den Hosentaschen. Von unten herauf, mit blutgeäderten Augen, maß er den andern. Er schäkerte feindselig.

»Nur keine aussichtslosen Gelüste, Brüderchen! Seit ich sie verlassen habe, ist sie allem Liebesleben abgestorben. Wen sollte sie auch nach mir noch begehren? Sage es selbst. Dich doch gewiß nicht.«

Della Pergola ging und wusch sorgfältig die Hand, die Pavic' Rechte geschüttelt hatte. Die beklemmende Jammergestalt des Tribunen machte sich trotzdem in seinem Bewußtsein breit und täglich breiter. ›Ist er so geworden, weil er sie liebte?‹ fragte er sich mit einem Schauder. ›Und ich, wozu bin ich bestimmt? Welch Unglück, ein zurückgestauter Dichter zu sein! Die erzwungene Kälte und Unempfindlichkeit so vieler Jahre will auf einmal gutgemacht werden in einem Zyklon von Leidenschaft. Ist mir nicht zu Mut, als sollte ich in ihm verschwinden?‹

Nachts drückte ihn ein Alp. Pavic' zerfließende Fettsäcke erstickten ihn, er vernahm mit Grausen sein asthmatisches Kichern, rang mit ihm und meinte zu bluten. Am Morgen stellte er fest: ›Dieser unheimliche Christ und Trinker muß mir ohne mein Wissen Furcht eingeflößt haben. Um so besser. Jetzt mischt das einfachste Ehrgefühl sich in die Sache. Es wäre also feige, einen Schritt zurückzugehen. Es ist also entschieden, ich werde die Herzogin lieben.‹

»Ich werde hinausfahren und von ihr Besitz ergreifen!« rief er. »Die Ergebung in mein Verhängnis entbindet mich von allen Versprechungen, und sie soll es erfahren! Bis dahin setze ich endlich meine Phantasie in Freiheit – und wenn sie tödlich wäre!«

Er belauschte sie in Gedanken beim Bade im See, bekam aber mit aller Anstrengung nichts weiter zu sehen als ihr schwarzes Haar. Es trieb auf der hellen Wasserfläche, ein Stückchen Schulter schimmerte matt zwischen den Flechten.

»Ich merke wohl, ich habe in meinen Erinnerungen kein Sofa mit Herzogskrone. Ah! Könnte ich alle meine

Sinne anfüllen mit ihrem Fleisch, und satt und ruhig werden. Ich möchte sie besitzen, um das Recht zu erwerben, sie zu verachten und zu vergessen. Wüßte ich wenigstens, daß auch ihre Nächte schwül sind und auch ihre Tage qualvoll!«

Sie litt so viel, als er nur wünschen konnte. Anfang September, als die Hitze schwerer drückte selbst unter den alten Steineichen der oberen Galerie, bat sie die Blà um einen Besuch. In dem hohen Laubgang über dem See kamen die Freundinnen sich entgegen. Sie umarmten einander schweigend, die Blà schlug die Augen nieder, sie fand nicht den Mut, ihr langes Ausbleiben zu entschuldigen.

»Ich hatte kaum gehofft, daß du kommen könntest«, sagte die Herzogin. »Du bist inzwischen eine Berühmtheit geworden, Bice. Welch seltsames Talent hast du bekommen! Aber du siehst überarbeitet aus... nicht besonders glücklich, scheint mir.«

»Und du?« murmelte die Blà.

Sie erblickte gegen die Atlasdecke des Sees, die ein sanfter Lufthauch in schmale, goldblau schillernde Falten legte, das Profil der Herzogin noch feiner als früher, noch schärfer gebogen und noch durchsichtiger. Die Brauen kamen ihr beunruhigt vor von unbekannten Ängsten.

Sie gingen weiter, Hand in Hand und ohne zu sprechen. Die Herzogin kehrte gleich zu ihren Gedanken zurück, und die Blà besann sich, ob sie sie stören solle. Die Blà war still, zerstreut und scheu; ihr Elend verschlang sie. Piselli spielte noch immer mit dem Gelde der Herzogin, aber er gewann längst nicht mehr. ›Wenn du mich weniger lieben wolltest, du armselige Närrin!‹ sagte er. ›Das fremde Geld müßte mir ja Glück bringen, aber natürlich, eine so alberne Liebe wie deine hebt die Wirkung auf.‹

Sie suchte durch überhitzte, tollkühne Arbeit die anvertraute Kasse zu füllen, die er mit Spielerhänden täglich ausleerte. Mitten im leidenschaftlichen Zuge ihrer Phrasen sah sie plötzlich vom Papier auf, ihr Atem ging laut und heftig, und sie fühlte mit dem nutzlosen Sausen ihres Blutes die unwiderlegliche Hoffnungslosigkeit ihrer Anstrengungen. Bei den Verlegern fand sie niemals Geld, Piselli hatte es immer schon erhoben. Er sei doch in ihrem Auftrage erschienen? fragte man sie. ›Natürlich. Ich habe mich geirrt.‹ Und sie lächelte.

Piselli behauptete sich als einer der Beherrscher des feinen Lebens. Er sprach seit kurzem das Italienische nur noch mit englischem Accent und besann sich manchmal auf ein Wort. Diese Erfindung machte ihn vorübergehend zum begehrtesten Liebhaber der reichen Halbwelt. Es gab genug schöne Damen, die ihm heimlich gelegene, elegante Zimmer mieteten; er hatte es nicht nötig, zu seiner überanstrengten, trüben und abmagernden Gefährtin heimzukehren, deren erzwungene Heiterkeit und deren sanfte Liebe ihn reizte.

Wenn er zu lange fortblieb, hetzte die Angst sie umher zwischen Druckereien und Nachtlokalen. Piselli tat bei ihrem Erscheinen fremd oder er lud sie, gut gelaunt, zum Trinken ein. Auch bot er sie dem Prinzen Maffa an, unter anschaulicher Anpreisung ihrer Vorzüge. ›Er stellt es sich nicht vor, der Arme‹, meinte sie, ›wie es wäre, wenn er mich nicht mehr hätte.‹ Um eine Probe zu machen, trat sie ihm im Restaurant Bucci am Arm eines Zeitungsdirektors entgegen. Tags darauf forderte er eine große Summe: ›... da du den reichen Kerl hast...‹ Sie stand starr und zitterte; es sprach in ihr: ›Ich bin verloren.‹

Einige Tage später prügelte er sie zum erstenmal, und bald gewöhnte er sich, sie nur noch mit der Reitpeitsche zu besuchen. Er haßte sie für all das Geld, das, von ihr erarbeitet, in seinen unfruchtbaren Händen zerronnen war, für das, was sie ihm noch gab, und für das, was nicht mehr aus ihr zu erpressen war. Ihr schauderte es vor der wilden Falte zwischen seinen Brauen, vor seinem tierischen Blick und seiner dunkelrot herabhängenden Lippe. Dabei sehnte sie sich danach, unter seinen weißen, nervigen Fäusten zusammenbrechen zu dürfen. Den schmallendigen, beschwingten Hermes aus dem Sockel von Cellinis Perseus, der in ihrem Arbeitszimmer unter Garben von Orchideen und Rosen einen mageren Fuß zum Aufflattern erhob, Piselli schlug ihn einst mit dem Peitschenstiel zu Boden.

›Du hast ihn zerbrochen‹, sagte die Blà. ›Du, der sonst an Bedeutungen glaubt, siehst du nicht, daß du dich selbst zerbrochen hast? Ach, wüte nur gegen mich! Du kannst mich nicht anders töten, als indem du dich selbst zerstörst!‹

Und inzwischen nahm ihr Talent eine Entwicklung, der alle ratlos zusahen. Statt der kühlen Anmut ihrer ehemaligen Gedanken dampfte nun ein verzweifelter Geist aus allen ihren Sätzen. Ihre Worte rissen die Sinne des Lesers hin, als fühlte er die Arme einer Frau um seinen Hals, indes die Spitzen ihrer Brüste die Schriftzüge aufs Papier malten.

»Warum finden wir uns eigentlich so verändert wieder?« fragte die Herzogin. Sie besann sich.

»Bice, warum bist du unglücklich? Sage es nun.«

»Sage lieber du mir, was dich schmerzt. Ich, das weißt du, bin nicht unglücklich, wenn ich leide. Ich habe mein kleines Martyrium nötig. Aber du, Violante, du lebtest so still und sicher in deinem Traumreich, das eine weinrote Blättergardine von der Erde trennte. Warum bist du herausgetreten, wer hat den Vorhang zerrissen?«

»Die Zeit, Bice. Ich träumte zu lange. Und dann steckte jemand seinen Kopf herein und rief mich bei Namen: ich glaube, es war Della Pergola.«

»Das hat er fertiggebracht? Aber du hast ihn gestraft, nicht wahr? Oh, er denkt noch daran, wie du ihn behandelt hast. Sein Geist wird seit kurzem etwas mager, es heißt, daß seine Auflage sinkt.«

»Ich habe ihn nicht schlecht behandelt. Ich habe einen Vertrag mit ihm geschlossen. Er soll für mich schreiben, bis der Erfolg da ist. Dann werde ich seine Geliebte.«

»Du wirst...«

Die Blà blieb stehen, sie hielt den Atem an.

»Du wirst seine Geliebte. Im Ernst, das würdest du tun?«

»Natürlich. Sobald es mir Glück bringt.«

»Du würdest dich einem Manne hingeben, von dem du etwas willst, deine Liebe würdest du als Bezahlung gebrauchen?«

»Warum nicht?«

»Wenn wir aus Leidenschaft, ich sage aus Leidenschaft für eine Sache oder für einen... Mann, Dinge begehen, die der Bürger verurteilt – du findest das nicht schlecht?«

»Ich kenne nur schlechte Gefühle. Die Handlungen hängen von unsern Zielen ab. Mir scheint, sie kommen nicht in Betracht.«

»Wie bist du schön!« rief die Blà mit ausbrechendem Jubel. Sie stürzte an die Brust der Freundin.

»Wie bin ich dir dankbar!«

»Dankbar? Wofür? Aber Bice, du schluchzest ja.«

Die Herzogin hob das von Tränen ganz benäßte Gesicht von ihrer Schulter.

»Sieh, ich wagte schon gar nicht mehr, mich dir zu zeigen«, flüsterte die Blà.

»Wegen deines Orfeo? Du konntest glauben, daß ich ihn dir verdenke?«

»Nein, nicht wahr? Du verdenkst mir weder ihn noch sonst etwas, auch wenn du alles wüßtest. Warum sollen wir nicht einfach einander liebhaben, du und ich, unschuldig leben und alles tun, was unser Schicksal will. Wie sehr sehne ich mich nach einer unbewußten Seele! Wozu soviel

Gewissen! Was neben und hinter unserer Liebe geschieht, müssen wir es denn wissen? O Violante, nun brauche ich mich nicht mehr zu quälen!«

»Nein, Bice, beruhige dich!«

Sie küßte die Freundin auf die geschlossenen Augen, über denen das Glück wie ein breites Stück Sonne lag. Die Blà glaubte einen Augenblick, alles gestanden zu haben. ›Für eine Liebe, wie die von Violante und mir, ist die leere Kasse gar nicht vorhanden. Violante würde lächeln, wenn ich sie hineinsehen ließe. Denn nur was wir fühlen, ist Wahrheit, nicht, was wir geschehen ließen.‹

»Beruhige dich, Bice, du zitterst noch immer.«

»Ich will ja ruhig sein. Siehst du, ich denke nur noch an dich. Ich denke, du solltest ihn rasch handeln lassen und rasch tun, was du ihm versprochen hast. Wie gut wäre das, wie schlicht und unschuldig! Denke nicht weiter! Erobere dein Land und deinen Traum! Er liebt dich...«

»Nun träumst du selbst, Bice. Wir sind ja erwachsene Leute, er und ich, ziemlich alt sogar und klug. Er besitzt einige Sinnlichkeit – natürlich habe ich sie aus ihm herausgelockt –, aber sehr wenig blinde Leidenschaft; oder wenigstens müßte er sich immerfort aufmuntern: ›Ich will blind sein, ich will blind sein!‹ Ich glaube ihm nicht, daß er aus Gier nach mir seine Rolle, die Rolle seines ganzen Lebens fallenläßt. Es scheint fast, als achtete ich ihn zu sehr, um es zu glauben... Und doch hätte ich diesen Glauben nötig, als Beruhigungsmittel. Meine allzulange, verträumte Trägheit hat mich erschlafft und gereizt. Ich irre tagsüber in Qualen der Langenweile umher, und nachts liege ich mit schrecklichen Beängstigungen auf meinem Bett am weitoffenen Fenster. Ich lasse die Luft über meine entblößten Glieder streichen, ich fiebere, es wetterleuchtet, und ich sehe dürstend die dunkeln, kühlen Gestalten meiner Heimatserde, jene bronzenen Hirten, Räuber, Fischer und Bauern, in den aufflammenden Horizont hineinragen. Wann siege ich? Bin ich in der Verbannung vergessen? Ist dies das Ende? Habe ich die Zeit der Taten verpaßt, oder gar die Zeit... des Lebens? Bice, kennst du solche Nächte? Die Angst schleicht sich bis in die Fußspitzen, ich erkaufe mir ein Stündchen dumpfer Erlösung, nicht mit Della Pergolas Liebe, sondern mit einem Pülverchen Chloral, Sulfonal oder Morphin.«

Der Mittag wuchtete auf dem verlassenen See; er glänzte weiß wie Zinn. Die Allee schloß sich, einsam und grün versponnen, in der Ferne mit Laubmassen, die dunkel blitzend von den Wipfeln bis zur Erde hinabzurauschen schienen. Die Freundinnen lehnten aufrecht an der steilen Rückwand einer alten Bank von Stein. Am linken und am rechten Ende umfaßte jede einen Löwenkopf, sie streichelten die abgeschliffenen Mähnen mit erregten, mattweißen Fingern, auf denen schmale Nägel blaß schimmerten. Die Blà neigte sich, einen Arm um die Herzogin zu breiten; sie glitten zueinander hin auf dem schlüpfrigen Marmor, lässig, aufseufzend nach den Beichten ihres Kummers, und glücklich, Schulter an Schulter zu ruhen. Die schwarzen Flechten der einen schlangen sich in die blonden der andern, ihre Düfte verwebten sich; die Wangen streiften sich weich. Die Blumen an ihren Gürteln küßten sich. Die leichten Falten ihrer hellen Kleider raschelten ineinander.

»Süße Violante«, sagte die Blà. »Weine!«

»Soll denn, was mir an Willen noch bleibt, in Tränen zerfließen?«

»Genieße doch deine Wehmut. Im Tiefsten sehnen wir uns alle nach dem Kreuz.«

»Ich nicht. Das härteste Kreuz ist das Sterben. Ich stoße es jetzt jede Nacht mit aller Kraft von mir und lebe, – mit Martern zwar, aber ich lebe.«

»Wozu dich martern? Sieh, es ist so leicht, sich fallen, nein, sich gleiten zu lassen in den Tod hinein, so wie wir eben auf dem polierten Marmor einander zugeglitten sind.«

Die Herzogin richtete sich rasch auf.

»Nein! Ich klammere mich an meinen Löwenkopf. Soll ich mich an den Tod verlieren wie an den Traum, der mich allzulange verschlossen hielt? Jetzt fühle ich mich wieder leben. Die Schmerzen haben in meine dunkle Seele Fenster gerissen: es schaut nun so vieles aus mir heraus, soviel Künftiges, soviel Sehnsucht... nach Dingen, die ich noch nicht ahne. Oh! Ich fühle Ehrfurcht vor dem Leben!«

Die Blà stammelte mit Tränen der Enttäuschung: »Wie ruchlos ist der, der dich aufgeweckt hat. Wir waren Freundinnen, solange du träumtest.«

»Du wolltest meine Freundin sein: ich bin dir dankbar und höre nie auf, dich zu lieben. Aber auch ihm danke ich, weil er mich aufgeweckt hat. Wollte er nun handeln! Ich erfülle mein Versprechen, und erfülle es mit Gleichgültigkeit, und will mich gar nicht dafür rächen, daß ich es tue. Aber dies sind schwere Wochen.«

»Du Arme. Ein Mann kann uns schwere Wochen schicken.«

»Ein Mann? Ich denke sicherlich mehr an seine Druckerpressen als an seine Männlichkeit. Ich schlafe nicht mehr vor Ungeduld, das ist alles.«

»Ich, Violante, ich sterbe durch einen Mann, und sterbe gern. Du, du quälst dich fast zu Tode mit deinem hochmütigen Willen, fast zu Tode. Aber wenn er dich endlich an seine Brust drücken will, der Tod, dann scheuchst du ihn von dir, den Tröster. Noch eben standen wir eng zusammengelehnt, süß durchzittert von unserm gemeinsamen Leiden und ganz ineinander überfließend. Und jetzt, unversehens, führt kaum noch eine Brücke von mir zu dir, kaum noch ein Wort. Wozu klage ich!«

»Damit ich dich in die Arme nehme, kleine Bice, so,

und dir sage, daß wir uns lieben wollen, ohne zu sterben. Ehrfurcht fühlen vor dem Leben!«

Die Blà seufzte bitter.

»Es gehört manchmal sehr viel Ehrfurcht dazu, es auszuhalten. Du, Violante, bist eine Künstlerin, wie jener, den ich einst sterben sah. Ich bin eigentlich immer eine gute Bürgersfrau geblieben, habe aber doch vom schweifenden Elend der Namenlosen viel miterlebt. Der, den ich meine, war einer der Ärmsten. Seine Bilder verstaubten in Trödelläden, eine schmutzige Krankheit brachte ihn um. An seinem Bett saßen zwei Genossen und rauchten ihn an, und er redete im Fieber von seiner großen Sehnsucht nach all den Dingen, die in ihm schliefen, und die er selbst noch nicht kannte: hörst du es, Violante? – nach seinen künftigen Werken. Seine Finger krampften sich in ein buntes Maskenkleid, das über einem Stuhl hing, sein Blick erstarrte an einer Feuernelke in einer irdenen Scherbe. Er war unfähig, seine Sinne loszulösen von dieser Erde, die er so unsäglich schön fand, und starb plötzlich, von gräßlicher Angst überwältigt, schreiend und sich sträubend.«

»Sein Sterben war gewiß recht unschön, er hätte es für sich allein abmachen sollen. Aber sein Leben...«

»O gewiß, das Leben solcher Menschen wirkt ermutigend. Sie sind so erdenfroh, so selbstfroh und feuern uns an. Wir sollten einmal nach Rom fahren und uns anfeuern lassen.«

Tags darauf in der Frühe fuhren sie. Ihr Wagen hielt auf der Piazza Montanara inmitten eines besonnten Gewühls bunter Campagnabauern, die scharfriechende Pferdekäse von den zweirädrigen Karren luden und das Wasser edler Brunnenschalen über ihre Kohlköpfe spritzten. Die beiden Frauen betraten den kalten Schatten eines versteckten Gäßchens, des Vicolo San Nicolò da Tolentino, sie durchschritten ein geschwärztes Torgewölbe und erstiegen eine grünlich feuchte Steintreppe, dämmerig unter kleinen Gitterfenstern. Im dritten Stockwerk sagte die Blà: »Ich nehme an, daß du nichts von dem, was man dich hier sehen lassen wird, als Kränkung auffassen willst. Sonst wäre es besser, gleich umzukehren.«

Die Herzogin zuckte die Achseln.

»Du weißt, ich langweile mich.«

»Das wird gleich ein Ende haben«, meinte die Blà.

Zwei Stiegen höher klopfte sie. Man rief heftig: »Herein!« Bei ihrem Eintritt plumpste etwas zu Boden; ein großes, nacktes Weib war von der Matratze eines schmalen, eisernen Bettes herabgesprungen. Ein stämmiger, kleiner Mensch hieb mit dem Malstock auf seine Staffelei und brüllte? »Willst du stehenbleiben, Kanaille!«

Aber sie ließ die Arme hängen, die schwarzen Haare zottelten ihr um das Gesicht, und sie beglotzte mit großen, dunkeln, tierischen Augen die beiden Damen. Ihr gegenüber, am andern Ende des Zimmers, breitete sich eine zweite, viel gewaltigere Nacktheit aus, ein weibliches Ungeheuer von rotem, lauem Fleisch und gleißenden Fettwölbungen. Sie bog die Schenkel in einem plumpen Tanze, preßte die Hände unter die überquellenden Brüste und lachte, breit, blond, mit zurückgeworfenem Kopf, geblähtem Halse und feuchten, dicken Lippen. Sie war auf die herabbröckelnde Kalkwand gemalt, und zu ihren Füßen stand in großen Lettern: »Das Ideal.«

Von der Gliederpracht dieser beiden stummen Geschöpfe flankiert, bevölkerten drei Männer den Raum: der starke Zwerg an seiner Staffelei, ein Schwarzer, Schmaler reglos in einem Winkel, und ein gut gewachsener, junger Mensch vor der weiten, blauen Fensteröffnung. Er nahm die Hände aus den Hosentaschen, die Zigarette aus dem Munde und ging den Besucherinnen entgegen.

»Bester Jakobus«, sagte die Blà, »man kommt, um sich

zu überzeugen, daß Sie von Ihrer Größe noch nichts verloren haben. Sie sind inzwischen halb verschollen.«

»Nicht meine Schuld. Habe zuviel gearbeitet, oder vielmehr zuviel verkauft.«

»Um so besser. Meine Freundin will sehen, was Sie malen. Violante, ich stelle dir Herrn Jakobus Halm vor.«

Der Maler verbeugte sich kaum. Er zuckte die Achseln. Die Herzogin betrachtete ihn erstaunt. Er erging sich in ruhelosen Gebärden, seine Haut war gelblich braun und trocken, reiches, braunes Haar rollte wellig in die helle, faltenlose Stirn. Auf seinen magern Wangen wuchsen die Haare schlecht, sie wehten ihm, altgolden, weich und in zwei langen Spitzen, vom Kinn. Er hatte eine kühne Nase, Augen scharf und sonnig, und blutrote, kurze Lippen. Er schürzte sie und zeigte, ohne zu lachen, seine weißen Zähne. Er trug eine hohe, schwarze Krawatte und keinen Kragen, ein zartes Hemd von blaßvioletter Seide, darüber eine entfärbte, alte Jacke, eine Flanellhose und an den Füßen ganz neue Lackschuhe. Er sagte: »Schauen die Damen sich nur das Museum an. Es ist augenblicklich leider ein dürftiger Bestand, das Fehlende ersetzen Sie wohl freundlichst durch das Ideal.«

Und er wies auf die Vettel an der Mauer.

Das Modell hatte einen Kleiderrock erfaßt; es bekundete die Absicht, sich damit zu bedecken. Aber Jakobus bemächtigte sich der formlosen Hülle und schleuderte sie unter das Bett.

»Du willst den Damen deine Lumpen vorführen? Agata, wie unanständig! Die Damen sind gekommen, um etwas Schönes zu sehen. Das warme Goldbraun deiner Hüften ist bei weitem das Schönste, was du zu zeigen hast. Also... Habe ich recht, meine Damen?«

Die Herzogin nickte und lächelte. Jakobus hatte mit schneidender Stimme gesprochen; er wandte sich hochmütig weg.

Dem Fenster gegenüber prangten zwei große Gemälde, zwei Ringer mit steinernen Nacken und vorspringenden Muskeln auf einem roten Teppich, und ein schwarzer Campagnabüffel, die gewundenen Hörner aufgerichtet gegen den Feind. Die Herzogin verweilte davor, aber von hinten fühlte sie sich belästigt. Schließlich entdeckte sie, daß der Schwarze, Schmale sie aus seinem Winkel heraus gierig anstarrte. Sie musterte ihn gelassen. Lange, schwarze Haare fielen glatt auf seinen von zerkrümelter Kopfhaut weiß gesprenkelten Rockkragen. Er war bartlos, mit schmalen Lippen, großer blasser Nase und einem beklemmend heißen Blick von leidender Begehrlichkeit. Die Blà sah diesen Blick ihre Freundin entkleiden und besudeln; sie errötete vor Zorn. Die Herzogin sagte sich: ›Wenn er immer solch Gesicht machen muß, ist er offenbar ziemlich unglücklich. Denn auch der Geistloseste findet unschwer an ihm die wunde Stelle; ihm ist noch der Niedrigste überlegen.‹ Sie trat ihm, gütig und ernst, zwei Schritte entgegen. Der kleine Stämmige pinselte und keuchte; er schrie plötzlich: »Da schauen Sie her, was ich mache! Es ist der Mühe wert!«

»Sie malen nach dem Modell, und Ihr Freund auch?«

»Meins ist *nicht* der Mühe wert«, erklärte Jakobus kalt; er kehrte seine Leinwand um.

»Bleiben Sie bei Perikles, schöne Dame, er ist mit sich zufrieden, er wird Sie überzeugen, daß Sie's auch sein müssen.«

Der Kurze hob die Achseln.

»Welch ein Narr! Will sich und andern einreden, daß er's besser könne, als er's macht. Merken Sie sich, meine Dame, wir können, was wir machen, und machen, was wir können: darüber hinaus gibt es nichts. Sehen Sie mal, wie meinem gemalten Weibsbild hier das Blut unter der Haut fließt. Das Blut unter der Haut malen können, das ist Kunst! Beaugenscheinigen Sie gefälligst den Trizeps von meinem Ringer da oben. Möchten Sie ihn anfassen? Er schwitzt, Sie würden dran klebenbleiben. Das Bild ist übrigens verkäuflich. Das andere ebenfalls. Wie das Vieh dort schneidig zusammengehauen ist! Ein Vieh! Das ist das Wahre, alles soll Vieh sein. Große, nackte Leiber, gewölbte Muskeln, und das Blut soll man rauschen hören unter der Haut.«

Jakobus stellte sich zwischen ihn und die Besucherinnen.

»Wissen Sie wohl, daß ich mich schäme für den platten Prahler?«

Dann begann er wieder umherzuschlendern, mit fremder Miene, die Hände in den Taschen und den Mund voll Zigarettenrauch. Die weißen Wolken gesellten sich schwankend zu den Farben- und Terpentindüften, die Kästen und Flaschen entströmten. Der Kurze lachte lärmend.

»Er schämt sich! Ganz recht, ihr alle dürft euch schämen, denn mit mir, dem Perikles, verglichen, seid ihr doch nur gemeine Bürger.«

Er hob ein dickes Beinchen über den Stuhl, er setzte sich rittlings hin, in Hose und Hemd, und blickte selbstgefällig umher. Von seinem pockennarbigen Borstenkopf rannen die Tropfen, und er redete donnernd.

»Was bin ich nur für ein Künstler! Und was für ein Arbeiter! Bei mir gibt's kein Bangen nach Stimmung und anderem Unsinn. Keine Zeit dazu, ich male einfach. Schlafe, weil's so heiß ist, von mittags elf bis abends sieben. Sie empfehlen sich hoffentlich bald, werte Damen, denn es ist halb elf und ich begebe mich sogleich zur Ruhe. Von sieben Uhr abends bis in der Frühe um drei schmause ich und unterhalte mich ein wenig mit liebenswürdigen Personen. Kaum aber dämmert es, so male ich. Acht Stunden lang werden die Pinsel nicht trocken. Ha! Was für ein schönes Leben! Ich schaffe aus dem vollen! Kein wehmütiges Verlangen, wie bei dem Narren dort. Bei mir ist alles Wirklichkeit. Ich mache bloß die Hände rund und fühle sie auch schon voll von mächtigem, muskulösem, satt gefärbtem Fleisch. Gleich damit auf die Leinwand! Da gibt's kein Widerstreben.«

Er sprang mit einem Krach vom Stuhl, der auf die roten Fliesen klapperte, und er stürzte sich auf Agata, das Modell. Er packte sie vorn und hinten fest an und wog ihre Fleischfalten in seinen Händen. Jakobus sprach über die Schulter weg: »Perikles, verstelle dich mal eine halbe Stunde lang und tue so, als ob du gut erzogen wärest!«

Der Kurze feixte ganz erstaunt. Er steckte den Kopf unter das Bett; der Raum enthielt seinen Vorrat an Kleidungsstücken. Er holte ein Paar Manschetten hervor und zog sie über seine wollenen Ärmel. Dann widmete er sich aufs neue dem Modell.

Neben dem gemalten Ideal lehnte verkehrt an der Mauer eine große, gerahmte Leinwand. Die Herzogin berührte sie.

»Es ist schade um Ihre weißen Handschuhe«, sagte Jakobus. Er wendete ihr das Gemälde zu.

Sie schwieg mehrere Minuten, und er betrachtete ihr Profil. Es verschwamm weich auf dem wogenden Mittagsblau und vor den großen roten, grünen, violetten Flaschen, die am Fenster leuchteten. Die weiße, wenig gewellte Linie ihrer Gestalt stand zärtlich dort und still. Sie bog sich in den Hüften ganz leicht nach vorn, unbewußt verehrend und innerlich sich neigend vor der Göttin.

Jakobus sagte schließlich gedämpft: »Ich merke, Sie sehen es. Sie sehen, diese Frau ist hochmütig, fremd, und dem Weinen nah bei der Berührung mit etwas ›anderm‹, mit etwas *Wirklichem*. Dennoch muß sie dem Centauren ihre Hand ums Horn legen, ihre magere, geäderte, langsame, kühle Hand. Es reizt sie ein Grauen, vielleicht auch ein hohes, entlegenes Mitleid.«

Die Herzogin bestätigte: »So sehe ich es. Ich sehe auch, dies muß Botticellis Pallas sein, die verlorengegangene Pallas!«

»Ja. Ich habe mich darangemacht, die Göttin nochmals zu erträumen, von der der Florentiner geträumt hat... Tat er's? Nein, ich glaube den Berichten nicht. Er hat sie nicht gemalt, er hat nichts weiter fertigbekommen als die bekannten Studien. Aber der ungeheuere Traum derer, die vor vierhundert Jahren da waren, wirkt weiter in allen, die seitdem sich nach Schönheit sehnen. Wenn wir während eines Augenblicks sehr groß sind, so ist uns eine Empfindung, eine einzige, in den Pinsel geflossen, die vor vierhundert Jahren einer gehabt hat. Ich habe diese Empfindung festgehalten. Ich behaupte, dies ist die Pallas, die Botticelli gemalt *hätte*.«

Die Herzogin sann. »Diese Pallas ist nicht schön«, versetzte sie langsam. »Aber in ihren Augen brennt ihre Seele. Sie ist schön nur vor lauter Sehnsucht nach Schönheit. Wie tief fühle ich sie heute!«

»In dem, was Sie sagen, liegt alles. Unser ist die Sehnsucht nach der Schönheit, nicht ihre Erfüllung. Darum empfinden wir diese Pallas bis in die Tiefe. Die Erfüllung, vielleicht gehört sie solchen Tieren...«

Seine Schulter zuckte nach dem Stämmigen hinter ihm.

»Jener erkühnt sich, die Schönheit sogar noch in diesen Schweinestall zu sperren – er selbst ein Schwein; und ich glaube fast, es gelingt ihm. Wenn ich das so mit ansehe, bilde ich mir schließlich etwas darauf ein, daß ich selbst der Schönheit nicht ins Gesicht blicken kann. Um es zu können, müßte sich meine Seele kräftigen, durch etwas Glück, mindestens durch Wohlleben. Dann, ahnt mir, würde ich einiges hervorbringen, wovon die Welt...«

Er zögerte; dann brach es hinter zusammengebissenen Zähnen hervor, gequält und prahlerisch: »Wovon die Welt sich nie etwas träumen ließ.«

Er stand mit verschränkten Armen vor der stillen Göttin, hochfahrend und seiner nicht ganz sicher. Die Herzogin sah sein Gebiß blinken zwischen den kurzen, roten Lippen und ein rötliches Licht seine kühn verwirrten Haare bekränzen. Sie fand ihn nervig und hoch, mit knochigen Schultern, schlanken Beinen, und ohne Bauch. Sie wandte sich nach der Blà um, die schmollend beiseite blieb. Ohne es zu wissen, hatte die Unglückliche gehofft, ihre Freundin würde von diesen Menschen beleidigt und niedergedrückt werden. Sie sah sie angeregt und belebt, und litt darunter. Sie nannte sich neidisch und böse, und litt noch mehr.

»Bice«, rief die Herzogin, »betrachte doch dieses Meisterwerk. Das ungeschaffene Werk eines alten Meisters! Sein Genie muß zurückgekehrt sein, es muß vierhundert Jahre übersprungen haben! ...Das Bild wird wohl nicht verkäuflich sein? Auch könnte ich in diesem Augenblick nicht so viel geben, wie es wert ist. Ich biete dreitausend Francs.«

Auf einmal hielt alles den Atem an. Diese Wände hatten das Wort dreitausend noch nie vernommen. Schließlich stieß der kurze Perikles einen langen Pfiff aus. Jakobus sagte schroff:

»Das Bild ist tatsächlich noch nicht zu verkaufen. Übrigens behalte ich mir selbst es vor, den Preis zu bestimmen.«

»Aber...«, machte die Blà.

Aus dem Winkel des Schwarzen, Schmalen kam ein rauher Laut des Entsetzens. Perikles tollte im Zimmer umher, tonlos vor Wut. Plötzlich stand er auf dem Kopf. Als er wieder zu sich kam, keuchte er: »Der Narr!« und »Es ist gut, ich schweige.« Auf der Gasse rief ein Campagnole frischen Pferdekäse aus. Perikles legte zwei Kupfermünzen in einen Korb, den er am Seil aus dem Fenster ließ. Der Korb kehrte beladen zurück, Perikles stopfte sich den

Mund voll Käse und warf die Rinde über die Schulter weg nach Jakobus' Seite, unter verächtlichen Grimassen: »Treff ich ihn, treff ich ihn nicht, mir ist's gleich.«

Jakobus sah mit trotziger Miene an der Herzogin vorbei. Er wollte spöttisch sprechen, und sprach sehr weich: »Verehrte Frau, deren Namen ich nicht kenne, Sie haben sich geirrt, dieses Gemälde hat keinen ungewöhnlichen Wert. Das Genie des Florentiners ist keineswegs zurückgekehrt. Die Wahrheit ist einfach: ich bin einen Augenblick von Sehnsucht überwältigt und fortgetragen – und hielt gerade den Pinsel in der Hand. Ich sehne mich oft, aber gewöhnlich liegt der Pinsel am Boden.«

Die Herzogin lächelte, Jakobus machte sich ganz klein.

»Wir sehnen uns zuviel, und der Pinsel liegt am Boden. Oh, wir malen keine Pallas, wir sind selber Pallas: auch in unsern Augen brennt unsere Seele. Der Bellosguardo dort –«

Er deutete nach dem Schwarzen, Schmalen im Winkel.

»Der kann überhaupt nur glotzen. Sehen Sie sich doch den verdächtigen Menschen an mit dem Blick, der Sie, meine Damen, beleidigt, wenn Sie sich auch vorgenommen haben, sich hier durch nichts aus der Fassung bringen zu lassen. So wie er da steht und schweigt, ist mein Freund schöner als all das Dutzendpack Ihrer einwandfreien Gesellschaft. Er brennt vor Brunst – nach Kunst, er ist geil auf Schönheit, er ist immerfort so gelähmt von Begierde nach allem überwältigend Schönen, wovon die Welt voll ist, daß ihm Geist und Hand versagen: er malt gar nicht, er glotzt, und ist dabei mehr Künstler als wir alle.«

Die Blà behauptete gereizt: »Er ist abscheulich.«

»Er hat eine schöne Seele; genügt Ihnen das etwa nicht, meine Beste?«

Perikles kam herbei, die Reste des Käses in der einen Hand und in der andern eine Korbflasche.

»Ich erlaube mir kein Urteil über den Unsinn, den er

Ihnen vorredet zur Beschönigung seiner Faulheit. Ich habe nur malen gelernt und nicht vernünfteln. Maler sollen mit den Händen sprechen. Aber eines will ich Ihnen doch mal erzählen. Dieser seelenvolle Jüngling hat gestern seine sämtlichen Skizzen und Entwürfe dem Juden verschachert, und sich für den Erlös ein Paar Lackschuhe angeschafft. Da, sie sitzen ihm famos.«

Jakobus sah in die Luft; er trat von einem Fuß auf den andern.

»Ja, es ist wahr«, erklärte er wegwerfend. »Ich brauche den Luxus. Ich muß ihn eben bezahlen, wie es geht. Und wie teuer bezahle ich ihn! Sie halten diesen Raum für leer. Die Wand, an der meine Skizzen hingen, hat Perikles mit dem Scheusal angefüllt, das ihm das Ideal bedeutet. Meine Entwürfe sind fort, glauben Sie. Ja, aber ihre Geister sind dageblieben, wirre Phantome, die mich unablässig peinigen: sie wollen, ich soll ihnen zum Leben verhelfen. Kann ich's denn noch?«

»Man sollte die Skizzen zurückkaufen«, meinte die Herzogin. Der Maler zuckte die Achseln, die Blà erklärte: »Der Jude, der sie kaufte, hat sie sofort an alle fliegenden Händler in ganz Rom ausgestreut. Für zwei Soldi wird Herr Jakobus sie fortgegeben haben, für einen Franken das Stück erwerben sie die billigen Kunstfreunde. Solche Originalzeichnungen sind riesig beliebt bei den Fremden.«

»Übrigens habe ich Ihnen einen andern Vorschlag zu machen«, versetzte die Herzogin. »Ich suche gute Kopien. Kopieren Sie, Herr Jakobus, doch nach Ihrem Belieben die Meisterwerke, die Sie reizen, und überlassen Sie mir alle Ihre Arbeiten gegen ein festes Jahresgehalt.«

Wieder horchten alle auf. Jakobus öffnete den Mund, aber die Herzogin unterbrach ihn.

»Bice, ist es dir recht, so gehen wir.«

An der Tür gab sie ihm ihre Karte; er sah sie nicht an. Er zog sich steif zurück.

»Sie kommen gelegentlich zu mir, hoffentlich einigen wir uns und schließen einen förmlichen Vertrag.«

Bei diesem Worte dachte sie an Della Pergola. ›Welch ein anderer Vertrag! Mir ist es, als befreite mich dieser von jenem. Aber wünsche ich denn das?‹

Von der Schwelle übersah sie nochmals den Raum. Perikles wandte ihr seinen quadratischen Rücken zu. Bellosguardo glotzte obszön; in der Angst, sie aus dem Auge zu verlieren, atmete er laut, und sein blasses Gesicht bezog sich rosig. Agata, das Modell, kauerte, nackt wie sie war und friedlich wie ein Tier, auf der leeren Matratze des verbogenen, eisernen Bettes. An der Wand tanzte massig die Vettel, die den Namen des Ideals führte. Der Kalk rieselte herab, von den roten Fliesen waren mehrere zerbrochen, eine fehlte. Buntbestickte, verschlissene Stoffetzen hingen über Strohstühlen. In den Ecken schichtete sich Gerümpel: verbrauchtes Malgerät, Marmorklötze, verschmierte Leinwand. Das alles prahlte grell im Nordlicht, und die roten, grünen, violetten Flaschen am Fenster schrien scheinend vor Jubel, daß alles das leben durfte. Mit einem letzten, tiefen Blick in das Auge der Pallas ging die Herzogin hinaus, voll eines hochgemuten Glücksgefühls, getragen von der starken Lebensfreude, die diese armen vier Wände sprengte.

Jakobus begleitete sie über die erste Stiege. Sie gab ihm die Hand, er küßte sie schüchtern, fast demütig. Sie fühlte nur seine Barthaare über ihren Handschuh streifen; seine Lippen hatten ihn gar nicht berührt.

»Ich verkaufe die Pallas«, sagte er. »Sie kostet fünfhundert Franken.«

Sie lächelte.

»Ich nehme sie.«

Er kehrte langsam zurück. Sie stieg drei Treppen tiefer, da entstand droben ein wüstes Getrampel. Perikles stürzte herab, die Stockwerke des Hauses warfen ihn sich mit Getöse zu. Er reckte einen Marmortorso in die Höhe, einen mächtigen Unterleib und die Hälfte von zwei Brüsten. Er schnaufte und stockte; er hatte erfahren, wer die Fremde war.

»Hoheit, meine Bilder gefallen Ihnen nicht. Was kann ich dabei tun. Jeder hat seinen Geschmack. Aber hier ist ein Torso, ein antiker, Hoheit. Da gibt's keinen Geschmack, das braucht überhaupt nicht schön zu sein, dafür ist es eben ausgegraben. Ein Bauer in Palestrina hat's ausgegraben, der Pächter hat ihm einen halben Franken dafür gegeben, und ich habe dem Pächter zehn Lire geben müssen. Geben Sie mir zwanzig, Hoheit!«

»Schicken Sie mir den Torso.«

Sie stiegen in den Wagen; die Blà sagte trocken: »Du siehst, dieser Perikles ist bei weitem der Rührigste und Geschickteste. Gemalte oder gehauene Körper, das gilt ihm gleich. Nur Körper müssen es sein. Solch ausgegrabener Rumpf hat für ihn sogar das Gute, daß er keinen Kopf zu machen braucht. Er bevorzugt den Unterleib.«

Die Herzogin antwortete nicht; sie dachte an all die Formen, die das Auge der Pallas, ein liebreicher Spiegel, herbeirief, um einzutauchen und schön zu werden. Wo fand sie diese verklärte Fülle? Am Nachmittag hatte die Blà Geschäfte; die Herzogin begab sich zu Properzia Ponti. Sie fuhr in die kleine, vom Staube vieler Kohlenkeller geschwärzte Seitengasse des Korso, wo die berühmte Frau wohnte. Das Haus war schlicht, mit schwerem Bronze-Klopfer, einem Medusenkopf, am dunkelgrünen Tor. Es roch auf Flur und Hof nach alten Zeiten. Ein hinkender Diener führte sie über einen hallenden Vorsaal mit Truhen und Bänken, durch mehrere kleine Zimmer und in eine Galerie.

Dieser Gang war schmal, unermeßlich hoch und mit Glas überwölbt. Von allen Seiten drang das Blau ein, die Galerie war nur eine luftige Brücke aus Glas und Eisen, die über dem zwischen Mauern versenkten und von Arkaden eingeengten Gärtchen zwei Flügel des alten Hauses verband. Vor den Fenstern aber reckten sich Statuen stumm und schwarz in den Himmel. Die Bronzen glänzten stumpf wie feuchte Ackererde; und in Erde wurzelten sie als ihre Geschöpfe, verschlossen, langsam, stark und ohne Lachen: Bauern, mit dem Blick an ihren Spatenstichen, Jäger und Räuber, das Auge auf dem Opfer, nach dem ihre Büchse zielte, Schiffer und Fischer, den Hals vorgestreckt und die Pupille zusammengezogen vom Schein der Meeresfernen. Mädchen trugen wiegend den Traum von ihren Brüsten und ihren Hüften in die strahlende Luft hinein – und es war ein Jüngling da, ihm waren die Tierfelle von den Schenkeln gefallen, sein Kopf war in den Nacken gepreßt, und die erhobenen Arme spannten sich mit der Brust, den Lenden, den Beinen und den stürmisch auf den Zehenspitzen vom Boden sich abschnellenden Füßen zu einer einzigen, bebenden Linie: sie war ein unsäglicher Drang zum Licht. Die Herzogin fühlte sich mitgerissen, der Boden entglitt ihr. Die blauen Himmelsweiten kreisten in ihrem Kopf. Ihr schwindelte, sie schloß die Augen. Ihr leichter, weißer Ärmel flatterte auf, ihre schwarzen Flechten hoben sich im Lufthauch einer offenen Scheibe. Er brachte einen Duft von Rosen mit, bitter gewürzt mit Geruch von Lorbeer.

Der hinkende Diener meldete: »Die Frau Herzogin von Assy.«

Und er entfernte sich.

Sie ging in die kahle Halle zu ebener Erde. Masken aus Gips hingen in weiten Abständen an den weißen Wänden. Ein Glasdach war in die Mitte der hohen Decke eingelassen. Darunter erhob sich ein Gerüst, mit leinenen Tüchern zugedeckt. Ein Kranz von Steinsplittern umgab es auf den Fliesen. Seitwärts stand ein marmorner Stuhl mit Figuren, wachsgelb und abgeschliffen. Es lag ein rotes

Kissen darin; die Herzogin setzte sich hinein. Sie erblickte niemand, sie sah immerfort durch die breite, türlose Öffnung in der Mauer, dem Zuge der Bilder nach. Wohin führte er?

›In mein Land?‹ fragte sie. ›Dorthin, wohin ich so lange meinen fruchtlosen Traum gesandt habe?

Aber mir scheint, hier ruhe ich schon am Ziel, mitten in dem Lande, das ich meinte, und brauche nur zu schauen. Diese Halbgötter sind schöner und freier als mein Wunsch sie bilden konnte – und hier gibt es nicht einen versagenden Wunsch, nein, eine *Hand*, die sie alle geformt hat.‹

Sie wandte sich, erblassend: Properzia stand vor ihr.

Sie trug ein leinenes Überkleid; eine Schnur hielt es zusammen über den breiten Hüften. Auf winzigen römischen Schuhen, mit hohen Hacken in der Mitte des Fußes, war sie über den roten Läufer herbeigekommen, mächtig und ohne Laut. Sie sagte mit tiefer, sanfter Stimme: »Sie sind hier zu Hause, Herzogin: ich ziehe mich zurück. Sie waren ganz bei Ihren Gedanken, und erschrecken, da Sie mich sehen.«

»Ich sehe Sie zum erstenmal, Frau Properzia. Zum allererstenmal fühle ich, was schaffen heißt, das Leben schaffen um sich her...«

Die Herzogin stand auf, durchrüttelt, schmerzhaft fast, von Ehrfurcht.

»Glauben Sie mir«, bat sie mit Stammeln.

Properzia lächelte, still und unberührt. Die Lobspender lösten einander ab, jeder suchte seinen Vorgänger zu überbieten, und dennoch kannte Properzia alles, was sie sagen konnten.

»Herzogin, ich bin Ihnen aufrichtig dankbar.«

»Hören Sie, Frau Properzia. Ich habe heute früh in den Augen eines gemalten Bildes empfunden, wie die Schönheit brennt, nach der wir uns sehnen. Hier bei Ihnen ist keine Sehnsucht mehr. Ich stehe hier, klein, aber schwer von Liebe, im Bereiche der Macht, die die Schönheit vollendet. Mein Herz hat nie so geschlagen, ich glaube, nach dieser Stunde hat der Himmel mir nichts weiterzugeben.«

Dabei sah sie unverwandt dem Reigen der Statuen nach.

»Diese Bronzen«, sagte Properzia, »sind in Sankt Petersburg gegossen.«

Sie führte ihren Gast die Galerie entlang.

»Großfürst Simon hatte sie bestellt; er starb, bevor sie fertig waren. Diese Frau mit dem Schleier über Mund und Nase und mit der Amphora auf dem Kopfe war seine Geliebte.«

Properzia erzählte gedankenlos. Sie wußte, die Besucher faßten für ihr Werk erst dann eine ungeheuchelte Teilnahme, wenn sie an jedes Stück eine Anekdote hing. Die Herzogin schwieg. Zwei Minuten später dachte Properzia: ›Was will diese große Dame? Natürlich ist sie eine von denen, die aus der Mode zu kommen fürchten, wenn sie sich nicht mit mir befreunden. Warum steht sie vor einem Kunstwerk, ohne es zu beurteilen? Sie findet keinen Arm zu kurz, kein Ohrläppchen zu dick, und obwohl sie selbst sehr schlank ist, keinen Busen zu groß. Sollte sie eine Ausnahme sein und Empfindung besitzen? Sie ist nicht aus boshafter Neugier gekommen, diese da, sie will nicht feststellen, wie elend mich der Mann gemacht hat, den ich liebe. Sie ist zu erregt. Ich glaube eher, sie liebt selbst. Ja, unglücklich muß sie sein wie ich: wie könnte sonst eine große Dame ein Kunstwerk empfinden?‹

Sie kehrten in die Halle zurück.

»Störe ich Sie? Wollen Sie arbeiten?«

»O nein. Ich lasse den Abend kommen, und wie dankbar bin ich ihm, da er mir ein schönes Gesicht mitbringt. Setzen Sie sich wieder in den Stuhl, Herzogin, schauen Sie die Galerie entlang, wie vorhin, und erlauben Sie mir, Ihr Profil in Ton zu kneten.«

Sie bog den Kopf der Abzubildenden zur Seite, mit unerwartet leichten Händen; und dennoch fühlte sich die Herzogin unter diesen Händen zerbrechlich und ihnen unterworfen, wie ein Stück Erde, das Leben bekommen sollte nach Properzias Sinn und Leidenschaft. Properzia ließ sich auf einen hölzernen Schemel nieder; sie rundete eine Medaille und genoß das Schweigen. ›Oh, brauchte ich nie mehr zu sprechen!‹

›Was für ein mageres, stolzes Profil, und wie sie blaß ist und zittert! Auch sie muß sehr lieben.‹

Und Properzia sank tief zurück in das düstere Feuer ihrer eigenen Liebe.

Es verstrich eine lange Weile. Dann sah die Herzogin sich um: Properzia saß müßig, mit abwesendem Blick. Auf ihrem Schoß, zwischen ihren willenlos geöffneten Fingern lag die Arbeit.

»Das bin ich nicht«, bemerkte die Herzogin halblaut und neigte sich darüber. »Es ist elegant und kraftlos, es ist ein Mann... wie kommt er unter Properzias Hände? Ach –«

Sie erschrak und beendete leise: »Es ist der Mann.«

Properzia fuhr auf. Sie erkannte, was sie gemacht hatte, und starrte darauf hin, traurig, aber ohne Scham. Die Herzogin sah sich allein mit der großen Künstlerin im einsamen Walde der Seelen; Scheu, Mißtrauen und Eitelkeit waren draußen geblieben. Sie sagte: »Wenn Sie ihn vergessen könnten!«

»Ihn vergessen! Lieber sterben!«

»Sie hängen an Ihrem Elend?«

»Und Sie nicht an dem Ihrigen?«

»Kein Mann macht mich unglücklich. Ich will glücklich sein.«

»Aber Sie sind krank, Herzogin, vor Leidenschaft!«

»Auch ich liebe. Ich liebe die schönen Geschöpfe dort.«
»Weiter nichts...«

Die Herzogin starrte sie an, lange und mit Entsetzen.

»Properzias Geschöpfe«, sagte sie.

Properzia sah zu Boden.

»Sie haben recht. Ich bin schon so heruntergekommen, daß ich sage: weiter nichts, wenn man mir die Kunst nennt.«

Sie stand auf, sie murmelte: »Sie sehen, ich muß mich sammeln.«

Und sie flüchtete in eine tiefe Fensternische. Die Herzogin wandte sich ab; aufs neue erfaßte sie jene heiße Verachtung, wie für eine Verwandte, die die Familienehre befleckt hatte. In die Galerie brach der goldrote Staub des Sonnenuntergangs. Die Statuen badeten darin, jung, ruchlos, unempfindlich und auf ewig unbesiegbar. Drüben, auf der Schattenseite, krümmte sich ein großer, starker Körper; die Nacht hüllte ihn grau ein in ihre Fledermausflügel. Plötzlich zog ein Laut durch den dämmrigen Raum, ein unheimlicher Laut der Tiefe: das Schluchzen einer Brust.

›Und doch ist es diese Schluchzende‹, sann die Herzogin, ›der die Freien, Schönen dort draußen ihr Leben danken.‹

Sie glitt zärtlich an Properzias Seite, sie legte ihr den Arm um die Schulter.

»Unsere Gefühle sind flüssig und untreu wie Wasser. Kehren Sie zurück, Properzia, zu den Werken aus Stein: die Steine veredeln uns.«

»Ich habe es versucht. Aber nur mein elendes Gefühl ist Stein geworden.«

Sie ging wankend und schwer bis in die Mitte der Halle. Von dem Gerüst unter dem Glasdach riß sie die leinenen Tücher; da schimmerte durch den webenden Abend ein marmornes Relief. Eine große Frau saß auf einem Bettrand und zerrte den Mantel von den Schultern eines flüchtenden Jünglings. Er sah sie über die Achsel an, fein und geringschätzig. Die Herzogin erkannte zum zweiten Male den jungen Pariser. Die Verschmähte auf dem Bettrand war Properzia Ponti, wild, der Gesittung und Selbstzucht entronnen und bearbeitet von einer Leidenschaft, die auf ihr grobzügiges Gesicht losschlug, wie mit dem Hammer. Hinter sich vernahm die Herzogin das laute Atmen der anderen Properzia. Was da auf sie herniedersah, war noch einmal der gedämpft bleiche Marmorkopf, so ungezähmt, wie jener, und zurückverloren an die Natur und alle ihre Gewalten. Die Herzogin sagte sich: ›Ich sehe sie, wie sie ist, und das ist unwiderruflich.‹

Sie fragte leise: »Dabei bleibt es?«

»Dabei bleibt es«, wiederholte Properzia.

»Diese Frau des Potiphar ist ungeheuerlich schön. Wie könnte ich wünschen, Sie möchten etwas anderes machen?«

»Etwas anderes! Eben noch, Herzogin, habe ich Ihr Profil machen wollen. Was aber ist daraus geworden?«

»Er... Herr von Mortœil... Aber *mußte* er's werden?«

»Wenn Sie wüßten! Ich will Ihnen etwas sagen, was ich weiß. Der rohe Stoff enthält immer schon das Bild, das glückliche oder qualvolle. Ich kann nichts daran ändern, ich muß es einfach herausholen aus dem Stein. Und in allen Steinen verbirgt sich nur noch der eine.«

Liebevoll und mit stillem Grauen forschte die Herzogin: »Und hat das Werk Sie nicht einmal erleichtert?«

»In der ersten Stunde. Ich habe das Relief an einem einzigen Tage beendet: da war mir's, als habe ich meine Wut ausgetobt.«

»Wann war das?«

Bitter lachend erwiderte Properzia: »Heute.«

»Und jetzt?«

Sie hob die Arme und ließ sie fallen.

»Und jetzt fühle ich wieder: ich könnte die Welt anfüllen mit ungeheuren Symbolen meiner Liebe, und hätte, wenn sie voll wäre, noch nichts getan.«

Mutlos trat sie an das Fenster zurück und legte die Stirn gegen die Scheibe. Ein zerklüftetes Gebirge von Mauern und Dächern, spitz, braun, winklig, dehnte sich, hoch über ihr, ungewiß durch die Nacht. Die völlige Dunkelheit kam plötzlich: drinnen erstarb das heiße Leben auf dem marmornen Relief, es tauchte sanft in den Schatten. Die Herzogin sprach wie zu sich selbst: »Ich möchte Properzia in eine reinere Luft ziehen; sie lebt in der Schwüle. Ich möchte ein Haus bauen, auf dessen Schwelle alle Leidenschaften gleich diesem Marmor in Nichts zerfließen sollten – alle Leidenschaften, die nicht der Kunst gehören.«

Nach einer Weile fragte sie: »Wollen Sie versprechen, zu kommen und mir zu helfen?«

Unversehens ward es hell; der hinkende Diener ging umher und entzündete die Gasflammen.

Sofort traten die beiden Frauen aus dem verschwiegenen Walde der Seelen heraus; sie sahen einander fragend an: ›Haben wir das zusammen erlebt?‹

Ihre Hände berührten sich zum Abschied, und jede von ihnen fühlte die andere erstaunt und beglückt:

»Wir sind also Freundinnen?«

Die Herzogin ging durch die Galerie hinaus.

»Ein Haus, glänzend und hoch genug für ein Leben aus dem vollen, wie das eure«, sagte sie stumm und innig zu den Statuen.

Sie wiederholte es sich am Abend bei der Rückfahrt aufs Land. Neben ihr schwieg voll Bitterkeit die Blà. Sie sagte sich: ›Violantes Augen glänzen, sie fiebert in einem ganz neuen Leben. Ich habe ihr die Pforte geöffnet, und muß doch selber draußen bleiben. Ja, nun heißt es alleine untergehen.‹

›Und ich bin feige!‹ rief sie sich zu, mit erbitterter Scham. ›Warum fliehe ich, schon zum zweiten Male, nach Castel Gandolfo? Weil ich mich fürchte vor Orfeo. Weil ich an seiner Seite schon den Tod stehen sehe, der ihm die Hand führt. Er haßt mich, der arme Geliebte, denn ich habe ihn zuviel geliebt; er wird mich töten. Sollte ich mich nicht in seine Hände befehlen, auch wenn sie mörderisch sind? Ja, ich will dankbar sterben.‹

Sie rollten durch das Städtchen Albano. Die Herzogin äußerte: »Eine Bitte, Bice. Unterrichte mich gelegentlich von dem Stande unserer Kasse. Ich möchte wissen, über wieviel ich verfügen kann.«

Die Blà erwiderte leise und rasch: »Gleich morgen hole ich die Papiere aus Rom. Nein, noch heute abend will ich dir die Hauptsache sagen. Die Hauptsache...«, verhieß sie nochmals, mit einem Lächeln sanft und glücklich. Sie sann: ›Das eine hält mich noch zurück. Dann darf ich *ihm* gehören und unserm Schicksal.‹

Sie empfand ein Bedürfnis, gütig zu sein und, den Hals auf dem Block, die andern zu trösten.

»Heute nachmittag habe ich Della Pergola gesprochen«, versetzte sie. »Er war sehr herabgestimmt durch deine Standhaftigkeit. Du kannst zufrieden sein, süße Violante. Er gehört dir, grüble nie mehr darüber, quäle dich nie mehr.«

Die Herzogin lächelte.

»Mich quälen mit Della Pergola? Oh, Bice, kannst du dich denn noch entsinnen, daß ich unglücklich war, und sogar seinetwegen? Ich habe es vergessen. Ich denke schon all diese Zeit an ein Haus, das ich erbauen will. Ja, in Venedig will ich es errichten, denn mit seinen Statuen soll es sich spiegeln in einem trägen, dunkeln Wasser.«

Sie langten an.

›Ich habe sie verloren‹, dachte die Blà. ›Vielleicht ist dies unser letztes Beisammensein.‹

»Einen Augenblick!« flüsterte sie beim Aussteigen.

Sie wollte sagen: Ich bin mißgünstig gewesen und gehässig, weil du leben darfst und ich verurteilt bin. Auch feige war ich, und überdies habe ich dich bestohlen. Dennoch, Violante, glaube mir, daß ich ehrlich bin!

Sie stammelte und stockte.

»Schön?« murmelte sie. »Er ist da. Siehst du ihn?«

Ein Herr im weißen Flanellanzug ging mit wiegenden Hüften durch den Hintergrund des Gartens. Nach fünf oder sechs Schritten blieb er jedesmal stehen und stampfte mit dem Fuß. Sein Stöckchen sauste scharf durch die Luft, es traf links und rechts an den Beeten die Blütenbüsche; die roten Helioskelche flatterten ihm um den Kopf. Eine Flora, die halb den Weg versperrte, bekam von seiner eleganten Schulter einen Stoß, daß sie auf ihrem Sockel wakkelte. Als er die Herzogin erblickte, eilte Piselli herbei, verbeugte sich geschmeidig und lächelte über seine gewölbte, knapp bekleidete Brust hinweg, eitel und gnädig.

»Ich bin hier«, erklärte er immer wieder. »Herzogin, ich habe mir die Freiheit genommen. Warum mußten Hoheit mir auch meine geliebte Freundin entführen. Ich Armer bin gänzlich vereinsamt.«

Die Herzogin ließ sie allein. Piselli machte einen höhnischen Kratzfuß.

»Ja, ja, geliebte Freundin! Hierher aufs stille Land muß man sich also bemühen, um die Dame einzufangen. Entflattert war das Vögelchen, und man konnte kaum erfahren, wohin. Bin ich noch rechtzeitig gekommen, hat sie sich noch nicht verplappert? Nun hat aber der Ausflug ein Ende.«

Sie hatte den Kopf gesenkt. Plötzlich fühlte sie auf ihrem Arm seine gekrampfte Faust. Sie sah seine Stirnader hervortreten und seinen Blick verwildern. Sein Kehlkopf, anschwellend mit allen Halsmuskeln, schien ihr fürchterlich und bezaubernd. Er befahl zischend: »Komm! Mein

Wagen steht dort drüben. Du fährst heim, gehorchst, arbeitest und schweigst, du Racker!«

Ein Diener trat aus dem Hause; die Herzogin ließ zum Essen bitten. Sie folgten ihm.

»Das hilft nichts«, flüsterte er von hinten an ihrem Halse. »Wir fahren noch heute nacht. Was du verdienst, bekommst du.«

Sie flehte lautlos.

»Bis morgen früh, bitte!«

Er feixte.

Nach dem Diner saßen sie wortkarg beim Tee. Die weiche Nacht forderte auf, langsam und tief zu atmen und ebenso zu leben, ein lindes, feines, gütiges Leben. Die Herzogin träumte von Venedig und von einem Palast im Fächeln solcher Nächte. Vergeblich führte Piselli ihr seinen Körper vor, in allen Wendungen und Lagen. In seinem unbeherrschten Gesicht tobte der Haß. Die Blà wiederholte unbefangen: »Im Ernst, Violante, wir müssen jetzt gleich gehen.«

»Aber warum?«

»Ich will dir sagen... Orfeo ist vom Direktor der ›Tribuna‹ hergeschickt... Zwei Redakteure sind erkrankt, mehrere auf Urlaub... Man braucht mich in einer wichtigen Angelegenheit...«

»Du verzeihst, Violante?« fragte sie beim Abschied, mit einer überraschenden Tiefe des Blicks.

Das Paar fuhr stumm unter den Steineichen dahin; von den Kronen troff das Mondlicht. Es tauchte als eine silberne Mädchenseele in den sanft lauschenden See. Große Sterne und große Früchte durchglühten und durchdufteten die Nacht. Piselli fühlte sich schwer gekränkt durch die Nichtachtung der Herzogin.

›Früher‹, meinte er, ›bat sie mich, ich möge mich gegen den Kamin lehnen und mich ansehen lassen. Dünke ich ihr heute nicht mehr schön genug, fein und von allen Frauen geliebt, wie ich bin? Haha, ich bin froh, daß ihre Kasse ausgeleert ist und daß diese da Angst hat. Welches von beiden Weibern ist mir eigentlich verhaßter?‹

Albano lag hinter ihnen, der Kutscher war betrunken, Piselli hatte sich überzeugt, wie er einnickte. Er fauchte, ratlos vor Wut. »Du!« schrie er plötzlich, und seine elegante Schulter prallte gegen die Blà, wie sie die Flora erschüttert hatte. Sie wendete langsam den Kopf weg; er stieß hervor: »Du glaubst wohl, damit sei es abgetan?«

»Nein, das glaube ich nicht.«

Gehorsam blickte sie auf den Marmor seines Gesichts, unzerstörbar edel auch noch im Grauen. Er war daran, ihr die Handgelenke abzubrechen.

»Du hast es sagen wollen, Hündin! Hätte ich nicht Glück gehabt und wäre dir zuvorgekommen, so hättest du mich verraten.«

»Niemals! Niemals!« keuchte sie, und es ward ihr kalt bei dem Gedanken, daß sie es dennoch fast getan hätte.

»Die leere Kasse dir verzeihen lassen, dich lieb Kind machen, ein bißchen weinen und mich – mich ganz sachte abschütteln und verleugnen: das wolltest du. Närrin, die geglaubt hat, mich hineinlegen zu können! Habe ich dich abgefaßt?«

Die Tortur machte sie schwach, sie versuchte wieder den Kopf zu drehen. Sofort ließ er ihre Gelenke los und fuhr ihr von hinten an den Hals. Er würgte lange und mit Kraftaufbietung, völlig außer Fassung über ihre Demut und ihr Schweigen. Plötzlich überzog das Mondlicht ihr Profil: er sah es ganz blau. Er ließ los; sie fiel in die Ecke, halb bewußtlos. »Pfui, die Verräterin!« rief er noch. Er rülpste gewaltsam und spie seiner Geliebten einen Schleimfetzen mitten in die Stirn. Darauf fühlte er sich angenehm erleichtert, er zündete eine Zigarette an. Kaum vernehmbar sprach sie endlich, und rang noch mit dem Atem: »Warum machst du kein Ende! Sei doch gnädig!«

Und da er höhnisch schwieg: »Siehst du nicht, daß ich dich liebe?«

Er ahmte ihr versagendes Geflüster nach.

»Du hast mich ja! Hast du's eben nicht am Halse gefühlt? Sei glücklich, mein Schatz!«

»Dich haben!« sagte sie darauf deutlicher. »Ich wäre nicht einmal glücklich. Du sollst mich haben: Ich giere danach, dir zu erliegen, begreifst du das? Ich möchte mich dir rückhaltlos opfern, daß durchaus gar nichts von mir übrigbleibt. Ich sinne verzweifelt, was ich noch habe, um es dir geben zu können, um noch einmal die Wollust des Gebens zu spüren. Aber es ist schon alles dein. Meine Seele hast du verbraucht, ganz, so daß für ein zweites Leben von ihr nichts mehr da ist. Töte nun auch den Rest meines Leibes! Mein Leben war dein, nimm dir nun auch meinen Tod!«

Er hob grinsend die Achseln. Die Blà weinte mit offenen Augen in das mondweiße Feld hinaus. Aus fliegenden Wolken rannte es darüber hin, ein Schattenheer. Die Fliesen der alten Straße dröhnten wie vom Takt vieler Schritte, und an ihren Säumen reckten sich vor den schwarzen Massen der zerbrochenen Gräber die starren Frontispize mit den Masken ihrer Bewohner, unbeweglich und gefühllos. Die Blà sah keine von ihnen an, sie wagte sich nicht zu rühren. Sie fühlte den Schleimfetzen sich von ihrer Stirn lösen; sogleich erreichte er das Auge. Sie fürchtete sich vor dieser Nacht und ihrer Unerbittlichkeit, und schämte sich vor ihr.

Im Oktober bezog die Herzogin wieder die Villetta auf dem Caelius. Es regnete schwül, sie atmete schwer in den Zimmerchen, wo die dumpfigen Wände und die dunklen, leisen Möbel nach Weihrauch rochen. Die Vigne schloß wie sonst ein weinroter Vorhang: sie verstand nicht mehr die Süßigkeit des Ortes. Sie kehrte, Wind und Sonne des

Morgens schon in Augen und Haaren, in ein Schlafgemach zurück, das noch voll hing von den Träumen der vorigen Nacht. Es trieb sie an, alle Fenster aufzureißen.

Pavic kam, frisch gebadet in der Luft des Kellers zu Trastevere, wo die Seinigen ihn mit Romantik umgaben, und erzählte von neuen Begeisterungen der dalmatinischen Patrioten. Eine gewaltige Entscheidung kündige sich an. Monsignore Tamburini bestätigte es. Die niedere Geistlichkeit im Heimatlande der Herzogin habe ihre Pflicht getan; das Volk sei nun fanatisiert wie noch niemals. Die mächtigen Mönchsorden, durch Versprechungen im Namen der Herzogin von Assy gewonnen, unterhielten überall die Hitze. Eine nie gesehene Revolte stand unmittelbar bevor: eine Mönchsrevolte. Die Dynastie Koburg war verloren, und Baron Rustschuk, den sie in ihrer Not zum Finanzminister gemacht hatte, stellte sich der Herzogin zur Verfügung. Tamburini zeigte ihr chiffrierte Depeschen, und San Bacco, höheren Hauptes als je seit seinem Siegeszuge nach Bulgarien, kommentierte sie mit Fechterstößen und mit Worten aus blinkendem Stahl.

Sie liebte ihn für seine Haltung voll Kraft und Spannung, für die straffe Linie seines vorgestellten rechten Fußes, für seine Arme, nervig verschränkt auf der Brust, für das stolze Beben seines roten Kinnbärtchens, das Blitzen seiner türkisblauen Augen und den Wirbel seiner schlohweißen Haare über der schmalen, hohen Stirn. Aber sie wußte ihm nichts zu erwidern. Sie schrieb an den Maler Jakobus Halm. Er möge die Kopie der Pallas des Botticelli ins Windsor-Hotel schicken, wo sie einige Zeit wohnen werde. Sie nannte ihm eine Stunde, zu der sie mit ihm plaudern wollte, über ihren bewußten Vorschlag.

Am Zweiundzwanzigsten sauste die Tramontanaluft klar, dünn und ganz durchgoldet dahin über die alte Campagna. Beim Grabmal der Caecilia Metella trafen sich die Fuchsjäger. Acht oder zehn junger Herren setzten eine

Hand in die Taille, die der rote Frack schnürte, oder auf den mit weißem Leder knapp überzogenen Schenkel, und ließen ihre Pferde tänzeln vor der Herzogin von Assy. Sie hielt im Schatten der mittelalterlichen Kirche, deren Trümmer mager und gespenstisch sich zackten im Angesicht des runden und festen, der Zeiten versicherten Grabes einer Heidin.

Von der Stadt her trabte jemand über das abgewetzte Pflaster der Heerstraße, ein einzelner, dicker Jäger, eine Art Silen, rot und wackelig. Er langte an.

»Sie hier, Herr Doktor?« fragte die Herzogin.

Pavic wollte grüßen, vermochte aber die Zügel nicht loszulassen. Der Hut saß ihm tief im Nacken; seine Stirn war jetzt ganz kahl. Er verkündete ohne Übergang, besessen von seiner Idee: »Gleich kommt Della Pergola. Ich habe ihn überholt.«

»Um mir das zu sagen, haben Sie sich auf ein Pferd gewagt?«

»Hoheit, was ist ein Pferd einem Manne wie mir?«

Er nahm einen Anlauf.

»Ich habe mich ehemals auf den Rücken des Volkssturmes gewagt, für Sie, Herzogin. Dann auf ein Schiff, wieder für Sie, und es kostete mich mein Kind, das ich sehr liebte. Endlich in die Verbannung und in die seelische Verödung, für Sie. Und Sie wundern sich, weil Sie mich auf einem armseligen Pferderücken sehen? Es geschieht ja für Sie...«

Er schloß erregt, aber hoffnungslos. Sie sagte mit deutlichem Wohlwollen: »Warten Sie einmal, Sie haben eigentlich Mut!«

Sie wunderte sich. Pavic' Figur kam wie hinter den Zeiten hervor auf sie losgeritten. Er gehörte einem Lebensabschnitt an, den sie geschlossen hatte, und erneuerte heute, an dem hellen Windmorgen ihres jungen Tages, in ihr keine bekannte Empfindung. Sie erinnerte sich, ihn verachtet zu haben. Aber jene Leidenschaft, die ihn verachtet hatte, war dahingesunken; Pavic selbst war tot mit ihr, ein Gespenst, das sich ihr noch nahen konnte, weil sie gerade im Schatten von gotischen Kirchentrümmern stand.

»Mut?« wiederholte der Tribun. »Ich muß Sie doch warnen, Herzogin, vor diesem Della Pergola...«

»Aber das sieht ja aus wie eine Marotte, mein Lieber. Sie warnen mich, sooft Sie mich sehen. Was haben Sie?«

Ich rase vor Eifersucht! hätte er fast herausgeschrien. Dieser aufstachelnde Morgen und der nervöse, begehrliche Tanz des Pferdes brachten alles, was er seit vielen Wochen vorsichtig und mühsam umhertrug, zum Aufspritzen und Überschlagen: den ganzen Kessel voll Leidenschaft. Die Furcht vor einem verspäteten Nachfolger in der Gunst der Herzogin hatte Pavic verjüngt. Er war noch einmal toll vom Drange, zu wirken, wie zu seiner großen Zeit, als er drauf und dran war, ein Volk frei zu machen, weil man ihn, den Unterdrückten, als Studenten in Padua über die Achsel angesehen hatte.

›Della Pergola wird sie nicht haben‹, so beteuerte er sich täglich. ›Niemals!‹

Um zu verhüten, daß die Herzogin von Assy den Journalisten glücklich mache, fühlte Pavic sich zu allem entschlossen, zu Gesetzlosigkeiten und zu Übermenschlichkeiten. Er verfolgte Della Pergola, der ihm auswich. Auf jedem Gange traf der Journalist an irgendeiner Ecke die fette, verstaubte Gestalt, die ihn beschlich, geduldig und unausweichbar. Sie flüsterte ihm eine geheimnisvolle Warnung zu, wußte Dinge, die niemand wissen konnte, verweigerte Aufklärungen, verschwand, und hinterließ in ihrem Opfer den Keim zu Einbildungen, voll eines unklaren Grauens. Pavic unterhielt Vertraute im Hause der Herzogin, er kannte jeden ihrer Schritte und jedes Wort, das sie mit Della Pergola wechselte. Heute drohte die Entscheidung: Pavic wußte es und trat zwischen die beiden. Er hatte Listen gehäuft, um vom Prinzen Maffa, seinem ehemaligen Klubgenossen, eine Einladung zur Fuchsjagd zu erlangen. Ein Gedanke hetzte ihn: ›Sie hat mich feige gesehen, ein einziges Mal, damals, als der Bauer gespießt ward. Seitdem war ich tot und vernichtet. Jetzt aber... wer weiß... stehe ich wieder auf.‹

Er sagte, bebend in stiller Entschlossenheit: »Dieser Della Pergola ist nicht der, für den Sie ihn halten. Er wird Sie bloßstellen, Herzogin, er wird Ihre Sache erniedrigen, und schließlich wird er beide verraten, Ihre Sache und Sie.«

»Erklären Sie mir das!«

»Ich darf also deutlich werden, ich alter, treuer Diener? Hoheit, ich danke Ihnen. So wissen Sie denn, daß dieser Mensch mir längst alles erzählt hat, was Sie mit ihm abgemacht haben. Er ist ekelhaft ruhmredig; er begehrt eine Frau nur, um sie vor seinen hunderttausend Lesern mit Du anreden zu können. Wenn er jemals vertrauliche Erinnerungen besitzen sollte von einer Süßigkeit wie die meinigen...«

Pavic erschrak heftig über das, was ihm entfahren war. Die Herzogin schien es gar nicht zu verstehen. Er schloß mit Entrüstung: »... in den Caféhäusern am Korso würde er damit prahlen.«

»Also gut«, meinte sie belustigt. Sie ließ ihr Pferd die Kirchenmauer umgehen. Pavic folgte ihr.

»Er wird mich bloßstellen. Und wenn ich's geschehen ließe... der Sache wegen... Sie verstehen, Doktor, natürlich nur der großen Sache wegen.«

»Dann sage ich Eurer Hoheit, daß er für Ihre Sache niemals etwas tun wird. Ihre Gunst wird ihn nicht bestechen: Della Pergola ist unbestechlich.«

»Merkwürdig, das hatte ich ihm auch gesagt. Er hat es entschieden geleugnet. Ich glaube fast, mir zu Ehren macht er eine Ausnahme.«

»Glauben Sie es nicht, um des Himmels willen...«

Ihr Pferd machte längere Schritte. Pavic schnaufte. Er lag, in der verzehrenden Spannung dieses Augenblicks, mit dem Gesicht auf dem Nacken seines Braunen; sein grauer Bart zerdrückte sich auf der Mähne, und er rollte von unten seine geröteten, geängsteten Augen der Frau nach, die ihn nicht sah, und die mit Worten spielte. Pavic spielte sein Leben.

»Glauben Sie es nicht! Er kann nicht, selbst wenn er möchte. Lieber begeht er die ärgste Gemeinheit, als daß er sich bestechen läßt. Es ist krankhaft bei ihm...«

Plötzlich blieben beide Pferde stehen und spitzten die Ohren. Pavic versetzte noch: »Und wenn er Ihnen dennoch zu Willen wäre, so würden Sie keinen Nutzen davon haben. Ein bestochener Della Pergola hat sofort gar kein Talent mehr...« Er stutzte. Die Eifersucht, die ihn mutig machte, schärfte seinen Spürsinn. Er sah in Seelen hinein, und erstaunte darüber.

Drüben beim Grabmal ward die Meute losgelassen. Erst war es eine dicke, wimmelnde Masse. Sogleich aber, in zwei, drei springenden Strahlen rissen sich Fetzen daraus los, und die stärksten der Hunde brachen voran, weiß mit braunen Flecken über das kurze, harte Gras, gestreckt und bauchrutschend, mit Gekläff und hungernd nach Spiel und Mord. Der erste Jäger war Prinz Maffa, krumm über den Hals seines Fuchses. Seine rote Schulter leuchtete, die Sonne blitzte in etwas Goldenem, in seinem Horn. Er wand sich das Mundstück zu und blies. Alle Pferde griffen auf einmal aus, aufgeschreckt, zitternd, gierig. Das der Herzogin wieherte laut auf. Sie warf sich weit auf ihm zurück; ihre Arme und die Zügel spannten sich in zwei langen, straffen Strichen. Ihr Oberkörper schnellte, eine schlanke Gerte, über das Hinterteil des Ticres hoch hinaus. Es war weiß und zerschlug die Luft mit seinem goldenen Schweife.

Pavic keuchte und hopste, aber er blieb der Herzogin so nahe, daß ihr Schleier ihm um die Ohren wehte. Sein unfreiwilliges Schaukeln sah aus, als verbeugte sich ein gefeierter Volksmann nach links und rechts tief vor den Massen, die in seiner Vorstellung die Weiten der leeren Campagna füllten. Bei jedem Erdhaufen ward er in die Höhe geschleudert und plumpste hart in den Sattel zurück. Er war blaß, aber nur von der Gewalt der Erschütterungen, nicht vor Furcht. In alle möglichen Zwischenfälle war er zum voraus ergeben. Das größte Unglück, das er scheute, war nicht, vom Pferd zu fallen, sondern die Ankunft Della Pergolas zu versäumen. Und darum fiel er nicht.

»Sehen Sie?« flüsterte er durchdringend. »Hoheit, sehen Sie wohl?«

Della Pergola kam quer übers Feld herbeigesprengt, leicht und ohne Hast. Er lenkte sein Pferd neben das der Herzogin, grüßte und sagte mit ruhigem Atem und ohne eine Regung in seinem herben Gesicht: »Blasen wir zum Angriff, Hoheit? Ziehen wir mit den aufständischen Mönchen zu Felde? Der Augenblick ist günstig.«

»Wie nie. Ich reise sogar ab.«

»Nach Dalmatien! Ich gehe mit! Ich lasse alles im Stich.«

»Ihre Pressen? Und meine Artikel?«

»Sie haben recht. Ich bin gedankenlos. Habe nur noch Begierden. Was wollen Sie? Drei Monate machtloser Brunst! In der Hitze! Auf dem toten Pflaster unseres Sommers! Ich kann nicht mehr.«

»Sie verraten sich ja.«

Sie sahen einander fest an. Dann riefen sie sich wieder, im Takt der galoppierenden Hufe, ihre kurzen Sätze zu. Hinter ihnen schnaufte Pavic.

»Sie ergeben sich auf Gnade und Ungnade. Meinen Sie, ich werde das nicht benützen?«

»Meinetwegen. Ich bin fertig. Bin nicht gestorben.

Drum will ich nun meinen Lohn. Weil ich ausgehalten habe. Morgen früh erscheint Ihr erster Artikel. Und erst morgen abend will ich glücklich sein. Ich gebe nach.«

»Ich auch. Noch weiter als Sie. Ich verzichte ganz auf Ihre Artikel. Ich habe die Lust verloren.«

»Auch zu...?«

»Zu allem.«

Sie klatschte die Zügel auf den Pferdehals, warf sich weit zurück und stieß einen Schrei aus, vor reiner Lust, befreit und voll neuer Sehnsucht, dahinzufliegen durch lauter blaue Luft.

»Mir nach, wer mich liebhat!«

Sie schwebte gerade über einem breiten Wassergraben. Die Hufe zitterten, senkten sich und gruben sich drüben ins Erdreich. Della Pergola, gelähmt vom Schrecken über ihr Wort, starrte ihr nach. Er wollte halten. Im letzten Augenblick packte ihn die Angst vor Selbstverachtung, und er schlug mit der Reitpeitsche darauf los. Den Graben hatte er noch kaum bemerkt.

Plötzlich lag er ausgestreckt in der flachen Pfütze, mit dem Kopf auf dem schrägen Wall, und sah hoch oben durch das Blau, gläsern leuchtend wie Blau auf bemalten Scheiben, eine Schwalbe streichen.

Pavic sah nur, daß die Herzogin jenseits eines Grabens zu verschwinden drohte. Er keuchte: »Einen Augenblick!«, spornte sein Pferd und schloß die Augen. Er war sehr verwundert, als er sich drüben befand, zur Seite seiner Herrin und ohne den Journalisten.

Della Pergola raffte sich auf, die Lippen gepreßt; er flüsterte sich heimlich zu, mehrmals nacheinander: »Nur ruhig, um Gottes willen ruhig. Wir werden ja sehen.«

Er kletterte den Grabenrand hinauf, zog seinen roten Rock aus und versuchte ihn vom Schlamm zu säubern. Auf einmal blickte er auf.

›Das heißt eine Fuchshetze! Der Fuchs bin *ich* gewesen,

ich ahnungsloser Knabe! Sie hat mich gejagt und zur Strecke gebracht. Sogar ihr fettiger Liebhaber durfte ihr dabei helfen. So ist es...‹

Weit dahinten bewegte sich ihr verkleinerter Umriß und der schwankende des Tribunen. Ein leeres Pferd lief mit.

›Den Gaul werden sie einfangen, und heute abend lügt von mir und meinen Taten die ganze Stadt.

Aber noch von etwas anderm soll man sprechen, dafür werde ich sorgen!‹

Er machte sich auf den Weg. Den Kopf gesenkt und den Hut über den Augen, mit geballten Fäusten schlenkernd, ging er in rotem Frack und weißer Hose, arg besudelt und hastig durch das feierliche Land und grübelte Haß und Rache.

›Legen wir sie uns einmal klar! Ist sie kokett, hat sie mich mit Vorbedacht toll gemacht? O nein, sie denkt sehr wenig an sich. Eine Frau mit ihrem klaren Teint: ich sehe es unwiderleglich, ihre Seele ist viel zu hoch, unter den elend niedrigen Triumphbögen der Gefallsucht kann sie gar nicht hindurch.

Gott! Daß ich das noch immer glauben muß! Ich will nicht mehr! Aber es ist ihr nun einmal verflucht gleichgültig, ob man ihretwegen den Kopf verliert. Sie ist unempfindlich, so unempfindlich, daß sie dadurch wirklich *böse* wird. Pavic sagte damals im Café, wo er mit ihr prahlte: »Sie ist böse, diese Vornehme.« Er hatte recht, der abgedankte Opernsänger! Ah! Diese Vornehme! Es ist mein Schicksal, daß ich armer Snob eine wirkliche Vornehme getroffen habe. Ein einziges Mal, und das genügt.

Aber nun befreie ich mich von ihr! Wie, du willst nicht aus deinen hochmütigen Wäldern herabsteigen, du böse Diana? So will ich dich herunterholen!‹

Er kehrte durch das Tor von San Giovanni in die Stadt zurück und nahm einen Wagen. Er kreuzte die Beine und pfiff durch die Zähne, seiner Macht vollkommen gewiß.

›Eine selbstherrliche Dame, die sich einbildet, über der menschlichen Gemeinschaft zu thronen, kühl, unsinnlich und unverantwortlich für die Geschicke der Niedern, die sich ihr aufopfern: was werde ich sie lehren? Erstens, daß sie ein gutmütiges, etwas gewöhnliches Geschöpf ist. Zweitens, daß die alltäglichen Partner ihrer platten Liebesabenteuer auf Wunsch die genaue Beschreibung eines gewissen Sofas geben können, mit einer gewissen Herzogskrone, in die sie in ihrer charakteristischen Lage von unten hineinsahen. Innen war die Vergoldung etwas abgeblättert.‹

Im Fahren rundete sich ihm der Artikel. Er war fertig erdacht und zugespitzt, als Della Pergola in der Via Campo Marzo ausstieg, vor den Geschäftsräumen seines Blattes. Am selben Abend erschien er.

Es war gegen zehn Uhr. Die Herzogin befand sich in ihrem Schlafzimmer im Hotel Windsor. Der Vorhang nach dem Salon war halb zurückgeschlagen. Das Gemach hatte eine hohe, vergoldete Decke und breite Fenster. Am Kronleuchter brannten alle Gasflammen. Auf den seidenen Stühlen lagen weiß eingebunden ein paar Lieblingsbücher. Die Kopie der Pallas hing an der Hauptwand.

Drunten, in der weiten, neuen großartigen Via Nazionale, noch ganz fern, hörte sie ein Geschrei, das sie kannte: es wiederholte sich jeden Abend. Der jüngste Skandalartikel des »Intrasigente« machte seinen Weg durch die Stadt. Sie öffnete eine Scheibe und meinte zu verstehen: »Der Tod der Herzogin von Assy.«

Die Rotte näherte sich, fragwürdige Gesellen, die einen in Lumpen, volkstümliche Gecken die andern. Sie lungerten stundenlang vor der Druckerei des gefürchteten Blattes, einander bewitzelnd und bedrohend. Beim Erscheinen der frischen Zeitung gab es eine kurze, atemlose Balgerei; die Glücklichen, die die ersten Packen der feuchten Papiere errafft hatten, entrangen sich dem schwarzen Haufen und stürzten mit wüstem Gegröle den einträglichen Straßen zu, die des Nachts vom Leben fieberten. Wo sie vorbeikamen, bedeckte sich der Weg mit großen, weißen Fetzen, von ungeduldigen Händen in das Licht der Laternen gehalten.

Allen voran stürmte ein Mensch mit einem Stelzfuß. Er war hochschulterig, seine spitzen Knochen durchbohrten seine Flicken. Seine Brust war hohl und seine Fäuste dürr und knotig. Sein graues Gesicht, beinahe ohne Umriß, sah verwischt aus vom Elend, mit ungewissen Schatten an Stelle der Augen. Aber den Oberkörper tobend nach vorn geworfen, und mit seinem Holzbein hart aufstampfend auf das Pflaster, riß er den Mund auf, und ihm entsprangen, wie aus ihrer schwarzen Höhle, mit Rasseln und Pfeifen, dampfend vor Wut und voll eines Hasses, der sich überanstrengte, um sein Glück zu genießen, die Worte, überall gierig begrüßt.

»Hochwichtiger Artikel von Paolo Della Pergola! Der Zusammenbruch einer großen Dame! Entlarvung und moralischer Tod der Herzogin von Assy!«

›Was bedeutet das?‹ fragte sich die Herzogin.

Sie erkannte in alledem noch nichts weiter als das vom Krampf des Hasses verzerrte Gesicht des Schreiers. Die Spaziergänger umringten ihn und entrissen ihm die Blätter. Er sammelte eilig die Kupfermünzen ein, durchbrach den Kreis und hastete weiter, klappernd, kreischend und sich überstürzend. Und es war unbegreiflich, daß dieser Verkrüppelte und Todkranke alle seine Genossen immer wieder überholte. Was ihn an ihre Spitze stieß, war der Haß. Die Herzogin sah es: er wurde belebt vom Haß allein; der Haß erfüllte ihn ganz. Er konnte jeden Augenblick seinen Gliedern entströmen wie ein Gas: dann wären sie plötzlich eingeschrumpft und hingesunken.

Dieses Geschöpf, dessen sie sich nicht entsann und dem

sie schwerlich bekannt war, schien ihr die gelungenste Verbildlichung jenes unerwarteten Hasses zu sein, der schon oft genug in ihrem Leben aus menschlichen Seelen vor sie hingetaumelt war. Jener Alte am Strande jenseits der Hafenbucht von Zara, der aus Bosheit zu tanzen begann, weil sie im Sturm die Ruder ergriff; die beiden riesigen Morlaken, die vor den Köpfen ihrer Pferde mit Äxten fuchtelten, damals, nach ihrer verunglückten Rede zur Menge; ein ganzes Volk, das, die von ihr geschenkten Gelage noch unverdaut im Leibe, sie ehrlich und sittlich umkläffte und ihr den Schimpfnamen der »Vornehmen« gab: – alles das zog sich zusammen zu den Zügen dieses Zeitungsausrufers. Sein Anblick deuchte sie traurig und ein wenig widerwärtig.

Sie schloß das Fenster und legte die dichten Gardinen davor. Dann schellte sie; sie wollte den »Intrasigente« lesen. Im selben Augenblick erschien ein Groom mit dem gefalteten Blatte auf dem Briefteller. Offenbar hatte man ihr Zeichen erwartet. Sie blieb unter dem Kronleuchter stehen und durchlief die Spalten; ihr Artikel prangte obenan. Sie hatte ihn noch nicht beendet, da näherten durch den Salon sich rasche, feste Schritte, die sie liebte; auf der Schwelle stand San Bacco. Er sagte: »Herzogin, Sie haben mich gerufen. Da bin ich.«

»Sie sind mir willkommen, mein lieber Marquis«, erwiderte sie. »Aber gerufen habe ich Sie nicht.«

»Wie, Herzogin, Sie hätten mich nicht gerufen, damals, vor meiner Abreise nach Bulgarien, als Sie mir erlaubten... trotzdem... immer Ihnen zu gehören? Sie wußten zu jener Zeit noch nicht, wann und wozu Sie einen Ritter und braven Mann nötig haben würden. Heute wissen Sie's.«

Und er schlug auf das Zeitungsblatt, das er mitgebracht hatte.

»Sie nehmen das da zu wichtig.«

Sie berührte gleichfalls das ausgebreitete Blatt.

»Dies ist noch nicht die Gelegenheit, bei der mein Freund nicht zögern dürfte. Wäre dieser Zwischenfall früher eingetreten, vielleicht hätte es mich entsetzt. Unterdessen hat langes Warten mich müde gemacht und gleichgültig. Ich habe innerlich alles längst aufgegeben: verzeihen Sie mir, daß ich es Ihnen nicht früher gesagt habe. Ich verlasse Rom und ziehe mich von allem zurück.«

Er brauste auf.

»Sie könnten!«

Er faßte sich, faltete die Hände und wiederholte: »Sie könnten! Herzogin, Sie könnten eine Sache verstoßen, die auf der Schneide steht. Ein Volk, das Sie anbetet und das in diesen selben Tagen in Ihrem Namen für die Freiheit kämpfen wird!«

Sie winkte ihm zu.

»Still, still, lieber Freund, ich weiß alles, was Sie zu sagen haben. Ich glaube nun gar nicht an den Sieg dieser sogenannten Mönchsrevolte. Aber davon abgesehen: dieses Volk wird herzlich froh sein, wenn wir es mit der Freiheit verschonen. Erinnern Sie sich der Zeit der Pächterunruhen? Wie sie mich haßten, weil ich ein paar liberale Reformen wagte, weil ich Aufklärung, Gerechtigkeit, Wohlstand einführen wollte! Ich aber liebte sie schwärmerisch, weil ich sie als tiernahe Halbgötter sah, als übriggebliebene Bildsäulen heroischer Zeiten, streng und bronzen unter großen, friedlichen Tieren, neben Haufen von Knoblauch und Oliven, bei riesigen, gebauchten Krügen aus Ton. Auf soviel Schönheit wollte ich ein Reich der Freiheit gründen. Heute verzichte ich und ziehe mit den Statuen allein meines Weges.«

Sie sprach immer leiser und dachte dabei: ›Was sage ich ihm?‹ Sie sah ihn heiter inmitten seiner Enttäuschung, leuchtend fast von der Reinheit seines Bewußtseins und ganz unangreifbar. Unwillkürlich vollführte sie mit der

Schulter eine Bewegung nach der Wand; es war, als träte sie in den Schutz der Pallas. Er wollte ihr antworten; sie bat: »Noch ein Wort, damit Sie mich verstehen. Bedenken Sie doch, wie viele Anstrengungen und welche Geldsummen waren nötig, um dem Volke ein bißchen Freiheitssehnsucht abzugewinnen. Lassen wir es nun endlich in Ruhe, es verlangt nichts Besseres. Wir beide, und alle wirklichen Liebhaber der Freiheit, machen uns lästig. Wir beschämen die Menschheit und ernten Feindschaft. Man gibt uns nach, um uns loszuwerden, und solche Geschehnisse, geboren aus Überdruß, Furcht und Bosheit, nennen wir dann einen Freiheitskampf.«

Sie schwieg. ›Ich habe die schlechte Rolle‹, dachte sie. ›Er kann mich demütigen im Namen des Ideals, das ich verehrt habe.‹ Und sie lächelte unsicher.

San Bacco sprach endlich, ohne Zorn, aus der von Weltklugheit verwaisten Höhe herab, in der sein Leben verlaufen war.

»Sie geben meinem Dasein unrecht...«

»Nein! Denn es ist schön.«

»Aber Sie glauben nicht an sein Ziel.«

Sie streckte ihm die Rechte hin.

»Ich kann nicht anders.«

Er nahm ihre Hand und küßte sie.

»Und ich bleibe trotzdem der Ihrige«, sagte er.

Gleich darauf schlug er sich vor die Stirn.

»Aber wir reden!« rief er. »Wir klären einander über unsere Gesinnungen auf und stehen dabei uns gegenüber, jeder mit dem Zeitungswisch in der Hand, worin ein Wicht Sie, Herzogin, anzugreifen wagt! Sie! Sie!«

Er geriet in Bewegung, sein Bärtchen zitterte. Er fing an, durch das Zimmer zu laufen, hielt sich die Ohren zu und wiederholte: »Sie! Sie!«

Und stehenbleibend: »Das ist ja ganz unglaublich! Mir scheint, ich merke erst jetzt, wie unglaublich das ist!«

Sein Halskragen ward ihm zu eng, er suchte ihn mit zwei Fingern zu weiten. Die Worte blieben ihm aus; endlich entfaltete er den »Intrasigente« und trug laut den Artikel vor, polternd, stockend, sich überpurzelnd.

»Die gutmütige Frau, die für einen kleinen Umsturz in ihrem ganz uninteressanten Lande harmlose Pläne schmiedet...«

San Bacco unterbrach sich und schleuderte Blicke umher, kühn anklägerisch und bis zu Tränen entrüstet, wie im Parlament, wenn er die Parteien der Satten vor seine Klinge forderte. Seine Kommandostimme machte sich schmetternd los.

»Jawohl, das ist echt! Von Feigheit und Neid sind sie ganz zerfressen, diese Schreiber. Einer von uns will stolz sein und stark und das Schlechte bekämpfen: was erfindet der Schreiber, um den Großstrebenden klein zu machen? Er nennt ihn gutmütig. Nicht sehr schlau, aber immerhin gutmütig. Wie das abscheulich echt ist! Hören wir den feinen Herrn zu Ende, dann wird es sich finden, an wem das Wort ist!«

Er las weiter, kam aber endgültig ins Stocken. Sie sah ihn tief erröten und seine Hände beben. Er war bei den Zeilen vom Sofa und der Herzogskrone. Die Buchstaben verzerrten sich und wurden unkenntlich, doch wagte San Bacco nicht, von ihnen aufzusehen. Die Herzogin schwieg auch; sie wandte sich weg.

›Er schämt sich‹, sagte sie sich. ›Er schämt sich für den Menschen, der das schreiben oder gar glauben konnte. Und wenn ich zurückdenke in eine Zeit, die mich nichts mehr angeht, so... tut er unrecht, sich zu schämen.‹

»Legen Sie endlich das Blatt weg«, befahl sie.

Er schleuderte es in die Ecke. Dann half er sich aus der Verlegenheit mit einem Wutausbruch.

»Ah! Ah! Das ist der Geist! Das ist seine Ehre! Das sind

die Geisteshelden, die heute die Macht haben. Mehr Macht als das erlauchteste Genie der Tat! Da haben Sie einen von den feinen Köpfen, die höhnisch lächeln, wenn ein ehrlicher Mann von Dreinschlagen spricht. Die Ehre der Schreiber und Redner, da sehen Sie, was sich alles mit ihr verträgt. Aber es gibt Lagen«, schrie er mit einer Stimme, die sich brach, »Lagen, in denen nur noch der Geist gilt, der auf der Degenspitze blitzt!«

Sie verlangte: »Töten Sie ihn nicht! Mir liegt nichts daran.«

»Aber mir!« rief er, steif aufgereckt und bebend vor Spannung. Und er verschwand.

Eine Sekunde lang war sie unruhig.

»Sage ich's ihm? Daß er wieder einmal eine Donquichotterie begeht, und daß jenes armselige Sofa kein Hirngespinst ist! Dann verursache ich ihm einen viel gehässigeren Schmerz als das Fleuret eines Gegners, das ihm zwischen die Rippen fährt.«

Und sie trat zurück.

Von draußen kam ein Durcheinander böser Stimmen. San Bacco zeigte sich nochmals.

»Ihr Vorzimmer ist schon voll von Reportern. Sie sehen, ob ich recht habe, wenn ich einen schleunigen Strich mache über alles das. Vorläufig setze ich diese betriebsamen Neugierigen eigenhändig zur Tür hinaus.«

»Dank«, sagte sie, und nickte ihm zu.

Sie ließ alle Flammen löschen und blieb im Halbdunkel zweier Kerzen allein.

›Was will Della Pergola?‹ so sann sie. ›Wozu belädt er sich mit der Unannehmlichkeit, mein Feind zu sein? Es ist doch allemal soviel leichter, einander auszuweichen, und noch leichter, gute Freunde zu bleiben. Er hat also keine Selbstbeherrschung und bringt es zu keinem distinguierten Verzicht, sondern will mir schaden. Aber womit?

Mit einem lächerlichen Vorkommnis aus dem Leben einer andern, einer ehemaligen Bekannten. Denkt er mich damit wirklich im Innern zu treffen? Mir scheint, ich habe ihn überschätzt. Oder will er mir äußerliche Schwierigkeiten bereiten? Dazu müßte er in die Zukunft fliegen können, der arme, langsame Denker, der sich noch immer bei einem seit soundso viel Jahren leerstehenden Sofa aufhält, und müßte gewisse Statuen von ihren Sockeln in das langsame Wasser stoßen, in dem sie ihre dunkel glänzenden Glieder betrachten. Die Statuen...!‹

Sie träumte.

›Sie werden mich nie beleidigen durch Gier und Niedrigkeit. Sie verlangen nichts, als daß ich sie liebe, um mir alles zu geben, was sie sind. Sie vergreifen sich nicht an mir. So schwer ihre bronzenen Arme sind, ich werde sie nie zu fühlen bekommen. Ich werde frei bleiben und den Centauren fremd am Horne führen...‹

Plötzlich meinte sie, den Türvorhang rauschen zu hören. Sie fühlte einen Eindringling in der tiefen und weiten Dämmerung. Dahinten drückte sich ein breiter, dunkler Körper die Wand entlang.

»Wer ist da?« fragte sie.

Eine verschleierte Stimme antwortete »Ich« und räusperte sich: »Pavic.«

»Was wollen Sie?«

Pavic trat aus dem Schatten heraus. Er ermannte sich und sagte mit Schwung: »Es ist geschehen, Frau Herzogin.«

»Was?«

»Der Verbrecher ist gerichtet.«

»Er ist...?«

»Tot.«

Sie fuhr zusammen. ›Tot? Und mich freut das?‹ fragte sie sich. ›Ich habe ihn nicht gehaßt, solange er lebte. Aber da er verschwunden ist, tut es mir wohl. Das ist die Wahrheit. Denn es ist wahr, daß die Augen eines Feindes, die auf meinem Leben liegen, mit der Zeit Schmutzflecke hineinsehen würden. Es ist besser, sie schließen sich. Das Übelwollen der andern erinnert uns täglich daran, daß wir nicht allein und nicht ganz frei sind. Es träufelt unablässig in unsere Unbefangenheit und vergiftet sie. Es ist besser, man räumt es fort.‹

»Also es ist geschehen? Schon? Aber erst vor einer Stunde hat San Bacco mich verlassen.«

»Es geschah schon vor zwei Stunden«, sagte Pavic dumpf.

»Vor zwei...«

Diesmal war ihr Schrecken heftig.

Der Feind, der heute abend auf sie eingedrungen war, er war gar kein Lebender gewesen? Er hatte haßerfüllt zu ihr gesprochen – und war schon gestorben? Ihr Freund war gekommen, sie hatte von dem andern geredet und von seinen Angriffen. San Bacco hatte sie rächen wollen, – und alles das galt einem Toten?

»Aber San Bacco...«, wiederholte sie, unsicher vor Grauen.

»Nicht San Bacco«, erklärte Pavic. »Ich selbst...«

Sie stand auf. In dieser Nacht geschah zuviel Seltsames. Sie zitterte. Plötzlich hob sie den Schirm vom Leuchter. Der Kerzenschein traf Pavic' Gesicht; es war gedunsen, fahl, mit entzündeten Lidern und voll wirrer, grauer Haare.

›Diesen Menschen habe ich verachtet und vergessen‹, dachte sie, ›weil er sich nicht spießen ließ, anstatt eines Bauern. Aber für mich – für mich sein Leben zu wagen, dazu war er also doch imstande? All die Zeit lang war er immer dazu imstande?‹

Sie ging rasch auf Pavic zu und streckte die Hand hin.

»Er ist gefallen, im Zweikampf mit Ihnen, Pavic?«

Pavic tastete zögernd nach ihrer Hand. Seine erzwungene Haltung geriet ins Wanken.

»Nicht im Zweikampf«, lallte er. Und nach einer angstvollen Pause, schwer atmend: »Ermordet.«

Sie zog die Hand zurück, ehe er sie berührt hatte.

»Sie haben ihn ermordet?«

Ganz schwach kam die Antwort: »Ermorden... lassen.«

Sein Kopf hing vornüber. Die Herzogin brach in verächtliches Lachen aus. Er zuckte, jäh aufgestört. Er vollführte mit den Armen eine Menge kurzer, unheimlicher, hampelmannartiger Stöße. Dabei haspelte er eintönige Worte herunter.

»Sie wollten, ich sollte mich opfern, damals, an dem Tage, seit Sie mich verachten... Als der Bauer gespießt ward. Ich sollte mich opfern. Jetzt habe ich mich geopfert. Ich gehe unter... gehe unter, während Sie lachen. Lachten Sie nicht immer? Zu allen meinen Leiden haben Sie gelacht. Es ist recht, daß Sie noch lachen, da ich untergehe. Sind Sie doch so böse! Sind Sie doch keine Christin!«

Sie fragte ernst und sanft: »Warum eigentlich, warum taten Sie's?«

Pavic trug in diesem Augenblick den Kopf hoch. Er hatte sich empört gegen seine Herrin, zum erstenmal, seit er ihr gehörte. Er hatte ihr seine Bitterkeit und seinen schleichenden Groll ins Gesicht gesagt. Es war die letzte Stunde, die ihn soviel wagen ließ. Die letzte Stunde ermächtigte ihn zu allem, sie überhob ihn jeder Scham.

»Warum?« sprach er. »Weil ich Sie liebte, Herzogin. Weil ich Sie noch immer lieben mußte. Weil ich in den vielen Jahren meiner Erniedrigung niemals jenen einen Augenblick vergessen habe, da Sie mein waren.«

»Daran haben Sie noch immer gedacht?« fragte sie, sehr erstaunt.

»Immer«, sagte er, edel fast in der Wahrheit seiner Empfindung.

»Ich hatte verzichtet«, setzte er hinzu, »weil ich mußte.

Aber niemals gab ich es mit einem Gedanken zu, daß ein anderer kommen könnte und meine Stelle einnehmen. Endlich kam dennoch dieser Della Pergola, und ich war aufgebracht, als sei ich angegriffen und in meinen Rechten verletzt. Ich haßte ihn zehrend, mit krankhafter, elender Rachsucht, als den Räuber, der mich aus den letzten Hoffnungen vertrieb, in die ich mich geflüchtet hatte. Oh, Hoffnungen, die nicht einmal einen Namen hatten, so ohnmächtig waren sie. Aber er mußte fort, dieser starke Räuber. Sein Artikel von heute kam mir wie eine Erlösung.«

Er stöhnte auf.

»Eine Erlösung...«, wiederholte nachdenklich die Herzogin.

»Eine Erlösung«, sagte Pavic nochmals. »Nun gehe ich selbst mit ihm unter. Das macht allem Leid ein Ende, und ist gerecht und dürfte nicht anders sein. Denn...«

Er murmelte.

»Ich bin ja mitschuldig an seinem Verbrechen. Was er schamlos verraten hat, das wundervolle Geheimnis von der Herzogskrone, jawohl, von der Herzogskrone auf jenem Sofa, – ich habe es ihm selbst gesagt. Ja, Frau Herzogin, ich sagte es ihm, im Café habe ich mit Ihnen geprahlt: ich beschönige nichts. Ich war krank vor Gier und Eifersucht und Angst und Bosheit; ich mußte von Ihnen reden, Dinge von mir geben, die ich nicht einmal wußte, mich mit Ihnen brüsten, den Menschen, der Sie begehrte, demütigen, Sie, Frau Herzogin, demütigen, denn Sie waren so stolz, – demütigen auch mich selbst, durch die Gemeinheit, die ich beging...«

»Es ist genug«, sagte sie, gepeinigt durch dieses Sichtentblößen einer Seele. Pavic reizte sie. Halb abgewandt fragte sie: »Wer hat es getan?«

»Wer es...?«

»Wer ihn ermordet hat.«

»Einer tat es von den Jünglingen meines Klubs. Jener, der

reinen Herzens ist, wissen Sie, mit seelenvollen blauen Augen, und noch nie ein Weib berührt hat. Er hat sich nach Schluß der Redaktion in Della Pergolas Privatbüro geschlichen, mit dem langen Messer, womit er immer nach der Puppe gestochen hat, die auf einem Pfahl stak und den König Nikolaus vorstellte. Della Pergola hat sich rasch umgedreht, – da saß ihm das Messer schon im Herzen. Denn der Jüngling hatte große Übung, weil auch die Puppe, die den König Nikolaus vorstellte, sich immer gedreht hatte...«

»Bringen Sie ihn mir her, daß ich ihm danke. Er hat für mich sein Leben gewagt.«

»Ich kann nicht. Man hat ihn gefangen.«

»Ah! Und Sie, Pavic, gehen umher!«

»Ja, ja. Ich gehe noch umher... noch einen Augenblick«, flüsterte er, fast unverständlich.

Sie schwiegen.

Endlich sagte die Herzogin: »Nun verlassen Sie mich.«

»Ja, ja.«

Er schnitt eine kranke Grimasse und drückte sich wieder die Wand entlang, ohne sie anzusehen, weiß, mit dunkelroten Flecken hier und da im Gesicht.

»Noch eins«, rief sie, als er den Vorhang aufhob.

»Warum haben Sie es nicht wenigstens selbst getan?«

»Das – konnte ich nicht. Ich will mein Leben geben, aber – selbst zustoßen, – nein, es war unmöglich. Ich... kann... kein Blut sehen...«

Und er ließ den Vorhang fallen.

Er schlich durch den Salon, schwerfällig schlürfend, mit der Krawatte hinter dem Ohr. Er fühlte sich verurteilt, wie damals, als sie ihn zu sich gerufen hatte, nach dem Tode des Bauern, der gespießt ward. Nur daß heute alles endgültig war, und daß keine erbärmliche Hoffnung übrigblieb und nicht einmal die Furcht, – weil ja das Leben in der Welt aufhörte.

Das Vorzimmer wimmelte schon wieder von Berichterstattern. Der Kammerdiener und Prosper, der Jäger, zankten sich mit ihnen und versperrten ihnen die Tür. Pavic hielt den Schritt an.

›Soll ich es ihnen sagen?‹ dachte er. Aber er ging weiter.
›Wozu. Ich mag nicht.‹
›Überwinde dich, Sünder!‹ rief er sich gleich darauf zu. ›Habe Mitleid mit den Armen, denen eine Notiz über deine Tat einen Bissen Brot einträgt.‹

Doch fühlte er sich unfähig, alle diese Neugier gegen sich zu entfesseln und all dies Leben über sich ergehen zu lassen, so lärmend, lüstern, eifersüchtig, schadenfroh und gewalttätig. Er sah sich schon abseits im Schatten. Er entfernte sich gesenkten Hauptes und litt darunter, mit Schweigen untergehen zu müssen, er, dessen bestes Leben ein lautes Spiel gewesen war.

Auf der Straße trat er an einen Polizeiwächter heran und fragte: »Wo befindet sich der Bezirkskommissär?«

Vier Nächte später erfuhr die Herzogin die völlige Niederwerfung des neuen dalmatinischen Aufstandes. Dieselbe von Haß zerrissene Stimme verkündete sie, die ihr die Seelenschreie des toten Della Pergola ins Fenster geschleudert hatte, gleich Knollen Unrat, mit frischem Blut verklebt. Im Munde des elenden Krüppels ward die Trauerbotschaft von einem vernichteten Volke zum Triumphgeheul. Alles Unglück, das die Welt gebar, war ein Triumph seines Hauses. Den Glauben an jede schönere Zukunft ohnmächtig und alles Leben unnütz zu wissen, berauschte die sich selbst unbekannte Seele des fanatischen Sterbenden.

Sie ließ keinen der zahlreichen Besucher vor, die sich darauf einstellten. Sie wartete auf die Blà, aber die Freundin kam nicht.

Jakobus Halm begann das Bildnis der Herzogin. In dem

streng verschlossenen Salon stand er ihr gegenüber, hinter der Staffelei herausspähend mit vorgestrecktem Halse und von unten herauf, und hing Phantasien nach über das Haus der Herzogin in Venedig und über seine eigenen künftigen Werke. Er war glücklich. Oftmals, nach langem, eifrigem Schweigen entfuhr es ihm: »Gott! Was nun plötzlich alles möglich geworden ist!«

»Was ich alles *können* werde!« erklärte er. »Oh, ich konnte nichts, solange ich arm war und ohne Beifall. Um mich nur überhaupt leben zu fühlen, ließ ich mich von Perikles vergewaltigen und von seinen Kühen und schwitzenden Ringern. Sie machten mich krank und unfähig, den Pinsel aufzuheben; aber ich konnte mich wenigstens sehnen, wenn ich sie ansah, sehnen nach... ah! nach dem, was ich jetzt machen werde! Zum Teufel mit all den Muskeln auf roten Teppichen, mit all den Fleischhackerstudien! Ihre Wände, Herzogin, sollen sich mit einem silbernen Licht bedecken, darin baden die wundervollen Formen sich leicht und frei von der Härte der niederen Körper. Alle thronen sie, schweben, fühlen sich, prangen und ruhen!«

Die Herzogin warf dazwischen: »Wenn Sie mein Porträt nicht immer wieder übermalen wollten! Ich war schon gestern fast befriedigt, es war sehr ähnlich.«

»Ähnlich?« meinte Jakobus achselzuckend. »Es kann zufällig ähnlich gewesen sein. Ähnliche Porträts macht Ihnen jeder tüchtige Malersmann. Wonach ich suche, das ist eine Erscheinung, würdig der Herzogin von Assy; das Gesicht, das ihrer Seele gleichkommt. Ich habe aus kühler Haut und aus warmem Haar das Bild einer Empfindung zu machen, tief, gütig und dankbar, und eines Hochmuts, der nur sich kennt. Die Augen sehen unbewegt einem großen Leiden zu und sind schwer und süß von Sehnsucht. Die Frau, die ich malen will, ist vielleicht gar nicht die, die mir jetzt dort gegenübersitzt; aber sie kann es im nächsten

Augenblick sein. Sie war es, die damals, wie sie mir zuerst erschien, ihren Blick in den der Pallas versenkte. Ich male sie, Herzogin, aus der Erinnerung. Sie helfen in besonders gnädigen Sekunden meinem Gedächtnis nach. Was ich hier auf der Leinwand andeute, ist die leere Form. Ich will sie beleben, wenn ich Sie nicht mehr sehe, nach Ihrer Abreise.«

Zum Schluß fragte er: »Werde ich Sie je so reich, liebevoll und frei wiedersehen, wie Sie vor der Pallas standen? Ah! Damals war ich genußfähig, weil ich nichts zu malen hatte, weil mich die fiebernde Angst, Sie malen zu wollen, noch nicht erfaßt hatte. Die Dinge ansehen dürfen, ohne sie malen zu müssen: welch Glück!«

Baron Chioggia, der dalmatinische Gesandte, ließ die Herzogin dringend um eine Unterredung bitten; sie empfing ihn.

Er war ein alter Bekannter; schon seit Zara verkehrten sie. In Rom behandelte der Gesandte die Herzogin von Assy wie eine feindliche Macht, verbindlich und untadelig. Wünschte er sie als Freund zu besuchen, so verließ er den Sitz der Gesandtschaft in seiner offiziellen Equipage und begab sich ins Grand Hotel, wo er Wohnung nahm. Dann bestieg er einen Mietswagen und fuhr, in einen Privatmann verwandelt, zur Herzogin. Er kehrte ebenso ins Gasthaus zurück und verließ es als Diplomat, der seinen Posten wieder einnahm.

Heute aber hielt in der Via Nazionale sein Galagefährt. Der Gesandte König Nikolaus' betrat den Salon der Herzogin mit dem Koburgischen Hausorden auf der Brust. Baron Chioggia war ein geschmeidiger Fünfziger mit graublonden Favoris und einer leichten Bauchwölbung. Er war jovial, neugierig, zweifelsüchtig, außer in Geldsachen, dabei gebildet genug, um nichts ganz feierlich zu nehmen, nicht einmal sich selbst, aber sehr besorgt um seinen Ruf als boshafter Schelm. Man hielt ihn leicht für einen Finanzmann, und er hatte nichts dagegen.

Er sagte: »Sie machen es Ihren Freunden gar zu schwer, Hoheit, mit sich zufrieden zu sein. Man spricht in ganz Rom nur von Ihnen, und gerade in dieser reichhaltigen Zeit versperren Sie Ihre Türen. Man fragt uns: was macht die Herzogin, wie nimmt sie alles das auf? – und wir müssen uns mit lahmen Erfindungen helfen, da unsere Eitelkeit uns einzugestehen verbietet, wir haben sie gar nicht gesehen.«

Die Herzogin hob die Schultern.

»Was verlangen Sie von mir, Baron. Ich bin müde, der Sommer hat mich angegriffen. Ich suche in strenger Zurückgezogenheit ein wenig auszuruhen, bevor ich nach Venedig fahre. Ich hoffe auf die Seeluft.«

»Dabei können Sie nicht einmal wissen, daß Don Giulio Braganza in eine Nervenheilanstalt gebracht werden mußte.«

»Ich bedauere es.«

»Ich nicht. Dieser guterzogene junge Mann hatte es ertragen gelernt, fünfzigtausend Franken auf einer Karte verschwinden zu sehen. Er war nicht reich, und fügte sich in Glück und Widerwärtigkeit. Was konnte es ihm machen, daß die spanische Botschafterin ihn nicht liebte? Madame Pippa Pastinal ist reif, – noch reif, möchte ich sagen, bevor sie mehr ist als reif. Gleichviel: Don Giulio konnte über sie nicht wegkommen. Pippa oder die Nervenheilanstalt, hieß es für ihn, – und jenseits dieser Alternative lag doch die weite Welt. Ich kenne zartere Eroberer, als dieser Don Giulio einer war, die dennoch weit wichtigere Enttäuschungen mit mehr Würde überstehen...

Und mit mehr Anmut«, fügte er hinzu, und küßte der Herzogin die Hand. Darauf sprach er sogleich weiter: »Darf ich übrigens diesen Moment tiefer und freudiger Bewunderung wahrnehmen, um Euerer Hoheit den Frieden mit meinem Lande anzutragen, das auch das Ihrige ist: einen höchst ehrenvollen Frieden, wie Sie sehen werden.«

»Ich nehme ihn an, bevor ich weiß, wie er aussieht. Und wenn Sie kampflustig wären, Baron: ich bin es nicht mehr – und was wollten Sie dabei machen?«

»Ich habe alsdann Euere Hoheit nur um Verzeihung zu bitten, daß wir nicht früher zu Ihnen gekommen sind. Aber nachdem eine Reihe der traurigsten Irrtümer uns dazu verführt hatte, in Euerer Hoheit eine Feindin zu sehen, hat eine Art Scham, jenes Schamgefühl, dessen auch Staaten und Dynastien fähig sind, uns verhindert, unser Unrecht gutzumachen. Die Zwischenträger, Spione und Fischer im trüben haben unserem Mißtrauen keine Ruhe gegönnt; sie haben uns sogar glauben zu machen versucht, hinter der jüngsten und hoffentlich letzten Erhebung einiger unzufriedener dalmatinischer Untertanen verberge sich der Einfluß und das Interesse Euerer Hoheit. Mit um so größerem Vergnügen benützen wir gerade diese Gelegenheit, um die Konfiskation des herzoglich Assyschen Vermögens aufzuheben, Euere Hoheit in den Genuß Ihrer sämtlichen Besitzungen wieder einzusetzen und Ihnen die Rückkehr nach Dalmatien freizustellen.«

Die Herzogin sagte belustigt: »Mit einem Worte, mein lieber Baron: nach Niederwerfung der Mönchsrevolte halten Sie mich für vollkommen ungefährlich, und sind entschlossen, sich um mein Tun und Lassen nicht weiter zu kümmern.«

»Welch eine unverdiente Kränkung!«

Der Gesandte sträubte sich, mit spaßigen Gebärden, und lächelte dennoch gelassen zustimmend. Er rief aus: »Sie schlagen das Vergnügen, Herzogin, zu gering an, das ich daraus schöpfe, vor Ihnen auf der Hut sein zu müssen. Sie trauen mir hoffentlich den guten Geschmack zu, daß ich eine schöne Feindin besser zu schätzen weiß als eine häßliche Freundin.«

Sie machte eine zweifelhafte Miene.

»Aber das Wichtigste vergesse ich«, sagte er munter, und es folgte eine neue Anekdote aus der römischen Gesellschaft. Er verirrte sich in ein unstetes Geplauder, das die Herzogin anfangs befremdete und reizte. Allmählich verlor sich die Spannung, die die todschweren Ereignisse der vergangenen Woche ihr hinterlassen hatten. Eine Viertelstunde lang fühlte sie sich leicht, frivol und unwissend wie als Siebzehnjährige auf den Pariser Parketts, umtanzt von Bosheit und Verrat, die sie nicht berührten. Sie bedauerte es fast, als Baron Chioggia eine ernste Miene annahm. Er sagte als Freund, behutsam und mit halber Stimme:

»Herzogin, erteilen Sie mir für die Zukunft die Vollmacht, Sie vor Ihren Freunden warnen zu dürfen.«

»Ist das nötig?«

»Es *war* nötig. Aber durfte ich mir soviel Freiheit nehmen? Sie haben unter anderm dem Monsignore Tamburini sehr viel Vertrauen geschenkt. Er hat es benutzt, um Ihr Geld einzustecken und von Ihren Gegnern noch mehr zu verlangen. Ja, er hat uns unmittelbar vor Ausbruch des jetzt beendeten Aufstandes die Ruhe im Lande angeboten, für einen festen Preis. Wir hatten nicht nötig, ihn zu zahlen, wohlverstanden; wir waren unserer Sache ohnedies sicher.«

»Also San Bacco hatte recht: der Tamburini ist ein Wolf!« rief die Herzogin lebhaft. Sie war überrascht und nichts weiter.

»Auch Ihr großer Verehrer Pavic, dessen romantische Laufbahn nun so bühnengerecht geendet hat, führte seinerzeit ein kostspieliges Leben. Ihre gute Sache und Ihre Hoffnungen sind die Bezahler gewesen.«

›Ändert das etwas an dem Pavic, den ich kenne?‹ dachte die Herzogin. Sie fragte: »Noch mehr?«

Der Gesandte genoß mit saftigen Lippen die Worte, die er von sich geben wollte.

»Beide aber, der Tribun und der Priester, konnten Ihrer Kasse, Herzogin, nicht so entscheidend zusetzen, wie sie gewünscht hätten. Denn das Beste geschah von seiten eines Herrn Piselli, den man als Spieler, und leider als unglücklichen, kennt. Die Verwalterin der Kasse, die Ihnen befreundete und auch von mir sehr geschätzte Contessa Blà hatte, wie man allgemein weiß, diesem Herrn nichts abzuschlagen.«

Die Herzogin unterlag einem plötzlichen Kältegefühl. Ihr Blick ward starr, er verließ das fein verzerrte Gesicht des Diplomaten und heftete sich irgendwo an die Wand. Es vergingen mehrere Sekunden, ehe es ihr einfiel, sich zu beherrschen; aber Baron Chioggia war in diesen Augenblicken blind. Er genoß zu eindringlich die eigene Bosheit. Er schwächte mit ihrem Gift sich selbst; seine Beobachtung trübte sich.

»Und wie kommen Sie zu diesen Kenntnissen?« fragte sie darauf.

»Man hat mich damit versehen. Hätte ich's Ihnen nur gestehen dürfen! Aber konnte ich es wagen? Hoheit, urteilen Sie selbst! Es war also eine andere, Ihnen gleichfalls nahestehende Dame, die Fürstin Cucuru, die mich häufig mit höchst reinlichen und treuen Berichten versehen hat.«

»Ach so«, sagte sie, und verzog die Lippen, flüchtig angewidert.

›San Bacco hat auch das geahnt‹, meinte sie im stillen. Gleichzeitig ging ihr die Gestalt der Fürstin durch den Sinn. Sofort machte sie innerlich den ganzen Vorgang durch, der jetzt den schäbigen Salon der Pension Dominici zum Schauplatz hätte haben können, und bei dem sie selbst die von einer entlegenen Sympathie berührte Richterin einer unwürdigen und grotesken Greisin vorstellte. Sie spielte sich diese Rolle, wie sei einstmals die lichtspendende und unerbittliche Bedrängerin der alten, dumpfen Leute in der Königsburg zu Zara oder wie sie in dem heimlichen Garten ihrer Kindheit das Märchen von Daphnis und Chloe gespielt hatte. Und gleich der dalmatinischen Revolution und gleich dem Echo von Pierluigis Pavillon endete alles mit Gelächter. Sie sah das rote, störrische Zauberinnengesicht der Alten bei der Enthüllung ihres zweifelhaften Geschäftes vor zorniger Verlegenheit kollern und prusten. Sie begann leise zu lachen, und der Gesandte lachte mit, ohne zu verstehen, warum. Sie erklärte es ihm.

Eine Zeitlang erheiterten sie sich auf Kosten der Familie Cucuru. Die Herzogin dachte dabei: ›Also alle Verbindungen, die ich für die dalmatinische Freiheit unterhielt, fallen plötzlich auseinander mit Geklingel, wie zerbrochene Geldrollen. Die volle Höhe des Interesses und der Liebe, die meiner Sache dargebracht wurden, läßt sich in Zahlen ausdrücken. Wie einfach! Ich gab Geld, und dafür verschaffte man mir das Gefühl, in lauter Kämpfen, Unternehmungen und Gefahren zu stehen. In Wahrheit aber stand ich mit meinem Traum ganz allein – wie auf einem vereinzelten Felsen, an dem das Meer hinaufbrandet‹, so ergänzte sie träumerisch und meinte im Grunde ihres Geistes ihren heimischen Scoglio. Ein weißes Kind lehnte sich an seine Zacken.

Und dieser Gedanke verjüngte und reinigte sie. Sie hatte also in Wahrheit gar nicht teilgehabt an den Handlungen, die ihren Namen trugen, an dem ganzen, auf Erfolg gerichteten, ziemlich niedrigen Spiel mit menschlichen Trieben. Sie dankte dem Geschick, das sie daran verhindert hatte. Als sie endlich den Gesandten verabschiedete, bemerkte er ihre Genugtuung. Er stutzte. Draußen überlegte er, ein wenig beunruhigt.

›Was ist das? Ich kam doch zu ihr als der Überlegene? Ich habe ihr die ganze Zeit lang prickelnde Enthüllungen beigebracht; und jetzt, um es mir nur zu gestehen, fühle ich mich beinahe gedemütigt. Welche Macht hat diese seltsame Frau noch immer? Womit droht sie mir?‹

Und er suchte lange vergeblich die Macht zu berechnen, die der geschlagenen Herzogin von Assy noch zur Verfügung stand.

In der Nacht konnte die Herzogin nicht schlafen. Sie hörte dem Sciroccosturme zu. Er fegte die verwehten Worte des Gesandten noch einmal zusammen, und unter so vielen nichtigen stieß sie immer wieder auf das eine unerträglich schwere, und ihre Gedanken hoben sich daran wund. Sie bedeckte das Gesicht mit den Händen.

›Welche Schande! Wie konnte sie das ertragen! Sie, zu der ich redete und mit der ich träumte wie mit mir selbst. Wie konnte sie so schlecht und unstolz vor sich selber leben!‹

Sie begriff es nicht; aber durch die lange Stille tönten ihr allmählich, leise und flehend, alle die sanften Klagen der Unglücklichen, ihre unerwarteten Bitten um Verzeihung, ihre Todessehnsucht. Die Herzogin erkannte jetzt auf einmal den zweiten Sinn hinter alledem, aber er erweichte sie nicht. Das gehetzte, fragwürdige, ängstereiche Dasein der Freundin gab ihr nichts ein als Widerwillen: ›Mit der Unreinlichkeit eines schlechten Gewissens in der Brust hat sie mich umarmt!‹

Gegen sechs Uhr schrak sie auf aus beängstigendem Halbschlummer. Auf der Straße stampfte ein Stock das Pflaster, und eine Stimme kreischte: »Die Liebesgeschichten einer Dichterin. Die Contessa Blà von ihrem Geliebten übel ermordet.«

Als die Herzogin das Fenster aufgerissen hatte, befand sich der Ausrufer darunter. Er schrie ihr, ohne sie zu sehen, sein frohlockendes Unheil gerade ins Gesicht. Sie blickte in die schwarze Öffnung seines Mundes hinab. Der Geifer Della Pergolas und seine Sterbelaute, das Getöse der fallenden Dalmatiner und ihr Wimmern: alles war von diesem Munde nachgebildet worden, diese Zähne hatten sich wütend hineinverbissen, und dieser verdorbene Atem hatte es in die Luft hinausgekeucht. Aber der Tod der Blà entstieg ihm unheimlicher, lähmender als alles andere: – denn die Straße war leer. Der schreiende Krüppel ganz allein durchlief sie. Man wußte nicht, wen er verfolgte. Ringsumher war Schlaf; seine Stimme war das einzige Geräusch, – und wem galt sie? Inmitten des weiten Dämmergraus dünkte es die Herzogin, als seien die Ereignisse, die er verkündete, nicht dahinten in Welt und Wirklichkeit entstanden: nein, in dem zerfetzten, faulenden Leibe dieses unmenschlichen Wesens keimte und erwuchs alles Gräßliche. In dem Augenblick, da er es hinausschleuderte, ward es Wahrheit.

Sie klingelte. Eine halbe Stunde später saß sie schon im Wagen. Es war kalt, ein Sprühregen klimperte eifrig auf den Scheiben. Sie dachte: ›Ich habe wieder mit einer Toten gesprochen, die ganze Nacht.‹

Sie erreichte das Haus, das sie so oft erstiegen hatte, helle Treppen hinauf; über die letzte zog schon der Duft der Blumen, die das große Atelier erfüllten. Zerblätterte Bücher lagen neben Statuetten. Das weite Fenster strotzte von Blau, indes drunten auf dem Spanischen Platz das Leben flitterte. Ihr fiel ein: ›Wie sieht es jetzt dort oben aus? Was liegt dort jetzt?‹

Man sagte ihr, die Contessa Blà sei umgezogen, schon vor Monaten.

Sie fuhr vor Porta Pia hinaus und hielt an einem der Neubauten, die Ruinen glichen. In einem Verschlage, wo es nach Mörtel roch, dürftig eingehüllt und umstanden von Kindern und Weibern aus dem Volke, lag die Blà. Ihre Stirn bedeckte eine Eisblase. Auf dem schlechten Bett ruhten ihre feinen Hände; die Haut schimmerte durch die zierlichen Spitzen des Hemdes. Ihr verschleierte Blick begrüßte die Herzogin; sie bewegte die Lippen.

Prosper, der Jäger, nötigte die Neugierigen hinaus. Die

Tür ging knarrend immer wieder auf; er blieb draußen stehen und hielt sie zu.

Die Herzogin stand am Bett und schaute stumm nieder auf die Sterbende. Die Rechte der Blà regte sich leise, aber die Herzogin nahm sie nicht. Sie hörte nachdenklich dem qualvollen Geflüster der andern zu.

»Du kommst, Violante, und du weißt es nun, ich sehe es dir an. Und du willst mir nun nicht mehr glauben.«

»Was soll ich dir noch glauben?« fragte die Herzogin, versunken in die Betrachtung dieser Züge, die ihr soviel Treue bedeutet hatten. Ihre Klarheit und Süßigkeit waren also nichts gewesen als Heuchelei? Und sie blieben doch noch angesichts des Todes zurück. ›Wozu eine solche Heuchelei?‹ meinte die Herzogin. ›Welche furchtbare Anstrengung! Und sie endet sofort mit dem Nichts. Verlohnt es sich in diesem flüchtigen Leben wirklich, zu lügen?‹

Die Blà flüsterte beharrlich. Ihre Lippen formten jedes Wort viele Male vergeblich, bevor es vernehmlich ward. Endlich hieß es: »Du sollst mir glauben. Ich habe dich geliebt, ich liebe dich und bin ehrlich.«

»Ich habe ja auch geglaubt, daß du mit mir träumtest. Es hatte ganz den Anschein. Aber inzwischen verrietest du mich, Bice!«

Sie rang die Finger ineinander.

»Wie konntest du das aushalten!«

Die Blà arbeitete fieberhaft mit ihren Worten.

»Ich habe dich nicht betrogen. So glaube mir doch! Es waren nur meine Handlungen, die dich betrügen mußten. Aber meine Empfindung für dich ist ganz rein geblieben. Haben wir uns nicht versprochen, daß unter uns nur die Empfindung gilt?«

Und da die Herzogin schwieg: »Um des Himmels willen, glaube mir!«

Sie warf sich in den Kissen höher hinauf. Die Blase rutschte ihr von der Stirn; aus der zurückgleitenden Hülle schälte sich ihr magerer, feiner Körper, zuckend in der Hast des Atmens. Auf ihrer linken Seite verschoben sich die blutigen Tücher. Die Herzogin berührte ihre Stirn und strich ihr über die Hände.

»Beruhige dich, Bice, ich will versuchen, dir zu glauben!«

»Welch Glück, daß ich nicht gleich gestorben bin! Du würdest mich nun für eine Verräterin halten, unwiderruflich. Wie schrecklich! Niemand wäre da, der dir sagen könnte, daß ich ehrlich war. Höre doch nur, solange es Zeit ist. Wenn ich mitsamt deinem Gelde verbrannt oder in einem Abgrund verschwunden wäre, – würdest du mich Lügnerin nennen? Siehst du, er, der das Geld nahm, war stärker als Abgrund und Feuer. Ich vermochte nichts weiter, als für dich zu empfinden und durch ihn zu sterben. Ach! wäre ich mutiger gestorben! Du weißt, wie ich es wünschte. Aber als es soweit war, ward ich schwach. Er hatte gemerkt, daß ich doch noch Geld hatte. Ich hatte es zusammengebracht, seit ich hier wohne, und es vor ihm versteckt, dort in der Ecke, wo die Fliesen aufgerissen sind. Wie er mich endlich tötete, verriet ich es ihm, in der letzten Angst. Das ist die Untreue, die ich an meinem Schicksal beging. Sonst war ich ehrlich, nicht wie die andern es meinen, wenn sie ehrlich sagen, – aber wie du es meinst, Violante!«

Sie verlor das Bewußtsein.

Die Herzogin dachte: ›Ich bin noch rechtzeitig gekommen. Wenn ich nicht mehr gehört hätte, was sie mir nun gesagt hat, – sie hat recht, es wäre schrecklich gewesen. Wir haben uns ja alles geglaubt, warum nicht auch dies? Wenn es doch die Wahrheit ihrer Seele ist. Im Namen unserer schönen Stunden ist es wahr!‹

»Es ist wahr, hörst du!«

Die Blà lag mit geschlossenen Augen; die Herzogin legte den Kopf auf ihre Brust, sie spürte keinen Atem. Eine jähe Angst packte sie.

»Bice, noch einmal! Wach noch einmal auf, ich habe dir noch ein Wort zu sagen. Ich glaube dir!«

Die Blà öffnete die Augen, sie lächelte.

»Ich danke dir«, sagte sie deutlich. »Deine Sache wird siegen, Violante. Nie habe ich daran gezweifelt.«

Und sofort begann der Todeskampf, mit Röcheln, mit wildem Hasten der Hände, mit angstvollen Fluchtversuchen des ganzen Körpers und mit Resten unverständlicher Worte, die dumpf heraufhallten, wie aus einem schwarzen, zuschnappenden Loch. Die Herzogin sah eine darin versinken, die ihre Freundin war. Die kopflose Eile des letzten Augenblicks packte sie, sie rief Worte hinein in das tiefe Dunkel: »Ja, wir beide siegen, Bice, du glaubst es doch? Und ich liebe dich wie immer...«

Sie hielt inne, ganz verwirrt. Das Loch hatte sich geschlossen, es kam kein Echo mehr.

Sie betrachtete darauf das vom ewigen Vergessen beruhigte Gesicht. Es war nicht sehr bleich, und es war wieder wie ehemals in sanftes Glück getaucht, ein wenig wehmütig und geneigt zu linden Schmerzen. Sie erkannte es wieder. Dieser Kopf war der Herd spöttischer und zärtlicher Poesien, die nach seinem Verschwinden zurückblieben in der Welt. Diese elegante Gestalt hatte ihren Weg beschritten, einsam, sicher, fein, um Leiden wissend und zurückhaltend. Wie war das möglich, was aus einem lieblichen Geschöpf des Geistes geworden war: die unterworfene Sache und das wehrlose Opfer eines wohlgebildeten Tieres, des dunklen Nachkommen dunkler Bauern, dunkler, dem Weine ergebener, fluchender und in Geiz und Trunkenheit ans Heft fahrender Bauern. Woher drohte solch ein Geschick, und wem drohte es *nicht*, wenn es eine Blà hatte treffen können?

Die Herzogin hatte einen Anfall von Schwäche zu überwinden. Ihr schauderte.

Nach dem Tode der Freundin fühlte sie sich in Rom

vollends heimatlos und ohne Zweck. Sie beschleunigte ihre Abreise. In der letzten Minute, als die Türen nicht mehr bewacht wurden, drang Monsignore Tamburini bei ihr ein. Sie stand zum Ausgehen bereit vor dem Spiegel.

»Was wünschen Sie?« fragte sie.

»Frau Herzogin, es war mir in der letzten Zeit versagt, bis zu Ihnen zu gelangen. Es ist ja begreiflich, daß Sie nach allem, was Sie hier nach Gottes Willen betroffen hat, Rom verlassen möchten. Gewiß aber werden Sie vorher die nötigen Verfügungen treffen wollen.«

»Was für Verfügungen?«

»Unsere Niederlage hat die Partei Assy empfindlich geschwächt.«

»Es gibt keine Partei Assy mehr.«

»Wieso?«

In seiner Verblüffung fragte er ohne Umschweife: »Hoheit wollen kein Geld mehr geben?«

Sie machte es noch kürzer: »Nein.«

Sie betrat den Salon. Tamburini eilte ihr nach.

»Das haben Sie nicht bedacht, Frau Herzogin. Wenn Sie Ihre Sache aufgeben – es ist schade, geht mich aber nichts an... Ihre Verpflichtungen dagegen bleiben bestehen. Oder wollen Sie leugnen, daß Sie den armen Leuten verpflichtet sind, die den Aufstand gewagt haben?«

»Ich bin mir keiner Verpflichtung bewußt, habe übrigens nichts zu verschenken.«

»Jetzt, wo Ihr Vermögen freigegeben ist!«

»Ich will Ihnen etwas sagen: Sie haben genug bekommen. Ich brauche jetzt Millionen, um einen Palast zu bauen, Statuen zu kaufen und viele, viele Bilder malen zu lassen.«

Tamburini polterte und wimmerte abwechselnd.

»Gewiß, Sie haben das nicht bedacht. Die dalmatinischen Klöster haben Ihnen zuliebe gegen die Regierung gewühlt, jetzt droht ihnen die Aufhebung. Tausende von

Bauern sind verarmt oder umgekommen – für Sie, Frau Herzogin!«

»Nicht für mich. Jeder hat glücklicher werden wollen, – und wenn sie für diesen erklärlichen Trieb obendrein von mir Trinkgelder bekommen haben, so schweigen wir doch davon. Von den Mönchen rede ich ohnehin nicht, sie haben sich allzusehr bereichert. Tun Sie bitte nicht so, Monsignore, als ob wir den Ausgang dieses Freiheitskampfes nicht sehr wohl kennten. Ein Herr, namens Piselli, hat zuviel bekommen, ein anderer, namens Tamburini, nach seiner Meinung noch immer zuwenig: – das ist alles, und geht das mich etwas an?«

»Ob das Sie etwas angeht?« rief Tamburini, drohend aus Verlegenheit. »Alle die Opfer, die Sie gefordert haben, die Tausende, die für Sie geblutet haben, die Tausende, denen Knechtschaft bevorsteht, und ihre Weiber und Kinder, die mit ihnen verhungern, – Sie lassen sie alle umkommen?«

»Sie sind schon umgekommen, oder wenn nicht, so ist es dennoch, als sei es schon geschehen. Die Bilder aber, die auf mich warten, sind unersetzliche Wesen. Ich darf sie nicht im Schatten des Ungeschaffenen vergessen und vergehen lassen. Das Leben von einigen tausend Menschen ohne Sinn und Schicksal ist uns beiden – seien wir doch ehrlich! – völlig gleichgültig.«

»Nein! Apage!«

Der Priester schrie ehern. Er stemmte die Linke auf einen Tisch und streckte die Rechte beschwörend gegen die Lästernde. Seine aufgereckte Gestalt, schwarz, breit, eckig, und sein galliges, starkknochiges und herrschsüchtiges Gesicht starrten von sittlichem Bewußtsein.

Die Herzogin betrachtete ihn.

»Ich hatte Sie fast für einen Heuchler gehalten, Monsignore. Ich beglückwünsche Sie zu Ihrer Ehrlichkeit.«

Und sie ging hinaus.

Minerva

Minerva

Che son fatti dei gorghi d'ogni abisso,
Degli astri d'ogni ciel!...
     Ada Negri

Und wessen Herz Vollendetem geschlagen,
Dem hat der Himmel weiter nichts zu geben!
     Platen

Die erste Manuskriptseite von *Minerva*
in der Handschrift Heinrich Manns

I

Properzia Ponti kam nach Venedig. Die Herzogin von Assy gab ihr ein Fest. Es war im Mai 1882.

Die Gondel der Bildhauerin hatte angelegt: man gab sich die Nachricht weiter durch das ganze Haus. Es war schon voll von Gästen, und alle drängten nach dem Eingang. Die Herzogin gelangte mit Mühe bis zur Treppe. Vor ihr her ging Jakobus Halm mit einem seiner Freunde, Herrn Gottfried von Siebelind, und öffnete ihr den Weg. San Bacco folgte mit dem Conte Dolan, einem venezianischen Nobile. Dieser sagte: »Ich habe Venedig nie verlassen. Wenn ich sage nie, so meine ich, meine Abwesenheiten waren nicht der Rede wert. Aber weder zur Zeit der Deutschen noch später habe ich solch ein Fest gesehen. Ich glaube, nur der große Paolo hat es gesehen, und auch der nur, wenn er allein war mit seiner Leinwand.«

Die Herzogin wandte sich um.

»Ich glaube sogar, Conte, auch wir sind allein mit unserer Leinwand. Feste in Venedig! Im letzten Jahre der österreichischen Tyrannei gab man hier dreihundert Karten ab. Nach meiner jetzigen Übersiedelung habe ich keine fünfzig Besuche gemacht. Aber ich würde meine Lieferanten einladen und die Hotels von ihren Gästen entleeren, um meine Säle damit zu füllen!«

»Aha!« rief Dolan. »Jeder Mann nur ein Palettenklecks für unsere Leinwand.«

Ein zartes Rosa huschte über seine altjüngferliche Haut. Er war klein, kahlköpfig und bartlos, und sein Gesicht war schmächtig, fast dürftig. Mit schwachem Kinn und einer Nase, lang und beweglich, wiegte es sich auf einem weichlichen Halse; er tauchte kümmerlich, unschön und nackt aus den zu weiten Kleidern. Ein Kenner und Genießer von Formen und Farben, wie Dolan einer war, mußte bitterlich unzufrieden sein mit alledem. Aber sein schmaler Mund lag süßlich nach oben gezogen und von selbstgefälligen Fältchen umstanden, und die Augen blickten schwarz unter fallenden Lidern hervor und bis hinter die Stirnen, menschenfeindlich und dabei glücklich.

Herr von Siebelind zog ein Bein nach, und auch seine Stimme schleppte.

»Gar zu üppig!« seufzte er. »Ich leide darunter.«

Jakobus betrachtete ihn. Seine rote, braun punktierte Stirn schwitzte unter dem weißblonden Haar. Die Augen fuhren rötlichbraun und blank umher, nach der schweren goldenen Blätterdecke: sie rauschte unter den Lichtgarben der Kerzen, – nach den Köpfen wilder Tiere inmitten hängender Kränze: sie funkelten und drohten, – nach den Wänden voll großer, kühler oder begehrlicher Leiber: sie herrschten über jeden, der sie ansah.

»Sie haben wieder einen schwachen Augenblick«, sagte der Maler. »Trotzdem wird man Ihnen eines Tages in diesem Hause eine Gedenktafel setzen, mein lieber Siebelind. Es wäre nicht ganz so köstlich, wenn Sie nicht ganz so findig wären.«

Und er streifte mit der Hand eine nackte schreitende Figur; sie erhob sich vor der violetten Stickerei eines Pfauengefieders.

»Bloß diese Fama?« sagte Siebelind. »Zeigen Sie mir gefälligst auch die nackte Judith hier gleich gegenüber: eine lebendige Gotteslästerung. Zeigen Sie mir den nackten Knaben, der Ball fängt, den nackten Gaukler, der auf den Händen steht, das nackte Weib auf dem Rücken dieses unflätigen Centauren... Das alles und noch mehr habe ich aufgestöbert in den staubigsten Winkeln, am Fuße von

Brückenpfeilern, in sechs Stockwerken und unter der Erde. Kolossale Findigkeit, sehr recht, mein Lieber. Ich bin findig wie ein Staatsanwalt bei mir zu Hause oder wie ein Konsistorialrat. Keine Nacktheit verbirgt sich vor mir! Mit gekniffenen Lippen gehe ich auf sie los. Sie, bester Jakobus, der Sie die Nacktheiten lieben, entdecken nicht die Hälfte von denen, die sich mir in den Weg stellen: denn ich hasse sie.«

Herr von Siebelind schnarrte, reizbar und männlich. Er ermöglichte seine Bekenntnisse durch eine Färbung von weltmännischer Ironie. Jakobus lachte ihn an.

»Sie sind gottvoll, – aber sehr brauchbar.«

Die Gaffer und Schwätzer stießen sie hin und her. Sie gelangten endlich auf Zickzackwegen des Gedränges die ersten Stufen hinab, zu dem Absatz, wo die Treppe sich teilte. In zwei majestätischen Steinflüssen, eingedämmt in breite Rampen, flach und ruhig und bekleidet mit dem Prunk der Teppiche, sahen sie sie hinunterziehen. An dem weiten Altan, der die hohe Halle beherrschte, lehnten sie, die Herzogin in der Mitte, zwischen spiegelnden Säulen aus Malachit, die mächtig wuchteten auf den Marmorrükken großer Löwen.

Herauf und hinunter bewegte sich die Menge, und mit ihr, die Geländer entlang, stiegen in die Tiefe der Halle hinein die Statuen aus Bronze. Durch die Mitte des ungeheuren Vestibüls hindurch führte sie ihr Tanz und bis an das Tor, wo Properzia stand. Sie stand im roten Mantel, und ihre Geschöpfe reckten nach ihr die Arme.

Sie dankte ihnen keinen ihrer Grüße. Ihr Blick strich, langsam und vereinsamt, über das Gewimmel von Menschen. Es umflüsterte sie neugierig und floh sie vor Achtung. Die Herzogin sah es von oben; sie sagte sich, daß Properzia mit der Angst eines verwaisten Lebens kämpfe. »Mortœil hat sich verlobt, und sie kommt, um ihr Unglück zu genießen.«

Sie winkte der Künstlerin, die es nicht bemerkte, und ging ihr entgegen. Die andern blieben zurück. Der Conte Dolan hob sich auf die Fußspitzen und klatschte in die Hände. Er rief über die Brüstung, und seine Stimme war überraschend tief und voll.

»Frau Properzia, setzen Sie sich dort drüben an die Seite der weißsamtenen Dame, die angesichts des Meeres thront unter einem goldenen Baldachin. Die gefesselten Mohren werden auch Ihnen huldigen, Frau Properzia.«

Die Fremde erhob ihren traurigen Blick zu den glühenden Fernen, voll andächtiger Krönungen, kniender Feiern im Duft von Frühlingslandschaften, wo auf weißen Terrassen, unter geschwungenen Brokatzelten eine goldblonde Königin zärtlich über die Welt erhöht ward von harten, dunkeln Kriegern, und zwecklos thronte, weil sie schön war. Jenseits der zufälligen Menschenmasse, und mit ihr vermischt, erwärmte eine zweite Menge die Halle: ein gemaltes Volk prachtvoller und edler Genießender, in Säulengängen, an den statuenumsäumten Zinnen von Palästen, auf den Söllern luftiger Glockentürme, im vollen Blau gebadet und überflutet von Strömen Lichts. Properzia sah, daß die Feste sich endlos fortsetzten in eine freie Welt der Freude hinein. Die Stimmen der Lust, die das Haus durchschwärmten, die glücklichen Gebärden, die es schmückten, sie gehörten den Gemalten. Mit ihren hellen Gewändern, ihren zuversichtlichen Mienen und ihren starken Handlungen berauschten sie die Gäste. Alle Gesichter glänzten vom Widerschein ihrer Lebensfülle. Properzia bestaunte sie mit dumpfem Neid. ›Ich war niemals wie ihr‹, dachte sie. ›Aber was ist jetzt aus mir geworden.‹

Dolan rief wieder aus der Höhe: »Frau Properzia, nehmen Sie doch die Hand jenes mageren Pagen und lassen Sie sich zu dem Helden führen; er schaut von seinem Sockel auf Sie, er kennt Sie, Frau Properzia!«

Sansone von Assy setzte den Fuß auf die kunstreich gegossene Kanone, für die er die Stadt Bergamo dem König von Frankreich verkauft hatte. Sein Standbild ragte am Gestade, und um ihn zu bewundern, schwammen die Götter des Meeres auf Delphinen herbei. Starkfleischige Genien umflatterten ihn schmeichlerisch, Nymphen küßten sein Postament, und mit vollen Backen blies der Ruhm in die Tuba. Alles auf Erden und im Himmel wurde in Atem gehalten von diesem Heros. Nur die Pagen, ganz eingewickelt in die wollüstigen Gewänder der Frauen, die sich anschmiegten an den erzenen Mann, achteten seiner nicht. Diese Pagen waren schön wie der Tag und süß geängstet von den Lockungen, an die sie sich verloren. Properzia sah nur die Pagen in ihrer glücklichen Heimlichkeit. Ein brünstiges Bedauern erhob sich in ihr und machte sie schwach.

In diesem Augenblick stand die Herzogin vor ihr. Die Frauen umarmten und küßten sich. Sie schritten die Treppe hinan und durch die Säle. Herr von Siebelind wendete sich noch einmal zurück nach der Halle, nach den Frauen, die geschmückt, und den Männern, die heiter waren. Er sagte langsam: »Jawohl, viel zu üppig. Ich wollte, die Kanone, auf der der Held sich spreizt, ginge los, oder von den schönen Damen käme unerwarteterweise eine nieder.«

»Aber Sie sind...«, rief Jakobus. »Ja, wozu denn?«

»Nur damit man des Unglücks nicht ganz vergißt, und des Leidens.«

»Sind Sie ernst?«

»Nur so ernst, wie man unter Freunden ist, die sich gern verblüffen«, schnarrte Siebelind, ganz Kavalier.

Vor ihnen her ging die Herzogin mit Properzia. Sie wurde von Dolan und San Bacco geleitet und ließ sich Platz machen von dem Herrn von Mortœil; er schritt voraus und führte die junge Clelia Dolan. Das Brautpaar flüsterte:

»Sie ist gekommen. Sie hat Sie nicht entbehren können, Maurice. Sie müssen sehr stolz sein.«

»Zweifellos. Sie ist unbequem, aber ehrenvoll. Und Sie, Clelia, stört das nicht?«

»Warum? Auch mich macht es stolz. Die große Properzia Ponti liebt meinen Verlobten – denken Sie nur.«

»Und eifersüchtig –«

»Eifersüchtig: keiner von uns, mein Lieber, hat das Recht, es zu sein. Es steht nicht im Vertrage. Sie wissen, warum wir ihn schließen. Papa will Sie zum Schwiegersohn, weil Sie einen guten Namen tragen, reich sind und besonders weil Sie ihm die Faustina mitbringen, seine liebe Faustina. Sie heiraten eine Venezianerin, denn Sie sind mit Ihrem Vaterlande, wie es jetzt aussieht, nicht einverstanden. Sie möchten aus Widerspruchsgeist sich selbst immer vornehmer vorkommen. Vor der Demokratie flüchten Sie in den stillsten und ablehnendsten Adelswinkel, den Sie finden konnten, in einen Palast am großen Kanal. Sie haben den meinigen gewählt, und ich habe nichts dagegen... Sie wollen doch hiervon nichts leugnen?«

»Sie sind zu klug, Clelia.«

Sie blieben stehen. Es war in einem weiten, wimmelnden Saal, wo sich Gruppen bildeten zum Tanz. Unsichtbare Spieler setzten ein mit hellen Weisen. Aber von der Galerie, die droben die Wände umzog, kam ein Rauschen winkender Fächer. Die schönsten Frauen in langen Reihen beugten sich weit hinüber, klatschten in die Hände und riefen: »Es lebe Properzia!«

In der Mitte des Raumes erhob sich jener bronzene Jüngling, der den Kopf in den Nacken preßte und die Arme in die Höhe stieß. Sie spannten sich mit der Brust, den Lenden, den Beinen und den stürmisch auf den Zehenspitzen vom Boden sich abschnellenden Füßen zu einer einzigen bebenden Linie, die ein unsäglicher Drang war zum Licht. Properzia wußte es gar nicht, daß sie neben ihrem freiesten Werke stand. Man sah sie in seinem Glanze und begeisterte sich. Sie neigte zum Dank den Kopf, lässig und ohne Freude. Die Herzogin lächelte glücklich.

»Ist das schön?« rief sie. »Dieser Saal ist golden. Hier blühen die goldenen Arabesken aus dem vollen, in den goldenen Puttenfriesen drängen sich die gewaltsamen Kleinen, goldene Halbmonde scheinen hernieder, und die heldischen Spiele, Jagden und Taten der Großen umkreisen uns im Sturm der gewölbten Glieder. Die ungezähmte Truppe der Nymphen entstürzt dem Dickicht, sie möchte aus dem Schweigen des Bildes heraustoben; in mächtig verzerrte Münder ist ihr Geschrei gebannt. Die Kühnheit, auf ihren Löwen gestützt, greift nach dem Füllhorn des Überflusses. Der siegreiche Gladiator prahlt und frohlockt. Der Tragöde, die Maske in der Hand, schäumt von der Kraft des Göttlichen, das aus ihm redet. Auf den Balkonen starren die goldenen Eroberer, Helden, Befreier, und goldene Wälder schießen um sie her in die Höhe, in das keusche Mondlicht hinein, das Diana heißt. Denn dies ist der Saal der Diana.«

Properzia sagte plötzlich: »Die Diana dort oben, Herzogin, sind Sie.«

Mortœil, Siebelind und Clelia Dolan fingen an zu lachen.

»Die Diana ist ja blond.«

»Jakobus, Sie wissen, wer die Diana ist«, versetzte Properzia.

»Ich habe nur die Diana machen wollen«, sagte Jakobus, und errötete. »Vielleicht habe ich eine Diana gemacht, die in den Körper der Herzogin von Assy hineingestiegen ist.«

»Vielleicht doch«, sagten Dolan und San Bacco. Sie sahen sich zweifelnd um.

Die Herzogin erklärte:

»Vielleicht war ich es. Jetzt bin ich es gewiß nicht.«

Und sie ging weiter. Properzia war in den Anblick eines alten, müden Mannes versunken; ein in Nacktheit strotzendes Weib drückte ihm den Kranz aufs Haupt.

»Wie spät!« sagte sie vor sich hin. »Er war vielleicht voll vergeblicher Leidenschaft. Und sie kommt jetzt, wo er sie nicht einmal mehr begehren kann.«

Jakobus entgegnete ihr:

»Er ist ein großer Meister und empfängt seinen Lohn.«

Aber sie schüttelte den Kopf. Ihr mächtiges Auge, streng, gewölbt und schwer beweglich, brütete auf dem schlanken Rücken des jungen Mortœil. Er neigte die Stirn zu Clelias blondem Haar. Es häufte sich in großen Knoten über ihrem zerbrechlichen Nacken. Sie wehte dahin, weiß, leicht, unhörbar und duftig wie Blütenstaub. Properzia trug schwer und mühsam. Herr von Siebelind sagte zu seinem Begleiter: »Sie hat alle höhere Würde über den Zaun geworfen; nun fliegt der gemeine Anstand hinterher. Ihr Geliebter verlobt sich, sie reist dem Brautpaare nach, und in der Menge, die der berühmten Frau zujubelt, sieht sie nur das kleine Mädchen, das ihr den Mann stiehlt.«

»Es ist ein großer und grausiger Anblick«, sagte Jakobus.

»Es ist kläglich und unglaublich schamlos. Aber es ist recht wohltuend, weil es wieder einmal die Nichtigkeit des sogenannten großen Menschentumes vorführt.«

»Wenn Ihnen das wohltut... Mortœil selber scheint ganz einverstanden damit. Ich habe gesehen, wie er ihr hinter dem Rücken der Kleinen Augen zuwarf.«

»So ein geliebter Mann!«

Siebelind feixte vor Haß.

»Meinen Sie, ahnungsloser Kunstjünger, daß er Lust hat, seine feine Stellung aufzugeben, die Stellung des kalten Herrn, der eine von Europas berühmten Frauen mit ihren Anträgen abweist?«

»Sie glauben, er verschmäht sie?«

»Aus Ehrgeiz, mein Lieber. Denn von einem, der Properzia nicht haben will, spricht man länger als von einem, der sie gehabt hat. Und dabei – muß ich es Ihnen sagen? – hätte er eigentlich Lust nach ihr.«

»Sie sind mir unheimlich, Siebelind. Sie haben in Liebesdingen das zweite Gesicht.«

»Ich... ach... ach...«

Siebelind schwitzte, seine braunen Augen wanderten, voll heller Pünktchen, ratlos umher, und seine Stimme klang nach geheimem Händeringen. Plötzlich nahm er sich zusammen und schnarrte: »Massenhafte Erfahrungen, Verehrtester. Als ich noch jung und schön war, selbstredend.«

Und er lachte albern.

Die Wände des Saales, wo sie jetzt standen, bedeckte milchiger Marmor, von rosigem Rauch durchzogen und unterbrochen durch flache Pilaster mit gläsernen Mosaiken in Silber und Blau. In seiner Mitte rundete sich ein kleiner Brunnen aus blauem Stein. Eine geigende Muse spielte sich im Wasser der Schale, und ihren silbernen Rand umtanzten zarte Amorinen. Der Saal war fast leer von Menschen. Die Herzogin sagte zu Properzia: »Diesen Saal liebe ich, er ist silbern. Die Götter planen über uns an der Decke; ihre Füße stützen sich auf die marmornen Kapitäle. Die Göttinnen, in silbernen Helmen und mit großen, hellen Brüsten, liegen auf durchsichtigen Wolkenkissen mitten im tief leuchtenden Himmel. Sie sind schimmernd blond und weiß, gütig, mit schmalen Knien und juwelenreich. Die Götter, schwarzlockig, schlank und die Augen voll schöner Wünsche, bleiben immer Jünglinge; aber ihre Seelen werden immer reicher. Die Jugend der Göttinnen ist ewig im Aufblühen. Götter und Göttinnen sind weich, neugierig und wechselnd. Ihr Mund lächelt allem zu, was duftet, klingt und prangt. Die Räucherpfannen rauchen sinnenvoll. Eine silberne Luft gießt hier der Friede aus. In den Falten der blaßblauen und silbernen Fahnen zwischen den Säulen träumen stille Siege. Es sind die Siege der Minerva. Denn dies ist ihr Saal.«

Properzia sagte: »Die Minerva dort oben, Herzogin, sind Sie.«

Die übrigen sahen hin; keiner widersprach. Jakobus erklärte: »Die Minerva, Herzogin, ist jene Frau, die ich malen wollte, damals, als ich im Hotel zu Rom Ihr Porträt machen sollte. Sie glichen ihr damals nur in kostbaren Augenblicken, und auch heute haben Sie sie noch nicht eingeholt. Aber Properzia sieht es schon jetzt, daß die Minerva Ihr künftiges Bildnis ist.«

»Auch ich sehe es«, bestätigte Dolan und legte den Kopf auf die Schulter. »Herzogin, Sie werden die Göttin einholen.«

»Ich hoffe, sie wartet auf mich«, sagte die Herzogin.

Als sie den Rücken gewendet hatte, schnitt Siebelind eine gequälte Grimasse und murmelte: »Die Göttin da oben ist allerdings von geradezu ruchloser Schönheit, das empfindet überhaupt niemand so stark als ich. Aber Gott sei Dank haben Menschen niemals so silberblasse Schultern, und nie zerstäubt darauf das Haar in solchen rotgoldenen Flocken. Durch diese Hemden aus Spinneweb und durch diese vor Weichheit zergehenden Seiden gleiten keine menschlichen Finger. Menschliche Sinnlichkeit ist unmöglich so beschwichtigt, glücklich und ohne Kitzel. Es wäre auch geradezu empörend.«

Er brach ab. Clelia Dolan sah ihn mißtrauisch an und entfernte sich von ihm. San Bacco trat einen Schritt näher und fragte kampflustig und von oben herab: »Sagen Sie mal, mein Lieber, warum äußern Sie eigentlich solche Dinge?«

Siebelind fuhr zusammen; er machte ein männliches und spaßhaftes Gesicht.

»Ich? Ja, man soll doch nur was sagen...«

Die Gesellschaft wurde getrennt. San Bacco und Dolan verschwanden in einem Kreise von Bekannten. Clelia und Mortœil gingen weiter, dem dritten Saale zu. Properzia machte einen Schritt hinter ihnen her, aber die Herzogin erfaßte ihren Arm.

Auf der Schwelle begegneten die Verlobten einer großen blonden Frau, die sie begrüßte. Dann kam sie herein und gesellte sich zu der Herzogin. Sie war üppig und gelassen, ihr tief ausgeschnittenes Kleid prunkte mit gestickten Kränzen. Das gesunde Fleischrot ihres Gesichts durchbrach den Puder. Es lösten sich von ihrer Erscheinung die seltensten Düfte, ein Klingeln und Blitzen von Brillanten und eine ganze Wolke gleichmütiger Herausforderungen. Die legte sich um die Männer und benahm ihnen den Atem.

»Lady Olympia! Welche Überraschung!« rief die Herzogin.

»Nicht wahr, süße Herzogin, ich bin lieb? Ich komme von Smyrna herbei, weil Sie ein Fest geben.«

»Aber ob Sie es meinen Festen zuliebe länger als vier Wochen in Venedig aushalten?«

»Wer weiß. Ein Freund erwartet mich in Stockholm. Süße Herzogin, ich bin glücklich bei Ihnen. Ihre Räume befördern die Stimmung; hier fühlt man sich leben. Dieser Saal, Herzogin, steht Ihnen am besten, Sie haben ihn sich klug zur Residenz erwählt. Ah! nicht jeder verträgt den Wohlklang, der hier in der Luft liegt; er beeinträchtigt die aufgeregten Reize. Es ist hier leer, wie Sie sehen. Ich meinerseits bleibe, weil ich Sie liebe, meine Schöne.«

»Verweilen Sie unbesorgt, Lady Olympia. Ihnen schadet weder die Wüste noch das Eismeer. Warum sollten Sie nicht auch im Licht meiner Minerva verführerisch bleiben.«

»Oh, ich liebe Ihre Minerva, und dem Künstler, der sie gemacht hat, möchte ich die Hand schütteln.«

Die Herzogin sagte zu Jakobus: »Lady Olympia Ragg will Sie kennenlernen.«

Er trat heran.

»Lady Olympia, hier ist Jakobus Halm.«

Die große Frau faßte den Maler bei der Hand; es sah aus, als ergriffe sie von ihm Besitz.

»Ich beglückwünsche Sie. Sie müssen eine Menge Schönes zu verschenken haben. Ihre Farben machen solche Lust auf Genüsse. Man wird begehrlich – auch nach dem, der soviel verheißt.«

»Na also«, murmelte Herr von Siebelind, der unbeachtet beiseite stand. »Deutlicher kann sie gar nicht mehr werden.«

Er blinzelte von unten. Ekel und Neid zerrten seine Miene hin und her. Plötzlich machte er kehrt und entfernte sich. Sein steifer Fuß schleifte nach, und um in dem weiten hallenden Saal die Zuschauer darüber zu täuschen, setzte er auch den anderen auf den Boden, als sei er lahm. In der Ferne kamen ihm drei junge Damen entgegen; er musterte sie gierig. Wie sie sich näherten, sah er gleichgültig weg. Sie lachten, und er biß die Zähne zusammen.

»Der soviel verheißt?« wiederholte die Herzogin. »Aber, Lady Olympia, er verheißt ja nicht: er gibt. Wände und Decken hat er erfüllt mit einem Leben ohne Ermatten. Was verlangen Sie noch?«

Lady Olympia erklärte, zuversichtlich lächelnd: »Oh, für mich sind die schönen Sachen nur Versprechungen.«

»Und was versprechen sie Ihnen, Mylady?« fragte Jakobus, mit spöttischer Betonung, und im geheimen so beunruhigt, daß er zitterte. Sie betrachtete ihn.

»Wir werden sehen. Ich empfinde die Kunst sehr stark,

mein Freund. Ich bin sogar eine Ästhetin, beruhigen Sie sich. Ich trage schwere Ringe...«

Sie zog einen Handschuh ab und hielt ihm ihre Finger hin. Er roch das parfümierte Wasser, mit dem sie gewaschen waren.

»...und einen Haufen Breloques am Fächer«, ergänzte sie. »Ich liebe phantastisch geblümte Seidenkleider und fühle mich imstande, mit Lilienstengeln in den Händen den Omnibusdampfer auf dem Großen Kanal zu betreten. An Bildern finde ich viel Geschmack, und sie beleben sich mir, – sobald ein Mann mich in Stimmung versetzt. Das ist ganz unerläßlich, mein Freund. Ich verstehe keine Kunst ohne Liebe.«

Jakobus schlug die Augen nieder und bereute es. Properzia Ponti nahm ihm die Antwort ab.

»Ich aber«, äußerte sie langsam laut und dennoch abgeschlossen in tiefes Sinnen, »ich habe immer Kunst geschaffen, glaube ich, weil ich von der Liebe nichts erhoffte – aus Nichtachtung, ja, aus Feindseligkeit.«

Die Herzogin versetzte: »Und ich liebe die Bilder, weil sie mich beglücken. Ich bin mit den Bildern allein. Ich kenne nur sie, sie nur mich.«

»Weil Sie Pallas sind.«

Lady Olympia lächelte überlegen.

»Übrigens werden Sie sich bekehren. Sie, Frau Properzia, haben sich schon bekehrt. Nebenan prangt das Relief der Frau Potiphar, die ihrem Kleinen den Mantel abzieht...«

Die Herzogin dachte: ›Und einige Schritte weiter steht ein Weib, das der Potiphar sehr ähnlich sieht, und das in ihre große, liebestolle Brust einen Dolch senkt.‹

»Sie waren sehr jungfräulich, Frau Properzia«, so schloß Lady Olympia. »Jetzt aber schaffen Sie Kunst, weil Sie lieben.«

»Weil ich unglücklich bin«, sagte Properzia.

Die glückliche Frau nahm Properzias Arm.

»Kommen Sie zu sich. Verzeihen Sie mir, ich spreche Ihnen von Ihren Geheimnissen. Ist es meine Schuld? Noch nicht zwölf Stunden bin ich in Venedig und kenne schon Ihre Geschichte, Frau Properzia.«

»Da meine Leidenschaft wie aus einem Kessel, der zu lange geheizt ist, überall am Wege zischend hintropft, so darf mir jeder sagen, er habe mit dem Kleide darüber hingestreift.«

Die drei Frauen saßen auf den silbergrauen Lederkissen der Marmorbank, die sich an den Brunnen lehnte. Zu ihren Häupten geigte lautlos die Muse, in stillem Jubel kreisten die Amorinen. Der fallende Strahl plätscherte, auffordernd zu lauschen und zu empfinden. Jakobus stand vor den Frauen, die Hände auf dem Rücken, und sah zur Decke, mit überlegter Teilnahmslosigkeit.

»Warum sind Sie unglücklich?« fragte Lady Olympia, liebevoll über Properzias Schulter gebeugt. »Weil Sie einen Mann lieben? Nein, meine Arme, sondern weil Sie nur den *einen* lieben. Wären Sie nicht auch unglücklich, wenn Ihr Meißel immer nur an *einem* Stück Stein arbeiten müßte? Wieviel flüchtiger als Stein sind die Männer, und wieviel zerbrechlicher! Wir sollten, schon aus Menschenfreundlichkeit, einen Mann nie länger behalten, als wir ein Bild betrachten. Die Männer sind hübsche Insekten mit bunt bestaubten Flügeln und sonst noch ein paar erfreulichen Eigenschaften. Sie dürfen an den Blumen, ich meine an uns, nur nippen, weil sie nicht viel vertragen, und auf alle Fälle weiß man nie, ob sie den Tag überdauern.«

Die Herzogin lehnte sich zurück und atmete tief.

»Ich meinerseits lebe gern unter Starken. Es befriedigt mich, zu wissen: sie werden noch dastehen, wenn ich verschwunden bin. Darum halte ich mich zu den Kunstwerken.«

»Die Kunstwerke«, erwiderte Lady Olympia, »haben höchstens den bunten Staub auf den Flügeln, aber es fehlen ihnen die anderen erfreulichen Eigenschaften, an denen ich hänge.«

Jakobus hatte begonnen, sich vor den Frauen hin und her zu bewegen. Dabei sah er über die große Blonde, sooft er an ihr vorbeikam, angestrengt hinweg; aber ihre Worte, die er zu verachten trachtete, durchstürmten ihn begehrlich und ängsteten ihn. Plötzlich blieb er stehen, starrte Lady Olympia an und sagte: »Mylady, Sie haben offenbar eine Schwäche für Schwindsüchtige.«

Damit war seine Kraft erschöpft, und er ward rot. Sie erklärte achselzuckend und ohne Hohn: »Ich spreche einfach nach den Erfahrungen, die ich immer aufs neue mache, von Tripolis bis Archangel. Es mag an mir liegen, aber noch kein Mann hat sich mir gewachsen gezeigt. Dabei vermeide ich es nach Möglichkeit, einem ernstlich zu schaden, – eben weil ich eine Menschenfreundin bin. Aus diesem Grunde halte ich mich, wie Sie wissen, an keinem Orte länger als vier Wochen auf. Frau Properzia, merken Sie es sich: so lebt man glücklich.«

Properzia erhob ihren langsamen, dunkeln Blick, ohne zu begreifen. Aber Jakobus half sich. Er brach in ein Gelächter aus wie ein Gassenjunge.

»Wir würden uns nicht verstehen, Mylady!« rief er aus. »Ich liebe den langen Dienst und die nachhaltigen Belohnungen!«

Er ermutigte sich an dem Anblick der Herzogin.

»Riesenwerke schaffen auf das Geheiß einer einzigen Frau. Ein ganzes Leben lang ihr nachfolgen an jedes Wasser und zu jedem Stück Glas und jedes ihrer Spiegelbilder auffangen...«

Er brach ab, denn er merkte, daß er zu ernst war. Dieser Blonden, die nur aus Fleisch war, etwas Gefühltes zu erwidern, das war eine Entweihung.

»Ich habe Mortœil versprochen, die Quadrille ihm und Clelia gegenüber zu tanzen«, sagte er.

Lady Olympia lächelte gütig.

»Mortœil ist ja gar nicht beim Tanz.«

Er beachtete sie nicht mehr.

»Es ist hier schwül geworden«, bemerkte er noch, verneigte sich tief und ging.

Lady Olympia erklärte gleichmütig: »Wundervoll kühl ist es.«

Sie reckte sich, streckte einen Arm über die marmorne Lehne und hielt die Hand unter die überfließende Schale. Diese Hand trug keine Juwelen, sie schimmerte machtbewußt und nackt. Die regnenden Tropfen schmückten sie mit feuchtem Geglitzer.

Die Ballmusik taumelte bunt vor die Füße der drei Frauen. Einige Paare kamen vorbei, mit glänzenden Augen; sie suchten in den Klängen nach Lust. Als der Saal wieder verlassen lag, fragte Lady Olympia, und gähnte dabei: »Dieser Jakobus errötet merkwürdig leicht. Und doch ist er sichtlich einer von den Männern, die mit uns gar keine Umstände machen.«

Die Herzogin meinte: »Oh, sein Zynismus ist nur obenauf. Er hat ihn handhaben gelernt. Im Grunde, glaube ich, ist er ein Weicher, – wenn er auch scheinbar das Leben eines Unbedenklichen geführt hat.«

»Schon? Er ist sehr jung.«

»Weil er mager ist wie ein Knabe und ebenso weiche Haare hat, und weil sein bewegliches Gesicht alle Erlebnisse mitspielt und keines behält? Trotzdem muß er ungefähr fünfunddreißig sein, und hat manches hinter sich.«

»Welches Ursprungs ist er?«

»Ich weiß nicht. Er ist in Europa überall zu Hause, wo es eine Künstlerboheme gibt. Als ich ihn mir in Rom aus einem fünften Stockwerk herunterholte, hatte er schon im

Piano nobile gewohnt. Er ist lange auf und ab gestiegen, mit Frauen und durch Frauen, glaube ich. Als Zwanzigjähriger hat er das Glück gehabt, der Sbrigati zu gefallen.«

»Der Lona Sbrigati?«

»Sie war noch eine unentdeckte kleine Schauspielerin. Jakobus verdiente nichts und lebte von ihr. In einem schwierigen Augenblick, oder als er sie nicht mehr brauchte, entließ er sie brutal. Erst seitdem soll ihre Stimme das tragische Timbre gewonnen haben.«

Properzia Ponti senkte den Kopf und legte die Hand vor die Augen.

»Dieser Zug nimmt Sie weiter nicht ein gegen Ihren Freund?« fragte Lady Olympia. »Süße Herzogin, ich bewundere Sie.«

Die Herzogin sah überrascht auf.

»Warum denn? Da es seine Werke sind, die leben wollen, – wie sollte er sich bei den Leiden der anderen aufhalten. Übrigens haben ihn seine galanten Abenteuer nichts von seiner seelischen Unschuld gekostet.«

»Meine große Seelenkennerin!«

»O nein! Ich frage niemals, wie es in fremden Seelen aussieht; ich fürchte zu sehr die unsauberen Antworten. Viel lieber begnüge ich mich mit Verkleidung, Oberfläche, Spiel, und lasse allen Seelen ihre Schönheit gelten, die eine geschickte Hülle angelegt haben. Die Schönheit aber, der wir ohne Enttäuschung bis auf den Grund der Seele gehen können, sie gehört nur den Kunstwerken und den seltenen Menschen, die vollkommen sind wie sie.«

»Und Jakobus?«

»Wenn er nicht selbst eine tief unschuldige Seele hätte, wie hätte er das dort malen können!«

Und sie sah im Saal umher, mit Blicken voll unangreifbaren Vertrauens. Lady Olympia erkundigte sich: »Und woher wissen Sie seine alten Geschichten?«

»Er hat sie mir erzählt.«

»Er hat... Und das macht Sie nicht nachdenklich?«

Die Herzogin lächelte.

»Auch dabei ist er rot geworden.«

»Süße Herzogin, Sie sind zum Erschrecken harmlos.«

»Frau Properzia«, sagte die Herzogin sanft und mit Schmerz. »Lassen Sie sich nicht wieder fallen.«

Sie hob ihr den Kopf empor. Lady Olympia vermutete: »Sie werden doch auch den für unschuldig erklären, Herzogin, der das da angerichtet hat?«

»Nein, Frau Properzia, Sie müssen es ihm anrechnen, und ihn weniger lieben!« sagte die Herzogin. »Wenn er böse ist, so verteidigt er damit keine Werke. Im Gegenteil, er zerstört die Ihrigen, Properzia. Sie sollten ihn verachten als einen sinnlosen Übeltäter.«

»Ich möchte ihn hassen«, sagte Properzia, »weil er so fein ist und so künstlich... Aber darum liebe ich ihn ja«, murmelte sie, mutlos. Sie raffte sich auf: »Ich hasse nur das leichte, schmeichlerische Geschöpf, das ihn heiraten will... nicht, weil sie ihn mir raubt – er ist mir ohnedies verloren –, aber ich fühle, sie wird ihn betrügen.«

»Merkwürdig!« rief Lady Olympia. »Ich fühle ganz dasselbe! In jedem Falle aber betrügt ihn der Vater noch vor der Tochter. Dieser kleine glatte Alte hat noch jeden hineingelegt, den ihm das Schicksal überantwortet hatte. Er wird dem eigenen Schwiegersohne den Beweis seiner Meisterschaft nicht schuldig bleiben. Was mich anbetrifft, ich habe in meinem Londoner Hause einen Hermes stehen, der echt sein sollte, nach dem Urteile von Kennern, die ihn im Palazzo Dolan untersucht haben, ehe ich ihn kaufte. Seltsamerweise versicherte mir später einer dieser Antiquare, mein Hermes sei eine recht tüchtige Kopie; der echte befinde sich noch immer am Großen Kanal.«

Die Herzogin berichtete: »Ich habe keine Büste gekauft, obwohl sie mir angeboten wurde. Aber fast wäre der ganze Palast mein eigen geworden.«

»Sie irren sich«, erklärte Lady Olympia. »Eher wäre er vor Ihren Augen in Rauch aufgegangen. Nie hätte der alte Hexenmeister Ihnen erlaubt, ihn zu beziehen.«

»Nach allem, was ich seitdem erfahren habe, muß ich es fast glauben. Ich denke gern an meinen ersten Besuch. Ein weißhaariger Kammerdiener, dem ich unbekannt war, führte mich umher, geheimnisvoll, leise und ein bißchen betreten. Er zog von den großen Bildern die Vorhänge weg, mit Beschämung fast, als ob er mir gestattete, seine Herrschaft durchs Schlüsselloch zu belauschen. Er sprach von den Statuen, als ob sie es hörten, mit schwachem Erröten. Das hölzerne Konterfei des Dogen aus dem Hause Dolan und die riesenhafte Laterne seiner Galeere, die zwei oder drei Dutzend Porträts des Kardinals der Familie, die Glaskästen mit den Hüten, Kappen, Mänteln, Soutanen, roten Strümpfen des Kirchenfürsten und seine eingerahmten Manuskripte entzückten den greisen Diener und betrübten ihn. ›Was für große Erinnerungen!‹ rief er schwach. ›Und davon muß ein so berühmtes Haus leben! Es hat nichts weiter!‹«

»Er hat alles das so oft wiederholt«, bemerkte Lady Olympia, »daß er wohl schon längst selber daran glaubt.«

Die Herzogin erwiderte: »Ich habe den alten Mann später noch öfter aufgesucht und ihn fast geliebt – eben deshalb, weil ich mir einbildete, er spiele aus dem Stegreif und mir zu Ehren. Leider weiß ich jetzt, er gibt seine Rolle aller Welt zum besten. Von der steinernen Flucht der Säle, durch die er mich geleitete, zweigte eine Reihe kleiner Gemächer ab. Ganz an ihrem Ende stand eine schöne weibliche Büste, eine Römerin. Ein junges Mädchen, hell gekleidet, umhalste sie. Sie schmiegte sich an den Sockel und schlug an seinem Rande einen Pergamentband auf. Es war, als Abschluß der langen und kahlen Perspektive, ein überraschendes und süßes Bild.«

»Clelia stellt immerfort Bilder. Ich glaube, sie tut es unbewußt.«

»Ich sehe sie gern. Damals ging ich sehr erfreut der sanften Erscheinung nach. Hinter mir raunte, wie ich näher kam, der Diener: ›Die arme junge Herrin, sie ernährt den Vater. Manchmal, wenn eine reiche Dame hier ein Stück kaufen möchte, gibt unser Fräulein Clelia es her, obwohl der Vater sie töten würde, wenn er es wüßte. Doch wie wäre hier sonst zu leben? Ja, auch diese Büste gibt unser Fräulein her, sobald jemand sie nach ihrem vollen Werte zu schätzen weiß.‹ Das junge Mädchen flüsterte, ohne sich umzuwenden: ›Meine liebe Faustina! O nein.‹«

Die Herzogin brach ab. »Frau Properzia, ich bitte Sie, was haben Sie?« Aus Properzias weitgeöffneten Augen quollen zwei große Tropfen. Sie traten langsam und zitternd, wie vor Angst, aus ihrer dunkeln Pforte. Die Weinende bat: »Quälen Sie mich nicht zu sehr. Diese Faustina hat mir gehört. Sie ist unter meinen Augen ausgegraben worden; ich liebte sie sehr und dachte, mich nie von ihr zu trennen. Dann habe ich sie Herrn von Mortœil geschenkt, weil er sie einmal um sich selbst drehte und dazu meinte, sie sei gut gemacht.«

»Gut gemacht!« rief die Herzogin. »Ein antiker Kopf soll gut gemacht sein? Ja, wer hat denn die Hand gesehen, die ihn geformt hat? Ist sie nicht lange mystisch geworden? Das Leben der Statuen hängt zuletzt nicht mehr von uns Menschen ab. Sie haben ihre Geschlechter und Ahnen gleich uns, und jede von ihnen ist einziger und freier und ewiger als wir.«

»Ich weiß nicht«, sagte Properzia. »Aber das war sein Urteil. Ich schenkte ihm die Faustina und bat ihn, sie so zu lieben, wie er mich nicht lieben könne. Aber als er sich verlobte, gab er sie dem Grafen Dolan.«

Die Herzogin legte ihr den Arm um den Nacken, sie sprach ihr dicht in die feuchten Augen hinein.

»Trösten Sie sich, meine liebe Properzia. In Ihrer Geschichte sind nicht Sie die Verschmähte. Wenn Faustina dem Herrn von Mortœil anvertraut hätte, wer sie ist, – er würde sie mit sich umhergetragen haben bis auf sein letztes Kissen. Aber er durfte nichts empfinden bei ihrem Anblick. Sie hat ihn nicht würdig befunden. Sie ist an ihm vorübergegangen, er vermochte sie nicht festzuhalten, der arme Blinde. Bemitleiden Sie ihn!«

»Bemitleiden Sie die ganze Gesellschaft!« verlangte Lady Olympia, rot vor Entrüstung.

»Dieses Mädchen! Keine junge Engländerin wäre solcher Unehrlichkeit fähig. Sie tut, als betrüge sie den Vater. Er sei alt und schwachsichtig, hat Ihnen der weißhaarige Schuft von Diener gesagt; er bemerke nicht, daß nachgemachte Gegenstände in seinen Sälen die echten ersetzt hätten. Die Contessina bitte nur um vier Wochen Frist, um die Kopien anfertigen zu lassen.«

»Das waren die Worte, die ich hinter mir brummen hörte.«

»Und nach vier Wochen hätte man Ihnen das schon längst vorhandene falsche Exemplar ausgeliefert, und das echte hätten Sie bezahlt. Der Conte betreibt das Geschäft schon lange und vermöge des Witzes mit dem Kinde, das den Vater liebevoll hintergeht, erzielt er die höchsten Preise. Er ist ein Trödler, der mit Knochen und Haaren seiner Ahnen handelt.«

»Aber er tut es mit Leidenschaft«, behauptete die Herzogin. »Das fühle ich deutlich, sooft ich mit ihm zu tun habe. Ah! man mag mir viel Komödie vorspielen, aber die Empfindung für Kunstwerke erheuchelt niemand vor meinen Augen! Die Gegenstände der Kunst und der Erinnerung, die Dolan verschachert, er liebt sie gleichwohl, er liebt sie trüben, verbissenen, grillenhaften Herzens, wie er sein Kind liebt. Hat er es nicht dem künftigen Gatten seiner Tochter zur Bedingung gemacht, er müsse mit Clelia den Palast am Großen Kanal bewohnen und dürfe nie ohne des Vaters Erlaubnis die Tochter auf Reisen führen? Nun also, auf seine schönen Sachen ist er geradeso eifersüchtig. Zwar befällt ihn oft die Sucht, mit ihren Reizen eine begehrliche Flamme anzuzünden in den Augen der anderen. Sie sollen darum feilschen, von ihnen träumen und sie zu stehlen trachten. Aber es ist ihm einfach versagt, sich wirklich von ihnen zu trennen. Sie lassen ihn nicht los. Er *muß* sie fälschen. Ich fühle das.«

Lady Olympia stellte entschlossen fest: »Er ist ein Betrüger.«

Aber die beiden Frauen gewahrten plötzlich, daß sie allein waren. Properzia trat gerade auf die Schwelle des dritten Saales.

Seine Öffnung war weit, und im Banne der nackten, verschlungenen und trunkenen Körper, deren Reigen ihn einfaßte, sah man die Menschen, die diesen Raum besuchten, allesamt werben, Gewährung lächeln und, versunken in den Genuß heimlicher Schauer, zitternd schweigen oder aufgeregt lachen. Mortœil stand plaudernd vor seiner Braut; sie legte den Kopf, schmachtend und lieblich, an einen Wandspiegel, behangen mit gemalten Girlanden. Die schillernden Vögel, die das Glas durchflogen, kreisten um den Widerschein von Clelias heller, lockerer Haarmasse.

Mortœil traf einer von Properzias Blicken. Er stutzte, zuckte die Achseln und sah weg. Aber gleich darauf ging er ihr nach, mit einer raschen Entschuldigung. Wie seine Braut verdutzt den Kopf aus dem Nacken hob, stand schon Jakobus Halm bereit, der umhergeirrt war. Er führte das junge Mädchen zu einem üppigen Ruhesitz, auf ein verwikkeltes Prunkmöbel aus Gold und Purpur. Es war zu breit zum Sitzen, man lag darauf. Über ihnen an der Mauer genoß eine starke Bacchantin die Wut ihrer entfesselten Glieder.

Properzia stellte sich mit Mortœil vor den marmorn umrankten Ausgang zur Terrasse. Sie sagte: »Sie sind gekommen, Maurice, Sie sind mir gefolgt, einfach weil mein Blick es verlangte. Also denken Sie noch an mich! Leugnen Sie es doch nicht, auch Sie leiden.«

»Es ist ja begreiflich«, erklärte der junge Mann. »Ich bin nicht mehr der Liebhaber der großen Properzia.«

Er lächelte verlegen und spöttisch.

»Ich komme mir gesunken vor.«

»Weiter nichts!«

»Clelia liebt mich nicht. Ich bin gewohnt, geliebt zu werden.«

»Sie sehen es. Brechen Sie mit ihr!«

»Was singen Sie mir da? Ah, Sie sind eine stürmische Frau!«

Sein freches Gekicher regte sie auf.

»Wir gehören zusammen. Brechen Sie mit ihr!«

»Aber, meine Liebe...«

»Sofort! Sonst betrachten Sie mich als verloren!«

Und mit einer schweren Gebärde zeigte sie ihm die große Statue jener Frau, die sich erdolchte. Gerade vor ihnen wuchtete sie scheinend weiß auf dem Hintergrunde des in Nacht verlorenen Wassers der toten Lagune. Sie wendete das Gesicht fort und legte es unter den einen ihrer Arme, aus Furcht vor dem anderen, der ihr den Tod gab – aber Mortœil wußte dennoch, es war Properzia. Er erschrak, seine Phantasie begann zu arbeiten, und plötzlich spürte er seine schmächtigen Begierden.

›Welch ein Weib!‹ sagte er sich. ›Es muß ein Vergnügen sein, sich von ihr zerdrücken und ausleeren zu lassen... Wir haben ja solche liebenswürdigen Instinkte... Nein, alter Freund, den Kopf hochhalten! Aber sie schlechthin verlieren, ohne sie gehabt zu haben und mich ohne Vorbehalt an ein junges Mädchen verschenken, das solches Geschenk sehr wenig zu schätzen weiß – es wäre gar zu hausbacken. Ein bißchen Romantik wollen wir doch noch mitnehmen. Es sei!‹

»Properzia«, seufzte er, »wie lange gehöre ich nun schon Ihnen. Ich bin nach Petersburg gegangen, weil Sie so bestimmten, und Jahre darauf zurückgereist, weil Sie zur Heimkehr Lust hatten. Man kennt mich nur in Ihrem Gefolge, aber wenn auch alle mir zutrauen, es gehöre mir Ihr Schlafgemach, so bin ich in Wirklichkeit nur in Ihrem Vorzimmer zu Hause. Ich spiele vor mir selbst eine lächerliche Rolle, und mein Leben vergeht in lauter Angst, die anderen könnten es merken. Denn was die anderen auch denken: Ich habe Sie doch nie besessen.«

»Es mußte so sein, Maurice. Oder vielmehr, ich glaubte, es müsse so sein. Jetzt frage ich: warum?«

»Sie haben leicht fragen. Was konnte ich tun. Eine Properzia verführt man doch nicht. Man bittet sie nicht einmal. Im Anfang habe ich es getan; ich kam mir grotesk vor. Sie sagen, was Sie wollen. Sie nehmen sich den Mann, den Sie wollen: Sie sind Properzia Ponti.«

»Ich kann mich nicht hingeben, ich kann nicht fordern. Ein geheimes Stück von mir verbietet mir das, eine alte Angst, die von einem Jugendtage her in mir liegengeblieben ist. Nein, ich wollte überwältigt und geraubt werden gleich der Geringsten.«

»Ich verstehe Sie. Ich analysiere Ihr Wesen ganz ausgezeichnet. Sie sind die keusche Walküre, ah! Aber wenn ich doch nicht konnte – in seelischer Beziehung, meine ich. Sie sind mir zu mächtig, Sie schüchtern mich ein.«

Er dachte: ›Sie ist ungeheuerlich. Ich hocke auf ihrer Leidenschaft wie ein Äffchen auf einem Kriegselefanten. Ich gucke ungemein stolz in die Runde und riskiere meinen Hals den Gaffern zuliebe, die mich beneiden.‹

Inmitten seiner Scherze aber überwältigte ihn ihre Brunst. Sie stieg schwer und ihr selbst eine Pein in ihr auf und rüttelte an ihr und an ihm. Er fühlte ihre seelischen

Umarmungen, so fest und unentrinnbar, als fielen schon ihre Glieder her über ihn. Er fürchtete für die Glätte seines gestärkten Hemdes und für das Gleichgewicht seines Gemüts.

»Wir begehren uns!« rief Properzia, mit der Hand auf der Brust. Mit gedämpfter Stimme, rasch und inständig redete sie weiter: »Wir wollen uns doch endlich einfach lieben! Wir haben uns immer in einem künstlichen Garten gesucht, wie der dort unten.«

Und sie wies über die Terrasse weg auf den seltsamen freien Platz hinab, dessen hoch und blitzend umgitterter Rand bespült ward von dem leisen Wasser.

»Dort ist der Rasen aus grünem, feuchtem Stein, die Bäume sind in bemaltes Holz geschnitten, pyramidenförmig oder rund. In dem gläsern klingelnden, dunkelgrünen Laube funkeln kleine Früchte aus blutigrotem Jaspis. Die Blüten sind aus Elfenbein und die Blumen aus Porphyr. Ich will eine Rose aufheben, da ist sie aus lauter winzigen Steinsplittern zusammengesetzt. So trügerisch ist jede liebe Regung, nach der ich in Ihrem Herzen greife, Maurice. Alles in unserer Liebe ist viel zu glatt, kühl, überlegt, verschlungen, vielfach: gerade wie hier im künstlichen Garten. Sollen wir uns nicht doch noch dort finden, wo es nach Erde riecht, sollen wir uns nicht einmal im Leben ins Gras werfen, wo wirkliche Nesseln uns brennen und warme Erdbeeren sich an unseren Lippen zerdrücken?«

Mortœil sah sich um, erhitzt, verwirrt und in dunkler Sorge wegen des Schauspiels, das er den Lauschern etwa böte. Aber Clelia entdeckte er nicht, und alle, die er sah, waren mit sich selbst beschäftigt. Die Götter an den Wänden leerten Schalen voll Rausch und Begierde über alle. Aller Blut wallte auf. Sie horchten darauf, wie es kochte, und ließen sich betäuben und entzücken. Mortœil hörte wie aus der Ferne Properzias Stimme.

»Geh! Brich deine Verlobung!«

Da drehte er sich um und ging.

Er fand Clelia auf den dicken Purpurkissen des verschnörkelten und vergoldeten Liegestuhles. Sie nistete nur darauf wie ein verflogenes Vögelchen während eines Sturmes, leicht, weiß und pochenden Herzens. Jakobus Halm drang auf sie ein, er redete aufgeregt, seine roten Lippen lauerten dicht über ihrer hellen Brust und fielen immerfort auf die kleine schwache Hand nieder, die ihnen wehren wollte. Clelia gebrauchte den Fächer als Schutz gegen den Bedränger und wußte es zu verhindern, daß er ihn zerbrach. Ihre Haltung war im Grunde sehr maßvoll und ihre Glieder überwacht. Sie stellte ein Bild, dessen Benennung lautete: »Eine Stunde der Selbstvergessenheit« – aber sie war keineswegs hingerissen.

Mortœil nahm, was er sah, ganz ernst. Bleich und gerade trat er an das Paar heran und weckte es aus seiner Versunkenheit.

»Ihr Betragen, mein Fräulein, ist vielversprechend.«

Clelia war kaum verlegen.

»Ich verspreche Ihnen überhaupt gar nichts«, erklärte sie.

»Mit Ihnen, mein Herr, habe ich später zu tun«, bemerkte Mortœil. Jakobus sah erst zu Boden, dann, sich besinnend, über den anderen weg in die Luft, und schlenderte weiter, ohne sich zu beeilen.

»Was machen Sie denn, Maurice?« fragte das junge Mädchen leise. »Sie verstoßen ja gegen unseren Vertrag; er verbietet, eifersüchtig zu sein.«

»Es steht nicht in unserem Vertrage, daß Sie mich lächerlich machen dürfen.«

»Es ist ja nur ein Künstler. Nehme ich Ihnen Ihre große Properzia übel?«

»Das ist etwas anderes. Übrigens habe ich keinen Grund, eifersüchtig zu sein, da ich ja nicht in Sie verliebt bin – glücklicherweise.«

»Sie suchen wohl nach einer Beleidigung?«

»Ich verbiete Ihnen nur, Ihren ungeordneten Trieben vor aller Welt nachzugeben, solange Sie meine Braut sind.«

»Ich könnte ja aufhören, es zu sein. Was meinen Sie?«

»Das war's, was ich sagen wollte.«

»Also abgemacht.«

Und sie entfernten sich nach zwei Seiten.

Mortœil erblickte sich plötzlich, einigermaßen verstört, in der Mitte des Saales, ganz allein. Properzia befand sich draußen auf der Terrasse, eingezwängt in einen Kranz plappernder Bewunderer, denen sie den Sinn der erdolchten Frau aufklären mußte. Der junge Mann sah unschlüssig nach ihr aus, ihre Figur erschien ihm plump.

›Wozu habe ich denn Clelia fortgeschickt?‹ fragte er sich, jäh ernüchtert. ›Dieser wandelnden Säule zuliebe?‹

Es ward ihm ganz kalt.

›Was habe ich denn da gemacht? Mit so einem verbrauchten Theaterrequisit –‹

Er betrachtete die weiße Statue mit Augen, gelb vor Gehässigkeit.

›– ist es dieser dicken Alten gelungen, mir Angst und Begehrlichkeit abzunötigen – mir mit all meiner Skepsis! Bin ich nicht lächerlich?‹

Er sah sich argwöhnisch um.

›Oh, sicher findet man mich schon lächerlich.‹

In diesem Augenblick kam Lady Olympia auf ihn zu, träge und mit auffordernden Lächeln. Sie gab ihm im Vorübergehen einen Fächerschlag und sagte: »Betrachten Sie sich als vorgestellt. Sie sind heute nacht mein Geliebter.«

Er blieb stehen. Drei Schritte weiter schaute sie nochmals nach ihm um, immer mit derselben gleichmütigen Genußsucht in ihrem Lächeln. Er erfaßte auf einmal die Lage und folgte ihr, ringend nach gemessener Haltung. Dabei überzeugte er sich, daß die Herzogin ihnen zusah.

Er holte Lady Olympia ein und flüsterte ihr im Nacken:
»Wo? Wann?«

»Meine Gondel wartet«, erwiderte sie.

Sie verschwanden durch die Reihe kleinerer Gemächer, die die Flucht der Säle begleitete.

Die Herzogin blieb ganz vereinsamt im Saal der Minerva. Sie wollte spotten, aber ihre Lippen verzogen sich schmerzlich. Denn aus dem letzten der Säle schlug es ihr entgegen, wie der Atem eines ungeheuren Glutofens. Sie preßte die bloßen Schultern mit Kraft gegen den Marmor der stillen Bank; er war geziert mit den Reigen lieblicher Geschöpfe, die ihr Fleisch kühlten und liebkosten. Sie drückte den Kopf in den Nacken, den Mund nach oben geöffnet, nach der silberklaren Luft der Götter, die an der Decke strahlten und feierten. Aber sie hörte es drüben singen und wüten, das schwere dunkle Blut, das dort Menschen und Götter irr und selig machte.

Bei der Ernte und im Genuß, unter Reben, im durchsonnten Schatten, glänzten nackte, strotzende Menschen, ohne Scham und ohne Not. Breite Weiber mit saftigem Fleisch und geröteten Gesichtern lehnten sich satt an ihre Männer; die waren stark, ockerrot und nackt und bekränzt mit Weinlaub. Junge Mädchen, geschmeidig und fleischig, gebräunt und vom Wein durchpulst, zerdrückten mit den Spitzen ihrer Brüste die Trauben in der Butte. Hinter ihnen drängte und lachte der tüchtige Bursche, der sie nehmen durfte. Bacchus, fett, weinrot, lallend, wakkelte im Triumph durch das Gewühl der vom Rausch gefällten Leiber. Auf Widderfellen sich rekelnd, woran noch die Köpfe hingen, und zugedeckt mit den Haaren wilder Tiere, von Traubensaft überquellend und zur Liebe gereizt, lüstern sich betastend und ganz ineinander verfleischt, spendeten sie mit nassen Mündern ihrem Besieger ein letztes Evoe. Bacchantinnen tollten, unzüchtig feixten Satyre. Jünglinge mit Tigerfellen über der Schulter bliesen lockend die Doppelflöte, und Mädchen boten ihnen den Pinienapfel. Ein Mann zerbiß sich mit einem Centauren um ein Weib, das auf ihm ritt. Ein brauner Faun spielte Kindern zum Tanz. Sie sprangen begehrlich den Klängen nach, Mohnkränze glühten in ihren schwarzen Locken, am Boden brannten zerplatzte Granatäpfel. Tauben verbluteten neben Rosen. Es wurden Hermen entschleiert vor erwartungsvollen Jungfrauen. Die rote Luft wogte von brünstigen Geheimnissen – aber unter denen, die von ihr kosteten, tat keiner eine Frage. Sie jagten nicht nach Träumen gleich den Anbetern von Freiheit und Größe im Saale der Diana, sie feierten nicht die Schönheit wie im Saale der Minerva die Geweihten der Kunst. Sie waren im Banne ihrer Sinne und genossen das Fleisch. Atemlos, in zehrender Sucht, ohne aufzublicken, und nichts wissend außer dem Pulsschlag ihres Blutes, frondeten sie der Göttin, an die sie für immer verkauft und verloren waren, der abwesenden Göttin, deren Bild sich nirgends zeigte, weder an der Decke noch auf den Wänden, noch in der Mitte des Estrichs. Aber die Herzogin sah sie herniederfahren, unerbittlich, nie gesättigt und stets siegreich. Es war Venus. Ihr gehörte jener Saal.

Die Menge der Gäste drängte die Treppe herauf. Sie kamen aus der Halle, vom Büfett, und waren erhitzt und geräuschvoll. Die Herzogin erhob sich. Der Raum hatte sich gefüllt, sie ward eingeengt von Unbekannten. Da sagte neben ihr eine schnarrende Stimme, im militärischen Befehlshaberton:

»Ich bitte um Platz für die Frau Herzogin von Assy!«

Und Herr Gottfried von Siebelind schloß sich ihr an als ihr Kavalier. Im Gehen redete er: »Herzogin, Sie haben uns hier unter den Schutz von Göttinnen gestellt, und nicht alle sind gütig. Überzeugen Sie sich, was dort drüben die Böse für Unheil gestiftet hat. Properzia, unsere unermeßliche Künstlerin, hält Wacht vor der Terrassentür, vereinsamt, verraten und ganz aus Stein. Der Dolch sitzt ihr schon ebenso tief im Busen wie ihrer geschmacklosen Statue. Auch die junge Clelia gewährt ein trauriges Bild – aber immerhin nur ein Bild. Sie beansprucht nicht, tragisch genommen zu werden. Nach dem Auftritt mit ihrem Verlobten besaß sie noch ihre ganze Gemütsruhe. Aber ihr Erlebnis war bemerkt worden, um sie her flüsterte man. Da wandelte sie, betrübt und zart, zu einer edlen Vase, mit einem Tanz von Figuren. Sie stellte einen ihrer fehlerlos geformten Arme auf den Sockel und legte das Gesicht in die Hand, mit gemessenem Schmerz. Freundinnen umstanden sie. Sie bot sich der allgemeinen Bewunderung dar als klagende Nymphe, im Kreise der feuchten Genossinnen und neben einem überlaufenden Tränenkruge.«

»Herr von Siebelind«, äußerte die Herzogin, »Sie beobachten boshaft, aber einleuchtend. Als Sie mich soeben antrafen, war ich beinahe beängstigt durch die Vorfälle, von denen Sie sprechen. Mit denselben Vorfällen wollen Sie mich jetzt belustigen. Ich bin bereit.«

»Also Clelia spielt unglücklich«, so fuhr er fort. »Denn Jakobus bekümmert sich nicht mehr im geringsten um sie. Er streift planlos umher und stöbert nach Lady Olympia. Ein gefälliger Nächster wird ihn belehren, sie habe mit Herrn von Mortœil das Fest verlassen; darauf wird er erbleichen. ›Sie hat mich mit Clelia gesehen‹, wird er sich sagen. ›Ich habe ihr vorgeführt, wie ich werbe, wenn ich begehre. Ist nun dies die Antwort darauf?‹«

»Vorzüglich!« rief die Herzogin.

»Und man hält das für Liebesdramen!« sagte er unsicher und mit belegter Stimme. Seine braunen, rotgesprenkelten Augen blinzelten sie an, von unten und ohne Festigkeit. Er zog den Fuß hörbar nach, seine Stirn schwitzte, und in der käsigen Haut lagen die gelblichen Punkte so klar, als seien sie erhöht. Die Herzogin merkte plötzlich: ›Ach! Er ist kein harmloser Plauderer!‹

Und ihr Unbehagen kehrte verdoppelt zurück. Sie versetzte ablehnend: »Ich meine allerdings, wir sehen hier mehreren Liebesdramen zu. Clelia ist eine sehr sympathische Heldin...«

»Sie ist duftig, die Kleine, finden Sie nicht? Weil ihr Kopf sich unter großen, weichen, blonden Wellen versteckt, nimmt man kaum wahr, wie ausgearbeitet und feinzügig er schon ist. Noch umträumen wir sie mit Mädchenzauber – sie selbst träumt sehr ungern –, und durch den Goldstaub, den wir eigenhändig um sie herstreuen, erkennen wir noch nicht das Gesicht des alten Wucherers mit seinem grausam abschätzenden Blick und seinen sachverständigen Falten. Aber, Herzogin, glauben Sie es mir: sie ist die rechte Tochter des glatten, unbarmherzigen Trödlers, der Dolan heißt. Den Hang zum Erraffen, Festhalten und Nutzbarmachen, den er an altem Kram betätigt, sie hat ihn ererbt. Aber sie wird Besitz ergreifen von Menschen!«

»Woher wissen Sie...«

»Sie windet sich, lieblich und spielerisch, an Jakobus hinauf und umklammert ihn. Er merkt es noch kaum. Hier, unter dem aufreizenden Schmuck dieser Säle, wo die große Kunst aus Jakobus herausgebrochen ist, wie aus Daphnes Fingern die Lorbeerzweige, hier will sie ihn einfangen. Für sie ist das ein Rechenexempel. Und gleichzeitig mit dem großen Künstler will sie den Geliebten der großen Künstlerin rauben, und heiratet Mortœil. Man sagt, die Verlobung sei zurückgegangen. Beruhigen Sie sich, sie wird einfach nochmals geschlossen werden. Das ist Clelias zweites Exempel. Aber man bildet sich ein, das alles seien Liebesdramen!«

»Sie haben recht, solange Sie sprechen. Aber wenn wir jedem jungen Mädchen ihre reichen Flechten abschneiden und von ihrem armen Wesen das bißchen Goldstaub wegwischen wollten – gestehen Sie wenigstens, daß das traurig wäre.«

»Es wäre redlich, wie die Aufdeckung eines Betruges. Schönheit ist unsittlich«, erklärte er, bissig und gramvoll.

»Vergebung!« stieß er gleich darauf im Kavalleristenton hervor. »Man ist ja nicht von Holz. Solch allerliebster Schelm hat ja unzweifelhaft auch... Als ich noch jung und schön war...«

Sie betrachtete ihn, als sähe sie ihn zum erstenmal, diesen Popanz, der abwechselnd greinte und schnarrte, diesen forschen und kläglichen, seltsam verwandlungsfähigen und unheimlich tiefen Fremden. Er war gebügelt, gescheitelt, parfümiert und in jeder Einzelheit von letzter Neuheit. Aber der erste beste Vorübergehende besaß die Macht, ihn den Kopf senken, die Hand an die Stirn führen und von seinem Wege abweichen zu lassen. Herausfordernd und behindert hinkte er dahin, eine musterhaft angezogene Gliederpuppe, die es verdroß, daß nur andere über ihre Muskeln verfügten und nicht sie selbst.

Sie gingen zwischen den engen Pforten, die ihnen hier und da die Menge öffnete, immer weiter: durch den Saal der Diana, die Treppe hinab und in die Halle, und zurück bis an die Schwelle des Venussaales. Sie kehrten abermals um. Siebelind sagte mit einem verschleierten Blick nach den Liebesgöttern und ihren Günstlingen: »Jaja, das hält man für Liebesdramen!«

›Welche krankhafte Hartnäckigkeit!‹ dachte die Herzogin.

»Vor anderthalb Jahren, im Oktober«, so sprach Siebelind weiter, »starb in Rom eine arme Frau, die viel geliebt hatte, eines elenden Todes. Sie kannten, Herzogin, die Contessa Blà. Es gibt Männer, die, mit aller Zärtlichkeit geboren, ihre Sehnsucht in unsichtbaren Tränen ersticken müssen. Wenn die Frauen ahnten, welch Schatz von Gefühl in der Brust eines Ungeliebten versenkt liegt, sie würden… ihn ungeliebt lassen. Die arme Blà hat sich einem glücklichen Herrn geopfert, den das weiter nicht wunderte, und der die Liebe der Frauen geradeso munter auf den grünen Tisch warf wie das Taschengeld, womit sie ihn versahen. Am selben Tage – bemerken Sie dies wohl, Herzogin – war beim Fürsten Torlonia großer Rout, und Fräulein Clelia Dolan verlobte sich mit Herrn von Mortœil. Den grauen, mit scharfen Steinen besäten Weg, den die Blà soeben mit einem Seufzer verlassen hatte – zur selben Stunde beschritt ihn Properzia Ponti. Die Schicksale schließen sich mit unheimlicher Pünktlichkeit aneinander, zu einer wuchtigen Kette; sie umspannt uns immer enger, und schließlich verfangen wir uns darin, einer nach dem andern. Sie, Frau Herzogin, haben noch Zeit. Sie sind Diana gewesen, jetzt sind Sie Pallas. Der dritte Saal liegt noch in wüsten Träumen und wartet auf Sie. Venus ist noch abwesend.«

»Was reden Sie? Woher wissen Sie?« murmelte die Herzogin, und sie kämpfte mit einem unvernünftigen Grauen. Noch bevor sie sich besonnen hatte, fragte sie: »Wer sind Sie?«

»Ich? Oh, ich…«, machte Siebelind, und er zog sich innerlich ganz zusammen vor Scham und dem quälenden Drange, sich interessant zu machen.

»Ich komme nicht in Betracht«, seufzte er. »Da haben wir Clelia; sie ist herrschsüchtig und nichts weiter. Daneben Properzia; sie ist von einfältiger Begehrlichkeit und kennt keine Scham. Der junge Mann gehorcht verschiedenen Zugfäden; bald zieht Properzia an seiner Eitelkeit und seiner Ruhmsucht, bald Clelia an seinem praktischen Sinn und seinem Snobismus. Er wird so lange zwischen der berühmten Frau und dem reizenden Mädchen hin und her pendeln, bis alle drei ungewöhnlich unglücklich werden. Niemand wird wissen, warum, und man wird sich einbilden, das sei ein Liebesdrama. Aber es ist nur ein gesellschaftlicher Vorgang, wie eine Ordensverteilung oder ein Leichenbegängnis. Die Dramen, Herzogin, spielen hinter verschlossenen Türen, in der Brust der Ungeliebten. Ah! An den Schwellen der Säle, wo die Sinne schäumen, sich vorbeidrücken, kalt vor Verachtung und im Herzensgrunde die irre Hoffnung, eine mitfühlende Hand könnte winken, und dabei entschlossen, diese unmögliche Hand mit Strenge auszuschlagen. Die gedankenlosen Glücklichen hassen und sich festbeißen in ihren ahnungslosen Seelen, und wissen, daß man auch nur sein möchte wie sie, und sich seiner Triebe schämen, und stolz sein auf seine Scham, und entnervt von unfruchtbaren Gelüsten und ganz lahm vor Neid und aufgeweicht von hochmütigem Selbstbedauern. Von dem schaurigen Atem *solcher* Dramen sind sie niemals angeweht, die lauten Herrschaften, deren Gefühle im Ballsaal tanzen!«

Die Herzogin war empört und angewidert. Sie fragte von oben herab: »Wodurch habe ich Ihnen Mut gemacht zu solchen Vertraulichkeiten?«

Er erwiderte mit leidender Hartnäckigkeit: »Ich *muß* das alles sagen. Auch *meine* Stimme muß gehört werden, gerade hier, inmitten all dieser Malereien und Tänze, unter so vielen harmlosen Genießern.«

Sie schwieg und meinte im stillen: ›Warum schweife ich eigentlich schon seit einer halben Stunde mit diesem Verunglückten im ganzen Hause umher?‹

Es ward ihr auf einmal unerträglich. Sie sah sich nach Hilfe um, aber in der beweglichen Masse, die sie auseinanderdrückten und die hinter ihnen immer wieder zusammenfloß, glitten nur Unbekannte vorbei. Es schien ihr, daß diese Masse sie hoffnungslos einsperrte mit ihrem beunruhigenden Begleiter.

›Niemand unterbricht seine hassenswerten Reden, denn man sieht, wie ich lausche. Kann ich anders? Er vergewaltigt meine Aufmerksamkeit, dieser Ausgestoßene des dritten Saales. Ist's nicht, als begleiteten mich, indes er neben mir hinkt, von dorther alle die beängstigenden Stimmen, das irre Schwatzen, das Stammeln und verwahrloste Lachen? Sie gelangen zu mir durch das Schallrohr seiner ausgehöhlten Brust, verzerrt, getrübt und wie Krankenluft beklemmend. Der schwache Herzschlag dieses dürftigen Menschen leitet bis an mein Gehör den siedenden Puls all jenes entfesselten Blutes.‹

»Wer sind Sie?« fragte sie schließlich nochmals, fast wider ihren Willen.

»Herzogin sollten es vergessen haben? Gottfried von Siebelind, von den Ziethen-Husaren. Leider nicht mehr aktiv. Accident mit Pferden, Karriere vor der Zeit unterbrochen.«

Plötzlich plauderte irgendein Herr ihrer zusammengewürfelten Gesellschaft ihr etwas vor.

»Ich weiß«, sagte sie lachend. »Sie haben mir bei der Einrichtung dieses Hauses die dankenswertesten Gefälligkeiten erwiesen. Sie lieben es, im Gespräch Ihrem Partner eine recht unglückliche Meinung beizubringen von Ihrer Person. Sie wollen eben um jeden Preis anders sein als die andern. Darum habe ich Grund zu fragen, wer sind Sie? Also, seit dem Accident mit Pferden...«

»Seitdem verwalte ich unsern Familienbesitz.«

»Wo liegt er?«

»In Westfalen. Dort lebe ich unter lauter knorrigen Menschen. Können Sie sich vorstellen, wie mir zumute ist?«

»Die Familie von Siebelind... ich besinne mich, wo ich von ihr gehört habe.«

»Familie von Siebelind klingt famos. Leider ist das nur façon de parler, wenn ich mich selber meine. Es gibt nur mich.«

»Alle gestorben?«

»War nicht nötig. Haben nie gelebt. Mein Vater – ich enthülle Euerer Hoheit ein Stück deutscher Geschichte – war eine Art August der Starke, der regierende Fürst von Himmelreich-Blindekuh. Durch Vermittlung der Tochter seines Hofapothekers verhalf er mir zum Leben. Ich bin sozusagen ein Kind der Liebe, mithin von Hause aus schön und vom Glück erkoren, wenn man es jetzt auch nicht mehr sieht.«

Er erzählte es von unten herauf, versteckt und wichtig. Sie sagte abgewendet: »Ich mag niemand sich selbst verspotten hören. Es beschämt und quält mich.«

»Ach! Ich glaubte, es sei eine Genugtuung für die andern... Aber natürlich nicht für die Herzogin von Assy...«

Sie befanden sich in diesem Augenblick oben auf der Galerie, die die Halle umspannte. Wie sie nebeneinander an der Brüstung lehnten, sah sie in seinem Frack etwas blinken.

»Sie sind dekoriert? Ein weißes Kreuz in blauem Felde?«

»Eine Sittlichkeitsmedaille, Herzogin. Das Abzeichen eines Bundes zur Bekämpfung der Unsittlichkeit.«

»Soll heißen, der Liebe?«

Er bekannte gedämpft: »Ja.«

»Aber da Sie ja ein... Ungeliebter sind.«

»Ich bekenne mein Schicksal. Ich bin ein Bekenner.«

»Das ist hoch anzuerkennen, besonders da es Ihnen schwer wird. Gestehen Sie, wer gefällt Ihnen besser, Clelia oder Properzia? Mir schien es fast, Sie lieben alle beide?«

»Alle drei«, erklärte er.

Ehe sie es verhindern konnte, ergriff er ihre Hand und preßte seine Lippen darauf. Sie waren unangenehm heiß.

Und plötzlich war er verschwunden. In der nächsten Minute sah sie ihn bereits drunten in der Halle auf einen Kreis von Damen loshinken, steif und mit Willensanstrengung. Dicht vorm Ziel schwenkte er ab und sah gleichgültig weg, unter dem Spott der auf ihn gerichteten Lorgnons.

›Warum ist er geflohen?‹ fragte sich die Herzogin. Gleich darauf wußte sie den Grund: sie sah San Bacco auf sich zukommen. Er ging in einem Schwarm junger Mädchen, die sich an ihn hängten, ihn einhüllten in das leichte Geflatter ihrer Spitzen, Blumen und Haare, und ihm vertraulich ins Gesicht lachten mit ihrem frischen Atem. Sie liebten ihn, denn sie fühlten, daß der Blick, mit dem er sie bewunderte, von Zweifeln frei war, und daß der alte Ritter eine keiner Enttäuschung zugängliche Verehrung hegte für jedes hellstimmige Wesen im Schmuck langer Flechten, im Lichte unschuldiger Augen und in der Anmut schmaler Schultern. Sie ließen ihn erzählen von seinen Feldzügen, und sie belohnten ihn mit ihrem zärtlichen Gezwitscher, mit einem hingehaltenen weißen Handschuh, auf dessen Innenseite er seinen Namen kritzeln mußte, und mit Kotillonorden.

Er versicherte der Herzogin feurig, ihr Fest sei wundervoll geglückt.

»In Ihren Sälen, Herzogin, sind die Frauen schöner als sonst, und sie machen Ihre Säle schöner. Hier ist alles Pracht, edler Geist, Freude daran, den andern ein schönes Bild zu bieten. Und ich komme aus dem Parlament, wo die dürftigen Herzen mit Bosheit durchtränkt sind. Ehe ich dorthin zurückkehre! Bei Ihnen atmet man! Vom Kanal bis zur Lagune spielt die Frühlingsluft durch Ihr Haus und trägt jeden verbrauchten Atemzug aus den Mündern fort.«

Jakobus kam aufgeregt herbei und sagte: »Die beiden sind wieder da. Hätten Sie das für möglich gehalten?«

»Wer?«

»Lady Olympia mit Mortœil. Sie haben eine, wie es

scheint, genußreiche Gondelfahrt gemacht, jetzt wollen sie tanzen. Properzia darf zusehen, Arm in Arm mit Clelia. Ich finde, sie gehen etwas weit.«

»Auch Properzia soll tanzen, ich werde sie bitten!« rief San Bacco, die Wangen gerötet und lebendig wie ein Knabe.

»Ich werde nie dulden, daß man die große Frau beleidigt!«

»Wie wollen Sie's verhindern, Marquis? Übrigens ist sie nicht aufzufinden. Nun verlangt also Lady Olympia in ihrer Quadrille nach einem Gegenüber. Ich suche ein ihrer würdiges, Mortœil auch.«

»Der Schlingel!« murrte San Bacco. »Herzogin, Sie sollten ihn von einem Ihrer Gondoliere in sein Hotel bringen lassen!«

»Und Lady Olympia?«

»Sie ist eine Dame.«

»Kommen Sie, Jakobus«, sagte die Herzogin. »Wir wollen den Herrschaften gegenüber tanzen.«

Sie lachte herzhaft, und ihr Lachen schien alles zu verjagen, was von dem Geraune eines unzulänglichen Asketen in der Luft um sie her noch hängengeblieben war.

Sie gingen. Die Herzogin äußerte: »Lady Olympia hat Sie aus der Fassung gebracht, geben Sie's zu?«

»Was ist da zuzugeben«, erklärte Jakobus. »Wir haben ja das Tier in uns, nicht wahr, das auf so einfache Lockungen hört. Ah! Solch ein Weib weiß das! Welche Unverschämtheit im Grunde! Und was für ein melancholischer Triumph! Ich ging mit so reinen Empfindungen in diesen Sälen umher, ich genoß meine eigene Blüte, von der diese Wände berankt sind, und sagte mir, daß ich Ihnen, Herzogin, zu Ehren blühe. Da kommt dieses Weib und zeigt mir, daß sie Macht hat über mein Tier. Ich kann es nicht leugnen, aber ich fühle mich unhöflich behandelt.«

»Also aus Eitelkeit... Aber Sie ziehen die Sache doch

nur hinaus. Sie denken ihr nicht im Ernst zu widerstehen, wie? Also warum machen Sie's nicht gleich ab? Jetzt wären Sie schon damit durch und vollkommen beruhigt – wie nun Mortœil statt Ihrer.«

»Ich konnte nicht. Sie, Herzogin, standen dazwischen und verleideten mir das Vergnügen.«

»Das tut mir leid... Sollten Sie mich lieben?«

Er erschrak. Er errötete so tief, daß das braune Gold seines langen, geteilten Kinnbartes ganz blaß ward.

»Nein, nein! Was für eine Frage! Wodurch habe ich...«

»Durch gar nichts. Beruhigen Sie sich. Dann hindert Sie also nichts, Lady Olympia zu lieben.«

»Erst recht nicht!«

Sie langten an und begrüßten die Wartenden. Lady Olympia war schlechter gepudert als vorher. Sie hatte feuchte Augen und süß belebte, glückliche Bewegungen. Mortœil war ziemlich blaß; er begegnete den neidischen und höhnischen Blicken mit schneidender Kälte. Die Musik begann sogleich, und während sie mit Mortœil und seiner Dame den Reigen schlangen und lösten, setzte Jakobus das Gespräch mit der Herzogin fort. Er sprach laut von Lady Olympia und sah ihr dabei gerade in die Augen. Sie lächelte gleichmütig. Seine Gebärden wurden immer hastiger.

»Wer liebt denn eine Lady Olympia?« sagte er. »Lady Olympia ist ein üppiges Bild, ich habe vergessen, sie im Saal der Venus anzubringen als Liebesjägerin, rot, breit, blond, den Kopf zurückgeworfen, so daß der Hals sich bläht, und lachend mit feuchten Lippen. Man wälzt sich mit ihr ins Gebüsch und läßt sich nehmen. Dann geht man, und behält im Auge noch eine Zeitlang den Glanz von ihrem roten Fleisch. Sonst nichts. Sie ist ein Bild, und auf Bilder verstehe ich mich zu gut. Die liebe ich nicht.«

»Nun, glücklicherweise bin auch ich ein Bild. Bald stellen Sie mich an eine Saaldecke als Diana oder als Minerva, bald in den Salon zu Paris als Duchesse Pensée. Welch seltsamer Name, wie kamen Sie dazu?«

»Jenes Bildnis sind nicht Sie, Herzogin, es ist Ihr Gedanke – der Gedanke jener Minute, als Sie in meinem Atelier zu Rom vor die Pallas des Botticelli hintraten. Ich sagte Ihnen schon, ich würde Ihre Seele aus jener Minute zurückholen, sobald ich Sie aus den Augen verloren hätte.«

»Warum lassen Sie mich das Bild niemals sehen. Ich möchte es besitzen.«

»Es ist verkauft... an eine deutsche Dame.«

»Wer ist sie?«

»Die Tochter eines rheinischen Industriellen... Ich habe sie geheiratet.«

»Was sagen Sie da?«

Das En avant deux führte sie auseinander. Lady Olympia nahm Jakobus' Hand und wiegte sich mit ihm in der Mitte des Vierecks von Tänzern. Sie sagte: »Sie sind unhöflich, mein Kleiner, aber ich bin Ihnen nicht böse. Sie gefallen mir nun einmal. Übrigens werden Sie mich für das alles bald um Verzeihung bitten.«

»Nur zu bald«, erwiderte Jakobus.

In der Pause zwischen zwei Teilen der Quadrille wiederholte die Herzogin: »Was haben Sie gesagt? Sie sind verheiratet?«

»Und ich bin stolz darauf«, erklärte er. »Bedenken Sie, unmittelbar nach dem Erfolge, den ich mit Ihrem Porträt hatte, verheiratete ich mich mit einem jungen und reichen Mädchen, das in allem ungefähr das Gegenteil von Ihnen ist. Nein, Herzogin, ich liebe Sie nicht.«

»Sind Sie darüber immer noch nicht beruhigt?«

»Das Beunruhigende liegt darin, daß ich Sie zu oft male. Sie sind kein einfaches Bild wie Lady Olympia. Ah, die ist mit einer einzigen Leinwand abgetan für alle Zeiten! Aber Sie, Herzogin, Sie kommen mir fast vor wie einer meiner

Träume. Wie gesagt, Sie beunruhigen mich immer aufs neue. Ich sehe Sie niemals endgültig.«

Sie mußten sich trennen.

»Ich hoffe trotzdem, Sie sind nur ein Bild«, versetzte er noch.

»Ich auch«, entgegnete sie.

Wie sie wieder zusammentrafen, erklärte er: »Ich liebe nämlich nur dort, wo ich wenig sehe, und wo es für mich keine Kunst gibt. Meine Kunst will ich stark, streng, unpersönlich und von weichen Gefühlen unabhängig. Die Liebe... Soll ich Ihnen erzählen, wo ich am meisten geliebt habe?«

»Tun Sie es.«

»Ich sollte irgendwo in Rußland Jagdbilder malen und ging jeden Morgen auf dem Wege zu dem Pavillon, der mir als Atelier diente, an einem eingefriedeten Stück Park vorbei. Nadelholz und Sträucher waren in die graue Mauer eng eingefaßt, wie ein dicker Strauß. Ein dunkler Laubgang führte zu einem Brunnen, wo täglich eine weiße Gestalt sich regte. Ich sah nur einen Streif von einem weißen Gesicht und das Gleiten von zarten Gliedern. Und ich stand jedesmal lange, mit den Fingern um die Gitterstäbe, und spähte die sich verengende Perspektive hinab, nach der Seele im Park, wie ich jenes Wesen nannte. Es umkreiste den Brunnen, und ich fühlte das so, als umkreise es vergeblich meine eigene Seele. So hab ich nicht wieder geliebt.«

»Das haben Sie also nicht gemalt?«

»Es war eben nur Gefühl. Es war kein Bild – wie Sie, Herzogin.«

Sie machten sich die große Verbeugung, und der Tanz war aus. Die Herzogin ließ die andern allein.

»Was meinen Sie, mein Kleiner«, fragte Lady Olympia den Maler, der verlassen dastand. »Sind Sie gezähmt?«

»Augenblicklich weniger als vorher«, erklärte er. »Ich bedauere es lebhaft.«

Sie nahm Mortœils Arm und befahl abermals ihre Gondel.

Jakobus schlenderte gesenkten Kopfes umher und sann: ›Warum habe ich ihr erzählt, daß ich verheiratet bin. Bei nächster Gelegenheit werde ich versichern, daß es irrtümlich geschah, und daß ich mich scheiden lassen werde. Sie wird sagen – oh, ich kenne sie –, es sei recht so. Eine Frau schade meiner Kunst, ich gehöre ganz meiner Kunst. Und da die *ihr* gehört... Ja, sie soll ihren Willen haben – und die andere auch, die mich so unhöflich bei meinem Fleisch anfaßt, in dem Augenblick, wo ich am meisten Seele zu sein glaube und an die Seele im Park denke. Ah! Die Hand, die sie mir beim Tanze gereicht hat! Lady Olympia ist schon allzu stolz auf die Macht ihres Leibes, aber zu gewisser Stunde werde ich ihr dennoch gestehen, wie ich ihre Hand malen würde: in dem Augenblick, wo sie den braunen Kopf eines Knaben streichelt, der unter ihrer trägen Liebkosung zittert und keucht, oder wie sie die zerrupften Blätter einer dunkeln Rose hinausstreut in einen schwülen Wind... Wo sehe ich dagegen die Hand der Herzogin? Auf der bilderreichen Wölbung einer köstlichen Vase. Sie gleitet an den Profilen der Figuren entlang. Die Mänade taumelt, die Nymphe lacht, und ein Widerschein ihres ewigen Prangens fällt auf die vergängliche Hand.‹

Niemand hatte Properzia das Haus verlassen gesehen. Endlich fand die Herzogin sie in dem künstlichen Garten über der Lagune, die Arme hinaufgereckt an dem hohen, dunkel blitzenden Gitterportal. Es sah aus, als hätte sie vergeblich daran gerüttelt und sei mit mutlosen Händen hängengeblieben in den weiten, verschlungenen Zweigen aus Eisen, zwischen den blauen Pinienäpfeln und den Lilien mit gelben, starrenden Blütenstengeln, und im Banne des weißen Greifen droben auf der Spitze.

Die Herzogin berührte ihre Schulter und führte sie zurück, durch eine Reihe verschwiegener Zimmerchen, bis an das andere Ende des Hauses. Im Kanal lagen die Gondeln unter der Brücke und zwischen den schwarz und blau gestrichenen Pflöcken; jeder von ihnen trug eine Herzogskrone. Sie stiegen ein und glitten davon, ohne einen Laut. Die letzten Festflammen erloschen im schwarzen Wasser. Die Paläste wuchteten schattig; blendend ins Mondlicht sprangen die Balkone. Die steinernen Masken starrten ihnen nach, von den Bögen der Portale herab; die stiegen mit müden, ausgewetzten Stufen in die Kanäle. Verlassene Steinbänke hingen über der traurigen Flut an den Fassaden. Die gebräunten Marmorquadern prunkten nächtlich, und aus den eisernen Quadraten der Fenster winkte ihnen die Hand des Schweigens. Über einen weiten, bleichweißen Platz ritt geräuschlosen Hufes ein erzener Reiter. Er war, mit grellem Angesicht über die Schulter weg drohend, entsetzlich und schön, das Abenteuer dieser Nacht: sie kniete vor ihm.

Hart glänzender wilder Lorbeer raschelte auf zerbröckelnden Mauern um Wappenhelme und Steinbilder. Davor schmiegten kleine Löwen den Kopf auf die Tatzen. Die Herzogin dachte: ›Über der Kunst wacht die Kraft. Die Kunst ist nie verloren.‹

Aber Properzia richtete sich plötzlich auf. Sie saß im Schatten; ihr Gesicht war ein blasser, verschwimmender Fleck auf dem schwarzen Tuch des Felze.

»Es ist, als wäre ich schon tot«, sagte sie. »Ich kann nicht mehr arbeiten. Er tötet mich. Und dabei begehrt er mich, ich weiß es. Aber er nimmt sich nicht, was er begehrt, denn er schämt sich der Natur. Oh, er ist so künstlich, und ich bin es nicht. Wenn meine Liebe vergiftete Stacheln hätte, um ihn zu reizen! Wenn ich eine herzlose und wollüstige Abenteurerin wäre oder ein eigensinniges, herrschsüchtiges Mädchen, das ihn nicht liebt. Aber ich habe nur meine einfache Leidenschaft, und die frißt sich selbst. Ich habe Anatomie gelernt und weiß, daß nach dem Tode oft der Magen sich selbst verzehrt. So ist meine Leidenschaft, denn er gewährt ihr keine andere Nahrung, – und es ist, als wäre ich schon tot.«

Die Herzogin erwiderte nichts, sie dachte: ›Properzia ist lächerlich und großartig. Wie konnte sie mich nur beängstigen? Ja, ihr heißer Atem ist mir, zusammen mit dem der andern, aus dem Saal der Venus entgegengeschlagen und hat mich vor sich her gejagt, erschreckt und schwach. Properzias, Clelias, Jakobus' Brunst und die von Mortœil und Lady Olympia hat mich wie ein Kapuzenmantel, heiß und rot, bis über die Ohren zugedeckt. Sooft ich ihn abschütteln wollte, drückte Siebelinds verwachsene, feuchte und zitternde Hand ihn fester... Ich war schwach. Warum habe ich Jakobus gefragt, ob er mich liebe... Jetzt würde ich ihm bedeuten, er möge gefälligst mit der Ausmalung der Kabinette beginnen. Dieser Properzia habe ich nichts dergleichen mehr zu sagen. Ich fühle, sie ist über alles hinaus. Aber ich höre auf, sie zu bemitleiden; ich fahre sie umher und bestaune sie. Ich bin zuviel hin und her getrieben zwischen Menschen, Listen, Träumen, Niedrigkeiten. Jetzt ruhe ich aus und schaue. Die drohende Größe des Colleone oder Properzias untergehende – welches Schauspiel ist glänzender? Die Seelen prangen neben den Kunstwerken, und ein Schauspiel bin ich mir am Ende selber. Wäre ich sonst nicht geradeso verloren wie diese hier? Alles, was mich überwältigen will, ich bezwinge es im Spiel. Die Sucht nach Freiheit und Größe brach über mich herein: ich spielte Diana und wußte es nicht einmal. Jetzt bin ich Minerva, sagen sie. Wissen sie, ob ich nicht Minerva spiele, weil ich ringe mit dem Fieber der Kunst? So spielte ich auf meiner Kinderinsel die süßen Gestalten der alten Dichtungen und lauschte auf das Echo von Chloes Stimme, die nach Daphnis rief.‹

Die Ruderschläge klappten unter den Brücken. Ihre Bogen überspannten schlank und schnell den engen Wasserpfad, und es nickten Büsche von einem Ufer zum andern. Sie nickten über die blaugrün beschatteten Mauern von Gärten in blaugrünem Licht, zwischen steilen, schmalen Palästen, blaugrün übergossen; Gärten mit unbewegten Wipfeln, ohne Vogelgesang und lauschend auf Brunnen, die nicht plätscherten. Der Ruf eines Gondoliers schallte herüber aus der Ferne, aus entlegenen Kanälen, wo die unbekannten Gondeln ihren dunkeln Weg befuhren, ihren glücklichen oder ernsten. Properzia horchte, irren Blickes. ›Dort gleiten sie hin‹, sann sie, ›Maurice und die Frau, die er heute liebt. Sie liegen weich ineinandergebettet... Sähe ich ihn lieber sterben!‹

Die Gärten waren nun erstickt von turmhohen Steinkästen, durch Kohlen geschwärzt, und triefend von Moder. Sie hatten kleine, hochgelegene Öffnungen und Türen ohne Brustwehr. Im Widerschein ihrer Lichter breitete sich über das Wasser, worin sie badeten, eine buntgefleckte, ölig schillernde Haut. In den Spelunken schrien die Trinker rauh, und schrill die Mädchen. Ein Gitarrenklang rollte unter dem Lärm hervor, wie eine kleine, nasse Perle. Eine Vettel mit bloßen Brüsten hing aus einem Fenster, unter den Sternen. Properzia sagte: »Wir rudern vorüber, und niemand belästigt uns. Hier trat ehemals der Trunkene, dem eines der Weiber ihr Schlafgemach öffnete, ins Leere und verschwand in diesem zähen Wasser. Ich wollte, ich wäre das Weib und beträte, mit Maurice verschlungen, das gebenedeite Schlafgemach, wo alles endet.«

Plötzlich, mit wenigen Wendungen, gelangten sie in den Großen Kanal. Die Herzogin geleitete Properzia an ihr Hotel und fuhr nach Hause. Das Fest war erloschen, der Palast stand wie ausgekohlt, schwarz, mit geringen Lichtfunken. Diener trugen ihr Armleuchter voran durch die hallenden Säle. Die mächtigen Schatten der Gemalten stürzten übereinander her von den Decken. Ein Marmor funkelte auf; der silberne Rand des Brunnens kreiste weich glänzend um die Schale, die rann und tropfte, um die Amorinen, die tanzten, um die Muse, die geigte.

In dem letzten, auf die Lagune hinaus weit geöffneten Kabinett saßen am Kartentisch und beim Wein die spätesten der Gäste: Lady Olympia, Jakobus, Siebelind, San Bacco und Mortœil. Die Herren erhoben sich, San Bacco rief: »Herzogin, Sie sind mit Angst vermißt worden. Wissen Sie es wohl?«

»Herzogin, wo waren Sie?« fragte Mortœil.

Er stellte eine unnatürliche Spannkraft zur Schau, und die Augen, die gerötet waren, fielen ihm zu. Lady Olympia legte sich wieder in den Stuhl, sie bewegte sich weich und satt.

»Sind Sie nochmals zurückgekehrt, Mylady?« sagte die Herzogin. »Auch ich war unterwegs unter dem Monde.«

Sie dachte an die blaugrünen Mauern mit den von Lorbeer umraschelten Löwen und lächelte, ganz erfrischt und heiter.

»Ich habe gesehen, wie Löwen, die sich mit Ruhm bedeckt hatten, gelangweilt gähnten, indes Löwinnen vorbeifuhren, brüllend vor Schmerz und Begierde.«

Lady Olympia blinzelte nach Mortœil hinüber; sie versetzte träge und friedevoll: »Was wollen Sie? Auch Löwen ermüden.«

II

Im Kunstkabinett, am Rande der toten Lagune, und nur durch eine Tür getrennt vom Saal der Venus, unterhielt man sich von Liebe. Die Herzogin und San Bacco gaben Jakobus recht. Siebelind widersprach ihm gereizt. Der alte Dolan grinste faltig. Mortœil und Clelia sahen sich an und zuckten die Achseln, Lady Olympia tat nicht einmal das. Properzias Blick brütete heiß und unbeirrbar auf dem Gesicht ihres Geliebten.

Dem Gespräche lauschten, von der Höhe ihrer Sockel und vor dem Wandbezug aus olivengrüner, gefältelter Seide, Florentinerinnen mit gedankenfeinen Stirnen und junge, träumerische Heidinnen. Sie waren mildweiß; von goldenen Kettchen hing ihnen über der Nasenwurzel eine Gemme. Ihre Stirnen waren gewölbt und ihr Haar wie Schleier zusammengerafft. Sie trugen den Kopf erhaben auf langen, geraden Hälsen und hielten die Augenlider gesenkt; die waren dünn zum Zerreißen. Mit hohen, schwachen Brauen und gespitzten Lippen oder halboffenen und die Zunge im Winkel, lächelten und deuteten sie, kaum wahrnehmbar und auf immer unerklärlich. Sie standen im Halbkreis hinter den Stühlen der Frauen. Jedem der Männer sah ein Knabe über die Schulter, oder ein jugendlicher Krieger. Sie waren nackt oder gepanzert, und aus ihrem gebräunten oder schwarz polierten Marmor spähte ihre Seele hervor, unschuldig und voll Verlangen. Erstarrt trotzten auf ihren hellen Stirnen die Taten, die sie nicht hatten vollbringen können.

Die Hauptwand trug die Pallas des Botticelli. Gegenüber, durch die aufgestellte Terrassentür, schmiegte sich eine zärtliche Luft; es war gegen Abend und noch im Mai. Die Lagune, schräge bestrahlt, ein riesiger Silberspiegel, schien ins Zimmer. Man sah einander auf diesem Hintergrunde von Silber. Die Kunstwerke wachten auf und leuchteten; der Sinn der Menschen belebte sich und ward begehrlich.

Jakobus wiederholte nochmals, daß die Gegenstände der Kunst weit getrennt seien von denen der Liebe.

»Es ist genug, daß ich das Fleisch mit meinen Händen anfasse und mit meinen Sinnen. Mein Herz soll es nicht berühren. Es ist genug, daß ich es male. Ich will es nicht auch noch lieben.«

»Nicht einmal, wenn es beseelt ist?« fragte Clelia Dolan.

»Ah bah! In einer Brust, die ich liebe, will ich harte Diamanten brechen und Eisklötze zum Schmelzen bringen. An ihren weichen Hügeln, um die jeder seine Hände legen kann, liegt mir so wenig wie an einer Leiche.«

Dabei richtete er auf Lady Olympia einen erbitterten Blick.

»Das klingt gewaltsam, mein Lieber«, meinte die Herzogin. »Warum tun Sie sich Zwang an?«

Siebelind, auf den niemand hörte, versicherte einem nach dem andern, mit störrischer und vergrämter Miene, auch die Kunst müsse frei werden vom Fleische. Es genüge nicht, daß sie Seele habe: die Seele solle mystisch sein, die Sinne kasteit und die Formen unterdrückt. Die Frauen maßen ihn kalt und rümpften die Nasen. Er zog unvermutet aus der Tasche ein bronzenes Figürchen, eine Badende, von einem Delphin in die Wade gebissen. Ihr vom Schreck geschlagener Körper warf große Fleischfalten. Dolan drehte sie lüstern zwischen den Fingern.

»In den Vertiefungen liegt verstaubt die alte künstliche Patina«, erklärte er. »Aber die Flächen haben sich längst mit wundervollem, natürlichem Grün überzogen... Woher haben Sie das?« fragte er übelwollend.

»Mein Geheimnis«, erwiderte Siebelind, und bot die Statuette der Herzogin dar. Sie dankte ihm.

»Reden Sie, was Sie wollen. Durch solch einen Fund stimmen Sie uns immer wieder zu Ihren Gunsten.«

»Ich habe die Schwäche«, entgegnete er. Dolan brummte: »Mein Lieber, Sie haben ein konträres Kunstempfinden.«

Properzia sprach für sich, innig und weltvergessen.

»Ach! Wie wäre es klar! Soviel wie möglich einander sehen und sich einfach lieben, ohne List und Umwege, ohne Scham noch Lüge, ohne ein getäuschtes Verlangen und ohne Gewissensbisse. Zu zweien leben und jeden Augenblick sein Herz geben. Unsere Gedanken achten, soweit wie wir hineinzutauchen vermögen. Aus unserer Liebe keinen Traum machen, sondern hellen Tag, und frei darin atmen...«

Sie brach ab, denn sie merkte plötzlich, daß alle verstummt auf sie horchten. Ihre tiefe, dunkel bewegte Stimme klang noch nach; in diesem Augenblick fand jeder Properzia schön. Lady Olympia lehnte sich zurück, schloß die Augen und machte »Ah!« Jakobus und Graf Dolan klatschten Beifall. Die Bildhauerin sah umher, ohne Verwirrung und ohne Freude.

»Ich habe nur ein Gedicht nachgesprochen«, versetzte sie. Und darauf ward sie wieder vergessen. Ihre Worte hatten jeden angeregt, und jeder ging seiner Begierde nach. Mortœil flüsterte, mit dem Munde dicht über Lady Olympias stolzer Schulter. Sie stand auf und drehte ihm den Rücken zu. Er begab sich zu Clelia und schaute, ohnmächtig und gereizt, hinter der großen Frau her. Das junge Mädchen schielte, ohne daß Mortœil es merkte, nach Jakobus. Lady Olympia bemächtigte sich des Malers.

333

Die Herzogin war mit San Bacco und Siebelind im Gespräch. Der ehemalige Kavallerist behauptete verstockt, er habe nie geliebt.

»Nie geliebt?« sagte San Bacco. »Ach ja, Sie werden recht haben. Man liebt immer oder nie.«

Er stand hinter der Herzogin und senkte nachdenklich den Blick auf ihr dunkles Haar. Sie hörte mit halbem Ohr nach dem Liebesgeflüster hin; es durchschwirrte von allen Seiten den Raum, gleich einem Insektenschwarm. Buntschillernd, leichtflügelig, naschhaft und planlos flatterte es an den grünseidenen Wänden hin und über die Füße des Pallas und durch die Olivenzweige, die sie ganz umrankten. Auf einmal aber ward die Herzogin aufmerksam auf das heimliche Gezisch des alten Dolan. Er redete auf Properzia ein, die gepeinigt wegsah. Er machte eine kleine faltige Greisenfaust und schlug sich damit schnell und oft unter das Kinn, auf seinen nackten Hals, der knorplig aufragte aus den zu weiten Kleidern. Der weichliche, haarlose Kopf bebte vor innerlicher Aufregung. Die große Nase bewegte sich.

»Gehen Sie nach Hause!« rief er tonlos. »Arbeiten Sie! Was wird aus unserm Vertrage! Die lange Mitte meiner Galerie steht noch ganz leer. Bevor Sie sie nicht besetzt haben – meinen Sie etwa, daß ich Sie den Lohn auch nur von ferne sehen lassen werde? Ja doch, sehen sollen Sie ihn, aber nur durchs Schlüsselloch, wie er am Ende meiner Säle steht. Und nicht einmal Ihren Tränen werde ich erlauben, durch das Schlüsselloch zu fließen!«

Sie entgegnete matt und eigenwillig: »Ich will noch hier bleiben. Lassen Sie mich. Ich leide zu sehr...«

»Sie werden noch viel mehr leiden, wenn Sie nicht sofort Ihre Arbeit aufsuchen.«

Allmählich hatten alle sich umgewandt und bestaunten den Alten: es sah aus, als verschlänge ein kleiner Dämon mit einer feurigen Drachenzunge die große Properzia. Er zitterte ganz und gar unter den Falten seiner Kleider. In seinem altjüngferlichen Gesicht mit den Wuchererzügen spitzten sich unter den hängenden Lidern, schwarz und kalt, die Pupillen. Properzia hatte sich erhoben, sie tat einen Schritt zur Tür. Aber die Herzogin trat ihr in den Weg.

»Bleiben Sie doch«, riet sie leise und leichthin. »Sie können nicht wissen, was heute geschieht. Sehen Sie nicht, daß Ihr Maurice ganz allein steht?«

»Ich bin schon zu lange hier«, versetzte Properzia. »Aber ich bleibe. Ich bin die Abgewiesene, die dem spröden Geliebten nachstellt, ohne Scham und ohne Würde – ich weiß es wohl. Aber auf dem Wege, den ich gehe, sind Würde und Scham längst unter die Kiesel getreten.«

»Unterdrücken Sie die Regungen von Verzweiflung, Properzia. Sättigen Sie auf seinem Gesicht Ihren Blick. Ich versichere Sie, daß es ihm wohltut. Er steht allein und zerbeißt sich die Lippen. Clelia hat nur Augen für Jakobus, und für Lady Olympia lebt er gar nicht mehr.«

»Für sie, seine Geliebte?«

»Geliebte? Oh, Lady Olympia ist niemandes Geliebte. Sie hat eine halbe Nacht seine Gesellschaft genossen und es längst vergessen. In seinem schwächlichen Blute wirkt der Reiz noch ein wenig nach. Lieben Sie ihn, er wird sich lieben lassen!«

Die Herzogin wollte weitergehen, aber Properzia machte eine Bewegung des Entsetzens.

»Was ist das für eine Frau! Sie wäre imstande, einen Mann zu vergessen und zu verleugnen, den sie sich gewünscht und dessen Liebe sie angenommen hat! Kann man denn das?!«

»Es wird ihr leicht«, erklärte die Herzogin und entfernte sich.

»Aber das ist ja ein Verbrechen!« rief Properzia sich zu. Sie stand abseits und verschränkte die Finger. »Wie muß man sie hassen und fürchten – und vielleicht auch lieben? ...Welch unbegreifliches Verbrechen!«

Die Herzogin trat zu denen, die mit Jakobus ein Bild betrachteten. Er hatte es ins Licht gerückt; Lady Olympia saß davor.
»Was für ein liebes, liebes Mädchen«, sagte sie zärtlich. »Von wem ist es?«
»Von einem großen Namenlosen. Wozu würden Ihnen die zwei oder drei Silben verhelfen, die einmal das Zeichen seiner Persönlichkeit gewesen sind? Sie haben ja schon alles von ihm, da Sie über sein Werk geneigt beinahe weinen. Denken Sie, dieses Mädchen wartet vielleicht schon seit dreihundert Jahren darauf, daß Sie, Mylady, es lieben. Inzwischen hat es zugesehen, wie seine Farben dunkelten und barsten, und wie das Gold des Rahmens erlosch. Es sitzt vorne, ganz allein auf dem braunen Grase, in einer weiten und strengen Landschaft und stützt den Arm auf einen Hügel. Seine warme Schulter, dem Gewande entstiegen, berührt die dürre Erde. Welche goldblasse Büste, und was für große, begehrliche Augen! Seine Stimme würde klingen wie die Stimmen der mutigen Kinder voll Lebenskraft; aber sein Lockenkopf ist gefangen in dem langsam streichenden Grau eines verhängnisvollen Himmels, – und es schweigt.«
Lady Olympia näherte schwesterlich ihr glückliches Gesicht dem schwermütigen der andern. Jakobus' Kopf war ganz nah; sie sagte ihm ins Ohr: »Ich empfinde die Kunst unglaublich stark. Die Bilder beleben sich mir... buchstäblich. Sie wissen doch, welcher Mann mich in Stimmung versetzt?«
»Ich will es lieber noch nicht wissen.«
»Also später. Sie sind prachtvoll. Seit vierzehn Tagen könnten Sie mich haben. Was Sie mir inzwischen für Vergnügen gemacht haben! Bedenken Sie, daß ich sonst nur

die Arme auszubreiten brauche, und alles fällt hinein. Ihnen danke ich das Glück des Wartens. Sie lieber, lieber Mann!... Übrigens müssen Sie verliebt sein.«

»Ich? Nein, nein. In wen denn?«

»Nun, natürlich in – mich.«

Jakobus errötete. Er suchte, lachlustig und betreten, die Augen der Herzogin, ohne sie zu finden.

Siebelind erhaschte einige von Lady Olympias Worten. Er trank sie gierig und mit saurer Miene; seine Stirn ward sehr feucht. Er unterbrach hastig das heiße Geflüster.

»Betrachten Sie doch die Contessina statt dieser rissigen Leinwand! Clelia sitzt an ihrem Tischchen aus Lapislazuli, und zwischen die etruskischen Vasen, die darin eingelegt sind, setzt sie ihren Arm wie eine alabasterne Statuette. Sie hat, ohne viel zu berechnen, ganz dieselbe Haltung angenommen wie das wehmütige Fräulein hier im Bilde. Sie schmollt und denkt: ›Die dort geraten in Ekstase über eine gemalte Haut. Warum überzeugen sie sich nicht, daß meine geradeso goldblaß ist, und daß auch ich etwas überaus Liebliches und Lebenduftendes bin auf dem grauen Himmel schwerer Ereignisse.‹«

»Schwerer Ereignisse?« fragte jemand, und man zuckte die Achseln. Aber Mortœil, der immerfort dem Nacken Lady Olympias zugesehen hatte, wie er unter einem Netz schwarzer Spitzen sich gelassen hob und senkte, ging rasch entschlossen zu der Verlassenen.

»Fällt es Ihnen im Grunde nicht auf«, meinte er, »daß wir uns hier treffen? Wir haben uns neulich in etwas übler Laune getrennt, es scheint sogar, daß wir uns gezankt haben...«

»Und daß wir unsere Verlobung aufgehoben haben«, ergänzte Clelia.

»Die Notwendigkeit muß uns wohl beiden eingeleuchtet haben.«

»Allerdings. Denn den so – bürgerlichen Ansprüchen,

die Sie an Ihre Gattin stellen würden, fühle ich mich nicht gewachsen.«

»Bürgerlich? Ich bitte Sie um alles. Ich halte mich im Gegenteil für sehr aufgeklärt. Glauben Sie wohl, daß es mich gar nicht aufregen würde, wenn meine Frau mich betröge. Ich bin der Ansicht, man muß der Frau ein wenig mehr Selbstverantwortlichkeit aufbürden. Die Schande ihrer Handlungsweise sollte nicht mehr auf den Mann fallen, sondern auf sie selbst.«

»Ach, das ist interessant.«

Sie dachte: ›– und bequem über die Maßen.‹

»Nun, das Ergebnis von dem allen«, sagte er, »ist, daß wir nicht zueinander passen.«

›Wir passen ausgezeichnet‹, dachte sie, ›und ich werde ihn bekommen.‹

»Ich sollte im Gegenteil fast denken...«, äußerte er. Er überlegte, angstvoll enttäuscht: ›Lady Olympia nimmt sich heraus, mich, der ich ihre Griffe beinahe noch in den Gliedern spüre, ganz einfach zu verleugnen. Und dieses kleine Mädchen tut so, als würde es mich nicht einmal heiraten. Bin ich denn aussätzig geworden?‹ Er bemerkte: »Recht bedacht, wüßte ich kaum noch, was wir aneinander auszusetzen haben.«

»Oh, wir wußten es neulich«, behauptete sie. »Trösten wir jetzt ein wenig die arme, große Properzia.«

»Ich danke«, erwiderte Mortœil, und sie verließen sich kühl lächelnd.

Clelia gesellte sich zu Properzia. Sie saß vor dem Kamin, zwischen den vergoldeten Figuren des Feuerbocks, die heraustraten aus der finstern Wölbung. Ihre ausgebreiteten Arme ruhten, links und rechts, auf den Schultern des Vulkan und der Aphrodite. Ihr kleiner Kopf mit der Mauer schwarzer Haare stand vorgestreckt auf starrem Halse. Der Mund war hart verschlossen und seine Winkel abwärts gezogen. Clelia fand sie grausig und schön, mit dem Schwarz der großen, tierisch keuschen Augen in dem weißen Gesicht. Sie kniete auf einen Schemel zu Füßen der Bildhauerin nieder und schmiegte sich an sie, blond und leicht. Siebelind sah es mit an und dachte: ›Welch gelungenes Bild! Eine süße Heidin mit wunderbaren Haarmassen im Nacken und die Schenkel der Schicksalsgöttin umklammernd!... Nun wird sie Properzia versöhnen, und zwar nicht aus List, sondern weil sie sie in dieser Minute wahrhaftig liebt. Diese kleine Clelia fühlt, daß alle sie durchaus für etwas sehr Liebliches und Gütiges halten möchten – und darum wird sie es fast in Wirklichkeit. Sie sonnt sich in den Augen, die sie bewundern, und genießt die eigene Lieblichkeit und Güte mehr als alle andern. Solch Kätzchen, lüstern nach sich selber! Und nicht einmal die Genugtuung hat man, es hassen zu dürfen. Es ist zu angenehm – und zu zerbrechlich.‹

Clelia bat: »Meine große, schöne Frau Properzia, glauben Sie doch nicht, ich sei Ihre Rivalin. Nicht wahr, Sie glauben es nicht?«

Properzia wandte dem jungen Mädchen einen leeren, düstern Blick zu und schwieg.

»Ich habe ja mit Maurice gebrochen«, sagte Clelia. »Sie wissen es doch. Wir passen gar nicht füreinander. Und dann quält es mich, daß Sie ihn lieben und unglücklich sind. Als ich mich mit ihm verlobte, wußte ich es noch gar nicht.«

Siebelind spitzte die Ohren.

›Welch süßes Stimmchen‹, meinte er. ›Und sie streichelt der großen Frau die Hände und küßt sie. Wer ihr jetzt sagte, daß sie fest entschlossen ist, Mortœil zu heiraten, würde sie geradezu überraschen.‹

»Oh, ich könnte es nicht ertragen«, versicherte Clelia, »über Ihr Unglück hinweg nach meinem Glücke zu greifen! Nehmen Sie ihn sich, wenn Sie ihn haben möchten, meine schöne Frau Properzia... Ich erzähle Ihnen eine

Geschichte, in der es so zugeht, wie Sie gewiß wünschen. Hören Sie nur, sie handelt von einem meiner Vorfahren, Benedetto Dolan. Er war Trinitarier, er zerbrach die Ketten der Sklaven. Aber einmal brachte er aus der Berberei eine Sklavin mit, deren Kette konnte er nicht lösen, weil er selbst darin gefangen war. Wie hat er sie liebgehabt! Er dachte wie Sie, Frau Properzia: soviel wie möglich einander sehen und sich einfach lieben... In einem Saal unseres Palazzo am Großen Kanal schloß er sich mit ihr ein und verließ sie nie mehr. Es gab darin einen hohen, wunderbar geschmückten Sockel, auf den sie sich stellen mußte: ganz nackt, wie eine Statue; eine köstlich ziselierte Silberschale, in die sie sich legen mußte, ganz nackt, ähnlich einer Perle; und einen von erhabenen Bildern umzogenen Marmorsarkophag, auf den sie sich ausstrecken mußte, ganz nackt, gleich einer Toten.

Wenn sie auf dem hohen Sockel stand, so erreichte ihr Kopf mit den langen, langen Haaren die wunderschöne Fensterrose, die in der Mauer unseres Palazzo ist, und von der er seinen Namen führt: Dolan della Finestra. So kam es, daß man sie von draußen sah, von dem Seitengäßchen, das neben unserm Hause herläuft. Und jedesmal sammelte sich dort das Volk und verlangte, die schöne Sklavin solle hinausgeführt und ihm gezeigt werden. Der Ritter verweigerte es. Aber da man hörte, sie sei übermenschlich schön, drohte in Venedig ein Aufruhr, und die Signora schickte ihre Abgeordneten zu Benedetto Dolan: er solle seine Sklavin hinausführen. Er verneigte sich und gehorchte. Er trug sie in seine Gondel: nicht auf dem hohen Sockel, worauf sie, ganz nackt, wie eine Statue stand; auch nicht in der Silberschale, in der sie, ganz nackt, einer Perle ähnlich ruhte; – sondern ausgestreckt auf dem marmornen Sarkophag, ganz nackt, gleich einer Toten. So fuhr sie, der Ritter in seiner Rüstung ihr zu Häupten, den Großen Kanal hinab. Als sie aber an der Piazetta landeten, wo das ganze

Volk wartete, da sah das ganze Volk, daß aus ihrem Herzen ein roter Tropfen trat.«

Properzia weinte. Clelia seufzte auf, von süßer Traurigkeit beglückt – so erklärte es sich Siebelind – und ganz stolz darauf, mit all ihren kleinen, zärtlichen Handgriffen, Wörtchen und Küßchen diesen weiblichen Koloß so sehr in Bewegung versetzt zu haben, daß er zwei Tränen fließen ließ.

Inzwischen sagte die Herzogin zu Mortœil: »Schauen Sie sich einmal um nach Properzia. Sie vermeiden es, Sie wissen wohl: diese schicksalsschwere Pose, dieses versteinerte Schweigen, diese Tränen – alles ist Ihre Schuld. Wenigstens gibt man Ihnen die Schuld.«

»Ich wollte sie am Ende tragen. Das Schlimmste ist...«

»Daß Properzias riesenhafte Leidenschaft in keinem passenden Verhältnis steht zu Ihrer Person.«

Da er zusammenzuckte, setzte sie hinzu: »Ich meine es ganz ohne Kränkung. Man sieht Sie neben dieser Frau und fragt sich: Wie kommt dieser geschmackvolle junge Mann zum Empfange so wuchtiger Gefühle. Unter ihrer Last nimmt er sich ganz seltsam aus.«

»Seltsam? Wagen Sie doch das Wort! Lächerlich, wollen Sie sagen. Man findet mich lächerlich!«

Sein Schmerz brach aus. Sie erwiderte: »Ich leugne es nicht. Aber man sagt, Sie könnten es ändern. Man meint, Sie sollten der Armen einige Zärtlichkeiten gönnen, zumal man annimmt, es würde Ihnen nicht einmal schwerfallen.«

»Nimmt man das an? Man hat leicht reden. Aber ich habe die Frau satt. Sie wissen nicht, Herzogin, jahrelang habe ich eine Stellung bei ihr eingenommen, die der eines Impresario ähnlich sah. Und dabei –«

Er war entrüstet und rötete sich zart. Plötzlich biß er sich auf die Lippen. ›Fast hätte ich ausgeplaudert‹, dachte er, ›daß ich sie nie besessen habe! Welch Glück, ich beherrsche mich.‹ Er hob die Schultern.

»Sie ist älter als ich, die gute Properzia. Schön ist sie nie gewesen.«

»Wir haben sie heute abend mehrmals schön gefunden. Das Genie ist in jedem Alter schön, sooft es hervorbricht.«

»Ach, das ist einmal hübsch, was Sie da sagen. In Wahrheit, diese Frau hat Genie! Was sie vorhin gesprochen hat: ›Soviel wie möglich einander sehen‹ und so weiter, das war eigentlich sehr geschickt abgefaßt. Übrigens ist es die Prosaübertragung eines Verses von Musset. Aber sehr geschickt abgefaßt.«

Die Herzogin dachte: ›Besteht denn dieser Mensch bloß aus literarischer Eitelkeit?‹ Sie fragte: »Nicht wahr, Sie haben ein Stück geschrieben?«

»Es ist in Sankt Petersburg aufgeführt worden, vor den kaiserlichen Hoheiten.«

»Was behandelt es doch?«

»Das Stück war eine Studie der absoluten Leidenschaft in einer Frauenseele – einer Leidenschaft, sage ich, die gar nicht mit sich reden läßt, und wie's gar keine gibt. Ich hatte sie rücksichtslos analysiert und mit skeptisch beobachtenden Charakteren umstellt, wie mit ebenso vielen Reflektoren. Es war etwas sehr Amüsantes.«

»Ich kann es mir denken. Schicken Sie mir doch das Buch.«

Er verbeugte sich, aufgetaut und blaß besonnt.

»Und was Properzia anbelangt«, bemerkte die Herzogin noch, »so wissen Sie es nun: ihre übertriebenen Gefühle schaden Ihnen. Besänftigen Sie sie. Stimmen Sie sie friedlicher und glücklicher; es steht in Ihrer Macht. Dann wird man an Ihnen gar nichts Auffallendes mehr bemerken.«

Sie rief Clelia zu sich. Mortœil dachte: ›Ich pfeife auf

Clelia und Olympia, und sie sollen es sehen.‹ Er trat vor Properzia. Sie erhob sich sofort, totenblaß. Sie gingen nebeneinander bis unter die Tür zum Saal der Venus. Sie war niedrig und hatte eine breite, weite Marmorfüllung, eingelegt mit runden Emaillen. Dort wand die Sibylle einen Kranz von grünen Schlangen. Milchige Stufen geleiteten in eine goldene Landschaft. Orpheus geigte, nackt, unter einem Feigenbaum; Einhorn, Löwe und Reh standen vor ihm, im hohen Gras. Auf tief leuchtendem Blau stürzte Phaethon mit dem Wagen, im Gewühl seiner Rosse. Die Herzogin von Assy, in griechischen Gewändern, saß auf einem goldenen Stuhl, zwischen Rollen und Statuetten.

»Hören Sie, meine Liebe«, sagte er, »es besteht zwischen uns ein ärgerliches Mißverständnis. Im Grunde haben Sie mir die Geschichte hoffentlich nicht übelgenommen.«

»Nein, Maurice, ich leide nur, und ich möchte sterben.«

»Oh, oh, was für große Worte! Man stirbt nicht so rasch. Übrigens ist ja auch mir durchaus nicht wohl, ich gestehe es. Sie selbst müssen bemerkt haben, daß ich heute zu Anfang noch ganz blaß war. Ich wagte kaum, Sie zu begrüßen.«

»Sie sind blaß, Maurice, weil Lady Olympia hier ist, und weil Sie noch an Ihre Ausschweifungen denken, mit einer Frau, von der Sie nicht geliebt werden, und die Sie nicht lieben.«

»Properzia, ich versichere Sie, es ist mir unangenehmer, als Sie glauben. Ich fühle sehr wohl, daß ich neulich abend etwas verloren habe. Ich bin geradezu unglücklich.«

Er sah sie die höfliche Versicherung seines Unglücks einatmen, mit erweiterten Nüstern. Ihre Hoffnungen belebten sich.

»Wir hatten uns gerade so ausgezeichnet verständigt«, fuhr Mortœil fort. »Wir waren darüber einig, daß wir den sogenannten künstlichen Garten, wo alles Glas, Blech,

Eisen und ungenießbar ist, endlich verlassen wollten. Wir wollten uns dort finden, wo es nach Erde riecht, und einmal im Leben uns ins Gras werfen, wo wirkliche Nesseln uns brennen und warme Erdbeeren sich an unsern Lippen zerdrücken.«

»Du glaubst das, Maurice? Du begehrst das? Und der ersten herzlosen Versucherin, die dir zugewinkt hat, bist du nachgegangen!«

»Sprechen Sie nicht mehr davon, meine Liebe, es ist mir recht peinlich. Zu meiner Entschuldigung kann ich höchstens sagen: Lady Olympia ist der Sturm, der zwei Schiffe auseinandertreibt. Was ist gegen den Sturm zu machen? Übrigens hätte ich mich lächerlich gemacht, wenn ich ihr abgeschlagen hätte, um was sie bat. Sie müssen es einsehen... Nun wollen wir uns also dennoch wieder die Hände reichen.«

»Und den künstlichen Garten verlassen?«

»Zuschütten, meine Liebe, zuschütten. Ich habe ihn satt.«

Sie faßte seine Hand.

»Mein Maurice, ich bin glücklich.«

»Uns einfach lieben. Sooft wie möglich einander sehen... Sie haben das sehr gut gesagt. Es ist ganz mein Geschmack. Die brünstigen Abenteurerinnen und die gefühlsöden kleinen Mädchen werden mir wenig mehr zu schaffen machen. Ich bin eben schon vergeben. Ist das nicht klar? Was meint dazu meine kleine Properzia?«

»Es wäre zu schön, Maurice, es kann nicht dauern. Ich glaube nicht, daß es dauern kann. Hast du nicht erst heute abend wieder mit Clelia gelacht? Was hattet ihr zu flüstern?«

»Aber, meine Liebe, wenn du ruhigen Blutes wärest, hättest du ja sehen müssen, daß wir kalt miteinander scherzten. Wir sagten uns, daß wir entschieden nicht füreinander paßten, und nahmen Abschied.«

»Ist damit wirklich alles abgetan? Schwörst du es?«

»Natürlich schwöre ich es. Übrigens, um dir gefällig zu sein – es wäre ja leicht, noch ein endgültiges Wort mit dem Mädchen zu reden... Ah! Ich führe einen Schlag... Ich weiß wohl, wie ich's mache.«

Sie wurden getrennt von San Bacco und Siebelind, die aufbrachen. Dolan und Clelia gingen ebenfalls. Properzia raunte ihrem Geliebten zu: »Du hast geschworen, Maurice. Denke daran, bleibe einfach und treu, und tue keinen Schritt mehr in den künstlichen Garten. Du weißt nicht, wie das furchtbar wäre!...«

Sie stand und bebte vor ihrer eigenen Drohung.

Dolan sagte ihr leise ein Wort, in herrischer Haltung. Sie erwiderte: »Ich gehe schon, noch ist es Tag, und ich will arbeiten. Nicht für Sie, Conte, sondern weil ich glücklich bin.«

»Sie gehen arbeiten?« fragte San Bacco. »Jetzt darf ich Sie bitten, Frau Properzia: modellieren Sie uns für den Sitzungssaal der Kammer den ›Sieg‹!«

Mortœil schlenderte durch ein paar Zimmer und summte etwas aus einer Operette.

›Allerdings, ich führe einen Schlag‹, sagte er sich mit Stolz. ›So nämlich, daß ich Clelia nochmals einen Antrag mache. Wie fein, wie geschickt: ein Zug für eine Komödie! Properzia wird mich bewundern, ich werde sie damit überraschen, nachdem ich abgewiesen bin und Clelia mich dank meiner Zudringlichkeit unwiderruflich nicht mehr kennen will. Ah! Sie kann mit mir zufrieden sein, die große Frau. Ich bringe Opfer für sie, ich begehe sogar eine gesellschaftliche Taktlosigkeit. Inmitten des halb feindseligen Plaudertones, in dem ich mit Clelia verkehre, ist ein neuer Heiratsantrag etwas schlechthin Lächerliches und Geschmackloses. Das kleine, kluge Mädchen wird das sofort merken und mir ein für allemal den Laufpaß geben.

Gleichviel! Properzia soll eine Genugtuung haben. Zum Teufel, ich bin ein redlicher Mann. Alles übrige habe ich satt, und man wird es sehen.‹

Er meinte Lady Olympia und suchte nach ihr. Aber sie war verschwunden. Sie hatte Jakobus auf die Terrasse hinausgezogen und bis vor den Eingang zum Saal der Venus. Niemand hatte es gesehen als Siebelind; er entfernte sich, von Haß gequält und seufzend vor Begierde. Lady Olympia sagte: »Der leise Wind der Lagune an einem Maiabend, das ist die rechte Luft für zwei entsagungsvolle Liebende gleich uns. Wollen wir ein wenig weinen? Knien Sie vor mir nieder, teurer Mann!«

Er lachte, verlegen und gereizt.

»Nehmen wir einmal an, unsere Wartezeit sei zu Ende.«

»Schon? Aber das wäre ja unanständig. Ich schmachte erst vierzehn Tage, wissen Sie. Und dann habe ich nichts anzubieten zum Zerbrechen und Zerschmelzen. In einer Brust, die Sie lieben, beanspruchen Sie Diamanten und Eisklötze.«

»Ich hatte das gerade in einem alten Buche gefunden. Schließlich tue ich es auch ohne das.«

»Wirklich? Und begnügen sich bei der Brust, die Sie lieben, mit der Außenseite? Einerlei, wir sollten den sonderbaren Zustand der Enthaltsamkeit nicht so schnell aufgeben. Ich kannte ihn noch nicht, kaum habe ich ihn gekostet – und wer weiß, ob er wiederkommt. Sie sehen mich wehmütig.«

»Aber ich bitte Sie um Glück.«

»Belieben Sie zu bemerken, daß nicht ich die Fordernde bin. Ich gewähre.«

Sie erhob ihre schimmernde, weiße Hand bis an ihr rosiges Gesicht und reichte sie ihm, in einem großen Bogen. Er fand ihre Gebärde königlich. Er beugte, im Blute erschüttert, ein Knie und senkte seine Lippen auf ihre blitzenden Fingernägel. Plötzlich überkam ihn das Bedürfnis, zu prahlen und seine Männlichkeit zu beleuchten. Er deutete in den Saal hinein, wo die Bacchanale und reifen Liebesfeste im Abendstrahl aufschäumten.

»Ich denke«, sagte Jakobus, »Sie werden bei mir etwas mehr suchen als die einzige Nacht, die Sie jedem gewähren. Sie wissen, wer ich bin, und daß wir das alles... diese ganzen Wände voll... miteinander durchzuschwelgen haben.«

»Machen Sie wahr, was Sie gemalt haben«, erwiderte sie gleichmütig. »Ich habe von Anfang an darauf gerechnet; Sie werden sich dessen entsinnen. Die schönen Sachen sind für mich Versprechungen...«

Sie lachte mit feuchten Lippen und legte den Kopf in den Nacken. Er küßte sie stürmisch auf den dargebotenen Hals. Sie schwankte ein wenig, riß ihn mit, und umklammert taumelten sie bis gegen die Füße der ungeheuren Frau aus Marmor, die sich erdolchte.

»Meine Gondel wartet«, erklärte sie darauf, und führte ihn an der Hand durch die Reihe der Kabinette, mit langen, elastischen Schritten, sachte und zufrieden. Sie fügte hinzu: »Als Sie heute so wütend für die Rechte der Seele fochten, da wußte ich genau, wie es mit Ihrem Fleische stand.«

Und am Ausgang: »Und bedenken Sie, wie wir ungewöhnlich glücklich sind. Denn bei all dem Liebesgeflüster, wovon es zwischen den olivgrünen Wänden heute den ganzen Nachmittag geschwirrt hat, ist wahrscheinlich weiter nichts herausgekommen als unsere Nacht.«

Im Kanal bemerkte sie, wie die Dolansche Gondel um die Ecke verschwand.

Mortœil war mitgefahren. Der Alte saß, aus Furcht vor der Feuchtigkeit des Abends, unter dem Felze; die beiden jungen Leute blieben draußen. Mortœil versetzte: »Ihr Papa hat mich zum Einsteigen aufgefordert. Überhaupt ist seine Freundlichkeit gegen mich ganz gleichgeblieben.«

»Warum nicht?« meinte Clelia. »Sie wären ihm recht gewesen als Schwiegersohn. Die Schuld liegt an uns.«

Mortœil schluckte hinunter.

»Sollten wir uns nicht eigentlich geirrt haben?«

»Lassen Sie doch endlich die Frage ruhen. Wir waren ja einig darüber, daß wir uns nicht verstehen.«

»Verzeihen Sie. Werde ich Ihnen lästig?«

»Sie setzen mich eher in Erstaunen. Brechen wir ab. Wir sind ja doch nicht imstande, über unsere Heirat ernsthaft zu reden.«

»Ich fühle mich imstande«, erklärte Mortœil.

›Warum glaubt sie mir nicht?‹ dachte er, ehrlich gekränkt, und vergaß ganz, daß er nur mit Worten spielte.

»Nun gut«, sagte Clelia, und sie lachte übermütig, »malen wir's uns also aus. Wir lehnen unsere Wappenschilder aneinander. Wir lassen Ihr bretonisches Waldschloß sich im Großen Kanal spiegeln, und der Palazzo Dolan soll sich in dem Sumpf um die Burg Mortœil herum betrachten, wie in einem toten Auge. Ich setze meinen Gatten in die Tiefe unseres Palazzo und ziehe den Schlüssel ab. Draußen würden wir uns nur die Wege durchkreuzen; Sie sind zu bürgerlich veranlagt, wie Sie wissen. Aber ich will, sooft ich über eine einflußreiche Persönlichkeit Herrschaft gewinne, für Sie sorgen. Sie sollen einen Orden bekommen. Haben Sie schon einen?«

»Ja. Den russischen Stephansorden für Bildung. Ich bekam ihn aus Anlaß meines Stückes«, erwiderte er kurz und kalt.

»Sie sollen also auch Ritter der italienischen Krone werden, was mehr wert ist. Wenn mir ein Maler zu Füßen liegt, nötige ich ihn, Sie zu malen...«

Er unterbrach ihr Geplauder.

»Hören Sie, Clelia, Sie verletzen mich ernstlich. Sie scherzen mit Dingen, die mir heilig sind.«

»Nicht böse sein«, bat sie und sah beschämt und kleinlaut aus. »Ich war leichtfertig, ich will es wiedergutmachen. Da –«

Sie streckte ihm die Hand hin, lieblich und treuherzig.

»Ich will Ihre Frau sein.«

›Um des Himmels willen!‹ hätte er fast ausgerufen. Er schloß den Mund und überlegte.

›Will ich merken lassen, daß ich hineingefallen bin? Will ich das?‹

Und inzwischen hatte er schon ihre Hand erfaßt. Sie hielten vor dem Palazzo Dolan. Trotz aller Aufforderungen des Grafen ging Mortœil nicht mit hinauf. Er blieb auf der Landungstreppe stehen und sagte sich, daß das eine schöne Geschichte sei. Er war verstört und vernahm Properzias Drohung: »Du hast geschworen, Maurice. Denke daran, bleibe einfach und treu, und tue keinen Schritt mehr in den künstlichen Garten. Du weißt nicht, wie das furchtbar wäre!«

›Was soll furchtbar sein?‹ fragte er dann und zuckte die Achseln. ›Mit der Frau ist nicht zu reden. Was kann sie tun. Und was will sie. Denkt sie mich für die Zeit meines Lebens in ihr Atelier einzusperren, wie sie's einmal, in Sankt Petersburg, schon versucht hat. Sie wird sich damit abfinden, daß ich heirate. Dies ist sogar das einzige Mittel, ihr klarzumachen, daß wir miteinander fertig sind. Sie ist so schwer von Verständnis. Übrigens kann ich ihr vorher ein paar – Freundlichkeiten erweisen, wenn sie jetzt wirklich dazu aufgelegt ist... Vielleicht auch nachher. Im Grunde bin ich zufrieden. Also man begehrt dich, mein Lieber. Du bist dir heute einen Augenblick lang ein wenig aussätzig vorgekommen. Das war ein Irrtum. Man will dich zum Gatten! Und zum Liebhaber! Auch die Olympia wird sich besinnen... Alle Lorbeeren sind noch nicht abgeschnitten, wir werden noch im Gehölz spazieren.‹

Der Gondolier wartete auf seine Befehle. Mortœil verharrte noch immer auf den alten Marmorstufen, und sah hinunter zu seinem Spiegelbild im Wasser. Er wandte sogar den Kopf zur Seite, um auch den Anblick seines Profils zu genießen.

»Narziß«, sagte er vor sich hin und zuckte nochmals die Achseln.

Zwanzig Stunden später wußten alle, daß Clelia und Mortœil sich aufs neue verlobt hatten. Die Herzogin eilte zu Properzia. Sie fand sie in ihrem hellen, weiten Atelier am Rio di San Felice, wie sie, mit Hammer und Meißel in Händen, bebend und entrückt, an der Wölbung eines ungeheuer breiten, halbrunden Reliefs hin und her eilte. Die Herzogin deutete die Bilder.

»Das sind die Liebenden in der Hölle! Das sind, in einem irren Flug, wie Stare im Winter, jene Verdammten, die Liebe vertrieb aus unserm Leben, und die nun umherwirbeln in der purpurnen Nacht, unter dem entsetzlichen Auge des Minos. Da vorn tritt er selbst prall aus dem Block, mit gefletschten Zähnen, und wirft sich den Schweif zweimal um den Leib.«

»Properzia«, bat die Herzogin, »wollen Sie mich nicht einmal begrüßen? Ich möchte Sie küssen dafür, daß Sie arbeiten.«

Aber die Bildhauerin hörte nichts. Brennenden Auges, mit zusammengepreßtem Munde flog ihr schwerer Körper von einer Marmorgestalt zur andern, und ihre zornige Hand hieb, eine Rächerin, auf jede ein, verließ sie und kehrte zu ihr zurück, als dürfe keine der bang Ächzenden in der Runde je erkalten und Ruhe erlangen.

›Ist es nicht‹, dachte die Herzogin, ›als sei Properzia selbst die höllische Windsbraut, die diese im Leben von ihren Trieben Umhergejagten nun durch die Ewigkeit hetzt? Oder ist sie der Abgrund und der Fels, an dem die Elenden der göttlichen Tugend fluchen?‹

Und inzwischen sah sie unter dem Meißel Properzias

bald hier, bald dort einen Muskel schwellen oder ein paar Lippen das Licht erreichen und aufseufzen aus dem harten, glatten Stein heraus. Der Sturm der verrenkten, brünstigen und hoffnungslosen Leiber wirbelte immer schneller, schauerlich und ohne Atem. Semiramis strotzte, Dido klagte berauschend, Kleopatra, von Lüsten entfleischt, drückte ihre Fingerspitzen auf die harten Knospen ihrer Brüste. Helena wehte dahin, weiß, kalt, unschuldig. Achill, nur der Liebe unterlegen, bäumte sich, und ihm nach sausten Paris und Tristan und mehrere noch und immer mehrere – und endlich auch sie, die zuviel von Lancelot gelesen hatten, und die beide weinten.

Properzia verweilte bei diesen beiden, und ihr Hammer zitterte. Er legte die süßen Fleischessünder einander in die Arme. Die Herzogin umfaßte von hinten ihren Kopf.

»Haben Sie wenigstens mit diesen Mitleid? ... Properzia, hören Sie auf! Sie ängstigen mich.«

»Lassen Sie mich, ich muß fertig werden!«

»Ich versichere Ihnen, daß Sie gar nichts fertig bekommen werden bei dieser rasenden Arbeitsweise. Sie sind ja feucht und kalt. Auch Ihre Hände sind kalt und schwingen doch schon stundenlang den Hammer. Für wen peinigen Sie sich so? Wer drängt Sie?«

Properzias Lippen trennten sich nicht. Ihr Blick war ganz in den Stein vergraben; er holte alle Qualen der Unterwelt daraus hervor, so tief sie sich darin verbargen.

»Hören Sie, Properzia«, rief die Herzogin. »Sie werden nicht länger auf Francescas weinende Augen losschlagen. Ich lege meinen eigenen Kopf darüber – so, nun treffen Sie mich!«

Properzia erwachte endlich. Die Herzogin entführte sie nach dem Lido. Sie fuhren bei San Niccolò den kleinen Wasserarm hinein und wanderten, von Störern fern, über Dünen und dürres Gras, bis ans Meer. Die letzten Wolken hoben sich von ihm empor, wie ein Vorhang. Es hing, am

Ende eines bewegten Regentages, ganz still, ganz besänftigt, ganz unschuldig und weißblau, senkrecht vom Himmel hernieder. Ein spinnenleichter Rosenschleier, wehte der Horizont darüber hin. Ein paar Segel flammten, vom Abendlicht getroffen, gelb auf.

Die Herzogin ging dicht am Ufer hin, auf festem Sand und über den Teppich von Muscheln, blauen, weißen, gelbroten und violetten. Jede kleine Biegung des Ufers nahm sie liebevoll mit. Properzia kam nach, schwer atmend. Plötzlich blieb sie stehen und murmelte: »Ich ersticke, wie ein ganz junges Mädchen im Frühling.«

»Diese Luft erdrosselt«, meinte die Herzogin. »Sie ist wie eine Schlinge aus Glasfäden, biegsam, weich, glänzend und sehr stark.«

Sie sah sich um. Properzia hatte mit der Spitze ihres Schirmes in den nassen Sand eilige Buchstaben gezeichnet. Eine kleine Welle, spielerisch und munter, leckte sie weg. Properzia sagte kraftlos: »So ist es. Täglich grabe ich meine Zärtlichkeiten und meine Angst in sein Herz – und täglich wird alles fortgespült.«

»Und er hatte geschworen!« sprach sie weiter. »Diesmal hatte er geschworen! Er wollte niemals mehr den künstlichen Garten betreten, worin wir uns gegenseitig soviel Leid zugefügt haben. Und gleich, am selben Abend, ist er wieder hineingegangen und hat sich seine Braut herausgeholt... Ah! Die wartete auf ihn unter den Rosen aus Stein und den Myrten aus Porzellan. Sie passen füreinander! Sie werden sich belügen, verspotten und von Liebe nur wie von einem Spiel wissen – aber sie werden sich genießen. Mich aber – oh, ich bin stolz –, mich hat er, in all den Jahren, nie besessen!«

»Wie, Properzia, Sie haben sich nie von ihm lieben lassen?«

»Oh, ich bin stolz! Ich bin ein Bauernkind aus den römischen Bergen, ich bin wild geblieben und habe nie einem Mann gehorcht... außer einem«, setzte sie hinzu, leise und durchschüttelt. »Er war zu stark.«

Sie seufzte auf. Sie fühlte in der gedankenlosen Wollust des Augenblicks ihre große Menschlichkeit untergehen. Ihr Schmerz, von tausend Hammerschlägen tagsüber gehärtet, er löste sich auf in diesem schmelzenden Maiabend, er zerteilte sich über den Himmel mit dem Sonnenrot, rann mit dem Sande die Dünen hinunter, verging in nutzloses Geplauder wie irgendeine schwache Strandwelle. Sie redete, dem Meere zugewandt. Sie sagte, wer sie war; sie verriet es dem Meere.

»Ich sehe noch das weite Feld... Es ging auf Weihnacht. Wir wollten im Kamin den Ceppo verbrennen, droben in unserm braunen Felsennest. Wir brauchten Reisig, den großen Weihnachtsklotz damit anzuzünden. Pierina und ich, wir waren hinabgestiegen in die Campagna. Wie war sie braun und endlos! Ihre dürren Borsten glitzerten vor blauer Sonne, und die Tramontana wollte sie abbrechen, wie Glas. Sie tobte darüber hin und jagte den sausenden, blauen Himmel entlang die mehlweißen Wolken, schwindelnd und wie mit Gelächter.

Da kam er und lachte auch. Er schrie schon von fern, gegen den Wind, daß er uns haben wolle, uns alle beide. Er war mager und trug den Hut im Nacken. Sein Anzug war von allen Wettern gebleicht und seine Haut gegerbt von allen Stürmen. Wir spotteten, und wir drohten mit den Messern. Wir hatten Zweige geschnitten aus den Dornenhecken beim Fluß. Wir waren groß und stark... Er fiel gleich über mich her, die Stärkere, und kämpfte mit mir. Sein Genosse, ein kleiner Schmutziger, hielt Pierina fest, bis er auch zu ihr kommen würde... Ich stach ihn mit dem Messer in den Arm. Er lachte, und schlug es mir aus der Hand. Plötzlich riß Pierina sich los. Das Wasser klatschte auf: sie war hineingerannt. ›Spring nach!‹ schrie der, der an meinem Gesicht keuchte. ›Natürlich bist du zu feige!‹ Er stampfte auf; für eine Sekunde vergaß er mich. Ich rannte zum Fluß.

Es waren nur fünfzehn Schritte. Was sah ich alles während dieser fünfzehn Schritte, und was dachte ich alles! Ich sah: Pierina fährt mit dem Strom von dannen, der kleine schmutzige Mensch wirft ihr einen Strick zu, sie nimmt ihn nicht, sie wird ertrinken. Das wirst du auch, sage ich zu mir, und renne. Er ist hinter mir und lacht. Ich sehe die Jagd der Wolken, und wie ihre Schatten über das Feld laufen. Ich denke: Diese Wolke sieht aus wie ein Sack und die daneben wie ein Lamm; ehe sie zusammengeflossen sind, liege ich im Wasser... Ich sah einen blitzenden Flug wilder Tauben. So ging er: rechts, in die Höhe, und geradeaus. Ich sah, daß der Wald, in meilenweiter Ferne, bald blau war und bald schwarz. Oh, jeden der Himmelsausschnitte zwischen seinen Bäumen könnte ich noch heute mit den Fingern in die Luft zeichnen! Davor drängt sich eine Schafherde, winzig, verloren im Raum. Ich unterscheide sogar den Hirten. Er ist wohl eine Stunde entfernt, und ich schreie, gegen den Wind, er solle kommen und mir helfen. Plötzlich denke ich: Jetzt helfen mir weder Menschen noch Gott, und lasse mich hinfallen, und er nimmt mich. Er nimmt mich lachend und geht weiter. Pierina ist drüben am Ufer.«

Die Herzogin lauschte und gedachte dabei ihrer eigenen Vergewaltigung durch den von der Anbetung der Masse strahlenden Tribunen. Sie gedachte auch alles dessen, was sie seitdem gefühlt hatte und erträumt und durchgespielt und zum Leben erweckt. Plötzlich sagte sie: »Und darauf wurden Sie eine große Künstlerin.«

»Darauf ging ich immerzu, immer weiter weg von der Heimat, und bis nach Rom. Ich ward die Magd eines Bildhauers, des Celesti. Er wußte nicht, der Arme, daß ich ihm acht Jahre später sein Grabmal meißeln würde. Bald holte er mich aus der Küche in die Werkstatt und ließ mich arbeiten. Ich wurde gelobt und bezahlt. Ich fühlte, ich sei eine. Aber wenn ich bedachte, was in meinem Grunde war, so saß es dort wie ein schwarzes, rauhes Tier. Niemand durfte davon wissen; ich aber war ihm verschrieben. Es verschaffte mir Ehre und Geld. Und wenn sie mir sagten, ich sei groß, so ward mir düster zumut, und sooft ich den Meinigen Geld schickte, meinte ich, sie zu beflecken mit Sündenlohn... Ja«, sagte Properzia, und starrte mit einem Blick, schwer vom Schicksal, der Herzogin in die Augen – »ich bin eine große Künstlerin, aber auf einem weiten Felde überwältigte mich einmal ein Landstreicher.«

Sie schwiegen.

»Und Ihre Freundin?« fragte dann die Herzogin. »Sie, die bereit war, ihre Jungfräulichkeit mit dem Leben zu bezahlen. Was ist aus ihr geworden?«

»Pierina? Sie kennen sie gewiß. Es ist Pierina Fianti.«

»Die so berühmt wurde durch den Bankerott des Marchese Pini? Eine Kurtisane!... Die unerwartete Zukunft, die wir in uns herumtragen! Sie, Properzia, waren bestimmt, einen kleinen, lächelnden Pariser zu lieben. Sie wissen doch, daß er ein Geck ist, der nicht darüber wegkommen kann, daß seine zerbrechlichen Reize die große Properzia in Aufruhr versetzt haben?«

»Ich weiß es. Was hilft es mir?«

»Er schämt sich Ihrer, und fühlt sich doch geschmeichelt. Verstehen Sie soviel Kleinheit.«

»Ich verstehe. Was hilft es mir?«

»Er weiß nicht mehr ein noch aus. Darum heiratet er. Sie müssen ihn entschuldigen, es ist seine letzte Zuflucht vor Ihnen.«

»Ich weiß alles. Ich bin zu ihm geeilt und nicht empfangen worden. Ich habe ihm eine Karte geschickt mit der Frage, ob er wolle, ich solle mich töten. Er hat mir geschrieben, er bedauere das Mißverständnis. Er rate mir zu heiraten, oder sehr viel zu arbeiten.«

»Der Philosoph! Und bedauern Sie nicht wirklich das Mißverständnis, das dieses kluge Schattendasein mitten unter Ihre gewölbten, herausfordernden Marmorgötter verschlagen hat?«

»Ich... darf nicht. Es gibt weder Wahl noch Irrtum. Zehn Jahre lang habe ich nur diese marmornen Götter gekannt und keinen Mann. Kaum aber war Maurice auf meine Schwelle getreten, so füllte sich mein Atelier nur noch mit seinen Hermen. Ich behielt ihn einfach, ich schleppte ihn durch Europa. Er hat recht, er war nicht viel mehr als mein Impresario. Wenigstens wußte es niemand, wieviel mehr er mir war. Für mich stand er auf jedem Piedestal. Wenn er ging, verödeten alle. Wie oft habe ich ihm das Fortgehen verbieten und ihn einschließen wollen, gleich jenem Dolan, der seine Sklavin einschloß. Einmal tat ich's: in der Nähe von Sankt Petersburg, in dem ländlichen Hause am Waldessaum, wo ich für den Großfürsten arbeitete. Maurice stand allein vor seiner eigenen Büste. Ich hatte sie vollendet und mit Rosen bekränzt. Ich betrachtete ihn: mir schien es, daß alle Zärtlichkeit, die vor zehn Jahren, auf einem weiten Felde, in mir niedergestampft war, sich plötzlich aufrichtete, warm und genesen, aber voll Angst. Ich ging auf den Fußspitzen hinaus und schloß ab. Ich schlich durch alle Zimmer und immer wieder zu der verschlossenen Tür, hinter der er vor seiner Büste stand. Und ich horchte und wartete, und schwelgte in meinem heimlichen Besitz, und zitterte. Aber am Ende zitterte ich nur noch. Der Schlüssel ward glühend in meiner Tasche. Ich schob ihn ins Schloß und öffnete. Maurice drehte der Büste den Rücken zu; er saß und rauchte. Ich stammelte Entschuldigungen, die Dienerin habe abgeschlossen. Er lächelte, und ich verging vor Furcht, er könne die Wahrheit ahnen.

Heute glaube ich, er ahnte gar nichts. Er ist voll von Feinheiten und verfällt nimmermehr auf etwas so Grobes wie das, was mir einst geschah, auf dem Felde, in Wind und Sonne... Und vielleicht, vielleicht habe ich gar nichts anderes gewollt, in all meiner Zärtlichkeit, in all meiner Sehnsucht nach einfacher, immer gegenwärtiger Liebe, frei von List, Scham, Enttäuschungen – vielleicht habe ich im Grunde gar nichts anderes gewollt, als noch einmal so ergriffen und vergewaltigt werden, wie damals von einem Landstreicher... Ich habe es ihm gesagt...«

»Ihm selbst gesagt?«

»Aber er begreift nichts. Eine Properzia nimmt man doch nicht, meint er. Man bittet sie nicht einmal. Wahrscheinlich hat er recht. Und doch habe ich mit ihm schon ebensoviel gerungen wie mit dem Landstreicher. Aber wir rangen in der Seele. Ich habe ihn oftmals festgehalten, wenn er schon hoffte, mich verachten zu können. Der Großfürst hat ihm einen Orden gegeben, weil ich es verlangte – um ihn lieben zu dürfen... Er hat sich verlobt; ich war blind, als ich es ihm erlaubte. Ich habe ihn zurückerobert, und in dem Augenblick, als er keine auf der Welt begehrte außer mir, hat Lady Olympia ihm gewinkt, und er ist mit ihr gegangen. Dann ist er nochmals zurückgekehrt, ich habe ihm verziehen – und trotz seiner Schwüre holt er sich zum zweiten Male die Braut.«

»Es wäre Zeit, mit ihm fertig zu werden«, sagte die Herzogin. Die fieberhafte Sprache der blassen Frau beunruhigte sie.

»Ich werde es. Er hat mich in die Irrwege des künstlichen Gartens eingeführt. Jetzt verwickle ich ihn selbst darin. Oh, mein Gefühl war so einfach wie die Steine, an denen es sich sonst ausgelassen hatte! Ich war dumm, ich konnte nicht reden. Meine Hand zwang den Stein, er redete für mich. Jetzt weiß ich Listen, die weh tun! Ich hatte ihm ein Andenken geschenkt, das mir das herzlichste war: meine liebe Faustina – und er hat sie achtlos fortgegeben. Jetzt will ich ihm ein anderes Erinnerungszeichen hinterlassen, das soll ihm noch lange im Blute brennen!«

»Was wollen Sie tun?« fragte die Herzogin. Sie sah Properzia schwanken.

»Oh, ich weiß, was ich tun will. Ich habe etwas ausgesonnen, Sie ahnen nicht, es überbietet die schwierigsten Verführungskünste, mit denen je eine brünstige Abenteurerin einen Mann gepeinigt hat. Lady Olympia gibt sich nur eine einzige Nacht, und hinterläßt ihrem Geliebten das Bedauern, sie verloren zu haben. Aber sie *gibt* sich doch, nicht wahr, und das Bedauern wird gemildert durch einen Tropfen Genugtuung. Ich weiß aus den Pflanzen des künstlichen Gartens ein viel besseres Gift zu gewinnen... Einer stirbt sicher daran, hoffentlich wenigstens einer. Und die Büste dessen, der übrigbleibt, soll noch einmal bekränzt werden, wie damals. Er soll wieder davor stehen und sich bewundern und seinen Sieg!«

Die Herzogin nötigte sie weiterzugehen.

Vom siebenten Juni an hüllte sich die Lagune in schwere Dämpfe. Man schlich beklommen durch eine stehende, feuchte und heiße Luft. Alle Gegenstände fühlten sich schlüpfrig an. Die Riva saß voll matter Eisesser. Die Herzogin traf mit Mortœil zusammen; er sagte: »Ich hasche nach ein wenig Kühlung, bevor ich zu Properzia gehe.«

Sie bemerkte seinen Gesellschaftsanzug.

»Properzia hat Sie eingeladen?«

»Jawohl... eingeladen, wenn man das Wort gebrauchen will.«

»Ich glaube Sie zu verstehen, und ich sage Ihnen: hüten Sie sich.«

»Wieso? Vor allem befolge ich Ihren Rat, Herzogin. Sie trauen mir wohl zu, daß ich mich sonst in Schweigen hüllen würde. Aber wenn ich das Stelldichein annehme, zu dem Properzia mich ruft, so geschieht es eben, weil Sie mir geraten haben, die Gefühle der armen Frau zu besänftigen.«

»Durch eine... Liebesnacht.«

»Die gute Properzia, wie wenig mir an ihrer Liebesnacht gelegen ist. Überdies bin ich Bräutigam... Aber wenn ich mit meiner Verlobten die Angelegenheit besprechen könnte – es gibt nun einmal Gegenstände, die man vor jungen Mädchen nicht berührt –, jedenfalls wäre Clelia vorurteilsfrei genug, um meine Handlungsweise zu billigen. Sie würde etwas von ihren Rechten opfern, davon bin ich überzeugt, um die arme, große Properzia friedlicher und glücklicher zu sehen. Und es ist ja in meine Macht gegeben, nicht wahr, sie friedlicher und glücklicher zu machen.«

»Wie glücklich sind Sie selbst!« rief die Herzogin. »Sie haben der Properzia Ponti schon eine ganze Reihe von Bildern der verzweifelten Leidenschaft eingegeben. Jetzt erwecken Sie in ihr auch noch die Werke der befriedigten, frohlockenden Liebe. Sie Auserwählter inspirieren die größte Künstlerin unserer Tage!«

»Sie glauben?«

»Und Sie verdienen es«, setzte sie hinzu, und ihr Hohn war so vollkommen beherrscht, daß Mortœil vor Vergnügen errötete.

Einige Tage später sah sie ihn wieder, im Atelier der Bildhauerin. Es war voll von Besuchern, die das fertige Relief bestaunten, mit dem stürmischen Reigen der verdammten Liebenden. Mortœil saß allein, über seine Knie gebeugt, versunken. Er sah übernächtig aus, seine Augen waren ein wenig glasig. Oftmals stand er auf und drängte sich, mit künstlicher Spannkraft, an Properzia heran, die ihn übersah. Sie war nicht, wie sonst, eine stumme Weiserin ihres Werkes; an diesem Tage hatte sie Geist. Die zufälligen Gäste lauschten ihr, es war ihnen, als hörten sie den Marmor selbst sprechen. Sie sahen sich an, erstaunt darüber, wie sehr sie genossen. Mortœils mühsam gespitzte Bemerkungen blieben unbeachtet. Die Herzogin streifte ihn mit einem Blick; sofort wählte seine Angst sie zur Vertrauten.

»Es ist albern. Ich komme mir wahrhaftig ein wenig aussätzig vor«, stammelte er.

Er faßte sich.

»Was wollen Sie? Ein unglücklicher Tag. Properzia ist Stimmungen unterworfen.«

Aber als sie das nächstemal wiederkam, fand sie ihn unter gleichen Verhältnissen. Sie blieb bis zuletzt. Mortœil war davongeschlichen hinter den andern. Die Herzogin äußerte: »Er macht einen recht heruntergekommenen Eindruck. Was haben Sie nur mit ihm angefangen? Seine Augen sind wie heißes Glas.«

»Oh«, machte Properzia langsam – und sie ging, fieberblaß, umsichtig und gespannt, durch die weite Werkstatt, als folgten noch immer fünfzig neugierige Blicke ihren Wendungen.

»Er sieht seit neulich, seit unserer seltsamen Nacht, eine Properzia, die die andern nicht sehen. Sooft er kann, tuschelt er an meinem Ohr, und ich spüre dabei noch immer über mein entkleidetes Fleisch seine Begierden hintasten wie warmfeuchte Fingerspitzen.«

»War Ihre Nacht so seltsam?«

»Fragen Sie ihn. Er hat sich von seinem Schrecken noch nicht erholt. Ich ließ ihn kommen. Wie er den Vorhang meines Zimmers aufnahm, erblickte er mich ganz nackt, auf einem Liegestuhl, zwischen Fellen und Kissen. Ich war sehr schön. Zum erstenmal in meinem Leben fühlte ich die hohe Kunst, die ich sonst im Marmor vergrabe, in meinen Gliedern. Die Kerzen standen schräg hinter mir: Kopf und Hals lagen zurückgebogen und dämmerig. Auch der untere Teil der Beine verschwand. Aber von den Brüsten bis über die Schenkel fiel das goldgelbe Licht. Es glitzerte um mich her in der halben Finsternis von goldenen Körnchen in schwarzer Gaze. Der Goldbrokat hinter meinen Schultern brannte dunkel. Ich hatte eine Hand unter mein Haar geschoben. Der Arm zerdrückte breit seine Muskeln. Maurice unterschied die samtenen Schatten in den Achselhöhlen. Ich wandte mich über meine gewölbte Hüfte hinweg zu ihm, wie er eintrat: er hatte Furcht.

Ich wartete auf ihn, ohne ihn zu begrüßen, und beobachtete gelassen seine Schritte. Sein Atem streifte meine Brüste; ich konnte nicht verhindern, daß sie warm wurden, da sein Atem brannte. Er belebte mich erst mit seinem Atem, dann mit seiner Stimme und schließlich mit seinen Händen, die zitterten. Er war Pygmalion. Ja, ich, unter deren Händen er immer nur ein Stück weichen Tons gewesen ist, ich habe ihm die Einbildung vergönnt, als holte er sich eine Geliebte aus dem Marmor meines Leibes! Aber wie er am Ende zugreifen wollte, merkte er wohl, daß ich noch immer Stein war. Er prallte ab. Jedesmal wieder prallte er ab – und dabei verging die Nacht.

Er zeigte sich anfangs nur erstaunt: ich war so viel stärker als er. Er sprach einige Worte, die mein Verhalten mißbilligten. Ich schwieg. Dann unterrichtete er mich davon, daß er mich liebe. Ich betrachtete ihn stumm. Zum Schluß versuchte er, um sich seine Männlichkeit zu bestätigen, einen gewaltsamen Angriff. Aber er flog, ohne sich zu beschädigen, gegen die mit Teppichen behangene Wand. Darauf schleuderte er die Arme umher, blaß vor Zorn, und rannte zum Ausgang.

Aber er sprang sofort aus den Falten des Vorhangs wieder zurück. Die Tür war von außen verschlossen. Ich hatte sie verschließen lassen, ich hatte es zum zweiten Male gewagt, den Mann, den ich liebte, zu rauben und einzusperren; aber diesmal schlich ich nicht draußen mit Zittern umher. Ich saß nackt und unbarmherzig in dem leeren, weich ausgepolsterten Gemach, wo die Schwüle der Regennacht zwischen Teppichen gefangenlag. Er schritt vor mir auf und ab, den Kopf hoch und seiner Sache nun ganz sicher. ›Sie wissen, daß das Freiheitsberaubung ist?‹ fragte er, ›und daß das Gesetz Sie dafür bestraft?‹ – Aber er bekam keine Antwort. Und allmählich vergaß er sein kühles Rechtsbewußtsein und verfiel in Wut. Er drohte, mich zu entehren, mich zum Gerede der Gassen zu machen, mir die anständigen Häuser zu verschließen. Er rüttelte an der Tür und schrie: ›Öffnen!‹ Seine Stimme erstickte in den Stoffen, und er überlegte am Ende, daß es für einen Pariser im Frack ein verzweifelter Schritt sei, Hilfe herbeizurufen in dem Augenblick, wo ihn ein verlockendes Gemach gefangenhielt zusammen mit der nackten Properzia Ponti.

Inzwischen war er erschöpft, er sah sich nach einem Sitz um und fand keinen. Er kniete bei mir hin und bat, sanft und schwach wie ein Kind. Auf einmal besann er sich und lobte meinen gelungenen Scherz. Ich bemerkte, daß seine Zähne aufeinanderschlugen. Ich erlaubte seinen Händen, die flogen, keine Berührung mehr mit meinem Fleische. Und endlich wimmerte er und wand sich vor meinen Gliedern, zerstört und in Tränen. Ich wartete ab, bis er sich ein letztes Mal, verzweifelt und kaum noch begehrlich, auf mich gestürzt hatte. Er bereute es sofort und lächelte so liebenswürdig, wie nur er lächelt, und wollte wohl sagen: ›Entschuldigen Sie, ein solches Betragen schickt sich nicht für einen wohlerzogenen Mann wie mich, ich weiß es wohl; aber in was für sonderbare Lagen kann man geraten...‹ Dann ließ er sich langsam auf den Boden nieder, fröstelnd vor überreizter Mattigkeit. Die Kerzen erloschen, es ward Morgen hinter den Teppichen. Ich warf ihm eine Decke zu; es war die einzige, mitleidige Gunst, die ich ihm gewährte in dieser Liebesnacht. Kein Wort habe ich zu ihm gesprochen in dieser Liebesnacht.«

»Sie haben sich gerächt«, sagte die Herzogin. »Sie müssen zufrieden sein.«

»Ganz zufrieden«, bestätigte Properzia. »Ich brauche nichts weiter. Jetzt fragt er mich täglich, ob er seine Verlobung brechen solle. Ich erkläre ihm, es sei unnötig. Er fleht, sein Leben in meinem Dienst abnutzen zu dürfen. – Es sei zu spät, antworte ich. – Er wolle überallhin mir folgen. – Er werde bald einen Schritt zurücktreten, verheiße ich ihm, wenn er sehen werde, Properzia habe sich einen Schritt zu weit vorgewagt.«

»Alles in allem: wie ist er unglücklich!« rief die Herzogin.

»Ja! Wie sind wir unglücklich!« murmelte Properzia.

Eiliger als es erwartet war, bestimmten Clelia und Mortœil ihren Hochzeitstag. Am Vorabend in der Dämmerung erschien Properzias hinkender Diener, heulend vor Entsetzen, bei der Herzogin: seine Herrin liege im Sterben.

Die Herzogin fuhr hin. Der Kanal war voll von Gondeln. In ein Lastschiff ward ein ungeheurer Marmor geschafft: das Relief aus der Hölle. Der Graf Dolan befehligte die Arbeiter, in seinen Kleidern eingeschrumpft, faltig und herrisch.

»Ich habe es!« rief er der Ankommenden entgegen. »Ihr letztes Werk ist mein. Properzias zersprengte, herrenlose Kraft, von ihr selbst verloren gegeben – ich, ich allein habe sie noch einmal zurückgebannt. Dies Werk ist dem Nichts entrissen, worin Properzia schon untergetaucht war – und der es herausriß, bin ich!«

»Was befähigte Sie dazu?«

»Etwas ganz Einfaches«, erklärte der Greis, und in den Furchen seines Grinsens glitten Hohn und Liebe durcheinander. »Der Besitz ihrer Seele! ...Erstaunen Sie nicht, Herzogin. Properzias Seele nennt sie selbst ihre liebe Faustina. Es ist ein alter Marmorkopf, sie grub ihn einst aus der römischen Erde aus, der auch sie entstiegen ist. Sie gehört dem, der ihre Seele besitzt; und die hatte ich in meinem Palaste eingesperrt. Ich sagte zu Properzia: ›Arbeite! Bis du gearbeitet hast, zeige ich dir deine liebe Faustina nur durchs Schlüsselloch, wie sie am Ende meiner Säle steht. Und nicht einmal deinen Tränen werde ich erlauben, durch das Schlüsselloch zu fließen!‹ ... Sie hat gearbeitet. Nun mußte ich ihr nach unserm Vertrage ihre Seele zurückbringen. Sie ist drinnen, betrachten Sie sie, Herzogin! Lange wird's nicht dauern, und sie entweicht für immer.«

Der Alte wandte sich wieder zu den Lastträgern. Die Herzogin ging hinein in die verlassene Werkstatt. Einsam in der Mitte stand ein Kopf, wächsern abgeschliffen, mit zerbrochener Nase und beschädigtem Schädel. Seine Züge nahmen Abschied im Lichte des Abendhimmels; sie schienen sich strenge zurückzuziehen in den Marmorblock hinein, aus dem sie vor Zeiten erlöst waren. Sie deuchten die Herzogin keusch, groß, mit dem Glücke unbekannt, wie Properzia selbst. Sie dachte: ›Ja, das ist ihre starke und liebereiche Seele! Sie hat sie aus demselben weiten Felde auferstehen lassen, in das einst ein Landstreicher sie hineingestampft hatte. Sie hat sie einem jungen Manne dahingegeben, der sie einmal um sich selbst drehte und sie »geschickt gemacht« fand. Er schenkte sie einem alten Wucherer, und Properzia hat, um sie zurückzukaufen, von den Qualen der zur Hölle verdammten Liebenden verraten, soviel sie davon wußte. Jetzt stirbt sie. Soll ich dorthin gehen, in eines jener Zimmer, wo Neugierige das Ende von Properzias Körper begaffen? Ich will lieber hier haltmachen und glauben, daß ich allein gewürdigt werde, ihrer Seele in das schon verwischte, schon halb entwichene Antlitz zu blicken.‹

Die Tür ward geöffnet. Ein Priester, in den Händen etwas mit einem Tuche Zugedecktes, worüber er Grauen und Stolz zu empfinden schien, ging rasch über die hallenden Fliesen. Der Knabe hinter ihm schwenkte den Räucherkessel. Sie verschwanden.

Die Herzogin war in eine tiefe Fensternische getreten; sie erinnerte sich, daß sie im Dämmerlicht einer ebensolchen zu Rom Properzias erste Klagen empfangen hatte und ihre erste Liebe. Plötzlich bemerkte sie die Büste Mortœils. Seine Stirn, fein, schmächtig und ungläubig, trug eine schmale Lorbeerkrone. Auf dem Sockel lag ein Zettel; die Herzogin entzifferte ihn beim letzten Strahl.

»I' son colei che ti die' tanta guerra
E compie' mia giornata innanzi sera.«

»Ja, das ist der Sieger«, flüsterte sie. »Er mag sich nun vor sein bekränztes Bild stellen und sich bewundern und seinen Sieg. Die Unterlegene ruft ihm ihre Huldigung zu: ›Ich bin es, die so viel mit dir gestritten, und die beschlossen ihren Tag vor Abend.‹

Das ist der Sieger. Ich frage mich: Konnte die große, leidenschaftliche Frau den schwachen Spötter nicht zerdrücken an ihren Steinschultern? Und wenn die Feinheit bestimmt ist, länger zu leben als die Kraft – warum starb dann die arme Blà: sie, ein liebliches Geschöpf des Geistes, das zur unterworfenen Sache ward und zum wehrlosen Opfer eines wohlgebildeten Tieres! Ich frage mich wie damals: Woher droht solch Geschick, und wem droht es *nicht?*«

Und wie damals schauderte ihr.

Sie wandte sich zum Gehen. Draußen begegnete ihr nochmals Dolan, ein bißchen glückliches Rot auf den Backenknochen.

»Auch das noch wird mein!« rief er. »Auch der Dolch!«
»Der Dolch –«
»– mit dem sie die Tat ausführte... Sie verstehen, Herzogin, bis jetzt hält noch das Gericht die Hand darauf.

Aber ich habe ihn mir gesichert. Er ist von Riccio selbst. Am Heft befindet sich ein wundervolles Scheusal aus Elfenbein, eine Venus-Astarte mit zwölf Brüsten!...«

Es dauerte lange, bis ihre Gondel vorfahren konnte. Dann blieb sie sitzen inmitten all der andern, die den Kanal versperrten, und wartete. Es waren Frauen und Männer da aus allen Ländern; in allen Sprachen flüsterte es: »Sie stirbt.« Auf den Brücken und in den Gäßchen, schwarz und feucht vom Scirocco, drängte sich das Volk. Die Weiber hingen über den Geländern, und ihre schwarzen Tücher flatterten über dem schwarzen Wasser. Sie raunten: »Properzia stirbt.«

Aus dem Hause kam der Priester – seine Hände zitterten unter dem Tuche – und entfernte sich rasch über das schmale Ufer. Der Knabe hinter ihm schwenkte den Räucherkessel. Es vergingen noch ein paar Minuten. Und plötzlich begann in der Nähe, auf einer Kirche, ein Glöckchen zu hämmern. Es hämmerte hell und eilfertig; es erstickte in seinem geschäftigen Botenlauf die eigene Angst.

Durch die schwarze Menge auf den Brücken und in den Gäßchen lief scheues Gemurmel. Die Frauen in den Gondeln schluchzten auf. Eine junge Stimme sagte, klar und zitternd: »Properzia ist tot.«

Die Herzogin winkte zur Abfahrt, die Linke vor den Augen.

III

Sie war in den folgenden Wochen viel allein. Sie irrte umher in Venedig, und überallhin folgte ihr die tote Properzia. Sie bestürmte die bleiche Gefährtin mit Fragen, mit enttäuschten, anklägerischen und vergeblichen. Sie ging nach Hause und fand sich auf ihrer Terrasse erwartet von dem riesigen weißen Bilde der Frau, die sich erdolchte.
»Ist das eine Antwort?« rief sie, müde und zornig.
Aber sie fühlte, es sei eine Drohung.
Sie betrat ihr Kunstkabinett.
›Also das war der Sinn des Liebesgeflüsters, das von allen Seiten diesen Raum durchschwirrte, buntschillernd, leichtflügelig, naschhaft und planlos. Die Begierden, Versuchungen, Listen, Liebesspiele – sie schwärmten hier, als reizende Insekten, an den Wänden hin, über die Füße der Pallas und durch die Olivenzweige, die sie ganz umrankten. Wir folgten ihnen, berückt und lächelnd. Nun sind sie, wie zum Scherz, in ein offenes Grab hineingeflogen. Wir stehen davor, wir fassen es nicht.‹
Und sie stand lange starr, den Boden betrachtend; er öffnete sich ihr.
Dann aber überkam sie wieder jene heiße Verachtung, wie für eine Verwandte, die die Familienehre befleckt hätte.
»Wie konnte es geschehen!« sagte sie zu der Unsichtbaren.
›Deine Seele gleicht der Büste, die die Stadt überdauert, worin sie aufgestellt war. Eine Medaille ist jedes deiner Worte; es wird mancher seine Zeit überleben, den du ge-

kannt hast – wie jener Kaiser, der verschollen wäre ohne die Münze, die ein Bauer aus dem Acker wühlt. Deine Gefühle fügen sich wie Verse, stärker als Erz und langlebiger als Götter. Der widerspenstige Fels spürt auf ewig das Siegel deines Traums.‹

Sie wiederholte sich oftmals diese Worte: Strophen, gemeißelt zum Ruhme der Kunst von einem Meister, der ihr gehörte. Am Ende sagte sie sich, beruhigt und geweiht: ›Wie könntest du tot sein, da ich ja deine Hand fortwährend in meinen Geist hineingreifen fühle. Sie stellt immer neue Bilder darin auf. Er enthält weite Länder, die du bevölkert hast mit deinen Halbgöttern, verschlossen, langsam, stark und ohne Lachen – wie ich sie wünschte, und wie du sie schufest: du, eine Schöpferin!‹

Ihr Blick traf Properzias Hand; sie lag, in Gips gegossen, auf amarantenem Samt.

Sie wandte sich erblassend, als stünde Properzia selbst vor ihr, in ihrem leinenen Überkleid, und auf hohen Hakken unhörbar über den roten Läufer herbeigekommen, wie damals in ihrer Werkstatt zu Rom, als die Herzogin sie zuerst besuchte. Sie glaubte die tiefe, sanfte Stimme zu hören: »Sie sind hier zu Hause, Herzogin: ich ziehe mich zurück. Sie waren ganz bei Ihren Gedanken, und erschrecken, da Sie mich sehen.«

»Ich sehe Sie zum erstenmal, Frau Properzia. Zum allerersten Male fühle ich, was schaffen heißt, das Leben schaffen um sich her...«

Sie ward durchrüttelt, schmerzhaft fast, von Ehrfurcht.

Properzias Hand war voll und stolz. Der Daumen entfernte sich von ihr, in kurzer, gewellter Schlangenlinie. Die Finger verjüngten sich gleichmäßig nach den Spitzen, die sich aufwärts bogen.

»Wie oft habe ich dich bei nächtlicher Arbeit überrascht!« sagte die Herzogin. »Die Werkleute, die den Marmor punktiert hatten, waren fortgegangen; es war dunkel.

Du aber mochtest den Tag noch nicht beschließen, er war dir noch nicht reich genug gewesen. Du bandest dir eine kleine Laterne mit einem Riemen vor die Stirn, und so umschrittest du den Stein: auf allen Seiten trafen ihn dein Licht und deine Schläge. So wandern nun meine Gedanken in kleinen Schritten immerfort um dich herum, Properzia. Sie hämmern an dir und werden gequält von ihrer eigenen ruhelosen Flamme!«

Ihre schwarzen Flechten umrahmten die bleichweiße Hand. Ihre Lippen betasteten die Hand, die kunstreiche und hilflose, die starke und dennoch abgehauene.

Mitten im Gewühl der engen Gassen überwältigte sie zuweilen die weiße Drohung der Frau, die sich erdolchte. Einmal stand sie, schwindelnd und schwach, vor einer kleinen Kirche. Um die Tür hingen bunte Papierkränze. Sie trat ein, um auszuruhen. Es war hell und voll Blumenduft. Die Orgel spielte etwas Heiteres. Die Herzogin fühlte sich erlöst; sie erinnerte sich, wie dumpf, zerfahren, gierig und ohne Sinn draußen die Welt ihre Opfer hin und her zerrte. Die Gemeinde kniete, reglos gebückt. Leuchtenden Blicks und zitternd vor besonnener Freude, hob ein alter Priester den Kelch an die Lippen.

›Ich will es nie vergessen‹, dachte die Herzogin, als sie wieder draußen war, ›daß die Tempelhalle, in der ich lebe, um den Altar der Minerva prangt. Properzia ist von einer Leidenschaft, die fremde Züge trug, hinausgedrängt, die hohen Stufen hinab, an denen die Brandung des weihelosen Volkes sich bricht. Sie ist verlorengegangen: ich folge ihr nicht.

Das schwere, bronzene Tor wird denen, die draußen keuchen und lästern, das unerbittliche Schweigen der Masken entgegenhalten, womit es bedeckt ist. Ich wandle über die Steinplatten von der Farbe der Eulenaugen. Im Vorübergehen hole ich einen Klang aus der großen, goldenen Leier; sie lehnt am Bilde der Göttin. Auf die Räucherpfannen zu ihren Füßen breite ich Kräuter. Ich hänge zwischen den Säulen schwere Kränze auf. Die Spangen meines Handgelenks gleiten mir bis an die Schulter...‹

Sie erblickte diese Bilder unter den Arkaden, im Hofe des Dogenpalastes, wo sie oft den Schatten genoß. Der Riesentreppe gegenüber, am Ende des Torganges von der Piazza her, stand in einer Nische der Seitenfassade eine weibliche Statue. Jedesmal, wenn die Herzogin um die Ecke bog, trat sie ihr entgegen, nackt und schwarz und mit dargebotener Hand, als wolle sie eine Gefährtin zu sich emporziehen.

›Welche seltsamen Genossen seid ihr mir, ihr Statuen‹, so sann die Herzogin. ›Was birgst du für ein Mysterium, o Kunst! Bin ich nicht die letzte, zerbrechliche Tochter von Vätern, die zu stark waren? Die Väter, haben sie mir nicht längst alles vorweggenommen, ähnlich vergessenen Träumen, die schöner waren als alles, was wir ausrichten möchten? Sie haben Städte gegründet, Rassen unterworfen, Küsten beherrscht, Dynastien errichtet, Reiche befestigt: – kann ich es auch nur ahnen in all seiner Fülle, solch Leben eines Assy? ... Aber es ist auf einmal mein in all seiner Fülle, da diese Statue, angesichts der Riesentreppe, mir die Hand bietet wie einer Schwester.

Ihre Formen legen sich fest um meine Seele: ich werde wie sie, üppig und gewaltsam. Ich beginne zu leben, verschwenderisch und unbedenklich. Plötzlich öffnet sich mir der gemeißelte Wald dieses Hofes. Es sinkt wie eine Dornenhecke vor diesem Feenschlosse nieder. Die ganze Flucht der Loggien entlang schwellen die steinernen Blätter, Blüten, Fruchtkörbe; sie bewegen sich unter der Flut der stolzen Stimmen derer, die in den Fenstern lehnen. Die Riesentreppe steigen langsam, klirrend und rauschend, viele hinan, die sich nach mir umwenden und mich kennen!‹

Sie begab sich auf den Markusplatz; er brütete verödet unter der Wucht des Mittags. Die Bogengänge der Prokuratoren umspannten seinen Prunk, und wie eine Krone auf seinen heißen Kissen, blendend und heilig, lag die Kirche. Ihre fabelhaften Formen überstürzten sich, betörend grell. Ihre hundert Juwelenfarben blitzten, toll vor Pracht und grausam. Und die Engel auf dem höchsten Bogen taumelten mit goldenen Flügeln in ein brennendes Blau.

Aus dem Dogenpalast, unter den kurzen, dicken Säulen hervor, die die Herzogin verlassen hatte, trat ein Mann in spitzer roter Mütze mit goldenem Stirnband, einen langen Mantel, ganz aus Gold, um die Schultern. Eine Frau ging neben ihm, in Goldbrokat, große Märchenperlen an dem reichen Halse, und um den Leib eine goldene Kette; die fiel ihr bis auf die Füße. Es umringten sie Männer in Purpurkleidern und andere, pfauenbunte. Ihre Schleppe hoben schlanke Jünglinge, in gelben, glatten Haaren, die die Ohren bedeckten – mit einem Samtreif um den Kopf, einer kleinen Schürze über Hüften und Schenkeln, und in den halb geschlossenen Augen lauter Stolz auf die eigene Keuschheit. Und Bischöfe kamen und begleiteten das Tabernakel in ihren steifen Dalmatiken mit bemalten Goldrändern. Und Kaufleute, deren Gesichter hart und fromm waren. Und kleine Affen, in Scharlach gekleidet, auf plumpen Straußen. Und Frauen, mit Diademen in flockigen Goldhaaren, die herabrieselten über schwarze Gewänder. Sorgsam lehnten sie mit den Flächen aneinander ihre kleinen blassen Hände.

Sie zogen über den Platz. Die Falten der schweren Ornate bewegten sich kaum, die Füße der Pagen waren zu leicht, um gehört zu werden. Sie verschwanden in einem tausendfältig gebrochenen Sonnenblitz.

Und es nahten andere, kurzen, heftigen Schrittes, rauschend, geräuschvoll, gebärdenreich, Lorbeer über kurzen Haaren, und ihrer Anmut versichert und ihrer Kraft.

Ihre Finger, nervig und fein, spielten mit dem Degenknauf wie auf einer Gitarre, und formten das eben entflohene Wort in der Luft wie Wachs. Rote Narben um die spöttischen und wilden Münder, sprachen sie Verse. Und es antworteten ihnen dunkeläugige Frauen in weißem, golddurchwirktem Damast, mit roten Locken, glänzenden Stirnen und hellblütigen Wangen – und ihre Brüste, schimmernd gleich Perlmutter, prangten auf Miedern aus Hermelin. Ihre blaugeäderten Hände, schwer von Ringen, liebkosten die Köpfe von Windhunden. Sie blieben stehen – und an ihrer silberweißen und juwelenklirrenden Reihe entlang, durch einen Hofstaat von Göttinnen und Feen, schritt langsam, in schwarzem Mantel, schwarzem Barett, ergrauend und mit müden Zügen der Kaiser.

Plötzlich verwandelten sich die Göttinnen in irdische, untertänige Weiber bei dem Anblick des Alten, der bei dem Kaiser war. Sie wußten: aus seinem Pinsel kam jener Fleck auf die kaiserliche Hand, die ihn aufgehoben hatte. Und sie dachten an die vielen Stunden der Qual auf den hölzernen Terrassen hoch über ihren Palästen, wo sie von der brennenden Sonne die blonde Tinktur in ihren Haaren trocknen ließen; an die angstvollen Beratungen mit dem berühmten Apotheker, was zu tun sei für einen schönen Hals, und was für einen schönen Bauch, und was für schöne Brüste – und dann an den schrecklichen und wonnebebenden Augenblick, wo sie die prunkenden Hüllen fallen ließen vor dem Greise an seiner Staffelei. Noch immer fühlte die Stolzeste unter ihrem Staatskleide ihr Fleisch frösteln von dem unerbittlichen Blick, womit er es durchforscht hatte, als es nackt war... Aber er ging vorüber – und nun erschauerten ihre Glieder warm, als würden sie wieder einmal gestreichelt von den Tönen der Orgel, die der Geliebte spielte, während sie nackt waren.

Und sie zogen weiter, als Göttinnen, geleitet von den krummen Schwertern und den Federwedeln riesenhafter

Mohren in gelber Seide. Nach ihnen kamen zärtliche Epheben, in leuchtenden Farben, die schmalen Glieder abgezeichnet unter schmiegsamen, ganz bestickten Stoffen, die weiten Ärmel mit goldenen Spangen geschlossen, schief auf dem Ohr die rote Kappe, und die Haare darunter festgebunden mit seidenen Schnüren. Vermischt mit ihnen schritten Gepanzerte, rasselnd und düster blinkend, und die hellen Jünglinge schienen an sie geschmiedet, wie Fleisch auf Eisen.

Sie entfernten sich; ihre Kolonnen wurden verschlungen vor lauter greller Sonne. Da nahte noch ein einzelner, ein Krieger, karmoisin und samten. Von dem goldenen Knopf auf seiner linken Schulter wallte sein Mantel. Auf seiner goldenen Brust drohte und schrie eine Medusa. Unter seinem goldenen Helm drängten sich seine Locken heraus. Der Helm war spitz beschirmt, von Arabesken umschlungen, und hinten bewacht von einem silbernen Greifen.

Die Herzogin wartete in dem engen Schatten eines Pfeilers, weit drüben, am Ende des Platzes. Sie machte zwei Schritte ins Licht hinaus. Plötzlich wendete der ferne Vorüberwandelnde ihr sein schreckliches Gesicht zu. Sie erkannten sich, sie lächelten einander zu, Sansone von Assy, Condottiere der Republik, und seine späte Enkelin Violante. Er liebte sie; sie hatte, was er von den Frauen verlangte: einen gereiften Körper und einen Geist voll festumrissener Bilder. Sie konnte ihm ein Gemälde im voraus beschreiben, das farbentrunkene Triumphgemälde zum Gedächtnis seines Sieges über eine nach jahrelangen Listen greuelvoll bewältigte Landstadt. Sie konnte in dem antiken Festzuge, wo er selber Mars war, mit Helm und Speer als Pallas Athene gehen.

Sie war damals dreißig – und sie dachte an einen Tag ihres einundzwanzigsten Jahres: sie stand auf dem Balkon des Palais Assy, an der Piazza Colonna zu Zara, und schaute hinunter auf eine Prozession von Soldaten, Priestern, Hofleuten, Volk, auf Kirchenbanner, rote Zeltdächer, blitzende Uniformen und Engelsflügel an Kinderschultern. Das letzte Gebetemurmeln versiegte – und plötzlich ward es laut von Jubel, und alle Schwerter grüßten zu ihr hinauf, wie der Flug eines Silbervogels durch das Mittagslicht.

Nun ging durch einen andern Mittag, über den Markusplatz, Sansone von Assy, der stehend gestorben war, blutig und auf den Lippen einen Horazischen Vers. Er grüßte sie mit seinem langen Degen in roter, ziselierter Scheide. Über ihm bäumten sich und wieherten die erzenen Rosse auf dem Kirchenportal – und die Herzogin sah ihn nicht mehr.

Ein neues Volk großer Kinder drängte herbei, schlau und witzig wie Truffaldin, und wie Pulcinella arglos ungeschickt; gleich Tartaglia faul und gefräßig, und so ruhmredig wie Spavento. Sie spreizten sich in Spitzen, gewirkten Schlafröcken, Palastroben – durcheinander mit bunten Griechen, Türken und Levantinern, und trieben zwitschernd und lächelnd Albernheiten mit Frauen, die Verstecken spielten unter Bautta und Dreispitz und unter lächerlich fahlen Masken, mit geröteten Lippen und Lidern. Die Fächer klappten, das Gelächter perlte, der Platz war bedeckt mit Quacksalberbuden, Marionettenbühnen und den Kanzeln predigender Mönche. Unter jedem Bogen der Prokuratien winkte ein Caféhaus und girrte ein Spielsaal. Geschminkte Abbati, Gecken alt und jung, Liebhaber des Pharao und Amtspersonen, die von schlüpfrigen Reimen überflossen – alle tollten hinein, unter Knabentumult. Liebesmakler boten ihnen Edelfrauen an, und sanfte, schöne und dienstfertige Kurtisanen sich selber. Sie zogen den flüchtigen Geliebten unter die mit Marmorbildern gekrönten Arkaden; dort sah man mehr Frauen an der Erde ausgestreckt als auf den Füßen. Sie warteten am

Dogenpalast auf den Nobile, der den Rat verließ. Stattliche Äbtissinnen stritten um die Ehre, aus ihrem Kloster eine junge Nonne entsenden zu dürfen, als Mätresse des neuen Nuntius.

Ein Herr und eine Dame streiften an der Dame vorüber. Die Dame war milchweiß, und wie ein Hauch von Pastellfarbe lagen ihr die verblichen violetten Bänder in der weichen Senkung zwischen Schulter und Brust und im graublonden Haar. Sie zeigte der Herzogin schelmisch die schwarze Fliege im Winkel ihres blassen Mündchens. Der gepuderte Kavalier aus Atlas und Rosen nickte mit geschürzter Lippe seiner letzten Verwandten zu, nur eine rasche Sekunde – und Pierluigi von Assy und seine Dame tänzelten davon. Sie hatten sich lieb: es wartete ihrer eine rosengeschmückte Gondel, drüben hinter den abenteuerlichen Arabesken jenes Tempels, am Fuße rosiger Treppenstufen, im seidenen Wasser und unter der Glorie eines Himmels, der als goldblauer Baldachin die Feste beschirmte auf dieser marmornen Insel.

Aber alle, die so toll, lüstern und phantastisch dahinschwirrten, jedem Kitzel nach und jeder Chimäre – sie vergingen und zersprühten endlich, gleich dem Funkenregen des Feuerwerks am Ende aller Feste. Nichts blieb nach ihnen übrig; sie hatten alles verbraucht; das letzte Gold, die letzte Kraft, die letzte Laune und die letzte Liebe.

Die Herzogin ging allein zurück über den hallenden und himmelhohen Festsaal; er blendete heiß. Aus den Mosaiken San Marcos brach ein wildes Gefunkel. Orientalische Träume, zu Stein geworden, zu silbern wuchtenden Kuppeln und zu Inkrustationen von Malachit, Porphyr, Gold und Emaillen, blitzten sie an – wie mit lauter Dolchen. Und lange Säulengänge schritten als lichte heidnische Eroberer, mit edler Gebärde auf das Geheimnis und das Grauen los, das von Byzanz kam. Die Herzogin dachte:

›Die alten Dekorationen sind stehengeblieben. Und von dem verhallten Drama, das ihr darin spieltet, habt ihr mir ein Wort zugeflüstert. Ihr seid zu mir gekommen, ihr habt mich als eure Enkelin erkannt und mich gewappnet und geschmückt mit der Kraft und der Blüte der marmornen und erzenen Bilder, die stehengeblieben sind, als ihr verschwandet. Sie ziehen mich auf ihr Postament, als ihre Schwester. Ich bin eine eurer Statuen, die heute plötzlich die Augen aufschlägt und alles versteht, was nur ihr verstandet. Mir gehört dieses versunkene Reich, ich bevölkere es neu. Für mich rauscht das Volk eurer alten Träume über die toten Jahrhunderte herbei, und bis vor meine Füße.‹

An der Piazzetta bestieg sie ihre Gondel.

›Nicht wahr? Ihr habt meine Glieder ganz angefüllt mit eurem mächtigen Leben! Ich fühle ja, wie ich selbst unerschöpflich hinüberströme in alles, was ich sehe. Auf mein Geheiß steigen an diesem Strande, den Paläste säumen, die Brücken schimmernd auf und nieder. Jedes der reizenden Mädchen, deren grüner oder goldener Pantoffel über ihre Bogen hineilt, entsende ich von meinem Herzen. Mir scheint, ich habe ihre blumigen Mieder selber gewirkt; ihre schlanken und weichen und flaumigen Nacken hat mein Daumen modelliert, und das Blondhaar habe ich darüber hingestäubt und die Veilchensträuße befestigt an den blassen Hälsen der Brünetten. Der gebrannte Ton der männlichen Gesichter ist mein Werk.

Hinter jener blendenden und grün überbuschten Gartenterrasse bewegt sich eine junge Dame; ihr Kleid prangt in allen Tinten des Sommermittags. Ihr weißer Tüllschal weht lind und duftend um ihre Schultern. Sie ist gewandt, leicht, weit ausschreitend, flüchtig, und hinterläßt überall ein Lächeln und einen Gedanken an Glück. Ich habe sie dort hingestellt, an dieses strahlende Ufer, damit die Erde noch schöner werde, die reiche Erde, die aus mir jauchzt.

Eine Bewegung meiner Hand hat auf die Spitze jenes Dreiecks marmorner Prunkbauten die Fortuna hoch hinaufgeschnellt. Sie spiegelt sich hell in den Wellen, und ihr Widerschein fließt auf den Wellen bis in die fernsten Kanäle: der Widerschein der Fortuna.

Wenn ich drüben auf der Giudecca den gemessenen Tempel betrete, dessen glänzende Staffeln mich abholen aus der Lagune, so erhellt plötzlich seine klare, freudenreiche Halle alles, was in mir schlief. Ich schreite bebend in Spannung und Jubel des Wiedererkennens durch den zauberhaften Säulenwald, der den Leib der Schönheit gefangenhält.

Fern davon, an schattiger Wand, in der Tiefe einer Sakristei sitzt auf dem rotdurchwirkten Damast einer flachen Tribuna in dunkel- und mattblauem Faltenmantel eine Madonna. Über ihr erlischt das Gold der Kuppel. Unter dem weißen Kopftuch schimmert das blasse Gesicht, klein, rund, hochmütig erhoben. Ihre halb geöffneten Augen bekennen nichts von allem stolzen Leid. Sie blickt halb zur Seite, über die Menschheit weg, die plump ist. Der Mund ist schmal und eng verschlossen... mich aber hat er geküßt... Ich bin oftmals selber diese Madonna. Oftmals bin ich der Kinderengel, der zu Füßen einer andern stillen Königin, in hellem Bildersaal, die Viola spielt, geneigten Hauptes, ängstlich vertieft, leidend vor Glück, weil er sie besingen darf.

Ich bin der Genius am Grabe des großen Bildhauers, mit weichen Schultern, breiter Jünglingsbrust, ganz schmalen Hüften und langen, fein gewölbten Schenkeln – und ich bin die blonde, weiße, fette Märtyrerin, deren Frisur unter Perlenschnüren verschwindet, und die, aus ihrer Brokatrobe herausgerissen, den Kopf versteckt zwischen ihren emporgezogenen, üppigen und verwöhnten Schultern. Ich bin auch die rotgerockte, halbnackte Mohrin, die ihr den Dolch auf den Taubenhals setzt.

Ich atme in all den gehäuften Gliedern, den prachtvoll gebogenen, üppig verkürzten, ambrablassen und in satte Stoffe gebetteten der großen Frauen, die nackt einander die Stirn mit Sternen krönen – und der andern, die in goldenen Gewändern, weiß, übermächtig und unzugänglich, im silbernen Blau an der Decke von Prunksälen thronen. Völker staunen sie an, und sie werden umwogt von Geschöpfen mit durchsichtiger Haut und rosigen Fingerspitzen: Geschöpfen des wollüstigen Lichts.

Und ich brenne in den roten Kreuzigungen, wo lässige Brünette, mit grünen und blutigen Juwelenblitzen in den blondgefärbten Haaren, sich in schwierigen und verführerischen Stellungen um das Marterholz des Gottes drängen. Auf einem ungeheuren Schimmel bäumt sich ein Hüne: bronzene Panzerplatten pressen da und dort seine nackten Glieder. Der Bauch quillt fleischig heraus. Die scharlachnen Landsknechte würfeln mit fratzenhaftem Eifer. Ein Mann in schwarzem Eisen schwingt rote Fahnen gegen den düstern Sturmhimmel. Unheimlich hell und bunt kauern vor dem braunen Gewitter auf fernen Olivenhügeln kleine fremde Greise und Weiber. Und das Abenteuer dieses Kreuzes, keuchend unter der Lust von jähen, schweren, nächtlich fiebernden Farben, ist nur der Opiumtraum jener Greise und ihrer blauen, gelben, violetten Odalisken.

Mein Blut pulst sanft und stark in der leise atmenden Frau, die den Kopf auf den Arm bettet. Die wunderbaren Wellen ihrer Glieder ruhen zwischen den Wellen stiller Hügel. Ihr Fleisch fließt im Schlafe hinüber in das schweigende und warme Land.

In diesem selben Lande ertönen hohle, sanfte Flötentöne. Am Weiher, unter hohen, gütigen Bäumen legt eine nackte und träumerische Hirtin das Kind an ihre Brust. Der ernste junge Hirte wacht an seinem Stabe. Mein Blut kreist in den Bäumen und in der Mutterbrust. Es murmelt als Quell im Innern jener fruchtbaren Hügel. Es singt in den hohlen und sanften Flötentönen.

Die satten Lichter auf den Nacken der in Leiblichkeit Prangenden, ich fühle sie rauschen über mein eigenes Fleisch. Und ich zittere mit der scheuen, kleinen Psyche, deren harte Brüstchen die Linnen durchbohren, und die ihr Gesicht wegdrückt in den Schatten.

Ihr alle, Pflanzen und Kinder, hinausstürmende Krieger oder weiche Rastende, Flöten oder Dolche, Hetären und Madonnen – ihr über den anbetenden Händen eines Einsamen und ihr am lauten Licht und unter den Augen der vielen Ahnungslosen: ihr seid tausend und einer von meinen Tagen. Meine Stunden, die auf goldenem Wagen vorbeifahren, bringen euch alle mit. In meinem Leben, das die Kunst segnet, blüht ihr auf. Ich kenne den Rausch von etwas Unglaublichem: der Vollkommenheit. Ich ergieße mich in lauter Vollkommenes.

Was hätte mir der Himmel weiter zu geben. Die Kunst macht mich zu einer Unbewegten, Schauenden, Verweilenden. Eine Göttin legt mir mein Leben in die Hände als eine köstliche Vase, ambraschimmernd, klar, kühl und überzogen von Bildern. Ich halte sie in den Händen, meine Finger gleiten an den Profilen der Figuren entlang. Die Mänade taumelt, die Nymphe lacht, und ein Widerschein ihres ewigen Prangens fällt auf die vergängliche Hand.

Oh, ich will sie in ruhigen Händen halten, die stille Vase meines Lebens, daß keine Verletzung, kein Fleck und kein zudringlicher Hauch der trüben Welt ihren keuschen Glanz entstelle – bis an die Stunde, da ich sie dankbar und glücklich zurücklege in die Rechte der Göttin, die sie mir lieh: der immer sehnsüchtigen, immer fremden, immer von Olivenzweigen umsprossenen Pallas.‹

IV

Sie hielt ihr Leben in Händen, die nicht zitterten, sieben Jahre lang. Man kannte sie kaum. Sie war die nächste Vertraute von allem, was in Venedig versteinert oder in unerreichbaren Farben schlief und prangte. Für alles, was umherhastete, kränklich aussah und Eitelkeiten besaß, blieb sie eine Fremde. Ihr enger Kreis umschloß fast immer die gleichen Personen, und keiner davon konnte sich rühmen, einen Zugang offen gefunden zu haben zu ihren Verschwiegenheiten. Sie veranstaltete Feste, ihre Gäste gaben ihr ein Schauspiel. Sie machten ihr das Haus bunt und warm, und zwischen sich und der Herzogin von Assy empfanden sie etwas wie eine erleuchtete Rampe.

Zuweilen aber richtete sie ein herzliches Wort an Weithergekommene, die nächsten Tages weiterreisten.

Sie hatte irgendein junges Mädchen aus dem Norden über den Markusplatz schlendern sehen, selbstbewußt und ahnungslos. Acht Tage darauf fand sie sie an der nämlichen Stelle, verlegenen Gesichts und mit Schritten, die zögerten. Und wieder eine Woche später stand dasselbe Wesen am Ende des Platzes und lächelte nicht mehr. Die Angst vor dem Unfaßlichen legte sich unmerklich auf ihre Miene.

Im Hof des Dogenpalastes, vor der Riesentreppe, traf sie manchmal junge Engländerinnen, drei oder vier. Statt des ärmlichen Reiseführers brachten sie ein kostbares und schweres Buch mit. Sie öffneten den vergoldeten Pergamentdeckel; eine las, und die anderen sahen hinauf zu den Giganten. Die buntseidenen Schals fielen von ihren weißleinenen Sommerhüten über ihre gelben Locken, und da sie anfingen zu fühlen, wurden sie nahezu schön.

Die Herzogin ließ jemand ihnen nachgehen bis an ihr Hotel; dann lud sie sie ein. Mortœil und der alte Dolan machten sich hinterher lustig über die schüchternen Gestalten, die eines Abends schweigsam und mit weitoffenen Augen auf einer Stuhlecke gesessen hatten. Die Herzogin erwiderte: »Ich kenne nur eine Aristokratie: die der Empfindung. Gemein nenne ich jeden, der häßlich empfindet. Stellen Sie einen Unbekannten vor eine Madonna des Bellini; es wird sich entscheiden, von welchem Stande er ist.«

Bei der Madonna der Frari begegnete sie einst einer jungen Frau mit einem dreizehnjährigen Knaben. Sie war mager und von schlichter Eleganz; auf ihrer durchsichtigen Blässe glühten zwei Flecken zu beiden Seiten des eingesunkenen Nasenrückens. Ihre glänzend schwarzen Haare verdeckten die Hälfte der Ohren; daran hingen große, klare Brillanten. Ihre Hände waren schmucklos, bleich und zu lang, gleich denen der Heiligen. Gleich diesen klagten sie an. Und sie berührten das Kind wie die gemalte Frau das ihrige, mit ebensolcher Inbrunst und mit so wenig Kraft. Es war, als verlösche über der Fremden das Gold derselben Kuppel, ja, als bedecke der dunkel- und mattblaue Faltenmantel der Madonna auch sie. Je länger sie der Thronenden ins Gesicht starrte, desto ähnlicher ward sie ihr: hochmütig, voll eifersüchtig behüteten Leides, mit einem Munde schmal und eng verschlossen... Die Herzogin wünschte heftig, er möge für sie sich öffnen... Der Knabe hatte aschblondes Haar, halblang und in ein paar großen Locken hinaufgebogen. Zwischen seinen willkürlichen, kurzen Lippen blitzte ein feuchter, weißer Streif. Sein Mund war vor Kühnheit fast töricht. Seine Blicke eilten, blau und feurig, unter den freudig erstaunten Brauen hindurch, wie durch hohe, schmale Triumphbogen. Er war schlank und schmächtig. Eine seiner Hände, mit seltsam dünnen Gelenken, lag zur Faust geballt im Rücken. Eines seiner feinen Beine war vorgestellt, kriegerisch und dennoch gebannt. Er trug einen schwarzsamtenen Flausch mit breit über die Schultern geschlagenem weißen Kragen. Es sah aus wie die Verkleinerung einer alten Künstlertracht. Aber darüber hatte das Kind einen Säbel geschnallt.

Die Herzogin stand hinter ihm. Er wandte sich nach ihr um und betrachtete sie, mit scheuem Erstaunen. Dann sah er hastig weg. Er verhielt sich ganz ruhig, mehrere Minuten lang. Nur sein Kopf zuckte ein paarmal zur Seite. Endlich drehte er ihr, rasch und fest, noch einmal das Gesicht zu. Sie las deutlich darauf, daß sie ihm inzwischen zu einem Erlebnis geworden war – vielleicht zu einem wunderbaren. Es ging durch die Knabenaugen wie ein Blitzen von lauter Abenteuern. Sie dachte an San Bacco, wenn er seine edelsten, von aller Weltklugheit verlassenen Augenblicke gehabt hatte. Sie dachte auch der Männer zu Zara, die von den Gefahren in ihrem Dienste manchmal auf einige Stunden frei und schön gemacht worden waren. ›Jene‹, so meinte sie, ›brauchten Revolutionen und Kriege, um sich zu kurzer Begeisterung zu erhitzen. Wieviel lohnender ist es, hinter diesen Knaben zu treten. Er kennt noch gar kein Zurückbleiben hinter den höchsten Hoffnungen. Es scheint, daß er sich erinnert, wozu er geboren ist – sobald ich ihm zulächle.‹ Sie tat es. Er errötete und sah weg. Darauf ging sie hinaus. Die Mutter hing an den Zügen der Madonna und hatte nichts bemerkt.

Die Herzogin sah dieses neue Paar nun fast täglich, bei einem Kunsthändler, in einer Kirche, oder auf dem Dampfer im Großen Kanal. Die Mutter trug immer dieselbe abgeschlossene und tiefbeschäftigte Miene. Sie führte den Knaben eng an der Hand, sie ließ ihn nicht einmal los, während sie auf dem Schiffe nebeneinander saßen. Nur zuweilen, wenn das gotische Rätsel oder der maurische

Märchentraum eines Palastes überm Wasser vorbeiglitt, richtete sie dorthin einen ihrer magern und spitzen Finger, und sie sagte dem Knaben etwas ins Ohr.

Er wartete jedesmal auf das Erscheinen der Herzogin. Er war unaufmerksam für alle die gemalte und gemeißelte Schönheit, die die Mutter ihm zu verehren gab; so lange, bis er die unerhörte Fremde gefunden hatte. Er begrüßte sie stumm, mit feierlichem Stolz, und niemals ohne Erröten.

Einmal, auf einer Fahrt nach dem Lido, entfiel der Herzogin ein Buch. Der Knabe erblaßte heftig; er kämpfte einen anstrengenden Kampf; das bevorstehende Wagnis beschämte ihn, und sein Zögern erst recht. In der Hast verwickelte schließlich sein Fuß sich im Kleide der Mutter. Er kam fast zu spät; einer der Herren, die bei der Herzogin waren, hatte das Buch schon erfaßt. Sie raunte ihm zu: »Lassen Sie!« Dann hob der Knabe es auf. Er glättete die zerdrückten Seiten und hielt die Augen darauf gesenkt. Seine langen Wimpern warfen einen durchbrochenen Schatten auf die weiche Wange. Die Herzogin bemerkte die blaue Ader über seiner dünnen Nasenwurzel, und wie schwach und weiß sein Hals war. Sie nahm das Buch.

»Ich danke dir, mein Lieber«, sagte sie, als gehörte er zu den Freunden in ihrer Begleitung. »Kannst du das lesen?«

Es waren Platens venezianische Sonette. »Ja«, antwortete er und zog aus der Tasche einen andern deutschen Band. Er war bei einer Kapitelüberschrift aufgeschlagen. Der Knabe hielt sie ihr hin; sie las: »Der Freibeuter raubt die Prinzessin. Werden sie zwischen den Kanonen des Kreuzers entkommen?«

Er lief zur Mutter zurück; sie hatte nach ihm gesucht. Sie runzelte die Stirn und faßte seinen Arm sanft und fest. Dann aber sah sie hinüber, seinem Blicke nach. Und plötzlich ließ sie ihr Kind los und machte eine Bewegung mit ihrer sprechenden Hand: »Zu jener Dame darfst du gehen. Geh nur!«

Er ging aber nach vorn, an die Spitze des Dampfers, die leer stand, und setzte sich in den Wind. Die Herzogin sah sein Profil mit kurzer Lippe, leicht aufgeworfener Nase, und einer besonnten, runden Locke unter der Kappe, hochgemut und hell in die Sommerluft geschnitten wie in eine große Perle. Es ward ihr leicht, von seiner klaren Stirn alle Einbildungen und Spiele abzulesen, die ihn jetzt davongetragen hatten. ›Er ist Freibeuter‹, so erkannte sie, ›und laviert mit der Prinzessin zwischen den Kanonen des Kreuzers.‹ Dann meinte sie: ›Es könnte sein, daß ich unfreiwillig mitspiele, als Prinzessin. Wer kann wissen, zu welchem unwahrscheinlichen Abenteuer er in der Seele eines Knaben wird? Und wahrhaftig, ich möchte fast hingehen und allen Ernstes mitspielen... Wie dieser Knabe stolz ist! Seine Blicke schießen durch den Sonnenschein gleich Schwalben. Ihrer Zukunft froh schießen sie über die Lagune, über dieses für immer vom Meere abgeschnittene Stück Wasser.‹

Endlich traf sie die beiden bei Jakobus in seinem Atelier am Campo San Polo. Es war gerade niemand weiter da; der Maler machte sie bekannt mit Frau Gina Degrandis und ihrem Sohne Giovanni.

»Wie geht's denn?« fragte die Herzogin den Knaben.

»Wir sind nämlich Freunde«, erklärte sie, und sie bat die Mutter, es zu erlauben. Frau Degrandis war fassungslos beglückt. Sie wollte an die Güte dieser fremden und schönen Frau gar nicht glauben. Sie reichte schüchtern die Hand, sammelte sich im Gespräch nur langsam und verriet durch ihre scheue Anmut eine gedrückte und weltfremde Vergangenheit. ›Wer war doch das?‹ fragte sich die Herzogin schon nach fünf ihrer Worte, und sie stöberte umher unter den Bildern früherer Tage.

Jakobus legte den Arm um den Nacken des Knaben und führte ihn vor eine frische Leinwand. »Paß auf«, sagte er, und zeichnete in starken Umrissen ein paar Köpfe herunter.

»Wer ist das?«

»Ich.«

»Und das?«

»Mama.«

Die Mutter stand dahinter, angstvoll lächelnd.

»Ob er Talent hat?«

Jakobus lachte aufgeräumt.

»Bei mir hat er Talent!«

Und er spielte mit der feingliedrigen Hand des Knaben.

»Nino, gib acht«, flüsterte die Mutter, »das ist deine erste Lektion.«

Ihre Stimme versagte vor geheimer Ehrfurcht. »Ein großer Maler nimmt sich deiner an.«

»Bitte. Wir sind nicht eitel, wie, kleiner Freund«, rief Jakobus, und er warf mit Kohle eine so ausgelassene Fratze hin, daß der Knabe aufjubelte. Die Herzogin betrachtete die Mutter liebevoll und mitleidig. Sie meinte im stillen: ›Wenn dieser junge Johannes nicht aussähe wie einer seiner Florentiner Vettern vor vierhundert Jahren, und wie einer der am offensten blickenden, würde hier dann von seinem Talent die Rede sein? Wie er dasteht mit den Händen auf dem Rücken! Er verlangt gar nicht danach, den Stift in die Hand zu nehmen. Er schaut neugierig und befremdet zu, was der berühmte Maler für Kunststücke macht.‹

Frau Degrandis dachte: ›Wie lieb ist diese Herzogin von Assy – so lieb wie schön! Seit sie da ist, merkt der Meister bei meinem Kinde das Talent. Es ist, als hätte sie es mitgebracht!‹

Der Knabe nickte nach der Herzogin hin.

»Warum zeichnen Sie nicht auch die Dame?«

»Die habe ich früher gezeichnet«, erwiderte Jakobus.

»La Duchesse Pensée«, sagte Frau Degrandis mit so eifrigem Staunen, als sei die Herzogin selber das Werk von Meisterhand. Die glänzenden Blicke der blassen Frau hängten sich unermüdlich an die geschnitzten Kandelaber, die eingelegten Truhen und die mit Geschichten durchwebten Stoffe, die darauf lagen, schwärzlichrot und tragisch, wie durchtränkt mit dem Blut alter Heldenkönige. Sie rang mit jedem der Bilder, ehe es sie wieder losließ, und eilte zum nächsten, in der fiebernden Sorge, eine Schönheit zu versäumen. Ein Husten befiel sie. Sie erstickte ihn gewaltsam im Taschentuch und kehrte, die Augen noch feucht, zurück zu den gesunden, von keinem Tode bedrohten Dingen. »Bello!« sagte sie, und das Wort umarmte die Welt.

Die Herzogin erfuhr von ihr, daß sie in Venedig keinen Menschen kannte. Sie verkehrte nur mit Kunstwerken, und nur den Freunden zuliebe, die sie unter ihnen besaß, wohnte sie in dieser Stadt.

»Und Sie trachten, von den Bildern und Statuen zu erlangen, daß sie auch Ihrem Sohne gute Freunde werden, nicht wahr, Frau Gina? Nun möchte ich selber mich einschleichen unter diese stillen Freunde. Sie werden beide in mein Haus kommen, versprechen Sie's?«

Gina versprach es. Sie gab sich der neuen Freundin ganz hin, gleich in der ersten Stunde. Die Menschen hatten sie enttäuscht, gestand sie; ihre arme Sehnsucht nach Vertrauen wagte heute zuerst wieder ein Lid zu öffnen.

»Ah! Ich möchte Nino vor ihren Mißhandlungen behüten. Jede seiner Vorstellungen soll ein schönes Bild sein, jeder seiner Gedankengänge soll ins Reich der Kunst münden. Wird es gelingen, glauben Sie's, Herzogin?«

Ohne zu antworten, sah die Herzogin zu, wie der Knabe über des Malers Arm hinweg aus dem Fenster spähte. Seine Augen waren freigemut und allem Leben offen, und sein schwacher Hals durchschlängelt von bläulichen Linien. »Und dann ist er von einer kranken Mutter«, sagte Gina leise.

Die Herzogin betrachtete ihn noch immer. Auf einmal drängte es sie inständig zu verlangen: »Gestatten Sie ihm zu leben, zu leben, soviel er kann!«

»Aber warum nicht als Künstler«, setzte sie hinzu. »Nino, nicht wahr, du willst ein Maler werden. Wie wirst du glücklich sein, wenn deine Werke durch die ganze Welt deinen Namen tragen.«

Nino sah sie groß an.

»Ich möchte ihn lieber selbst durch die ganze Welt tragen«, versetzte er und ward rot.

»Und die Unsterblichkeit, mein Lieber, was sagst du zu ihr?«

Der Knabe wippte auf den Absätzen vor Stolz: »Die fahrenden Ritter sind alle unsterblich.«

»Bravo!« rief Jakobus. »Hier hast du meine Hand. Wir sind beide aus dem Hause Quichotte de la Mancha... Die Unsterblichkeit!« wiederholte er mit einem Lachen, das vielleicht bitter war. Er legte Ninos Arm in seinen und beugte sich zu ihm hin, in seinem samtenen Renaissancewams mit seidenen Ärmeln. An seinem Hals saß eine weiße Krause und auf seiner Nase eine Brille. Er sah geneigten Hauptes darüber hinweg, hart und prüfend, und immer unbefriedigt. Ein ergrauender Schopf hing ihm tief in die Stirn. Die Herzogin fragte sich überrascht, ob Nino mit vierzig Jahren nicht ähnlich aussehen werde. Sie wünschte es geradezu. Darauf bemerkte sie, daß der Maler und der Knabe die gleiche kurze, willkürliche Oberlippe hatten, und erschrak fast darüber.

Mutter und Kind verabschiedeten sich. Jakobus bat die Herzogin: »Lassen Sie mich jetzt nicht allein. Sie haben von Unsterblichkeit gesprochen und mich damit an meine Torheiten von ehemals erinnert.«

»Welche Torheiten?« fragte sie, und ließ sich nochmals

nieder, auf einen wurmstichigen Sessel mit blankgescheuerten Armlehnen und von edlen Formen.

»Vor allem die Torheit, den ungeheuren Traum derer vor vierhundert Jahren weiterträumen zu wollen.«

Er ging vor ihr hin und her.

»Einmal bildete ich mir ein, eine ihrer Empfindungen sei mir in den Pinsel geflossen, damals, als ich die Pallas des Botticelli malte. Jetzt zweifle ich: der eine Augenblick der Größe ist so lange her, ich möchte ihn bestätigt sehen durch einen zweiten.«

»Seien Sie doch stark! Halten Sie sich für unsterblich!«

»Ach! Die Unsterblichkeit ist ja der Lohn für etwas, was noch stärker ist als wir: für ein Werk, das unser Leben überbietet und sich über seinen Gipfel hinwegschwingt. Vielleicht ist es nur eine einzige Statuette, an die wir unsern Namen mit solchem Stolze schreiben, daß er zu funkeln scheint. Viel später nimmt dann eine Frau, die zu empfinden versteht, ein kleines, altes, irgendwo aufgetriebenes Bronzebild zwischen die spitzen Finger, liebkost die schlanken Formen, und ein wenig Staub wegwischend, deckt sie einen schon vergessenen Namen auf und spricht ihn aus. Unter dem Bilde dieser Frau denke ich mir die Unsterblichkeit.«

»Um so besser, wenn sie zum voraus wissen, wie sie aussieht.«

»Was hilft es mir. Diese Frau, die für alles Schöne empfindet, wird meine arme Statuette nie zwischen den Fingern drehen. Seit ich sie in Rom kennenlernte, ist sie immer fremder und unzugänglicher geworden. Ihre Haut hat sich seitdem mit Silber überzogen wie ein Pfirsich in einem Glas Wasser. Hinter ihren Augen steht eine stille Flamme. Ihre Schönheit ist reifer geworden und dabei kühler und hat sich beruhigt. Die Flügel ihrer feinen, großen Nase sind weniger bewegt, ihre Lippen sind schärfer umrissen und voller. Sie ist nun ganz die Pallas, als die ich

sie zum voraus gemalt habe in dem mittleren ihrer Säle: –
ja bloß noch Göttin. In Rom war sie menschlicher.«
»War ich menschlicher?«
»Auch noch in Venedig waren Sie anfangs menschlicher. Ich sollte damals mit einer kostbaren Abenteurerin ein wohlfeiles Erlebnis haben. Ich sträubte mich; Sie rieten mir, es rasch abzutun; Sie fragten mich: ›Lieben Sie mich etwa?‹... Ist es wahr, daß Sie so fragten?«
»Allerdings; und Sie haben mich vollkommen beruhigt, indem Sie mir die Geschichte erzählten von der Seele im Park. Sie lieben nur Seelen – ich aber bin ein Bild, wie Lady Olympia. Und Bilder lieben Sie nicht; Sie malen sie einfach.«
»Aber Sie, Herzogin, male ich zu oft. Ich gestand es Ihnen schon damals, daß Sie mich immer aufs neue reizen und bedrängen. Schon damals hatte ich meine Zweifel. Jetzt weiß ich längst, Ihr Bild verlangt nicht bloß nach meiner Leinwand... Ja, es war ein Irrtum, als ich mich vermaß, Sie nicht zu lieben!«
»Das sagen Sie?«
Sie zögerte, betroffen und unzufrieden. Dann versuchte sie zu scherzen. »Ich bin Ihnen dankbar, daß Sie den Irrtum so lange aufrechterhalten haben. Jetzt habe ich zu Ihrer Belohnung Ihr Geständnis angehört. Ich bin ja neununddreißig. und Sie...«
»Vierundvierzig. Und Sie meinen, das sei der Moment, um unbesorgt zu reden, weil alles verpaßt sei? Aber Sie bedenken nicht, daß ich seitdem kaum gelebt habe. Ich bin eigentlich noch fünfunddreißig, trotz grauer Haare. Mein Dasein ist seitdem leer geblieben und hat, wenn ich es verraten darf, auf Sie gewartet.«
»Sie vergessen Clelia.«
»Sie werfen mir Clelia vor?« rief er, unwillig und mit Erröten. Sie legte den Kopf auf die Schulter und sah ihm in die Augen, unsicher lächelnd. Er sagte: »Jetzt sind Sie unehrlich! Seien Sie ehrlich, stellen Sie sich nicht, als hiel-

ten Sie die alberne Clelia für einen Einwand gegen meine Liebe zu Ihnen!«

»Clelia hat den Herrn von Mortœil doch nur geheiratet, um sich sofort in die Arme ihres berühmten Malers zu werfen.«

»Das ist es. Ich bin ja nur ein Maler für Clelia. Sie stellt sich zwischen mich und die andern Frauen und sagt: ›Da ist er. Wollt ihr etwas von ihm haben, so wendet euch an mich!‹ Sie nutzt mich aus für ihre Machtgier. Sie liebt mich kaum.«

»Man sagt, daß sie eine Auswahl trifft unter den Damen, die sich von Ihnen porträtieren lassen wollen.«

»Ich leugne es nicht. Ich bin schwach geworden, seit ich zu nahe bei Ihnen, Herzogin, lebe – zu schwach zu all dem langen, schweigsamen Abwarten. Früher wäre ich mit so einer armen Clelia anders umgesprungen. Jetzt ertrage ich ihre einfältige Tyrannei. Es ist doch immerhin eine Fürsorge, die mir jemand erweist...Sie regelt meine Arbeitszeit und meine Verkäufe – alles. Sie ist unbändig stolz auf meine Berühmtheit. Nebenbei gesagt, besitze ich höchstens eine zweifelhafte.«

»Frau Degrandis hielt Sie noch soeben ihrem Sohne vor als einen großen Maler.«

»Die sanfte Schwärmerin! Ich bin kein großer Maler. Ich bin ein großer Damenmaler. Das ist etwas anderes... Ich bin nicht unter den drei oder vier über Europa hin verstreuten Einzigen! Ich gehöre nicht einmal zu der größeren Zahl derer, die der Schwung des Wettbewerbes zuweilen dem Gipfel nähert. Ich bin, weil ich von Ihnen, Herzogin, nicht loskommen konnte, in einer Provinzialstadt zu einem hochbezahlten Spezialisten geworden.«

Er blieb stehen, aufgerichtet in seiner altertümlichen und breiten Tracht und beschrieb mit der gespreizten Rechten eine zornige und kühne Gebärde, im Kreise hin über die Wände.

»Blicken Sie dort entlang. Zwischen den alten Meisterwerken hängen meine eigenen Bilder, und wenn Sie gutwillig sind, finden Sie sie kaum heraus. Und mich selbst, wie ich hier stehe, können Sie nach Belieben mit dem Denkmal des Moretto in Brescia verwechseln, oder mit dem des großen Paolo in seiner Heimat. Haha! Und diese Maskerade gibt mir meinen Stil, meinen bewunderten Stil! Ich habe ein eigenes Genre entdeckt, ich nenne es heimlich: die hysterische Renaissance! Moderne Ähnlichkeiten und Perversitäten verkleide und schminke ich mit so überlegener Geschicklichkeit, daß sie an dem vollen Menschentume des Goldenen Zeitalters teilzuhaben scheinen. Ihr Elend erregt keinen Widerwillen, sondern Kitzel. Das ist meine Kunst!«

Er redete immer schneidender. Seine kurzen, roten Lippen verzerrten sich. Er genoß die Geißelung, die er sich gab.

»Ich fülle alle Hintergründe mit einem braunen Gold. Die Gestalten treten hinaus in ein künstliches Licht. Etwas Altmeisterliches, sagt man, liegt über ihnen. Ich schwindele Perlmutterglanz auf ihre zerstörten oder mißratenen Gesichter und auf ihre Gewänder, die so erborgt sind wie die meinigen –«

»Oder wie die dort«, setzte er hinzu, schmerzlich, mit einem Aufschrei – und brach ab.

Der Vorhang zum Nebenzimmer hatte sich geteilt, ganz langsam, und ein Kind war lautlos eingetreten, ein kleines Mädchen, in schwerer, gepuffter Robe aus weißem Damast, mit Spitzen auf Schultern und Armen, großen Perlen an Hals und Handgelenken und einem runden, bestickten Häubchen hinten auf dem hellen Kopf. Sie stand vor der braunen Gardine; und aus der Höhe des unten verhangenen Fensters wurde die Kleine übergossen wie mit Perlmutterglanz. Sie legte die schwachweißen Händchen fein zusammen über dem Magen. In die weißblonden, seidenen Haare eingebettet, ruhte das weiche Gesicht seltsam grau. Der Mund aber war dick und rot. Und die großen dunklen Augen des kleinen Geschöpfes sahen gelassen und ohne Liebe zu irgend jemand geradeaus.

»Aber das ist ja ein Bild von Ihnen!« rief die Herzogin, »und eins, das alle Welt kennt... Bist du die kleine Linda?« fragte sie.

Das Kind trippelte zu ihr hin, es stand vor ihren Knien, immer in derselben süßen und unbefangenen Haltung. Die Herzogin küßte es neben das Auge; es bewegte keine Miene.

»Bist du die kleine Linda?«

»Ich bin das Fräulein von Halm«, erklärte sie mit feiner, hoher Stimme. Jakobus lachte zärtlich und erregt.

»Wiener Höflichkeitsadel. Aber sie nimmt ihn ernst. Sie bildet sich auf meine Größe womöglich noch mehr ein als Clelia. Ihre Mutter ist anders...«

Er sah voraus, daß die Herzogin eine Frage tun würde und redete rasch weiter.

»Bin ich nicht sehr gütig, daß ich dieses Kind bei meiner Frau gelassen habe, als wir uns trennten – dieses Kind! Ich sehe es jedes Jahr nur ein paar Tage, wenn ich nach Wien komme. Dieses Jahr aber habe ich sie mir auf Besuch herschicken lassen; denn dieses Jahr fahre ich nicht zu meiner Frau – nein, dieses Jahr gewiß nicht!... Was für spitze rosige Nägelchen!« murmelte er und beugte sich über die ineinandergeschmiegten Händchen. »Poliert und mit Glanzlichtern! Jaja...«

Er nahm einen Stuhl der Herzogin gegenüber, stützte sein Kinn ganz vorsichtig auf die Schulter des kleinen Mädchens und sprach über sie hinweg der Herzogin ins Gesicht.

»Sonst geht ja nun alles im Geleise, mit glatten Kompromissen und Geldverdienen. Aber jedes Jahr einmal hält mir dieses Gesichtel hier eine stumme Predigt. Es erinnert mich an die Zeit, da ich den unterbrochenen Traum des einen alten Meisters zu Ende träumte. Jetzt äffe ich den andern ihre Marotten nach und darf nichts wissen von ihrer Seele... Oh, wenn ich so das Zittern dieser kühlen seidenen Härchen an meiner Stirn spüre –«

Und er umfaßte von hinten beide Arme der Kleinen.

»– dann erfüllt mich plötzlich ein aufrührerischer Haß gegen die geschlechtslosen Versucherinnen, die sich von mir zu wirklichen Weibern umlügen lassen, – gegen die kupferblonden Snobdamen, denen ich verzehrende Seitenblicke einübe, – gegen die schwüläugigen Neugierigen, die mein Pinsel mit Brandmalen großartigen Lasters aufputzt...«

Seine Hände preßten die Arme der Kleinen mittlerweile zu stark. Sie krümmte sich ein wenig, gab aber keinen Laut von sich. Plötzlich ließ er sie los und sprang auf.

»Die ganze gemalte Halbwelt kranker und künstlicher Weiber sammelt sich von allen Ecken Europas her, vor meiner Tür! Sie gieren nach ihrem Maler und haben Angst vor ihm. Sie kommen schamhaft, unsicher, lüstern. Im Grunde möchten sie sich gleich entkleiden. Meine Leinwand ist ihnen wie ein Bettuch, auf das sie sich nackt hinstrecken sollen. Und ich, ich sorge dafür, daß ihre Gesichter vor Blässe und Weichheit zerfließen, üppig zurückgebogen in die blonden Locken, um die ich schwarze Kohlenränder lege, nachdem die Farben getrocknet sind. Und die Augen mache ich schwarz und das eine Lid ein wenig tiefer geschlossen und mit etwas müderen Falten. Ihre Schönheit, die ganz Europa kitzelt, sie lebt von dem Betruge meiner Kunst. Jede von ihnen weiß das und fürchtet nichts so sehr wie meine Verachtung. Ihre Eitelkeit verlangt, daß ich auch noch mich selbst täusche. Sie ertragen es nicht, aus meinem Atelier zu verschwinden, einfach als abgetane Modelle. Sie wollen etwas von sich selbst in meinem Blute hinterlassen. Jede hat, ah, das empört mich am meisten, jede einzelne hat die blöde Unverschämtheit, von mir geliebt sein zu wollen, von mir, der ich doch überhaupt nur darum ein Damenmaler geworden bin, weil eine einzige, eine einzige mir nichts anderes mehr erlaubt, weil sie mich zwingt, mein ganzes Leben lang auf sie zu warten, in jedem Wasser und in jedem Stück Glas ihr Spiegelbild aufzufangen, und immer, immer zu warten, ob sie selbst kommt!«

»Aber das ist ja ein Ausbruch!« murmelte die Herzogin. »Besinnen Sie sich doch!«

Sie saß ohne Bewegung. Das Kind nahm die Händchen auseinander, es sah sich nach dem Vater um und kehrte zu der Dame zurück, kühl erstaunt: »Warum bewundert ihr mich denn nicht?« Die Herzogin bemerkte, daß die Kleine vor ihr aufgestellt sei, wie eine Schutzwehr gegen den Mann. Mit einer Liebkosung schob sie sie beiseite.

»Ich bin bequem«, sagte sie, »ich habe keine Lust, beleidigt zu sein. Ich will es also nicht als Ausbruch ansehen, sondern als einfache Abschweifung. Wovon sprachen Sie eigentlich? Davon, daß Sie ein Damenmaler sind?«

Er fuhr sich über die Stirn und stammelte: »Jawohl... ganz recht... ein Damenmaler, das heißt eine Art männlicher Kurtisane... Hören Sie, dabei besinne ich mich auf die Geschichte einer längst verstorbenen Freudenspenderin. Im schönsten Augenblick ihrer Jugend, als sie noch keusch war, hatte sie einen vornehmen Mann gekannt, den sie nie mehr vergessen konnte. Da er ganz verloren schien, zog sie in die Hauptstadt und fing an, für große Summen sich allen hinzugeben. Sie ward berühmt, die reichen Reisenden der ganzen Welt, zu deren Sehenswürdigkeiten auch die Frauen zählten, führte ihr Weg durch ihr Schlafzimmer. Sie meinte, schließlich müßte doch auch der eine kommen. Aber er kam nie. Und dafür rächte sie sich an den andern, die sie mit ausgesuchter Grausamkeit, Tücke und Habgier behandelte.«

»Das ist ganz hübsch«, meinte die Herzogin, und zuckte die Achseln. »Aber sie hätte bedenken sollen, daß der vornehme Mann natürlich nicht zu Kurtisanen ging. Früher, im schönsten Augenblick ihrer Jugend, als sie noch keusch war – das war etwas anderes.«

Nino, der Knabe, fiel ihr ein, und sie mußte im stillen fortfahren: ›Als sie, mein Lieber, noch aussahen wie Nino.‹ Ihr Gedanke machte sie unzufrieden; sie sprach weiter, herbe und offen: »Natürlich wußte ich es, daß Sie mich lieben – seit sieben Jahren schon wußte ich es. Ihre Verteidigung hat mich damals keineswegs beruhigt. Ich habe Ihnen erlaubt, in meiner Nähe zu bleiben, weil ich sie gebrauchte, weil ich meiner selbst versichert war und Sie für geradeso vernünftig hielt, wie mich. Niemand kennt besser als Sie die ganze kunstreiche Weihe, deren ich zu meinem Glücke bedarf. Sie haben mich ja selber unter der Gestalt einer reifen und ruhigen Pallas an eine Saaldecke versetzt, noch bevor ich darauf ein Anrecht hatte. Jetzt, sagen Sie, habe ich die Göttin in Wirklichkeit eingeholt... Und jetzt werden Sie mich doch nicht wieder anders sehen wollen?... Als Venus gar?« fragte sie, gelassen lächelnd.

»Als Venus gar...«, wiederholte er lautlos. Plötzlich schoß ihm eine Blutwelle in die Stirn. Er verbarg seine Röte im Rücken des kleinen Mädchens. Er umschlang sie von hinten und führte sie langsam durch den ganzen Raum bis vor eine gewölbte Truhe. Er öffnete die kleine Schatulle aus Elfenbein und Kupfer, die darauf stand, und senkte die schwachen Hände seines Kindes hinein. Es hob sie, ernsthaft und lässig, wieder heraus, ganz beladen mit Gehängen, von Perlen überrieselt und blitzend im Feuer bunter Steinchen. Jakobus richtete sich auf und sah seinem Spiele zu, dem matten und kostbaren Spiele des kalten, lieblichen Kindes in Damast und Spitzen, das so schwer trug an seinem verschollenen und im Namen der Kunst zurückbeschworenen Prunk. Seine Wallung hatte sich beruhigt, er wandte sich und sagte: »Wissen Sie wohl, wie mir dies Kind vorkommt? Wie die sieben Jahre, die hinter uns liegen. Ist es nicht das Kind dieser sieben Jahre? Ich meine, insofern es etwas künstlich ist und luftdicht abgeschlossen, insofern es in sich selbst ruht, zwecklos und ohne viel Ansprüche an die Zukunft.«

Er hatte leise gesprochen und schwieg nun, bedrückt und mürrisch. Er dachte: ›Und dabei habe ich es nicht einmal von dir.‹

Die Herzogin dachte verwundert: ›Aber es ist nicht von mir.‹

Nach einer Weile erhob sie sich.

»Ich höre Stimmen im Vorzimmer. Man wartet darauf, daß ich gehe.«

Aus Furcht, ihr einen unvorteilhaften Eindruck zu lassen, begann er ein munteres Geplauder.

»Schauen Sie sich doch auch einmal die Kassette an; die kleine Linda bittet Sie, Herzogin, daß Sie ihren Schatz bewundern. Da, die Ketterln und die Ringerln und die Broschen und all der teure Tand; – die schönen Damen haben's hergeschenkt, daß der Papa sie noch schöner malen soll, als sie eh schon sind. Gelt? Die kleine Linda stellt ihren Kasten her wie einen Opferstock.«

Die Herzogin lachte. Er erzählte noch.

»Der riesige Smaragd ist von Lady Olympia. Und hier, das Armband mit den Opalen, kommt von der Lilian Cucuru, die ist ja jetzt beim Theater...«

Dann öffnete er ihr die Tür, und sogleich spazierte, mit kalten, pflichttreuen Gesichtern, eine Familie von Fremden herein, beim Erledigen von Sehenswürdigkeiten begriffen. Hinterher kam der Diener und überbrachte dem Maler eine Karte. Jakobus sagte: »Frau Claire Pimbusch aus Berlin. Aha, das ist die Dame, die ich malen soll. Sie kommt nur meinetwegen nach Venedig. Den Preis haben wir schon abgemacht – alles in Ordnung... Ich stehe der Dame zu Diensten.«

Feierlich, mit übertrieben hochmütiger Miene, geleitete er die Herzogin an mehreren Besuchern vorbei, durch das Schau-Atelier, wo er niemals arbeitete – einen weiten Raum mit hoher, flachgewölbter und altgolden kassettierter Decke, und mit verschlissener Seide an den Wänden, die verschwanden unter alten Bildern, tief leuchtenden oder gebräunten; mit einer gedämpften Pracht von Teppichen, auf deren Arabesken geschnitzte Tische wuchteten unter den steifen Falten brokatener Überwürfe, und Marmorkonsolen auf goldenen Füßen und voll geschwärzter, verschlossen blickender Porträtbüsten.

Sie durchschritten die schwarz und marmorn umrahmte Pforte des Gemaches, das schwer und bezaubert von Andenken alter Erhabenheit, ablehnend gegen alle moderne Gutmütigkeit, den fern herbeigezogenen Gästen eine verstummende, scheue Vorstellung aufzwang von der märchenhaften, nicht einzuschätzenden und darum beinahe furchtbaren Persönlichkeit, der sie sich nahten: von dem großen Maler.

Beim Abschied fragte die Herzogin unvermittelt: »Sollen wir unsere sieben Jahre genau heute als abgeschlossen ansehen? Wie kommen wir eigentlich dazu? Ja, es muß ein Gedenktag sein...«

»Nicht wahr?« antwortete er rasch. »Auch Sie haben die Empfindung. Ich hatte sie die ganze Zeit; auch das trug dazu bei, mich ungebührlich aufzureizen«, setzte er hinzu. – »Und eben, während wir durch das Wartezimmer gingen, ist es mir eingefallen.«

»Was?«

»Daß heute vor sieben Jahren Properzia starb.«

Sie sah ihm in die Augen, starr und ganz befangen in einem Grauen. Dann versetzte sie: »Das hätten Sie mir nicht sagen sollen«, – und ging.

Wie sie im Kanal ihre Gondel bestieg, langte Frau von Mortœil in der ihrigen an. Sie begrüßten sich flüchtig. Clelia erkannte deutlich den seltsamen Aufruhr in den klaren Zügen der Herzogin. Sofort empörte sie sich innerlich: ›Man verläßt den großen Mann, der mir gehört, nicht mit solcher Miene. Ich verbiete es!‹ Aber ihre feindselige Regung verbarg sie rasch hinter der träumerischen Lieblichkeit ihres Gesichts.

Die Herzogin fuhr nach Hause, ganz voll Angst.

›Wird denn dein Andenken niemals mild und beglückend werden? Soll ich immer an dich, die ich liebte, denken müssen wie an eine Bedrängerin, ja, wie an eine Feindin? Du verrietest die Kunst und starbst durch Liebe. Ich weiß es, und ich weiß mich stark genug, dir nicht nachzufolgen. Warum deutest du, nach so langer Zeit, nun doch wieder schrecklich auf meinen Weg?‹

Bei der Ankunft bemerkte sie, daß sie wieder einmal mit einer Toten gesprochen habe, unablässig und mit Leidenschaft. ›Wie damals zu Rom‹, sagte sie sich, neu erschrocken, ›als ich meiner armen Bice ihren Verrat vorhielt, die ganze Nacht hindurch. Und am Morgen erfuhr ich, sie sei tot. Sie starb wie Properzia.‹

In diese Gedanken verloren, war sie bis ans Ende ihrer Kabinette gegangen. Plötzlich blieb sie stehen, verhaltenen Atems, die Hände auf der Brust. Sie sah etwas: sie meinte, es sei seit langer Zeit verschwunden gewesen, vielleicht seit sieben Jahren. Nun richtete es sich wieder auf, da hinten, am Rande der toten Lagune: die riesenhafte Drohung der weißen Frau, die sich erdolchte.

Am Abend versammelten sich die Freunde in dem Kabinett der Pallas. Die Herzogin plauderte mit Frau Gina Degrandis von venezianischen Morgenden und von dem Licht, das zu früher Stunde auf dem und jenem Engelskopf lag. Nino ging umher, artig, eine Hand auf dem Rükken. Aber auf dem Kamin entdeckte er zwei lange Stäbe aus Elfenbein; jeder trug oben das Gesicht eines Schalksnarren, in eine spitze Kappe gebunden, grinsend und mißförmig. Der Knabe hob sich auf die Fußspitzen und langte danach. San Bacco griff ihm in die nach oben gebogenen großen Locken; er drängte seinen Kopf nach hinten, sah ihm in die Augen und lachte. Er betastete seine Armmuskeln, ließ seine Hand durch die eigene gleiten und gab ihm einen der Stäbe. Den andern nahm er selbst.

»Kannst du fechten?« fragte er, und drang mit seiner Waffe auf den Knaben ein.

»Ich werde es können«, sagte der Knabe; seine Augen leuchteten. »Sicher kann ich es... seinerzeit.«

»Warum nicht gleich?«

»Gleich?«

Er lächelte; einen Augenblick sah man ihn zweifeln und träumen. Dann versetzte er fest: »Wenn Sie meinen, gleich.«

»Faß den Narrenkopf an!« rief San Bacco. »So biegst du den Arm, so streckst du ihn und parierst. Ich habe eine Finte gemacht, oben auf der Brust. Du parierst Hochquart, so – jetzt nimmst du das Florett weg und triffst mich in den Bauch. So...«

Nino folgte seinem Lehrer, ernst und glücklich.

Die Herzogin sah Jakobus abseits von den andern, schweigsam und mürrisch. ›Properzias Todestag – er wird es mir immer wiederholen, sooft ich ihn ansehe, daß heute Properzias Todestag ist‹, sagte sie sich und überwand ein Kältegefühl.

Siebelind und Clelia saßen beieinander, ohne sich viel zu sagen. Der Graf Dolan und sein Schwiegersohn de Mortœil lagen gelangweilt in Sesseln. Die Beine des Alten waren auf Schemel gebettet. Er war kreideweiß, unglaublich zusammengeschrumpft in seinen weiten Kleidern, und verriet keine Regung mehr außer im unermüdlichen Stechen der schwarzen Pupillen unter den gesenkten, faltigen Lidern.

Neben ihm auf einem Tischchen zog ein grotesker Held aus Elfenbein mit Wanst und Lorbeerkranz prahlerisch sein langes Schwert. Er blähte sich auf seinem viel zu großen bronzenen Sockel, der geschmückt war mit Szenen aus Ritterromanen und mit den verjährten, gravitätischen Lettern der Inschrift. Die Rechte des alten Dolan spannte sich um den Sockel. Zuweilen verriet sie ihren geheimen Krampf durch das leise Klappern ihrer Nägel; sie hämmerten eilig und spitz auf der metallenen Inschrift. Sie lautete links: Aspeto – Tempo, und rechts: Amor. Und Siebelind, der hinüberschielte, sagte sich, mit leidender Bosheit, daß dem schon halb erstarrten und noch unersättlichen Greise zum Warten keine Zeit und von der Liebe nicht einmal mehr das Wort bleibe.

Mortœil rekelte sich, mit beabsichtigter Schwerfälligkeit, und betrachtete seine Fingernägel. Er sagte: »Mein Gott, lieber Papa, die Figur wird Ihnen die gute Herzogin wohl überlassen. Aber offen gestanden ist mir Ihr Gelüste unverständlich. Die Arbeit mag schön sein, nur fehlt der gute Geschmack. Ich gestehe, daß ich die Abwesenheit des guten Geschmacks nicht aushalte. Ich möchte das nicht in meinem Zimmer stehen haben... Was meinen Sie?« fragte er, denn der Alte zischte etwas Unverständliches. Endlich begriff er.

»Hüten Sie sich, den Mund zu öffnen, sobald es schöne Sachen gilt!«

»Warum sollte ich schweigen«, erwiderte er. »Ich bin hier, scheint es, der einzige mit kritischem Sinn Begabte – der einzige Literat...«

Er blinzelte hochmütig auf den Alten hinab, der die Augen geschlossen hatte; er murmelte: »Es ist nicht der Mühe wert« – und kehrte zurück zu seinen Fingernägeln. Manchmal sah er spöttisch umher, als begegne er zum voraus einem möglichen Angriff. Plötzlich verfolgte er es mit einer Miene voll bösartiger Arroganz, wie San Bacco die

Füße seines Schülers stützte: er stellte sie eigenhändig auf ihren richtigen Platz am Boden. Mortœil beugte sich zu seiner Frau und zu Siebelind; er sagte halblaut: »Finden Sie nicht, daß der alte Herr dort drüben einen ganz sonderbaren Zug um den Mund hat, wenn er den Jungen bei den hübschen Beinen anfaßt?«

San Bacco hatte nichts gehört. Clelia wendete ihrem Manne mit einem Ruck die Schultern zu. Siebelind errötete und ließ gequält die Augen umherirren. Mortœil wollte sich Zustimmung bei seinem Schwiegervater holen, aber aus den Lidern des kalten Greises, unter die all sein Leben sich zurückgezogen hatte, schoß eine Verachtung hervor, spitz und hart. Mortœil schrak zurück.

»Ich bin alt geworden«, sagte gerade San Bacco zu der Herzogin, die ihm zusah. »So viele Jahre parlamentarischer Fechterkünste, und niemals ein richtiger Stoß wie der da... Brav, mein Junge – immer um dich hauen. Irgend etwas trifft man immer. Ich war schon lange nicht mehr so jung.«

Und er machte einen elastischen Sprung, um dem Angriff des Knaben auszuweichen. Die Herzogin lächelte ihm zu.

»Was machen Ihnen Ihre sechzig Jahre.«

»Sechzig? Dann würde ich mir auf den Sprung nichts einbilden. Ich bin nicht weit von siebzig.«

»Bilden Sie sich dennoch nichts ein! Dort kommt die Jugend in Person. Sind Sie es denn wirklich – Lady Olympia?«

»Ich bin es, süße Herzogin, sieben Jahre älter.«

»Jünger«, sagte San Bacco mit einem Handkuß.

»Nach so langer Trennung«, setzte die Herzogin hinzu. »Das vorige Mal, Sie erinnern sich?«

Sie lachte erregt.

»Sie kamen eigens zu meinem Feste; ich weiß nicht mehr, woher Sie kamen. Und diesmal kommen Sie...«

Sie war im Begriff zu sagen: ›Weil Properzia sieben Jahre tot ist.‹ Sie besann sich: ›Will ich mich denn ganz beherrschen lassen von dieser Erinnerung?‹

»Kommen Sie – woher?« fragte sie.

»Von Zypern, aus Skandinavien, aus Spanien – beinahe überallher!« erklärte Lady Olympia. Sie umarmte und küßte die Herzogin. Sie begrüßte Dolan und Siebelind. Die Herzogin stellte ihr Gina und ihren Sohn vor. Sie schüttelte Jakobus kräftig die Hand, mit einer fröhlichen Erinnerung in ihren vor Glück glänzenden blauen Augen. Noch immer brach ihre gesunde Röte unter dem Puder hervor. Noch immer ging sie in einer Wolke von Duft und Verlockungen.

Mortœil erhob sich erst, als sie die Runde gemacht hatte. Er führte ihre Hand an seine Lippen und sah ihr darüber hinweg in die Augen, mit neckischem Einverständnis. Dann warf er das Monokel ins Auge und sagte:

»Sieben Jahre, Mylady – was hat Ihre Schönheit inzwischen alles von uns verlangt. Wir armen Männer. Unsere Anbetung ist es, aus deren Armen Sie wieder um soviel jünger hervorgegangen sind...«

Sie betrachtete ihn erstaunt. Er sprach seine poetischen Sätze mit kalter Unverschämtheit.

»Vollgesogen«, setzte er noch hinzu, »mit griechischer Süßigkeit, nordischer Kraft und spanischem Feuer.«

»Kann sein«, entgegnete sie gelassen und hob die Achseln. »Aber nicht für Sie.«

Und sie ließ ihn stehen.

»Ist der Herr immer so geistreich?« fragte sie laut genug. »Herzogin, wer ist es denn eigentlich?«

›Ein betrogener Gatte‹, hätte die Herzogin fast geantwortet.

Sie mißbilligte in diesem Augenblick alles, was Lady Olympia tat und sagte. Mortœil flößte ihr Teilnahme ein, aber sie bedauerte es.

›Verdient er denn sein Schicksal nicht?‹ rief sie sich zu, mit Unwillen. ›Er, der Properzia sterben ließ. Ich kann ihn nicht bemitleiden – ich müßte denn eifersüchtig sein auf Clelia. Solch Gedanke – hätte ich ihn gestern überhaupt fassen können? Nein, Clelia und Jakobus haben recht, sie mögen einander gehören!...‹

›Du hast recht!‹ wünschte sie Clelia zu beteuern – und fürchtete, ihr Zittern zu verraten. Sie winkte ihr, aber als die junge Frau bei ihr saß, wußte sie ihr kaum mehr ein Wort zu sagen. ›Wenn sie mehr wäre als herrschsüchtig!‹ dachte sie, und sah sie traurig an. ›Wenn sie ihn wenigstens liebte!‹

Siebelind gesellte sich mit unverstelltem Hinken zu Lady Olympia. Er flüsterte: »Sie haben nicht gehört, was Madame de Mortœil ihrem Liebhaber, dem Herrn Jakobus Halm, soeben im Vorbeigehen zugeraunt hat: ›der Arme‹ – damit meint sie ihren Mann –, ›der Arme! Ich hätte ihm den kleinen Zwischenfall so sehr gegönnt. Er langweilt sich so bei mir.‹ ... Ist das nicht hübsch?«

»Oh! Die kleine Frau hätte gewünscht, daß ich ihren Mann ein wenig aufheitere. Hält sie mich denn für die gute Fee der Familie? Sagen Sie, warum ist Mortœil so heruntergekommen?«

»Heruntergekommen, das ist das Wort. Da sehen Sie, Mylady, was aus einem eleganten Manne wird, wenn er sich verheiratet. Sie wissen, er hat es aus Snobismus getan. Nun ist er eingerostet in seinem Palast am Großen Kanal und sehnt sich nach seinen Pariser Junggesellentagen und sogar nach dem Verbauern auf einem bretonischen Jagdschloß. Seine Frau läßt ihn gähnen, sie entschlüpft alle Tage zu ihrem großen Maler, sie badet sich frisch in dem Unerwarteten und dem Außermoralischen der vergoldeten Boheme... Mortœil weiß es ganz genau –«

»Oh! Er weiß es?«

»Zweifeln Sie nicht, er macht sich gar keine Illusionen.

Aber er hat schon als Clelias Verlobter erklärt, daß er erhaben sei über das Vorurteil, das den betrogenen Gatten der Welt zur Verspottung ausliefere. Daran erinnert er sich, und erkünstelt die Unbefangenheit des Weisen. In Wirklichkeit ist all sein Skeptizismus beim Teufel. Ich kenne ihn: er ist innerlich bitter, gedrückt, unsauber. Er nennt sich im stillen: ›der Gatte‹ und sucht – wie Sie bemerkt haben, Mylady – den Ton dieses Salons zu verschlechtern. Zugleich werden die Riten seiner Eleganz zu lauter Verschrobenheiten. Sehen Sie, er knipst Stäubchen von seinem Anzug und erzählt dabei etwas Unanständiges. Er treibt einen pedantischen Kultus mit seinen galanten Erinnerungen. Er ist ein gutes Beispiel dafür, daß für den über alles erhabenen Zweifler, für den Literaten hohen Stils, nichts so naheliegt, wie ein Trottel zu werden. Die Zwischenstufen überspringt er. Er heiratet und wird Trottel... Nur sein Snobismus bleibt und überlebt sogar seine Würde. Er könnte am Ende mit Jakobus Streit anfangen, nicht wahr, man hat wohl einen Moment der Unbeherrschtheit. Aber dann müßte er das Haus der Herzogin von Assy meiden, das Haus der größten Dame Venedigs. Und so seien Sie überzeugt, Mylady, er wird sich stets zu beherrschen wissen.«

»Oh!« machte Lady Olympia bloß, und Siebelind dachte: ›Sie ist von rührender Einfalt.‹ Er stand ein wenig gebückt vor der prachtvollen Frau, wehmütigen und hinterhältigen Gesichts, und strich sich mit seiner leidenden Hand langsam über die Hüfte.

»Vor allem hat er nicht den Mut seiner neuen Lage, dieser ehemalige Glückliche. Er fürchtet sich vor mir, der ich ein Unglücklicher von Natur und Beruf bin. Er hegt ein Grauen davor, in meiner Gesellschaft gesehen, mit mir zusammen genannt zu werden. Ich habe ihn schon in Todesangst versetzt, dadurch, daß ich ihn scherzhaft ›Herr Kollege‹ genannt habe. Es war mir ein seltener Genuß!«

Im stillen fügte er hinzu: ›Und was ist es erst für ein Genuß, du schöne, dumme Pute, dir das alles zu erzählen – Kompromittierendes über mich selbst auszuplaudern, wenn der Hörer so geistesarm ist, daß er sein Recht, mich zu verachten, nicht einmal durchschaut.‹

»Ich glaube, Sie sprechen jetzt von sich selbst?« fragte Lady Olympia. »Mein Lieber, Sie sind unglaublich geistreich. Wie seltsam, daß mir das heute zum erstenmal auffällt. Ich muß Sie früher wenig gesehen haben.«

»Kann sein. Ich entferne mich nämlich gern aus dem Bereich des bloß Sinnlichen... Sie verstehen mich nicht, Mylady? Ich bin ein Gegner der Unsittlichkeit.«

Er legte den Finger auf das Abzeichen seines Vereins.

»Oh, das ist ganz überflüssig«, meinte Lady Olympia. »Wer ist denn unsittlich? Man schont sich zu sehr.«

»Sobald sich etwas zeigt, was auf unser Geschlecht abzielt – und jede schöne Frau zielt auf unser Geschlecht ab –«

Er verbeugte sich.

»– werde ich von einer unsäglichen Schamhaftigkeit befallen. Sie macht mich stolz und quält mich.«

»Das ist wirklich merkwürdig. Sie sind ein Original. Sie würden mich also gar nicht haben wollen?«

Er dachte nochmals: ›Wie ist sie dumm!‹ Er sagte: »Nicht lieber als eine andere.«

»Nicht bloß ein Original – auch ein unverschämtes sind Sie!«

»Ich möchte nämlich alle haben«, wisperte er und schlug die Augen nieder – »weil ich noch keine gehabt habe.«

»Keine? Unglaublich!«

»Abgesehen von denen, die nicht mitzählen.«

»Und dann sind Sie so unverschämt? Merken Sie es sich: man begehrt mich!«

»Ich nicht. Es tut mir leid. Wenn ich überhaupt in Betracht käme – ich komme eben *nicht* in Betracht –, würde ich nur eine begehren, ein stolzes, auf ihre entsetzliche Reinheit unmenschlich stolzes, wunderbar abgründiges Geschöpf, das daran stirbt, wenn einer es begehrt, und das uns in seiner Wehrlosigkeit besiegt, weil es stirbt...«

»Weil es... Jetzt verstehe ich Sie, glaube ich, nicht mehr ganz, aber Sie machen mich schrecklich neugierig.«

»Worauf, Mylady?«

»Auf Sie selbst, auf Ihre Person. Ich will Sie gründlich kennenlernen. Betrachten Sie sich als –«

»Ich betrachte mich als gar nichts, Mylady«, warf er dazwischen, und hüpfte vor Schreck zur Seite.

›Das ist ihr Ton‹, sagte er sich leise, ›wenn sie einen haben will...‹ und gleich darauf: ›Weißt du denn nichts Besseres zu tun, du trauriger Gauch, als dir einzubilden, man wolle dich haben? Du verdienst...!‹

»Sie gefallen mir«, versetzte die große Frau, und betrachtete ihn fest und mit halbgeschlossenen Augen. »Wie konnte ich Sie nur übersehen. Sie sind ungewöhnlich – nicht schön, nein, aber ungewöhnlich – ein sehr schlauer Kerl und fast ein Dichter...«

›Nun höre einmal‹, rief er sich selbst zu, in höchster Hast, mit Fieber. ›Du verdienst die Peitsche, wenn du es noch eine Sekunde lang für möglich hältst, dieses Weib begehre dich...‹

Inzwischen redete er, und wand sich dabei vor Qual.

»Ich bin gar nichts, ich versichere Sie, auch kein Dichter, höchstens ein Problem, ja, mir selbst ein Problem, mit der Feuerzange anzufassen, mir selbst schauerlich, ekelhaft und heilig. Es ist meine Manie, mich verstehen zu müssen. Nie kann ich mich unschuldig der Welt hingeben, sosehr ich ihr zugetan bin. Aber verstehen – verstehen darf ich auch sie: das ist meine Art, mich ihrer zu bemächtigen – eine armselige Art, wie Sie sehen, und eine, die mich selber peinigt...«

»Wirklich, Sie gefallen mir, mein Kleiner«, hörte er Lady Olympia sagen. Es gab keinen Zweifel, da sie »mein Kleiner« sagte. Er ergab sich. Er trocknete den Schweiß von seiner Stirn, verbeugte sich und verließ sie.

»Auf baldiges Wiedersehen«, rief sie ihm nach.

Er irrte umher, erst auf der Terrasse, dann in den angrenzenden Zimmern. Er sah Jakobus sich in die Ecke eines leeren Gemaches drücken, und stürzte auf ihn los.

›Ich bin geliebt, ich bin geliebt!‹ wollte er ihm zuschreien. ›Lady Olympia liebt mich, eine schöne, hohe Frau liebt mich! Ich gehöre nicht länger zu den Verschmähten. Übersehenen!‹

Er verschluckte es, faßte Jakobus bei einem Knopf und überstürzte seine Worte.

»Mortœil, ah, der gehört nun dazu, die sich verachten! Die Rollen sind vertauscht, mein Bester, haben Sie bemerkt, wie Lady Olympia ihn abfallen ließ? Nicht wahr, was für eine stolze, noble Frau! Oh, ich glaube nicht die Hälfte der gemeinen Klatschereien, die über sie umgehen. Was sage ich – nicht ein Hundertstel – gar nichts glaube ich!«

»Das steht Ihnen ja frei«, meinte Jakobus, – »obwohl – aber was haben Sie denn?«

Siebelind hatte hektisch rote Wangen, sein Haar war ganz feucht, seine Blicke flackerten.

»Ich bin geliebt, Freund!« – und er blies seinen heißen Atem dem andern ins Gesicht. »Ich bin geliebt von der schönen, der reizendsten und reinsten Frau, von Lady Olympia.«

»Also auch«, sagte Jakobus.

»Wieso auch? Sie irren, Olympia hat nie jemand geliebt als mich. Oh, ich täusche mich nicht!«

»Wenn Sie meinen«, versetzte Jakobus ganz erstarrt.

Siebelind *wollte* sich täuschen, das übermenschliche, plötzlich entdeckte Bedürfnis durchbrach alle seine

Dämme: sich einmal im Leben zu täuschen, rosig zu sehen, zu glauben, zu feiern und preisen.

»Überhaupt!« rief er, »nicht nur Lady Olympia – alle Frauen, alle sind besser, als Sie meinen!«

Er fühlte sich streitsüchtig und wohl aufgelegt, für die Güte der Welt zum Messer zu greifen.

»Sie, mein Bester, Sie sind ein sehr wirklichkeitsfroher Herr, und geben sich nur manchmal der poetischen Wirkung zuliebe für einen geprellten Ritter aus vom Hause la Mancha. Und trotz Ihrer Berechnungen sind Sie so unschuldig, ein halbes Kind – ein unbewußter Verführer; das ist das Schlimme. Sie haben so Ihre gutgläubige Art, die Frauen in eine poetische Weltanschauung einzuwickeln, bis sie sich selber für Göttinnen halten. Aber von jeder einzelnen glauben Sie ohne weitere Beweise das Anzüglichste. Ich, mein Bester, mache es gerade umgekehrt. Ich gestehe, ich habe über die Kehrseite vom Leben all dieser Schönen, Glücklichen hier und da meine Zweifel geäußert, aber jede einzelne ist mir unantastbar. Was glauben Sie wohl, ich bin ein besserer Mensch als Sie! Oh, ich bin sehr froh. Lady Olympia liebt nur mich, und alles übrige ist Verleumdung.«

Jakobus dachte: ›Was für eine ungesunde Begeisterung!‹ Er fragte: »Und Clelia?«

Siebelind stampfte auf.

»Auch Clelia ist eine hochanständige Frau, Sie werden es nicht leugnen.«

»Allerdings nicht«, sagte Jakobus tonlos.

»Ich verstehe schon, wie Sie es meinen«, rief Siebelind immer gereizter. »Was kann aber die arme Frau dafür! Erst vorhin war ich Zeuge, wie sie die edelste Verachtung ihrem abscheulichen Gatten bezeigte, weil er sich zu der Verdächtigung verstieg, daß San Bacco an dem Knaben dort seine greisenhafte Lust habe. Sie ist hochanständig. Aber sie steht unter dem Banne ich weiß nicht welcher Verführung!... Übrigens, gestehen Sie es endlich, Sie halten, trotz Ihrer poetischen Floskeln, alle Frauen einfach für –«

»Für das, was Sie wissen«, ergänzte Jakobus.

Siebelind besann sich einen Augenblick. Dann erkundigte er sich leise und hinterhältig, die Brauen hinaufgezogen: »Auch die Herzogin?«

»Auch die Herzogin!« stieß der Maler hervor. Er ward auf einmal tiefrot, drehte sich um und ging.

Wie er in das nächste Zimmer einbog, ergriff Lady Olympia seinen Arm. Sie führte ihn durch die Säle und sprach ihm von den angenehmen Erinnerungen, die sie beide verbanden.

»Ja, ja«, wiederholte er zerstreut. »Wir haben uns damals recht angenehm unterhalten.«

»Wir sollten von vorne anfangen«, meinte sie. »Dies ist wieder geradeso ein Abend. Die Lagune scheint herein. Hier hört man wieder von nichts flüstern als von Liebe.«

Schließlich erklärte sie, ihre Gondel warte.

Er machte Ausflüchte, widerwillig und beschäftigt mit erbitterten Gedanken. Er beschimpfte sich selbst: ›Was hast du von der Herzogin behauptet, du Elender? Was hast du vor dem Narren für eine wahnwitzige Frechheit behauptet über sie? Und warum? Um dich zu rühmen! Weil du ihr heute früh eine Menge Dinge gesagt hast, die du besser für dich behalten hättest, die sie überdies schon wußte – und die du ihr in einem neuen Augenblick verminderter Zurechnungsfähigkeit dennoch wiederholen wirst.‹

»Oh, ich fühle das!« so seufzte er ganz laut. Und Lady Olympia, die seine Gefühle sich selber zugute schrieb, zog ihn fort.

»Nun betrüge ich auch noch den armen Siebelind, ihn, der mich vor ekstatischer Glückseligkeit mit ›Freund‹ angesprochen hat! Es ist alles lächerlich und kläglich.«

Und er gefiel sich darin, die Schwermut der eigenen

hoffnungslosen Wünsche noch zu verdüstern durch den Gedanken an die Bitterkeiten der andern.

Die Herzogin stand allein und abgewandt in der Terrassentür. Sie wollte nichts mehr sehen von dem gesunkenen Gatten, noch von der Geliebten, die ohnmächtig ihrem Maler nachsah, wie er mit der Abenteurerin verschwand, noch von dem blinden Dritten, den schwitzend und hinkend sein irres Glück durch die leeren Kabinette scheuchte.

Da hörte sie hinter sich San Baccos Stimme: »Herzogin, Sie sind wunderschön. Unsere Pallas ist noch immer schöner geworden. Wie war das möglich? Je älter ich wurde, desto höher ist meine Zärtlichkeit für Sie gewachsen. Sie hat sich bereichert um die ganze Liebe, die ich sonst in Waffengängen für die Freiheit ausgab.«

Sie sah regungslos geradeaus.

»Ich hätte nicht geglaubt, daß ich Sie noch tiefer würde lieben können, Herzogin«, sagte er. »Heute ist es aber dennoch geschehen, in dem Augenblick, wo ich einen Freund bekommen habe.«

Und da sie schwieg: »Ich habe nämlich heute abend – und gerade in Ihrem Hause und wie aus Ihren Händen, Herzogin, einen Freund bekommen, dem in meiner schönsten Jugend, scheint mir, keiner geglichen hatte. Nicht wahr, Nino? Oh, Leute wie wir fühlen das schon beim Händedruck. Und erst beim Fechten! Beim Fechten kommt gleich heraus, ob man treulos ist, oder gutgläubig; auch ob man sich vergessen kann, zeigt sich, und draufgehen für eine Sache: sei es bloß dem Ruhm zuliebe, oder weil sie so schön ist, die Frau Herzogin von Assy. Nicht wahr, Nino, sie ist schön?«

Es entstand eine Pause. Darauf sprach eine jugendliche Stimme klar und zitternd: »Ja, sie ist schön.«

Die Herzogin wandte sich langsam um und lächelte ihnen beiden zu. Sie wußte, San Bacco sagte ihr kein zärtliches Wort, das er nicht zuvor gerade so kindisch und wahr empfunden hätte wie der dreizehnjährige Gefährte die seinigen. Sie standen umschlungen vor ihr. Der Greis hielt die Hand im Nacken des Knaben und der Ephebe seinen Arm um die Hüfte des Mentors.

»Ich bin Ihnen dankbar«, sagte sie und mußte abbrechen. Dann beendete sie: »Sie wissen nicht, ich brauche Sie, gerade heute...« Sofort spannte sich seine Haltung, seine Stimme ward hell und befehlshaberisch.

»Sie brauchen mich? Aber verspricht es Ihnen nicht unser alter Pakt, wann immer Sie mich rufen mögen –«

»Still, still. Ich brauche Ihre guten Worte. Es ist schon in Ordnung. Sagen Sie mir noch mehr: was bin ich Ihnen, und was ist Ihnen Nino?«

»Die Begegnung mit einem Freunde erfrischt meine Liebe zu meiner Herrin. Mein Blick sucht Sie, Herzogin, und bleibt liegen auf dem Schimmer über Ihrem Haar: und zugleich fühle ich, daß auch ein Freund mir gehört. Was macht es, daß er ein Kind ist. Wenn ich ihn früher, auf der großen Abenteurerfahrt meines Lebens gehabt hätte, wo soviel gehungert, triumphiert, geknirscht, geblutet wurde – wie, Nino? wir wären das Freundespaar gewesen, das das letzte Glas Wein verschüttet, weil keiner es dem andern wegtrinken will, das umschlungen das Kapitol ersteigt, das an *einer* Kugel stirbt, weil nur *ein* Herz zu treffen war... Es ist merkwürdig, ich weiß nicht, warum ich heute abend erregt bin und schwärme. Es ist ja nichts geschehen.«

›Nein, noch nicht‹, dachte die Herzogin.

Sie erschauerte leicht in der süßen Abendluft; sie empfing sie, geneigten Hauptes, gegen ihre Stirn. Dabei fühlte sie, zugleich mit den Worten des Alten, die Blicke des Knaben auf sich niederfallen, bewundernd und grenzenlos ergeben. Sie trafen sie auf Gesicht und Hände und überallhin auf ihre Gestalt, sanft und anmutig und ein wenig einschläfernd, wie das Plätschern eines kleinen Brunnens. Sie fühlte dunkel die Verführung dieser lieblichen Berührungen, dieser Worte, dieser Blicke – und widerstand ihr nicht. San Bacco versetzte: »Aber zwischen Nino und mir, zwischen den besten Freunden, liegt das ganze Leben.«

Sie meinte, wie in einem Traum, diese Worte seien die tiefsten, die San Bacco noch gesprochen habe.

»Mindestens das Alter, wo die Dinge möglich sind«, setzte er hinzu.

»Welche Dinge?«

»Alle. Wo alles möglich ist. Eben das Mannesalter.«

Und darauf erschien ihr der Mann, ihrem inneren Blick zeigte sich der Mann Jakobus, er, dessen Kunst Wirklichkeit und Dauer allen Dingen gab, allen herrlichen und reichen, die dieser Greis wohl einmal erlebt hatte, und die dieser Knabe vielleicht erträumte.

Sie starrte in den Abend hinaus, der vor den Silberspiegel der Lagune langsame Schleier hing. Er wob auch Bilder hinein: ungewiß fingen sie an und grau, aber sie wurden bunt und stark. Die Herzogin hatte gerade vor Augen das Denkmal der Frau, die sich erdolchte. Doch sah sie hindurch und erkannte nichts als jene Bilder, die wogten und warben. Es waren mit strotzenden, ineinander verfleischten Gliedern, singendem und wütendem Blut und dem Lächeln, das in tiefe Schauer versank, alle die Bilder des angrenzenden Saales, des Saales der Venus. Er warf den Widerschein seiner trunkenen Üppigkeiten hinaus in den Abend, als eine Fata Morgana, versengend und bannend.

Die Herzogin hielt den Atem an, in Grauen und Verlangen. Ohne es zu wissen, tat sie einen Schritt vorwärts.

Gina blieb zurück in ihrem Sessel am Kamin und sah zu, wie ihr Kind seine Hand in die der Herzogin legte. ›Das ist, als ob ich's erträumt hätte‹, dachte sie. ›Nun darf ich ein wenig ausruhen.‹ Sie schloß die großen, dunkel glänzenden Augen, und sofort breitete sich Stille über das Gesicht mit der leichten und ängstlichen Rötung zu beiden Seiten des eingesunkenen Nasenrückens. Das Fieber, das sie zwischen allen Schönheiten hin und her trieb und sie zwang, mit den vollkommenen Dingen zu ringen, bevor sie sie wieder losließen – sie fühlte es kaum noch. Es schlief wohl ein in den Augen jener Pallas, wo tief und stetig die Sehnsucht brannte. Gina verschränkte die Finger über den Knien. Ihre mageren Schultern zogen sich nach vorn; die schwarzen Spitzen ihres Kragens fielen ein wenig ausgehöhlt herab über die schmale Büste. Sie seufzte; sie sagte sich: ›Wir sind glücklich‹ – und meinte auch die Herzogin.

Im Winkel drüben saß Clelia, zwischen ihrem Vater, der die Augen geschlossen hielt, und ihrem Manne, der sie anblinzelte.

›Er verhöhnt mich‹, bemerkte sie im stillen, ›weil mir Jakobus heut abend entführt worden ist von jener andern.‹

›Du irrst dich‹, meinte sie dann, und lächelte Mortœil schweigend in die Augen. ›Ich leide nicht so, wie du meinst, und nicht aus dem Grunde. Mein Gott, Jakobus hintergeht mich mit den meisten der Frauen, die er malt: warum nicht auch mit Lady Olympia. Das macht mich bloß noch ein bißchen müder... Ich leide aber mehr, als du Armer glaubst, weil ich alles in ein falsch berechnetes Geschäft gesteckt habe, das nun nichts mehr abwirft. Der Maler Jakobus, mußt du wissen, hat mir nichts gehalten von dem, was er versprach, damals als sein Stern aufging, und als ich mich zu seiner Herrin aufwarf. Er kam mir damals vor wie ein fahrender Eroberer, voll Streit und Brand, über die Maßen machtgierig und ruhmestoll. Ich wollte den Ruhm mit ihm teilen und die Macht für ihn ausüben. Ich hätte aus seinem Genie ein ungeheures Heiligtum gemacht und es unerbittlich ausgebeutet, inmitten der Banden von Anbetern, Schülern, Geschäftemachern, von Schuldnern und Gläubigern, von Preßleuten und Frauen, nochmals Frauen, und von Neidhämmeln und all denen mit aufgerissenen Mündern. Wieviel Schall und Dunst vermag ein Genie seiner Art über Europa zu verbreiten! Wie viele Kanäle kann es zu sich herleiten, durch die Geld und Ehre aus den fernsten Ländern herbeifließt!

Und damals *glaubte* ich an ihn: hätte das nicht helfen müssen? Meinen Ehrgeiz sprach ich ihm damals nicht mit so gemessenen Worten aus, sondern mit glühenden Küssen. Ich liebte ihn nicht gerade, ich weiß es wohl. Aber habe ich es ihm nicht eingeredet? Welch ein Sturm, als ich mich, kaum verheiratet, in seine Arme warf!

Und nun hat er in all den Jahren Venedig kaum verlassen. Sein Ruhm beschert mir keinen Rausch, weder von Machtgefühl noch von Glanz; denn er lebt nur bei dreihundert reichen Damen mit vertrackten Nerven: traurigen Personnagen am Ende.

Warum muß das so sein? Ich weiß es. Ich sehe es und koste es. Weil er die Herzogin von Assy liebt! Sie hält ihn fest in dieser in Lagunen erstickten Provinzstadt! Sie erlaubt ihm nichts weiter zu schaffen als Nichtigkeiten, damit er immerfort in Anbetung vor ihr liegenbleiben kann! Er malt nur sie. Nur wenn er wieder einmal – zum fünfzigsten Male – einen neuen, nie wiederkehrenden Augenblick ihrer Schönheit auf seiner Leinwand feiert und unsterblich macht, vollführt er eine der Taten, die er ehemals verhieß.

Wie ich leide – darum, weil sie alles ist und ich nichts! Und weil ich es ihr nicht einmal anrechnen darf, denn sie hat es nicht gewollt. Seine Begehrlichkeit flößt ihr Kälte ein, und seine Ekstasen befremden sie. Ich kann mir denken, was sie zusammen für Krisen durchmachen. Und auch das, daß sie ihn nicht erhört, verdanke ich ihr – sosehr ich sie auch hasse, weil er sie liebt!

Darum‹, und sie lächelte wieder ihrem Gatten schweigend in die Augen, ›ist es gut, daß die Abenteurerin ihn von hier entführt hat. Er war zu unstet, ich sah ihm schlechtes Gewissen an, ja Haß gegen sich selbst und – gegen seine Geliebte. Einige Stunden in Lady Olympias Armen, und er wird besiegt sein, ermattet, fieberfrei, und nicht mehr imstande, diese Herzogin zu hassen... Auch nicht mehr, sie zu lieben... Bin ich nicht schon sehr bescheiden geworden und demütig, daß ich mich bei einer Lady Olympia bedanke?‹

Und sie betrachtete Mortœil, als ob sie ihn fragte. Er ward verlegen. Clelia sonnte sich nicht mehr, wie früher, in den Augen der Bewunderer. Ihre Züge waren klüger und schärfer. Mancher, in dessen Gesicht sie forschte, entzog sich ihrem Blick. Aber plötzlich bog sie den Kopf zurück, daß das Abendlicht voll und weich darüber hinfloß, und zwischen den wundervollen Haarmassen lag es noch einmal in goldblonden Märchenträumen und wie auf Blumenwiesen im Frühling.

Es kamen Diener mit Kerzen und Erfrischungen. Der alte Dolan rief, ohne die Lider zu heben: »Clelia!«

Sie beugte sich über ihn. Er flüsterte: »Clelia, Töchterchen, erobere mir von deinem Jakobus eine Reprise seines jüngsten Porträts der Herzogin. Es ist ein Meisterwerk, ich will es haben.«

»Ja, Papa... Sage mir, ob du leidest, du zitterst so sehr.«

»Es ist nur, weil ich's haben will... Nötige ihn doch zu arbeiten! Er arbeitet zu wenig... Nütze ihn doch aus – für uns beide.«

Sie sagte: »Ja, Papa«, und dachte: ›Was willst du denn noch, da du stirbst? Und was soll ich denn noch selber.‹

»Kämpfe mit ihm!«

»Verlaß dich drauf, Papa, er gehorcht mir.«

»Nein, nein –«

Der Alte ballte seine faltigen Fäuste.

»Kämpfe mit ihm, bis seine Werke riesengroß werden und ihn erschlagen! Du ahnst nicht, was wir aus ihnen herauspressen können, aus unsern Künstlern. Unbändige Schöpfungen, für die kein Sterblicher genug Blut und Nerven übrig hat. Sie sträuben sich, denn sie fühlen, daß sie all ihr Leben dabei ausspeien. Aber wir zwingen sie, wir kämpfen mit ihnen: so kämpfte ich mit Properzia.«

Die Herzogin ging vorüber, Nino an der Hand. Sie gab ihm einen Sorbet.

»Properzia«, fragte sie, aufgeschreckt. »Wird hier von Properzia gesprochen?«

Mortœil richtete sich auf und erklärte: »Wir erinnern uns der guten Properzia mit Vergnügen. Es war doch eine riesig angeregte Zeit.«

»Was war es?« erkundigte Clelia sich von oben herab.

»Angeregt, meine Liebe. Properzia hatte etwas, was den Literaten kitzelt. Die Unbewußtheit des Genies ward bei ihr verdoppelt durch die volkstümlichen Triebe ihrer Geburt. Ich gestehe, daß ich an der Heldin meines Stückes – Sie erinnern sich, Herzogin, die Verkörperung der großen Leidenschaft –, daß ich damals an ihr vorübergehend gezweifelt habe. Die Natur hat zuweilen etwas Überwältigendes.«

»Sie waren also überwältigt?« fragte die Herzogin. »Man sah es Ihnen gar nicht an.«

Er erhob sich, warf das Glas ins Auge und machte ein paar Schritte, im Genuß seiner Persönlichkeit, aber mit steif gewordenen Beinen.

»Ich ließ mich auch keineswegs überwältigen. Die Versuchung lag nahe genug, meine ich nur. Nun, mein Grundsatz ist es, immer den kritischen Sinn frei und rege zu erhalten, alles gleich zu überblicken und zu Phrasen zu verarbeiten.«

Er befand sich inzwischen drüben, bei der Terrassentür und neben San Bacco. Der alte Dolan öffnete plötzlich die Augen, soweit die schweren Lider sich heben ließen. Er wälzte seinen Kopf auf den Kissen bis zu Clelia hin und zischte an ihren Hals, mit wilden Anstrengungen. »Betrüge ihn, Töchterchen! Er verdient es nicht besser. Hat er nicht verlangt, der Elende, hier mein herrischer Dickwanst aus Elfenbein solle dem guten Geschmack unterworfen werden, dem guten Geschmack eines Parisers, seiner Niedlichkeit und seiner Angst vor Ausschweifungen. Betrüge ihn! Ich habe zu spät gemerkt, daß er eine kleine Chanteuse der Bianca Cappello vorzieht. Er würde sich vor ihr fürchten! Soll ich dir sagen, was er am ehrlichsten wünscht? Daß du mager bleibst! Nur nicht großartig werden, die Mittelmäßigkeit überragen und gegen den guten Geschmack verstoßen. Betrüge ihn! Mir wäre lieber, du hättest den Herrn von Siebelind geheiratet, obwohl er eine Karnevalsmaske ist. Er *haßt* die schönen Dinge. Das ist doch etwas. Er hat ein konträres Kunstempfinden, aber mein Schwiegersohn hat gar keines, er hat nichts als ein geläufiges literarisches Urteil und deckt es wie ein großes Zeitungsblatt gleichmäßig über alle Schönheiten – sogar über den Koloß Properzia!...«

»Ich will Ihnen sagen«, äußerte gerade Herr von Mortœil, »wie ein geborener Literat das Leben behandelt...«

Er lehnte, mit eingezogenem Bauch, beinahe so schlank wie früher, und sehr hochmütig, an einem der Pfeiler, zwischen denen die Dämmerung leise hereinlugte. Er kreuzte die Beine, nahm die lange, weiche Spitze seines Schnurrbartes einen Augenblick nachdenklich zwischen zwei Finger und erzählte: »Ich hatte in meiner Jugend in Paris eine hübsche Geliebte, ein Bürgermädchen aus geachteter Familie. Nach dreijährigem Liebesverhältnis war ich ihrer überdrüssig. Sie merkte es und nahm den Antrag eines wohlhabenden älteren Mannes an, der sie für vollkommen unberührt hielt. Anfangs erlaubte ich ihr die Heirat, da sie mir ja durchaus gleichgültig war. Dann besann ich mich und verbot sie ihr. Sie bestand darauf, und ich warnte sie. Die Unglückliche blieb dabei, mir ungehorsam sein zu wollen.

Nun also! Unmittelbar vor der Abfahrt zur Trauung trete ich in den Salon ihres Elternhauses, unter die braven Leute, die dort versammelt sind. Sie können sich vorstellen: unmögliche Fräcke neben Ballroben voller Schleifen. Der Bräutigam trägt Brillen und Favoris wie ein Notar... Ich beachte niemand, ich gehe gerade auf das Mädchen los, küsse es auf die Stirn und sage vernehmlich: ›Bonjour, bébé, comment ça va?‹«

Mortœil hatte erst gestockt, dann ward er freier, und die unvorhergesehene Schlußwirkung kam mit meisterlicher Schärfe heraus. Er erläuterte sie durch kurze und elegante Handbewegungen.

»Allgemeiner Aufruhr, Ohnmacht der Braut, Flucht der Hochzeitsgäste, sofortige Aufhebung der Verlobung: Sie sehen das von hier aus, meine Damen. Ich füge hinzu, daß das Mädchen einen armen Coiffeur geheiratet hat. Sie sitzt in einer einzigen Stube in einem fünften Stockwerk und langweilt sich... Beachten Sie, bitte, daß mir nichts daran lag, ob sie damals den wohlhabenden Bürger nahm oder nicht – ich habe den Auftritt einzig herbeigeführt, um seine Wirkung auf eine feierliche Traugesellschaft zu studieren. Ich brauchte das für eine meiner literarischen Arbeiten, aus der dann doch nichts geworden ist.«

Er meinte, auf den Gesichtern der Herzogin und der Frau Degrandis den Eindruck seiner Anekdote zu lesen und verbeugte sich leicht.

Gleichzeitig vernahm er hinter seiner Schulter eine zornig erregte Stimme: »Sie scheinen gar nicht zu ahnen, mein Herr, was Sie da getan haben?«

»Bitte?« machte Mortœil und drehte sich um. San

Bacco stand vor ihm und bot einen Anblick wie bei großen Gelegenheiten. Er hatte die Arme hoch auf der Brust übereinandergelegt. Sein Gehrock war in der Taille zugeknöpft und stand oben offen. Das Kinnbärtchen bebte, der weiße Schopf wirbelte von der schmalen Stirn in die Höhe, die Augen blitzten blau und hart gleich Türkisen. Die Haltung des jungen Mannes paßte sich der des Alten sofort an. Sie zeigte nur noch gemessene Feindseligkeit. Er fragte: »Und was hätte ich nach Ihrer Meinung getan, mein Herr?«

»Was Sie damals einem wehrlosen Mädchen angetan haben, das entzieht sich meiner Beurteilung. Heute aber, mein Herr, haben Sie durch die Erzählung einer niedrigen Handlung diesen Salon herabsetzen wollen. Merken Sie sich, daß ich das nicht dulden werde!«

»Und Sie, mein Herr, merken Sie sich, daß ich keine Befehle von Ihnen zu empfangen habe.«

»Sie werden mir das Recht, Ihnen diesen zu geben, anders streitig machen müssen als mit Worten.«

»Das werde ich. Sie, mein Herr, sind, wenn ich genau unterrichtet bin, ein ehemaliger Pirat, und Ihre Handlungen, für die ›niedrig‹ eine beschönigende Bezeichnung wäre, verweisen Sie auf die Galeere – nicht in dieses Haus.«

»Glücklicherweise bin ich hier, und imstande, Sie zu züchtigen!«

San Bacco schnaubte; er stürzte vor. Der andere fing seinen Arm ab. Er war sehr blaß geworden. Sie maßen sich schweigend, beide ein wenig kurzatmig. Dann sagte Mortœil: »Sie werden von mir hören, mein Herr«, – und sie trennten sich.

Die schmerzliche Verdrossenheit des Gemachs, in das die Lagune eine erste Mahnung sommerlicher Fäulnis sandte, zerstob im gleichen Augenblick wie vor einer Fanfare. Die Kerzen schienen aufzublitzen und heller zu brennen. Die Herzogin erfreute sich an San Baccos Kampfbereitschaft; sie erzitterte für die Minute von dem gleichen Zorn wie er. Clelia erhob sich, sobald Mortœil auf sie zutrat, und sie sah aus, als sei sie stolz auf ihn. Sie fühlte, man hatte vergessen, daß er ein betrogener Gatte war, der sich nicht anders rächte als durch prahlerische Herzensroheiten. Man sah nur, daß der Zusammenstoß mit einem alten Duellanten ihn kalt fand und tapfer.

Herr und Frau von Mortœil nahmen Abschied von der Hausherrin und von Frau Degrandis. Der alte Dolan richtete sich mühselig auf und schlürfte zwischen seinen Kindern bis zur Tür. Dort warteten die Diener, die ihn in seine Gondel tragen sollten. Er wendete sich zuvor noch einmal um nach der Herzogin, seine gekniffenen Lippen lächelten zweideutig, er schien zu sagen: ›Was nützen solche Kindereien. Es bleibt, wie es war.‹ Und auf einmal fiel sie zurück in die ängstliche Stimmung dieses Abends. Sie holte San Bacco ein, der aufgeräumt und beweglich durch die Zimmer schweifte. Sie faßte ihn bei beiden Händen.

»Mortœil wird Sie um Entschuldigung bitten. Er gehorcht mir, verlassen Sie sich darauf. Versprechen Sie mir, daß Sie sich nicht schlagen wollen!«

Und ehe er ein Wort hervorgebracht hatte: »Mein lieber Freund!«

San Bacco wand sich unter ihren Fingern, enttäuscht und eingeschüchtert.

»Bestehen Sie nicht darauf«, stotterte er endlich. »Herzogin, ich fühle, daß ich nachgeben würde. Aber es wäre meine erste Nachgiebigkeit in solcher Sache, und für den Rest meines Lebens hätte ich daran zu tragen!«

Sie schämte sich plötzlich, sie ließ ihn los.

»Sie haben recht. Es war eine falsche Regung von mir.«

»Sehen Sie wohl!« rief er. Er sprang ausgelassen zur Seite, rieb sich die Hände, warf die Arme.

»Noch einmal! Es ist das dreiunddreißigste. Töricht,

darauf stolz zu sein, wie? Aber ich kann nicht anders. Und noch etwas, das mich freut. Er hat mich ärgern wollen, nicht wahr, und hat mich Pirat genannt. Warum hat er mir nicht auch meine Jahre vorgeworfen? Solch witziges Kerlchen verfällt auf mancherlei. Er hätte sagen können: ›Wenn nicht der Respekt vor dem Alter, mein Herr, mich zurückhielte‹, und so weiter, man kennt das ja. Nun, darauf ist er gar nicht verfallen! Und deswegen bin ich ihm schon kaum noch böse. Ich werde mich aus reiner Herzenslust mit ihm schlagen!«

Da stieß er mit Nino zusammen. Der Knabe zitterte vor geheimer Begeisterung. Seine Blicke kamen aus den hohen Bogen der Brauen hervor wie junge Gladiatoren; er bat leise und fest: »Nehmen Sie mich mit!«

»Warum nicht?«

»Nein, nein! Er soll nicht!« rief Gina, aber San Baccos Lachen übertönte ihre schwache Stimme.

»Nun müssen wir uns üben!« befahl er. »Komm, da hast du dein Florett.«

Und er gab ihm wieder den Stab aus Elfenbein. Sie fochten.

»Drauflos!« kommandierte San Bacco. »Andere würden dir sagen: Abwarten, herankommen lassen; ich sage: drauflos!«

»Er soll nicht«, wiederholte Gina noch einmal leiser. Aber gleich darauf sagte sie, ausbrechend: »Wie schön! Wie kommt es nur, daß zwei Menschen, die mit dem Fuß nach vorn ausfallen, den linken Arm rückwärts strecken, und den rechten nach vorn, und ein paar Stäbe kreuzen – so kühn aussehen und so edel!«

Die Herzogin sagte: »Wissen Sie wohl, was das für Stäbe sind? Es sind die Zepter alter Hofnarren. Zwei jener winzigen Geschöpfe, die über Treppchen mit ganz flachen Stufen in ihre niedrigen Kämmerchen schlüpften, und die sich für ihr kränkliches, mißachtetes Dasein an den Edlen,

Großen hier und da rächen durften durch ein boshaftes Wortspiel – zwei von ihnen haben einander vielleicht geprügelt mit diesen Stäben. Aber jetzt –«

Sie vollendete ernst, und Gina hörte Leidenschaft heraus: »Aber jetzt geschieht damit etwas Schönes, wie Sie sagen, Frau Gina – etwas Kühnes und Edles!«

›Nein, ich will nicht mehr an Properzia denken‹, rief sie sich innerlich zu. ›Den ganzen Abend habe ich ihre Hand über mir gefühlt. Habe ich nicht beinahe Verdacht geschöpft gegen mich selbst? Jetzt will ich neben dieser sanften Schwärmerin sitzen und glücklich sein wie sie.‹

»Frau Gina, es wird mir immer gewisser, ich habe Sie früher schon einmal gesehen – nein, gehört. Es ist Ihre Stimme, die ich kenne. Es kommen mir immer wieder halbe Worte in den Sinn... warten Sie... Nein, ich vergesse sie wieder.«

»Ich weiß nicht«, erwiderte Gina... »Ich habe ja wohl mit keinem Menschen gesprochen.«

»Ach doch, besinnen Sie sich, es war eine Nacht, fast wie diese, scheint mir, etwas bewegt, etwas schwül und angstvoll – denn ich gestehe Ihnen, ich bin ein wenig ängstlich erregt durch dieses Duell... auch noch durch andere Dinge... Genug, wenn ich nur wüßte... Liebe Frau Gina –«

Sie ergriff Ginas Hand.

»Sie sind glücklich.«

»Ja. Aber ich war es sonst nicht: – wenn Sie mich früher gekannt haben, werden Sie es wissen.«

Sie dachte: ›Was ist dieser schönen Frau? Sie zittert. Ihr Gesicht sollte uns allen wie eine Sonne sein, und jetzt sehe ich zu, wie es leidet, und muß sie bedauern. Was kann ich ihr Besänftigendes sagen.‹

»Hören Sie, Herzogin. Das Schicksal ist einfach und gerecht, glauben Sie das nur. Ich danke ihm meine Rettung. Ich war in der Gegend von Ancona an einen Gutsbesitzer verheiratet, einen Landbaron, der sich betrank, mein Vermögen verspielte, mir die Mägde vorzog. Er mißhandelte mich in der Zeit, als ich ihm ein Kind geben sollte. Und ich starb vor Angst und Ekel bei dem Gedanken, das Kind könne ihm ähneln. Ich stellte mich krank, um nicht mehr sein gerötetes Gesicht sehen zu müssen, mit den Borsten, den gekniffenen Lippen, der niedrigen Stirn voller Gewaltsamkeit. Auf welchen schöneren Zügen konnte ich mein Auge ruhen lassen? Es gab an unserm kahlen Ort nur eine einzige schöne Sache, eine kleine Kirche, hundert Schritte von unserm Wohnhaus. Ihre Mauern waren bedeckt mit Stukkaturen, lauter kleinen lachenden Genien. Auch ein Bild war da, ein Knabe in goldenen Locken und langem pfirsichroten Gewande. Er hielt die linke Hand hinter sich, zwei Frauen in Lichtgelb und Blaßgrün hin. Mit silberner Ampel leuchtete seine Rechte ihnen voran, durch den in Finsternis versteckten Garten... Was haben Sie, Herzogin?«

»Nichts. Mir ist jetzt viel wohler. Ich danke Ihnen.«

Sie wußte auf einmal, wer Gina war.

»Erzählen Sie weiter, bitte.«

»Jenem Knaben zuliebe war ich fromm und versäumte keine Messe. Ich kam auch nachts. Die Tür des Kirchleins –«

»Mit den geschnitzten Engelsköpfen«, ergänzte die Herzogin.

»Stand angelehnt«, sagte Gina, an ihre Erinnerung verloren. »Ich glitt hinein, ich zog unter meinem Mantel eine kleine Laterne heraus und stellte sie auf die Balustrade vor der Kapelle, worin er seines dunklen Weges zog. Ich öffnete in Angst und Erwartung den Blender, und das schmale Licht traf sein Gesicht und seine großen, aufwärts gebogenen Locken. Ich kniete vor ihm, stundenlang. Ich ließ mich durchdringen, tief und ganz, von seinen Zügen. So süß und mutig, wie sein Gesicht war, fühle ich's nachher, wenn ich vor Tagesdämmern heimschlich, in meinem Innern...

Mein Mann, der ein seiner Rasse fremdes Kind heranwachsen sah, schöpfte Verdacht. Ein Dienstbote verriet ihm meine nächtlichen Abwesenheiten. Er peinigte mich, und ich schwieg. Er hätte die Wahrheit nie entdeckt; ein Bild anzusehen, war er ja nicht imstande. Schließlich beargwöhnte er einen Kumpanen und kam, betrunken, in einer Schlägerei um.«

»Haben Sie ihm verziehen?« fragte die Herzogin.

»Ich habe ihm verziehen und bedaure ihn nicht.«

»Getroffen!« rief San Bacco wieder einmal, und: »Stehenbleiben! Man springt nicht mehr fort, sage ich dir, wenn man dorthin getroffen ist!«

Der Greis und der Knabe ließen ein letztes Mal die Narrenzepter gegeneinander klappern. Die Herzogin sah ihnen schweigend zu und mit zärtlicher Bewegung. Sie kamen zu ihr, Arm in Arm. Die Terrassentür war jetzt verhangen, der Raum geschlossen, voll warmen Lichts und behütet von der großen Pallas. Die Herzogin fühlte sich eingehegt und tief beruhigt von dem Glück dieser drei. Das der blassen Gina war still und schwärmerisch, und das der Fechter glänzend und außer Atem.

Das Diner war bereit, und sie gingen hinüber.

»Zuerst kam die Dorfmauer«, sagte unvermittelt die Herzogin. »Es war ein Passionsweg darauf gemalt. Wo sie aufhörte, stand die kleine achteckige Kirche, ein Stück abseits von ihrem hohen Glockenturme, dahinter erschloß sich eine lange, blühende Laube von Linden und Kastanien. Zwischen den Blättern hindurch spielten Lichter des aufgehenden Mondes über den Weg, und an seinem Ende stand das weiße Haus.«

»Was ist das?« murmelte Gina. »Woher kennen Sie das?«

»Gleich...«

Sie sprach hastiger.

»Ich folgte dem stummen, vom Monde gebannten Baumgange, bis vor das weiße Haus. Die Flügel ragten rechteckig vor, der Hauptbau, breit und einstöckig, streckte sich im grauen Hintergrunde; eine blendende Rampe führte flach und langsam darauf zu. Ein Fenster flammte rot auf, in einem dreieckigen Schlagschatten. Es ward geöffnet, eine Frau sagte mir mit verschleierter Stimme etwas so Gütiges –«

»Das waren Sie! Oh, das waren Sie!« murmelte Gina, und sah dabei geradeaus.

»Es war eine meiner Schicksalsnächte«, sagte die Herzogin. »Flucht und gehobenes Empfinden hatten mich zu Ihnen getragen, Frau Gina, und in der Dunkelheit merkte ich, ich nahm Freunde mit... Sagen Sie mir nur eines.«

»Und was?«

»Der Knabe und die beiden Frauen: ich fühlte gleich, ich sei die eine; nun weiß ich, die andere sind Sie. Aber wohin leuchtet uns seine schwache Ampel? Was liegt hinter der Finsternis?«

»Die Kunst!« antwortete Gina; ihre Stimme war schwer von Inbrunst. Sie sah ihrer Freundin in die Augen. Die Herzogin lächelte; ihr Lächeln war so stolz, daß Gina nicht entdeckte, wie es schmerzlich war.

»Ich hoffe es – von ganzer Seele!«

V

Die Herzogin eilte zu San Bacco, sie hatte die Nachricht erhalten, er sei schwer verwundet. Aber vor seiner Tür mußte sie haltmachen; Nino schlüpfte heraus, ernst, mit der Ehrfurcht vor dem eigenen großen Erlebnis in den Augen.

»Er ist ins Gesicht getroffen. Das Florett ist ihm in den Mund gedrungen und zur Wange wieder herausgefahren.«

»An welcher Stelle, Nino?«

»Da. Ich weiß nicht, wie der Arzt das alles nennt. Ich werde aufpassen.«

»Nino, sieht es schlimm aus?«

»Sehr schlimm«, sagte der Knabe fest, nachdem er hinuntergeschluckt hatte.

»Ich darf nicht hinein?«

»Ich glaube nicht. Nein. Es sind zwei Ärzte da. In... ich weiß nicht, dort, wo sie sich schlugen, war kein Arzt. Darum hat er viel geblutet. Außerdem ist die Barmherzige Schwester drinnen, und noch ein Mann, der ihn ausgekleidet und ins Bett gelegt hat. Die Ärzte verbinden ihn. Er ist ohnmächtig.«

»Warum hineingehen?« sagte sie leise. »Es wäre fruchtlos.«

Und sie dachte: ›Wie ist alles fruchtlos, was ich tue. Wie bin ich fruchtlos. Er hat sich eigentlich für mich geschlagen. Er war das Beste, was ich hatte. Er wird sterben.‹

»Geh du nur hinein zu ihm, Nino«, sagte sie. »Sie werden dich dulden.«

»Sie werden mich gar nicht sehen, so gewandt bin ich.«

Sie kehrte nach Hause zurück und verschloß sich, untröstlich.

›Er wird sterben. Schon einmal bin ich so jäh verlassen worden; Properzia tat es, aber sie ließ mich im Frieden der Göttin. Die Göttin gab mir mein Leben in die Hand als eine köstliche Schale. Mir ist, als sei ihr Glanz schon ausgelöscht, und ihre Reinheit durchkreuzt von wirren Zeichen.‹

Nach drei Tagen richtete sie sich auf und ging nochmals hin. Es war am Morgen, ein Seewind brachte Kühlung, ein heiteres Läuten ging durch die Stadt. Nino sagte ihr: »Sie können nicht hinein. Seit heute früh hat er Fieber.«

»Vielleicht einen Augenblick?« fragte sie sanft.

»Niemand als ich und die Schwester dürfen ihn sehen«, erklärte er sehr wichtig. Aber plötzlich, ganz bewegt: »Das schmerzt Sie?« rief er. »Oh, das darf nicht sein. Gewiß macht man mit Ihnen eine Ausnahme. Sein Fieber ist nur leicht. Warten Sie, ich frage.«

»Laß nur, ich will nicht. Ich würde ihm schaden.«

»Aber dafür«, sagte er eifrig, »kann ich Ihnen heute alles wiederholen, was der Arzt gesagt hat über die Wunde. Sie ist nämlich nicht so gefährlich, wie sie aussah. Das Florett ist vom ersten rechten Schneidezahn abgeglitten, die Zähne entlang gerutscht und unter der rechten Ohrspeicheldrüse durch die Kaumuskeln und Gesichtsmuskeln herausgesprungen. Verstehen Sie?«

»Also ist er sehr entstellt?«

»Gewiß. Der Kopf ist vollständig eingebunden. Man sieht kaum mehr als die Augen. Er braucht ein Saugrohr, um Milch und Fleischbrühe zu trinken. Sprechen kann er nicht... Aber er hat eine Schreibtafel – einen Augenblick, bitte.«

Er betrachtete sie, und wie traurig sie war. Dann schlich er ins Krankenzimmer. Nach einigen Augenblicken stand er wieder vor ihr, rot im Gesicht. Mit einem Ruck zog er das Buch aus Schiefer hinter seinem Rücken hervor. Sie las: »Der Aderlaß hat nichts geholfen. Ich bitte um die Erlaubnis, Sie weiterlieben zu dürfen. Ihr Unheilbarer.«

Darunter war etwas ausgelöscht, aber der Griffel hatte Kratzspuren zurückgelassen. Sie buchstabierte: »Ich auch. Nino.«

Und vor diesem doppelten Liebesbekenntnis hielt sie still und erlaubte ihren Augen, warm zu werden und feucht.

Eine halbe Woche später durfte sie sein Zimmer betreten. Sie blieb unter der Tür stehen.

»Man hat Sie seltsam vermummt, lieber Freund«, murmelte sie, und lauter sagte sie: »Aber ich sehe ja Ihre Augen und weiß, daß Sie sehr stark und sehr glücklich sind.«

›Wirklich‹, dachte sie ganz erstaunt, ›diese Augen verhängt keiner der Schleier, die heutzutage fast alle Blicke, auch die gesundesten, neblig machen und aus der unmittelbaren Gegenwart fortrücken. Seine Augen sind dem Leben völlig offen, mir scheint, ich verstehe das eben in dieser Sekunde. Das Leben hat in diese beiden offenen blauen Feuer alle seine Bilder hineingeworfen, auch die gräßlichsten, auch die beschämenden, – aber es ist keine Schlacke darin entstanden.‹

»Sie sind erstaunlich jung!«

»Und habe auch eine rechte Eselei begangen. Mich mit jemand zu schlagen, der Froschblut hat, und mich gar nicht herankommen läßt! Ach, Herzogin, ich gestehe Ihnen, ich bin auf den ersten Sturm angewiesen, nicht auf die Kunst. Ich bin ein Draufgänger, Sie kennen mich ja. Ich habe immer nur um mich gehauen; irgendwo habe ich noch jedesmal getroffen; aber auch ich bin fast immer getroffen. Und dennoch habe ich berühmte Coups hinter mir. Einmal...«

»Regen Sie sich nicht auf!«

»Einmal hatte man das Terrain verlost. Ich bekam den tiefern Platz. Mein Gegner versucht den Schlagkopf. Das erste Mal springe ich zur Seite. Das zweite Mal mache ich Quintaparat und Riposte unter die Schulter. Der Kerl trägt noch den Arm in der Tasche.«

»Jetzt darfst du nicht mehr sprechen«, sagte Nino, und kam sachte hinter dem Bett hervor. »Mehr als zwei Minuten lang darfst du nicht sprechen. Sei nur ruhig, ich werde der Frau Herzogin schon alles erklären.«

»Ich bitte dich recht sehr«, sagte sie lächelnd.

»Dieser Herr von Mortœil, müssen Sie wissen, ist ein Mensch mit ebensowenig Temperament wie Ehrgeiz. Er hat Bewegungen beim Fechten, so kalt wie ein Engländer. Er hat das Florett einfach steif vor sich hingehalten, und Onkel San Bacco – ein wenig kurzsichtig, wie er ist – rannte gerade hinein, mit dem Munde, wissen Sie.«

»Daß ich noch alle meine Zähne habe«, erklärte San Bacco und pochte mit dem Knöchel stark gegen sein Gebiß, »das ist meine Rettung, sonst hätte er mir einfach den Hals durchstochen.«

»Aber nicht vermöge seiner Kunst!« rief der Knabe leidenschaftlich. Er ergriff einen Stock.

»Verstehen Sie mich bitte, Herzogin! So hat er's gemacht! Das war kein regelrechter arresto in tempo. Furcht war es im Grunde! Er kann gar nicht fechten und hielt einfach die Waffe vor, damit Onkel San Bacco nichts machen konnte. Pfui!«

Er lief aufgebracht durch das Zimmer.

»Du solltest dich nicht mit ihm aussöhnen!«

»Ist gut, ist gut«, erwiderte San Bacco. »Er hat mir geschrieben. Ich kann einem Ehrenmann, der sich mit mir geschlagen hat, nicht länger grollen.«

»Du haßt ihn also sehr?« fragte die Herzogin.

»Und sollte ich denn nicht?«

Der Knabe reckte sich auf.

»Da er mir fast meinen Freund getötet hätte!«

Er lehnte sich neben San Baccos Liegestuhl, auf einmal ganz verstummt.

Die Herzogin saß auf der anderen Seite.

»Also hier hausen die Freunde«, sagte sie und sah sich um. »Es sieht hier spartanisch aus. Ein eisernes Bett, ein Tisch mit Büchern, ein Armsessel, drei Strohstühle: das steht weitläufig auf den roten Fliesen. Sie haben Garibaldis Bildnis an der Mauer – nicht wahr, es ist für Sie gesorgt.«

»Und offene Fenster, vergessen Sie das nicht. Der Meerwind bläst von der Riva her durch die enge Gasse und ungehindert bis in meine Stube. Ein kleiner Platz liegt drunten, nur zwölf Meter breit, aber was braucht es mehr. Luft, Schatten, die Jugend als Freund, dazu noch ein Nikken von Ihnen, Herzogin: ich bin überreich.«

Sie schwieg und bewunderte ihn.

»Und das ganze Haus ist unser!« versetzte Nino mit Nachdruck. »Es ist nämlich ein sehr merkwürdiges Haus. Bemerken Sie, bitte, Frau Herzogin, daß jedes Stockwerk ein einziges Zimmer enthält. Das unterste ist unser Empfangs- und Speisezimmer, darüber wohnt Mama, dann Onkel San Bacco, und ganz oben ich.«

»Du hast also eine weite Aussicht?«

»Alle fünf Kuppeln von San Marco. Und die ganze Fassade beinahe von San Zaccaria. Aber das merkwürdigste ist der Brunnen drunten auf unserem kleinen Platz. Er ist achteckig und hat einen Deckel mit einem Schloß. Nie sah ich einen Brunnen mit einem Schloß. Jeden Morgen in aller Frühe kommt ein kleiner Buckliger, hören Sie nur, ein kleiner Buckliger mit einer spitzen roten Mütze und schließt ihn auf. Es ist sehr geheimnisvoll.«

»Ach!« sagte sie rasch, »den kleinen Buckligen muß ich ja kennen... Nein, doch nicht, das war früher. In dem Schloß, wo ich als Kind lebte, war so einer. Er rasselte mit einem großen Schlüsselbund, und den wichtigsten, eben den zum Brunnen, ließ er auch im Schlafe nicht aus der Hand... Nino, ich hätte dir vieles zu erzählen.«

Sie sann. Die Ruhestunde in diesem befreundeten Gemach erschloß ihr noch einmal den Frieden der eigenen Kindheit.

»Ich habe Ihnen ja auch so viel, so viel zu sagen«, erwiderte Nino mit Begeisterung. In ihrer Stimme fühlte er einen Zauber, der ihn hinriß.

»Und besonders, daß ich Sie ganz –«

»Jetzt bekommen wir auch noch Musik«, verhieß San Bacco und spitzte das Ohr. Nino lief ans Fenster, tiefrot und zitternd.

›Fast hätte ich ihr verraten, daß ich sie liebe!‹ rief er sich zu, und verging vor Scham und Unwillen bei dem Gedanken.

»Es sind die Blinden«, verkündete er überlaut. »Sie stellen das Harmonium auf! Klarinette, Geige, Horn fangen an zu stimmen... Ein Paukenschlag! Bumm! Nun geht's los!«

›Nein, sie wird es niemals erfahren!‹ so schwur sich der Knabe, stolz und blaß, und kehrte zurück an seinen Platz. Draußen tanzte und schluchzte die Sterbemusik der Traviata. Die Herzogin wiegte den Kopf.

»Du? Was hast du mir denn soviel zu sagen?« fragte sie und sah ihn an, ernst und gütig.

Er hätte in diesem Augenblick gern geweint. Im stillen flehte er sie an: ›Nur das eine nicht! Alles andere sage ich dir.‹ Er dachte nach und fürchtete im Grunde, sie möchte ihre Frage wieder vergessen.

»Zum Beispiel der Ruhm«, sagte er hastig. »Wenn im Atelier des Herrn Jakobus über den Ruhm gesprochen wird, so glaube ich kein Wort davon, müssen Sie wissen. Es heißt immer, der Ruhm des einen oder des anderen nehme ab oder wachse. Welch ein Unsinn!«

Er zuckte die Achseln. Er begriff den Ruhm nur als ein Ganzes, Plötzliches, Unberechenbares, Überwältigendes. Er ward befremdet und mit Verachtung erfüllt durch alle die Erzählungen von den Schlichen, die zu ihm führten, von den Preisen, die für ihn bezahlt wurden, von Zugeständnissen an die öffentliche Meinung, Paktierungen mit ihren Lenkern, unstolzen Bewerbungen, heimlichem Erröten... Nein, der Ruhm war ein Mysterium.

»Neulich habe ich gelesen«, berichtete er feierlich und schlug die Augen auf – »daß Lord Byron eines Morgens berühmt erwacht ist.«

»Wie schön ist das!« sagte die Herzogin.

»Nicht wahr?«

Plötzlich tat sein Herz wieder den Sprung wie damals, als er, blaß und seufzend, das Buch weggelegt hatte.

»Willst du denn ein Dichter sein?«

»Ich kann mir gar nicht denken, wie jemand eine Geschichte erfindet. Nein, ich will die Geschichten nicht erfinden, ich will sie erleben. Ich werde es wie Onkel San Bacco machen, mich herumschlagen mit Tyrannen, Völker befreien und Frauen, sonderbare Dinge überstehen.«

»Tue das, mein Lieber«, sagte der Alte. »Man bereut es nicht.«

»Wenn ich erst so gut fechten kann wie du.«

»Es fehlt nicht viel, dann bist du imstande, dich geradeso zurichten zu lassen wie ich.«

»Habe ich denn gute Muskeln?« fragte der Knabe, ganz leise.

»Hab's dir doch schon oft gesagt. Und den Willen, sie zu bekommen, den hast du, und der ist mehr wert als die Muskeln selber!«

Die Musiker setzten ein. »Santuzza credimi.«

San Bacco und die Herzogin hörten zu. Nino biß sich auf die Lippen und dachte:

›Aber meinen Knochen hat er noch niemals befühlt. Ob Onkel Bacco denn gar nichts von ihm gemerkt hat?‹

Er nannte es seinen Knochen, und es warf ihn, sooft er daran dachte, in die Ängste einer geheimen Schmach. Es war aber die eiserne Stange eines Geradehalters, die unter seiner Bluse neben seiner linken Seite stand. Die Riemen umspannten die Schulterblätter. Er betrachtete das Instrument des Abends bei sorgfältig verriegelter Tür, mit ernsten Augen und festverschlossenem Munde. Dann, mit einem Entschluß, riß er es fort, warf die Kleider vom Leibe und trat vor sein Spiegelbild, trotzig erhobenen Hauptes.

›Zwischen der Brust und den Schultern ist es zu hohl‹, sagte er sich mit Strenge. ›Die Brust ist zu spitz. Ich habe es noch neulich bei dem bronzenen David gesehen, wie eine Jünglingsbrust aussehen soll – oh, ganz anders als meine... Du mußt arbeiten, es wird besser werden...‹

Und er begann Turnübungen zu machen. Aber es war ihm unheimlich zumut. Auf einmal ließ er den geschwungenen Arm herabsinken und legte sich zu Bett.

›Und wenn das auch nicht wäre. Der Hals ist ja viel zu dünn. Und kann ich denn hoffen, daß aus meinen Handgelenken jemals ein ordentlicher Männerarm herauswächst? Jeder gewöhnliche Mensch hat ja festere Handgelenke als ich. Onkel San Bacco aber hat welche wie aus Stahl.‹

Die eigene Unerbittlichkeit griff ihn schließlich an; er schluchzte trocken. Dann biß er die Zähne zusammen, atmete tief und regelmäßig und verhütete dadurch den Ausbruch der Tränen.

Bei Tage überlegte er manchmal.

›Wer weiß, wie ich anderen vorkomme. Ich irre mich vielleicht: vielleicht bin ich besonders gut gebildet. Und wenn der Bildhauer des David *mich* gekannt hätte, – wer weiß?‹ Es war eine unmögliche, im Seelengrunde schon wieder gestürzte Hoffnung. ›Eine hohe Brust, ist das nicht ein Zeichen von Stärke? Und auf jeden Fall habe ich hübsche Beine, das haben noch alle gefunden, ich weiß es genau.‹

Hier war er seiner Sache gewiß.

›Das übrige verwächst sich, hat der Arzt gesagt. Übrigens, in den Kleidern sieht man nichts. Und ich härte mich ab. Ich will hungern und frieren lernen, schwere Arbeit tun, weit schwimmen, noch mehr —‹

Aber er bewährte sich schlecht bei den Turnspielen. Den Augenblick, wo es gegolten hätte vorzuspringen und einen Gegner abzufangen, verpaßte er meist, denn er stand und träumte. Er träumte sich selbst als General und formierte seine Kameraden zum Angriff auf einen schwarzen Wald voll schauderhafter Feinde. Oder er ließ sie in den Rahen des Schiffes umherklettern, zu dem die Mauern des Schulhofes sich umgestalteten. Schließlich wachte er auf, ganz erregt und bleich. Die anderen waren rot, sie hatten gewonnen oder verloren; Nino hatte keines von beiden getan.

›Ach!‹ dachte er in einer Regung von Ernüchterung und Ungeduld. ›Auch General werde ich niemals werden. Überhaupt, ich glaube, sie werden mich gar nicht zum Militär nehmen. Ich kann es mir nicht vorstellen.‹

In Wahrheit empfand er ein uneingestandenes Grauen vor dem In-Reih-und-Glied-Stehen; vor den bürgerlichen Zusammenhängen ebenso. Wenn er von einer Heirat hörte, dachte er befremdet und neugierig: ›Ob ich mich jemals verheiraten werde? Ich kann es mir nicht vorstellen.‹ Oder er sah einen Leichenzug. ›Ich muß auf eine andere Weise verschwinden. Das kann mit mir wohl nicht so zugehen. Ich kann es mir nicht vorstellen.‹

Das Spiel der Blinden war aus. San Bacco pfiff nochmals die letzten Töne, schwach, mit mühsam gespitzten Lippen.

»Der verdammte Verband!... Nino, war das schöne Musik?«

»Abscheulich war sie!«

Er schüttelte sich. Jeder seiner schlimmen Gedanken hatte sich an einen Ton gehängt, sich mit ihm gepaart, unlöslich. Und dieses zufällige Zusammenspiel einiger Noten mit einer leidvollen Grübelei machte dem Knaben aus ein paar gleichgültigen Takten einen Wald voller Peinigungen.

›Das will ich niemals wieder hören‹, entschied er für sich. Er ging auf den Fußspitzen durch das Zimmer, tänzelnd und unzufrieden.

»Habe ich hübsche Beine?« fragte er plötzlich, mit Sehnsucht in der Stimme.

»Zweifle nicht!« rief San Bacco. Es war sein erstes lautes Wort.

»Ich hab dich lieb!« sagte die Herzogin. »Komm einmal her... So. Du mußt mir also noch viel erzählen. Du darfst mich du nennen und mit meinem Vornamen.«

Er war mit einem Sprung bei ihr.

»Das darf ich?« fragte er leise, gespannt, ob sie ihr Wort nicht zurücknehme.

»O Yolla!«

»Yolla? Ist das eine Abkürzung?«

Er wußte erst jetzt, was er gesagt hatte und stotterte.

»Ich habe den Namen nämlich schon längst erfunden, im stillen – Yolla statt Violante. Sie verstehen wohl... Du verstehst wohl...«

›Ich muß ihr jetzt in die Augen sehen‹, sagte er sich. ›Sie wird jetzt alles herausbekommen.‹

Da fuhr von draußen ein Schreien dazwischen und ein Klatschen. »Hoch San Bacco! Die Hymne an Garibaldi!« Und gleich darauf sprengte es daher, leichtherzig, mit raschen Gelenken, ein durchsonnter Sturm, der klapperte und sauste in den Falten von Bannern.

»Auch das ist Musik!« sagte San Bacco.

Nino war verschwunden. Die Herzogin sah vom Fenster, wie er über den Platz lief, und wie seine überhasteten Schritte daran verzweifelten, das Glück einzuholen: das unerhörte, einzige Glück, das aus des Knaben kurzen, roten Lippen fort und vor ihm hersprang. ›Ist es denn wahr, soll ich wirklich jetzt, gleich jetzt das – das – das erleben!‹

Endlich stand er so nahe wie möglich bei den blinden Spielleuten. Er stand, eine Hand im Rücken, ohne eine Bewegung, und genoß das Rauschen, das Schmettern, das gelle Pfeifen, den wilden, fröhlichen, unaufhaltsamen Lärm, der Siege tanzte. Seine Geliebte droben erkannte es, wie sein Geist auf Paukenschlägen davonjagte und in den Klangwellen des Hornes. Wo war nun der Atemlose? Beim Einzug in ein erobertes Reich, – er, der Triumphator. Adler stiegen ihm zu Häupten golden in die Luft. Sein Wagen ging über Tote, – nein, sie waren nicht tot: auch sie richteten sich auf und jauchzten.

›Jetzt bin ich bei ihm‹, dachte die Herzogin und spielte seinen Traum zu Ende. ›Ich reiche ihm den Kranz…‹

Aber da ward aus dem Gesicht des Knaben ein anderes, männliches. Auch dieses hatte kurze, willkürliche Lippen, rot vor Begierden. Sie erkannte es gar nicht und lächelte nur.

»Du willst *doch* ein Dichter sein«, sagte sie zu Nino, der wieder eintrat.

»Nein, nein«, erwiderte er, müde und als ob ihn fröre. »Was will ich eigentlich sein?… Yolla, weißt du es? Soldat? Dichter? Freiheitskämpfer? Seemann? Nein, nein, du weißt es auch nicht! Aus mir, ach –«

Er flüsterte, die Finger verschränkend.

»Aus mir wird gar nichts werden. Wie sollte ich wohl jemand anders sein, als ich jetzt bin? Ich kann es mir nicht vorstellen.«

Sie umfaßte seine beiden Handgelenke und sah ihn an.

»Du hast soeben etwas sehr Großes gehört. Es ist vorüber, du fühlst dich verlassen und steckengeblieben, nicht wahr? Aber glaube nur, alles Große, das wir zu *empfinden* vermögen, ist unser. Es wartet auf uns, an dem Wege, wo wir vorbeikommen sollen. Es beugt sich von seinem Sockel zu uns nieder, es nimmt uns so bei der Hand wie ich dich –«

»Auch mich«, sagte San Bacco, und legte seine Rechte in die ihrige. »Mir ist es geradeso ergangen. So aufgeregt ich es getrieben habe, jetzt, da ich alt bin, meine ich immer, auf einer eroberten Sumaca einen Riesenfluß hinabgefahren zu sein. Am Ufer zogen tolle Schicksale vorbei. Habe ich gekämpft? Früher hätte ich darauf geschworen. Jetzt weiß ich's nicht mehr.«

»Sie haben gekämpft! Oder ein Gott durch Sie! Ah, wir ahnen nie deutlich genug, wie wir noch stehen, wie wir stark sind und unersetzlich! Glaube das immer, Nino!«

»Ich gehe«, erklärte sie. Sie ordnete noch die Rosen, die sie mitgebracht hatte, im Glase. Sie rückte noch einen Stuhl zurecht und glättete das Kissen für San Baccos Kopf.

»Sie verwöhnen uns, Herzogin«, sagte er. »Sie werden uns noch glauben machen, wir seien hier einfach drei Freunde.«

»Sind wir's denn nicht?«

›Nein‹, dachte Nino, ›dazu tust du mir zu weh, Yolla.‹

Er litt, da sie seine Hände berührte, und da sie sie wieder losließ; da sie gekommen war, und da sie nun wieder ging.

»Dann gehen Sie doch mit uns spazieren«, sagte er, heftig errötend. »Wir zeigen Ihnen in Venedig Dinge, die Sie sicher nicht kennen: schwarze enge Höfe, wo armes Volk wohnt, und wo Sie das Kleid mit beiden Händen aufheben müssen. Da ist zum Beispiel ein Sack aus Stein, und der Kopf eines Ertrunkenen sieht heraus, ganz verquollen, und speit Wasser.«

»Oder unser Palast«, sagte San Bacco.

»Jawohl der Palast, den wir uns kaufen möchten, wenn wir Geld hätten, Onkel San Bacco und ich. Er verfällt und versinkt im Wasser zwischen niedrigen Ziegelmauern, wild überbuscht. Ein Balkon, spitzwinklig zwischen Säulen, hängt gebrechlich um eine Hausecke herum. Fensterrähmen wie Zwiebeln, bunte, durchbrochene Steinrosen sind in der Mauer – und ein Kamel; ein kleiner Türke führt es. Was ist das für ein Türke, Yolla, du glaubst doch nicht, daß es ein gewöhnlicher Mensch war. Oh, in dem Hause sind sonderbare Dinge geschehen.«

»Natürlich«, bestätigte San Bacco. »Nino hat sie mir erzählt, und ich glaube sie so gewissenhaft, wie er mir meine Streiche glaubt. Die Erwachsenen machen höfliche Gesichter, wenn ich von mir spreche. Die Zeit ist so sehr verändert; man hält es heute kaum für möglich, daß es einen Lebenslauf gegeben hat wie meiner war. Nur bei Knaben, die noch nicht zweifeln gelernt haben, bin ich unter meinesgleichen.«

»Das sind Einfälle!« sagte er dann und lachte leise vor sich hin. »Da haben Sie's, ich mache mir seit acht Tagen keine Bewegung. Aber gehöre ich nicht in Wirklichkeit zu den Knaben, da ich mit den Parlamentsferien nichts Besseres anzufangen wußte? Beim Wiederzusammentritt werden die Kollegen mir die Hände schütteln und mich beglückwünschen zu meiner Heldentat, und am Büffet über mich lachen. Diese Bürger wissen genau, welchen Windmühlenkampf ich mit ihnen bestehe. Sie haben Unterdrückung und Ausbeutung so fest an Freiheit und Gerechtigkeit gekoppelt, daß man die einen nicht mehr treffen kann, ohne die andern zu töten. Ich wünsche mir meine guten alten Tyrannen zurück. Sie heuchelten weniger, sie waren ehrlichere Schurken. Heute kann ich das verratene Volk kaum noch lieben. Es ist zu feige geworden, und ich zu ohnmächtig. Ich schäme mich vor ihm und seinetwegen. Das Gewissen schlägt mir, wenn es meinen Namen ruft, wie vorhin dort unten. Ich wollte, es zöge mich zur Verantwortung...«

»Werden Sie gesund! Alles Große, das wir zu empfinden vermögen –«

»Ist unser«, schloß er. Seine Augen leuchteten auf.

Als sie fort war, sahen die beiden verstummt einander an.

»Ich bin die ganze Zeit übermäßig glücklich gewesen«, jubelte plötzlich der Knabe.

»Wir sind es noch«, meinte San Bacco.

»Natürlich!«

Und Nino sprang über einen Stuhl. Was war selbst das Leiden für ein Glück! Solange sie da war, reichte jeder Gedanke höher und färbte sich lebhafter, jedes Gefühl bewegte einen schmerzlicher oder süßer. Es war kaum zu fassen.

In ihrer Gondel befahl sie, ohne sich zu bedenken: »Campo San Polo.«

Sie betrat das große Schauatelier und wußte noch gar nicht, weshalb sie kam. Man sagte ihr, der Meister sei ganz allein. Jakobus entließ, sooft die Herzogin gemeldet ward, durch eine Hintertür, insgeheim und eilig, alle seine Besucher. Sie fand ihn vor der Staffelei, tief in der Arbeit.

»Das ist schön«, sagte sie.

»Es kostet fünfzehntausend Francs, das ist das schönste daran.«

»Aber ich empfinde es.«

Er sah sie an.

»Ach so. Heute würden Sie für die letzte Schmiererei Empfindung übrig haben. Sie sind voll Glück und Güte. Woher kommen Sie denn?«

»Nicht eifersüchtig sein, mein Lieber. Sie sehen, ich will Ihnen wohl.«

Er verzog das Gesicht, mißtrauisch und begehrlich.
»So wohl, wie ich's verlange – schwerlich.«
»Fast so. Unterlassen wir die nähere Bestimmung.«
Er war tiefrot geworden.

Sie öffnete die Arme. Langsam und gleichmütig trippelte zur Tür herein die kleine Linda. Die Herzogin umschlang das Kind, kniete bei ihm hin, streichelte seine Hände, drückte die Wange auf die harte Silberstickerei seiner kühlen, schweren Robe.

»Ich hab dich lieb, kleine Linda«, sagte sie, und sie dachte: ›Weil du sein Kind bist!... Er war ja der Mann, der ebenso kurze, rote Lippen hatte wie Nino, und dem ich den Kranz reichte, anstatt ihn dem Knaben aufzusetzen. San Bacco kann verehren, noch mit siebenzig Jahren; Nino bebt vor Sehnsucht nach schönem Leben. Sie sind beide ein wenig lächerlich, ich weiß, – der Greis, hochtrabend und in Tücher verbunden, der Knabe schwächlich und hochtrabend. Wie liebe ich sie! Welche Zärtlichkeit durchdringt mich unter ihren anbetenden Blicken! Dann gehe ich und sage diesem Jakobus, daß ich ihm wohlwill. Er verdient es nicht, aber –‹ »Und dir auch«, wiederholte sie ganz laut und riß das Kind fester an sich. Es betrachtete die Kniende von oben, verständnislos und kalt.

»Rühren Sie sich nicht!« rief der Maler. »Eine Sekunde! Ich habe es schon!« Er ergriff die Kohle; im selben Augenblick fiel von ihr alle Bewegung. Sie schaute zu, wie er in stürmischer Verbissenheit die übriggebliebene Pose des Gefühls auf der Leinwand herunterriß, – des Gefühls, das ihr schon entfahren war.

»Das ist mir wieder gelungen«, sagte er mit einem Seufzer, und begann sofort zu malen. Sie sah das Bild an und erfuhr nun erst von ihm, daß sie soeben einen Schmerz durchgemacht habe. Ihr dunkler Kopf drängte sich mit leidenschaftlicher Schwermut gegen das unbe-

wegte, künstliche Geschöpf aus Silber und Perlmutter.
»Die Herzogin von Assy und Linda Halm – es wird eine meiner beliebtesten Sachen werden«, behauptete Jakobus. »Die Photographien danach werden riesig viel verlangt werden, im Kunsthandel wird's einfach ›Herzogin und Linda‹ heißen... Ich bin stolz darauf, Herzogin, aber sind Sie's nicht auch ein bißchen?«

»Weil Sie mich berühmt machen? Sie sehen das zu wichtig an, mein Lieber. Ich bin durch meine Launen berühmt geworden, bevor ich es durch meine Bilder ward. Früher nannte man mich eine politische Abenteurerin, jetzt eine Kunstschwärmerin – und wie ich später noch heißen werde, das wissen weder Sie noch ich. Sie sind sehr unschuldig an alledem. Ich *lebe* einfach, und alles kommt, wie es muß.«

»Sie schulden mir also gar nichts, Herzogin? Wirklich gar nichts? Daß ich auf Sie allein all meine Kunst gehäuft habe, das verpflichtet Sie zu nichts? Daß ich mein Leben eng gemacht habe und mein Können auch –«

»Eng und stark. Wenn Sie nicht ›Herzogin und Linda‹ als großer Meister malten, dann würden Sie alle möglichen Dinge machen – aber im Stil aller andern.«

»Sie haben Beweisgründe, weil Sie kalt sind. Aber mir sind Sie zum Verhängnis geworden, und Sie werden mir schon einmal meinen Lohn auszahlen. Ich warte.«

»Trösten Sie sich. Sie warten nicht umsonst. Jeder, der starker Empfindung fähig ist, wird irgendwann erhört werden. Es gibt keine Begehrten und keine Verschmähten: es war nur ein Qualsüchtiger, der mich das glauben machen wollte. Ohne Hoffnung auf Liebe sind bloß die, die selber nicht lieben können... Aber wer sagt Ihnen, daß gerade *ich* Sie lieben werde? Ich bin Ihr Verhängnis, gut, und bleibe ganz ruhig dabei – sehen Sie, so ruhig, wie Sie selber geblieben sind, als Lona Sbrigatis Stimme das tragische Timbre bekam.«

»Das ist unredlich!« rief er, aufrichtig entrüstet, und legte die Palette weg.

»Sie fühlen sich nicht sicher, sonst wären Sie redlich. Lona Sbrigati, Sie sagen es, hat durch mich Ihr Talent bekommen, Sie aber, Herzogin, töten meine besten Werke, weil Sie meine Liebe ausschlagen. Und Sie leben für die Kunst!...«

»Eigensinnig wie ein Kind!«

Sie schüttelte den Kopf.

»Clelia Mortœil empfängt kein Talent von Ihnen und auch keine Liebe. Sie hat sich Ihnen aufgedrängt, sagen Sie, aber Sie nahmen sie doch an. Sie nahmen zuviel, Freund, und verlangen noch mehr. Auch Ihre Frau...«

»Meine Frau ist glücklich!« rief er heftig. »Sehr glücklich! Da muß ich schon bitten!«

»Ich weiß nichts von Ihrer Frau. Aber ich mißtraue dem Glück, das von Ihnen kommt.«

»Es ist ja richtig... Es ist nicht alles in Ordnung zwischen mir und der Frau... Wir leben getrennt – aber ich will Ihnen schon zeigen, warum. Erstens muß die Frau eines Künstlers beschränkt sein, offenbarungsgläubig sogar. Ihre Offenbarung soll ihr Mann sein. Meine Frau dagegen war lehrhaft, sie wollte ›mit mir arbeiten‹. Ich merkte das schon vor der Hochzeit und erschrak. Aber sie liebte mich so unsäglich, krankhaft geradezu, und ich bin nicht so stark, wie Sie meinen. Ich heiratete sie. Aber bald nachher verlor sie fast alle Haare. Da war es aus.«

»Da war es aus?«

»Ich kann alles niederkämpfen, nur den physischen Ekel nicht.«

»Wegen dünner Haare verstoßen Sie eine Frau?«

»Dünne Haare? Sie wissen nicht, was Sie da Abscheuliches sagen. Volles langes Haar bedeutet mir das Geschlecht des Weibes, ihre Macht funkelt als Diadem in langen Flechten. Eine Frau mit dünnem Haar ist eine Entweibte, ein abstoßendes Wesen. Was glauben Sie, ich will sie weder in meinem Schlafzimmer noch auf meiner Leinwand. Ich male die Hysterie und das ohnmächtige Laster, ich male den grünlich verquollenen Blick und die unzüchtige Stirn einer Frau Pimbusch aus Berlin, aber niemals werde ich dünnes Haar malen!«

Er tobte.

»Das ist ja ein Stück Wahnsinn«, meinte sie, und hob die Schultern. Aber ihr graute fast.

›Also darum duldet er Clelia‹, dachte sie. ›Weil sie schönes starkes Haar hat... Und wenn ihre Frisur ihm einmal nicht mehr weich und tief genug vorkommt, um einen kalten Kuß hineinzudrücken –‹

»Niemals!« wiederholte er und spreizte sich. »Glauben Sie denn, daß ich unter den Augen einer Frau, die mich körperlich beleidigt, noch hätte arbeiten können? Wem schulde ich mehr, irgendeinem Geschöpfe, das sich in mein Leben eingedrängt hat, – oder der Kunst?... Nun, da schauen Sie, wer gibt mir denn recht, wenn nicht die Frau Herzogin von Assy es tut!«

Er kam näher und senkte die Stimme, vertraulich und schmeichlerisch. »Übrigens halten Sie mich nicht für zu hartherzig. Die Frau ist wirklich nicht unglücklich, sie darf mich ja lieben. Sie darf mir schreiben, sie darf überall von mir sprechen. Mit den Zeitschriften, die meine Werke wiedergeben, läuft sie von einem Salon in den andern. Wenn ich ausstelle, verschenkt sie die Billets. Sie langweilt alle Welt mit mir, sie hat die Manie, lebende Bilder nach meinen Gemälden zu stellen.«

»Die Frau ist rührend, ich möchte sie kennen.«

»Hm. Sie gewinnt durch die Entfernung. Aber glücklich ist sie, glauben Sie das mir, sie liebt mich ja so unsäglich, krankhaft geradezu.«

»Ja, glücklicher wohl als wir beide«, äußerte die Herzogin, ehe sie's überlegt hatte.

Er sah sie starr an.

»Ganz recht, glücklicher als – wir.«

Und in jäher Ausgelassenheit: »Aber ich krieg schon noch meinen Lohn! Gelt, Linda, sie zahlt mir schon noch aus, was ich zu kriegen hab!« Er warf sich mit stürmischen Küssen auf das erstaunte Kind.

Im selben Augenblick stieß ein Fuß an die Schwelle; und sehr blaß, erhobenen Hauptes und um den Mund ein leises Lächeln, gemischt aus Verstörtheit und Verachtung, erschien Nino.

»Grüß Gott, du lieber Bursch!« rief Jakobus. Der Knabe küßte der Herzogin die Hand, er sah sie nicht an.

»Oh, ich komme *nur* – *nur* wegen meiner Stunde«, sagte er kalt und trat vor das Fenster.

Die Herzogin bereute auf einmal jedes Wort, das sie seit dreißig Minuten gesprochen hatte. Sie begriff nicht mehr, daß sie hier sitzen konnte.

›Ich habe ihn verraten‹, dachte sie. ›Das ist kindisch und wahr.‹

Sie betrachtete sein Profil und fühlte alles mit, was in der Seele des Knaben sie anklagte und richtete. Sie fühlte mit innerlichem Weinen, wie sie ihn verriet, ihn und seinen großen Freund, gleich dem alltäglichen Weibe, das sie in seiner Seele nicht war. Sie war eine geliebte Ferne, ein Märchenziel, wo in Weben und Klingklang von Mondsilber und Harfen, über flimmernde Terrassen und nachtblaue Zypressen das unmögliche Gefühl steil aufquoll, ein himmelhoher Springstrahl, der nie zurückfiel.

Jakobus holte einen Entwurf herbei, spannte ihn in einen Rahmen und trat prüfend davon weg.

»Nun sieh doch einmal, was der Bursch gemacht hat! Ja, geruht denn heute der junge Meister keinen Blick darauf zu werfen?«

Er umarmte Nino von hinten, liebevoll, als ein älterer Bruder. Der Knabe duldete die Berührung, mit hochgezogenen Schultern. Er ließ sich fortschieben, bis vor die Staffelei. Plötzlich richtete er sich gerade auf.

»Das ist nicht von mir«, sagte er, leise und bestimmt.

»Was schwätzt er daher? Das soll nicht von ihm sein?«

»Das ist nicht von mir. Sie haben das verbessert.«

»Verbessert – verbessert... Ich bin ja dein Lehrer...«

»Nicht bloß verbessert. Es war überhaupt gar nichts, das, was ich gemacht hatte.«

Da ließ sein Blick die Zeichnung los; er traf erst den Maler und fiel dann auf das Gesicht der Herzogin, schwer und traurig. Sie erschraken beide und sahen weg.

›Er ahnt‹, sagte sie im stillen. ›Er ahnt Dinge, die ich selbst nicht weiß.‹

›Und die ich nicht wissen will‹, setzte sie hinzu, in stummer Empörung. Sie stand auf.

Jakobus hatte keine Antwort mehr für Nino. Er unterschied, unvermutet und für eine Sekunde, ganz klar alles, was geschah und was er selber tat.

›Er hat recht, der Bursch, ich bilde ihm ein, er habe Talent. Ich will ihn mir ja zum Freunde machen, denn die Herzogin sieht ihn gar zu gern. Da faß ich ihn denn um die Schulter und zeig mich ihr mit ihm zusammen. Etwas von ihrem Wohlgefallen fällt auch auf mich. Und *er* ist halt doch nur ein Knabe. Er wirbt... für mich.‹

»Nino, jetzt wird gemalt! Gemalt wird jetzt!« rief er und schwenkte den Knaben rundum.

›Ah bah!‹ dachte er. ›Er weiß von dem allen nichts. Das sind Grillen...‹

Und gleich darauf hatte er's selber vergessen.

Nino breitete seine Arbeit auf dem Tische aus: er zeichnete, gebückt und still. ›Ach Yolla, Yolla‹, flüsterte es immerfort in ihm. Er fühlte sich ganz wund. ›Ach, wäre ich nicht hergekommen, es wäre dann noch geradeso, wie es vorhin war, vor kaum einer Stunde, in unserm Zimmer... Ich weiß nicht, was seitdem geschehen ist. Es ist etwas

Schreckliches, aber ich verstehe es nicht...‹ Und zuunterst in ihm, aus seinen tiefsten Schmerzen, wickelte sich heimtückisch ein Wunsch hervor: ›O Yolla, daß ich dich gar nicht liebte!‹

›Nein, nein!‹ rief er sich zu. ›Ich will dich lieben bis zum Tode. Diesen Menschen aber hasse ich, mitsamt seinem Atlaswams vom Theater!‹

Jakobus sah ihm über die Achsel.

»Aber das ist ja ein Fortschritt! Herzogin, schauen Sie einmal her, bitte: jetzt fängt's an bei dem Burschen. Da gibt's keinen Zweifel mehr, jetzt wird was draus!«

Er schwatzte vor Freude. Die Besserung seines Schülers machte ihn übermütig, wie eine unverhoffte Rechtfertigung.

»Was will sie denn noch, Nino, die Frau Herzogin! Nicht bloß, daß ich selber ihr zu Gefallen ein großer Maler geworden bin. Man tut ja, was man kann... Aber jetzt mache ich noch einen aus dir – daß später, wenn meine eigenen Finger zittern, immer noch einer da ist, der ihrer Schönheit nachgeht und sie feiert. Bin ich ein treuer Diener, Nino? Meinst du wohl, daß sie mir einmal meinen Lohn auszahlen wird, die Frau Herzogin?«

Der Knabe blickte auf.

»Das ist mir unbekannt, es ist Ihre Sache«, sagte er frech. Er dachte: ›Wenn Onkel San Bacco einen haßt, so läßt er's ihn merken. Das geht nicht so weiter.‹

»Übrigens habe ich genug gezeichnet. Ich mache keine Fortschritte, Sie tun nur so. Ich werde auch niemals wieder herkommen. Ich will überhaupt kein Maler werden.«

»Wie bitte? Ich habe nichts gehört. Also hast du wohl nichts gesagt.«

»Nino«, sagte die Herzogin, »du denkst doch daran, daß deine Mutter zu Hause liegt und leidet, und daß sie hiervon nichts erfahren darf? Nichts davon, daß du die Kunst verlassen willst?«

Sie bat; er hörte es. Er hörte auch, daß sie den Namen seiner Mutter nur gebrauchte, um für sich selbst zu bitten.

»Ach, ihr mit euerm Kunstwesen!« sagte er langsam, leidend und trotzig, und sah zu Boden.

»Du möchtest dich lieber herumschlagen, ich weiß – Großes tun und sonderbare Dinge erleben. Aber begreife doch, daß dies alles durch die Kunst geschieht, ja, daß es fast *nur* noch durch die Kunst geschieht. Sieh doch, auch die Tracht der großen Zeiten – wer darf sie heute noch anlegen? Ein Maler.«

Der Knabe maß seinen Feind, flüchtig und ohne den Kopf zu erheben. ›Ich bin unglaublich ungezogen‹, dachte er, ›aber es muß sein.‹ Und er stieß geringschätzig den Atem aus.

»Ich bin dir wohl nicht schön genug?« fragte Jakobus.

»*Damals*«, fügte die Herzogin hinzu, »hatten die Maler Grund, sich voreinander zu fürchten. Bei der Arbeit trugen sie Schwerter.«

»Und Brillen?« fragte Nino. »Sehen Sie, es stimmt nicht.«

Jakobus wurde rot und ging beiseite.

»Komm, meine Linda, wir drücken uns fort. Wir schämen uns.«

»Und er schämt sich wirklich!« rief die Herzogin und lachte. Sie war beiden dankbar für diesen freimütigen Zank. Sie drängte mit beiden Händen die Stirn des Knaben zurück, bis er ihr in die Augen sehen mußte.

»Schau nur, er ist ja auch ein Bube – wie du. Drum kannst du ihn kränken. Weil er eine Brille trägt. Seid ihr Buben!«

Der Knabe wendete sich nach dem Maler, er versetzte laut und bebend: »Verzeihen Sie mir, bitte!«

»Dich, Yolla, hab ich noch viel, viel mehr gekränkt... Ah, du kannst gar nicht wissen, wie sehr.«

Er war auf einmal erweicht, unfähig, einen Menschen

leiden zu machen, und ganz beglückt durch die eigene Schwäche. Die Hand seiner Geliebten lag noch auf seiner Stirn; er fühlte es gar nicht, so leicht war sie. In seiner Verwirrung meinte er fast, es kauere dort eine Taube, weiß und wunderbar. »Yolla!« flüsterte er, und schloß die Augen.

»Gut Freund?« fragte Jakobus und bot Nino die Rechte.

»Ja«, erwiderte der Knabe, leise und ergeben.

Jakobus umhalste ihn und trollte mit ihm durch das Zimmer.

»Das Malen ist nun verpaßt. Es wird ja dunkel.«

Er haschte nach Nino und ließ ihn springen wie ein Hündchen. Mit ihm und der Gliederpuppe spielte er der Herzogin eine Komödie vor. Nino zeigte sich gelenkig, er dachte: ›Schweigt sie? Meint sie, ich sei nicht zufrieden?‹ Er lachte ihr zu, laut und herzlich, und sie erwiderte es.

Jakobus blieb endlich stehen, eine Hand auf der Hüfte, das Bein anmutig gebogen, und mit zerstörten Locken. Er atmete tief auf. Es war ihm jung zumute; er fühlte: ›Die knabenhaften Reize des schlanken Nino werden alle mir zugerechnet. Die Herzogin sieht nur noch mich.‹

»Nino!« rief er, sinnlos vor Frohlocken. »Die Frau Herzogin ist jetzt gnädig gestimmt, ich merke es. Geh hin und bitt sie, sie soll mir doch meinen Lohn auszahlen! Gehst du?«

»Was für eine kindische Hartnäckigkeit!« murmelte die Herzogin.

›Auch dies noch‹, sagte der Knabe für sich. Er drückte wieder eine Sekunde lang die Lider zu. Blaß, in einem Rausche der Selbstaufopferung, ging er auf sie zu. Er nahm ihre Hand; seine Lippen, sein Atem, seine Wimpern streichelten sie.

»Gib dem Herrn Jakobus seinen Lohn!« sagte er fest.

»Das hättest du nicht sagen sollen.«

Sie drehte sich um und sah Clelia Mortœil an der Tür stehen.

»Sie auch, gnädige Frau?« rief Jakobus. »Das ist reizend. Wir spielen gerade. Sind wir heiter!«

»Es freut mich. Spielen Sie weiter«, erwiderte Clelia, langsam und tonlos. Sie setzte sich, das Fenster im Rücken. Plötzlich sprach niemand mehr. Es dämmerte tiefer, Jakobus sagte gezwungen: »Frau Clelia, wir erkennen von Ihnen nur den Schattenriß – und der hat etwas seltsam Unheimliches.«

Man sah ihren Kopf sich bewegen, in leisen Stößen.

»Was ist Ihnen? Sie haben keinen Hut auf? Waren Sie in der Kirche? Gehen Sie ins Konzert?«

Es kam keine Antwort.

Die kleine Linda drängte sich gegen ihren Vater. Nino stand erwartungsvoll.

»Ach du, Nino Sventatello!« rief Jakobus laut und herzhaft. »Es ist zu dunkel zum Spielen. Ich erzähle dir eine Geschichte.«

Er zog das Kind und den Knaben an seine beiden Seiten, auf die niedrige Bank zu Füßen einer langen, geschnitzten Truhe. Die Herzogin stand vor ihnen.

»Nino Sventatello, dies ist die Geschichte von einem, der auch Hans Leichtfuß hieß, und der auf den Stufen eines Brunnens schlief, weil ihm kein Bett gehörte. Aber als er eines Morgens erwachte, gehörte ihm Rom; denn ein großer Herr, der erst am hellen Morgen nach Hause ging, hatte Gefallen gefunden an seinen blonden Locken und an den Schatten um seine geschlossenen Lider. Er ließ ihn in seinen Palast tragen und sorgte dafür, daß ihm mit äußerster Vorsicht neue Kleider angelegt wurden: weißseidene Schuhe, Strümpfe und Hosen, eine rote Weste, ein grüner gestickter Rock – denn er hoffte, wenn Nino in diesem prinzlichen Staat erwache, werde er zu lachen geben.

Nino aber lachte selber, sobald er die Augen aufschlug,

sehr befriedigt von den Kavalieren, die ihn bekomplimentierten. Ihre Perücken schleppten einen halben Fuß weit am Boden, so tief verbeugten sie sich. Er dehnte sich sodann mit solcher Anmut, dem Lakaien, der die Schokolade verschüttete, gab er so gewandt eine Ohrfeige, und setzte sich mit solcher Sicherheit auf das Lieblingspferd des großen Herrn, daß dieser endlich sagte: ›Halt! Du tust ja, als ob du ein Prinz wärst.‹ – ›Sie meinen?‹ entgegnete Nino. Der Herr verstand Scherz. ›Du sollst wirklich einer sein. Aber vorher mußt du beweisen, daß du Mut, Artigkeit und Redekunst besitzest. Diese Dinge zu besitzen, ist leicht für den, der schon in den Kleidern eines Kavaliers steckt. Darum sollst du sie in deinen alten Kleidern zeigen.‹ – ›Alte? Ich habe nie was Altes getragen.‹ – Man zog sie ihm an. ›Ich lasse die Verkleidung gelten‹, sagte Nino. Er sah sich den Kutscher des Hauses an: ›Das ist ein sehr starker Mann: ich wage es.‹

Als der Herr mit seiner schönen Tochter daherfuhr, legte Nino sich über den Weg, den Hals gerade vor das rechte Rad. Rechts saß das junge Mädchen; sie kreischte angstvoll. Der Kutscher riß an den Zügeln, das Rad berührte Ninos Hals. Der Herr wollte herausspringen, aber das Mädchen hielt ihn fest: ›Du bist so schwer, der Wagen würde einen Ruck bekommen, und er ist tot.‹ – Während die Pferde um seinen Kopf herum mit den Hufen stießen, redete Nino.

›Sie kennen mich, schöne Prinzessin: ich bin einer von den Knaben, die am goldenen Schlage Ihrer buntbemalten seidenen Kutsche standen und die Hand hinhielten; ich aber ließ die meinige sinken, weil Ihre Augen so groß und blau waren. Sie kennen mich, ich bin einer von den Knaben, die am Küchenfenster Ihres Palastes die Düfte einatmeten und dabei ein Stückchen trockenes Brot aßen. Aber droben an Ihrem Fenster sah ich ein Stückchen von einer weißen Schulter mit einer goldenen Locke darauf – und ließ mein Brot einem andern. Sie kennen mich, ich bin einer von den Knaben, die die Stäbe Ihres goldenen Parkgitters mit den Händen umfaßten, wenn auf den bunten Wiesen die Damen und die Herren Ball spielten. Ich aber sah Ihre goldenen Locken wehen und Ihre leichte Gestalt über die Blumen hinfliegen, ohne ihnen ein Leid zu tun – und umklammerte die Stäbe noch fester, sonst wäre ich übers Gitter fort in die glänzende Gesellschaft mitten hinein und Ihnen zu Füßen geflogen. Und weil ich nichts anderes mehr zu tun wußte, liege ich nun mit dem Halse unter den goldenen Rädern Ihrer Galakutsche und sage Ihnen, wie schön Sie sind und wie sehr ich Sie liebe.‹ (Dabei zitterte Ninos Stimme, denn was er sagte, war wahr – oder er meinte, es sei wahr: er wußte selbst nicht mehr.) ›Und gleich wird Ihr Kutscher, wenn er auch stark ist, die Pferde nicht mehr halten können, und ich sterbe für Sie. Denn die Leute, die hier in Haufen umherstehen, werden sich hüten, mich unter Ihren Rädern hervorzuziehen. Sie sind den schönen Reden viel zu geneigt und viel zu begierig auf anregende Schauspiele, um diesem unterhaltenden und spannenden Auftritt vor der Zeit ein Ende zu machen.‹

›Aber *ich* tue es!‹ rief das junge Mädchen, hüpfte aus dem Wagen und hob Nino auf. ›Wer bist du?‹ – ›Ich bin Prinz Nino, Ihr Vater kennt mich.‹ Der große Herr schnaubte zornig: ›Was ist das für eine Komödie? Was fällt dir ein, Betteljunge?‹ – Nino erwiderte ruhig und vornehm: ›Sie wollten, daß ich eine Komödie als Betteljunge spielen sollte. Ich, der Prinz, sollte beweisen, daß ich auch als Betteljunge Mut, Artigkeit und Redegewandtheit besitze. Ist es nicht mutig, wenn ich den Hals vor die Räder einer Kutsche lege, die von zwei wilden Hengsten gezogen wird? Ist es nicht artig, daß ich das zu Ehren einer Dame tue? Und werden mir nicht alle Anwesenden bezeugen, daß ich, selbst noch in einer ungewöhnlichen und halsbrecherischen Lage, zu reden verstehe?‹ – Der Herr lachte laut, ließ Nino die Prinzenkleider wieder anziehen und vermählte ihn mit seiner Tochter.«

Jakobus war fertig; er hörte mit Stolz, wie der Knabe neben ihm Tränen verschluckte. ›Das müßte sie sehen‹, dachte er. Nino dachte: ›Herrgott, wenn jetzt Licht gebracht wird! Meine Augen sind ja naß.‹ Er wagte nicht, sich zu rühren; und inzwischen blieb es still.

»Frau Clelia, hat Ihnen das gefallen?« fragte Jakobus.

Man wartete. Endlich kam aus dem Dunkeln die Antwort mit der Stimme eines gereizten Kindes.

»Ich weiß nicht. Mein Vater liegt im Sterben.«

»Oh! Oh!«

Jakobus stürzte auf sie zu, er umarmte sie in der Finsternis so fest, als risse er sie selbst vom Grabesrande weg.

»Warum sagst du das nicht eher?« murmelte er. »Warum läßt du dich nicht trösten? Du hast doch mich.«

»Ich bin zu dir gekommen, ja – aber es war ein Irrtum. Ich habe niemand. Ich bin ganz allein. Hast du vielleicht an mich gedacht, als – ihr vorhin so heiter waret?«

Er ließ sie los und rief nach Licht. Er fuhr im Zimmer umher.

»Herzogin, lassen Sie es sich nicht nahegehen, ich flehe Sie an.«

Die Herzogin eilte, sobald es hell war, auf Clelia zu.

»Ich bin erschüttert«, sagte sie leise, mehrmals.

»Nein, nein, ich bin ganz allein«, wiederholte die junge Frau, eigensinnig und voll Ablehnung. Sie wollte keine Teilnahme wecken, sie dachte nicht mehr daran, ein angenehmes Bild zu gewähren, wie früher, als klagende Nymphe. Sie wünschte nicht den Widerschein ihrer anmutigen Träumerei in die Augen der anderen zu werfen. Man sollte sie endlich nicht mehr liebenswürdig finden. Nein, sehr unliebenswürdig wollte sie sein, ganz ausgestoßen, ganz ohne menschliche Zuflucht und Herzlichkeit! Als einzigen Trost ersehnte sie es, ein Frösteln des Unbehagens und der Angst in die Stunden der Glücklichen einzuschleppen – der Glücklichen, die sie beraubten.

»Wir gehen hin, nicht wahr, Herzogin?« fragte Jakobus. »Frau Clelia, wir verlassen Sie nicht.«

»Es ist unnötig.«

Die Herzogin umfaßte von unten ihre beiden hilflos und abwehrend hingestreckten Arme.

»Stirbt er? Sie glauben nicht, wie ich das fürchte!«

Clelia stutzte vor der unerwarteten Leidenschaft.

Jakobus sah ihnen zu und ward plötzlich kleinlaut. »Bleibe hier«, so bat er Nino. »Bleib bei der kleinen Linda.«

Dann gingen sie.

Es war ein schweres Wetter. Der Himmel ergoß sich tief glühend, wie ein Feuerstrom aus geschmolzenen Weltkörpern. Die Nacht der engen Gassen war gesprenkelt von Farbenflecken: schaukelnden Ketten bunt durchleuchteter Papierbälle und umhergeschwenkten Reihen von Mädchen in blauen Tüchern und gelben und rosig gestreiften. Das Volk feierte seinen Heiligen. Es trieb hin und wieder, durch den Dunst schmorenden Öls, inmitten von weinseligem Lachen, verliebten Lockungen, von Harmonikaweisen, die lange plärrten, und dem der Mandoline keck entsprungenen Lied.

Die drei durcheilten das Fest und dachten an den Sterbenden.

Clelia empörte sich: ›Ich will nicht. Ich soll den Maler und den Geliebten verlieren, beide auf einmal. Ich werde mich wehren, ich werde böse, abscheulich böse sein.‹ Und sie grübelte, in Wut verbissen, darüber nach – gegen wen.

Jakobus rannte vor Ungeduld. ›Dieser Alte ist unausstehlich. Mit welchem Recht stirbt er und stört mich. Endlich soll ich sie bekommen, die Frau, die ich mir so mühevoll verdient habe; wie darf vorher etwas anderes geschehen!... Und sie hat Angst – wie ich.‹

Sie fragte sich: ›Warum fürchte ich diesen Toten? Wer war er? Einer im Tempel der Göttin! Gewiß, er schwärmte nicht, scheu und selig wie Gina; er hängte nicht schwere Kränze auf, er verbrannte keine duftenden Kräuter und holte keinen Klang aus großen, goldenen Leiern, wie ich es tun möchte. Er war der herrschsüchtige und geizige Priester, der hinter dem mit Eulen bestickten Vorhange die Goldstücke zählt. Er zerbrach die Arbeiter, er quälte aus ihnen heraus die letzte Kraft. Was hat er an Properzia getan! Dennoch ist mir's jetzt, als ließe er mich einsam und so gefährdet zurück, wie damals Properzia mich ließ. Ich bleibe allein mit eitlen Gaffern wie Mortœil, mit Lady Olympia, der umherstreichenden Unkeuschen, mit Siebelind, dem Feinde des Lichts. San Bacco erscheint als Gast; er ist von allen Taten heimgekehrt und versteht zu verehren. Aber Nino, der Knabe, mag noch nicht anbeten; es drängt ihn erst hinaus zu allen Taten... Und ich selbst, ich fühle etwas in mir, etwas Heißes und Unerbittliches, das mich fort aus der feierlichen Halle und hinunterdrängt über die hohen Stufen, an denen die Brandung des weihelosen Volkes sich bricht. Ich verschwinde schon in ihm, ich bin schon verloren.‹

Sie erschrak mitten in ihrer Träumerei, über die sinnlose Menge, die um sie her taumelte und sich stieß. Sie bestiegen den Dampfer und fuhren bis Cà d'oro. Wie sie in das Gäßchen einbogen zur Seite des Palazzo Dolan, kamen ihnen drei junge Dirnen entgegen. Drei Burschen beugten von hinten die geröteten Gesichter über die kupferblonden Haarknoten und sangen, dicht an den goldigen Hälsen, mit schallenden Stimmen etwas Zärtliches, das zu lachen gab. Eines der Mädchen hielt eine Rose zwischen den Lippen. Sie drehte sich plötzlich um nach dem Werbenden hinter ihr und warf ihm, mit ihren Lippen, die Rose gerade auf den Mund. Die Herzogin sah es, indes sie in das Portal trat.

Am Fuße der Treppe drängte die Dienerschaft des Hauses sich in einem Haufen. Sie fuhren zusammen beim Anblick ihrer Herrin.

»Was ist geschehen?« fragte Clelia.

Die Leute stießen einander an, wanden sich, stotterten.

»Gioacchino, du hast einen zerrissenen Rock... Deine Kleider sind ganz naß, Daniele.«

Ein kleiner, geschniegelter Mann hüpfte selbstbewußt herunter zwischen den großartigen und leeren Marmorgeländern.

»Contessa, ich grüße Sie. Sie kommen rechtzeitig.«

»Doktor, wie ist es mit meinem Vater?«

»Es geht ihm gut, Contessa.«

»Er wird leben?«

»Beruhigen Sie sich«, meinte der Arzt leichthin. »Er wird zwar nicht leben, aber im Schlafe hinübergehn... Ah, so –«

Er unterbrach sich.

»Der Anblick der Leute setzt Sie in Erstaunen. Es ist nichts. Wir haben soeben eine kleine Feuersbrunst gehabt, im Zimmer des Kranken... Mein Gott ja, es muß in einem Augenblick des unerklärlichen Auflebens seiner Kräfte geschehen sein... Ich war eben abwesend. Der Graf hat das Bett verlassen, ich frage mich, wie? An die Bilder auf den hohen Gestellen bei seinem Bett, an die hundertjährigen Meisterwerke hat er Feuer gelegt, mit Hilfe eines gewöhnlichen Ölkännchens. Diese alten, trockenen Rähmen, diese ausgedörrten Pergamente, alles das flackerte auf wie Stroh. Ich kam im rechten Augenblick dazu und rief die Dienerschaft. Ich bin glücklich, Contessa, Ihrem Hause einen Dienst geleistet zu haben. Ein paar Terrakotten sind immerhin zersprungen, ein paar Bilder sind verbrannt...«

»Mein Vater?«

»Der Graf lag am Boden und blies in die Flammen. Sein Hemd fing gerade Feuer. Beruhigen Sie sich, Contessa, es ist nichts geschehen; es ist gerade wie zuvor. Es ist meiner Kunst gelungen, den Grafen am Leben zu erhalten, wenigstens für die nächste halbe Stunde. Wir haben nichts zu fürchten für die nächste halbe Stunde – oder fast nichts: weiß man jemals? Ich muß jetzt zu einer wichtigen Verabredung, komme aber sofort zurück. So viele Komplimente, Contessa.«

Sie stiegen hinauf. Der Sterbende lag mitten im größten Saal, mit dem Kopf nach dem Eingang, hinter Kissen versteckt. Von hohen Staffelbauten aus Ebenholz und Bronze, die zusammengebrochen waren, floß ein breiter Schwall verjährter Kostbarkeiten bis vor das Bett. Die Rähmen waren geschwärzt und geborsten, angesengte Leinwandfetzen rollten sich zusammen. Es roch nach verbrannten Lumpen. Eine Niobe reckte, mitten aus aller Zerstörung, klagende Arme hervor. Die Herzogin erkannte in dem durchlöcherten Bilde, worin die Füße der Statue standen, ihr eigenes Porträt. Sie traf auf Farbensplitter und sagte sich, daß hier die Schönheit und die Größe drei- oder vierhundert Jahre gelebt habe – um zu ihren Füßen zu enden.

»Warum ließ man das zu?« fragte sie gereizt. »Warum blieb er allein?«

»Mein Mann«, sagte Clelia weinerlich, »er wird ausgegangen sein. Es verstimmt ihn, wissen Sie, wenn jemand stirbt.«

»Soll man das Bett in ein anderes Zimmer tragen?«

»Ach wozu.«

Sie schüttelte den Kopf, die Schultern ein wenig nach vorn gezogen.

»Arme Frau«, murmelte Jakobus, in peinlicher Ungewißheit, wie er sich zu verhalten habe.

»Wie ist er bleich!« äußerte die Herzogin. Sie entdeckte es auf einmal. »Da er ja sterben soll –«, meinte Jakobus, die Hände in den Taschen.

Sie trat vor das Bett, sie sagte eindringlich: »Ihre Tochter ist da. Conte Dolan, hören Sie? Ihre Tochter. Auch wir andern. Sehen Sie mich?«

»Unnötig«, versetzte Jakobus und stellte sich auf die andere Seite. »Er erkennt niemand. Sehen Sie nicht, daß er nur noch einen Gedanken hat?« Sie sah es. Der allerletzte Rest dieses fast versiegten Lebens ergoß sich in eine einzige Anstrengung: noch einmal hinaus aus den Hüllen, wo es zu sterben galt. Die Hände arbeiteten, der Kopf hastete in winzigen Rucken, hoffnungslos und ohne Rast, dem Rande der Kissen zu. Seine Haut war weiß wie Papier. In den schmerzlichen Gräben zwischen den entfleischten Wangenmuskeln und dem riesigen und harten Haken der Nase zuckte es regelmäßig und rasch. Die Lider schoben manchmal ihre schweren Falten ineinander, der erloschene Blick suchte etwas, im Fieber der gewährten Sekunde.

»Clelia, geben Sie sie ihm doch!« bat die Herzogin.

Es war jene römische Büste, die Properzia nur einem schenken mochte – ihre liebe Faustina, sie, die Dolan ihre Seele genannt und die er sich endgültig erobert hatte, damals, als die große Unglückliche starb.

Seine Tochter stellte sie auf den Bettrand. »Kennst du mich, Papa?« fragte sie. Seine gekrampften Finger begannen alsbald an dem Steine zu kratzen und zu zerren und sie zu würgen an ihrem armen entstellten Halse – die auserlesene und hingeopferte Seele, mit der auch er einst gerungen hatte, in den Tagen seiner Kraft.

›Welche Grausamkeiten, unerhört und irrselig, geschehen nun in diesem Schädel?‹ so fragte sich die Herzogin. ›Und er ist doch selber fast schon vergangen in die steinernen Ewigkeiten, denen die liebe Faustina gehört.‹

Schließlich entsank dem Ohnmächtigen der Stein. Clelia weinte zornige Tränen; ihr ausatmender Vater hatte sie nicht beachtet. Sie machte mit den Schultern eine Bewegung, als würfe sie alles hinter sich, und verließ rasch den Saal.

Die Herzogin deutete auf die Trümmer ringsumher und dann auf den Greis.

»Auch das war eine Leidenschaft«, sagte sie, wehmütig und stolz.

»Was ist da zu bedauern«, entgegnete er hart. »Es gibt Wichtigeres.«

Er wanderte umher, tief beunruhigt, in sich hineinhorchend. Plötzlich blieb er stehen; es war ihm, als sehe er sie zum ersten Male.

›Das ist ja erstaunlich! So zum Erschrecken schön war sie niemals; nie von so verzehrender und so fruchtbarer Schönheit. Das ist das Leben in Wollust, das ich malen will: das ist Venus, die ich in ihr vorausahne und die mir gehört! Oh, jetzt gibt es keinen Zweifel mehr... Und ihre Kraft wächst an diesem Sterbebett! Sehe ich nicht ihre Lippen sich höher röten? Es ist, als hätte der abgelebte Leib hier vor uns sich schon geöffnet und Tausende neuer, namenloser Keime ausgeschüttet – der Kreislauf sei schon vollendet, und das heiße Leben schlüge nun, wie dieser Gewesene es vielleicht kannte, uns beiden ins Gesicht. Ja, auch ich fühle es: wie ein Jungbrunnen sprüht es aus der Maske des Todes, empor zu uns, in unsere Augen und Münder, und erfüllt uns mit etwas Berauschendem. Sie wird nicht leugnen, daß es *Liebe* ist!‹

»Herzogin!« sagte er leise und fast herrisch.

»Ich weiß schon«, sagte sie, ihm gegenüber, und atmete schwer auf. Sie hatten beide gleichzeitig den Ruck gespürt, der sie aufheben wollte über das Bett und den Sterbenden fort, in einem Taumel, einander an die Brust. Sie klammerten sich jeder an einen Bettpfosten, und sie sahen sich an, im unruhigen Schein der einzigen Kerze, blaß und mit einem unbewußten Lächeln.

»Sie gehören mir«, begann er wieder. »Sie sind ja die Venus.«

Er stemmte die Hände auf das Bett und starrte sie an, über seine Brillenränder hinweg. Sein Bart zerdrückte sich, schon etwas grau, auf der Brust. Er trug noch sein samtenes Wams mit der weißen Krause. Der Mantel, worin er es verborgen hatte, hing starr und schwarz von den Schultern.

»Die Venus?«

»Wie ich's Ihnen vorhergesagt habe... Hatte ich nicht auch Minerva in Ihnen erkannt, bevor Sie's waren? Ihre Schönheit war damals bestimmt, immer kühler zu werden. Die Luft um Sie her schimmerte silbern, Sie schmiegten sich an Marmor und verschwanden unter Statuen. Heute beunruhigen Sie den Marmor, auf den Sie sich stützen. Sie teilen ihm ein seltsames Fieber mit. Betrachten Sie doch das zerrissene Bild dort...«

»Sie wünschen mich so, Freund. Meine Bilder sind Ihre Wünsche.«

»Gewiß. Jedes Ihrer Bilder ist nur ein Wunsch. Sättigen Sie mich endlich, dann kommt das Meisterwerk. Denn, Herzogin –«

Er sagte mit erhobener Stimme und feierlich: »Sie sind verpflichtet, mir das Meisterwerk zu geben. Es ist mir ehemals beschieden gewesen, die Pallas nochmals zu erträumen, die vor vierhundert Jahren einer gemalt *hätte*. Jetzt will ich die nie gesehene Venus machen. Von meiner Pallas haben Sie gelebt, diese ganzen sieben Jahre. Sie haben das Opfer meiner Kunst und meines Lebens entgegengenommen – ich erinnere Sie immer an dieselben Dinge. Jetzt geben Sie mir die Venus, die Sie sind: geben Sie mir *sich*!«

Er besann sich und unterdrückte seine Aufregung. Ruhig, mit Hochmut, setzte er hinzu: »Was bitte ich Sie viel. Es ist ja ohnehin Ihr Schicksal.«

»Kann sein«, erwiderte sie. »Dann überlassen Sie mich ihm und warten Sie.«

»Ach warten, warten – wenn wir doch schon längst alles wissen und einig sind.«

»Sie sind wie ein Kind, Sie werden rot vor Rechthaberei und Ungeduld. Sie nennen das Liebe? Ich lasse Sie reden, weil Sie ein Kind sind.«

»Hinter Ihnen das Bild!« stieß er hervor. »Es redet kühner als ich. Schauen Sie's an, bitte. Die Niobe steht mit den Füßen drin: wie schade. Vorigen September hab ich die Skizze gemacht, in Ihrer Villa. Es sollte eine kunstliebende große Dame sein in ihrem Park: ein Repräsentationsbild. Ich schwöre Ihnen, daß ich nichts weiter wollte. Kürzlich hab ich's ausgeführt. Und nun? In den waldigen Hintergrund, wo das Laub in schwerem Schweigen gelb wird, ist inzwischen etwas Atemloses, Begieriges geraten. Sie stehen in großer Toilette, den gestickten Kragen aufrecht im Nacken, vor einer Marmorbalustrade. Der Marmor *lebt*, Sie merken das doch? Sie legen Ihren nackten Arm auf den Sockel, und unter Ihrer geäderten Hand, die schmal und fingernd an seiner Flanke herabhängt, färben sich auch die Adern des Steines dunkler und scheinen zu schwellen. Was ist das? Die Vase zu Ihren Häupten wölbt sich und will empfangen, der Tanz der Frauen auf ihrer Rundung atmet heißer... Und Sie selbst, Herzogin – Ihre Robe taumelt in weichen, müden und verlangenden Falten; Ihre Augen sind halb geschlossen, beinahe blind vor Sehnsucht; die eine Ihrer dunkeln weichen Lippen küßt die andere. Ein paar rote Blätter liegen Ihnen vor den Füßen. In dem Wasser drunten am Gehölz bluten ein paar rote Lichter. Ich habe vergessen, woher sie kamen. Was sagt dieser schwere, verhalten keuchende Herbst? Was sagen *Sie*, Herzogin? Ich weiß es nicht. Ich, der ich Ihnen noch an jedes Wasser und zu jedem Stück Glas gefolgt bin und jedes Ihrer Spiegelbilder aufgefangen habe, ich weiß es nicht. Ich habe es gemalt.«

»Sie wußten es noch eben«, sagte sie leise. Er erwiderte ebenso: »Und Sie wissen es auch.«

»Mag sein... Aber ich merke auch, daß wir uns zu sehr erhitzt haben. Und zwischen uns liegt einer –«

»Der schon ziemlich kalt ist«, ergänzte Jakobus, grausam auflachend.

Es schauderte ihr.

»Clelia!« rief sie. Sie wendete den Kopf; ihr Haar war vom Kerzenlicht rotgolden eingesponnen; ihr Profil war ins Dunkel geraten, weiß und steinern.

»Clelia, Ihr Vater –«

Der Vorhang schlug einmal hin und her; aber die Schritte der Fliehenden hörte niemand. Clelia lief in ihr Zimmer; sie verschloß die Tür, sie warf sich auf das Ruhebett und drückte das Gesicht fest in das Kissen. Es quoll ihr in den Mund, ein Knebel aus Seide. Ihre Nägel zerrissen es. Auf einmal erhob sie den Kopf, keuchend, und betrachtete sich im Spiegel. »Ich sehe schon bläulich aus«, sagte sie. »Fast wäre es mir gelungen, ich könnte schon tot sein – vielleicht noch vor ihm, der mir keinen Blick gegönnt hat. Warum sind eigentlich alle mir feindlich geworden?«

Sie weinte und sah im Spiegel ihre Tränen rinnen.

›Gut, sie sollen es haben‹, beschloß sie endlich. Sie setzte sich hin, zerbiß ein Spitzentuch und starrte, vergrämt und böse, aus dem Fenster.

›Früher haben sie mich süß und gütig finden wollen: ich habe ihnen den Gefallen getan. Jetzt sollen sie merken, daß es mir nur aufs Herrschen ankommmt. Welch ein Genuß, ihnen zu zeigen, daß ich gar nicht so gut war, wie sie meinten – mein eigenes Bild zu zerstören!... Er hat mich niemals geliebt, ich weiß es, und es ist mir gleichgültig.

Und die unbändigen Schöpfungen, die ich aus seinem Genie herauszerren wollte, auf die habe ich schon längst verzichtet. Es ist nun gerade meine Genugtuung, daß er mit mir zusammen versandet ist, er, der soviel verhieß... Und jetzt will er sich erheben, und ich soll liegenbleiben? Das Meisterwerk, das ich ihm nicht entringen konnte, das genießt jetzt diese andere? Ich werde dafür sorgen, daß das *nicht* geschieht. Ob sie sich lieben oder nicht – ich bin keine gebeugte Verlassene. Aber er soll auch als *ihr* Geliebter der Damenmaler im Provinzwinkel bleiben, der er zu meiner Zeit war. Das ist mein Ehrgeiz, und ich denke, ihm Genüge zu tun.‹

Darauf verfaßte sie einen Brief an Frau Bettina Halm in Wien.

»Ihr Mann ist in Intrigen verwickelt, die seine Gesundheit bedrohen und möglichenfalls sein Leben. Sie lieben ihn, ich weiß es, darum rate ich Ihnen als Verehrerin seines Talentes: Kommen Sie, wohnen Sie bei mir. Ich berichte Ihnen mündlich von den gefährlichen Lockungen, denen er, der sinnliche Künstler, leider nicht widerstehen konnte. Die andern Liebhaber der Dame gehen daran, sich zu rächen, vor allem der gefährliche Duellant San Bacco...«

Sie zerriß den Brief.

›So etwas schreibt man nicht. Übrigens wird diese Gattin eine eitle Gans sein, die sich in Gesellschaft mit seinem Genie aufputzt.‹

Endlich entwarf sie eine Depesche.

»Ruhe und Arbeitskraft Ihres Mannes sind gefährdet, kommen Sie sofort.«

Gina litt, einsam in ihrem Zimmer, unter den schwülen Dämpfen, die lange Tage hin und her stiegen zwischen Himmel und Meer. Am ersten blauen Abend entführte die Herzogin ihre Freundin auf die Lagune, in einer schlanken braunen Gondel ohne Haken und ohne Felze. Die beiden

Gondoliere waren frisch gekleidet, in Anzug und Mütze aus weißer Seide. Sie trugen Schuhe von gelbem Levantiner Leder mit dicken Quasten und um den Leib eine blauseidene Schärpe mit silbernen Fransen. Es wehte lind, eine rosig beleuchtete Wolke stand über der Punta di Salute.

»Wie süß, arglos und voll kann das Leben sein!« sagte Gina. »Am Morgen in der Nähe eines geliebten Bildes weilen zu dürfen oder bei einem Monument, das uns stolz und glücklich macht, als verherrlichte es uns selber; am Nachmittag dort drüben im Garten zu ruhen, wo verwitterte Statuen die dunkeln Lauben mit Fabelspielen schmücken; tief den Meerwind einzuatmen, und dann zurückzufahren durch die blaue, sonnige Lagune, die fröhliche Riva entlang; in einer Gondel ein schönes Gesicht aufblühen zu sehen wie ein unverdientes Wunder und bei jeder Wendung des Kopfes die glänzende Piazzetta wiederzufinden, rosig und weiß hinter bunten Segeln – wie ein Traum – ein Traum –«

Sie schwieg; ihre Augen sannen, »ein Traum«, wiederholte sie und durchkostete das Wort, als hätte sie es eben neu erschaffen. Die Herzogin dachte: ›Ja, das ist das Beste, was ich in der Welt kenne. Und dennoch langweilt es mich.‹

Gina sprach weiter: »Dann bricht die Sternennacht an. Der Säulenportikus der alten Dogana steht verflimmernd weißlich, geisterhaft in seinem dunkeln Spiegel. Ein Kriegsschiff wirft eine Reihe langer Lichter ins Wasser, und der schwarze Schattenriß einer Gondel, mit weißen Ruderern darauf, die taktmäßig nach vorn fallen, gleitet stumm durch den glühenden See. Die Gondeln irren langsam und lautlos durcheinander in der Finsternis. Eine Mandoline wirft uns aus der feuchten Ferne eine Melodie zu, wie eine Kette kleiner blasser Korallen. Dann stimmt neben uns auf dem Wasser einer ein Volkslied an...«

»Er hat diese ganze Poesie irgendeinem Fremden verkauft, für wenige Lire«, sagte die Herzogin und lächelte, als entschuldigte sie ihre Worte.

»Was geht's mich an«, erwiderte Gina, »daß er ein gewöhnlicher Poesieverkäufer ist? Ich will gar nichts von ihm, ich empfange einfach die Töne, die nicht mehr ihm, die schon der Nacht gehören. In ihrem Schoße, tief in meiner Gondel liege ich und schließe die Augen. Ich will gar nichts mehr von den Menschen als ein paar verlorene Töne, deren Süßigkeit sie selbst nicht kennen, will gar nichts mehr als ein heimliches Gefühl: – ich habe früher so sehr gedarbt.

Ich will kein Gefühl in Liedern. Ich zucke befremdet die Achseln, sooft einer mich mit Versen rühren möchte. Ich finde ihn zudringlich. Meine Dichter sind klare Meister des Worts; sie verschmähen die kleinen weinerlichen Menschlichkeiten. Sie sind stolz auf ihr Herz, das Vollendetem schlägt. Ihre Verse geben, wenn wir sie aussprechen, einen Klang, als fielen bronzene Münzen nieder auf Marmor. Sie haben ihre untadeligen Stanzen und Sonette in diese engen und von Kunst berstenden Plätze eingelassen als Reliefs, schwellend von Bildern und streng.

Und doch haben wir, wenn wir sie zusammen lasen, manchmal geweint.

Nur die Übermacht ihrer Schönheit hat uns Tränen entlockt... Ich denke daran, wir saßen auf steilen, purpurnen und vergoldeten Bänken, im harten Licht hoher Porphyrbögen, und wir lasen Gedichte, in denen Königsmäntel blutig rauschten und eherne Posaunenklänge die Tempelstufen hinanrollten.

Und auf blassen, weichen Polstern lagen wir«, so fuhr Gina fort – »verwischte Blätterschatten glitten über flüchtige Seiden, schwachlila und zage, und unter dicht verhängten Fenstern sagten wir uns müde, gestammelte Verse, Verse, in denen ein kranker Liebhaber bittet und von entlaubten Bäumen leise Federn zögernd aus verlassenen Nestern schaukeln... Venus und Amor waren in einem Oval aus Elfenbein auf dem Buchdeckel... Aber manchmal ward es schaurig; wir lasen uns in Schlösser hinein voll Erinnerungen an üble Größe. Die Frauen lächelten, rote Male an den Hälsen, und draußen, über die schwarze Waldmauer, rasten die Schatten unholder Abenteuer. Neben uns, aus schweren Leuchtern mit bronzenen Postamenten voller Ungeheuer und Schlachten, stieg das bleiche Licht, wie aus den Ängsten einer Traumnacht.«

»In diesen Versen«, so schloß die Herzogin, »sind die Madonnen wieder, was sie zu ihren Tagen waren: die bis in den Himmel hinauf Geliebten. Und die Engel haben sie zurück, die unsägliche Grazie ihres allerersten Augenaufschlags.«

Nach einer Weile flüsterte Gina: »Die lieben, lieben Kunstwerke –« Sie brach ab, sie atmete mühsam.

»Die Luft ist schon wieder schwer geworden. Wie die Wolken sich verfinstern und die Lagune alle Farbe verliert! Ich bin sehr traurig.«

»Warum, Gina?«

»Ich muß Venedig verlassen, um für mein Kind noch ein wenig zu leben. Diese schöne Stadt tötet mich – es wäre ein zu glücklicher Tod, hier inmitten der Tröstungen meiner lieben, lieben Kunstwerke. Ah! Sie sind gütig und treu, sie bedrücken den Schüchternen nicht. Vor den Vergewaltigungen durch Menschen bin ich zu ihnen geflüchtet, die so feierlich zu mir sprechen, und dabei so innig. Ich verschwinde in ihnen, ich vergesse den Menschen, der ich war, und wie mißhandelt und entwürdigt er von andern Menschen war – und es bleibt von mir nichts übrig als das Gefühl, erwärmt im Sonnenschein der Bilder.«

»Ich aber«, sagte die Herzogin, »ich werde erst ganz Ich im Umgang mit den Bildern! Nur sie sind meinesgleichen, nur bei ihnen genieße ich meinen ganzen Stolz und die Liebe, deren ich fähig bin. Ich habe, seit sie mich zu ihrer

Freundin machten, voller, verschwenderischer, mutiger gelebt als früher, da ich Staaten umwerfen wollte und tausend Menschen für mich sterben ließ.«

»Leben?« flüsterte Gina. »Ich will es ja vergessen, das Leben.«

»Ich nicht. Mein Kunstgenuß ist kein Verzicht. Ich bin zu Gaste bei den schönen Werken; denn sie geben mir Rausch und Macht.«

»Und wenn sie es einmal nicht mehr tun?«

Gina verfolgte mit angstvoller Miene das Heraufziehen des Gewitters. Venedig lag, ein kreideweißer Streif, gespenstisch zwischen dem schwarzen Himmel und der fahlblauen Lagune.

»Dann«, erwiderte die Herzogin und warf den Kopf zurück, »dann gehe ich weiter.«

Clelia kam in großer Trauer, die sie verjüngte. Unter dem dichten Schleier glitzerte ihr Haar golden wie ein versenkter Schatz. Sie brachte Frau Bettina Halm mit. Die Herzogin saß am Brunnen im Saal der Minerva.

»Die Damen kennen sich also schon von früher?«

»Bettina ist meine Freundin, wie ihr Mann mein Freund ist«, erklärte Clelia. »Ich habe sie eingeladen.«

»Sie wohnen nicht bei Ihrem Gatten, gnädige Frau?«

»Oh, nein.«

»Haben Sie ihn gesehen?«

»Wir waren heute zusammen bei ihm«, sagte Frau Halm und ließ ihren Blick ganz plötzlich in den Schoß fallen. Dabei lächelte sie leer und ängstlich. Sie setzte die Herzogin in Erstaunen. Dieser fleckige, blaßäugige Kopf mit dünnem, flachsigem Haar krönte eine große Gestalt, volle Schultern und eine starke Büste; und er allein schien abgemagert aus Kummer über die eigene Häßlichkeit.

Die Herzogin dachte: ›Die arme Frau, unschön und einfältig! Sie läßt sich von Clelia benutzen. Und Gattin und Geliebte, beide gegen mich verbündet, haben es kaum gewagt, vor Jakobus hinzutreten. Die armen Frauen!... Ich werde ihnen etwas Liebenswürdiges sagen.‹

Clelia empfing es kühl, Bettina dankbar. Dann ward das einförmige Gespräch unterbrochen durch das Erscheinen Ginas mit ihrem Sohne. Frau von Mortœil zog sich mit ihnen zurück. Sogleich beugte Frau Halm sich ein wenig vor; sie sagte vertraulich und leise: »Sie glaubt, mich zu täuschen. Sie ist sehr unbedeutend, die Arme. Verzeihen Sie diese Komödie, Herzogin!«

»Ich glaube zu wissen, welche Komödie Sie meinen. Aber erklären Sie mir doch.«

»Sie hat mich glauben machen wollen, mein Mann stehe in Gefahr. *Sie* brächten ihm Gefahr... Seien Sie nicht gekränkt, es ist ja eine törichte Lüge.«

»So sind Sie nicht ihre Freundin?«

»Wie könnte ich! Er hat mir ja geschrieben, daß sie ihn quält!«

»Er schreibt Ihnen?«

»Allerdings!«

Sie drängte die Schultern nach hinten und machte ein erstaunlich eitles Gesicht. Der Kopf geriet ins Zittern vor Anstrengung. Sie hielt ihren Blick krampfhaft fest in den Augen der Herzogin, aber plötzlich entwischte er ihr, jagte davon im Zickzack, scheu und verstört, wie bei einer Überrumpelung – bis er wieder in ihrem Schoße anlangte. Als sie sich erholt hatte, sagte sie: »Sie glauben wohl, er behandele mich schlecht? Oh, ich soll Ihnen weismachen, er sei selbstsüchtig. Die andere wünscht es; sie ist leicht zu durchschauen, nicht wahr? Ich durchschaue alles, ich bin nicht dumm... Überdies, wie gesagt, schreibt Jakobus mir. Oftmals, wenn sein Herz in Not ist, fragt er mich um Rat.«

»Das tut er?«

»Weiß er doch, daß niemand ihn so liebt wie ich, so – wunschlos.«

Sie seufzte.

»Zum Beispiel«, so fuhr sie lebhaft fort, »da, diesen Saal kenne ich ganz genau: es ist der Saal der Minerva. Er hat ihn mir eines Tages beschrieben, aus einem gewissen Anlaß. Sie, Herzogin, haben hier während Ihres ersten Festabends gesessen, an der Stelle, die Sie gerade jetzt einnehmen, und er ist vor Ihnen auf und ab gegangen. Auch Properzia Ponti saß am Brunnen und noch eine. Diese dritte reizte ihn und nahm ihn sich, trotz seines Zornes. Seit dem Abend liebt er Sie, Herzogin, Sie wissen es ja. Es sind nun sieben Jahre, nicht wahr?«

Mit leichten Gesten ihrer starken Arme sprach sie wie über einen ganz geläufigen Gegenstand, und ein förmliches Lächeln, das selbstverständliche Dinge zu bestätigen schien, wich nicht aus ihrer Miene.

»Mein Gott! Sieben Jahre! ... Sieben Jahre lang ein Ideal gewesen zu sein, eine Unerreichbare. Sie verstehen es, Herzogin, wenn ich Sie beneide. In diesem Sinne! Die andere – Sie wissen welche –, die beneide ich nicht: ich verachte sie zu sehr. Eine lästige Geliebte ist viel verächtlicher als eine ungeliebte Gattin: sind Sie nicht auch der Meinung?« fragte sie bittend.

»Ich glaube«, sagte die Herzogin. Und plötzlich fielen Fesseln von Bettina. Leidenschaftlich, die Hand auf dem Herzen, flüsterte sie: »Wie glücklich sind Sie, die Sie am selben Orte leben wie er, ihn täglich sehen dürfen. Oh, glücklich, mehr als ich fassen kann. Nicht wahr, er ist ein großer Künstler?«

Die Herzogin vernahm den Schrei einer inbrünstigen Überzeugung. Ehrfürchtig fast erwiderte sie: »Ja.«

Geheimnisvoll wisperte darauf Bettina: »Aber er hat noch nicht sein Höchstes geschaffen. Nur eine Frau könnte es aus ihm hervorzaubern. Oh, nicht jene andere. Sie hat schönes Haar, das ist viel – sehr viel. Wenn ich ihr Haar hätte! Ach, ich bin nicht schön... Aber sie ist kalt und unbedeutend. Sie glaubt mich täuschen zu können. Eine Frau, die so liebt wie ich, täuschen zu wollen: schon das zeigt, wie unbedeutend sie ist. Er duldet sie – wegen ihres Haares und auch weil er nicht weiß, wie sie loswerden. Sie ist ja nicht seine Frau. Oh, mit mir war es anders. Mich war er schnell los... Wenn ich ihr Haar hätte! Nein, ich brauche es nicht: Wenn ich *Ihres* hätte, Herzogin. Und Ihren Geist: All Ihre Schönheit! Wie sollte er groß werden! Ich würde dann sicherlich wissen, was er schaffen sollte, um größer zu werden als alle. Jetzt weiß ich's ja nicht, ich Arme. Und wenn ich es wüßte, ich dürfte es ihm nicht sagen: bin ich doch häßlich. Oh, wäre ich schön!«

Sie weinte fast. Sie hielt die Hände gefaltet auf den Knien und den Kopf gesenkt.

›Es ist eine überanstrengte Seele‹, dachte die Herzogin, gerührt und beängstigt. ›Was soll ich ihr sagen?‹

»Er wird noch einmal erkennen, was Liebe wert ist«, äußerte sie. Bettina sah auf.

»Glauben Sie?« fragte sie bitter, und die Herzogin hörte die ganze Qual, mit der die Arme ihren Zweifel bezahlte, den Zweifel an ihrem Gotte.

Clelia kehrte zurück, mit Gina und Nino. Bettina fuhr empor, ihre Blicke flogen haltlos im Saale umher. Sie begann ein eiliges Geplauder, mit eleganten Gebärden und kleinen albernen Lachanfällen.

In der Nacht erwachte die Herzogin mit dem Gedanken: ›Ich muß fort aus Venedig, wie Gina. Warum lasse ich mir Unlust und Sorgen machen. Draußen warten unberechenbare Weiten voll neuen, freien Lebens. Keine Forderungen verfolgen mich dort, keine Pflichten gegen abgetane Heiligtümer. Ich will als eine Unbekannte über Land fahren. Keiner soll auf den Gedanken verfallen, mich mit seinen Leiden herabzustimmen oder mich zu beunruhigen mit seinen Begierden.‹

Am Morgen besann sie sich auf diesen Einfall, und er überraschte sie.

›Bettina hat mir zu denken gegeben. Weil er ihr schreibt, weil er ihr armes, irres Herz noch mehr verstört mit allen Abenteuern seiner Sinne, darum dankt sie ihm und leugnet seine Selbstsucht. Ach, ich kenne seine Selbstsucht erst ganz, seit ich Bettina kenne. Sie hat ihm sehr geschadet. Den Anblick dieser Frau werden alle seine Werbungen mich nicht vergessen machen.‹

Schließlich sagte sie sich: ›Und wenn sie mich nicht ängstigte, so wäre doch ihr Unglück mir heilig. Ich werde ihn niemals erhören, den Mann der Frau, die so leidet.‹

San Bacco trug nur noch ein Pflaster auf der Wange. Die Herzogin feierte seine Genesung, und auch sein Gegner kam. Mortœil behielt, um sich seinen Sieg über den alten Kämpen verzeihen zu lassen, den Arm in der Binde, obwohl seine kleine Beschädigung längst vernarbt war. San Bacco war bewegt; er ging ihm entgegen und umarmte ihn. Bei Tafel nahm er ihn an seine Seite. Er selbst saß links von der Herzogin, die zu ihrer Rechten den Herrn von Siebelind hatte. Neben ihm wartete ein Platz.

»Lady Olympia kommt«, erklärte er, »sie kommt bestimmt. Ich bin ja in ihrer Gondel hergefahren. Ich habe sie bei Mistreß Lewis verlassen. Sie mußte noch zur Contessa Albola, zur Signora Amelia Campobasso...«

»Hat sie von Ihnen verlangt, daß Sie die Liste auswendig lernen?« fragte Jakobus über den Tisch hinweg.

»Ich habe sie ihr sogar selbst gemacht«, schnarrte Siebelind. »Heute früh, als wir von Chioggia zurückkamen... Wenn Sie, Verehrtester, etwa zweiflerisch gestimmt sind –«

»Nicht zweiflerisch, nur neidisch.«

»Und das mit Recht.«

Sie lachten sich ins Gesicht. Siebelind feixte vor Glück,

Jakobus war erregt und benahm sich geräuschvoll. Sooft er an seiner Frau vorbeisah, schlug sie aus Folgsamkeit ein kindisches Gelächter auf. Clelia, die für diesen Abend ihre Trauer abgelegt hatte, nahm wahr, wie kühl die Herzogin ihn behandelte, und sie beherrschte sich nicht mehr vor Freude. Nino saß stumm am Tischende neben der kleinen ernsthaften Linda im Prachtkleide. Gina lächelte.

Man speiste in der Halle, inmitten der gemalten Feste. An Galerien und Treppen vorbei erhob sie sich bis unter das gläserne Dach. Es war geöffnet; Schwalben blitzten durch ein dunkelwogendes Blau. Es hing herein, schwer zum Herabsinken: ein Baldachin, der alle begrub unter Glanz und Triumph.

Siebelinds Ausgelassenheit riß die einen hin und die anderen machte sie verstummen.

»Meinen Morgen habe ich ganz und gar beim Chemisier verbracht – und bloß wegen dieses Hemdkragens. Sie glauben nicht, wie ich eitel bin. Eine Krawatte, die meine Gesichtsfarbe um eine Schattierung gesünder macht, beschäftigt mich stundenlang.«

»Sie Geistesmensch.«

»Die Glücklichen haben keinen Geist, sie pfeifen drauf. Der Daffrizzi hat mir selber die Kragen anprobiert. Er hat Angst geschwitzt bei dem heiklen Kunden. Schließlich hat er gelächelt.«

»Sie haben ihn dafür geohrfeigt?«

»Ich habe ihm die Hand geschüttelt. Ich bin ja ein Glücklicher. Ach, hören Sie, da war in Chioggia gestern ein Esel mit Maitrieben –«

Und er ahmte das Geschrei nach.

»Sie muß übrigens im nächsten Augenblick da sein«, versicherte er unvermittelt und sah den andern nach der Reihe in die Augen. Sie waren alle voll lächelnder Hochachtung. Seine eigenen blinzelten nicht mehr; sie musterten alles von oben, sie, die sonst von unten spähten. Ihre

Lider, rot gerändert von den Anstrengungen der Nacht, standen aufgerissen. Er verschränkte die Arme, mit den hageren und geröteten Gelenken, tief über dem Magen. Er reckte sich, um seine hohle Gestalt stand wie aus Holz der Frack, und er trug den Kopf stolz gescheitelt und hoch. Verwirrende Schicksale hatten Siebelind, allen unerwartet, emporgeschnellt zu hektischem Selbstbewußtsein.

›So sieht das Liebesglück aus‹, sagte sich die Herzogin. Er zog sie unheimlich an.

»Also in Chioggia waren Sie?«

»In Chioggia, Herzogin!«

»Seit wann?«

»Seit gestern früh!«

Sie sah ihn strahlen. Ein wenig Fettschminke und einige Kohlestriche unterstützten seinen Glanz. Sie verschafften der Nase eine vergängliche Biegung und erkünstelten den Wangen einen schmalen Umriß, fein und arrogant.

»Sagen Sie doch, Sie sind sehr glücklich?« fragte sie, schnell und begierig.

»Über alle Maßen! Und über alle menschlichen Begriffe! Denn wenn ich es recht bedenke, liebte ich Lady Olympia schon seit sieben Jahren – jawohl, seit damals: worüber erschrecken Sie, Herzogin? – und hielt ihren Besitz für so unmöglich wie das Fliegen. Und nun –«

Er faltete die Hände.

»Nun hat sie mich das Fliegen gelehrt.«

»Und Sie bereuen gar nichts?«

»Was denn!«

»Nun, ich meine, früher wollten Sie die wahre Liebe, wie die wahre Kunst, unsinnlich, formenlos mystisch?«

»Das war mal ein Unsinn! Herrgott, war das ein Unsinn!«

»Sie glaubten daran. Aber Lady Olympias Formen waren stärker. Sie sind in Ihre Asketensinne eingebrochen und haben Ihren primitiven Garten aus Lilien und Majoran jämmerlich zerstampft... Und Ihre Sittlichkeitsmedaille?«

»Wollen Sie alles wissen? Ich bin, ob ich's nun ahnte oder nicht, dem Bunde nur wegen meiner schwachen Konstitution beigetreten. Ich meinte, nichts zu vertragen. Es war ein Irrtum, ich vertrage viel, ich darf sagen, ungewöhnlich viel: das – hat man mir bezeugt. Wie mir übrigens das jetzt gleichgültig ist! Ich liebe und werde geliebt!«

»Um so besser.«

»Beachten Sie bitte, Herzogin, meinen gesunden Appetit. Und was guter, alter Burgunder ist, erfahre ich in diesem Augenblick, da ich das Glas an die Lippen hebe. Nehmen Sie das wörtlich, bitte. Das Glück hat aus mir von gestern auf heute etwas durchaus Neues gemacht, es hat mich gewissermaßen auf die andere geistige Welthälfte gestellt. Von den Verschmähten bin ich plötzlich entrückt zu den Begehrten. Sie können sich denken, wie verwunderlich mir zu Sinn ist. An alle Dinge ist ein Stück angesetzt, und an alle ein erfreuliches. Nichts fehlt zu meiner Wonne; ich werde sogar beneidet.«

»Von wem?«

Sie dachte: ›Da Lady Olympia noch keinen verschmäht hat –‹

»Von Jakobus. Der Arme gebärdet sich lärmend aus Unfroheit. Er erklärt laut, auf mich neidisch zu sein, damit man's nicht glauben soll. Meinen Sie nicht, er ist es dennoch?«

»Wer weiß.«

Sie dachte: ›Wie muß ich ihn schon gereizt haben, wenn er nach *diesem* Glück schielt!‹

»Ach, ich würde mich so gern beneiden lassen.«

»Das ist kein guter Zug, das Glück verdirbt Sie.«

»Wir Glücklichen folgen unsern Trieben. Nur kein verständnisvolles In-andere-Hineinkriechen! Nur keine

Selbstquälerei: wie ekelhaft! Der Geist überhaupt ist verächtlich; bloß das Unglück hat ihn.«

»Der Geist war bisher Ihre Überlegenheit über – uns.«

»Ich danke für die Überlegenheit. Will keinen Geist. Will gar nichts sehen noch wissen... Übrigens werde ich den Jakobus mir versöhnen. Ich werde so tun, als glaubte ich, daß er Lady Olympia schon vor mir besessen hat.«

»Sie entweihen ja Ihre Geliebte?«

»Große Worte! Was macht so etwas, wenn man liebt und geliebt wird. Sie würde mich verstehen! Ich habe das Bedürfnis, alle auf meine Seite zu bringen, zur Erhöhung meines Glücks. Friede und Freundschaft... Erlauben Sie, Herzogin, daß ich das der ganzen Gesellschaft sage.«

Er verschluckte nochmals den Inhalt seines Glases, füllte es wieder mit Burgunder und schlug dagegen.

»Meine Damen, meine Herren, wir feiern, wie Sie wissen, zwei Helden, die, wenn es nach ihnen gegangen wäre, einander so mitgespielt haben würden, daß wir sie gar nicht mehr feiern könnten. Zum Glück ist es ihnen mißlungen. Zu noch größerem Glück haben sie sich die Hände gereicht. Lassen Sie uns alle Hand in Hand leben! Unbefangen unter Glücklichen! Lieben und geliebt werden, das ist das einzige, was zählt... Übrigens haben wir Lady Olympia sofort zu erwarten!« rief er dazwischen und sah nach der Uhr.

»Dahinschlendern, immer den Sinnen nach, ohne Bedenken, ohne Eile, ohne Pflichten, und womöglich zu zweien. Genießen, was die Welt hat. Wir haben noch gestern überlegt, Lady Olympia und ich in Chioggia, wie wir – wenn das anginge – die Stunden unseres Tages über Europa verteilen würden. Wir nahmen uns vor, am Nachmittag in einem gewissen kleinen Ostseebad Krabben zu essen und wenn dort die Küste zu kühl würde, den Spaziergang zu Venedig auf dem Lido zu beenden; die leere Stunde vor dem Diner auf dem Boulevard des Italiens zu vergaffen; in Rom, im kleinen Salon bei Ranieri zu speisen; die Theaterstunde halb der Scala und halb einem Londoner Music Hall zu schenken; hinterher in Wien eine Portion Gefrorenes zu genießen; und am Ufer eines Alpensees bei offenen Fenstern schlafen zu gehen.«

Er betrachtete zärtlich sein funkelndes Glas.

»Seien wir glücklich: es ist so schön! Trinken wir auf unsere Helden!«

Nino trank seinen Wein und verließ unbeachtet die Tafel.

›Was soll ich dort! Welch ein unglücklicher Tag! Ich sitze nicht neben meinem großen Freunde. Und Yolla hat mir noch kein einziges Wort gesagt. Die Veilchen auf den Spitzen, vorn an ihrem Halse, die habe ich zweimal gesehen und einmal, sehr flüchtig, ihr Profil. Gerade schlossen sich ihre Wimpern: der mit ihr sprach, muß davon ein leises Wehen gespürt haben, sie sind so lang.

Und immerfort habe ich weit über dem Tisch gelegen. Dieser Mortœil hat es gemerkt und seiner Nachbarin gezeigt. Übrigens haben mich neulich zwei von diesen Eseln aus dem Lyzeum mit ihr gesehen. Wie sind sie verächtlich, keiner liebt wie ich! Aber wenn sie Verdacht schöpften – wenn sie sich unterständen, ihn laut werden zu lassen; ich glaube, ich erwürgte sie!

Ach, warum bin ich nicht erwachsen und stark! Welche Wonne, diesen Mortœil zum Zweikampf zu fordern! Geht es wirklich nicht? Ich bin ja jetzt vierzehn. Onkel San Bacco sollte gerächt werden. Ich würde es dem Laffen eintränken, was ich ihn neulich habe sagen hören: »Der Bengel ist vollständig verliebt« – geradezu wegwerfend hat er's gesagt. Die andern haben genickt, mit 'ner gewissen schleicherischen und höflichen Zärtlichkeit, als lohne es sich nicht, davon zu reden. Wollten sie sich lieber ganz still verhalten! Sie werden noch was erleben! Wie kann man mir das bieten – mir!‹

Er rannte, auf den Boden starrend, durch eine Flucht kleiner Zimmer. Eine geschlossene Tür hielt ihn auf: er bog in einen Seitengang. Auf einmal stand er erstaunt.

›Wohin bin ich geraten? Es gibt hier immer noch Räume, die ich gar nicht kenne. Dort steht ein Bett; aber der Saal ist groß, luftig und voll gemalter Geschichten wie alle andern. Tür und Fenster sind offen; in den Schlafzimmern von Damen, meinte ich, müßte es nach vielen Essenzen duften. Das Bett ist aus Eisen und sehr schmal. Es liegen keine Sachen umher, man kann nicht einmal wissen, ob sich hier jemand die Hände gewaschen hat... Wer wohl in dem Bette schläft?...

Nein, lügen tue ich nicht! Ich weiß ganz genau, daß *sie* darin schläft... Und dort liegt auch ein Strumpf, man hat ihn vergessen. Ich möchte ihn aufheben – warum nicht. Jetzt müßte ich mich schämen, wenn ich es *nicht* täte... Er ist lang, glänzend schwarz; er fühlt sich unglaublich weich an – natürlich Seide. Er ist gewiß schon getragen, ich brauche nur den Arm hineinzustecken – so –, dann formt er sich gerade wie das Bein... Ich fühle schon wieder mein Herz im Halse. Ich glaube manchmal, ich bin herzkrank. Aber es ist mir gleich, mag alles geschehen... Yolla hat Beine wie die allerschönsten Frauen auf den Bildern – ich weiß nicht mehr welchen. Wie seltsam, ich sehe auf einmal einen ganzen Knäul von großen nackten Beinen. Alle die gemalten Frauen strecken mir ihre Beine hin – aber sie sind plump, pfui, plump gegen Yolla ihres.‹

Alle seine Gedanken stürzten unversehens übereinander. Er erblaßte heftig und biß sich auf die Lippen, in einer leidenden Versunkenheit. Die Hände hatten schon, ohne daß er's wußte, sein samtenes Flausch aufgerissen; sie öffneten das Hemd und drückten den Strumpf, hastig zusammengeballt, auf sein Herz. Dumpf pochte es dagegen; die Seide ward warm. Der Knabe sah hinaus auf das langsame Wasser da unten. Er empfand keine Scham, aber einer Sehnsucht fragwürdige Bilder durchwogten ihn schwer und schmerzhaft.

Plötzlich warf er den Strumpf hin, schloß seine Kleider und kehrte um.

›Sie werden das wieder merken. Sie sehen es meinen Augen an, ich weiß nicht wie und was. Ha, ein Wort von diesem Mortœil! Ich hasse ihn fast so sehr wie meinen Vater – kann jemand schlechter sein, als der war? Und ich hasse ihn sicher mehr als den Abbate Friuli und den Herrn Tigretti, meine biedern Lehrer. Diese Heuchler und kleinlichen Schinder – kann jemand erbärmlicher sein als sie?

Er stutzte selber vor der Heftigkeit seines Ausbruchs.

›Mortœil? Hasse ich ihn wirklich? Was liegt mir denn an dem einen Elenden? Nein, nein, alle sind sie mir zuwider – alle, die von Yolla Worte bekommen und Blicke, alle, die mit ihr zu Tisch sitzen, alle, die dieselbe Luft atmen. Ach, ich bin eifersüchtig sogar auf meinen großen Freund; ich wollte, er kehrte nach Rom zurück. Yolla soll allein sein mit mir. Ich will sie in einen verzauberten Garten entführen. Niemand darf hinein, ich lasse ihn sehr streng bewachen. Wie werden wir dort glücklich sein...‹

»Oh, auch *das* Abenteuer wird noch kommen!« rief er ganz laut. Er lief wirr und erhitzt durch die Zimmer. Die Bilder zogen ohne Unterlaß an den Wänden hin. Der Knabe schleuderte ihnen seine Herausforderung zu: ›Ihr seid doch nicht bunter als mein Leben!‹

Sein Leben! Es bestand ganz aus einer Kindheit, einsam und arm an Liebeserwärmung. Wovon sie geglüht hatte, das war die Hitze aus vielen Stunden seelischen Aufruhrs, die Hitze eines Knabenzornes ohne Schranken und eines wilden Gerechtigkeitsdranges. So oft, wenn das Haus, der Laubgang, die Dorfmauer und der Passionsweg verlassen sich bückten unter der Last des Mittags, hatte er Spaziergänge gemacht, die eine Flucht waren: ans Meer, immer ans Meer – und seine schwachen Arme hinausgestreckt, fort aus der lahmen und boshaften Wirklichkeit, nach dem Wohnsitz des Hochsinns und der mächtigen Freudigkeit, dort hinten, wo ganz gewiß ihr Reich war. Und in seiner Kammer hatte er sich kasteit mit Nadeln, Riemen, Zangen – bloß, um vor Vater und Erziehern, die schlecht waren, etwas vorauszuhaben: ertragene Schmerzen, härtere Gedanken.

›Ich will euch hassen, solange ich lebe!‹ so schwor er sich wieder einmal zu, auf dem Rückwege vom Schlafzimmer seiner Geliebten – und ich will stolz sein wie Onkel San Bacco und so schön, wahrhaftig, so schön wie sie selbst, meine Yolla!‹

Die Gesellschaft saß noch bei Tische.

»Du hast wohl gerauft?« fragte ihn sein großer Freund.

»Nein, aber ich hatte verdammte Lust dazu«, erwiderte Nino, und er sah der Herzogin gerade ins Gesicht.

›Sie sollen es nur merken‹, dachte er. Aber sie beachteten ihn nicht. Auf die Geschichte des Strumpfes, die sie erheitert haben würde, verfiel keiner. Sie hatten keine Ahnung, welche erste Liebe in ihrer Mitte rauchte und schrie.

Man begab sich in das Kabinett der Pallas. Die Herzogin trat vor die Terrasse und machte ein Zeichen. Eine Gondel glitt dunkel bis unter das hohe Gitterportal; seine verschlungenen Eisenranken blitzten. Dann tändelte eine bunte und traurige Melodie herbei über die toten Blumen des künstlichen Gartens.

»Es sind die Blinden«, sagte die Herzogin. »Marquis, sie spielen Ihnen zu Ehren.«

San Bacco küßte ihr die Hand.

»Aber ich bitte um etwas weniger Verzweifeltes.«

»Etwas Lustiges!« riefen die andern. Siebelind sagte: ›Oh, ich habe etwas sehr Lustiges vorbereitet. Harmlos lustig. Gedulden die Herrschaften sich zwei Minuten.«

Er enteilte.

Jakobus fragte die Herzogin: »Wo befinden sich die Blinden?«

Sie machte zwei Schritte hinaus, um sie ihm zu zeigen. Er war mit ihr allein und begann sofort: »Wann gehen Sie aufs Land, Herzogin?«

»Bald. Es waren Arbeiten vorzunehmen in der Villa... Eilt es Ihnen?«

»Es eilt mit meinem Bilde, Sie wissen mit welchem. Ehe die Blätter gelb werden, brauche ich Sie zu einigen Sitzungen im Freien.«

»Sie haben sich das hübsch ausgedacht.«

»Da Sie dabei unbekleidet sein werden, müssen wir warmes Wetter haben.«

»Lieber Freund, Sie leiden an einer Wahnidee. Glücklicherweise ist sie harmlos. Ich rechte deswegen nicht mit Ihnen.«

»Herzogin, Sie wissen sehr wohl, daß Sie mich erhören müssen. Denn sonst geht viel verloren.«

»Und sind Sie sicher, daß mir etwas daran gelegen ist?«

Leise und schnell hatten sie einander geantwortet. Auf einmal schwiegen sie, beide erschrocken. Die Blinden spielten zärtlich einen Tanz. Darauf lächelte die Herzogin.

»Sie sind Künstler. Ihre Eitelkeit verführt Sie dazu, Ihre Beschäftigung gar zu ernst zu nehmen.«

»Eine Beschäftigung nennen Sie es? Für Sie selbst aber, Herzogin«, so rief er mit Schwung, »war es ein Gottesdienst, der Ihr bestes Leben ausgefüllt hat. Besinnen Sie sich doch, was Sie der Kunst schulden!«

»Und Ihnen?«

»Natürlich. Es wäre undankbar, es wäre unvornehm, wenn Sie mich nicht erhörten!«

»Ein Knabe sind Sie, stürmisch und selbstsüchtig und unfähig, anzuerkennen, daß die Welt nicht ganz auf Ihre Gelüste zugeschnitten ist. Sie haben sehr viel Glück gehabt; nun entrüstet es Sie ehrlich, daß Ihnen einmal etwas widersteht. Ich halte Ihnen Ihre Unschuld zugut und Ihre Unerprobtheit.«

»Sie schulden –«

»Weder Ihnen noch der Kunst. Ich habe keine Verpflichtungen. Wenn mich die Kunst langweilt, gehe ich meiner Wege.«

Sie ließ ihn stehen und kehrte ins Zimmer zurück. Alle wandten sich nach einer Dame um, die von der andern Seite eingetreten war.

»Herr von Siebelind?«

»Madame Blanche de Coquelicot«, erwiderte seine Stimme. Die Fremde stieg mit Männerschritten und hinkend bis in die Mitte. Sie hatte rotgelbe Haare und eine Haut von fettiger Blässe; unter der steif an ihr herunterfallenden, schwarzen Seidenrobe ahnte man ein entfleischtes Gerüst voll verderbter Geschmeidigkeit.

Mortœil lachte, angewidert und gekitzelt.

»Bravo, Siebelind, das ist tatsächlich die Coquelicot. Ich habe sie sehr gut gekannt.«

»Ich auch«, sagte Jakobus, wegwerfend.

»Nun ja, wer kennt mich nicht«, erklärte Siebelind, und er sprach französisch. Es flatterte ihm von den Lippen.

»Wahrhaftig, sie ist es«, äußerte San Bacco, ganz versteint. »Beim Sprechen sieht man es; Herzogin, wollen Sie es glauben. Ich habe einmal mit ihr soupiert. Der unglückliche Pavic war auch dabei. Sie hielt ihn auf schamlose Weise zum besten.«

Jakobus sagte zu Nino: »Schau dir einmal die Figur an. Alles, aber auch alles ist falsch daran, verstehst du. Wenn sie sich abends zu Bett legt, bleibt nichts von ihr übrig als eine kleine Heringssehne.«

Der Knabe bekam einen Schreck. Die Vorstellung eines Kopfes mit einem silbergrauen Gallertschweif, einsam auf einem ungeheuren Kissen, hielt ihn gepackt. Blanche verhieß der Gesellschaft einen Vortrag, etwas harmlos Lustiges.

»Der Hals!« flüsterte Gina, mit Schaudern. Die Chanteuse wand einen Hals hin und her, sehnig und so dick bepudert, daß es aussah, als läge er in einem Gipsverband. Ihr Mund ging auf wie eine breite blutige Wunde. Die engen, gebogenen Kohlestriche über ihren Augen stiegen in die Höhe; sie stand, die Arme geradlinig an den Hüften, so reglos, daß man sie nicht atmen sah, und sang, matt, zungenfertig und heiser, ihre unstillbaren Gelüste. Hofburschen, Pferdejungen mit Gerüchen von Männlichkeit und Stallmist, Metzger, Abdecker, Henker mit Düften nach Blut und Männlichkeit – das liebe sie. Zum Schluß machte sie zwei, drei müde Cancanschritte: eine große, ernüchterte und schon halb ins Privatleben zurückgetretene Unkeusche, die Neulingen eine flüchtige Unterweisung gönnt. Die Herren klatschten, Bettina kicherte albern.

»Das ist wirkliche Kunst!« erklärte Mortœil, aufrichtig entzückt. Die Herzogin richtete den Blick auf die Pallas; sie tat es mit Beklemmung. Dann fragte sie sich, achselzuckend: ›Bin ich denn abergläubisch?... Er spricht von einem Gottesdienste, der mein bestes Leben ausgefüllt habe. Aber es war doch nur ein Spiel. Wenn ich es nun satt habe. Um mich her habe ich Dekorationen und Symbole aufgestellt: die Pallas, ihr Tempel, worin ich sie feiere, der Saal, den ich ihr errichtete, die Seelen im Marmor, die Statuen meine Freundinnen, jene dort draußen mit ihrer weißen Drohung – das alles engt mich ein und langweilt mich. Ich schiebe das beiseite, wie Versatzstücke aus Pappe. Ich will einmal wieder frei sein, völlig frei, und ein neues Land aufsuchen und eine unbekannte Art zu leben.‹

Sie rief aus: »Ein gelungener Scherz, Herr von Siebelind. So plötzlich entdecken Sie Ihre Talente?«

»Das Glück, Herzogin! Das Glück lockt alles Gute hervor, das man in sich hat.«

Er war gerührt – und das Gefühl, das aus einer in kalter Unzucht verhärteten Maske herausbrach, erregte Grauen, wie etwas wider die Natur. Er saß in einem geraden Sessel, die Beine übergeschlagen, die Arme ausgebreitet auf der Rückenlehne, und ließ sich bestaunen.

»Ich gestehe, ich bin immer riesig eitel gewesen auf meine Ähnlichkeit mit der Coquelicot. Sie müssen sie doch längst bemerkt haben.«

»Die Ähnlichkeit mit einem alten Weibe!« stieß Jakobus hervor, im Ton einer Beleidigung.

»Warum nicht«, meinte Siebelind sanft und selbstgefällig. »Ich habe eigentlich nur wenig Fettschminke nötig gehabt.«

Mortœil bemerkte frech: »Da Sie schon vorher ganz damit bedeckt waren –«

»Die zweite Nummer!« krächzte Siebelind und erhob sich. Vom Wasser her kamen Polkatakte. Er sang drei Töne, brach ab und sagte: »Lady Olympia kann uns jetzt nicht länger warten lassen... Sehen Sie wohl, da kommt sie.«

Er brachte die Strophe zu Ende und richtete unter der roten Perücke aus den Augenwinkeln hervor seinen verführerischen Dirnenblick unverwandt auf seine Geliebte.

»Mylady, habe ich Ihren Beifall? Blanche de Coquelicot singt Ihnen zu Ehren, Mylady... Ist deine Gondel da, du Süße?« fragte er leise und aufgeregt. Sie versetzte ärgerlich: »Was für eine Unverschämtheit! Wer ist denn diese unpassende Figur?«

»Ich bin ja Gottfried«, flüsterte er. »Muß meine Maske aber gut sein!«

»Ich kenne keinen Gottfried – oder nur sehr flüchtig, lieber Herr. Und ich habe keine Lust, die Bekanntschaft zu erneuern.«

»Was für ein guter Witz, Mylady!«
Er sprang auf einem Bein in die Luft.

»Sie sind merkwürdig aufgeräumt. Habe ich das verschuldet? Es täte mir leid. Sie haben mich damals neugierig gemacht, wissen Sie, weil Sie so bitter waren und so tief. Man konnte Angst bekommen; man verstand nicht einmal alles. In Ihrem dummen Glück finde ich Sie einfach unfair.«

Er feixte und zwinkerte.

»Ich bin ja Blanche de Coquelicot, eine sehr magere Frau, und Sie eine starke. Sie haben wohl von den Künsten gehört, wegen deren Blanche berühmt ist? Jetzt werden wir uns erst lieben, Mylady.«

»Ich werde gleich veranlassen, daß Ihnen die Tür gewiesen wird«, sagte sie und musterte ihn über die Schulter weg, während sie sich entfernte. Er fing auf einmal zu zittern an, von Kopf bis Fuß, lachte aber so lasterhaft wie zuvor.

»Also heute nehmen Sie mich nicht mit?« fragte er, immer hinter ihr.

»Er gab sich für vernachlässigt und leidend aus und war einfach ein unanständiger Gesell«, bemerkte sie, empört über den Betrug.

»Es hat ja Zeit, ich verstehe Scherz«, versicherte er.

Er machte eine Pirouette und kehrte, merklich hinkend, zur Gesellschaft zurück. Er sang sogleich weiter mit heiserem Geschrei. Den letzten Ton noch im Halse, stürzte er wieder zu Lady Olympia.

»Aber morgen doch«, bat er, unbeirrbar und mit einem Lächeln, daß die Fettschicht auf seinem Gesicht merklich hin und her schob, so krampfhaft war es.

»Was ist denn das für ein Mensch, den man gar nicht los wird?« fragte sie, gelassen und laut. Er warf plötzlich den linken Arm in die Luft und schlug hintenüber zu Boden, mit einem starken Krach und so steif, daß das seidene Kleid keine einzige Falte warf.

»So mußte es kommen«, meinte ruhig Lady Olympia.

»Es war allerdings schon den ganzen Abend vorauszusehen«, erklärte Mortœil und setzte das Glas ins Auge. Jakobus stieg wütend über Siebelinds Körper weg.
»Das ist ekelhaft. Man hätte es nicht dulden sollen.«
»Da es die Frau Herzogin zu belustigen schien«, meinte San Bacco.
»Da es uns allen Vergnügen machte –«
Er brummte gesenkten Hauptes, schamerfüllt: »Wie war das überhaupt möglich.«
»Nicht wahr, unheimlich war's – schon lange«, sagte Gina zu Bettina.

Die beiden Frauen folgten still den Lakaien, die Siebelind forttrugen. Sie schoben, der eine zu seinen Füßen, der andere zu seinen Häupten, den grotesken Verunglückten zur Tür hinaus, wie eine lange wächserne Puppe, eine geschickte Nachbildung des Lasters. Drei Zimmer weiter betteten sie ihn auf ein Sofa. Gina betrachtete ihn, schaudernd vor der Frau, die ihn zertreten hatte. Bettina lugte ihr über die Schulter, mit einfältiger Neugier.

»Schade«, sagte sie, »wir waren so lustig.«
»Fanden Sie?«
»Nein – eigentlich nicht.«
Sie deutete auf den Ohnmächtigen; und mit schmerzlicher Aufwallung: »Der arme Mensch! Mit Jakobus ist es geradeso.«
»Oh!« machte Gina. Bettina schüttelte den Kopf, hoffnungslos.
»Er liebt sie viel zu sehr.«
»Sie sehen es mit an und leiden, nicht wahr?«
Bettina flüsterte kläglich: »Ja.«
»Es wird doch einmal aufhören.«
»O nein, er ist zu unglücklich – über alle Begriffe. Er hat es mir ja gesagt.«
»Ich weiß es: er und auch – die Herzogin. Wenn zwei sich quälen, das merke ich.«

»Er hat mir sein Herz ausgeschüttet... Anfangs war er erzürnt über mein Kommen und übersah mich ganz. Dann hat er mir in einer sehr traurigen Stunde alles gesagt. Das Fenster war verhängt, es regnete, sein Kopf lag auf meinen Knien. Es war sehr schön.«

Gina meinte für sich: ›Sie ist dankbar, wenn er ihr klagt, daß eine andere ihn verschmäht... Ich weiß nicht, wäre ich auch so? Ich verstehe sie.‹

»Wenn ich ihm etwas abnehmen könnte von seinem Leiden!« seufzte Bettina.

»Wenn ich die Herzogin wäre«, begann Gina zögernd. Bettina horchte auf.

»Nun?«

»Ich glaube, ich täte es.«

»Nicht wahr, Sie würden ihn glücklich machen? Oh, auch ich täte es, ganz gewiß!«

»Ich täte es aus Liebe zur Kunst«, erklärte Gina – »damit ein schönes Werk entsteht.«

»Ich täte es für *ihn*«, sagte Bettina – »damit er groß wird... aber die Herzogin will es weder für ihn tun noch für die Kunst. Ist sie denn kalt?«

Gina erklärte bestimmt: »Nein, ich kenne sie. Kalt ist sie nicht. Ich liebe sie.«

»Es ist seltsam, daß auch ich sie liebe. Aber auch Furcht habe ich vor ihr.«

Gina sah zu Boden.

»Ich auch.«

»Sie ist so stark«, lispelte Bettina, weinerlich.

»Jaja, darum fürchte und liebe ich sie – weil sie so stark ist.«

Und die beiden Schwachen gingen schweigend zurück.

Drinnen war die Stimmung unrein und behindert. Man war versucht, an sich herunterzusehen – ob man sich beschmutzt habe. San Bacco wanderte aus einer Ecke in die andere. Murrend überlegte er noch immer: ›Wie ich mit Mortœil Streit anfing, da hatte er es ja viel weniger schlimm getrieben als heute dieser Jammermensch. Ich verstehe mich nicht.‹ Jakobus lief ihm über den Weg. San Bacco blickte stirnrunzelnd auf, aber der andere war sichtlich eingesperrt in seine wilden Gedanken.

»Das fehlte noch!« meinte er. Er nannte Siebelinds Streiche eine Schande und litt selber unter ihr.

»Das war ein bißchen zu ekelhaft für jemand, der gereizt ist wie ich.« Er suchte verzweifelt nach einem Ausweg für seine Erbitterung. Er kam an Clelia vorbei. Sie versetzte spöttisch: »Sie tun unrecht daran, sich aufzuregen. Sie werden ebenfalls einen Anfall bekommen.«

Gleich darauf erschrak sie vor seinen Augen.

»Ich kann dich doch wohl nicht prügeln, meine Liebe«, sagte er sehr sanft, mit einer demütigen Verbeugung.

Sie verlangte leise: »Prügele mich nur.«

Er drehte ihr den Rücken. Die Herzogin stand im Gespräch mit Lady Olympia. Unermüdlich strich er an ihnen vorüber, ohne beachtet zu werden. Endlich stellte er sich im Hintergrunde auf und starrte hin, über die Brille weg und verbissen in seine Gier. Beide waren groß, formenreich, gepflegt, sehr weiblich und überaus begehrenswert. Aber die eine, kräftig atmend und satt, glich einem breiten Tier der Ebene, einer großen Blume aus rotem Fleisch. Die andere war eine fiebernde Statue, weiß, auf einsamem Berge und weiß, weiß... Unter den leise zitternden Spitzen der Corsage regten sich ihm nackte Muskeln. Dann glitt vor seinem Auge das Gewand hinunter bis auf die Hüften. Der Körper, makellos, reglos, hob sich, ragte im Triumph. Er schnitt in die Luft, mit dem reinen Umriß seiner Formen. Sie wich zurück vor diesen Brüsten. Sie waren glatt und reif. Kein Kuß hatte sie erweicht. Aber ihr Marmor, der heiß war, lechzte nach den Abdrücken von Lippen.

San Bacco tat eine Frage. Der Maler erklärte: »Mich fesselt die Lichterscheinung der beiden Damen.«

Er hörte San Bacco antworten, sich selbst noch etwas sagen, und wunderte sich dabei: ›Merkwürdig, daß ich es fertigbringe, sie nicht an mich zu reißen!‹

Vom Kamin her vernahm man die laute und selbstgefällige Stimme des Herrn von Mortœil. Er redete hinter den Schultern von Bettina und Gina. Sie versteckten eingeschüchtert die Köpfe in großen Mappen mit Kupferstichen. Sie zeigten einander, leise schwärmend, die Madonna der Frari und jene andere, mit den beiden Bäumen. Mortœil blieb durch die peinliche Stimmung der übrigen ganz unberührt, und er legte Gewicht darauf, es zu beweisen. »Gian Bellin«, so sagte er im Verlaufe seines klaren und gewandten Vortrages, »ist unter den Venezianern der Psychologe. Ich bevorzuge ihn, er ist sehr pariserisch, möchte ich sagen. Er war ganz vertieft in die Frau. Wie viele begrabene Leiden, wie viele erloschene Freuden leben in seinen Madonnen wieder auf! Welche Schicksale lassen sich entziffern aus all diesen schönen, sorgenvollen, verblaßten, glücklichen, sinnenden Gesichtern! Auf jedem seiner Bilder fällt ein neues, ahnungsvolles Licht in Frauenseelen: in die Seelen von Müttern, Himmelsbräuten, inbrünstigen Heiligen, leidenden Liebenden und unbekümmerten Weltdamen.«

»Sie vergessen eine!« rief Jakobus. Er begab sich zu den Plaudernden.

»Noch eine hat er enträtselt und aufbewahrt: die Madonna-Verderberin. Ich sah unlängst das Gemälde, auf dem Lande, in einer armseligen Kirche, verwahrlost und vergessen. Sie thront über Engeln und sie ist eine schöne, starke, wilde Herzlose, stolz auf die Herrschaft ihres Leibes über die Sinne der Männer, und aus schweren Lidern verächtlich hinunterblinzelnd auf den Heiligen, der zu ihren Füßen bettelt.

Ein kleiner, verkommener Priester erzählte mir von ihr. Er war unrasiert, höhnisch, in schmutziger Soutane und roch nach Wein. ›Wenn Sie wüßten, Herr‹, so sagte er. ›Das ist eine Schinderin. Noch nie hat sie eine Bitte erhört. Im Gegenteil, sie macht das Vieh krank und die Leute elend. Dabei bezaubert sie das Volk, daß es immer wieder zu ihr kommt. Es möchte sie steinigen, aber es muß kommen und beten. Ein Mensch in Angst bringt ihr wohl einmal das Opfer eines Herzens, eines armen Herzens aus schlechtem Silber oder Blech. Am Tage darauf ist das Herz verschwunden, als hätte sie's gefressen.‹«

Jakobus richtete sich beim Sprechen hoch auf, kreuzte die Arme und suchte, in hellem Aufruhr, den Blick der Herzogin. ›Die unnütze Verderberin bist du!‹ Er ließ es nicht laut werden, aber sie hörte es.

›Er verliert die Besinnung‹, sagte sie sich. ›Ich werde ihn besänftigen... Nein, ich werde ihn bitten, mich nicht wieder zu besuchen.‹

Lady Olympia zog sie in einen Sessel.

»Süße Herzogin, ich unterhalte mich köstlich. Was für eine grausame Madonna Sie sind! Dieser große Meister verfällt in Tollheit, weil Sie ihn lieben!«

»Weil ich –«

»Geben Sie es ruhig zu. Sie lieben ihn und verdammen ihn. Er ist darüber erbittert – hat er nicht recht?«

»Können wir das ändern? Dort hinten liegt ein Ohnmächtiger, Sie kennen ihn, Mylady.«

»Den hab ich glücklich gemacht, süße Herzogin – leider zu glücklich... Er hat keine Liebe auszugeben, er muß sparen. Das hat er vergessen: daher sein Unglücksfall... Wie wäre es, wenn Sie Ihren großen Maler einfach erhörten. Verzeihen Sie, ich ketzere. Sie sind so sehr Seele, so abgeneigt dem Fleische. Würden Sie's glauben, daß ich es selber auch gewesen bin? Ich habe eine Musterehe geführt mit Lord Ragg. Man hat es fast vergessen – aber mein

Sohn, ein prachtvoller Boy, keusch und gesund, reist jetzt auf den Kontinent. Sie werden ihn kennenlernen, denke ich... Ich bin nicht sehr geistreich, wie Sie wissen, süße Herzogin. Was ich gelernt habe, ist eins: Je strenger wir gegen unsere Sinne sein zu müssen glauben, desto stärker sind sie im Grunde. Ich habe gefunden, daß ich glücklicher bin, wenn ich meinen Sinnen nachgebe, als wenn ich sie unterdrücke. Das ist so einfach. Welchen Grund können wir haben, wir Freien und Glücklichen, uns selber zu hindern.«

»Keinen«, erwiderte die Herzogin. »Auch habe ich meine Sinne niemals unterdrückt. Ich war sehr sinnlich, als ich von den starken Leibern eines schönen und von mir befreiten Volkes träumte. Ich war sehr sinnlich, als ich mich den Kunstwerken hingab.«

»Jetzt aber unterdrücken Sie Ihre Sinne, da es sich um das Fleisch handelt. Warum?«

›Ja, warum?‹ dachte die Herzogin, nach innen gewandt. Da kehrten ihr in einem jähen Blitz lauter vergessene Gestalten zurück: bleiche, vor Gier zuckende Gesichter, tastende Hände; ihre Pariser Bewerber, blutig oder von Sinnen; Pavic am Fuße des Sofas mit zerrissenen Polstern, um Verzeihung bettelnd; Prinz Phili im Theaterkostüm, mit dem Degen in ihre Kleider verhaspelt und laut weinend; Della Pergola, am Boden, blaß vor Selbstverachtung und entschlossen, sie zu ertragen.

Lady Olympia lächelte für sich. ›Sie muß sich zu der bewußten Sache außerordentlich stark hingezogen fühlen; sonst würde sie sich nicht so zähe sträuben. Ich werde noch sehr unterhaltende Geschichten an ihr erleben.‹

Befriedigt von diesem Schlusse, erhob sie sich.

»Ich reise, süße Herzogin, in vier oder fünf Tagen. Aber ich hoffe, Sie noch zu sehen – und glücklich.«

»In meiner Villa bei Castelfranco. Schon morgen fahre ich hin.«

»Ich komme vorbei. Auf Wiedersehen.«

Lady Olympia nahm Abschied. Wie sie hinausging, trat Siebelind ein. Unwillkürlich blieb sie stehen. Alle verstummten. Siebelind machte ein zweifelhaftes Gesicht und strich sich mit der feuchten Hand über die Stirn. Er fühlte sich zerschlagen und unsauber wie nach einer Nacht voll unglaubhafter Ausschweifungen.

›Was ist denn mit mir vorgegangen?‹ fragte er sich und suchte mit seinen Gedanken durch einen Nebel zu dringen. ›Ich bin im Frack? Ja so, ich war maskiert. Da sind noch zwei rote Haare.‹

Er entfernte sie. Darauf begegnete er seinem Spiegelbild.

›Meine Wangen sind so hohl, daß sie ganz schwarz aussehen. Dort muß die Fettschminke entfernt sein. Ich komme mir vor wie rückenmarkskrank.‹

Er machte einen Schritt und hinkte dabei, daß es polterte. Er war befriedigt.

›Du hättest Lust gehabt, davonzulaufen, mein Lieber‹, so sagte er sich. ›Aber das geschieht nicht. Du bist glücklich gewesen, scheint es? Du warst ein Narr, dich darauf einzulassen, und ein Verräter deines Schicksals warst du. Nun sei ein Bekenner und tritt mitten unter die Verächter, bitte! Und erstens bist du der Überlegene, nicht sie. Denn sie versuchen nicht einmal, zu erraten, was jetzt in dir vorgehen mag. Du aber liest jedem einzelnen seine ahnungslosen Eitelkeiten von den leidensleeren Gesichtern... Oh! Das Leiden ist die einzige Hoheit für menschliche Stirnen! Nie hatte ich wie in dieser Minute das Herrenbewußtsein des Märtyrers!‹

Er nahm Lady Olympias Hand, die sie ihm hinhielt; sein Mund berührte sie heiß und unterwürfig. Dann sah er ihr nach.

›Gutmütige Pute. Sie bereut schon. Nicht einmal ganz gewissenlos sind diese Glücklichen. Und mit einem »Ich will es nicht wieder tun« glauben sie uns – uns vergessen machen zu können. Habt ihr 'ne Ahnung!‹

Er humpelte mühevoll bis in die Mitte des Zimmers. Die Damen waren plötzlich in eifrigem Geplauder.

›Ganz recht, das war vorherbestimmt. Alles an euch, jeder Gedanke, jedes Wort, jedes Zögern und jeder Ruck, ist unumgänglich. Da, der dort wird das Glas aus dem Auge fallen lassen und sich davondrehen, aus Furcht, man könnte ihn mit mir verwechseln.‹

Mortœil entfernte sich von ihm.

›Und der andere hier wird mich unerträglich anblitzen aus seinen Augen; ein beneidenswerter Lebenslauf ganz aus einem Stück hat sie vollkommen rein erhalten.‹

Er schlich an San Bacco vorbei.

›Nun also – ich kann deinen Blick nicht ertragen... Muß ich das Auge auch vor *dir* niederschlagen, mein kleiner Freund? Sieh da, du bemerkst mich gar nicht; die Frau Herzogin ist auch gar zu schön, wer könnte da ruhig bleiben. Du bist ein schlankes Schiff, fahrtbereit und mit nichts als Hoffnungen beladen – und ich zum Wrack geworden vor der Abreise; aber wir spüren denselben schwülen Wind auf unsern Flanken, wie?‹

Er war dicht bei Nino. Er suchte nach etwas Wehmütigem; schließlich raunte er: »Gottvolles Weib, was, Verehrtester? Jaja, als ich noch jung und schön war...«

Nino schrak auf und sah ihm ins Gesicht. Ein Ekel, jäh und angstvoll, faßte ihn an. Er hastete, drängte vorbei, bebend und beinahe flehend.

»Nein! Ich will nicht!«

Siebelind schaute ihm nach, mit Genugtuung.

›Das war ein gehöriger Ausbruch deiner ganzen Seele, mein kleiner Freund. So entsetzlich wäre ich dir nicht, wenn du recht gesund wärest. Aber so steht es mit dir: ein ausschweifender Wille, Begierden, die die Welt umarmen, in einem unzulänglichen Körper. *Und so sind sie alle!* Alle sind so, die heute dem Leben recht geben und seiner Gewalt!

Wer sind deine Brüder, Nino? Ein Monarch voll zehrender Sucht, Länder zu zerstampfen und Meere zu peitschen: er reibt sich in tiefem Frieden seine skrofulosen Gliedmaßen, die leicht kalt werden. Der Soldatensänger des neuen Imperiums: Blut, Lorbeer, Tropensonne glühen und rauschen, wo er die Leier schlägt, und entfesseln Raubtierschreie; er aber ist ein Männchen, das die Hitze im weiten Kaiserreiche seiner Ideen nicht aushält. Der großartige Dichter der großartigsten Rasse: er preist auch unermüdlich die Schönheit an, die große, lebenstrotzende Schönheit, die auf seinem Bette liegt; – aber seine Väter haben sie gezeugt, und seine Kunst ist ein einziger Inzest... Und der erhabene Philosoph, die Vollendung von Jahrtausenden: er lebt dreiundzwanzig und eine halbe Stunde seiner Gesundheit, um in den letzten dreißig Minuten einen Hymnus niederzuschreiben – an das Leben... Versagende Nerven, bedrohte Lungen, rachitische Brustkörbe, eine geschwollene Prostata, ein wenig Fäulnis hier und da verteilt im Körper – aber noch bis in eure Anfälle von männlicher Hysterie hinein die Brunst nach Größe: *so seid ihr alle*. Kleiner Nino, du bist ein bedeutender Typus deiner Zeit. Du bist kühn anzusehen, frei, schön und wohlgelungen und geboren mit tiefem Verdacht gegen alles Leiden und gegen die, die sind wie ich. Aber von uns beiden bin *ich* der Vollkommnere: ich habe den Willen zu mir selbst. Du möchtest sein, was du nicht bist. Hüte dich vor den Frauen, sie ziehen dich nackt aus!‹

Plötzlich entdeckte Siebelind, daß Mortœil ihn musterte, mit gekrauster Nase, sehr von oben herab, und einen Argwohn in den kalten Augen. Siebelind erkannte ihn; er fuhr in die Höhe.

»Himmel, jetzt traut mir der schneidige Mensch ein Gelüste zu nach dem Knaben«, sagte er laut und vernehmlich zu Jakobus, der vorüberging. Der Maler blieb stehen. Siebelind faßte sich.

»Er hat früher ganz dasselbe bei dem alten San Bacco vorausgesetzt, müssen Sie wissen. Übrigens nehme ich es auf mich – auch das. Ich schwelge zur Zeit in Selbsterniedrigung, versichere ich Sie... Das wundert Sie wohl. Ich habe heute mehrmals erklärt, ich sei sehr eitel. Ja, mein Bester, das war nun die Eitelkeit eines, der, vom Kultus seines verachteten Selbst ganz wund und ausgehöhlt, sich selber glauben machen möchte, er hafte an Weltlichkeiten. Sobald er *echt* fühlt, ist ihm die Meinung der unwissenden Glücklichen nicht einmal gleichgültig – es ist ihm sogar zuwider, wenn sie irrtümlicherweise etwas Gutes von ihm halten. Aber er lärmt sich in eine Sucht hinein nach Zutunlichkeit und warmen Händedrücken und schminkt sich, um einmal die eigene elende Klarsichtigkeit loszuwerden, eine hysterische Eitelkeit an...«

Auf einmal brach er ab. Jakobus' Atem ward immer kürzer. ›Der sieht ja aus, als wollte er über mich herfallen‹, dachte Siebelind. Jakobus sagte aber sehr kalt: »Fällt es Ihnen denn nicht auf, daß Sie von sich selber niemals loskommen? Als Sie im Glück waren, haben Sie darin herumgewühlt, bis es entzweiging. Jetzt befinden Sie sich schlecht, und Sie rächen sich durch Entblößung aller Ihrer Widerwärtigkeiten. Sie sind tief, o ja, Sie bohren immer bis in übelriechende Tiefen hinunter, und zwar immer in Ihrem Ich. Da liegt nun Ihre Naivität: an dem Interesse, das Ihr Ich erregen muß, kommt Ihnen nie ein Zweifel. Sehr mit Unrecht, denn Sie sind gar nicht interessant. Nun wundern Sie sich mal!«

Darauf drehte er ihm den Rücken zu – und Siebelind wunderte sich. Allmählich ward ihm ganz heiß, und er bekam Lust, umherzustampfen und zu zetern: ›Ich soll nicht interessant sein? Ich soll nicht interessant sein?‹

Jakobus folgte einem Wink der Herzogin. Er beugte sich über ihren Sessel.

»Also weil sonst die Blätter abfallen –«, sagte sie. Er verstand sofort.

»Sie müssen hinzufügen: auch Ihre eigenen Blätter könnten welk werden.«

»Wie unhöflich!«

»Es handelt sich nicht um Höflichkeit. Jetzt, in dieser Minute, sind Sie Venus, reif und glatt. Ihre Schönheit kann nicht mehr zunehmen und nimmt noch nicht ab. Es ist der Augenblick, der nicht wiederkehrt. Und auch *mein* Augenblick ist einzig; nur in ihm lebt das Werk, und es würde mit ihm sterben. An jedem Ziel unseres Lebens treffen wir ja zusammen. Es haben sicherlich nie zwei Menschen so, in diesem sonderbaren Sinne, zusammengehört, Herzogin, wie wir. Wie mächtig ich das fühle! Wir sind dazu geschaffen, uns gegenseitig zu erheben, uns seltener, herrlicher zu machen, uns die Leichtigkeit der Vollendung zu bescheren und endlich, auf der Höhe, wunschlos einander anzubeten.«

»Oh, all die feurigen Worte!«

»Es ist wahr, sie wären kaum vonnöten. Sie werden ohnehin alles tun, was ich will, meine Geliebte werden und mein Modell –«

»Im Ernst, ich höre das nicht mehr an.«

»Was würde es helfen. Sie haben es schon angehört: ein Sterbender lag zwischen uns, ein Zeuge, der von dem Gehörten nichts mehr herausgibt. Es ist unabänderlich.«

»Vorhin, als Sie die Geschichte zum besten gaben von der grausamen Madonna, wissen Sie, daß ich da im Begriff war, mich Ihrer Bekanntschaft zu berauben? Ich tue es nicht, bemerken Sie das wohl. Denn ich fürchte mich nicht davor, von Ihnen kompromittiert zu werden. Und ich will nicht, daß Sie sich das einbilden. Ihre Begierden und die Gedanken der andern – es sind ja alles nur Spiele um mich her.«

»Ich weiß, Sie bleiben unerreichbar.«

»Darum die Ungeheuerlichkeit Ihrer Anmaßung?«

»Oh, Sie, Herzogin, muß man von einer wagehalsigen Höhe herab behandeln. Man muß Ihnen eine überstarke, ruchlose Männlichkeit vorspiegeln. Die einfache männliche Liebe mißverstehen Sie; sie dringt nicht bis zu Ihnen. Ihre natürliche Überzeugung ist, daß Sie einzig, dem Rest der Menschheit unzugänglich, und unfähig sich ihm zu nähern sind. Und Sie *sind* es! Sie können, ohne sich zu täuschen, niemandes Freund sein. Wie bemitleidenswert sind Sie! Auch in der Liebe – was für eine Liebe! – gibt es mit Ihnen nur Feindschaft – schlimmer noch: Fremdheit.«

Er sah, wie sie erschrak, und war plötzlich heiß von dem Drange, sie in die Arme zu schließen.

»Verzeihen Sie«, sagte er lautlos, »es waren nur böse Worte. Ich will Sie ja lieben, mitten in Ihrer Einsamkeit. Wenigstens den Schmerz von eben müssen Sie vergessen. Wir werden uns sehr lieben und uns gar nicht quälen.«

»Hoffentlich«, erwiderte sie.

»Wir haben schon *vorher* genug miteinander gekämpft.«

»Das wenigstens ist wahr. Ich sehne mich sehr nach Ruhe. Sie werden mich auf dem Lande ein wenig allein lassen. Ich nehme nur Nino mit.«

»Werden Sie mir schreiben, wenn ich kommen soll?«

»Ich weiß nicht... Frau Bettina!«

»Herzogin?«

»Ich schreibe Ihnen bald, um Sie um Ihren Besuch zu bitten. Werden Sie herauskommen?«

»Ja.«

Clelia rang still die Hände. ›Sie ist gar zu einfältig!‹

»Gina«, sagte die Herzogin, »Sie hatten Geschäfte zu ordnen, in Ihrer Heimat. Wann reisen Sie?«

»Ich würde sogleich aufbrechen, aber Nino weigert sich.«

»Du willst nicht?«

Er sah ihr in die Augen.

»Nein.«

»Dann komm mit mir aufs Land, solange deine Mutter fort ist. Wir werden ganz allein mit uns sein und sehr glücklich.«

Tags darauf reisten sie. Es war später Nachmittag, als sie den Berg hinanfuhren zur Villa. Nino war verstummt, er bedachte: ›Ich sitze auf diesen seidenen Kissen neben meiner Yolla, ich entführe sie auf ein Zauberschloß. Es ist ganz eingesperrt in ein Dickicht. Niemand kann hinein zu uns. Ich hatte mir zugeschworen, daß es so sein sollte. Aber glaubte ich wirklich, es würde kommen?‹

Die Weinhügel und die Felder mit Ölbäumen erhoben sich langsam. Der Weg begleitete sie in Windungen, zwischen grauen Mauern; darauf blühten schmale Reihen blaßroter Rosen. ›So still und gerade und andächtig stehen sie da‹, meinte der Knabe, ›wie auf den alten Bildern die Rosen, wenn sie Wacht halten vor der Madonna.‹

Einmal trat weit dahinten, in der Höhe aus lauter wogenden Kronen eine Treppe heraus – nur ein paar schmale Stufen; unter ihnen schlugen die Bäume wieder zusammen.

»Dort werden wir hinaufgehen«, sagte die Herzogin.

»Dort werden wir hinaufgehen«, wiederholte er, ohne es zu fassen, ohne fest daran zu glauben. Eine winkende Treppe, droben in der Luft, nur von rankendem Grün getragen und verschwindend, wer wußte wo, in Märchen wohl – die sollte er hinansteigen, mit Yolla... Es war nicht auszuhalten, all die Seligkeit. Er seufzte.

»Ich wollte, wir kämen niemals an«, sagte er leise.

Sie lachte: »Meinetwegen. Wie frisch riecht all das Laub. Hier ist die Sonne gut und milde. Weißt du wohl, die Kanäle faulten sehr.«

Sie erinnerte sich, wie unfroh ihre Gondel im engen Schatten hingeschlichen war. Ein eherner Himmel lastete auf den schweigenden Palästen. ›Ich will ausruhen‹, dachte sie. Sie atmete voll, ihr Blick strich hinunter über den tiefen Irrgarten von Reben, über der Oliven weite Silberwellen, und hinaus in das friedlich besonnte Land. Auf jenen Hügel lagerte sich ein Wolkenschatten. Im Licht oder dämmernd lauschten am Abhang die Villen. Dahinter starrte eine blauschwarze Bergwand von Nadelholz. Überall tauchten aus Kränzen und Versenkungen schimmernden oder stumpfen Grüns steinerne Inseln auf. Türme mit Zacken, winklige Mauern, Pfeilerhallen, lange Schloßflügel wurden zerstückelt und in Schatten geworfen von dicken Baummassen oder stiegen blendend hinein in den Duft der Ferne.

›Oh, es ist weit bis – zu ihm. Hier bin ich in Sicherheit.‹

Unsichtbaren Beeten zu ihren Füßen, jenseits der Wegeinfassung, entschwebten Heliotropdüfte. Die Pferde schnoben; Schaumflocken flogen von ihren Gebissen, leicht und glitzernd. Auf einem Acker wehte ein Rosenschleier, eingestickt in das blasse Gewebe der Ölblätter.

»Nun sind wir wohl doch angekommen?« fragte Nino. Sie hielten vor einem Tor. Die Mauer war von Efeu dicht verhüllt. Steineichen überdachten sie glänzend und schwer. Ein alter Mann lief herbei, er schwenkte die Arme und kreischte Begrüßungen. Einige andere Leute zeigten sich.

»Bleibt alle hier«, befahl die Herzogin. »Wir benützen die Treppen.«

Sie verließen den Wagen; er fuhr auf der Straße, in großem Bogen, den Garten hinan. Die Herzogin sprach noch mit dem Alten; Nino suchte den Anstieg.

»Hierher, junger Herr«, sagte eine der Dirnen. Sie sah ihn an; ihre Zunge schlängelte heraus und legte sich mit der Spitze rot vor die oberen Vorderzähne.

Die Herzogin kam; sie gingen geradeaus über eine schräge Wiese. Vor dem schwarzen Schatten, womit getürmte Wände von Lorbeer und Lentaggine ihren Hintergrund zudeckten, bäumte sich, leuchtend und flatternd, das Flügelroß. Neben dem Schatten glänzte das Gras sehr weich.

Dann stiegen sie mitten hinein in die Mauern aus Laub, über ein Gerüst doppelter Treppen, die sich trennten, in Winkeln wieder zusammentrafen und einander hinangeleiteten von einer Terrasse zur andern. Bald war's eine flache breite Rampe, und droben, in seiner Nische aus blitzendem Lorbeer, auf seinem Sockel, dem ein Quell entrann, ragte Apoll und erwartete, die Leier auf der Hüfte, herrisch die Nahenden. Bald war's eine Stiege, eng und steil, und im Rascheln der Blätter vernahmen die Vorüberstreifenden das leise Lachen des Satyrs; er streckte die spitzen Ohren aus grünem Dunkel.

Auf einmal drückte Nino den Kopf in den Nacken.

»Yolla, da ist das Haus. Es ist ganz offen und voller Rosen. Werden wir wirklich dort wohnen?«

»Mitten unter Rosen – wenn du möchtest. Sie hängen um Säulen, siehst du. Die Säulen tragen eine Loggia; sie versinkt halb im Lorbeer und in Rosen. An ihr vorbei zieht die Balustrade, die diesen Stufenbau beherrscht und den Gartenhügel säumt. Auf ihr die weißen Büsten, die nenne ich dir alle mit Namen. Es sind alles Menschen, in deren Leben etwas sehr Schönes uns stolz macht.«

Sie traten hinaus auf die helle Fläche; ein Brunnen begrüßte sie mit Gemurmel – und sie erreichten das Haus. Seine Breite lag seitwärts. Es war niedrig, lang, und hatte hohe, blinkende Fenster, spitz gegiebelt. Es schob seine Freitreppe in gelassenem Schwunge zwischen Bosketts von Sabinen- und Lebensbäumen, mit hell-lila Früchten.

Sie speisten in einem kühlen Saal. Seine fünf Fenster standen offen. Draußen hing ein rosiger Duft. In der

Ferne durchbrachen ihn der Zypressen schwarze Kegel. Sie ränderten sich silbern, eine nach der andern. Es war Abend.

In der Nacht wachte Nino auf. Er hörte Grillen zirpen und das Geplätscher des Brunnens. Er sah ins Dunkel und sann. Plötzlich senkte sich etwas auf seine Stirn, voll und weich.

›Ja, sie ist hier gewesen, gestern abend, und hat mich geküßt. Ich schlief schon, aber ich habe es doch gefühlt. Ich fühle es noch. Nun schläft sie wohl, und ich denke an sie, ich ganz allein. Denn in diesem weiten Hause ist niemand außer uns beiden. Ich will mir genau vorstellen, daß keiner den Brunnen hören kann als Yolla und ich. Nun knarrt ein Fenster, ist es ihres? Wie seltsam! Es führen gewiß lange, fremde Gänge bis zu ihr. Ich kenne nicht die Tür, durch die sie eingetreten ist. Welche Bäume in ihr Zimmer sehen, weiß ich nicht. Und doch, wenn ich jetzt »Yolla« sagte, vielleicht hörte sie's. So nah ist sie und so ungewiß; als ob wir Geister wären. Ein Geisterschloß ist dies. Die Diener von gestern stehen jetzt gewiß wieder in den Büschen als Marmorbilder mit Bocksfüßen...‹

Am Morgen, mit noch geschlossenen Lidern, fiel es ihm zu süßem Schrecken ein, wo er sei. Er stand auf, immer noch blind, er tastete sich ans Fenster, beugte weit den Leib hinaus und öffnete auf einmal die Arme und die Lider. In der feuchten Frühe zwitscherte es, blinkte und blaute. Die Früchte spiegelten sich in den Wasserflächen und in taunassen Gräsern die Blumen. Aus den Brunnen tranken die Vögel zusammen mit den Tritonen. Die Steinernen duckten sich unter die rinnenden Schalen. Sie hatten weiße Schultern; die Hand, die das Wasser schöpfte, und der fleischig gedrückte Schenkel, über den es rann, waren begrünt.

»Schau doch die schöne Frucht!« sagte jemand mit verstohlenem Kichern. Nino sah hinunter in das Gesicht des Mädchens, das er kannte. Sie hatte wieder die Zungenspitze vor die Zähne geschoben. Sie war breithüftig, ihr Haar war kraus, ihre Wangen rot. Sie betrachtete, eine Hand am Spalier, des Knaben bloße Füße und seine Beine; ihre Form zeichnete sich ab im Hemde. Er hing über der eisernen Brustwehr des Fensters; es stand offen bis auf den Boden.

Ihre Zunge bewegte sich; auf einmal warf sie den Pfirsich in die Höhe. Er klappte gegen Ninos schmale und ungeübte Hand und fiel ins Gras.

»Bist du ungeschickt, junger Herr!«

»Ich habe dich ja nicht um den Pfirsich gebeten.«

»Nimmst ihn aber doch!«

Sie zielte noch einmal; er fing. Dann zog er sich zurück. Er kleidete sich an und dachte.

›Yolla ist noch nicht aufgestanden, es ist sehr früh. Soll ich das Frühstückzimmer suchen? Ich will lieber noch gar nichts kennen hier; es soll noch das Geisterschloß bleiben... Wie der Pfirsich sich üppig anfühlt! Wie Yollas Haare fast. Er schwillt mir in der Hand, als sei er mit nichts als Saft gefüllt.‹

Er aß ihn. Dann lugte er aus dem Fenster; das Mädchen war fort. Er stieg am Spalier hinab und lief davon, zwischen Magnolien, Granatbäumen und Erdbeersträuchern mit weichen, klebrigen Früchten, bis hinüber, wo Steineichen ihre gestutzten Kronen zu Lauben schlossen. Oben im Licht gleißten sie hart, tiefe Nacht hauste unter ihren Dächern, und vor ihren Toren schaukelten wilde Rosen. Hoch über ihnen, irgendwo in der Ferne, schwang sich schimmernd ein Gott. Sie durchkreuzten einander, vielfältig und unentwirrbar; Nino verlor sich in ihnen, hinter weiten Zielen, hundertmal verhängten und freigegebenen, einer Vase, einem Bilde – oder, im smaragdenen Grase, einer Marmorschwelle, die lockten und verhießen: Hier ist der weichste Rasen, die lieblichste Sonne, der laueste Schatten.

Nino ließ sich nirgends festhalten, er meinte, es müsse immer noch schöner kommen. Er fand den Bergweg und folgte ihm, dem Garten entführt, bis zur Kuppe. Im Winde standen oben, kranzmäßig und gegen eine helle Wolke, sechs Zypressen, unbewegt und wie aus grünem Marmor. Nino setzte den Fuß in ihren Kreis, aber er verwickelte sich in Netze. Aus einer Holzhütte hinter den Bäumen stürzte der Alte von gestern, kreischend und die Arme schwenkend.

»Gehe nicht weiter, junger Herr, gleich hätte ich sie gehabt.«

»Wen.«

»Die Vögel. Siehst du nicht? So ziehe ich diese Netze zu. Ich kann hundert auf einmal fangen – was sage ich, tausend. Wieviel glaubst du, daß ich voriges Jahr gefangen habe? Dreißigtausend. Im ganzen Lande –«

Er wies hinunter.

»– essen sie meine Vögel.«

Der Knabe sagte heftig: »Es sind nicht deine Vögel. Ich verbiete dir, sie zu töten.«

Der Alte sprang umher.

»Die Vögel? Und wozu sind denn die Vögel da! Man fängt sie eben, die Frau Herzogin hat es niemals verboten.«

»Sie weiß es natürlich gar nicht. Darum verbiete ich's dir, ich!« Er stampfte auf. Wie war dieser Alte häßlich: hochschulterig; kahlschädelig, mit langen, knorpligen Gelenken – und er wollte die schönen Vögel töten. Nino umkreiste stolzen Schrittes die Zypressen, verächtlich trat er in die Netze. Dann machte er sich an den Abstieg. Der Mann setzte ihm nach.

»Junger Herr, habe Mitleid mit einem armen Alten, sage es nicht der Frau Herzogin.«

»Ich kann nichts versprechen«, erwiderte Nino und eilte davon.

›Ich werde es wohl nicht sagen‹, so überlegte er, ›Ritter prahlen nicht viel. Das war ein wahrer Zaubergreis, ich werde auf ihn achtgeben: ich entreiße ihm noch all die hübschen Geschöpfe, die er töten möchte.‹

Er pfiff, das Gesicht nach oben gewendet. Dort zogen Wolken: eine sah aus wie das leichte, flatternde Gewand um eine Frau. Daneben formte eine sich zum Ringe, und das Blau, das sie einfaßte, kam ihm tief vor wie ein Brunnen – ja, golden vor Tiefe, als berge der Brunnen eine Krone.

Bei einer Biegung eröffnete sich ihm der Garten. Er sah hinab auf die Steineichen. Lange Rosenketten schlangen sich über ihre glitzernden Gewölbe und bis in den Hintergrund, wo sie nur noch umherwehten als ein rosiger Rauch. Ein paar kalkweiße Flecken durchbrachen dort die Büsche.

»Da ist es. Da ist das Schloß«, sagte Nino ganz laut. Er setzte die hohle Hand an den Mund und blies, wie in ein Horn. Dann wandte er sich, als wartete hinter ihm ein Gefolge.

»Nicht wahr, ihr Holzhauer, das ist das Schloß, wo Dornröschen schläft? Ich wußte es. Ihr, meine Jäger, ihr Knappen, bleibt alle zurück. Haltet die Rüden an der Leine. Folge mir keiner: die Hecken öffnen sich nur mir allein. Ich komme nach hundert Jahren.«

Er war unten, er schlenderte, eine Hand auf der Hüfte, bis an die Balustrade über den Terrassen. Er hüpfte zwei Treppen hinab, fuhr mit den Fingern über die dicken rostigen Saiten auf der Leier des Apoll – sie blieben stumm – und sah in die Höhe. Die Loggia weitete sich in der Sonne und voll Rosen. Er stieg wieder hinauf, bis unter ihre Bögen. Auf dem Geländer tänzelte er geradewegs hinein in das Gebüsch aus Lorbeer und Rosen, woraus sie sich erhob. Er reckte sich, prüfte den Abstand. Sie war geschützt durch eine niedrige, durchbrochene Marmorwand. Ein geschmiedeter Fackelträger ragte quer heraus. Nino vermochte ihn zu fassen, er zog sich hinauf, er erreichte den Boden und stieg über die Wehr. Auf seiner Schulter war ein Rosenzweig hängengeblieben.

Er sah sich nicht um: er trat, die Hand auf die Hüfte, an die offene Saaltür. Drinnen lag die Herzogin in einem geflochtenen Stuhl. Sie stützte die Wange in die Rechte. Aus ihrer lässigen Linken glitt ein Buch langsam hinab an den Falten des weißen Gewandes.

»Liebe Yolla«, flüsterte er, und »liebe, liebe Yolla« – immer ein wenig lauter, bis sie es hörte.

»Aber woher kommst du denn?«

»Aus dem Garten.«

»Wie ist das möglich, die Mauer ist ja höher als du.«

»Du irrst dich, es ging. Übrigens *wollte* ich es.«

»Komm einmal heraus«, rief sie und sprang auf. »Sieh dort hinunter. Es ist steil, nicht wahr, und tief. Ich wußte gar nicht, daß du so gut turntest.«

»Ich tue es auch gar nicht«, erklärte der Knabe und errötete. »Aber soeben habe ich Dornröschen gespielt. Ich war der Prinz.«

»Ah. Und ich –«

»O nein, du nicht«, versicherte er eilig und senkte den Kopf. Aber sogleich erhob er ihn wieder, erblaßt.

»Doch: du, Yolla.«

»Ich bin ja stolz darauf«, sagte sie, ohne zu lächeln. Sie löste die Dornen von seiner Schulter und heftete die Rosen sich selber vor die Brust.

»Was hast du sonst getan?« fragte sie.

»Ich habe einem gemeinen Menschen ein Unrecht verboten.«

»Er hat dir hoffentlich gehorcht.«

»Gewiß.«

»Nun, du würdest nicht dulden, daß er sich weigerte.«

Sie sah ihn an, ganz ernst. Ihres Vaters Worte fielen ihr ein: ›Das schlimmste wäre, wenn einer es an Ehrerbietung gegen dich fehlen ließe. Ich würde ihn schwer bestrafen. Nötigenfalls würde ich ihm den Kopf abschlagen lassen.‹

Dann erkundigte sie sich: »Kennst du schon die Allee des Schweigens?«

»Ich glaube nicht.«

»Auf der Schattenseite, drüben am Abhang. Heute nachmittag gehen wir hin, willst du?«

Er langweilte sich nach Tische, während sie ruhte, und war sehr neugierig auf die Allee des Schweigens. Aber er ging nicht hin. Er blieb mit seinem Dante am Steintisch sitzen, mitten in einer gedeckten Galerie von Steineichen, an dem Punkte, wo sie durchschnitten ward von andern Lauben und wo im leisen Zugwind so viele Blätter raschelten, daß er sich oftmals umwandte nach ihren Schritten. Plötzlich aber, wie er gerade ganz in den Versen war, lag ihr Arm auf seinem Nacken. Er regte sich nicht und bebte heimlich – bis sie ihn mitkommen hieß.

Sie erreichten den jenseitigen Rand des Hügels; hohe Lebensbäume begleiteten seine Senkung, wild verrankt. Zwischen ihren dumpf duftenden Mauern schwoll droben ein Strom von Blau. Am Saum der stillen Straße zu ihren Füßen hatten Gäste aus Stein sich verspätet. Männer in Togen stützten das Kinn in die Hand; mächtige Damen betrachteten ihre kleinen Füße; Hermes trug mit Verwunderung auf seiner Faust ein winziges Kind – er, der so schön und schnell war.

Unten traten sie in ein weites Rund; Nadelbäume und Gestrüpp schlossen es finster. An ihnen entlang bogen sich alte Marmorbänke. Die Mitte des Platzes umkreiste, weit und übertürmt von Riffen, ein Brunnen. Seine Najaden verlockten nackte Reiter; sie warfen sich ins Wasser, sie schwangen die Schwerter. Neptun, auf dem höchsten Felsen, drohte ihnen mit erhobenem Dreizack. Die Meerweiber flüchteten, flatternden Haares, mit versteinertem Geschrei. Sie stürzten in die Kaskade. Tritonen begünstigten ihre Flucht, aber drunten harrten ihrer, ein Bein über dem Brunnenrand und lüstern grinsend, Satyrn und Faune.

Die Herzogin lehnte sich über das Gitter und sah dem Spiele zu.

»Es ist verschwenderisch mit Abenteuern«, sagte sie, »und arm an Wasser.«

Nino sagte: »Das wußte ich, daß du heute an diesem Brunnen stehen würdest.«

»Du warst also doch schon hier?«

»Nein...«

Der Knabe blickte in das Becken; es war, unter dem reinen Himmel, ganz von Blau erfüllt, – und auf seine Geliebte. Sie war in einem weichen, weißen Kleide; es fiel ohne Einsenkung von den Schultern bis auf die Füße. Sie bewegte sich, sie sprach ein Wort, und das leichte Gewebe schwankte, alle Umrisse formend, an ihren Gliedern hin. Er dachte an das Verwehen einer Wolke.

»Aber am Himmel habe ich es gesehen«, versetzte er.

Sie antwortete nicht; und beide lauschten sie, mit geneigten Stirnen, dem Erwachen der Brunnen. Der Park war voll von ihnen. Sie waren fern, sie lagen versenkt im Dickicht, und sie versiegten. Aber nun, in der tiefen Stille, begrüßten sie einander. Sie wisperten, sie seufzten und sangen kaum vernehmlich. Der Knabe meinte fast, es seien die Stimmen der schillernden Blumen auf dem Kleide seiner Geliebten, ihre Glieder entlang, – wer weiß, vielleicht die eigenen Stimmen ihrer Glieder. Es hauchte ihn daraus eine Ermattung an, eine Verleitung zu Traum und Hingabe mit gefalteten Händen. Er dachte: ›Yolla trägt jetzt weitere Gewänder. Früher ging sie in knappen Kleidern und rasch. Jetzt ruht sie gern, sie ist blaß und schließt die Augen.‹

Da hörte er sie sagen: »Du lebst ja auch mit dem Gefühl, Nino, – du auch. Ich habe auf die Art schon soviel gelebt, habe mich verschenkt an Träume und an Bilder, und gefühlt – gefühlt. Es war wie eine Wanderung im heißen Sande, scheint es mir heute, durch die halbe Wüste, mit trockenem Munde und verbrannten Sohlen. Jetzt möchte ich eine Oase erreichen und mich abkühlen. Man soll mich fächeln, ich will an nichts denken. Man soll mich lieben.«

Sie hatte das Gesicht nicht erhoben. Er hörte ihre Worte einzeln fallen, als tropften sie ins Wasser. Sie entgingen ihm und machten ihn ängstlich.

»Du siehst«, sagte sie, »ich spreche mit dir als mit einem richtigen Freunde. Du und San Bacco, ihr seid meine Freunde.«

»Yolla –«, murmelte Nino.

»Wie dankbar bin ich dir für diesen Namen. Wie konntest du ihn erfinden? In meinem ganzen Leben, mußt du wissen, hatte noch keiner mir einen Kosenamen gegeben... Man soll mich nur lieben«, wiederholte sie ganz schwach.

Nach einer Weile richtete sie sich auf und ging zur Bank. Sie setzte sich in eine Ecke, mit dem Rücken gegen einen leeren Sockel. Nino betrachtete sie, brennend und scheu. Das Kleid raffte sich über ihren gekreuzten Schenkeln in kleine scharfe Querfalten. Die längeren, vom Halse herabgestiegenen, verliefen, gewellt und üppig, um ihre Hüften. Ein Arm bog sich dem Haupte zu; es ruhte hell auf dem schwarzen Vorhang der Koniferen. Der andere streckte sich schlaff auf die alte, grün behaarte Marmorlehne. Er sah nackt aus bis über die Schulter, in der durchsichtigen Silbermuschel des gebauschten Ärmels. Sie verlangte: »Nun sage mir, was du vorhin gelesen hast.«

Er sah in die Höhe. Auf zwei Zypressen hinter ihr,

ganz oben im Wipfel, hockten zwei weiße Tauben und girrten. Er begann leise, und den Blick an der Spitze der Zypressen:

>»Amor ch'a cor gentil ratto s'apprende,
Prese costui...«

Er sprach immer weiter, ohne nachzudenken. Die Worte kamen mit seinem Atem, er rief sie nicht. Er kannte kein anderes Liebesgedicht als das von Francesca. Sie sah von unten über sein Gesicht; das Licht glänzte darauf, es erhellte ein wonniges Leiden, eine begeisterte Sehnsucht, zu schmelzen inmitten dieser Verse – als ein süßes Wort von vielen – und mit der Luft, die es ihr zutrug, eine Sekunde lang um ihre Brust zu fließen.

Auf einmal wandte sein Blick sich hinunter, auf ihren Arm, auf ihren Hals. Nino stockte; er schüttelte langsam den Kopf. Sie las in seinen Augen: ›Was helfen alle Verse, was aller betäubende Drang, fliegenden Herzens, hin zu dir!... Nichts dringt bis zu deiner Schönheit. Sie ist ganz unerbittlich. Warum prüfst du mich so müde und so innig, unter schweren Lidern hervor? Yolla, liebe Yolla, du bist grausam vor lauter Schönheit.‹

Dann beendete er:

»Quel giorno più non vi leggemmo avante.«

Aufseufzend setzte er sich neben sie. Still sahen sie dem Weben des Abends zu. Er breitete wie gestern seine Rosenschleier durch die Luft. Die Spitzen der beiden Zypressen stachen hinein, und die zwei weißen Tauben verfingen sich darin. Sie flatterten sanft davon, mit Füßen gleich Blutstropfen.

Der runde Platz versank langsam in Grau. Die Herzogin nahm den Knaben bei der Hand; sie durchschritten wieder die Allee des Schweigens. In einem schrägen Sonnenstreif flimmerte der Kies violett. Jede der steinernen

Gestalten ergab sich der Einsamkeit und dem Dunkel. Einmal leuchtete eine auf; wie Nino sich umwandte, war sie nur noch eine Schattenform. Der breite Himmelsfluß, droben zwischen den schwarz gezackten Lebensbäumen, zog träge und blaßsilbern. Und unter ihm bewahrten alle das Schweigen: ergebungsvolle Weise, geduldige Liebende, verschüchterte Götter.

Der Knabe schwieg an der Hand seiner Geliebten, deren Gewand schaukelte. Er sagte sich mit Bedacht: ›Ich werde wohl auch einmal sterben, so seltsam das ist. Dann will ich daran denken, daß ich diesen Tag erlebt habe. Was soll das übrige?‹

›Ist es denn nicht möglich?‹ fragte er sich eine Woche lang, in den Irrwegen der Bosketts, auf dem Berge, bei den Brunnen und in seinem Zimmer – und ›Was?‹ antwortete er sich selbst.

›Sie nennt mich ihren Freund. Niemals lächelt sie über mich, nicht einmal wenn ich mich verraten habe und mich schäme. Sie selber gesteht mir Geheimnisse – ich begreife sie nicht, doch erschrecken sie mich, und ich meine, es seien eher die Brunnen im Dickicht, die so sprächen... Nun also, könnte sie mich nicht lieben wie einen Mann? Es klingt verrückt, das weiß ich natürlich, aber nimm einmal einen Augenblick, nur im Spiel, die Möglichkeit an. Du bist ja kein Kind mehr, bist keinen Kopf kleiner als sie selbst, nicht wahr? Denke einmal an das Bild der Heiligen Katharina, in unserer Kirche beim Lyzeum. Was für eine große, mächtige Frau – und wie bewegt und zärtlich bietet sie ihre üppige Hand ihrem Bräutigam: dem kleinen Jesuskind.

Sie ist schön! In weißem Damast und goldenem Mantel, ganz behangen mit Perlenschnüren und im Haar eine Krone voller Edelsteine. Die Engel singen; rote Fahnen schlagen hinter ihnen zusammen um weiße Säulen... Was für ein Fest! So sollte es sein, gerade so, mit Yolla und mir.‹

Er beschwor sich, in der Angst, seinen Traum entflattern zu sehen.

›Überlege doch, wäre ich achtzehn, nein nur siebzehn und hätte zwei, drei Barthaare, dann würde niemand sich wundern. Heißt es nicht, daß Antonio Fabrizzi, aus der achten Klasse, der Geliebte der Frau eines Obersten ist? Drei Jahre fehlen mir, das ist alles – und was wäre das für eine Welt, in der das unermeßliche Glück – weiß ich denn, wie es überhaupt *wäre*? – nicht sein kann, bloß weil einer drei Jahre zu jung ist.‹

Er riß sich an den Kleidern vor der Brust, und an den Handgelenken.

›Willst du denn nicht wachsen, nicht breiter werden! Ich würde mit dem Teufel ein Bündnis schließen! Er sollte mich zum Manne machen, für heute und ein Jahr, und mir Yollas Liebe geben. Mag er dann meine Seele nehmen... Ein Jahr? Nein, ein Tag. Für einen Tag täte ich's! Leider will von mir der Teufel nichts wissen – wahrscheinlich, weil ich von ihm nichts weiß. Warum müssen wir auch ungläubig sein! Warte einmal...‹

Und er überließ sich seinen Vermutungen über Wirklichkeit oder Fabel der göttlichen Dinge. Sie geleiteten ihn langsam in den Traum hinüber.

Am Morgen beschloß er pochenden Herzens: ›Ich frage sie, ob sie mich heiraten will. Es ist im Grunde vielleicht sehr einfach, nur meine Grübeleien verwickeln die Sache. Es soll immer so sein bei Liebenden... Sie sagt ja, weil sie mich liebhat. Wir warten, bis ich zwanzig bin...‹

Am Abend zog er die Decke bis übers Kinn, biß die Zähne zusammen und murmelte: »Wie geht es zu, daß solch ein Wahnsinn in meinem Kopfe entsteht?«

Beim Aufwachen schlug er die Hände zusammen.

»Aber ich liebe sie so sehr! Muß sie es nicht erwidern? Es kann niemand soviel Liebe umsonst empfangen, es wäre zu ungerecht: die Liebe ließe es nicht zu.

Amor ch'a nullo amato amar perdona –
Yolla ist blaß, sie ist müde, sie trägt weite Kleider. Sie sagt: ›Man soll mich lieben‹ – gewiß, sie meint mich!«

Und nachts stöhnte er: »Nicht mich – ich weiß es ja –, sondern den anderen!«

Er nahm seinen Kopf in beide Hände; er schmerzte ihn vor all den Anstrengungen, womit er in seinem Hirn die Wahrheit unterdrückt hatte.

»Glaube doch nicht«, so rief er dem Nino zu, der am Selbstbetrug hing – »daß ich deine unmöglichen Einbildungen im Ernst anhöre. Ich weiß ja doch, wie es kommt!«

Er wußte nichts – und das war das schrecklichste.

Eines Nachmittags sagte die Herzogin: »Gehen wir hinab auf die Straße! Ich erwarte Gäste.«

Er tat keine Frage; er fühlte sein Blut stocken.

»Frau Bettina und ihren Mann«, erklärte sie.

Unterwegs redeten sie kaum. Die Tage waren schwül geworden. Einmal, bei einer Wendung, sah der Knabe droben aus den Massen Grüns die weißen Stufen treten.

›Nun verschwinden sie wohl für immer‹, dachte er. ›In das Märchen zurück führen sie sicher nicht mehr.‹

Er zerbiß sich die Unterlippe; es gelang ihm, nicht zu weinen.

Die Herzogin sagte matt: »Sie scheinen nicht mehr zu kommen. Kehren wir um.«

Nino ging in Hoffnung und Qual. Die Treppe zeigte sich nochmals. Plötzlich stellte er fest, kalt und beinahe befreit: ›Jetzt ist alles aus.‹

Er hatte Wagenrollen gehört. Jakobus und seine Frau stiegen aus. Er begleitete die Herzogin, Nino mußte Frau Bettina voranführen. Seine taube Ruhe verließ ihn nicht; er ging mit ihr zu Bett, und schlief eine Stunde lang.

Dann öffnete er die Augen und war auf einmal schlaflos wie am lautesten Tage. Eine Angst durchzitterte ihn, bis in die Fingerspitzen. Bei jedem Knacken eines Holzes, bei jedem Blätterrascheln im Garten fuhr sein Fuß aus der Decke.

›Jetzt ist es Nacht, jetzt ist es Nacht. Was geschieht jetzt – Himmel, was geschieht jetzt. Sind sie beisammen? Wenn zwei sich lieben... Sind sie in Yollas Schlafzimmer? Ich kenne immer noch nicht die Gänge, die dorthin führen, und nicht die Tür, durch die sie eintritt. Ich weiß gar nichts! Was tun sie? Wenn die andern in der Schule Geschichten von Weibern erzählten, habe ich mich gestellt, als verstände ich. Warum habe ich es mir nicht erklären lassen! Von dem kleinen Mignatti! Ich hätte ihm mit Prügeln drohen können, damit er's nicht weitersagt... Sie küssen sich, gewiß, dann ziehen sie sich aus. Dann – legen sie sich ins Bett? Und dann, was dann?‹

Er hielt sich den Mund zu und stöhnte.

›Nein! Jene haben gelogen! Alle Weiber könnten solche Dinge begehen. Aber um Yollas willen leugne ich sie. Ich leugne, daß es das gibt!‹

Er kniete im Bett, er reckte flehend die Hände, tränenüberströmt, sinnlos.

»Oh, laß es nicht zu!«

Da schrak er zusammen; er fiel vornüber. Er hatte draußen ein Geräusch gehört. ›Es sind Schritte.‹ Er war schon am Fenster. Es trat jemand aus den Steineichen heraus. Nur einer? Ja, nur einer. Seine Zigarre glomm: es war Jakobus. Er kam näher, er erkannte den Knaben.

»Nino, du schläfst nicht? Komm doch herunter.«

»Gleich!« rief Nino und sprang zurück. Er liebte diesen Mann.

›In den Lauben ist er umhergewandert, indes ich lag und Unsinn phantasierte. Es ist alles, alles nicht wahr!‹

Er warf sich in die Kleider und lief. Inmitten seines Jubels ergriff ihn die Furcht, die Füße möchten ihm versagen. Aufatmend sagte er: »Da bin ich.«

Sie gingen lange nebeneinanderher. Jakobus dachte: ›Ich halte es nicht aus, mit ihr unter einem Dache zu schlafen, und getrennt von ihr. Es ist eine Demütigung. Ich werde gar nicht zu Bett gehn. Wenigstens habe ich diesen Buben bei mir, der mir so sympathisch ist. Ich glaube manchmal, wenn er nicht wäre, würde sie mich gar nicht lieben. Es war mir eine Wohltat, ihn bei ihr zu wissen.‹

Er tastete nach seinen Zigaretten. »Magst du eine?«

Nino rauchte und freute sich seiner Ruhe und Sicherheit.

›Ich habe ihn neben mir – da, ich brauche bloß die Hand auszustrecken. Es kann nichts geschehen.‹

Und inzwischen wanderten sie immer in die Runde, unter den flimmernden Sternen; wanderten den Berg hinab und wieder zur Höhe, zwischen den Lebensbäumen mit den mondgrellen Bildern und im Schatten der Bosketts, die Rosenhecken entlang, durch das Dickicht und um die Brunnen herum – aber niemals am Hause hin und unter seinen offenen Fenstern, aus deren einem die Nachtluft schlummernde Atemzüge heraustrug; den Atem ihrer Geliebten.

›Ich habe fast die ganze Nacht gewacht – für Yolla‹, so sagte sich Nino mit Stolz. Aber er war müde und lungerte umher. Nach dem Essen, als sogar die Vogelstimmen einschliefen und man nur noch die Hitze schweigen und brüten hörte, schlich er die Bilderallee hinunter, an dem großen Brunnen vorbei mit seiner Jagd von Reitern, Nymphen und Tritonen – und in die Büsche. Sie umstanden verwildert den runden Platz. Man mußte sich durchschlagen bis in ihre Tiefe, auf engen Pfaden, von Dornen überspannt. Distelblüten reckten ihre gelben Köpfe und dufteten seltsam. Ein Eichkätzchen raschelte. Ein großer scheuer Vogel hastete dicht beim Fuß des Tastenden mit rauhem Schrei und flügelklatschend in die Höhe.

Endlich gelangte der Knabe auf ein geräumiges Dreieck,

mit Gras bewachsen und seit langem erobert und formlos gemacht von wuchernden Hecken. Ein Vorhang hoher Platanen, die Efeu bekleidete, war vor ihnen herabgelassen. Den spitzesten Winkel des Platzes schnitt er ab. Nino drückte sich hindurch, in das Versteck. Da ruhte unter einem hängenden Felsblock, im hohen Rasen, etwas Begrüntes, Marmornes. Es war wohl einmal eine Brunnenschale gewesen; noch früher ein Sarkophag. Darüber, am Felsen, starrte eine große steinerne Maske; ehemals hatte sie gewiß Wasser gespien. Eine zweite, mit hohlen Augen und aufgerissenem Munde, gähnte in der Wand des antiken Troges; sie hatte einst das Überquellende entlassen.

Nino brach ein Loch in den Efeu, der die Ränder überrankte. Er kroch in die Höhlung und streckte sich auf die Kissen trockener Pflanzen. Eine Blindschleiche glitt ihm durch die Finger und verschwand. Dann war er ganz allein. Über ihm, an der luftigen Decke aus herzförmigen Blättern, humpelte, mit dem Rücken nach unten, ein dickbäuchiger Käfer. Es war still, kühl, es duftete nach welkem Laub. Er brauchte sich nur halb aufzurichten und konnte sein Gesicht in die Maske hineinlegen, die als Ausfluß gedient hatte. Aus ihren Augenhöhlen lugte er, zwischen den Platanen hindurch, auf das verwahrloste Dreieck mit dem unbetretenen Rasen. Ein paar Sonnenstrahlen fanden und verloren sich darin. Eine Blume glänzte auf. Eine Meise sang. Der Himmel war dunkelblau. Nino fiel zurück und schlief ein.

Im Aufwachen hörte er, irgendwo dahinten, Jakobus sprechen.

»Ich kann machen, was ich will: der Akt bleibt flau in der Farbe. Die grüne Beleuchtung ist zu unglücklich... Und Sie wollen durchaus nicht droben vorm Hause?«

Die Herzogin sagte: »Sie verlieren den Kopf. Ich werde mich ganz nackt vor eine Rosenhecke stellen.«

»Es wäre doch sehr schön«, meinte Jakobus.

»Wären Ihre Leute Ihnen lästig? Man könnte alle fortschicken.«

»Oh, die würden mich wenig kümmern.«

»Meine Frau doch auch nicht; die schickt man mit fort... Aber?«

»Aber!«

»Ach! Gewiß der Kleine.«

»Malen Sie, bitte.«

Es ward wieder ganz still. Der Schrei »Yolla!« sprengte des Knaben Brust; aber niemand vernahm ihn. Er kniete, bebend und entrückt, in seinem Versteck, das Gesicht hinter der Maske, – und er sah sie. Sie hielt sich reglos, halb im Profil, den Hals gewendet und mit zurückgelegtem Kopf; ihr Haarknoten glitt tiefschwarz über den matthellen Nacken. Sie stützte sich auf das rechte Bein, das linke stand leise gebogen; und ihre Arme streckten sich, mit nach außen geöffneten Handflächen, abseits von den Hüften, gespannt und leicht und in Bereitschaft, sich aufzuheben zu einer Umarmung ohnegleichen.

Sie deuchte dem Knaben weiß – weiß, wie er sich nie einen Frauenleib vorgestellt hatte; aber nicht einem Marmor gleich, nein, eher vom Schimmer einer Blüte. Ihre Knöchel lugten, feine, blasse Blumen, durch das Gitter des Grases. Und der Erde entstiegen war sie ganz. Sie war eine Schwester der Bäume ringsumher. Die Sträucher griffen nach ihr mit ausgeschossenen Zweigen, und glätteten, mit langsamer Liebkosung, die langen Rundungen ihrer Schenkel. Der Himmel umhüllte ihr Gesicht, er wollte es entführen. Sein Blau brach, als siegreicher Widerschein, aus der Nacht ihres Haares. Ihren Arm sprenkelte, klar umrissen, ein Blätterschatten, und darauf das Abbild eines hüpfenden Vögelchens. Ihren Brüsten, spitz schwellenden, seltenen Kelchen, hatte die reiche Erde das Fest ihrer Säfte geweiht, und die Sonne trug sie, rund und kostbar eingefaßt in goldene Reifen.

»Der Akt steht nicht«, murmelte Jakobus, murrend. Er pinselte, als ob er Hiebe verteilte. »Übrigens interessiert er mich nicht.«

»Sie sehen«, sagte die Herzogin, »ich bin nicht Ihre Venus.«

Er schwieg und dachte: ›Am Sterbebett des Alten warst du's doch. Ich fing an, die Venus in dir zu *sehen*. Jetzt zieht sie sich zurück, in dich hinein, je näher ich dir komme. Werde ich sie fassen, wenn ich dich in den Armen halte? Wie habe ich es nötig, daran zu glauben! ...‹

Er sagte: »Sie sind nicht Venus? Dies ist nicht die Art, es mir zu beweisen. Ich warte auf die andere Probe. Wie lange noch?«

Sie erwiderte nichts. Nino flüsterte: »O Yolla, ich habe Angst. Was tust du mir. Solche Seligkeit ist furchtbar. Du bist gar nicht mehr Yolla; ich ahnte nicht, daß es das gäbe. Du gehörst den Bäumen und der Sonne und den Eidechsen – ich weiß nicht. Mir ist schwindlig: es ist das Licht, in seinen Kreisen blühen deine Glieder auf. Sie breiten sich wie ein Gürtel von Licht um diesen Platz – nein, um alles, was ich sehe... Nimm mich mit in die Welt, in die du hinüberfließt, Yolla! Reiß mich heraus aus dem Loch, ich kann mich nicht rühren!«

Er glaubte zu schreien, und bewegte kaum die Lippen. Er fühlte, wie all sein Leben sich in die Maske flüchtete, durch ihre leeren Augen hinaus, und zurück in die ganze Natur – mit der Geliebten. Seine schwachen Schultern preßten sich fest an den Rand des alten Sarges. Er kniete, er konnte nicht umfallen, der Raum war zu eng.

Es ward Abend, das Gras wehte; da ging der Knabe heim. Er ließ sagen, daß er nicht essen wolle, und legte sich schlafen. Er hatte keinen Traum und erwachte mit dumpfem Kopf.

›Nun ist es vorüber‹, dachte er, ›nun habe ich alles genossen... Wenn ich bedenke, daß ich noch gestern nacht vor Furcht ganz närrisch war, der andere könne bei ihr sein. Jetzt ist es mir riesig gleichgültig. Mag er sie doch malen: als ob sie ein gewöhnliches Weib wäre! Ach! ich – ich weiß nun, was sie ist. Es liegt hinter mir; nie, nie werde ich's wieder erleben... Und dieses Unsägliche, dieses Übergewaltige habe ich Yolla genannt. Ich habe es küssen gewollt, habe wohl gar noch mehr gewollt? Ich wollte sie heiraten! Wie ist das unglaublich lächerlich! Ich könnte ja auch... auch...‹

Er suchte.

›Das Meer könnte ich heiraten! Oder Gott!‹

Er schämte sich, er empfand Überdruß an sich und aller Welt. Er meinte nur noch in der Einsamkeit leben zu können. Tagsüber versteckte er sich draußen. Beim Essen saß er mit niedergeschlagenen Augen. Bettinas wässerige Blicke reizten ihn; sie forschten immerfort: »Du auch?«

Jakobus war nicht heiter. Die Herzogin fragte ihn: »Und Ihre Venus?«

»Ich habe sie zerschnitten. Soll ich morgen wieder anfangen? Was meinst du, Nino?«

»Sie wollen wohl Yolla als Venus malen? Haha.«

»Ist das so lächerlich?«

»Oh, dumm ist es!«

Jakobus biß sich auf die Lippen. Die Herzogin sagte: »Weißt du nicht, daß du uns beide kränkst: Herrn Jakobus und mich.«

»Dich nicht!« rief er mit Leidenschaft.

»Warum sind wir heute so trübe? Nino, du schmollst mit mir. Gestehe: warum?«

Die wütende Scham übermannte ihn wieder.

»Du sprichst ja, als sei ich in dich verliebt«, versetzte er, abweisend, und verstummte.

Nachher war er verschwunden. Die Herzogin stand am Geländer der Loggia, in der Kühle, unter den nächtlichen

Rosen. Jakobus stützte einen Arm auf und sprach ihr ins Gesicht; sie antwortete kaum. Mehrmals machte er eine Wendung, um nicht die Augen seiner Frau sehen zu müssen. Aber sie suchten unbeirrt die seinigen. Schließlich sagte er hart: »Ich habe hier nur acht arme Tage. Hier ist alles schön, nur du nicht.«

Sie bekam eine einfältige Schmerzensgrimasse, sie flüsterte etwas Angstvolles, Unverständliches. Dann zog sie sich zurück. Die Herzogin sagte erregt: »Ich spreche ein letztes, ernstes Wort mit Ihnen. Noch eine Mißhandlung dieser Frau, und ich lasse Sie fallen. Sie wissen wohl nicht, wie unglücklich ich Sie machen kann.«

»Ich weiß es«, entgegnete er.

Sie erinnerte sich nochmals daran: ›Diese Frau ist beinahe heilig in ihrer Wehrlosigkeit. Ich will ihr Herz nicht noch mehr verstören. Morgen sage ich ihr, sie soll ihren Mann wieder mitnehmen.‹

Aber es regnete in Strömen, und sie sagte nichts. Die Stimmung war gedrückt und unruhig. Nino, der sich absonderte, irrte durch das Haus. Am Ende eines gebogenen Ganges, wo alte Kupferstiche hingen, fand er eine schlichte weiße Tür, die offenstand. Er kam sich entgegen, im Spiegel, drüben am Ende des Zimmers. Auch ein Amor spiegelte sich; er stand dem Bette gegenüber, aufrecht und nackt auf dem Kamin und stemmte seinen Bogen auf die Hüfte.

»Das ist nun ihr Schlafzimmer«, sagte der Knabe, achselzuckend und matt. Er sah stumm in die Runde und ging zurück.

Achtundvierzig Stunden später, mitten im Regen, erschien Lady Olympia.

»Überzeugen Sie sich, süße Herzogin, ob ich anhänglich bin!«

»Um wen wird denn hier getrauert?« fragte sie nach kurzer Anwesenheit. Sie erfuhr, daß aus der Venus noch nichts geworden sei, und lächelte mitleidig. Beim Abschied, allein mit der Herzogin, riet sie: »Süße Herzogin, nehmen Sie das weniger ernst, was die Männer uns und sich selber vorfiebern. Sie leben alle in Dichtungen. Die Wirklichkeit ist einfach, und gehört uns. Viel Vergnügen! Übrigens machen Sie es wie ich und spielen von Ihren Dramen – oh, Sie werden noch viel spielen! – immer nur die ersten anderthalb Akte, solange der Himmel heiter ist. Wenn Wolken heraufziehen, reise ich ab. Leben Sie wohl!«

In der Nacht bemerkte die Herzogin, daß die Tür ihres Zimmers weit offenstand. Der Mond erhob sich eben über die Bäume. Sie sah im Spiegel eine Gestalt, die hinten im Gange um die Ecke bog. Sie wunderte sich gar nicht. War es nicht Nino? Gewiß: er kam näher, die Hand auf der Hüfte, tänzelnd, geräuschlos. Nun aber setzte der Amor auf dem Kamin sich in Bewegung. Er stieg herab, er reckte sich ebenso hoch wie der andere, sie verwuchsen ineinander, und ein einziger Knabe stand vor ihrem Bett, mit Ninos hohen leichten Brauen, seinen großen Locken, seiner kurzen roten Lippe, und mit Cupidos Bogen. Er hielt ihn lässig.

»Ich tue dir kein Leid, Yolla«, wisperte er, wie mit der Stimme des Mondes, der den Boden beglänzte.

»Wer bist du denn?« fragte sie.

Er strich mit den Fingern über das Mückennetz, das weit und weich um ihr Lager floß. Es troff plötzlich von Silber.

»Amor bin ich. Ich will, daß du neue Spiele aufsuchst und einen neuen Rausch genießest und sehr glücklich wirst...«

Ihr deuchte, daß sein Stimmchen noch weitersumme. Aber sie lag schläfrig, gebannt in Silberschleier. Das dünne Leinen enthüllte sie, wie nackt. Der Blick des Knaben wanderte, feurig und süß, zwischen ihren Schenkeln hinauf, durch die Senkung ihrer Brüste, und in ihre Haare hinein; schwarz und voll gleißender Fünkchen breiteten sie sich, um ihren ganzen Leib herum, über die schimmernden Kissen.

»Du bist doch Nino?« fragte sie, ohne Laut.

»Ja, ich bin Nino, und ich will dich um Verzeihung bitten. Ich konnte ja nicht schlafen.«

»Es ist gut, Nino, geh wieder in dein Bett.«

»Und will dir auch sagen, wie sehr ich dich...«

Er verblaßte plötzlich, mit dem Monde. Er stand steif und angstvoll.

»Nein, liebe, liebe Yolla, das kann ich dir nicht sagen. Du darfst nicht böse sein, ich kann nicht...«

Er tänzelte rückwärts. Der Mond versteckte sich hinter einer Gardine. Der Knabe war fort.

Sie lächelten beim Frühstück einander zu, wie nach einer Versöhnung. Der Himmel war heiter geworden, die Luft leicht und ohne Duft. Man unterschied, dort hinten in den Büschen, jede Rose. ›Was für ein seltsamer Traum war das‹, dachte die Herzogin. ›Vielleicht war es keiner?‹ fragte sie sich einen Augenblick. ›Ach, ich bin kindisch...‹

Jakobus erschien spät. Sie begriff nicht, wie er noch niedergeschlagen sein konnte. Sie selber fühlte sich beglückt seit heute nacht.

»Fangen wir von vorn an?« fragte sie ihn. »Da ist die Sonne. Ich bin bereit.«

»Es hat keinen Zweck«, erwiderte er, ohne aufzusehen. Er ließ sich bis zum Dunkelwerden nicht mehr blicken. Das Diner wartete.

»Wir werden uns nicht hinsetzen, bevor er zurück ist«, sagte die Herzogin, gütig und sorgenvoll. So kam die Nacht.

Die Herzogin saß allein mit Bettina, draußen in der Loggia. Der Mond war nicht aufgegangen; es brannte drinnen kein Licht. Bettina sagte leise: »Wenn er noch lebt!«

»Was reden Sie?«

»Oh, wissen Sie denn, wie elend er ist? Sie können es nicht wissen, sonst... Und er hat Todesahnungen, er hat sie mir gestanden.«

»Wann?«

»Gestern. ›Mit fünfzig Jahren sterbe ich‹, so sagte er. ›Dann wird sie bereuen.‹«

»Was?«

»Das Werk. Daß Sie das Werk zugrunde gehen ließen; so meinte er – glaube ich.«

»Ach was. Er stürmt so leicht und spannkräftig daher wie der große Paolo oder einer von den andern, die ihm gleichen.«

»Um so mehr fürchtet er sich, ihnen zum Schlusse *nicht* zu gleichen, und zu sterben, auf einmal ausgebrannt und verbraucht, und bevor der letzte, entscheidende Sturm auf die Schönheit ihm gelungen ist.«

»Es wäre ein Unglück; was können wir dabei tun.«

»Oh – ich bin ohnmächtig... Er malt Sie als Venus, nicht wahr?«

»Und es gelingt ihm nicht.«

»Weil er gar nicht *Sie* malen will, Herzogin. Nach den zahllosen Damen der hysterischen Renaissance will er die Venus malen, die über allen Frauen ist – die der größte Meister der großen Zeit vergeblich gerufen hat: die Anadyomene der ganzen Natur! Die Göttin, die der Erde entsteigt als Blume, an deren gewölbten Gliedern die Zweige feilen, die darüber hinstreifen, und die Tiere, die sich ihnen anschmeicheln. Ihr Gürtel liegt, als ein Reif von Licht, um Hellas und um die Welt. Der Himmel trägt ihr Gesicht und bricht blau aus ihrem Haar. Ihrem Leibe hat die reiche Erde das Fest ihrer Säfte geweiht, und die Sonne trägt ihn, wie in einer goldenen Schaukel.«

»Es wäre schön!«

»Nicht wahr? Er *weiß* das alles. Aber er *sieht* es nicht. Er sieht es nicht! Damit er die Göttin fassen kann, muß sie ihm gehören... So sagte er«, flüsterte Bettina, erschrokken.

Nach einer Weile flüsterte die Herzogin: »Das alles hat er Ihnen gesagt, Ihnen?«

»Nicht wahr? Wie muß er elend sein, daß er den Kopf gegen *meine* Schulter lehnt!«

Sie schwieg wieder, kläglich. Die Herzogin hatte Lust, zu weinen mit der Armen. Bettina begann abermals: »Er ist ja das Genie, das wir gebären, immer aufs neue gebären müssen, wir Frauen. Ach, nicht ich, nicht ich!...Jedes seiner Werke hat er aus Frauenseelen empfangen – wie Gian Bellin –, und das größte, unvergleichliche, das, wovon alle Schöpfer träumen und das keiner schafft, das muß ihm die seltenste, stärkste Seele geben. Wäre es meine! Aber es ist Ihre, Herzogin, Ihre! Seien Sie gnädig!«

Die Herzogin war hingerissen, fieberhaft, von dem Geflüster im Dunkeln. Da fühlte sie Bettinas Wange an ihrer: auf einmal wußte sie wieder, wer zu ihr sprach. Sie riß sich los.

»Seien Sie gnädig!« murmelte die Gattin des Malers.

»Ich soll... Da sind Sie, Frau Bettina, Sie wollen das?«

»Liebte ich ihn denn, wenn ich es nicht wollte!«

Sie hörten beide zu, wie dieser Aufschrei verhallte. Jede suchte in der Finsternis die Züge der anderen, und fand nur einen weißlichen Fleck.

»Sagen Sie ja«, bat Bettina, tonlos.

»Ja«, sagte die Herzogin.

Bettinas Stuhl rückte geräuschvoll. Eilig entfernte sie sich.

Draußen begegnete sie ihrem Manne; er kehrte bestaubt von seiner Tageswanderung. Später erschienen die Gatten gemeinsam bei Tisch. Alle freche Ratlosigkeit seiner letzten Zeiten hatte Jakobus draußen auf den heißen Straßen zurückgelassen; er war still, fast demütig. Beim Aufstehen küßte er die Hand der Herzogin.

»Ich danke Ihnen. Nun kommt es dennoch!«

»Aber nicht hier«, versetzte sie, und sah hinüber zu Nino.

›Die Fremden sind fort‹, sagte sich Nino in den folgenden Tagen. ›Ich bin wieder allein mit Yolla. Aber es ist nicht, wie es vorher war – natürlich, es ist meine Schuld. Ich habe inzwischen zuviel erlebt.‹

Die Herzogin dachte: ›Ich liebe ihn – und habe es mir erlaubt. Wir werden vielleicht glücklich werden; aber es wird sicher ein schweres Glück. Das Werk wird vielleicht entstehen; aber verlohnt es sich? Ich wollte, ich wäre sechzehnjährig und könnte mit diesem Jungen davonlaufen: ich weiß nicht, wohin.‹

Sie machte jetzt, in der herbstlichen Sonne, ihre Spaziergänge drunten auf der Straße. Sie verweilte gern an den Mauern, wo Lazerten umherschnellten, unter hohen Bügeln wilden Weins, der sich rötete. Nino jagte über das Land, im Trab seines rauhen Pferdchens. Man sah den grauen Schweif überall davonflattern durch die Büsche.

Eines Mittags überraschte sie ihn, am Fuße des Parkhügels. Er war abgestiegen und ging, wild lachend, einem Mädchen zu Leibe, einer breithüftigen Dirn mit krausem Haar und roten Wangen. Die Hand des Knaben verschwand ganz in ihrem Mieder; sie kicherte, ihre Zunge schlängelte rot heraus. Plötzlich kreischte sie auf und flüchtete. Nino hatte die Herzogin noch nicht bemerkt. Er hastete auf sein Pferd und setzte der Magd nach. Sie sprang die Treppe hinauf, in die Mauern von Lorbeer. Er stolperte hinterdrein, das Stöckchen geschwungen, in der

Haltung eines Helden, der im vollen Genuß der eigenen Tollkühnheit einen feindlichen Turm hinangaloppiert. Die Eisen prallten schleifend von den Stufen, das Tier fiel zurück und blieb liegen. Nino rollte über einen Absatz hinunter.

Die Herzogin näherte sich. Es war plötzlich sehr still. Droben im Laub verlor sich das Rascheln eines Kleides. Sie hob den Kopf des Knaben auf; er blutete. Die Augen waren geschlossen. Sie läutete am Tor. Der Alte erschien, er trug jammernd den Verunglückten hinauf. Die Herzogin hielt immerfort sein Haupt in beiden Händen; sie drückte ihr Tuch auf die Wunde.

Sie verband ihn eigenhändig. Man fuhr nach dem Arzte. Inzwischen erwachte Nino und verlangte nach ihrer Hand; er kühlte daran die seinige.

»Heilige Katharina«, so lallte er. »Dem Antonio Fabrizzi gibt sie ihre Hand... Nicht mir, nicht mir... Er ist achtzehn, ich vierzehn. Aber ich verspreche dem Teufel, wenn er mich gleich zum Manne macht... Yolla, wenn es möglich wäre – liebe Yolla!«

Er warf sich umher.

»Aber es ist unmöglich. Denn ich hab dich ja als Venus gesehen, wie du in die Platanen und in die Meisen und in die Sonne eindrangst. Wie kann ich dich heiraten? Es ist alles aus... Und doch warst du meine – Sst!« machte er, und sein Gemurmel ward unverständlich.

Eine Woche später kam Gina von der Reise. Die Herzogin hatte ihr nichts geschrieben; sie fand ihr Kind bleich.

»Es ist nicht nur von dem Unglücksfall«, sagte die Herzogin, als die Frauen allein saßen. »Er empfindet heftiger, als er dürfte; er lebt tiefer, als wir es seinem Alter zutrauten. Man sollte ihn abhärten gegen seelische Temperaturwechsel. Venedigs Luft schadet ihm; sie schadet auch Ihnen, Frau Gina. Bringen Sie ihn ins Konvikt nach Salò.

Er ist an Landleben gewöhnt, er wird dort gesunden, mit Ihnen, Frau Gina.«

Gina neigte das Haupt.

»Also schon jetzt... Aber wir wollen ihm noch nicht sagen, wohin er geht und daß er Sie, Herzogin, nicht wiedersieht.«

Als dann am Morgen der Wagen bereitstand, rief die Herzogin den Knaben nochmals zu sich ins Zimmer. Sie sagte: »Ich spreche mit dir wieder als mit einem richtigen Freunde. Daß du erst vierzehn bist, trennt uns nicht. Ich will nicht mit einer Unwahrheit von dir Abschied nehmen. Wir werden uns in Venedig nicht mehr begegnen. Du fährst mit deiner Mutter ins Konvikt nach Salò. Du hast doch Mut?«

Er stand ganz kalt, mit weißen Lippen. Sein Blick verharrte auf ihrem Gesicht, schwärmerisch hingegeben, noch durch dieses Leid hindurch.

»Was denkst du?«

Er hatte in dieser Minute nichts gedacht als: ›Wie ist sie schön!‹

»Ich habe es gewußt«, sagte er, fast ohne die Lippen zu bewegen. »Es ist meine Schuld. Es ging nicht so weiter.«

Und mit einem jähen, leidenschaftlichen Beben, das seine Stimme fremd und unerkennbar machte: »Nun schickst du mich fort – für immer?«

Sie zog ihn an sich, fest und voll Zärtlichkeit.

»Nur für ein paar Jahre; bis du gesund geworden bist und ein Mann.«

»Ich werde es niemals werden«, klagte er, wieder ganz sanft. »Ich kann es mir nicht vorstellen.«

»Doch. Ich weiß es bestimmt. Als Mann sehe ich dich wieder. Was bin ich dann selber? Das lasse ich zum voraus alles gelten... Geh, Nino, härte dich ab, werde stark, warmblütig und glücklich.«

»Ich will es, Yolla. Aber du vergißt mich nicht?«
»Ich... dich!«
Der Knabe horchte, angstvoll.
»Das klingt, als – liebte sie mich«, meinte er leise. Und gleich darauf: »Wie kannst du nur solch ein Narr sein – auch jetzt noch!«
»Leb wohl, Yolla.«
Er ging. An der Tür riß es ihn herum, er zitterte wieder.
»Es ist doch recht schwer. Soviel gefühlt, soviel – und kein Wort... Yolla!« rief er, verzweifelnd.
»Nino?«
Er küßte ihre Hand, sie war auf einmal ganz naß von seinen Tränen.
»Nichts. Es ist gut, daß du mir's rechtzeitig gesagt hast. Nun kann ich auch von meinem großen Freunde Abschied nehmen.«
»Von San Bacco, ja, und sag ihm, er solle an mich denken. Morgen fährt er nach Rom.«
Sie lehnte im Bogen der Loggia, als der Wagen den Hang hinabschleifte. Nino sah sie erst bis zur Hüfte, dann, zwischen den Rosen, ihr Haupt – und endlich nur noch die Hand, die, höher als die Stirn, zwischen zwei Ranken hing. Er schaute unermüdlich rückwärts, die Brust geschwellt von Schluchzen.
›Es kommt nun nichts mehr; ich habe weiter nichts zu erwarten.‹
Aber unversehens teilten sich in der Höhe die Laubwellen; die geheimnisvollen Stufen traten heraus, schimmernd im Licht einer Krone, die sich senkte auf des Knaben Liebe.
»Yolla!«
Dort stand sie, hoch, still, im hellen Kleide und mit schwarzem Haar, auf der weißen Treppe, der winkenden und nur vom rauschenden Grün in die Luft gehaltenen –

und sie sollte dort stehenbleiben, er versprach es sich, sein Leben lang, als das Märchen, zu schön, um ertragen zu werden, aber unverlierbar.

Gina schrieb, sie seien angekommen; Nino hatte seinen Namen hinzugesetzt. Darauf kehrte die Herzogin nach Venedig zurück. Es war Nacht, als sie zu Hause ankam, sie schickte sofort nach ihrem Geliebten. Ihr Ruf folgte ihm überallhin, wo er im Laufe des Abends vorübergekommen war: ins Restaurant, an den Spieltisch des Klubs, in die Loge einer Tänzerin, in das Rauchzimmer eines Freundes. Er drehte das Papier zwischen den Fingern, bleich, den gesammelten, tief beschäftigten Blick auf einer Kerzenflamme. Man fragte: »Hat Ihr Bankier die Flucht ergriffen?«

Er ging, und sagte sich, feierlich klopfenden Herzens: ›Ich soll die Herzogin von Assy besitzen: das ist etwas Neues! Diese Frau, nach deren Sinn und Schicksal ich mein Leben eingerichtet habe seit sieben Jahren – die mich geformt, mich zum Mann gemacht hat und zum Könner –, die ich immer begehrt und nie mit Festigkeit erhofft habe...‹

Auf der Wanderung durch ihre schwach erhellten Säle blieb er, mitten im Triumph, eine Sekunde lang stehen, mit gesenkter Stirn.

›Wäre es nötig?‹ fragte er sich, für ihn selbst fast unhörbar.

Aber der Zweifel entwich weit zurück in die Nacht, als er die Tür öffnete zum glänzenden Saal der Venus. Von Decke und von Wänden, aus den schweren Bildern eines keuchenden Glücks, brach es, verfleischt und mit Getaumel, über ihn herein. Ruhend mitten darunter erblickte er die Herzogin: die Göttin selbst, – und ihre Arme waren ihm offen.

In wenigen Augenblicken vergaß sie die Keuschheit ihres ganzen Lebens.

Hinterher betrachtete er sie freier, mit gelassener Männlichkeit, und aus dem spöttischen Hintergrunde des Siegers und des Angelangten.

›Gleichviel: ich bin recht hoch geklommen. Lona Sbrigati, all die andern, Clelia – und die Herzogin von Assy. Wozu die Aufregung; sie ist auch nur eine Frau.‹

»Ich bin nur eine Frau«, sagte sie plötzlich selber. »Halte das für kein Opfer. Du hast gar nicht mit mir gerungen, willst du es glauben? Frei und unerwartet bin ich zu dir gekommen! Ich werde dich sehr groß machen, weil ich dich liebe.«

Und er stürzte ihr mit jäher Dankbarkeit vor die Füße. Sein Herz quoll, mitten im Rausche der Befriedigung, über von sanften Werbungen.

»Ich kann es nicht glauben!«

Und dann stürmte er, in ungläubiger Gier und mit den Jubellauten eines Knaben, auf ihre Glieder ein und auf ihre Küsse.

Auf einmal schrak sie auf, aus einer Tiefe von Lust. Sie war plötzlich ganz durchdrungen von dem Gefühl der Unfruchtbarkeit, seiner und ihrer. Sie wand sich los und entfernte sich von ihm. Er sah ihr nach, im Kissen aufgerichtet.

»Was ist dir?«

›Er ist nur mein Geliebter‹, dachte sie, schwach vor Müdigkeit. ›Er wird nie die Venus malen. Ich sehe alles voraus. In fruchtlosen Umarmungen verzehren wir uns und verlassen uns schließlich mit Überdruß, vielleicht als Feinde.‹

Sie stützte den Arm ans Fensterkreuz. Draußen in der braunen Nacht weinte der Südwind. Im Schein eines Lämpchens streckte sich hinter dem Gitter des künstlichen Gartens, schwarz und geschnäbelt, eine Gondel. Vor dem Felze saß etwas Dunkles, es bewegte sich in Stößen. Die Herzogin starrte lange hin; sie wußte schon, daß es ein auf die Knie schwer niedergebeugter Nacken war, der zuckte. Sie wußte schon, daß dort jemand schluchzte: eine Frau. Sie wußte schon, welche. Und sie fragte immer noch, ganz versteint: »Wer?«

Auf einmal erhob sich in ihr, lautlos und mit einem Schauer des Entsetzens, die Antwort: ›Bettina!‹

VI

Den Winter über liebten sie sich, im immerwährenden Krampf einer einzigen Umarmung. Den Stunden, in denen sie einander nicht genossen, wohnten sie bei, mit halbem Bewußtsein und unbeteiligt, als Schatten. Jakobus fragte sich: ›Wie hat sie früher leben können? Bei ihr, und nur bei ihr, ahne ich manchmal, was es von einer Frau sagen will, sie sei zur Liebe geboren, – zur Liebe und zu nichts anderem.‹

Sie selbst war tief erstaunt.

›Ich verstehe nicht, daß ich ihn mir nicht schon in Rom genommen habe – in dem kleinen schmutzigen Atelier im Vicolo San Niccolò da Tolentino, beim ersten Anblick ihn mir gleich genommen habe, um ihn nie wieder aus den Armen zu lassen. Ich weiß nicht mehr, was ich seitdem getan habe!‹

Sie vermißte keinen ihrer alten Freunde. San Bacco wurde in Rom festgehalten, Siebelind in Deutschland. Gina war leidend und gab selten Nachricht. Nino schrieb in Kürze und in mangelhaften Wendungen, er arbeite, härte sich ab, und er denke an sie so wenig wie möglich.

Clelia, verbannt aus der Werkstatt ihres Malers, lebte nur noch in den Gesprächen und Briefen, durch die sie die Welt aufklärte über die neue Laune der Herzogin von Assy. Sie verleumdete nicht, sie setzte nichts hinzu; und im Innersten war sie überzeugt, daß sie beschönige. Was ihre Feindin durchmachte, war nicht nur eine Laune. Clelia, alternd und gelangweilt, spitzte ihren Scharfsinn, neben der stumpfen Schweigsamkeit ihres Gatten. Er war von Paris zurückgekehrt, wo er zwei Monate in den Ecken der Salons umhergestanden hatte. Seine Bekannten begrüßten ihn wie einen neu ausgeschifften Provinzler; und sofort fühlte er all die Schwerfälligkeit auf seinem Geiste lasten, die sie ihm zutrauten. Seine abgefeimte Jugend mit all ihrer Überlegenheit war vergessen. Niemand erinnerte sich seiner einst so berühmten Unverfrorenheit auf der Hochzeit seiner Geliebten, des Kusses, dicht unter der Nase ihres Gatten, und des »bonjour, bébé, comment ça va«. Geschlagen verschanzte Mortœil sich in seinem Palast am Großen Kanal und streckte fortan mit leichenhaftem Stolz die Beine an den Kamin.

Seine Frau saß dabei, in dem weiten, steinernen Saal; gegen die Schwelle draußen klappte eintönig das Wasser; sie dachte: ›Was mich quält, ist nicht die Lust, die sie einander verschaffen, nein, der Ruhm – oh, das Machtgefühl des Ruhmes, zu dem sie sich verhelfen. Die Herzogin befehligt jetzt, an seiner Seite, das Aufgebot von Künstlern, Zeitungsleuten, Neidern, Käufern, Schmeichlern, Dummköpfen, Mitessern, die er sich mir zuliebe nicht halten wollte, und die seinen Namen über Europa hinblasen. Dafür wird er ihr das Werk schenken, ihr allein, worauf die Blätter schon jetzt die Welt begierig machen: die Venus.

Ach! ich werde keinem verraten, daß diese Venus niemals da sein wird; aber ich weiß es. Er ist ein Geschichtenerzähler. Das Höchste, was er schafft, ist nicht ein Werk; es ist die Vorstellung, die er uns Frauen beibringt: seine Muse zu sein.

Vorläufig hält sie sich für seine Venus. Vielleicht auch hat sie's schon vergessen. Das Sausen ihres aufgepeitschten Blutes muß jetzt alles übertönen. Sie hat sich, in der erkünstelten Kälte ihrer Einzigkeit, die männliche Liebe so lange versagt! Nun verlangt sie auf einmal eine ganze Sättigung. Die Unmöglichkeit, satt zu werden, wird beide in Traurigkeit stürzen, ihn und sie. Und die Wut, dennoch Sattheit zu erreichen, wird in den Wunsch verlaufen, zu sterben oder einander zu töten.

Das ist es nicht, was mich rächt! Ein Tod mitten im Sturm der Sinne, das wäre ein weniger plattes Geschick als meines. Nur ruhig, er ist ihr nicht bestimmt. Ihr Blut, erst eben aufgeweckt, wird sich inmitten alles Zusammenbruchs empören gegen die Vernichtung. Es schreit nach immer heißerem Taumel. Sie wird hingehen, wo die Betäubung am sichersten ist, zu Komödianten, Zigeunern, volkstümlichen Stieren. Heute ist sie Königin der vergoldeten Bohème, die sein Atelier sieht. Morgen wird sie es in der fadenscheinigen und überschäumenden sein. Schon sagt man, sie sei mit ihm hinter der Szene des Malibran-Theaters gewesen, und habe lange mit Slicci gesprochen, dem lasterhaften Spaßmacher, zu dem wir unsere Zuflucht nehmen, glaube ich, wenn wir alles übrige erschöpft haben.

Wenn das wahr wäre! Ich wage es nicht für möglich zu halten. Dann aber wäre alles entschieden. Ihre künftige Laufbahn, ich könnte sie von meinem Stuhl aus in die Luft zeichnen. Die wilde Liebesjagd durch den Süden und Westen des Kontinents; üppige Zurückgezogenheiten in niedrigen Villen hinter Palmenhainen, und lärmende Vergnügungszüge durch Bäder und Spielhäuser, geschminkt, fieberhaft ermattet, unter muskulösen Herren mit zu großen Brillantnadeln; die Ausschließung aus der Welt; das Mitleid der Dichter; vielleicht die Verarmung! Vielleicht eine Heirat – geben wir ihr diesen letzten Spielergewinn; die Ausbeutung eines ehrlichen Namens: alles in der unbesiegbaren Unschuld ihrer außergesetzlichen Einzigkeit; Skandal; käufliches Hinübersteigen von einem Bett in das andere; – was noch? Trunk? oder eine gefälschte Unterschrift? ...‹

»Was ist dir denn, meine Liebe?« fragte schleppend ihr

Gatte. Clelia stöhnte; die Wollust ihres Hasses brachte sie einer Ohnmacht nahe.

Es ward Frühling. In der Sonne fühlte Jakobus sich trübe und verbraucht. Er erwartete vergeblich von der ersten Wärme das Kribbeln im Rücken. ›Und die Venus?‹ Sie überfiel ihn mit Gewissensbissen.
»Hast du sie auch vergessen?« fragte er die Herzogin.
»Wen?«
»Die Venus?«
Sie zuckte die Achseln.
»Mache sie doch!«
»Ich werde sie machen. Oh, gib gar nicht acht auf mich. Ich weiß deinen Körper auswendig. Du brauchst sie mir nicht vorzuführen, die Göttin.«
Aber sie führte ihm, ohne daran zu denken, Danae vor, oder Venus, oder Leda. Sie stand in Nischen, ein Bein gebogen, eine Hüfte gewölbt, und horchte in eine Muschel hinein. Der Fluß ihrer Glieder ergoß sich über blasse Linien, harfend weiß. Entzückt und mit versagender Hand schaute ihr Geliebter ihrem Spiel zu. Es war leichtfüßig und überzeugt. Die großen Wollüstigen der Fabeln drangen alle ein in ihr Fleisch; sie erlebte jede. Sie sagte: »Ich träume von irgendeinem üppigen Lande; es rauscht vor Fruchtbarkeit, es singt vor Wärme, es zittert vor Duft. Dort muß ein Leben sein, nackt und unerschöpflich.«
»Gehen wir hin. Suchen wir's«, meinte er, ohne viel Selbstvertrauen.
»Oh, ich würde mich nicht mit dir begnügen. Du mußt dich darauf gefaßt machen, daß ich bis zu Ende Venus bin: ich nehme gnädig an meine Brust jeden, der mir ergeben ist! Zwei Menschen, die einander bewachen, erobern nie die ganze Macht des Fleisches. Zur großen Fleischlichkeit fehlen uns Bacchanale, Freund. Früher wirst du mich nicht malen... Aber ich sehe, du bist mehr

ein Verliebter als einer mit mächtigen Sinnen und ein Schöpfer.«

Er errötete und ward blaß bei ihren Worten; er fühlte sie wie Peitschenschläge. Die wütende Sucht griff ihm an die Kehle, sie endlich so ermattet zu sehen, daß ihr zum Begehren kein Atem mehr bliebe.

›Ich kann sie den Taumel von Bacchanalen nicht lehren‹, gestand er sich, knirschend und pinselnd. ›Ich kann ihr auch die Venus nicht darbringen.‹

Er empörte sich.

»Es ist doch Wahnsinn, etwas machen zu wollen, was mehr ist als ein weiblicher Akt.«

»Du mußt mehr machen... Kannst du's heute nicht, so vergiß alles. Vergiß Farben und Kohle, erinnere dich nur meines Fleisches!«

Aber er stolzierte einher, eitel und trotzig.

»Ich muß schon bitten. Ich hab hier allmählich eine Sammlung von zwanzig Aktstudien, höchst schneidig zusammengehauen, eine wie die andere. Du scheinst das für wenig zu halten?«

»Für sehr wenig.«

»Wenn ich diese Blätter lithographieren und zusammenheften lasse –«

»Du wirst nichts lithographieren lassen.«

»Wieso, nichts? Alle Welt wird staunen, wieviel ich kann. Ist das da nicht sehr stark in der Erscheinung?«

»Aber es ist nicht die Venus.«

Er klappte zusammen und setzte sich. Er erschien ihr auf einmal ganz grau.

»Du hast ja recht«, sagte er. »Ich bin müde: was soll ich noch schaffen. Ich bin zu alt, ich liebe dich nicht wie ein Junger, der dich ansieht und sieht doch nichts als seinen Traum. Seine Augen behängen dich wie mit bunten Fetzen; du selber verschwindest. Ich aber sehe und liebe dich, wie du bist – mit Selbstverleugnung, bis zum Vergessen, und ganz anders als meine andern Geliebten. Die waren mir Mittel zur Kunst. Dir aber – mich ekelt es davor, dir die vollkommenen Linien deines Leibes wegzuschwindeln und sie, in der Verzerrung irgendeines Ideals, auf eine Leinwand zu stehlen. Du bist mir kein Kunstwerk, o nein: ich hasse die künstliche Venus, die ich aus dir machen soll. Du bist mir – ich gestehe alles! – mir, dem Alternden, bist du der letzte Sinn, den das Leben annimmt, das letzte Verweilen, die letzte Frist, bevor es rasch den Berg hinabgeht. Bei dir will ich mich dessen entschlagen, was noch kommt; will dich einfach genießen, versunken und zwecklos.«

Sie hörte zu, erstarrt. Er sagte noch: »Als ich hoffnungslos nach dir verlangte, konnte ich aus meinen Begierden Bilder machen; es war ein Irrtum, daß wir uns lieben mußten... Gedulde dich zehn Jahre: vielleicht, wenn ich kalt und gelassen mich deiner erinnere... Jetzt aber, in diesem Jahr, sind alle Bilder übertüncht. Von Venus weiß ich nichts, ich sehe nur dich – nur dich. Welch Glück! Die Dinge ansehen, ohne sie malen zu müssen.«

Da sie schwieg, fragte er: »Verstehst du das? ...Oh, wenn du wüßtest, was das für eine Angst ist, kein Ding ansehen zu können ohne die Frage: muß ich das malen?«

Sie hörte ihn gar nicht mehr, sie dachte an Nino.

›Ah! Der hat sie gesehen, die Venus – auf dem grünen Platze, im wehenden Grase. Sein Knabenblick hat in meine Glieder die Säfte der ganzen Erde hineingezaubert. Wenn ich von jeder ihrer Wollüste erbeben könnte! Er würde es mich vielleicht lehren? Er ist so jung... Mit ihm, mit ihm möchte ich jenes schwüle und schwellende Land erreichen.‹

Sie verglich ihn mit Jakobus. Ihr Geliebter saß rittlings auf seinem Stuhl, an die Lehne geklammert mit beiden Händen, und die Wange darauf gebettet, voll Sehnsucht und ohne Mut.

»Ich bin in einer ähnlichen Verfassung«, erklärte er, »wie damals in Rom, in dem Augenblick, bevor du in mein Leben eintratest. Ich hatte alle meine Studien verkauft und konnte nichts mehr malen... Du hast sie zurückgekauft. Aber was ich jetzt verloren habe, das bringst du mir nicht wieder.«

»Was ist es?«

»Meine Unschuld... Jawohl, gnädige Frau. Sie meinen wohl, ich habe vor Ihnen schon einmal geliebt? Aber Sie wissen doch, die Seele im Park war meine einzige Liebe. Ich war, als ich zu Ihnen kam, noch ganz unschuldig, ein Kind – das Sie umbringen.«

»Mit Bedauern«, sagte sie geringschätzig, und sah weg.

Seine zehrenden Blicke irrten an ihr hin und her. Sie saß aufrecht auf den tiefroten Polstern. Unter einer ihrer Achseln schillerte zusammengeballt ein seidenes Kissen; der Arm wand sich herum, in nacktem Bogen, formenfest und bläulich geädert. Das Gewand hing nur an einer Spange von der Schulter; es enthüllte feierlich die Büste. Die roten Spitzen der Brüste neigten sich atmend, und atmend antwortete ihnen die gleißende Senkung über dem Bauche. Die Beine streckten sich gekreuzt unter dem zitternden Gewebe. Aus gespanntem Halse schnitt das lichte Profil, voll leidenschaftlicher Hoheit, in das gewölbte Blau des offenen Fensters. In Jakobus' Kopfe fielen die Worte, immer dieselben und immer stärker: »Die fiebernde Statue einer Kaiserin!«

Er schnellte empor, im Nu verändert, verjüngt, anmaßend und schmeichlerisch in einem Atemzuge.

»Es versteht sich, daß das alles Unsinn und Schwäche war. Was wäre das für ein großes Werk, das uns nicht für Augenblicke recht klein machte, uns ängstigte mit den Verstiegenheiten seiner wilden Höhe, daß wir uns hintersehnen zu den einwandfreien Nachahmungen der Wirklichkeit. Du bist das verzweifelte Werk, du Einzige,

Unerhoffte! Es heißt an dich glauben – und an mich! Ich kann sehr viel, mehr als alle! ...Und ich kann dich anbeten!«

Er lag vor ihr, mit den Lippen auf ihren Knien.

Aber aus dem Schlafzimmer verschwand sein Malzeug. Sie sprachen nie mehr von der Venus. Sie plante nur noch, drohend, stumm und unerbittlich, eine massige Menschenfresserin, über ihren Umarmungen und machte sie düsterer und erbitterter.

Eines Tages blieb er fort und ließ sie wissen, er arbeite. Eine Woche später hieß es, sie solle zu ihm kommen: »Ich zeige sie dir!« ...Als sie eintrat, lag er, zerbrochen und grau, auf der Ottomane.

»Gestern stand sie dort, vollendet«, sagte er, und deutete auf die Staffelei, die leer war.

Es ward ihr sehr schwül. Aus ihrer Angst hervor reichte sie ihm die Hände, wie aus einem Sumpf, der unter ihr wich.

»Du sollst dich nicht mehr quälen! Sie wird eines Tages von selbst da sein.«

»Woher weißt du's?«

»Unsere Liebe kann nicht umsonst sein. Wir sind zu groß: glaube das nur... Die heißen Tage stehen bevor. Komm mit aufs Meer, in meiner Yacht. Willst du, morgen?«

Aber draußen in der violetten und kristallenen Weite enttäuschte er sie noch hoffnungsloser. Sie ward durchkreist von der Sehnsucht des Meeres und des Himmels. Ihre Sinne schossen auf zu den strotzenden Göttern, die aus Licht und Wasser die mächtigen Arme nach ihr reckten. Zurückgekehrt zu dem einzigen Gefährten ihrer endlosen Einsamkeit, fand sie ihn runzelig, verbraucht, unglücklich. Sie zog ihn in die Kajüte und in das Halbdunkel.

»Ich gebe dich nicht frei, trotz allem. Du bist der Mann, der mich lieben muß. Du bist in meiner Schuld!«

Er sagte, verbissen: »Die Leidenschaft für dich hat mich schon meine Kunst hassen gelehrt: ist das nicht genug? Und ich fühle bloß noch eine Wut, dich zu vergewaltigen – aber keine Liebe mehr. Liebe und Kunst, alles beim Teufel!«

Sie hielt ihm den Mund zu. Sie warfen sich aufeinander, blaß, mit geschlossenen Augen, vergehend, und mit der Begierde, einander wehe zu tun.

Als sie wieder ans Land stiegen, waren sie sich auf einmal fremd. Sie betrachteten sich mißtrauisch, sie hatten sich nichts zu sagen. Jeder fühlte das Bedürfnis, sich zurückzuziehen, den andern los zu sein und, verkrochen in den Schatten, nur noch eines zu erwarten. Sie sagten sich nicht einmal selber, was. Aber sie sahen es einander an. Sie standen dort, wo Clelia sie schon erblickt hatte. Eine jugendliche Sibylle mit alten Zügen, hatte jene an ihrem Kamin, aus den Krümmungen des brennenden Holzes, der enttäuschten Liebe ihren letzten Wunsch vorhergesagt: – zu sterben.

Die Sucht und Sattheit trieb sie immer wieder zueinander. Die Herzogin suchte nach einem Mittel, sich selbst zu überwinden und mit ihm zu brechen. Sie erinnerte sich seiner Frau; seit jener ersten Nacht, da sie hinter dem Gartengitter, auf der Lagune gesessen und geschluchzt hatte, war Bettina verschwunden.

»Wo ist sie?«

»Frage den Doktor Giannini.«

Von dem Arzte erlangte sie mit Mühe das Geständnis, Frau Halm sei in der Irrenanstalt. Sie geriet außer sich, sie verlangte, daß er sofort mit ihr fahre, um die Unglückliche zu holen.

»Wohin mit ihr, Hoheit?«

»Mir gleich. Nach Castelfranco. Oh, sie wird niemand Schaden zufügen. Ich lasse sie pflegen.«

Kaum war Bettina in die Gondel gehoben, so begann sie zu plappern, zuckenden Gesichts.

»Heil! Heil! Nun ist das Werk erschienen! Es ist fertig, nicht wahr?...Nicht? Sie antworten nicht?...Ach, ich weiß es ohnedies, daß alles vergeblich war. Wenn das Werk da wäre, man würde es ja merken. Die Welt sähe anders aus. Auf allen Gesichtern stände zu lesen: es ist da!...«

Sie deutete auf den Arzt.

»Wie schaut der dort grämlich drein! Und ich selbst bin noch häßlicher geworden, nicht wahr? Fahren Sie mich nicht zu ihm, nicht zu ihm! Mein Anblick würde dem Werke schaden; es schläft ja in ihm, ungeboren.«

Sie löste ihr Haar und verhüllte sich mit den dünnen Strähnen das Antlitz.

Die Herzogin starrte durch die Irre hindurch. Sie sah, wie auf einer andern Meerfahrt vor langer Zeit, hinter dem Segel der großen Fischerbarke einen von Schmerz geschüttelten Mann kauern. Und im Rücken fühlte sie's, wie sein Kind tot im Kielwasser ihres Bootes schwamm. Sie erschauerte und fuhr auf.

Bettina streckte den Arm aus.

»Der schöne rote Fleck dahinten im Wasser – purpurleuchtend, oh, purpurn!...Nun kommen wir näher, er ist hochrot, nein, braunrot nur... Ach, ganz braun ist er geworden – pfui – und da –«

Sie warf den Oberkörper hinaus aus der Gondel, daß der Arzt aufsprang. Dann hob sie den Arm, grün überzogen, aus dem Wasser.

»Schlamm!« sagte sie, albern lachend. »So ist es, so ist es immer, wenn wir der Schönheit auf den Grund gehen.«

Aber die Herzogin sah, die Lippen leise geöffnet, und mit großen festen Blicken, auf dem golden überdunsteten Blaugrün der Lagune, ferne und gewiß, etwas Weißes sich wiegen, mit rosigen Hüften: ein seltsames Kind, tanzend am Rande eines blanken Smaragds. Es war Venedig selbst. Und es war ein Wunder, das dem Näherkommenden standhielt. Es war eines, das denen nie verlorenging, die es einmal beglückt hatte.

Sie fuhr mit Bettina aufs Land, und sie vernahm fortan zwischen den Rosen, Steineichen, Brunnen keine andere Stimme mehr als die der Armen, die sie anklagte.

»Es ist Ihre Schuld. Sie haben ihm das Werk nicht gegeben. Und ich hatte Sie so flehentlich gebeten – dort in der Loggia, im Finstern...«

Die schleppende Stimme drang zu ihr, als der Kehrreim ihrer eigenen Gedanken, auch noch des Nachts, wenn sie heiß, mit Herzklopfen und in wesenloser Angst, zu den Sternen hinauffieberte. Die dunkle Luft strich über ihre entblößten Glieder. Der Amor auf dem Kamin regte sich nicht, sie hörte ihn nicht mehr plaudern. Sie hörte nur Bettina.

»Ich bin wieder bei Morphin und Sulphonal angelangt, wie einst in Castel Gandolfo, als mein Freiheitstraum zu Ende ging. Jetzt erlischt die Sehnsucht, die in den Augen der Pallas brannte. Ich sehe sie nicht mehr. Ich treibe, mit geschlossenen Lidern, offenen Armen und die Brüste im Winde, in einen purpurnen Strudel hinein... Oh, ich heiße alles gut, was geschehen soll. Aber mich ermattet das Warten. Ehemals wartete ich auf einen Journalisten, der einen Artikel zu schreiben hatte, jetzt auf einen Maler, der mir ein Bild verspricht.«

Er schrieb: »Verlaß dich darauf, ich finde sie. Sie entrinnt mir nicht. Eher sterbe ich über dem Werk! Auch noch wenn ich schlafe, arbeitet mein Geist, wie ein armer Bauer, der sogar im Dunkeln sich auf seinem Acker müht.«

Sie ließ, zurückgezogen in das fernste Dickicht des

Parks, den Sommer verstreichen. Sie begrüßte den Herbst; er kam schon im September, und sie fühlte, in eine niedrige Ahornkrone geschmiegt, das tiefgoldene und noch unversehrte Laub in stiller Luft um sich her zusammenschlagen, wie einen Mantel von Luft, von schwerer, alles vergessender.

›Nach ihm‹, so verhieß sie sich, ›werde ich viele Männer genießen, von denen ich nicht verlangen werde, daß sie aus mir eine Göttin machen. Sie sollen keine Sehnsucht haben, und ich auch nicht. Wir werden glücklich sein.‹

Dann meldete Jakobus: »Ich bin fertig, komme!«

Er öffnete ihr das Atelier, sehr unterwürfig, mit sorgenvoller Stirn. Und sofort begegnete sie, mitten im Zimmer, den geröteten, blinzelnden Augen des Herrn von Siebelind. Sein Bildnis stand dort, an der Stelle der Venus.

»Ist es das?« fragte sie.

»Ja«, sagte er, leise, mit geschlossenen Zähnen.

Sie prüfte des Gemalten dürftige Gestalt und die blasse, trüb flackernde Grimasse seines geschminkten Gesichts. Und sie gedachte der reichen, allernährenden Göttin, die Nino erblickt hatte. Sie strotzte von den Säften der Erde, – und dieser hier verachtete sie, weil er keine Kraft hatte, sie zu beneiden. Die blonden Schatten der Reife blühten in den Vertiefungen ihres Fleisches, – und auf diesem hier klagten die violetten des verarmten Blutes. Sein Kopf blinzelte auf finsterem Grunde, quälerisch grübelnd, tief eitel und voll Scham. Ihrer war in das Himmelsblau getaucht und hatte nur geglänzt und Gnade verheißen. Sie teilte ihren Atem allem mit, was lebte, die Arme um die Welt geworfen, in der Überfülle des eigenen Glücks. Er aber mußte sparen, er durfte niemand lieben.

»Es ist vorzüglich«, versetzte endlich die Herzogin. »Sie haben nie etwas Besseres gemacht.«

»Nicht wahr?« rief er, angstvoll. »Es ist ein Meisterwerk!«

»Ein Meisterwerk«, wiederholte sie. »Aber was geht es mich an.« Und sie wandte sich zum Gehen. Er blieb dicht hinter ihr.

»Wohin wollen Sie? Ist es denn nun aus? ...Ich lehne mich ja nicht auf. Sie haben recht, wir sind fertig. Aber –«

Womit konnte er sie aufhalten?

»Einen Augenblick! Gehen Sie, wohin Sie wollen. Aber kehren Sie nicht auf Ihr Landgut zurück! Sie wissen noch nicht – die Brotrevolten dehnen sich auf jene Gegenden aus. Die Ausständigen verwüsten die Weinberge, hören Sie, warum sollten sie nicht in die Ihrigen einbrechen. Sie haben, ganz in Ihrer Nähe, einen Bäcker getötet, der den Brotpreis erhöht hatte. Das Schlachten von Vieh verbieten sie. Wovon soll man leben? Es sind Anarchisten... Herzogin, bleiben Sie, es wird Ihnen ein Unglück zustoßen!«

»Mir nicht«, erwiderte sie. »Mein Schicksal verspricht mir noch zu vieles. Ich glaube es ihm.«

»Oh, oh«, machte er, mit mattem Hohn. »Glauben! ...Ich habe auch geglaubt.«

»Nein. Sie haben nur *begehrt*... Mein Leben aber ist ein Kunstwerk, das schon vor meiner Geburt vollendet war: das ist mein Glaube. Ich habe es nur durchzuspielen, bis zu Ende. Kein Zufall wird mich unterbrechen.«

»Also dann, leben Sie wohl.«

Sie floh zurück aufs Land, sie schloß sich ein, und sie rang die Hände.

»Nun bin ich frei, was wird nun geschehen? Nun darf ich über Land fahren, alle Straßen stehen offen. Aber ich habe Furcht, ich gestehe es. Es wird mir ergehen wie einer verirrten Nymphe. Jeder Baum, meine ich, wird nach mir greifen. Jeder Landstreicher wird mich an sich reißen. Meine Launen werden mich zerstreuen unter alle, die mich begehren. In wie viele Abenteuer wird mein Blut mich hetzen!

Noch nicht! Noch einen Augenblick Atem schöpfen! Ich habe zehn Jahre lang in Sicherheit gelebt. Oh, ich bin nicht feige. Ich gehe allem entgegen. Meine Einsamkeit wird niemals tiefer werden... Gibt es denn einen meinesgleichen? So wünschte ich mir vorher noch eine gute Stunde mit ihm. Mit San Bacco!« rief sie, erlöst.

Sie richtete an ihn eine Depesche.

»Wenn sie ihn antrifft, ist er morgen nacht hier.«

Und sie zählte die Stunden. Sie harrte seiner wie eines Geliebten, der sich ihr seit langen Jahren versprochen hatte. Wenn sie einmal einen Ritter und einen braven Mann nötig haben werde – so hatte sie ihm damals geschrieben. Er wollte damals für sie in ein Land einbrechen. Später hatte er für sie im Zweikampf gefochten. Jedesmal hatte er gedacht, es sei der Augenblick, wo sie ihn rief. Nein! Der Augenblick war erst jetzt da, und sie rief ihn, um ihn zu lieben!

Sie hatte ihn vergessen, den alten Mann, der vor einem Jahre von ihr geschieden war; sie sah vor sich den gewalttätigen Begeisterten, der einst die dalmatinischen Ziegenhirten zum Aufruhr gereizt hatte. Er leistete den Gendarmen eine Gegenwehr auf Tod und Leben. Dann ging er in ihrem Boudoir vor ihr auf und ab und sprach. Das Wort »Freiheit« war aus biegsamem Stahl. Er war schlank und breitschultrig, sein schlohweißer Schopf wirbelte, sein rotes Bärtchen tanzte, seine türkisblauen Augen blitzten.

Und sie wartete. Der Tag verging; sie schickte den Wagen dem Kommenden entgegen. Im ersten Mondstrahl betrat sie den Garten. Die Nächte waren noch einmal warm geworden. Sie wanderte rastlos umher vor den beschnittenen Steineichen. Manche ihrer Wände sah sie weiß überrieselt, und voll großer blasser Tropfen, die Rosen waren; vor andern hielt mit ausgebreitetem Schleier die Finsternis Wache. Schimmernd und leicht stand der Springquell im weiten, silbern überperlten Himmel. Aus den großen Schalen auf der Balustrade floß mit dem Schlinggewächs ein Bach von silbernem Licht ohne Laut die Terrasse hinab. Er verbreitete sich drunten über die schlafenden Kronen der Oliven, er durchrann den Irrgarten des Weins und ergoß sich ins Tal und in die Ferne. Steinerne Inseln, Kränze gleißender Gärten schwammen in ihm, und er brach sich an starren Mauern von Zypressen.

Die Straße am Abhang ging unter im Dunkel und tauchte mit blendenden Mauern wieder heraus, zwischen den Dörfern. Um ihren Schlaf herum hingen silbergraue Gewebe. Unter jedem Baum lag ein runder Schatten, wie sein Spiegelbild, in der hellen Wiese. Auf den Zwiebeltürmen glitzerte der Knauf.

Plötzlich löste sich aus einem der Glockenstühle ein Ton. Sie hörte ihn noch, sie sah die Glocke schwingen, einen endlosen Augenblick. ›Es wird kein zweiter kommen‹, versprach sie sich. Aber da eilte er schon herbei, und es folgten ihm viele, überhastet, wimmernd, Unheil ansagend. Rote Lichter brachen aus den eben noch verschwiegenen Häusern. An ihnen entlang bewegten sich größere, flackernde. In dem Rauch, den sie verbreiteten, war ein Hinundherlaufen, etwas Wirres, Beängstigendes. Es erstickten auch Stimmen darin, und es klirrte darin wie von Waffen.

Sie wartete, am Geländer steif aufgerichtet, mit herabhängenden Armen, den Kopf im Nacken. Die Berge, die mit schwarzen, wolligen Schwellungen und Senkungen dort hinten so furchtbar lasteten auf dem beklommenen Lande – sie hoffte, sie würden zu wandern beginnen, sich vorwärts schieben, alles zermalmen, das Tal, die Dörfer, den Hügel selbst, auf dem sie stand, damit das Entsetzliche nicht geschehen, damit sie es nicht erfahren könne. Aber sie wußte es schon.

Die Fackeln bogen in den Weg, der zu ihr führte. Sie

gingen unter in Laubmassen, deren Ränder sie röteten, und sie fanden immer wieder die offene Straße und stiegen höher, unerbittlich: sie und die Menschen und das, was sie trugen. Die Herzogin erwartete sie. Sie blieb reglos, bis die Bahre mit seinem Körper vor ihr stand. Sie hörte die dumpfen Berichte an und winkte nur: »Geht!«

Dann ließ sie sich ohne Hast, in ihrem weißen Kleide, das glitzerte, in ihrem schwarzen Haar, das funkelte, nieder bei ihrem toten Freunde, mit der Brust auf seiner, die noch blutete. Sie küßte ihn, und sie sprach mit ihm.

»Da bist du. Die Menge hat dich aufgehalten, sie war wohl eifersüchtig, weil du auch mich liebtest... Bist zu zufrieden? Du wünschtest dir ja, das Volk möchte dich zur Rechenschaft ziehen, weil ihm die Versprechungen der hochherzigen Zeiten nicht gehalten sind. Du aber, Freund, hast alles gehalten, immer auf derselben, von Weltklugheit verwaisten Höhe. Und auch ich halte alles. Die Dinge wechseln, meine Empfindung dauert, ebenso stolz wie deine. Was in meinen Armen lag, waren Träume, es wurden Bilder, und es wird zu heißen Körpern... Weißt du nun, daß alles, alles gleichgültig ist, was wir tun und was mit uns geschieht – und daß nur eines zählt: Seelen, die einander fühlen!«

Sie fühlte ihn antworten, sie erwärmte seine Lippen, und es verrann, zusammen mit dem Mondlicht, das Haus, Brunnen und Bäumen enttropfte, die zärtlichste Stunde ihres Lebens.

Sie richtete sich auf.

»Prosper, wir verreisen.«

Der Jäger hütete sich zu gestehen, daß drunten der Aufruhr am Wege lagere; er kannte seine Herrin. Er sagte: »Hoheit, der Wagen ist zertrümmert.«

»Laß also ein Wägelchen anschirren. Sorge für meinen Koffer.«

»Und der Herr Marchese?«

»Der Verwalter soll ihn aufbahren, im Saal. Wir telegrafieren nach Rom. Man wird ihn dort verlangen, man mag ihn sich holen.«

Prosper verneigte sich und ging; sie sah ihm erstaunt nach. Er zitterte ein wenig, am Ende dieser Nacht, der alte Diener, der seit der Tiefe ihrer Jugend und bis hierher immer in ihren Fußtapfen gegangen war, schweigend, von ihr unbeachtet – und vielleicht kein Fremder?

»Er ist alt, und –«, sagte sie zu San Bacco, »du bist alt: ich hatte es vergessen. Habe ich nicht selber unvermerkt die Vierzig erreicht? Ich aber, ich fühle in mir die Kraft von hundert Menschenleben!«

Sie betrat das Haus und kleidete sich an. Ihre Leute fuhren voraus, die Straße hinab. Dann kehrte sie, langsam und allein, zurück zu dem Toten. Er streckte sich, ganz versteint, im Mondschein. Der Mondschein kreiste blau im Kiese, er rann von den Schindeln des Daches, er sickerte aus Vasen und Blumenkelchen, er glättete die Hüften der Halbgötter in den Hecken – aber um den Kopf des Toten formte er einen Reif.

Sie löste die Hände voneinander, sie wandte sich ab, sie ging an die Balustrade, Schritt für Schritt, und die Treppe hinab, Stufe für Stufe. Auf ihren Schultern und auf ihrem Haupt lag Silber – und sie stieg, jung und jeder Ferne entgegenatmend, wie in Fähren zu unerwarteten Ufern, hinein in die von Mondlicht triefenden Büsche.

Venus

Venus

Che son fatti dei gorghi d'ogni abisso,
Degli astri d'ogni ciel!...
Ada Negri

Me voici, revenu des grands pays lointains
De pierre et d'eau, et toujours seul dans mon destin –
Henri de Régnier

Rome! tes dieux sont morts, et ta maigre tétine,
Louve de bronze, pend d'avoir trop allaité!
Mais le fantôme nu de l'antique beauté
Erre encore aujourd'hui sur la terre latine.
Henri de Régnier

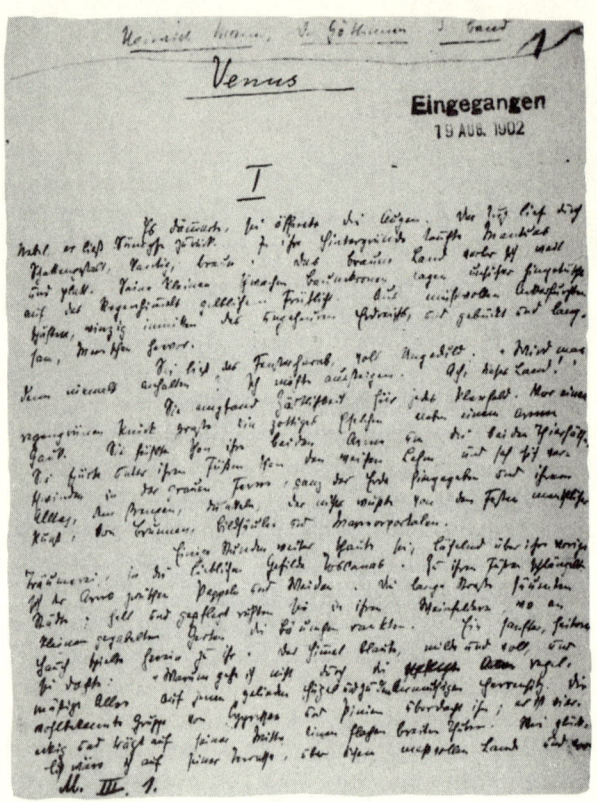

Die erste Manuskriptseite von *Venus*
in der Handschrift Heinrich Manns

I

Es dämmerte, sie öffnete die Augen. Der Zug lief durch Nebel, er ließ Sümpfe zurück. In ihre Hintergründe tauchte Mantuas Schattengestalt, kantig, braun. Das braune Land verlor sich weit und platt. Seine kleinen schwachen Baumkronen lagen unsicher hingetuscht auf des Regenhimmels gelblichem Frühlicht. Aus mühevollen Ackerfurchen spähten, winzig inmitten des ungeheuren Erdreichs, und gebückt und langsam, Menschen hervor.

Sie ließ das Fenster herab, voll Ungeduld. »Wird man denn niemals anhalten? Ich möchte aussteigen. Ach, dieses Land!«

Sie empfand Zärtlichkeit für jedes Kleefeld. Vor einem regengrünen Knick graste ein zottiges Eselchen neben einem armen Gaul. Sie fühlte schon ihre beiden Arme um die beiden Tierhälse. Sie spürte unter ihren Füßen schon den weichen Lehm und sah sich verschwinden in der grauen Ferne, ganz der Erde hingegeben und ihrem Alltag, dem strengen, dunkeln, der nichts wußte von den Festen menschlicher Kunst, von Brunnen, Bildsäulen und Marmorportalen.

Einige Stunden weiter schaute sie, lächelnd über ihre vorige Träumerei, in die lieblichen Gefilde Toskanas. Zu ihren Füßen schlängelte sich der Arno zwischen Pappeln und Weiden. Die lange Straße säumten Städte; hell und gepflegt ruhten sie in ihren Weinfeldern, wo an kleinen gegabelten Gerten die Bäumchen rankten. Ein sanfter, heiterer Hauch spielte herein zu ihr. Der Himmel blaute, milde und voll, und sie dachte: ›Warum gehe ich nicht durch die regelmäßige Allee auf jenen gelinden Hügel und zu dem anmutigen Herrensitz. Die wohlbekannte Gruppe von Zypressen und Pinien überdacht ihn; er ist viereckig und trägt auf seiner Mitte einen flachen breiten Turm. Wie glücklich wäre ich auf seiner Terrasse, über diesem maßvollen Lande und vor dem reinen Gold seiner Sonnenuntergänge.‹

Am Nachmittag zog durch Wolkenschatten und um schwärzliche Trauminseln mit rosigen Schlössern der Trasimenische See. Umbrien ließ seinen Wald anschwellen zu steilen Wellen, es ließ ihn altes Gemäuer verschlingen und die letzten Hügel umkränzen, in blauer Märchenferne. Aber mitten im Plan, auf abschüssigem, schwarzem Fels, den Schlinggewächs einsargte, ragte die Stadt mit Zinnen und Türmen, ockerfarben und fast ohne Fenster, in sich hineinstarrend auf ihren Traum. Er war von schwerem, sinnenbelastetem Drange himmelwärts, und haftete in einem Gefängnis, das unerbittlich Wache hielt über dieser Erde.

Aber sie dehnte sich; sie ward kahl und feierlich. Aus zersprungenen Wolken brachen Lichter wie Schwertblitze. Der Wind führte mit sich das Echo alter Schlachten. Die Herzogin fand auf kurze Stunden dorthin zurück, wo sie vor zehn Jahren geträumt hatte und gejagt. Sie sah sich galoppieren, den rotbefrackten Reitern voraus, dahin über das verbrannte Gras, zwischen Gräbern am Feldrain und durch des Aquädukts zerrissene Bögen. Büffel mit geschweiften Hörnern versperrten, kauend hingewälzt, die Wege. An dürftigen Böschungen knabberten Ziegen. Schafherden, weiß und schwarz gesprenkelt, verschwanden in Hügelfalten, dahinten, unter dem platten Felsen mit zyklopischen Mauern und barocken Kirchen. Efeu zerspaltete die Türme... Sie sah hinüber, wo der Abend den Himmel färbte wie mit Heldenblut. Eine

Kuppel, einsam heraufgewachsen hinter dem Horizont, wölbte sich, düster wuchtend, über der Ebene: Rom.

Sie übernachtete und fuhr weiter. Einmal, um Mittag, als der Zug anhielt, machte ein schwüler Wind sie aufseufzen. Es war, als küßte er sie auf die Augen, die sie schließen mußte. Es war, als belegte er die Erde mit üppigen Polstern und lud sie darauf ein. Sie stieg aus und fuhr in einem rasselnden kleinen Wagen über Stock und Stein, unter Obstbäumen, zwischen Ziegenherden hindurch und großen Truthähnen, und vorbei an Weibern, bronzefarbenen, gelassen blickenden in grünem Rock und rotem Mieder, die auf dem dick und weiß bedeckten Kopf, hoch und schaukelnd, im edlen Schritt von Kanephoren, die kupferne Conca trugen. Der Wein überrankte breite Kronen. Sie war berauscht, sie wußte nicht wovon. In Pflanzen, Tieren, Menschen hörte sie es schwellen von Säften. Sie sah das Leben schwindelnd aufschießen in leidenschaftlichen Garben, gleich dem Wein.

Dann dröhnten die Lavaquadern der Stadt. Das Wirtshaus im Hintergrunde eines Hofes voll Gerümpel und lachenden Volkes war hell, blau gestrichen, mit weiten Zimmern und hallenden Fliesen. Sie fragte, wo sie sei: »In Capua.«

Prosper, die Kammerfrau und der Koch langten nach ihr an und bemächtigten sich der Küche. Es war kein Fleisch in der Stadt; aber es gab Fisch, gekocht und in Öl, gebratene Artischocken, frisches Brot, einen Eiergrog, große Feigen, berstend und schmelzend, und uve zitelle: die ersten Trauben.

Später lockten sie die Gassen, die langen, fröhlich schallenden. Der Fluß der Freude brauste durch sie hin und hell hinaus ins Land. In den zerbröckelnden Vorhöfen der gespreizten und leeren Kirchen wartete auf den mit Sonne Gesättigten ein stiller Schatten. Vignen rankten auf flachen Dächern. In vergitterten Gärten voll hoher Kameliensträucher pickten Hähne aus Scharlach und Kupfer. Schwarzsträhnige Knaben, braunblaß und mit großen umränderten Augen, lagen auf den Schwellen seltsam umrahmter Portale. Vor ihnen schrie das weiße Pflaster, hinter ihnen, aus der Finsternis des Hauses, blinkte es von Kesseln rot.

Und dann stand sie am Fluß und am Brückenkopf und sah die beiden jenseitigen Pfeiler verloren und machtlos wie zwei Menschen, vor dem furchtbaren Meer blauen Himmels und der grünen Erde übermächtigen Fluten. Es brach herein zwischen ihnen, fort über die Brücke und an die Brust der Fremden, die taumelte unter dem Anprall der Liebe aus Äther und Acker, der Liebe ohne Maß und Ende, der heiß zerstörenden und heiß zeugenden Liebe.

In der ersten Frühe erwachte sie, langsam und glücklich. Die bunten Blumen auf den weißen Vorhängen ihres Bettes hatten in ihren Traum genickt und schwammen nun davon, eine nach der andern, in den roten Staub des Morgens. Das Fenster war erfüllt von ihm. Drunten kamen Ziegen vorbei, mit zierlichem Getrappel und mit hohlem Geläute. In der Werkstatt drüben hämmerte es und sang, und der Wind, der golden vorbeistrich, jagte die Töne auseinander.

Sie ließ ihre Leute zurück und kutschierte weiter. Der Mann knallte und schnalzte, das Pferd riß aus. Es hatte Glocken vor der Brust, Zweige hinter den Ohren, und auf dem Nacken eine silberne Hand mit gespreizten Fingern.

In Fruchtgärten mit Piniendächern spiegelte der Tau. Die Straße hing noch voll goldenen Dunstes; er hob sich, nun blendete sie. Sie sausten durch Weideland und Felder. Der Wein schwankte auf den Wipfeln der Ulmen, hoch, hellgrün. Kleine Ortschaften lagen eingesenkt in die Äcker, fest zusammengedrängt, braun und umrauscht von Korn. Und hinter allem, in den Dunstschichten des Horizonts, spitzte sich ein blauer Schattenkegel, mit weißem, langgebogenem Rauchschweif.

In der Mittagshitze fuhr sie hinauf nach dem alten Caserta. Zwischen dem Wein spreizten sich Kirschbäume und trugen Nußbäume ihre Last. Weizen und Senf ernährte das gleiche Feld. An seinem Saume schimmerten Oliven. Aber sie allein stiegen, blaß und anmutig, den Berg hinauf. Die Erde ward dünner, der Stein brach hervor. Noch lag ein umgeackertes Feld, das den Mais erwartete, weich und schwarz neben dem mit Senf besäeten, grün schillernden, wie bei einem feuchten Smaragd ein Stück Samt. Noch begegnete ihr ein eiliges Getrappel von Schafen. Die langen seidenen Vliese wiegten sich breit über den Rücken und schlenkerten um die Beinstöcke. Ein kleines Mädchen trug die Rute wie ein Zepter. Es schlürfte, mit bloßen Fußspitzen hervortastend unter dem langen Kleide, im Staub der Herde mit. Dann kam die Einöde. Feigenbäume entwanden sich dem Felsen.

Sie stieg aus und ging weiter. Das Land öffnete sich ihrem Blick, fessellos strotzend. Es warf die Springbrunnen seines Saftes bis zu ihr hinauf.

›Dort war der Orangengarten, vor dem das Kind saß, ganz vergoldet von dem Schein all der Früchte, mit weichem Profil und langen Wimpern. Die Mutter hatte einen aufmerksamen Tierblick unter ihrem breiten Haar, und kein Lächeln. Das rosige Haus stand vor dem grün durchleuchteten Plantagengange. Ich sah von dort das Meer; zwischen dem Vesuv und dem Sant'-Elmo-Berge erschien mir Capris launischer Umriß... Ich befand mich auf der Straße nach Aversa, der heitern, bunt geschmückten Stadt, auf deren Pflaster die Karriolen der reichen Bauern rasseln, und in deren beflaggten Schenken ihre Taler klingeln... Aber der Name dieser Stadt bedeutet Streit, und meine Väter haben sie gegründet.

Meine Väter! Sie kamen aus der Normandie herbei und

vom Nebelmeer, nach Sonne lüstern. Ihre Begierden waren zahllos, wie meine. Sie trachteten, wie ich, nach allem, was wärmt, mundet, sich üppig anfühlt, erschlafft, reizt, selig macht. Und um alles zu besitzen, zerstampften und töteten sie alles, lachend, aus bloßer Liebe. Wie ihre Augen geblitzt haben müssen! Sie waren gewiß rotwangig, mit langen blonden Haaren und breiten Schultern. Ich glaube, daß sie vollkommen geformt und sehr klug waren. Sie brachen alle Verträge, trauten nur ihresgleichen, heischten Fürstentümer als Morgengaben, verhinderten die Ernten und triumphierten über ausgehungerte Städte. Ihre Stimmen schallten so fürchterlich, daß vor ihrer einem ein Heer davonlief.

Wie haben sie sie verachtet, die schönen, weichen Sklaven, über die sie hereingebrochen waren! Nur einen achteten sie, weil er ihnen widerstand: den Felsen von Monte Cassino. Drunten wüteten sie und liebten; droben, in der Wüste von Steinen, hallten die Litaneien. Nachdenkliche Mönche bückten sich droben über Pergamente der Antike, als verfolgten sie im Sande die letzten Fußtapfen einer rätselhaften Fremden. Und drunten funkelten die Blicke der Barbaren. Sie fühlten sich gebändigt unter Schweigen; vor Ohnmacht und Drang ward es ihnen unheimlich. Sie ertrugen es nicht länger, sie gingen im Büßerhemd zu jener stillen Höhe, die sie in Panzern nicht erreichen konnten. Einer blieb droben und nahm die Kutte. Ich verstehe ihn, den einen!

Er entsagte allem, weil alles ihn noch nicht gesättigt hätte. Auf seiner Zunge zerfloß, aus dem Herzen der süßesten Feige, noch eine Süßigkeit, die er nur ahnte, und für deren Geschmack er sein Leben gelassen hätte. Die samtenen Augen von Kindern in Orangenhainen erbitterten ihn; sie waren Früchte von goldenerer Reife als die andern, und er verzweifelte daran, sie zu pflücken – auch wenn sie schon an seinen Lippen schmolzen. Die Luft hatte Arme und Busen, sie war wollüstig wie eine Frau. Er war voll Sucht, sie satt zu machen und an ihr zu vergehen. Und jeden Morgen wieder erlebte er es, ohnmächtig, wie sie mit allen buhlte...‹

Sie wandte der Ebene den Rücken und drang zwischen die Berge ein. Sie waren nackt, dunkel, wild zerklüftet in Trümmer, die zerstörten Städten glichen. Auf einmal stand sie vor einer übriggebliebenen; aus der durchlöcherten Mauer stachen Aloen und schlängelten Lazerten. Die Dächer brannten in Sonne, grau und holprig und beherrscht von dem runden dicken Turm. Er war angenagt und rauh begrünt. Das Pflaster stieg und fiel zerrissen zwischen öden Höhlen voll kalten Modergeruchs, unter schwarzen Torbögen hindurch, über schiefe, kotige Plätze und vor tiefe Kirchenportale. Drinnen dämmerten farbige Reflexe auf leeren Kacheldielen. An der Mauer, auf geborstenen Fenstergesimsen duckten sich Bestien in traumhafter Scheußlichkeit, festgekrallt in abgezehrte Sünder.

Sie wanderte zurück; neben dem Kellerdunkel floß weiße Sonne – und sie betrat links den Scherbenhügel und sein welkes Gras. Die Stadt öffnete sich drunten, mit Häusern, halb verschüttet von Geröll, mit Feigenbäumen in engen Höfen, zwischen schräg abgesägten Mauern. ›Die Ungeheuer von den Kirchenfenstern‹, dachte sie, ›sind darüber weggesprungen; sie haben die letzten Menschen herausgezerrt.‹

Hinter ihr bog sich ein Kreis von Trümmern; sie ging hinein, lässig und nach Schatten schmachtend. Drinnen hingen Efeugardinen vor zersprungenen Marmorfenstern. Von netzartigem Mauerwerk rollten Brocken die schräge Wiese hinab. Sie streckte sich auf einen flachen Stein, der sie versengte. Ein verkrüppelter Weinstock ästete in der Mitte des Kessels. An seinem Rande ruhte sie selbst, und sie meinte mit halbgeschlossenen Augen, er hänge mitten im brennend blauen Himmel. Weißer Stein, gleißender Efeu und blaues Feuer: sie ging darin unter. Eine heiße Süßigkeit rauschte in ihr; sie sehnte sich... Fernher, aus Traumängsten, drang ein Gebrüll. Ach! die Bestien! Sie durchwüteten die Stadt. Eine verrostete Glocke schwang sich. Nein – es war alles nur das betäubende Schweigen des Mittags. Es war nur ein Ton auf der Flöte Pans.

»Pan!«

Sie rief ihn; ihr Haar zerdrückte sich im Nacken, sie breitete die Arme aus auf dem glühenden Felsen. Drüben, an jener Pinie, lehnte sein Altar; darüber hing eine Syrinx... Still, das war sein Fußtritt... Sie hob die Wimpern, ganz leise: da stand er selbst, ein Bein noch über der Mauer. Er war struppig, breitbrüstig und verbrannt, in Ziegenfellhosen, mit keimendem Bart und runden Augen, finster und unbeweglich funkelnden, – und er schlich auf sie zu, den Kopf vorgestreckt. Ihr Blick erwartete ihn, unter den langen Wimpern. Er beugte sich über sie, räuberisch und scheu; er roch nach Vieh und nach Göttern. Sie schlug langsam die Arme zusammen über dem Fell auf seinem Rücken.

Irgend etwas hatte gelacht, in dem vergessenen Kessel aus Stein, der dahinschwankte, mit ihr und ihm, durch brennendes Blau. Sie schrak auf. Droben, mit zwei hörnenen Füßen auf dem Mauerrand, langhaarig, mager und unkeusch, ragte ein ungeheurer Bock.

Er war ein Ziegenhirt und stand allein und reglos zwischen Farren und Menthe in einer Schlucht, an deren dürren Abhängen seine Tiere grasten.

»Was machst du eigentlich? Stehst du immer mit gekreuzten Armen?«

»Nicht, wenn der Schatten kommt.«

»Und wenn der Schatten kommt?«

»Dann mache ich das da.«

Zu seinen Füßen lag frisch geformter Ton.

»Zeige mir, wie du's machst.«

Er setzte sich, zog die Beine unter den Leib und begann zu kneten, ernst, mit gleichmäßigem Wiegen des Kopfes. Er rundete Amphoren mit weiten Bäuchen und nannte sie »Kühe« – und schlanke Vasen mit schmalem Busen: »Das sind schöne Mädchen.«

Er machte einen Krug, dessen Wölbung ein Menschenkopf war, mit steifem, dummlich glotzendem Profil. Sie sah, über seine Schulter weg, unter seinem Daumen Geschöpfe erwachsen, im geheimnisvollen Mittag, und wie aus dem eigenen Schoße der Natur. Er war Pan. Er suchte in der Tonerde nach Wesen, deren Spuren er vor zweitausend Jahren verloren hatte, und er zog fabelhafte Vögel heraus, zackig gefiedert, mit schmalen, wütenden Köpfen und gespreizten Krallen, und andere mit Pferdemähnen, und andere mit Schnauzen von Seelöwen. Es zeigten sich auch, ein wenig undeutlich, Menschen mit Bocksgesichtern.

Am Abend trieb er seine Herde heim. Die Ziegen schwenkten volle Euter. Die Böcke legten ihnen die sehnigen Hälse, in Lederbänder geengt, auf die Nacken. Die Zicklein hopsten. An einer Hausmauer, in einem Backofen, brannte er seine Töpfe. Das Getier, von der Sonne ausgedörrt, zerrieb er zwischen den Fingern.

»Warum, warum?«

»Ist unnütz. Trägt keinen Heller.«

»Und das andere?«

»Verkaufe ich drunten.«

Eines der Gefäße zerbrach.

»Ist nichts wert. Ist schlechte Erde. O Elend, kein Bauer kauft's mehr. Nur noch die Fremden, aus Unwissenheit.«

»Wann gehst du hinunter?«

»Wenn die andern zurückkommen.«

»Wer, die andern?«

»Alle, die hier in der Stadt wohnen.«

»Hier wohnen also welche? Wo sind sie?«

»Drunten. Helfen bei der Weinlese.«

»So komm auch du.«

Er drehte sich kurz um.

»Will nicht. Bleibe bei den Ziegen.«

Tags darauf sagte sie: »Tritt einmal heraus aus diesen Felsen, geh bis an die Straße und schau hinunter, wie das Land schön und fröhlich ist. Sie sind bei der Ernte.«

Er schlich ihr nach, widerwillig und lüstern. Und dann sah sie, wie sie es gewünscht hatte, seine wilde und arme Gestalt hinunterragen in das üppige, weiche Land. Er blieb stumm und abweisend.

»Was steht dort unten zwischen den Reben?«

»Mandelbäume.«

»Und gleich daneben?«

»Pfirsiche.«

»Und dann, weiter!«

»Äpfel, Birnbäume...«

Er kicherte zwischen den Worten; seine Wangen wurden dunkler. Granaten glühten aus tiefen Laubmassen zu ihnen herauf.

»Walnüsse... Kastanien... Feigenbäume von Amelia –«

Er schmatzte.

»Dort das Haus?« fragte sie.

Er erspähte es, seine begehrlichen Blicke zerrten es, klein und weiß, aus dem safttriefenden Grün hervor, von dem es ganz verschlungen war.

»Wer wohnt darin?«

»Ha! Ein Fettwanst... und vier schöne Mädchen.«

Er hielt ihr vier Finger vors Gesicht, und er feixte, laut und grausam, ein bettelhafter Eroberer, von Lüsten verbrannt und in langer Entbehrung hart genug geworden, um eines Tages von seinem kahlen Felsen hinunterzustürmen und mit Schicksalstritten hereinzubrechen über alles, was lockte und sich hingab.

Sie sah ihn an; in diesem Augenblick fühlte sie sich ihm verwandt.

»Ich fahre hinunter!«

Sie bestieg ihr Gefährt. Zwischen den Reben drängten sich viele Farben und leuchteten wechselnd herauf aus Laubwolken. Die weißen Pfade waren bunt von Volk, rasselten von Karren, blühten von heißen Gesichtern, schallten von Lachen. Eine ungeheure Butte, überquellend von Trauben, von schwarzen und goldenen, tauchte schwankend unter grüne Siegerpforten. Lärmende Weiber zogen aufs Feld, den leeren Korb auf der Hüfte. Sie wiegten ihn, zurückkehrend, gefüllt auf dem Kopfe. Im durchbrochenen Blätterschatten rauften bloßbeinige Knaben sich um blonde Beeren, bepudert mit Staub. Ein Mädchen kniete am Wegrand, sie lächelte verführerisch, den Kopf im Nacken, und ein singender Bursche in weißer Hose ließ Beeren in ihren Mund fallen, eine nach der andern, von der schweren Traube, die sein Arm hinaufreckte ins Licht. Er war halbnackt und glänzte vor Hitze; auf seiner Schulter falteten sich die Muskeln, auf seiner Brust waren sie gespannt. Die große Traube glänzte seiden. Jede Beere, die fiel, spiegelte sich in des Mädchens Augen und ward, rötlich, rund und feucht, umwunden von ihren Lippen, wie von zwei purpurnen Schlangen. Der Bursche hörte auf zu singen, sein Blick ward starr.

Die Herzogin ging zu Fuß durch ein Dorf. Der Wein schlug über ihm zusammen wie über einer Insel. Kinder umschrien und umtanzten, in flatternden Hemdchen, verwirrt von der Erde Lust, die unter Lasten anmutig schreitenden Esel, auf dem Gang zur Tenne. Durch ein Fenster glitt die Ernte, lautloses Gold, auf den Boden. Sehnige Kerle hingen sich an die Seile unter den Balken der Decke;

sie ließen sich fallen, schnellten hinauf und taumelten herunter, mit unerbittlicher Wollust hineinstampfend in das geschwollene und saftspritzende Fleisch der Trauben. Gehäuft zu mächtigen, glatten Leibern, leerten sich die Trauben, verbluteten und dufteten berauschend.

Draußen trappelte unermüdlich der Zug der geduldigen Tiere. Der Wein nickte hoch über ihren Stirnen, hinter ihren Hufen tänzelten die Knaben. Ein schwüler blauer Dunst umkreiste die Ebene, das Laub schien heller, die Stimmen wurden schriller, die Scherze heißer. Die Straße wandelte in doppelter Breite, gekrönt mit Brücken, Wappensockeln, Alleen von Landgut zu Landgut. Abundanzia selber rollte, weiß, rot und trunken, dahin auf schwankendem Triumphwagen: die Herzogin sah ihr nach.

Sie verweilte im Zypressengang einer Villa. Hinten unterschied sie das weiße Haus, eingewoben in das abenteuerliche Geäst sarazenesker Ölbäume. Sie hörte Vogeltriller aus ihnen herüberperlen und ersticken unter dem Gelächter von Mädchen, auf hohem Rasen, mitten im Wein. Sie waren geschmeidig, braun und vom Wein durchpulst. Ihre Hemden, in lange Falten zerknittert, öffneten sich über den niedrigen Miedern. Sie lagen auf vollen Körben und zerdrückten die Trauben mit den Spitzen ihrer Brüste. Mit Beeren und mit frechen Worten bewarfen sie die Burschen. Die drängten sich um sie her, lachten aus nassen Mündern, reichten ihnen Korbflaschen, überschütteten sie mit Kränzen.

Einer stand abseits, langbeinig und jung, unter dem hohen, wiegenden Baldachin einer Pinie, und ganz in Träumen. Die Jacke hing nur über der linken Hälfte seines Rumpfes. Die rechte war nackt; die Brustwarze schwamm hellrot auf seiner warmen Haut. Der Hals, seitwärts gewendet, malte einen tiefen Schatten unter das bartlose, sinnenüppige Gesicht. Sein Haar glänzte wirr;

schwarze, dichte Strähnen bogen sich in die Schläfen und zwischen die Augen: unter sehnsüchtigen Brauen schmachteten ihre dunkeln Blicke. Sein lässiger Arm hob eine Flöte aus Rohr, sein breiter, fleischiger Mund hauchte hinein. Es war das Land selbst, das in Sonne singende, lustwütende und weiche, mit Früchten belastete und vor Süßigkeit traurige, das diesen Ton ausstieß, diesen wollüstigen und versagenden. Er war beseligend zum Hinsinken: die Herzogin vernahm ihn.

Hinter ihr schnaufte es. Der Hirt von droben schlich an den Baumstämmen hin, er belauerte, ein struppiges Tier, brünstig und gefräßigen Blicks, die zahmen Reize des Jünglings mit der Flöte. Er schrak zusammen; die Herzogin herrschte ihn an: »Woher kommst du?«

Sein Kopf, unter einer dichten Zypresse, war ganz schwarz. Er feixte im Schatten.

»Bin mit dir gefahren, habe unter deinem Wagen gehangen.«

»Warum bist du nicht bei den Leuten aus deinem Ort? Warum hilfst du nicht ernten?«

Er sah verstockt vor sich hin.

»Was geben sie mir denn dafür? Eine schlechte Suppe, das ist alles.«

»Und was willst du weiter?«

»Nichts.«

Sie stampfte auf.

»Was du weiter willst.«

Er grinste von unten, demütig.

»Hab Geduld, schöne Herrin! Hab's mir schon genommen.«

»Was hast du dir genommen? ...Übrigens sage, gefällt dir dieses Besitztum?«

»Hab's dir ja schon gesagt.«

»Wie?«

»Es ist ja dieses hier, das mit dem Fettwanst und den vier

schönen Mädchen. Dort im Grase liegen die Mädchen, aus dem Hause tritt der Wanst.«

Ein beleibter Alter entschwankte dem Hintergrunde. Sein Bauch war rot umwunden, sein Gesicht glühte. Er erhob segnend seine unsicheren Hände über die Burschen und die Dirnen. Sie hüpften um ihn her, sie foppten und betasteten ihn. Zwei schöne Geschöpfe in langen Haaren drückten ihm einen Kranz von Weinblättern in die kahle Stirn. Sie selbst waren mit Rosen gekrönt. Hinter ihm schleppten zwei Knechte einen riesigen Kessel herbei, der blinkte und dampfte. Rings um die Suppe betteten sich alle ins Gras. In einem unerwarteten Luftzug rauschten ein paar Büsche; die Flasche kreiste. Irgendwo erhob sich langsam und schmerzlich eine Melodie, wand sich seufzend zwischen den verstummten Lachern hindurch und fiel auf einmal zurück auf den Rasen. Plötzlich klirrte ein Tamburin, es rasselte und klappte. Ein Paar sprang auf und noch eines. Der Alte im Weinlaub raffte sich vom Boden, er stolperte mit kurzen Beinen den beiden goldbraunen Schönen entgegen – auf ihren Wangen spielte der Schatten langer Wimpern –, und sie tanzten. Die Tarantella warf ihnen die Kränze vom Kopf, sie keuchten, der Alte purzelte auf den Rücken und strampelte wie ein Käfer, bis er sich herumwälzen und aufstehen konnte. Händeklatschen und fliegende Röcke, Verschlingen nackter Glieder; Gelächter, Küsse – und durch das blasse Gespinst der Oliven sickerte feucht ein rosenroter Quell. Er bespülte den Horizont, er überschwemmte den Himmel; nun schwammen auf seiner Flut ringsumher die Häupter der Pinien.

Da brach aus der Vigne hervor etwas Jähes, Tolles, ein Tier, rauh und brüllend, vielleicht ein Waldgott, den der Geruch von Dryaden hetzte. Er stürzte sich auf den Unbärtigen mit sehnsüchtigen Brauen, der abseits stand, die Flöte an den Lippen – und er riß ihn mit sich. Sie tanzten. Das Abendrot verrann, das Gelächter ermüdete: sie tanzten.

Der erschöpfte und heiße Leib des Knaben hing nur noch, rückwärts gesenkt, in den Armen des andern: sie tanzten. Es taumelten schon Paare ins Gras, dann entschlief der letzte. Aber auf dem erbleichten Abend, im ersten Sternenflimmern, schwangen sich, gliederwerfend, in die Runde zwei Schatten, ein sanfter, weich versagender, und ein ungestümer, der heischte.

Bei Tagesanbruch fuhr die Herzogin schon wieder von Capua herüber. Sie stieg vor der Villa aus, wo sie dem Feste zugesehen hatte, und ging eilig die Allee hinauf. Das Gras blinkte; einige Schläfer lagen noch darin, mitten unter ihnen der Alte. Sie umschritt ihn prüfend; die Sonne sprenkelte seinen kahlen Hinterkopf, sein Gesicht versteckte sich zwischen den Armen. Sie faßte einen Entschluß und rüttelte ihn.

»Ismael Iben Pascha!«

Er grunzte, richtete sich in den Schultern auf und fiel zurück. Sie lachte, ganz allein, in die Büsche hinein.

»Ich hab's ja gewußt... Ismael Iben Pascha! Eine Freundin ist da, die Herzogin von Assy.«

Der Alte setzte sich auf mit einem Ruck und rieb sich die Augen. Er blinzelte.

»Sie sind gekommen, Herzogin? Hübsch von Ihnen. Wir waren damals so vergnügt miteinander, in Zara, bevor Sie übers Meer davongingen. Denken Sie sich, daß seitdem auch ich –«

Er gähnte geräuschvoll, seine Augen verschwanden. Dann erhob er sich vollends, beschämt und unzufrieden.

»Da trinkt man nun. Man trinkt ohnehin, und außerdem, weil es Weinlese ist. Und so kommt es denn, wie Sie's zu meiner Schande gesehen haben.«

»Das Merkwürdige ist, daß man Ihnen überhaupt hier begegnet, Ihnen, dem Gesandten Seiner Majestät des Sultans am dalmatinischen Hofe!«

»Ausgezeichnet, Herzogin, sagen Sie das noch einmal: Gesandten – wie war es? Ich bin nämlich ein alter Bauer geworden und etwas schwer von Auffassung. Ein alter Bauer, müssen Sie wissen, dem dieses bescheidene Gut seinen Lebensunterhalt gewährt.«

»Erstaunlich!«

Unversehens kam ihr eine Erinnerung.

»Und Fatme? Prinzessin Fatme?«

»Drinnen im Hause. Wir machen der Prinzessin später unseren Besuch, die Prinzessin schläft noch. Inzwischen zeige ich Ihnen mein Besitztum, Herzogin, wollen Sie?«

Er ging neben ihr, im hellen Leinenanzug, das Gesicht gerötet unter dem weißen, wolligen Bart, und strich die rote Binde glatt über dem behäbigen Bauch.

»Auf dieser Tenne stampft man den Mais aus den Kolben; eine gesunde Beschäftigung. Nebenan ist die Molkerei... Gehen wir zur Kelter! Wollen Sie sehen, wie die Treber gären? Es riecht eigentümlich. Dann stecken wir noch den Kopf in den Schweinekofen. Ach, Herzogin, das Landleben!«

»Denken Sie, es geht mir ebenso, auch ich möchte einfach eine Bäuerin werden.«

»Ich verstehe das, ich verstehe das.«

Sie spazierten über eine weite Wiese, wo friedliche Rinder lagerten und kauten. Der Pascha blieb plötzlich stehen.

»Aber sonderbar ist es doch. Sie, Herzogin, waren die unruhigste Frau, die ich kennengelernt habe. Nicht für zwanzigtausend Drachmen jährliche Pension hätte ich Sie – pardon – hätte ich Sie in meinen Harem aufgenommen. Wir unterhielten einander trefflich, ich darf mich dessen wohl rühmen. Wie haben Ihre staatsverräterischen Streiche mich entzückt! Das Abenteuer mit dem Prinzen Phili, der jetzt König ist –, und der einst bei Ihnen Lakai war. Ah! Ah!«

»Und Sie, Pascha, und Ihre Geschichten! Sie waren eigentlich ein Pariser, der von den Kraßheiten des Orients malerisch zu sprechen wußte, und der sie, aus Dilettantismus, manchmal beging. Ich selber hatte Lust, welche zu begehen! Wir paßten sehr gut zueinander.«

»Jaja. Die stolzeste Dame der internationalen Gesellschaft und ein, ich darf wohl sagen: nicht unabgefeimter Weltmann – und was ist aus uns beiden geworden? Da sehen Sie's, daß alles umsonst ist. Das Schicksal nimmt uns am Arm und dreht uns herum; was geht's uns noch an, was hinter unsern Schultern geschieht. Ein Schiffbruch wirft uns nackt an eine neue Küste, wir bekommen ein anderes Kleid, unter Umständen gar keins; das ist das ganze Leben.«

»In diesem Augenblick glaube ich es fast.«

»Ich glaube es seit drei Jahren... Lassen Sie uns jetzt ein Glas Milch trinken. Nachher schauen wir nach, ob meine Damen erwacht sind.«

Sie betraten den quadratischen Bogengang; das Haus steckte, um ein Stockwerk höher, darin, wie in einer zerplatzten Hülse. Im Hofe fegte ein Pfau mit gewaltiger Federschleppe das Pflaster. Er rannte auf seinen Herrn zu, unter lächerlichem Schlängeln des Halses, der goldblau schillerte. Der Helmstutz auf seinem Kopfe wippte. Es hüpfte hinter ihnen über die flache Treppe und bis in das erste Zimmer. Es duftete darin nach Essenzen und nach brünetten Frauen, die geschlafen hatten, und deren Haut perlte.

»Madame Fatme, kennen Sie mich noch?« fragte die Herzogin.

Fatme watschelte herbei mit schweren Schritten. Sie riß verwunderte Kinderaugen auf, zwischen gemalten Lidern. Sie war noch beträchtlich dicker geworden. Ihre gelbliche Matinee stand offen über dem grünseidenen Hemd. Sie hob sich auf die Zehen und brachte dem Gesicht der Fremden das ihrige ganz nahe. Ihr Atem duftete stärker als ehemals nach süßem Tabak und entschiedener nach Knoblauch.

»Nein«, erklärte sie ehrlich.

»Denke nach«, befahl väterlich der Pascha. »Du hast die Dame in Zara gekannt, es sind – es sind wohl fünfzehn Jahre.«

»Die Herzogin von Assy?« flüsterte Fatme blanken Blicks und ungläubig.

»Ja?... Aber wer hat Sie denn verzaubert? Sie sind nicht älter geworden, nein, gar nicht – aber ganz anders. Mir scheint, ich kenne Sie jetzt besser als früher...«

»Wirklich?«

»Und ich wundere mich gar nicht, daß Sie auf einmal bei uns sind. Damals, in Zara, wunderte ich mich, wenn Sie kamen. Sie ängstigten mich sogar ein wenig. Sie waren etwas ganz Unbekanntes. Niemals haben Sie sich zu jener Zeit in solcher Weise auf die Kissen gestreckt...«

Die Herzogin ruhte auf zwei großen blausilbernen. Ihr gegenüber, an getürmten Haufen von grünen, violett beblümten lehnte fast stehend eine große, völlig nackte Frau. Sie war weniger fett als Fatme, aber breiter und von festem Fleisch. Ihre kleinen, starren Brüste, ihr weiter, faltenloser Bauch und die Hüften und die Schenkel, geschlossen zu einer machtvollen Masse tierischen Lebens, atmeten hoch und langsam. Die schwer beweglichen Augen glänzten zwischen Wülsten schwarzen Haares. Es überwölbte die niedrige Stirn und wuchtete im Nacken. Die Arme reckten sich am Polsterrand unter breiten Juwelenbändern, die hinabglitten auf starkfingrige Hände. Ein Schleier schwankte vom Diadem hernieder und um die Frisur, den Arm entlang und im Bogen dem Schoße zu; er zitterte, durchsichtig wie Luft, über dem schwach spiegelnden Elfenbein dieses Leibes. Ein wenig Schatten bräunte die Flanken und verfinsterte kräuselnd die weitoffenen Achselhöhlen.

»Das ist Melek«, erklärte Ismael Iben Pascha. »Meine zweite Frau. Die dritte und vierte befinden sich nebenan.«

Er hob eine Gardine aus Rohr und Glasperlen auf und hing sie über ein Tabouret. Das zweite Zimmer war aus halbgeschlossenen Läden grün beleuchtet, und an der Schwelle lag der schöne Flötenbläser von gestern, nackt wie Melek, auf einer seiner schlanken Hüften, und einen Arm unter dem Kopfe. Fatme, der Pascha und die Herzogin betrachteten ihn stumm; da stolzierte an ihnen vorbei der Pfau. Er stieg auf den Schläfer, wandte den Hals hin und her, der schillerte, und hüpfte drüben zu Boden, im grünen Licht und unter dem Rascheln seiner bunten Federschleppe, die zögernd hinstrich, über des Knaben schmale, helle Knie.

Gleichzeitig trat aus dem Hintergrunde, rasch und zierlich, eine junge Dame in elegantem weißen Sommerkostüm, den Strohhut in der Hand. Sie umging vorsichtig, mit gerafften Röcken, den Vogel und den nackten Körper.

»Sehen Sie, Herzogin, das ist Emina«, sagte der Pascha.

›Ach‹, dachte die Herzogin, ›es ist das schöne Mädchen von gestern nacht, in Rosenkranz und langen Haaren, die so zügellos tanzte.‹

Emina warf Melek und Fatme triumphierende Blicke zu. ›Ihr seid nackt oder schlecht bekleidet. Ich aber war auf dem Posten und bin angezogen.‹

Ismael Iben Pascha schnüffelte umher.

»Aber wo ist Farida?«

Emina hob die Schultern, Fatme erklärte: »Wo wird sie sein? Wo sie ihr Vergnügen findet. Hat wieder einmal draußen übernachtet.«

»Und dieser verdammte kleine Ungläubige, der dort ohne Hemd in deinem Schlafgemach umherliegt, Emina!« murmelte der Alte. »Ich lasse euch zu viel Freiheit, ihr kleinen Weiber. Ich bin zu gut, Herzogin – ein gutmütiger alter Landmann. Was habt ihr nur getrieben? Schläft jener Kleine nicht, als wollte er gar nicht mehr aufwachen?«

»Das ist Meleks Schuld«, behauptete Emina. »Nicht ich bin die schlimmste.«

Melek rollte langsame Emailaugen. Fatme drängte sich an ihren Gatten, sie kraute ihn mit den Patschhändchen im Barte.

»Nun siehst du wohl, an wem du die beste Frau hast. Deine kleine Fatme verläßt niemals dein Haus. Sie will gar nichts weiter, weder Männer, noch Knaben, noch Mädchen – sie will nur dich, du guter Dicker.«

»Erkennen Sie, Frau Herzogin«, sagte der Pascha feierlich und mit tränenden Augen, »was so eine Frauenseele seltsam Schönes birgt. Solange ich reich war und sie unter hundert Sklavinnen in meinem Harem verschloß, fügte sie mir Unrecht zu, soviel sie vermochte.«

»Keinen sehnlicheren Wunsch hatte ich, als dich im Harem selbst zu betrügen, mein süßer Alter, doch immer mißlang es... Ich bedaure es noch heute.«

»Jetzt aber«, so beendete der Pascha, »da sie ein schlichtes Bauernhaus mit offenen Fenstern und Türen bewohnt, und die Sitten in diesem Lande der Schamlosen ihr alles erlauben würden, jetzt ist sie mir die treueste, die liebevollste Gattin.«

Sie waren beide gerührt, und sie streichelten einander.

»Und wie kommt es, Pascha«, fragte die Herzogin, »daß Sie jetzt arm sind?«

Alle blieben stumm. Plötzlich stieß Melek einen tiefen Laut aus. Emina versetzte geläufig: »Aber Madame, das gehört doch der Weltgeschichte an. Er hat dieselben Narrheiten begangen wie Sie selber.«

Fatme, eifersüchtig, drängte sie beiseite.

»*Nicht* wie Sie, schöne Herzogin. Viel dümmer!«

»Jawohl, viel, viel dümmer«, murmelte Ismael Iben, und kauerte sich, von beschämenden Erinnerungen überwältigt, auf den Teppich.

Fatme zwitscherte: »Es war sein Wille, zu verderben.

Er ist mit dem Kopfe durch sein Glück mitten hindurchgerannt, bis er aufs Unglück stieß! Der Sultan wollte ihm so wohl, daß er ihm noch einmal eine Provinz zu verwalten gab: und er hatte sich doch schon in der ersten ein hinlängliches Vermögen erspart. Was tut er? Anstatt Geld einzusacken, wirft er es hinaus. Er besticht alle Welt, er will die Provinz zum Abfall vom Reiche bewegen. Hätte Ihr Beispiel, Herzogin, ihn nicht vorsichtig machen sollen? Alles geht gut, bis ein geheimer Vertrauter des Großherrn ins Land kommt mit viel Gold und Vollmachten. Ich warne Ismael Iben: ›Erlaube mir, ihm durch eine Sklavin eine Botschaft zu schicken und ihn bei Anbruch der Nacht in den Harem zu ziehen. Ich schwöre dir, daß mir von ihm nichts zustoßen soll. Ich werde ihm einen Schlaftrunk reichen und dem Bewußtlosen den Kopf abschneiden. Oder ich werde ihn vergiften. Hat nicht deine Mutter, die große Suleika, viele Männer vergiftet?‹ – ›Nachdem sie sie genossen hatte‹, entgegnet mir der Pascha. Und aus Eifersucht läßt er seinen Feind am Leben, bis es ihm selbst an die Kehle geht. Da muß er flüchten – ach, ich probierte gerade einen Spitzenkragen an, einen aus Paris. Bewundern Sie ihn, da ist er. Zerrissen ist er wohl, ich habe ihn ja angehabt auf allen Fahrten – aber wie elegant! Meine übrige Garderobe mußte drüben bleiben...«

Sie weinte ein wenig. Ismael Iben Pascha seufzte schwer.

»Noch mehr mußte drüben bleiben: all meine Güter, all mein Geld, meine gewirkten Stoffe, die Speicher mit dem Korn, das ich nur bei Hungersnot und nur sehr teuer verkaufte, und alle meine Mamelucken und mein ganzer Harem. Die Freunde haben ihn mir eilig veräußert, von dem Erlös erstand ich dies bescheidene Landgut. Ich bin zufrieden, ich alter Bauer – aber meine vier schönen Gemahlinnen!«

»Wir sind glücklich, o Geliebter, wenn du es bist!« riefen die drei. Von der Schwelle her wiederholte bescheiden eine vierte: »Wenn du es bist, o Geliebter!«

Und noch ein schönes Mädchen, eines mit zerzausten Röcken und Locken und mit großen heißen Augen, glitt durchs Zimmer, wiegenden, gesättigten Ganges, und sank auf ein Polster.

»Bist du also wieder da, Farida?« meinte der Pascha mit leisem Vorwurf.

»Für dich«, entgegnete sie, »wäre ich gern die niedrigste Sklavin. Warum verkauftest du nicht auch mich: du wärest um soviel reicher. Ich bat dich darum.«

»Auch ich bat dich darum«, rief Emina. Fatme stampfte auf.

»Aber ich früher als ihr« – und Melek stieß einen tiefen Ton aus. Der Pascha neigte sich zu der Herzogin und raunte: »Sie werden die Wahrheit nicht bekennen, weil sie voreinander Furcht haben. Aber in Wirklichkeit hat jede meine Knie umfaßt und mich angefleht, ich möge die drei andern verkaufen und sie allein mitnehmen. Jaja, so sehr lieben sie mich!«

Er wackelte auf seinen ineinandergefalteten Beinen hin und her und strahlte.

Farida war hinausgelaufen. Nach fünf Minuten kam sie wieder, noch ungekämmt, aber duftend nach white rose, und brachte Zigaretten mit und Schalen und Gläser. Die Schalen waren nicht aus Lapislazuli wie einstmals, sondern aus Steingut. Aber in Rachat Lokoum, mit Wasser aufgeweicht, erkannte die Herzogin die köstlichen »Bissen der Ruhe« wieder, die auf die Zunge, wo sie schmolzen, einen milden Vorgeschmack des Paradieses legten. Sie stützte den Kopf in die Hand, auf ihren grünseidenen Kissen, die gleißten wie aus alten Erinnerungen herüber, und sie hörte dem Geplapper der Frauen zu und dem leisen Girren des Pfauen; sie sah die würdige Gestalt des Alten und des Knaben zärtlich hingegossene, und die weißen

Wolken, die Melek aus ihrer Wasserpfeife sog – und das alles ruhte im Goldgrund von Märchen. Eine Traube hing sonnig zum Fenster herein; draußen wob der Mittag. Traumselige Lust bettete sich ringsumher im Gemach auf Seide und auf Fleisch.

»Ich bin versucht hierzubleiben«, sagte unvermutet die Herzogin. »Wie wär's, Ismael Iben, wenn man Ihnen Ihr Besitztum abkaufte?«

Es verging eine Weile.

»Was Sie, Herzogin, soeben äußerten, habe ich nicht recht verstanden«, erwiderte bedächtig der Pascha.

»Es ist doch nicht so schwer... Oh, Sie sollen hier bleiben, Sie und Ihre vier Damen. Wir wohnen alle sechs hier im Hause. Aber für den Landbesitz gibt man Ihnen Geld. Wäre es Ihnen nicht angenehm, wieder einmal Geld zu haben?«

Der Pascha wiegte lange den Kopf; seine Frauen sahen ihm atemlos zu.

»Ich will es nicht leugnen«, erklärte er endlich. »Es wäre mir angenehm. Auch gebe ich zu, daß ich von der Landwirtschaft niemals etwas verstanden habe, ich alter Bauer. Es gibt da gewisse Schwierigkeiten, so die Steuern. Ich war stets gewohnt, die der andern einzustecken; jetzt soll ich selber welche zahlen: ich bin zu alt für so etwas.«

»Nun also.«

»Und Sie hätten einen Käufer, Herzogin, einen, der geneigt und fähig ist, hier alle Arbeit zu tun, während wir uns ausruhen können?«

»Einen Käufer...«

Sie sprang auf, lachend über den eigenen Einfall, und sprang ans Fenster.

»Dort rekelt er, der Käufer!« rief sie.

Die Frauen spähten hinaus; drei von ihnen waren jäh herzugestürzt, Melek bequemte sich langsam. Der Pascha lugte unter ihrer Achsel hindurch. Im Hof, unter einer der

Arkaden und in der Sonne, lag zusammengerollt der Hirt aus den Bergen. Sein verbrannter Kopf stak in den halb enthaarten, schwärzlichen Fellen wie in einem schlaffen Schlauch. Er sah hinauf, starräugig, ernst: droben lachten sechs Gesichter. Die Frauen schrien vor Vergnügen, sie bissen, eine um die andere, mit breiten weißen Zähnen in die Traube am Fenster. Faridas spitze Zunge küßte den Arm der Herzogin, durch den Schleierärmel hindurch und hinauf bis zur Schulter. Melek preßte sie von hinten gegen ihre kleinen harten Brüste.

Da erhob sich nebenan des Pfauen wütendes Gekreisch. Der Jüngling war vom Lärm erwacht und hatte den Vogel angestoßen. Er stand auf, eine Hand noch an den verschlafenen Lidern, in der andern die Flöte, und kam herbei – goldig, weich umrissen, begehrenswert und ermattet. Die Frauen lachten nicht mehr. Er senkte die Augen auf seine Blöße. Um sich eine Haltung zu geben, setzte er die Flöte an die Lippen. Sie hörten ihm zu. Dann gaben sie ihm Kuchen, ihm und dem Pfauen.

Als die Frauen es dem wilden Ziegenhirten klarmachten, dieses Landgut, auf dem er seit vierundzwanzig Stunden von Abfällen lebte, sei sein eigen, da zeigte er ihnen die Zähne. Allmählich begriff er, daß man ihn nicht verspotte. Er lief und kam mit einem Karren voll Trauben zurück.

»Das war's, was ich mir genommen hatte!« erklärte er, und grinste zu der Herzogin hinüber. »Jetzt ist es also mein von Rechts wegen.«

Er sah gespannt im Kreise umher. Gleich darauf stürzte er sich auf mehrere Burschen, die gafften.

»Wollt ihr arbeiten!«

Die feiernde Sorglosigkeit hatte ein Ende erreicht auf Ismael Ibens Landsitz. Ein gieriger Barbar war Herr geworden über die weichen Menschen des goldenen Zeitalters. Sie taten wehrlos seinen Willen; dann zeigte er sich, als patriarchalischer Despot, allen Weibern sehr gnädig, und auch den hübschen Burschen. Er lebte unter ihnen, im groben Leinenanzug, ein wenig besänftigt, voll barscher Gutmütigkeit und rauher Lieder. Er formte mit ihnen die Polenta zum Fladen, buk sie über Kohlenfeuer auf einem platten Stein und verschlang sie glühend. Er bereitete ihnen Wassersuppe mit Zichorien und Zwiebeln. Die von ihm zur Liebe Unterjochten erhielten nichts Besseres.

Die Herzogin ging oftmals ihm nach, aufs Feld. Seine magere, stählerne Gestalt bog und hob sich mit den Spatenstichen. Hinter dem braunen Acker, den gewellten Hügel hinauf, über gepflügte Terrassen stiegen die schattenstillen Ölbäume. Ihre Wurzeln schleppten, mühsam voreinander gesetzte Füße, die Last des Öles fort, worin der Abhang ertrank. Sie waren Schönheit und Reichtum, die Oliven! Sie waren von der Wollust so schwerer Fruchtbarkeit ganz müde und mürb. An ihren Wurzeln, unter gestauten Wassern, bildeten sich Fäulnisherde. Das Insekt mit gelbem Kopf, das mit ihnen kämpfte, bohrte sich in ihre Früchte und häufte darin seine Eier. Das Eisen des Pflegers höhlte ihren Stamm aus – sie aber erhoben ihn mit klaffenden und leeren Wänden in zerbrechlichen Windungen bis ins Licht. Das aschige Grün ihrer Häupter ruhte darin, silbern lächelnd, wie seit tausend Jahren, und lächelnd und nie besiegt, außer von Kälte, vollbrachten sie das Wunder neuer Ernten.

Oder sie ruhte im Schatten. Große frische Wasserkürbisse rundeten sich, rötlich gespalten, neben ihr im Ginster; sie streckte nur die Hand aus, und der Saft troff darüber. Ein Bach zog gelinde an ihr vorbei. Droben über den Hecken senkte in die langen Weinlauben sich Dunkelheit. Die Blätter schlangen helle Arabesken hinein. Aber jenseits herrschten, im biegsamen Blau, die klaren Berge. Die Herzogin ruhte, halb entkleidet und einen Fuß im Wasser. Ein Lamm schmiegte sich unter ihren nackten Arm. Langsamen, nickenden Ganges schritten hintereinander oder zu zweien die alten Schafe an ihr vorbei und die Hämmel, mit Köpfen, die aus Mythen hervorlugten. Hinter ihr warfen Ziegen sich prasselnd in das Gestrüpp. Ein alter Bock streckte, phantastisch feixend, seinen abgezehrten Kopf heraus. Sie dachte, mitten im scharfen Duft von Tieren und Kräutern: ›Ich bin wie Eselshaut, bevor der Prinz sie fand. Und stieg ich nicht gerade wie sie, um den Peinigungen einer Liebe zu entkommen, die Terrassen meiner Villa hinab, im Mondlicht und ohne Ziel? Ein Widder, scheint mir, hat mich in jener Nacht auf einem Wägelchen hierher entführt. Ach! durch Kot gehen, die Sonne ertragen lernen, barfuß mich im Wasser spiegeln: ich verlange heute nichts weiter. Jene bronzenen Gestalten zwischen Sonne und Acker, die ich einst in Dalmatien und in Rom als Träume genoß und in Venedig als Bilder – ich habe mich nun, verlangend und sehr schlicht, unter sie gemischt. Ich bin müde – und ich erhole mich in der rohen Liebe dieses Tieres, das ein Halbgott ist, von der unmenschlichen Schwärmerei so vieler Jahre, von ihren unsäglichen Erhabenheiten, ihren Leidenschaften, die bitter endeten, und von allem, was weit fort von der Natur war. Nun bleibe ich still ins Gras gebettet und wünschte bloß, es wüchse ganz über mich hin, und ich fühlte schon, versunken, in meiner Brust den Saft dieser Scholle kreisen.‹

Dann kehrten sie heim, Seite an Seite, die Herzogin und der Bauer, durch die ergrauende Ebene. Das Abendrot drängte rauchig sich hervor aus Schleiern. Oben zerfloß und zertropfte eine purpurne Wolke. Eine Angst vor der Nacht überschauerte das Land. Die Ölbäume stürzten mit verzerrten Schattenmienen nach vorn; sie flohen, die Kronen zurückgeworfen, wie graues Haar: – aber Sturz und Flucht waren gefesselt. Und nun wob weites, feinohriges Dunkel den Wanderer ein. Es hob ihn, es machte ihn leichter von Gedanken und Gefühlen. Sie beschritten die lange

Dorfstraße. Düstere Gehöfte schoben dahinten sich links und rechts in die Äcker. Dazwischen rötete den Weg ein verheißungsvolles Licht, einsam, im weiten Land verloren. Sie betraten es endlich, geblendet, müde, glücklich.

Und es fuhr wieder ein Morgenwind in ihr Fenster, eine Sichel klang, und golden wie volle Ähren rauschte ein neuer Tag.

Sie badete mit Melek, in einem Teich am Berge. Ein Quell sprudelte herab, und darunter, inmitten von Lotosblättern, stand Melek, grellweiß vor dunkeln Büschen. Rinnsale liefen ihr von den Schultern und über die ausladende Hüfte; ihren Haaren entwand sie Garben; es sah aus, als spritzten Strahlen aus ihren Brüsten, die sie preßte. Die Herzogin lag ein Stück weiter auf dem Sande, den Kopf über der Wasserfläche, und blinzelte hinüber zu der großen Frau. Das Glück der sprühenden Tropfen, in grüner Umfriedung, am Teich, den Himmelsblau erfüllte, machte die fahrende Sehnsüchtige so ernst, stumm und ohne Wunsch, wie jene in tierischer Unschuld es war und im Frauengemach.

Sie badete mit Emina und Farida, die voll Unrast waren und keine Stelle ihres Körpers ungeküßt ließen.

»Wir sind aus Neapel, mußt du wissen. Oh, wir sind nicht so unerfahren wie Melek. Unsere Mutter bot uns auf dem Toledo den Männern an: wir waren erst zehn Jahre. Ein Greis nahm uns eines Nachts nach Hause. Er stahl uns – oh, wir grämten uns wenig darum – und verkaufte uns weit fort, in eine sehr große Stadt, wir wissen nicht, wie sie hieß, einem mächtigen Reichen. Der lehrte uns seltene Künste, und als wir ihm geschickt genug deuchten, sandte er uns als Geschenk dem Sultan, mit dem er ein Geschäft machen wollte. Wir gingen aber auf der Reise durch die Hände Ismael Iben Paschas, und er behielt uns. Wir wurden, weil wir vieles verstanden, sogar seine Frauen. Das ist unsere Geschichte.

Sage, du Schöne, sollen wir dir die kunstvollen Spiele zeigen, die wir mit dem reichen Manne treiben mußten? Oder diejenigen, die er uns lehren ließ für den Sultan? Alle kennt sie nicht einmal Ismael Iben. Dir zeigen wir sie... Nein, du willst nicht? Wie schade!«

»Setzt euch dorthin, du auf jenen Stein, Emina, – Farida, du auf den andern. Ich bleibe hier. Wir lassen still die kleinen Wellen um unsere Beine plätschern; sie schaukeln von einer zur andern.«

Sie lächelte ihnen zu und dachte: ›Habe ich nicht viel lieber als alle eure Liebkosungen den Widerschein im Wasser, Farida, von deinem kupferblonden Haar, das du aufbindest, und von deinen rosigen Füßen? Bin ich nicht süßer beglückt, wenn deine dunkeln Locken, Emina, um deine warmen Brüste wehn, die steif im Winde ragen, und du die Schale hochhältst, in die deine Schwester, auf den Fußspitzen, eine Traube auspreßt, Tropfen für Tropfen?... Wartet eine Weile, es wird schon dunkel, der Mond geht auf – dann sehe ich euch, blau vom Haar bis zu den Zehen, auf eingezogenen Beinen kauern, eine Hand an der Sohle, und Brüste, Magen, Bauch in lauter weiche Wellen zusammengedrückt, und eure Profile unter schweren Frisuren, gestreckten Halses hinausstarren über den schwarzen Teich, unter den schwarz hangenden Bäumen hindurch, ins Mondland...‹

Und zum Schluß ihrer Träumerei fragte sie sich: ›Da ich euch doch nie *ganz* genießen kann, da auf meiner Zunge, aus dem Herzen der süßesten Feige, immer noch eine Süßigkeit zerfließt, die ich – und ließe ich mein Leben für sie – nur ahnen kann: ist es nicht die *tiefere* Wollust, die Augen zu schließen, so wie jener ins Kloster ging?‹

Sie streifte manchmal bis ans Meer. Man kannte sie in den Fruchtgärten am Grunde der Strandtäler, und in den Lorbeerhainen auf den Rücken von Hügeln, wo eine salzige Brise ging. Flüchtig schritt sie vorbei, Gold und Liebe austeilend wie eine unerwartete Labsal, an schöne Geschöpfe – und man sah ihr staunend nach und glänzenden Blicks, wie einer verirrten Nymphe mit hoch aufgebundenem Haar, vollen Schultern und schmalen Hüften. Auf ihrer Haut glitzerte es wie von Wellenschaum. In ihren Fußtapfen, hätte man glauben können, blieb etwas davon zurück.

Einmal fuhr sie mit dem jungen Flötenbläser. Es war an einem Morgen, als vor einer Scheuer, im roten Herbstlaub, der Bauer über ihn hergefallen war, ein liebetoller Wolf. Die Herzogin drohte und befahl vom Hause herunter, so lange, bis er seine Beute fahren ließ, knurrend und gebändigt. Nun saß im Wagen der Knabe vor ihren Knien. Seine fleischigen Lippen standen halb offen; unverwandt betrachtete er sie, mit dem leidenden Blick eines zarten Tieres, das zuviel geliebt ward.

›Wie verlockend, ihn zu küssen – und wie süß, es *nicht* zu tun. Ob er mir nicht dankbar dafür ist, mir, die er begehrt?‹

Gegen Abend lag sie auf einem Felsen; er hing, von langen, braunen Gräsern umzottelt, schräg hinüber auf das Meer. Es sah herauf, sanft und geisteräugig. Die Berge zergingen in Duft, die Schiffe durchträumten ihn, die Vögel waren silbern darin verstrickt. Sie hatte gebadet; er breitete über sie eine Decke roter Blüten. Er stand unter ihrem Felsen, mit dem Munde dicht bei ihrem, und sang eine Melodie, die von oben nach unten schwankte, versagend sich in drei traurigen Tönen verfing und belastet war mit der Schwermut einer immerwährenden Glückseligkeit.

»Dich friert?« fragte sie. »Es kommt nun wohl der Winter... Wie bist du denn blaß? Sage einmal, bist du zuweilen glücklich?«

»Niemals«, antwortete er schwach. »Sie lieben mich ja alle.«

»Und du?«

»Wenn ich dich liebte?« sagte er, wie zu sich selbst. »Ob das wohltäte? Wäre ich glücklich?«

Sie legte ihre Lippen auf seine, sie zog ihn in ihre Arme, gütig und weich. Er ließ es nur geschehen, und er zitterte. Sie spürte selber, mitten im zu warmen, nackten Dasein, einen Kälteschauer, und den Hauch der Zerstörung in der Fülle der Wollust.

Sie schlief noch; Fatme stürmte herein und weckte sie, mit Weinen.

»Der arme Kleine, nun ist er tot!«

»Schon tot?«

»Sie haben ihn alle geliebt, bis er gestorben ist.«

Die dicke Frau riß an ihrem Haar, preßte sich die Arme und verdrehte die Augen.

»Und nun wird es auch Winter.«

Die Herzogin lehnte sich ans Fenster. Drüben um den Schuppen, wo des Knaben Lager stand, stolzierte mit Geraschel der große blaugoldene Pfau. Eine weibliche Gestalt, verhüllt, gesenkten Hauptes, kam rasch herbei und erklomm die angelehnte Leiter; es war Farida. Dann erschien ein Mädchen aus der Nachbarschaft, hastig atmend. Emina zeigte sich mit geröteten Lidern. Es nahten andere, Mägde, Hirtinnen, Gutsherrinnen, verschleiert und zaghaft, oder außer sich, unter lauten Gebärden – zuletzt auch Melek. Sie warteten am Fuß der Stiege; die eine klomm hinan, jammernd und angstvoll, die andere kehrte zurück, verklärt durch einen dankbaren Schmerz, ein letztes Mal beseligt durch den Anblick dessen, den sie alle so oft begehrt hatten, der ihnen einen Sommer lang Vergnügen bereitet hatte, und den sie beweinten, da es kalt ward.

Der Bauer trat zu ihr ins Zimmer.

»Bist du zufrieden, Herrin?«

»Womit?«

Sie sah sich um.

Wände und Fliesen waren frisch gekalkt und gescheuert, Blumen standen auf dem Frühstückstisch.

»Hast du das getan?«

»Die Annunziata tat es, sie wartet draußen und möchte sich dir vorstellen.«

»Die dort in der Tür? Die ist zu dick, laß sie draußen, sie würde vielleicht nicht gut riechen.«

Er schloß die Tür.

»Du hast recht, sie ist ein wenig zu dick. Nicht, als ob ich etwas gegen die fetten Frauen hätte, aber sie ist es zu sehr.«

»Nun, als Magd kann man sie trotzdem verwenden. Zu heiraten brauchst du sie ja nicht.«

»Das ist es eben. Ich mußte sie heiraten... Ja, verstehe mich nur: um ihr Grundstück zu bekommen. Es ging nicht anders.«

»Ah! Sie ist deine Nachbarin? Und um deinen Besitz abzurunden, hast du sie geheiratet, während ich fort war?«

Sie lachte, aufrichtig belustigt. Er sah zu Boden, er murmelte: »Sie ist zu dick, ich gestehe es. Ich bin für das Maß, das du, schöne Herrin, innehältst. Aber man muß Geduld haben. Sei zufrieden, du wirst besser bedient werden als bisher!«

»Nun, es ist gut, wenn ihr selber zufrieden seid.«

»Wir werden es alle drei sein.«

»Vorläufig hilf mir meinen Koffer packen, oder schicke mir die Magd.«

»Willst du denn schon wieder ausfahren?«

»Ich gehe nach Neapel, dort werde ich wohnen.«

»Du verläßt mich? Habe ich dich erzürnt, vielleicht durch meine Verheiratung?«

»Gewiß nicht. Ich war schon vorher entschlossen.«

Er beugte ein Knie vor ihr und seufzte laut.

»Tue das nicht. Dein Knecht bittet dich.«

»Das ist unnötig, stehe ruhig auf.«

Er sprang auf die Füße und krallte sich in sein Haardikkicht, mit allen zehn Fingern.

»Du bringst mich ins Unglück! Ich habe ihr ja versprochen, daß du dableibst. Sonst hätte sie mich gar nicht genommen, die Annunziata.«

»Bin ich die Hauptbedingung bei eurem Geschäft? Es macht nichts, hier ist Geld. Sie wird dir nicht die Augen auskratzen.«

»Bist du etwa nicht ganz zufrieden mit mir?« fragte er.

»Ich bin immer recht zufrieden mit dir gewesen.«

Sie nahm Banknoten aus einem Portefeuille und sah dabei zu, wie seine Augen funkelten. Dann packte sie ihm die Hände voll.

»Immer recht zufrieden«, wiederholte sie. »Drum kriegst du eine Extravergütung.«

Sie erinnerte sich, ihn oftmals schwer betrunken gesehen zu haben, aus Raufereien heimgekehrt und von Neidern seines Glücks zerschunden und zerstochen, stumpf, störrisch und überaus tierisch – aber nie hatte er sich gegen sie aufgelehnt. Er kannte sie spöttisch, gütig, heiß, übermütig oder sehr fremd, und er hatte ihr von unten zugeschaut.

Er schlich hinaus und rieb sich den Kopf. Zu seiner Frau, die gehorcht hatte, sagte er: »Sie ist die Herrin, man muß Geduld haben.«

Aber das Weib zeterte, den ganzen Tag.

Abends betrat Ismael Iben Pascha ihr Zimmer.

»Wie sich das trifft, Herzogin, daß Sie nach Neapel gehen!«

»Wieso?«

»In den nächsten Tagen – ich bin benachrichtigt worden – trifft auch der König Philipp mit seinem Minister dort ein.«

»Unser Phili?... Mit Rustschuk, mit meinem Hausjuden?«

»Dieselben. Außerdem ist in Neapel der türkische Generalkonsul gestorben.«

»Was Sie sagen! Und wie sehen Sie feierlich aus, Ismael Iben. Im schwarzen Gehrock und in Lackschuhen – Sie, der alte Bauer.«

»Bemerken Sie noch, daß die Pforte eine bedeutende Anleihe plant und dabei Rustschuks Beistand gar nicht entbehren kann.«

»Und was bedeutet das alles?«

»Das alles kann nur bedeuten, daß durch ein Wort von Ihnen, Herzogin, an den Minister Rustschuk, und durch die Vermittlung des großen Finanzmannes bei der ottomanischen Regierung, der zum Tode verurteilte und in der Verbannung lebende Ismael Iben Pascha vom Sultan in Gnaden wieder aufgenommen und zum Generalkonsul in Neapel ernannt werden soll.«

»Werden soll?«

»Ja, Herzogin: werden soll. Und daß er von seinem einstigen Vermögen soviel zurückbekommen soll, um seine vier Frauen standesgemäß unterhalten zu können... Ich war ein alter Bauer und war's zufrieden. Da sehen Sie's, daß alles umsonst ist. Das Schicksal nimmt uns am Arm und dreht uns herum. Drei Jahre lang hat es mir ein mäßiges Landleben gegönnt, nun bestimmt es mich wieder der Welt und ihren ermüdenden Ehren. Ich unterwerfe mich.«

Fatme watschelte herein.

»Auch ich unterwerfe mich. Wenn es mir beschieden gewesen wäre, wie gern wäre ich hier geblieben! Seit drei Jahren habe ich diese Villetta und meinen Diwan kaum verlassen. Was macht es mir aus, wenn ich künftig in einem Marmorsaal auf dem Diwan liege? Ich bin eine Prinzessin aus fürstlichem Hause, hier wie dort. Habe ich recht, schöne Herzogin?«

»Vollkommen.«

»Des Paschas andere Frauen kommen wer weiß woher und müssen sich herausputzen. Ich mißachte den Putz so lange, bis er von selber kommt. Nun werde ich bald einen neuen Spitzenumhang haben...«

Sie träumte ein wenig – und dann flatterten Emina und Farida herein und schwatzten und lachten und küßten.

»Wir hätten ihn mitgenommen!« sagten sie unvermittelt und gleichzeitig, und sanken sich weinend in die Arme.

Die süße Gestalt des verstummten Flötenbläsers stand auf einmal an der Schwelle zu lauter neuen Erlebnissen – und blieb dahinten.

Die Herzogin öffnete die Tür; der Kopf der Bäuerin fuhr vom Schlüsselloch zurück.

»Sie könnten nach Capua schicken. Mein Wagen und meine Dienerschaft sollen morgen früh hier sein.«

»Die Frau Herzogin wird nicht wegfahren«, sagte das Weib sogleich im frechen Bittstellerton.

»Gehen Sie.«

»Ich hab es schriftlich, daß Sie hierbleiben.«

»Oreste!« rief die Herzogin einem Knechte zu. »Sofort nach Capua!«

Dann wandte sie sich in den Garten. Die Bäuerin, unförmlich, in Scharlach gekleidet, pockennarbig, blieb fuchtelnd immer dicht hinter ihr.

»Sie haben es versprochen, hat er mir gesagt. Gehen Sie weg und geben ihm nichts mehr, so ist er nichts mehr wert. Und ich hätte den reichen alten Orquao heiraten können! Sie könnten hier Ihr Leben beschließen, man würde Sie gut behandeln. Sie aber müssen fortgehen. Warum? Antworten Sie nicht? Wollen nicht mit mir reden? Aber Sie wissen es wohl selber nicht. Niemand weiß es. Es ist eine von den Launen der Damen – dieser verdammten Damen. Totschlagen sollte man euch!«

Im Seitengarten und aus einem weiten Gehege von

Orangenbäumen erhob sich ein kleines Belvedere; eine Treppe wand sich hinauf zwischen engen Steinwänden. Die Herzogin erstieg sie rasch. Die Bäuerin wollte hinterdrein, stieß vergeblich ihre Körperfülle an den schmalen Geländern und rief eine Zeitlang wimmernd die Heiligen an. Dann schimpfte sie weiter.

»Betrogen wird man von euch, ihr Ruchlosen! Auch habt ihr keine Sitten! Ich kenne euch, in Neapel habe ich Dinge gesehen!... Und du dort oben bist die Allerschlimmste! Du hörst mich wohl nicht? Hängt in der Nacht, weiß wie ein Geist, über der Mauer und tut, als kennte sie niemand. Ich will schon schreien, bis du's merkst. Hast du dir nicht meinen Mann genommen und alle andern dazu? Daß der schöne Junge gestorben ist, daran bist du schuld. Wie hast du ihn uns denn heimgebracht? He?«

Sie wartete; sie unterschied kaum Formen in jenem weißlichen Dämmerschein. Nur den Kopf sah sie blaß am schwarzblauen Himmel und irr umflimmert von Sternen.

»Du bist eine Zauberin!« schrie plötzlich das Weib. »Verhext hast du alle Männer und alle Weiber, daß sie nur noch Lust wollen. Alle sind liebestoll geworden, und alle toll nach deiner Liebe! An den Wegen warten sie, müßig und mit brennendem Blut, und hinter den Hecken, ob du vorüberkommst. Ob man je so etwas gesehen hat, ein Land, wo noch zum Winter die Tiere brünstig werden. Der Wein ist so schwarz dies Jahr und macht trunken, wenn man daran riecht. Und so viele Früchte, wie wir heuer haben: – es geht nicht mit rechten Dingen zu. Sieh, wie groß die Orangen schon sind, und wie sie schon duften! Nicht die Heiligen taten das. Niemand ruft sie an – dich rufen sie an, dich, die du alle verhext hast!...«

Auf einmal stockte die Bäuerin, jäh erschrocken über ihre eigenen Worte. Sie starrte hinauf mit aufgerissenem Munde und herausquellenden Augen, gepackt von der abergläubischen Furcht jener verschollenen Schiffer, die in dem weißen Kinde über den Riffen von Schloß Assy die Morra erkannten: die Hexe, die in Höhlen wohnte, Schuhe aus Menschenadern trug und Herzen herausfraß aus Brüsten. Und vor der Erscheinung im Finstern, unerreichbar zerflatternd in einem Reigen von Früchten und Sternen, brach das Weib, aufkreischend, in die Knie. Es griff sich an den Kopf, stolperte empor und flüchtete, mit Geschrei und unter Bekreuzigungen.

II

Im Gasthause zu Capua fand sie einen eleganten und feurigen jungen Mann, der sich ihr vorstellte: Don Saverio Cucuru.

»Der Sohn meiner alten Freundin, der Fürstin? Kaum glaublich, und so jung? Sie sind jetzt – dreißig? Wie geht es Ihrer Mama?«

»Maman ist gestorben, sie war zu lebenslustig. Herzogin werden sich erinnern, sie wollte durchaus hundert Jahre alt werden, und ihre Geschäfte wurden immer zweifelhafterer Natur: Das muß der eigene Sohn zugeben, wenn er ein anständiger Mensch ist.«

»Ich weiß, es waren Versicherungsgeschäfte – und auch Berichte an den dalmatinischen Gesandten, über meine Unternehmungen. Die alte Dame wurde sehr rot und zornig, wenn sie vom Gelde sprach, das die Welt ihr schuldete, und das sie sich erobern wollte. Einmal stieß sie nach mir mit dem Krückstock...«

»Sie ist immer röter und zorniger geworden, je bedenklicher es mit ihren Industrien aussah. Schließlich sollte sie vors Gericht, erlag aber noch rechtzeitig einem Schlaganfall.«

»Die arme Fürstin! Und Ihre Schwestern?«

»Lilian ist eine berühmte Künstlerin.«

»Ah!«

»Vinon hat einen großen Dichter geheiratet. Was wollen Sie, Herzogin, eine Liebesheirat... Aber Sie selber, Herzogin, Sie haben immer meine Phantasie beschäftigt, ich kann Sie versichern, seit meiner Knabenzeit schon.

Welch seltsamer Glücksfall, ich treffe Sie unversehens auf einer abgelegenen Landstraße!«

Es fiel ihr ein: ›Seine eigene Mutter erzählte, daß er von den Frauen lebe – schon damals. Was muß inzwischen Interessantes aus ihm geworden sein!‹ Sie war erfreut, und machte ihm den Eindruck einer harmlosen Frau. ›Weiß sie gar nicht‹, dachte er, ›daß man in Neapel von ihr spricht? Auch daß ich mit Schulden gespickt bin, könnte sie sich selbst sagen, und daß ich in dieser Kneipe nicht zu meinem Vergnügen sitze, sondern weil sie vorbeikommen mußte. Niemals hätte ich es für so leicht gehalten, die berühmte Herzogin von Assy an der Nase herumzuführen.‹

Sie speisten zusammen, und galoppierten davon in einem bekränzten Wägelchen, mit einem halbbetrunkenen Kutscher, der jauchzte und knallte. Auf dem Pferdehals klingelten die Schellen und spreizte sich die silberne Hand. Ein altes Weib mit entzündeten Augen kam vorbei. »Hat nichts zu sagen!« rief der Prinz aus einer gewagten Geschichte heraus, und drehte an den Hornbreloques auf seiner Weste. In einem dichten Garten am Wege, der voll später Rosen hing, hielten sie Rast. Zwischen Schlinggewächs stand ein leerer Sockel. Die Herzogin betrachtete ihren Begleiter. Er hatte kosende Mandelaugen. Er war weiß, weiß, und blauschwarz beschattet vom rasierten Bart. Er verstand wollüstige Haltungen wechseln zu lassen mit sehr markigen. Im Klange seiner Stimme ruhte die Frau, die ihm zuhörte, sich aus wie auf Rosen und Mandelblüten.

»Dort oben sollten *Sie* stehen«, sagte sie plötzlich.

Er hatte sich entkleidet, ehe sie ein Wort hinzufügen konnte, und kletterte hinauf. In der Stellung eines jungen Bacchus, ein Weinblatt hinter dem Ohr, gewann er sofort einen nur auf sich aufmerksamen und an allem unbeteiligten Ausdruck. Der Sockel war seine Welt, er war Marmor und unmenschlich in seiner Vollkommenheit. Die Herzogin betastete, beinahe ohne daran zu denken, seine Haut. Sie fühlte sich an wie erwärmter, geäderter Stein. Auf einmal belebte sich das Bild. Es schwankte gegen ihre Schulter und sank, nach einem gut abgepaßten Sprunge, zusammen mit ihr auf den Rasen.

Nachher lachten sie und fuhren, sehr glücklich, weiter durch den flimmernden Mittag. Die Herzogin dachte nach, wo sie seinesgleichen gesehen habe. Ein abergläubischer und falscher Bandit, durch ein geheimes Türchen in einen blendenden Marmorgott geschlüpft – wer war das?... Ah! Piselli, Orfeo Piselli, der Geliebte der Blà!

Bis ans Tor wurden sie zwischen Weingärten von schlanken Reben geleitet. Dann wanden sie sich durch die Stadt und ihr krummes Gewimmel von Zerlumpten und schönen Mädchen, wie durch einen großen, sehr schmutzigen Käfig, an dessen Gitterstäben Affen Jagd machten auf bunte Vögelchen. Die Herzogin sah es zum erstenmal und unterhielt sich unerwartet gut.

»Was für eine Straße! Sie steigt, steigt, nun kommen gar Treppen! Also verlassen wir den Wagen... An beiden Seiten der Stufen sind Blumen aufgebaut zum Verkauf, droben flattert bunte Wäsche, zerfetzt und besonnt, quer über den Weg. Der violette Himmel strahlt herein auf Kot, Grimassen, bunten Bettel. Erschreckliche Höhlen öffnen ihre Löcher neben Palästen von altem Pomp... Der dort an der Ecke der Avenue mit Lavaquadern, ist das unserer? Ich bin froh! Er ist mit Arabesken überladen, sie sind so schwer, daß die Karyatiden sich abarbeiten unter ihrer Wucht. Daneben bimmelt es auf der tollen, geschweiften Kirche. Es bimmelt ringsumher und zetert und wiehert, es plärrt Gebete, singt Früchte und Schuhbänder aus, es beschwört uns um Geld, flüstert verdächtige Angebote, es stiehlt, steckt uns Blumen ans Kleid, – ich weiß nicht mehr: es betäubt mich...

Gehen wir also hinein in unseren Palast – durch dieses

Portal für Riesen. Auf der Schwelle rekeln possierliche Zwerge und duften übel. Warum stoßen Sie sie mit dem Fuß, Saverio? Lassen Sie das Volk!... Welch ein Durchblick auf Treppen, die in der Höhe sich kreuzen, auf Altane, von Säulengängen gestützt! Hat das einen Sinn? Oder ist es die Laune unbeschäftigter Herren?... Nein, es hat einen Sinn: sehen Sie, wie plötzlich alles sich füllt! Sie überstürzen sich, sie rutschen die Geländer herab, alle stecken in goldbraunen Livreen. Wir müssen sehr reich sein!

Hier oben – ich erhole mich noch kaum, bedenken Sie, daß ich lange Wochen tief im Lande versteckt war –, hier sieht man auf weiten, polierten Böden zwischen hohen, weißgoldenen Türen nichts als Stuck und Gold, blaue Porzellanvasen, eingelegte Tische, Deckengemälde: wie groß und nichtig! Werfen wir uns in die Brust, bis es schmerzt! Die Herren, die es hier vor uns taten, waren vermutlich geradeso flinke, spaßhafte Tierchen wie ihr Volk und haben sich über das Fürstentum lustig gemacht. Darum in allem diese lächerliche Überlebensgröße: ich fange an, dafür zu schwärmen. Oh! Das ist unser Schlafgemach, mein Lieber? Es ist weitläufig wie ein Schlachtfeld! Rote Seide und Gold, und über dem Bett wird Hagar vertrieben. Und die Wappenblume blüht sogar noch auf der Tür des Nachtkastens!«

Sie lag auf einem steifen Sofa und lachte. Don Saverio kniete, um etwas zu tun, anbetend vor ihr.

»Ich denke nämlich an gewisse einfenstrige Zimmerchen, die ich in Venedig bewohnte. Im Marmorrahmen der niedrigen Tür war ich selbst dargestellt, auf Emaillen, griechisch gewandet und mit der Zither... Es war ein wenig stolzer als dies hier. Aber was liegt nun daran?... Klingeln Sie, bitte!«

Sofort tollte es herbei, als liefe es auf Händen und Füßen zugleich; an der Spitze ein grinsender, glatter, behender

Alter mit grauen Favoris und tiefschwarzen Brauen. Sie sagte: »Zum Diner will ich eine Hasenpastete haben. Ich will auch Bananen essen und – nun, mir fällt's schon noch ein. Marsch! ...Sie wissen wohl nicht, Saverio, ich habe dort drüben von Polenta und zähen Hühnern gelebt... Alfonso, noch etwas! Man wird mich benachrichtigen, wenn das Bad geheizt ist. Man soll Parmaveilchen hineinschütten.«

»Die Frau Herzogin wird bedient werden«, riefen sie ihr entgegen nach jedem ihrer Worte, unzählige Male und von allen Seiten, und sie sprangen und verrenkten sich dabei.

»Ich selbst werde die Ehre haben, die Frau Herzogin ins Bad zu geleiten«, verhieß der Intendant und verbeugte sich wie ein Finanzmann. Dabei sah er nach den Augen des Prinzen.

Dann kam er nicht wieder. Sie klingelte; gerade war das Essen fertig. Es gab weder Bananen noch Hasenpastete, und die Gründe dafür deuchten ihr unzureichend; aber alles Aufgetragene war vortrefflich. Später fand sie das Bad stark parfümiert, aber nicht mit Parmaveilchen, hinter ein paar Stufen, gleich in ihrem Schlafzimmer. Sie stieg hinein; es rauschte ein Vorhang: Don Saverio erschien, ganz Marmor.

Sie lehnte in der Frühe aus dem Fenster, zwischen den ungeheuren steinernen Launen der Fassade: großen Schnecken, Kinderköpfen, Drachenschnauzen und -schwänzen. Nebenan, auf dem wild geschwungenen Kirchenportal, ritten Posaunenengel. Tauben kamen herbeigeflogen und ließen sich nieder, wie in einem Zauberwald voll steinerner Gewächse und Ungeheuer.

Die Straße flitterte und summte in der Morgensonne. Ein junges Mädchen sah herauf, einen großen Korb am Arm mit Wäsche darin. Sie war braun und klein und geschmeidig. Ihr schwarzer Schopf war oben auf dem Kopf zusammengebunden, und sie hatte warme, sanfte Gazellenaugen. ›Ich möchte sie wohl auf das afrikanische Plattnäschen küssen‹, dachte die Herzogin. ›Übrigens kann sie mir als Wäscherin dienen.‹

Sie winkte dem Kinde; es nickte beglückt und hüpfte in den Torweg. Die Herzogin wartete; dann ward sie ungeduldig und befragte ihren Kammerdiener, einen stattlichen Mann von viel Würde. Er hatte nichts gesehen; die Lakaien im Vorzimmer und auf der Treppe ebensowenig. Die Mädchen auf den Galerien, in den verwickelten Korridoren vielleicht? Sie wirbelten lachlustig und singend durcheinander; sie waren so neugierig und beugten sich über die Geländer bei jedem Schritt auf den Treppen. »Nein!« ... Aber der majestätische Portier mit dem rasierten, dreifachen Kinn! Er wußte von nichts. Die Herzogin war bestürzt. Konnte ein Mensch, der vor ihren Augen die Schwelle ihres Hauses überschritten hatte, spurlos verschwinden? Prosper, ihr Jäger, machte ein bedeutungsvolles Gesicht und schwieg. Sie vermißte ihre Kammerfrau.

»Wo ist denn die Nana? Ist sie noch nicht zurück?«

»Wird sie je zurückkehren?« meinte Prosper.

»Heute früh hat mich eine andere bedient, ein sehr brauchbares Mädchen. Sie sagte mir, Nana habe sich beurlaubt, um sich Neapel anzusehen – was mich in Erstaunen setzte; denn Nana verfährt anders, wenn sie ausgehen möchte. Wo mag sie sein?«

»Wer weiß es?« erwiderte Prosper. »Wer weiß auch, wo ich selber nun stecken würde, wenn ich nicht einen Revolver in der Tasche trüge.«

»Was sagst du da?«

»Als ich gestern bei Dunkelwerden heimkam, hat mich Cirillo, der Portier, nicht einlassen wollen. Die Frau Herzogin brauche meine Dienste nicht mehr, sagte er. Natürlich lachte ich ihm ins Gesicht und sagte: ich begleite die

Frau Herzogin schon seit Dalmatien, wo sie eine Königin war; und das ist sie geblieben, und mich wird sie nicht fortschicken...«

»Ich werde es nicht tun.«

»Aber gleich umringte mich ein ganzer Haufe dieser Affen und fuchtelte. Ich mußte ihnen die Waffe zeigen.«

»Es ist sehr sonderbar«, sagte sie. Aber vor allem fand sie ihn lustig, den närrischen Strudel der bunten Treppengasse, die sich, ihr zu dienen, bis in ihr Haus ergoß und hoch hinauf über die großartigen Rampen. Die gelenkige, gelbschwarze Wirrnis von Dienern, Zofen und Mägden, Köchen, Grooms, Kutschern und Scheuerjungen machte sie neugierig durch ihre unverschämten Späße, ihre niedrige Demut und ihre geheimen Ränke. Es war eine neue Art von Volk. Sie erwiderten auf alle ihre Befehle: »Die Herrin wird bedient werden«, und es geschah alles gut, aber anders. Sie lagen auf dem Bauch, und sie streckten ihr, sobald sie wegsah, die Zunge aus. Ihre Kammerfrau stahlen sie ihr. Keiner verriet den andern, sie hingen untereinander zusammen wie Affen im Käfig an ihren Schwänzen. ›Ich bin in das Land der redenden Tiere verschlagen‹, meinte sie.

Sie betrachtete den Prinzen unter den Leuten, die er ihr gemietet hatte. Sie buckelten vor ihm weniger als vor ihr, der Herrin; aber sie blickte aufmerksam nach seinen Augen. Vermutlich belogen sie ihn auch weniger. Sie gab so viel Geld, als er verlangte, und fragte nichts mehr. Sie ergötzte sich, wie einst als Kind in ihrem einsamen Meerschloß, an ihrer zahllosen Dienerschaft. Eine Torte war besonders wohlgeraten.

»Der Chef selbst hat sie gemacht«, bemerkte Amedeo, der Kammerdiener.

»Ich will ihm meine Anerkennung aussprechen.«

Prosper hatte am Ende des Saales gestanden. Er verschwand und kam zurück mit einem halbwüchsigen, anmutigen Jungen, der seine Papiermütze abnahm und sich unbefangen verbeugte.

»Ich, gnädigste Frau Herzogin, habe die Torte gebacken«, versetzte er und schnitt eine andere Fratze bei jedem Wort. Auch der Prinz war sichtlich angeregt.

»Was für ein Komiker! Singe einmal etwas!«

»Der Bengel ist überwältigend, ich will ihn heute wieder hören!« sagte sie tags darauf. Prosper ging: der kleine Bäcker war abhanden gekommen. Die Herzogin und der Jäger sahen sich schweigend an. Inzwischen erschien ein großer roter Koch und erklärte, von jeher alle Torten gebacken zu haben. Solch ein Knabe, wie die Frau Herzogin meine, sei nie im Hause gewesen.

»Wer weiß es?« sagte gelassen Don Saverio.

»Ich habe eine Verabredung im Klub«, fügte er hinzu. »Prosper, meinen Mantel.«

Prosper holte ihn, der Prinz verabschiedete sich. Auf einmal stockte er, die Hand im Rock.

»Meine Brieftasche! Sie muß drinnen in der Garderobe herausgefallen sein, seht einmal nach, Prosper... Wie, sie ist nicht da?«

»Nein, Exzellenz.«

»Das ist sehr sonderbar. Und ich habe sie hineingesteckt, als ich hier eintrat. Prosper hat mir den Mantel abgenommen, Sie haben es bemerkt, Herzogin. Er allein hat ihn in das Kabinett getragen, das nur diesen Eingang hat und das niemand inzwischen betreten hat. Die Tasche liegt also nicht drinnen auf dem Boden? Es ist sehr sonderbar.«

»Exzellenz, ich bin kein Dieb«, sagte der Jäger und unterdrückte sein Zittern. Don Saverio lächelte liebenswürdig.

»Wer sagt das, mein Freund. Es wäre töricht von mir, es zu behaupten, da ich es nicht beweisen kann. Ihr seid ja inzwischen hinausgegangen, um den kleinen Bäcker zu suchen, was Euch vermutlich schon vorher als zwecklos bekannt war. An Eurer Person würde ich daher die Tasche keinesfalls mehr finden, auch wenn Ihr sie genommen hättet – was Ihr natürlich *nicht* tatet...«

»Exzellenz werden mir erlauben –!« rief der Jäger und richtete sich stramm auf.

»Ich entlasse dich, Prosper«, sagte die Herzogin und blinzelte ihm zu. Er war sofort beruhigt.

»Komm in mein Zimmer, ich zahle dir deinen Lohn aus, du verläßt noch heute das Haus.«

»Das hätte ich nicht einmal verlangt«, meinte begütigend der Prinz. »Schließlich hat der Mann wohl menschlich gehandelt.«

»Prosper«, sagte sie, allein mit ihm geblieben, »merkst du nicht, daß man dich los sein will? Da hast du Geld, nun geh. Du hast weiter keine Pflichten, als manchmal unter meinen Fenstern vorbeizuspazieren. Deinen Bart wirst du vorher abschneiden.«

»Es wird mir schwer, die Frau Herzogin zu verlassen«, stammelte der Jäger. »Ich weiß nicht, was der Frau Herzogin hier geschieht.«

»Das ist es ja, daß auch ich es nicht weiß. Und ich möchte es wissen. Darum geh, mein Alter.«

Eines Morgens sah sie Don Saverio im Hause gegenüber aus dem Fenster winken.

»Wie kommst du dort hinein?« fragte sie später.

»Es gehört mir, ich habe es von der Stadt erworben.«

»Ah! Auf welche Weise? Du hast noch mehr Schulden gemacht?«

»Keineswegs. Ich habe es für das Geld gekauft, womit man meine Vermittelung bezahlt hat, als du diesen Palast übernahmst. Das Haus zu unserer Rechten habe ich gleichfalls bekommen – tauschweise.«

»Erkläre, bitte.«

»Im Austausch gegen das Haus da drüben!«

»Aus dessen Fenstern du mir zuwinktest? Es ist aber noch immer deins!«

»Und wird meins bleiben. Denn ich hatte den Preis von fünfundzwanzig Lire für den Quadratmeter auf fünfzehn Lire und dann auf drei Lire heruntergedrückt, wovon niemand mehr Trinkgelder bekommen konnte, weder der Bürgermeister noch sonst jemand. Somit verlohnte es sich für die Stadt nicht mehr, von dem Hause Besitz zu ergreifen und die Kosten des Vermietens zu tragen – und man läßt mir beide Häuser.«

Sie dachte: ›Er hat den Geschäftssinn seiner Mutter! Und er rundet seinen Grundbesitz ab, ganz so wie der Bauer, den ich hinter mir gelassen habe.‹

»Ich bewundere dich«, äußerte sie.

»Du hast Grund dazu. Du sollst sehen, wir werden zusammen die größten Grundbesitzer von Neapel. Wir werden spekulieren! Ich baue Kasernen für arme Leute!«

»Willst du Geld?«

»Ich ziehe es vor, wenn du mir Prokura erteilen willst deinem Finanzier Rustschuk gegenüber. Ich habe schon mit ihm gesprochen; er ist seit gestern da; ich bin ihm sehr sympathisch.«

»Wem wärest du nicht sympathisch.«

»Also ich bekomme die Vollmacht?«

»Das doch nicht.«

»Wie? Nicht?«

»Nein.«

»Oh, lassen wir's«, sagte er leichthin. »Es eilt nicht.«

Hin und wieder erbot er sich, beim Anzünden einer Zigarette, zur Abwickelung alles Geschäftlichen, das sie etwa langweile. Sie erklärte, es langweile sie allerdings; sie werde einen Sekretär suchen.

Alsbald stellte sich ein kleiner Magerer bei ihr ein, mit schütteren Haaren in dem gelbsüchtigen Gesicht, und von unheimlicher Spaßhaftigkeit. Er trug einen langen blanken Gehrock, eine weiße Krawatte und abgescheuerte gelbe Schuhe. Er versicherte mit ironischer Unterwürfigkeit, daß er sich allen Diensten gewachsen fühle. Sie schickte ihn weg. Zwei Tage später erschien er nochmals: falls etwa kein anderer sich gemeldet habe –. Es war niemand gekommen. Don Saverio zuckte die Achseln.

»Niemand will arbeiten.«

Eines Morgens vernahm sie auf der Treppe, wie drunten ein Mensch, der sich als Sekretär anbot, vom Türsteher abgewiesen ward. Die Stelle sei besetzt, bemerkte Cirillo. Sie befahl, den Bewerber heraufzuschicken. Schließlich kam er; der Portier hatte ihm einige Dialektworte auf den Weg gegeben. Es war ein junger Mann, anständig und ärmlich, vermutlich ein Student. Er blieb auf der Schwelle stehen, blaß und aufgeregt, und erklärte, sich geirrt zu haben. Plötzlich drehte er sich um und verschwand.

Der erste erneuerte seinen Besuch.

»Ich will die Frau Herzogin nicht länger hinhalten und Eurer Hoheit sagen –«

Dabei bückte er sich mit ausgebreiteten Armen bis zur Erde. Sein Gesicht war, als er es wieder aufhob, ganz auseinandergezerrt von boshaftem Vergnügen.

»– daß Eure Hoheit niemals einen andern finden werden als mich. Übrigens habe ich ein Recht auf den Posten.«

»Wie heißen Sie eigentlich, mein Lieber?«

»Muzio, zu dienen, Hoheit. Cavaliere Muzio.«

»Und ein Recht haben Sie, Cavaliere?«

»Weil ich Seiner Exzellenz dem Prinzen den Posten bereits bezahlt habe – jawohl, bezahlt mit zweitausend Lire.«

»Der Prinz läßt sich von meinem Sekretär – das ist überraschend.«

»Was überrascht Eure Hoheit? Ich dachte, Eure Hoheit kennten die Gebräuche? Sonst hätte ich Sie eher aufgeklärt... Der Prinz und ich haben das Geschäft gemacht, Eure Hoheit können es nicht mehr ändern. Wenn der Prinz es jetzt zuläßt, daß Sie einen andern nehmen, bekommt er's mit der Camorra zu tun.«

Er grinste mit gelben Augen und Zähnen und erschöpfte sich in Zeichen rückhaltloser Ergebenheit.

»Also die Camorra!« sagte sie erstaunt und befriedigt. »Das ist offenbar das Wort, das mir fehlte!... Aber nun setzen wir uns, Cavaliere. Sie sind mir willkommen, ich behalte Sie. Erzählen Sie also und seien Sie möglichst ehrlich.«

»Möglichst, sagen Hoheit! Bin ich nicht bisher mit Eurer Hoheit von wahrhaft sträflicher Ehrlichkeit gewesen? Sie werden es dem Don Saverio nicht verraten!...«

Er beschwor sie, mit gelben, breiten, zappelnden Fingern. Seine schütteren Barthaare bebten fieberhaft auf all den gelben Fratzen, die unter ihnen sich bildeten und zerflossen.

»Wenn Eure Hoheit dennoch etwas verraten, so bekommt es Ihnen so schlecht wie mir. Don Saverio steht sich so gut mit der Camorra.«

»Das ermöglicht ihm wohl seine Häusergeschäfte. Sie sind eigentümlich glänzend.«

»Auch das. Oh, ich könnte viel erzählen. Das heißt, ich sage nichts – weil es verboten ist. Amtlich darf ich nichts sagen. Ein Extragehalt, das Euere Hoheit mir aussetzen würden, würde mir dagegen außeramtliche Pflichten auferlegen –«

»Denen Sie genügen würden?«

»Peinlich. Ich würde alles zu erfahren wissen, was Euere Hoheit neugierig macht.«

»Da haben Sie hundert Lire. Trachten Sie herauszubringen, wohin der kleine Tortenbäcker geraten ist, den ich vermisse.«

Seine Hand schnappte nach der Banknote.

»Euere Hoheit sind bereits bedient. Denn ich selber habe den hübschen Kleinen ins Hospital gebracht, mit zwei gebrochenen Beinen, weil der Chef und die andern ihn vom Küchenbalkon hinabgestürzt hatten. Euere Hoheit hatten dem Kleinen zuviel Gnade erwiesen; es war, mit Verlaub, ein wenig unvorsichtig...«

»Oh!«

Sie wandte sich ab. Muzio reckte den gelben Hals lang aus und sagte nickend, wie ein schmutziger und weiser Vogel aus der Höhe: »Das ist das Leben.«

»Sie werden es mir melden, wenn der Knabe geheilt ist; ich sorge für ihn. Erzählen Sie mehr.«

»Ich meine es gut mit Euerer Hoheit. Für hundert Lire habe ich Euerer Hoheit schon genug Schmerz zugefügt.«

Sie entließ ihn. Das nächste Mal berichtete er, der junge Mann, den sie gern statt seiner als Sekretär aufgenommen hätte, sei so plötzlich umgekehrt, weil er Grund gehabt habe, einen jähen Tod zu fürchten. »Er muß herzkrank gewesen sein«, meinte Muzio.

»Wo steckt Nana, meine Kammerfrau?«

»Sie ist gut versorgt und läßt sich Euerer Hoheit empfehlen.«

»Ist sie in Neapel?«

»Und ganz nahe. Euere Hoheit brauchten nur zu befehlen, und Nana würde eintreten. Aber Euere Hoheit werden es nicht tun, weil es der Nana nicht gut bekommen würde...«

»Also nicht... Die kleine Wäscherin, der ich gewinkt hatte?«

»Oh, Hoheit werden nicht beanspruchen, daß eine andere Wäscherin ins Haus kommt als die von Cirillo, dem Portier, beschützte. Das ist noch nie geschehen, wohin kämen wir damit. Die kleinen Lieferanten unterstehen dem Cirillo und entrichten ihm ihre Abgaben; die größeren haben die Ehre, von Seiner Exzellenz dem Prinzen selbst besteuert zu werden. Auch die Gäste.«

»Meine Gäste?«

»Fällt Euerer Hoheit das auf? Wäre es nicht vielmehr verwunderlich, wenn die Spieler, die an Don Saverios Baccaratischen gewinnen, ihm von ihrem Gewinn nichts abgäben? Auch sind manche Damen so glücklich, in den Salons Euerer Hoheit die Eroberung dieses oder jenes Engländers zu machen. Don Saverio findet mit Recht, daß sie ihm Dank schulden...«

Am Abend betrachtete sie aufmerksamer als sonst die Gesellschaft, die ihre Säle füllte. Diese Leute strotzten von Brillanten und von Titeln. Die großen Frauen waren sanft, süß, mit einer Neigung, fett zu werden, und einem berechneten Schmachten sehr schwarzer Augen. Die kleinen Männer waren bleich, mager, und warfen sich in die Brust, übermäßig angespannt und lebendig, alle Ermüdungen einer Spiel- und Liebesnacht im Sturm besiegend – und bestimmt, bald nach ihrem vierzigsten Jahre, ganz unerwartet und für immer in die Knie zu brechen.

Zwischen ihnen bewegte sich hier und dort ein hölzerner, aber schon gekitzelter Fremder, dem der Ruf seiner Millionen nachschleppte wie ein Kometenschweif. Der Aristokrat, mit dem Mister Williams von Ohio geschmeichelt plauderte, führte ihn zu seiner Frau. Einige Augenblicke später begab er sich ans Büfett, belegte den Teller seiner Frau und prüfte, indes er ausführlich sich selber pflegte, sie und den Fremden mit Seitenblicken... Die wundervolle Contessa Paradisi sah angstvoll dem Marchese Trontola und dem Lord Tumpell zu, die Ecarté spielten. Sie klappte erleichtert den Fächer zusammen, da Trontola gewann.

Die Herzogin dachte: ›Es geht in diesem Hause zu wie in den Salons einer Kurtisane. Alles ist zu verkaufen, am teuersten die Hausherrin. Ich wüßte gern, welchen Preis Don Saverio für mich selbst verlangen würde.‹

Unter den Spielern saßen mit starrenden Schnurrbärten und kalten Augen, elegant und gefährlich, die Herren Paliojoulai und Tintinovitsch. Ihre harten Gesichter waren noch dichter als früher übersät mit haarscharfen Falten, die Körper dachte man sich noch brauner und verwitterter, mit einem grauen Gezottel unter den blendenden Hemden. Man traute diesen Hofleuten, die nicht wußten, ob das Schicksal es ihnen vielleicht dennoch vorbehielt, als Croupiers zu enden, noch fremdartigere Geschichten zu als ehedem.

Der König Philipp küßte ihr die Hand; er sagte mit langsamer, knarrender Stimme und sehr freundlich: »Grüß Gott, Frau Herzogin, das freut mich aber wirklich, daß wir uns so gesund wiedersehen.«

Und er versank in Brüten. Der König hielt sich schlecht und starrte meistens auf den Boden. Wenn er einen ansah, war seine Stirn gefaltet und sein Lächeln blaß. Durch seinen steifen und wichtigen Gang machte er den Eindruck eines älteren, hohen Beamten von endgültig verhärtetem Stumpfsinn und mit gedankenloser Übung im Abkanzeln und Beloben. Er hob noch einmal den Kopf und wies hinaus in die Flucht der Säle, endlos flitternd in der Bühnentäuschung von hundert geschliffenen Spiegeln voll Kerzenlicht, Seiden und weißen Schultern, voll vergoldeten Stucks und gemalter Fleischmassen, voll Blumen und Juwelen, Säulen aus falschem Marmor, hart gleißenden Mosaiken und weichen Augen. Der König versetzte: »Sehr eine reizende Häuslichkeit, Frau Herzogin, haben S' sich da geschaffen, das muß ich schon sagen – und so gemütlich.«

Darauf schien er erschöpft. Rustschuk, hinter ihm, erklärte der Herzogin: »Seine Majestät bekommen erst um zwölf Uhr ein Gläschen Portwein zu trinken. Es fehlt noch eine Viertelstunde... Dann werden Seine Majestät die Nacht hindurch allen Anforderungen gewachsen sein.«

Sie meinte: »Wenn Sie ihn zu Bette schickten?«

»Wo denken Hoheit hin! Wir sind stolz auf den Erfolg der Entziehungskur, der wir Seine Majestät unterworfen haben.«

»Ah! Keine Wassergläser voll Sekt mit Kognak mehr?«

»Gott behüte! Ein Gläschen Porto um Mitternacht, wegen der Anreden an die Gäste; ein Gläschen roten Tischwein zum Mittagessen, mit Rücksicht auf die Zuschauer. Früher verabreichten wir auch des Morgens ein Gläschen; dies hat sich aber als unnötig herausgestellt, weil Seine Majestät am Vormittag keine weiteren Obliegenheiten haben, als mit uns Ministern zu arbeiten.«

Rustschuk sagte dies mit dumpfer, sanfter Stimme und der kaum mehr hochmütigen Losgelöstheit von den Dingen, zu der ein Übermaß von Ehren und Erfolgen ihn gereift hatte. Er war scharlachrot und überall betupft mit trockenen weißen Haarbüscheln. Die Last seines Bauches beugte ihn darnieder. Im Gespräch legte er sich mit Anstrengung hintenüber; dabei floß die bewegliche Fettmasse bald nach dieser, bald nach jener Seite; und des Gleichgewichts wegen beschrieb Rustschuk schwebende Gesten mit der linken oder der rechten Hand. Berauschende Düfte umgaben ihn und schienen allen seinen Körperteilen zu entströmen, jedem ein anderer.

»Sie haben sich erstaunlich entwickelt, Exzellenz«, sagte die Herzogin, und sah ihm recht tief in die Augen. »Wenn ich bedenke, daß Sie mein Hausjud sind.«

Er lächelte nachsichtig, wie über eine Vertraulichkeit aus alter Zeit.

»Drum sind Euere Hoheit nicht Königin geworden«, versetzte er mit gewinnender Offenheit.

»Ich verstehe nicht.«

»Es ist ganz einfach. Als Nikolaus tot war, hätte es mir keine Mühe gemacht, seinen Nachfolger für krank erklären zu lassen – Kinder hat er ja nicht – und Euere Hoheit, die Prätendentin, die letzte vom ältesten einheimischen Geschlechte, aus Venedig herbeizurufen. Sie hätten ohne Widerspruch und unter Jubel den Thron bestiegen. Sie dachten wohl gar nicht daran? Nun sehen Sie, es ist auch bloß das arme dalmatinische Volk auf den Gedanken verfallen; und dem habe ich sagen lassen, Sie wollten nicht. Ah! ich habe mich gehütet, Sie zu rufen. Denn für Sie wäre ich immer nur Ihr Hausjud geblieben – und Sie haben ja recht, warum soll ich's nicht zugeben. Alle andern haben Angst vor mir und können mich darum nicht kennen; ich heuchle weder, noch enthülle ich mich. Warum soll ich mir nicht wenigstens bei Ihnen, Herzogin, den Überfluß eines aufrichtigen Wortes gestatten?« fragte er mit einer Gebärde, großartig in ihrer Gelassenheit.

»Ich sehe es auch nicht ein«, meinte die Herzogin. Rustschuk erwärmte sich. ›Ich spreche gut‹, dachte er, und gewann alsbald ein wenig Vorliebe für seine Zuhörerin.

»So habe ich es vorgezogen, an Seiner Majestät die Entziehungskur vorzunehmen. Infolgedessen betrachten mich Seine Majestät als Ihren Wohltäter und überlassen mir, um jede schädliche Anstrengung zu vermeiden, die Regierung des Landes – mir und meiner Frau.«

»Ihrer Frau Gemahlin, geborener Schnaken.«

»Beate Schnaken«, wiederholte er mit Genugtuung.

»Ich gratuliere. Wie wird die Königin Friederike glücklich gewesen sein, daß die bewährte Beate ihrem Hause erhalten blieb!«

»Wir sind alle einig und glücklich. Dies hindert mich jedoch nicht, Herzogin, die Verwaltung von Euerer Hoheit Vermögen als eine Angelegenheit zu behandeln, mindestens so wichtig wie jedes Staatsgeschäft. Hoheit können es nicht wissen, aber ich habe Sie durch großartige

Spekulationen erheblich bereichert. Vielleicht werden Hoheit es mir in Zukunft danken können.«

»In welcher Zukunft?«

Der Minister wiegte den Kopf.

»Das Haus Koburg hat keine. Es lebt nur in diesem ebenso hohen wie sympathischen Herrn, der uns nicht hört.«

Und er deutete auf den König. Halb abgewandt und gebückt betrachtete Phili seine Füße.

»An das Haus Koburg hab ich nie geglaubt: drum hab ich mich zu seinem Minister gemacht... An Sie, Herzogin, glaubte ich zu stark. Sie wären eine unbequeme Herrin geworden, ich war recht froh, als Sie flüchten mußten.«

Er berauschte sich an seiner eigenen Ehrlichkeit. ›Bin ich nicht ein moderner Staatsmann?‹ meinte er für sich. ›Wozu lügen.‹

»Hoffentlich kehren Sie nie zurück. Sollte aber nach dem Erlöschen des regierenden Hauses der Wille des Volkes – das sich manchmal herausnimmt, einen Willen zu haben – mich dennoch zwingen, Sie zu rufen: zuversichtlich werden Euere Hoheit mich alsdann nach Verdienst zu würdigen wissen.«

»Seien Sie unbesorgt.«

»Wenn Herzogin bedenken, daß alles, was Euere Hoheit für Ihr armes Dalmatien anstrebten und, in weiblicher Gefühlspolitik befangen, natürlich nicht erreichen konnten, von mir auf das glänzendste verwirklicht wurde –«

»Wurde es?«

»Ich habe dem Lande eine Konstitution gegeben und damit die Freiheit, an eine Wahlurne zu treten. Jeder Mann erhält fünf Franken, wählt dafür meinen Kandidaten, und beglückwünscht sich zu der Freiheit. Ah! die Freiheit ist teuer, sagte ich es Ihnen nicht voraus? Sie kostet fünf Franken für den Mann. Aber ich werde nicht ruhen; und wenn es mir gelungen ist, die Finanzen noch mehr zu heben, als ich es schon tat, dann führe ich, eine nach der andern, auch die Gerechtigkeit, die Aufklärung und den Wohlstand ein. Eure Hoheit werden sehen: wenn Sie ins Land zurückkehren, werden Sie vollauf befriedigt sein.«

»Wahrscheinlich werde ich dann nur noch einen Wunsch haben, nämlich Sie, Exzellenz, in einem Abteil erster Klasse und mit einer Vergütung von ein paar Millionen über die Grenze abzuschieben.«

»Ho-heit scher-zen.«

»Oder aber Sie in einen Sack genäht ins Meer werfen zu lassen.«

Der Minister machte einen Schritt, der fast ein Sprung war, und schnaufte.

»Es kommt nur darauf an, wie türkisch ich das Land vorfinde«, setzte sie hinzu.

»Euere Hoheit werden doch bedenken, daß ich Ihr Vermögen verdoppelt habe –«

»Und daß Sie die Freiheit erstickt haben und sogar die Sehnsucht nach ihr.«

»Was kann Euerer Hoheit das machen?«

Er plapperte in großer Angst, wieder wie damals zu den unheimlichen Zeiten, als zwei Unteroffiziere, die ihn anpackten, ihn für den dalmatinischen Freiheitskampf verantwortlich machten.

»Euere Hoheit führen hier ein so heiteres Leben. Euere Hoheit sind mit der Liebe beschäftigt. Verzeihung! Man erzählt von Euerer Hoheit so viele famose Geschichten... Was liegt Ihnen an der dalmatinischen Freiheit?... Sie haben lange Jahre nur der Kunst gelebt: was ist Ihnen heute die Kunst? Heute sind Sie bei der Liebe. Beachten Euere Hoheit, bitte, wie die Herren dort Sie ansehen; sogar die Damen! Damen und Herren, alle werden hier närrisch. Man fühlt sich gekitzelt, man weiß nicht wie. Die Damen sind unnatürlich heiß, und die Herren lebendiger, als man's sonst ist. Und in allen Ecken nennt man Ihren Namen, will von Ihnen mehr wissen als der Nachbar, berauscht sich am Anblick Ihres Nackens – was haben Sie für einen Nacken bekommen! – und meint schon, Ihren Atem auf den Lippen zu spüren, wenn man einen Ihrer heißen Weine hinübergießt.«

Er wischte sich die Stirn ab und dachte eilig: ›Ich fühle mich ganz weich vor Begeisterung; sollte mir was fehlen?‹ Er tastete nach seinem Puls. ›Oder ist es bloß, weil ich, seit so vielen, vielen Jahren, wieder einmal vor einem Menschen Furcht habe?... Jawohl, Furcht hab ich, und noch etwas anderes, was ich erst recht nicht haben dürfte, ich, der ich in so einer gefährlichen Haut stecke.‹

Er keuchte, wie gepeitscht.

»Sie sind geradezu die Göttin der Liebe! Was kümmert Sie die Kunst. Was kümmert Sie die Freiheit.«

»Soviel, wie sie mich mit zwanzig Jahren kümmerte«, erwiderte sie leise und gütig.

»Die Freiheit ist nur ein Wort, ich aber bin ein Mensch, und habe immer dieselbe Seele: nur die Schicksale wechseln, und die Zeichen... Sie können das nicht verstehen, Exzellenz Rustschuk – aber beruhigen Sie sich, haben Sie keine Furcht, hier wird kein Thron verspielt: wir wollen tanzen.«

Sie berührte ihn leicht mit dem Fächer und sagte im Weitergehen: »Kommen Sie.«

Sie streifte an Lilian Cucuru vorbei: »Kommen Sie!«

Lilian ging mit ihr. Sie waren beide höher als die meisten. Man sah ihre Nacken durch das Gedränge schweben und ihre Frisuren: die schwarze, mit Perlen betropfte, neben der tiefroten voll violetter Lichter. Aus einem der gefüllten Säle schob Ismael Iben Pascha sich ihnen nach, im Kreise seiner vier Frauen. Sie waren türkisch gekleidet, ihr

Gemahl schritt ernst und stolz. Vinon Cucuru kam mit ihrem Gatten, dem Dichter Jean Guignol, der mit schüchternem Stolz unter seinem fahlblauen Frack eine amarantfarbene Weste zeigte. Die wundervolle Contessa Paradisi war plötzlich halb nackt; sie war aus ihrem ungeheuren Spitzenumhang herausgetreten wie aus Mondschleiern, und glitzerte von Steinen, womit ihr Fleisch besät war. Die Herzogin aber trug, ganz ohne Schmuck, ein weißes Gewand, das sich unter den Brüsten und im Nacken bauschte und von der rechten Hüfte abwärts offenstand – und sie betrat die Schwelle des Ballsaales, wie eben die Musik endete. Die Tänzer wandelten, noch atemlos, an ihr vorbei und betrachteten sie. Hinter ihr reckten sich hundert Köpfe. Dann kam Don Saverio und führte sie in den Reigen. Sie setzte im Gehen eine Hand auf die Hüfte. Bei jedem ihrer Schritte zeigte sich ihr Schenkel in der Öffnung des kurzen Chitons, und von dem licht und grün schillernden Unterkleid knapp eingewickelt, formte er sich, ließ seine Muskeln spielen und schien zu atmen, wie ein erstaunliches und lockendes Meergeschöpf, das herbeirollte in einer durchsichtigen Welle. Alle suchten es, verloren es, zogen ihm träumend nach, gewiegt auf erschlaffenden und aufstörenden Takten wie auf einem lauen Meer voll Phosphorglanz.

Ringsum duftete es. Düfte, verborgen im Holz der Möbel, in den Bezügen der Wände, sickerten heraus. Die Frauen, in schlanken, pflanzengleich aufgeblühten und schlangenhaft raschelnden Roben, mischten wie in Kelchen, die sie mit blau geäderter Hand lässig dargeboten hätten, die Düfte aus Haaren, Miedern, Fleisch, Blumen. Von Blumen war der Saal durchkränzt. Sie schwankten von Säule zu Säule, sie neigten sich, bebten mit den Tänzerinnen, deren Schultern sie streiften, und erhitzten sich wie sie.

Die Herzogin blieb in der Mitte, sie drehte sich langsam

zwischen vier Säulen, die Oleanderblüten umglühten und umschaukelten. Sie legte weich den Kopf zurück; der schwere Haarknoten stand ihr steil im Nacken, und sie starrte glänzenden Auges in des Prinzen glückliches Gesicht. Er plauderte, lispelnd, in den mild verhaltenen Tönen seiner gewölbten Brust. Sie sagte ihm, sie sei zufrieden, und sie lachte dem Pascha zu. Er schwang sich in methodischer Ausgelassenheit mit Emina, die raste. ›Wir sind wieder beim Erntefest‹, dachte die Herzogin. ›Warum sollte je der Wein zu Ende gehen?‹ Ohne es zu wissen, erhob sie den Arm, als hinge zwischen ihren Fingern eine volle Traube.

Plötzlich reichte ihr aus dem Getümmel heraus Lilian Cucuru die Hand. Sie zogen sich, wie in ein Zelt, unter den halbaufgeschlagenen Gobelin mit Jupiters Liebesgeschichten zurück, der zwischen zwei Säulen hing. Die Herzogin ruhte, den Ellenbogen in Kissen. Lilian stand hoch daneben, ein silbernes Gewebe, knapp, hart, sehr unzugänglich, funkelte an ihren Gliedern. Stark und mattweiß brachen Nacken und Arme aus den engen Öffnungen der steilen Robe, und das Haar leckte mit tief feurigen Zungen nach den Kostbarkeiten ihrer Gestalt.

»Sie sind schön geworden!« sagte die Herzogin. Und da Lilian schwieg: »Wir sollten uns nicht nebeneinander zeigen. Es ist grausam! Ich glaube, daß viele von denen, die uns ansehen, jetzt aufrichtig unglücklich sind.«

Lilian erwiderte: »Und viele wahrhaft glücklich, glauben Sie's! Ich habe mich erst in Paris, dann in Rom auf einer Bühne ausgestellt, in Trikot und in elektrischer Beleuchtung.«

»Ich weiß es. Werden Sie's auch in Neapel tun?«

»Das entscheidet Raphael Kalender. Sie sehen ihn dort drüben bei den Frauen des Paschas. Ich habe ihn zu meinem Impresario gemacht, da er mit Blanche de Coquelicot nichts mehr verdiente – und ich verlange von ihm, wo immer er mich ausstellt, nichts weiter, als daß er den jungen Leuten Ermäßigung gewährt. Studenten und Künstler sollten fast gar nichts zahlen.«

»Und Sie meinen die jungen Leute glücklich zu machen?«

»Sehr glücklich. Ich zeige ihnen öffentlich und mit gutem Gewissen eine Schönheit, deren Fälschung sie sonst verstohlen nachschleichen. Ich bin überzeugt, sie fühlen keine andere Begierde, als mich anzusehen; ich bin zu schön.«

›Und zu kalt‹, dachte die Herzogin.

»Unter ihren Blicken reinige ich mich von den scheußlichen Berührungen des scheelen Sünders, dem ich ehemals unterworfen war. Sie haben es mit angesehen, seine Gelüste liefen mir wie etwas Feuchtes, Moderiges über die Haut... Oh, ich brauche noch täglich ein Bad reiner Bewunderung«, sagte sie und sah, in Abscheu verloren, geradeaus. Darauf lebhaft: »Und ich erhebe, wenn ich nackt und lichtübergossen auf meinem Theater stehe, einen blendenden, sieghaften Einspruch gegen die ganze Heuchelei meiner Kaste, gegen jeden Unflat und alle Sinnenfeindlichkeit!«

Die Herzogin betrachtete aufmerksam das stolze, kühle Gesicht der andern. Sie meinte, sich selbst sprechen zu hören.

»Sie sind eine Empörte, oh, ich liebe Sie!«

»Sie, die Sie die Freiheit lieben! Sie, die so allein sind!« sagte Lilian. »Sind wir nicht Schwestern?«

»So gut, wie wir jemandes Schwester sein können... Auch Sie, Lilian, sind sehr allein. Haben Sie, als Sie Jean Guignol liebten, vielleicht geglaubt, die Einsamkeit habe aufgehört?«

»Ich weiß nicht mehr. Wir hatten beide einen schönen Haß auf die guten Sitten. In den Pariser Künstlercafés, wo er mit mir lebte, waren viele wie er. Später ziehen sie die Sammetwesten aus und heiraten.«

»Er hat seine noch an, obwohl er Vinons Mann ist.«

»Er ist bedauernswert; er kann sich nicht entschließen, ein ganzer Bürger zu werden. Es war ihm auch damals keinen Augenblick völlig gewiß, daß er mich entführen wolle. Schließlich bin ich's gewesen, die ihn entführt hat, kurz vor dem Tode meiner Mutter. Sie erstickte daran, und auch an ihrer bevorstehenden Verhaftung. Tamburini bekam die Gelbsucht.«

Lilian sprach unbewegt und klar von Erinnerungen, die sie abgefertigt hatte. Sie war von Paris nach Rom zurückgekehrt, damit man sie vor Augen haben solle. Und Vinon, dieses Kind, hatte ihr Jean Guignol fortgenommen, der anfing, berühmt zu werden. Warum er ihr folgte und sie heiratete? Aus Ehrgeiz, oder aus Furcht. Wußte man das? Seine Jugend war eben zu Ende. Und warum Vinon ihn sich nahm? Aus Neid – und um sich zu rächen für das eigene heuchlerische Dasein, und dafür, daß Lilian eine Freie war... Lilian sagte, das alles bringe sie doppelt in Aufruhr, denn sie spreche zu der Herzogin von Assy –

»– zu ihr, die ich einst unter der Peitsche meiner elenden Mutter betrügen half, und für die meine Hand zu unkeusch war: ich durfte sie ihr nicht reichen. Wie hab ich gelitten! Einmal fehlte nicht viel, und alles wäre vor der Zeit herausgebrochen! Sie waren so freiheitssüchtig wie ich, das brachte mich in Aufruhr.«

»Und mich!« sagte die Herzogin. »Ich meine jahrelang an Ihrer Seite, Lilian, Empörung geatmet zu haben. Ich höre wieder San Baccos Stimme: wie war sie schön!... Jetzt braust um uns her die Liebe wie eine Schlacht!«

Sie lächelte voll wollüstiger Kampfbegierde, wie einstmals, als sie die alten, grämlichen Leute im Königsschloß zu Zara ärgerte und verstörte – und sie horchte, den Fächer bewegend, auf das laute Atmen um sie her, auf das Geseufz und Gegirre. Lauter blasse und heiße Gesichter träumten in den Spiegeln sich selber entgegen, betäubt von dem Schmachten und Aufkreischen der Walzer, die wie aus dem Blute kamen, – und von den Rhythmen des eigenen Leibes. Die wundervolle Contessa Paradisi lag auf der niedrigen Lehne ihres Sitzes, das breite blasse Gesicht nach oben, mit saugenden Nüstern, pulsenden Lippen, Augen, die männliche Gelüste verschlangen: ein Gesicht wie aus atmenden Blumen, jedem bereit gehalten, den es lockte, seine Lippen hineinzusenken. Kreisende Paare, die sich vergaßen, schwellende Frauen, die ruhten und sich darboten, und Männer mit der Nase an ihren Corsages: – sie alle warben, hauchten Gewährung und versanken unter zitterndem Schweigen oder aufgeregtem Lachen tief in den Genuß ihrer heimlichen Schauer. Im wirren Kerzenlicht legte ein roter Staub sich auf die Stirnen; und auf die Schultern sanken, langsam, langsam von den Säulen gleitend, heiß und trocken die Kränze.

Lilian drehte sich im Arm des Lord Tumpell und sah ihm hochmütig und einsam über die Achsel weg. Die Herzogin tanzte, sie wußte schließlich nicht mehr mit wem, – und betäubt, ohne ihre Glieder zu fühlen, und mit seltsam singenden Sinnen kreiste sie, kreiste. Auf allen Seiten und von allen Lippen erhob sich, wie ein Echo ihrer schwingenden, rufenden Glieder, ihr Name: zitternd vor Sehnsucht, oder hart und prahlerisch, oder wollüstig geseufzt, oder mit Bangen. König Phili, durch mehrere Gläser Portwein über Gebühr belebt, ging von einer Gruppe zur andern und horchte.

»Was erzählen S' denn da von der Frau Herzogin, meine Herren: das überrascht mich aber wirklich...«

Er rückte, vornübergebeugt, den Kopf hin und her, in sichtlicher Unruhe.

»Ah na!« erklärte er plötzlich, »das glab i net. San denn Sie dabei gwesn?«

Die starke Geschichte setzte ihm zu; und um seine Würde zu bewahren, entfernte er sich mit dem steifen Schritt eines hohen Beamten. Gleich darauf sank die Herzogin aus einem Wirbel von Tänzern heraus, neben ihm nieder. Ihr Begleiter zog sich zurück vor der Majestät. Phili sagte zitternd: »Schön sind Sie, Frau Herzogin, da gibt's überhaupt gar keinen Zweifel.«

»Eure Majestät haben mir das auch damals gesagt. Aber ich sah ein wenig anders aus, glaube ich.«

»Ja, verändert haben S' Ihnen, aber nur zu Ihrem Vorteil, ohne Kompliment.«

»Ich glaube es Ihnen, Majestät.«

Phili suchte, offenen Mundes, nach Worten. Mit einem Entschluß setzte er sich zu ihr, sehr zart.

»Frau Herzogin, haben S' denn ganz vergessen?«

»Was, Majestät?«

»Daß ich Sie geliebt hab?«

»Gewiß, ich weiß... als Don Carlos. Ich habe Sie nicht erhört, wie? Verzeihen Sie mir's! Heute verstehe ich nicht, warum ich mir je die Mühe gegeben habe, eine Bitte auszuschlagen... Was ist Ihnen, Majestät?«

Philis graue Härchen wankten in seinem bleichen Gesicht. Er war heftig erschrocken.

»Beruhigen Sie sich. Sie brauchen nichts nachzuholen, Sie haben höhere Pflichten. Seien wir gute Freunde!«

Sie bot ihm die Hand, er tastete danach.

»Ich kann ja nicht, Frau Herzogin. Gute Freunde: das sagt man wohl. Das sag ich jetzt auch zu allen Weibern, die mich der persönlichen Vorteile wegen gern verführen möchten. Der Rustschuk erlaubt's nicht. Er ist schrecklich streng, noch strenger als der ehemalige Hinnerich, den S' weggejagt haben, weil er's mit Ihnen hielt, Frau Herzogin. Der Rustschuk hat mich ja gerettet vor die Jesuiten; sie wollten, ich sollt' hin werden durch meine Laster. Das fehlet noch! I mag ka Weib! Aber bei Ihnen, Frau Herzogin, hat's mich doch gerissen, und ich muß an die alten Zeiten denken, und denk mir halt, ich *muß* doch noch mal glücklich werden. So kann's nicht weitergehn.

So ein Leben, so ein elendes. Wissen S' denn, Herzogin, wie ich elend dran bin? Ich will Ihnen was sagen...«

Er legte die Händchen bettelnd zusammen und drängte sich an sie, so ängstlich, so schwach, daß sie nur etwas an ihrer Schulter spürte wie eines Taubenflügels Beben.

»Kommen Sie mit mir heim, ich heirate Sie, Sie werden Königin. Das haben Sie doch immer gern gewollt.«

Und demütig, da sie nichts erwiderte: »Wenn S' auch viel zu schad' dafür sind.«

»Und die Königin Friederike?«

»Wird abgeschafft!« rief Phili sofort, beinahe kühn.

»Sie wollen also? Oh, Frau Herzogin, Sie ahnen nicht, was Sie Gutes tun! Was Sie noch aus mir machen können! Ein Mensch werd ich noch, ein Mensch!«

Sie nahm sein Handgelenk und sagte, als riefe sie ihn zur Besinnung: »Sie wollen mich also nicht hier, wo ich schön und voll Verlangen bin, vierundzwanzig Stunden lang lieben – oder noch weniger – nein, Sie wollen mich zur Königin machen und Ihre Frau – beseitigen?«

»Fort mit ihr! Ich befehle es! Der Rustschuk soll ihr einen Ehebruch nachweisen, dann stecken wir sie in ein Kloster, und fertig is!«

Sie dachte: ›Da der Portwein sich morgen verflüchtigt haben wird –‹

Und sie sagte, zurückgelehnt, warm und traurig: »Dann reisen wir also bald und – lieben uns... auf dem Throne.«

Phili sprang zappelnd auf, mit im Glück verwahrlosten Blicken. »Heute abend bin ich aber wirklich ein König! Der Rustschuk spitzt schon und läßt mich in Ruh... Wer ist denn eigentlich der Herr von uns zwei?« schrie er streitsüchtig, und gleich darauf albern: »Sie, Frau Herzogin, wenn man sich da schon maskieren darf, und Sie so eine schöne Griechin vorstellen, da möcht ich wohl ein Gewand anlegen wie ein König.«

Sie ließ ihm einen weiten roten Mantel geben, der schleppte. Man beschaffte eine Krone aus vergoldeter Pappe, oben zu einer Lilie geschlossen und besetzt mit bunten Glassteinen. Dann stolzierte der König einher, mit dem Zepter wippend. Rustschuk schob sich auf die Herzogin zu, er murmelte: »Wenn das nicht ein Jammer ist. Ich habe unrecht getan, den armen Trottel auf dem Thron zu belassen. Ich hätte Sie, Frau Herzogin, kommen lassen sollen. Warum hatte ich Furcht, frage ich mich. Was sind Sie für 'ne Frau! Genial und schön und bestrickend und alles, was man will...« Sie sah ihn an. In den erloschenen Augen des Staatsmannes flackerte es unheimlich auf, seine Hände flogen wie die eines Trinkers. Sein Wanst wankte gerade über ihrer Brust.

»Sie haben sich verändert seit vorhin«, bemerkte sie und prüfte mit einem Senkblick voll Hinterhalt sein unter weißen Borsten ganz verzerrtes Gesicht. Rustschuk lallte: »Ich will es wiedergutmachen, glauben mir Hoheit nur... Hab ich nicht schon einmal für Sie konspiriert, hab ich nicht schon öfter meinen Souverän verraten und immer doppeltes Spiel gespielt – für Sie? Jetzt will ich mal wieder sehn, was ich machen kann. Ich lasse ihn unmündig erklären, was kostet es mich? Versprechen Sie bloß, daß Sie kommen und mich glücklich machen!«

»Wie lange?« fragte sie ruhig.

»Immer! Sie werden Königin. Wir regieren zusammen, Beate wird abgeschafft. Paßt Ihnen das?«

Sein rollendes Fett schlug ihr fast ins Gesicht. Sie tauchte mit Widerstreben zwei Finger hinein; sogleich stürzte der ganze Mann, hampelnd mit Armen und Beinen, rückwärts in die Polster. Seine Wangen hingen zum Erschrecken tief herab, der Blick war glasig. Rustschuk tastete auf seiner geröteten Stirn umher.

»Soll ich Wasser bringen lassen?« fragte die Herzogin und erhob sich.

»Es geht schon wieder«, sagte er tonlos.

»Sie sind ein mächtiger Herr. Hier gibt es Leute, die sich bei Ihnen zu bedanken haben.«

Sie winkte dem Pascha. Ismael Iben torkelte herbei. Er war betrunken wie bei der Weinlese; seine Frauen geleiteten ihn links und rechts und verhüteten seinen Sturz. Er warf sich ohne Vorbereitung auf den Minister.

»Bruderherz, du mein Wohltäter«, sagte er stotternd, aber mit würdigem Händedruck, »was bist du für ein Mensch. Betrachten Sie ihn, Herzogin, was er für ein Mensch ist! Alles schulde ich dir: mein Leben, mein Vermögen – der Beherrscher der Gläubigen schenkte es mir zurück –, und zum Generalkonsul hat er mich gemacht in Neapel, um deiner Fürsprache willen!«

Darauf kamen ihm Tränen, und er küßte den Staatsmann schallend auf beide Wangen. Emina und Farida ahmten ihm stürmisch nach; sanft und dankbar auch Fatme. Aber Rustschuk starrte unablässig auf die große Melek; sie stand abseits, mit schwarzen Blicken und teilnahmslos. Die Herzogin sagte, leichtsinnig lachend und den Arm auf Meleks Schulter: »Laß dir von ihm die Hand küssen, Melek! Er ist eine gläubige Natur, er kniet gern vor solchen einfachen Gottheiten, wie du eine bist.«

Melek gewährte ohne Verständnis ihre Hand. Rustschuk klebte seine gefräßigen Lippen darauf.

»Auch die ist meine Frau«, erklärte zwinkernd der Pascha. »Begehrst du sie etwa? Du sollst sie haben. Schulde ich dir doch alles. Gib mir nur eine halbe Million, und du hast sie schon. Was könnte ich dir denn abschlagen. Meine eigene Frau, du darfst für eine arme halbe Million mit ihr tun, was du magst: aber nur das, du verstehst. Dann gibst du sie mir zurück, sie würde sonst unglücklich werden, sie hängt sehr an mir... Sage, bist du einverstanden?«

»Wie sollte er's nicht sein?« meinte die Herzogin. »Er

könnte sich zwar leicht beherrschen, aber er ist so reich. Wozu sich und andern eine Freude versagen.«

Darauf ging sie, um zu tanzen, und lachte dabei noch lange mit offenen, feuchten Lippen und das Lorgnon an den Augen.

Rustschuk, fahl, betupfte sich mit seinem duftenden Tuch.

»Bin ich dumm«, murmelte er. »In meiner gefährlichen Haut begeht man keine solchen Dummheiten. Aber heute nacht verlieren alle den Verstand, und sogar ich. Es ist nichts daran zu ändern, und an allem ist diese Herzogin schuld!« Er überzeugte sich mit schlechtem Gewissen, daß sie weit entfernt sich umherdrehe.

»Aber eine halbe Million! Ich sollte Prügel haben!«

Er wollte aufspringen, aber gerade erhob Melek einen ihrer mächtigen Arme, um Haar aus den Schläfen zu streichen – und Rustschuk ergab sich.

»Nun?« fragte der Pascha, mit schwerer Zunge und neckisch. »Gib mir eine halbe Million, und sofort darfst du mit meiner Frau tun, was du magst. Aber auch nur das«, wiederholte er, hartnäckig aus Weinlaune.

»Pöh!« machte Rustschuk. Er breitete die Arme auf die Rückenlehne seines Sofas und versuchte unbeteiligt auszusehen. »Schicke mir immerhin deine Frau, damit die Sache aus der Welt kommt und ich deine langweilige Redensart nicht mehr höre. Du bist ja betrunken... Nein nein!« schrie er plötzlich, alle Finger gespreizt, in großer Angst. »Bleib mir vom Leibe! Wenn ich deine Frau will, werd ich's dich schon wissen lassen. Mach ich ein Geschäft, so mach ich's. Mach ich keins, ist es meine Sache. Schau daß du weiter kommst!«

»Wirst mich schon zurückrufen«, meinte der Pascha aufschluckend und torkelte davon. »Sollst sie kriegen für eine halbe Million. Was könnte ich dir abschlagen? Darfst tun mit ihr, was du magst. Aber auch nur das!«

Rustschuk und der Pascha wurden beneidet; sie gingen ihren Gelüsten nach, sprachen sie laut aus, verlangten sehr hohe Summen, beschimpften sich. Jeder wollte sie nachahmen, man streifte noch einige Fesseln ab. Es ward noch ein wenig heißer zwischen den Paaren. Hier und dort zischte eine Feindseligkeit auf.

Vinon Cucuru ließ sich hinter Lorbeergebüsch von dem schönen Marchese Trontola den Nacken küssen. Ihre Schwester Lilian bog im Vorbeigehen die Zweige weg und sagte: »Legen Sie sich keinen Zwang auf, Felice – meinetwegen nicht. Was Sie dieser Dame tun, zählt nicht.«

»Warum nicht?« fragte Vinon, unschuldig.

»Weil es dieser Dame zu viele tun.«

»Ich glaube wirklich, Marquis, sie ist eifersüchtig... Übrigens haben wir uns noch nicht begrüßt. Gib mir die Hand.«

Lilian ließ die Zweige zurückfallen.

»Da sehen Sie's, Trontola. Ist es nicht traurig, wenn Schwestern sich nicht einmal mehr grüßen? Man kann sich hassen – dagegen sage ich nichts, aber man sollte sich doch grüßen. Übrigens hasse ich Lilian nicht, sie besitzt ja keine Überlegenheit...«

Lilian stand auf einmal hinter dem Gebüsch, bei den beiden andern.

»Keine Überlegenheit? Mein ist die Überlegenheit, die das gute Gewissen gewährt.«

»Das ist einmal etwas Schönes.«

Die Schwestern maßen einander. Lilian stand aufrecht in ihrer metallen blitzenden Schleppe wie in einem Fluß von Dolchen. Vinon ruhte, rotseiden und weich, unter Spitzen die Brüste dargeboten und das Gesicht in milchigen Glanz getaucht wie ein Opal.

»Das ist gerade um soviel schöner«, behauptete Lilian, »wie ein freies Künstlerdasein schöner ist als geheime Laster.«

»Oh, die großen Worte!« sagte Vinon sanft. »Und vor allem ist der nicht der Überlegene, der in Zorn gerät... Kennen Sie das Buch meiner Schwester, Marquis?«

Trontola wollte ablenken.

»Köstlich, Principessa. Es ist für Feinschmecker. Sie haben ein Talent, die Dinge literarisch möglich zu machen...«

»Oh, es handelt sich nicht um das Talent«, meinte Vinon.

»Nein, denn du hast keines«, erklärte Lilian.

»Von mir verlangt man auch keines. Talent ist gut für jene, die sich als Menschen nicht durchzusetzen vermögen... Du hast also nach deiner Flucht aus Rom ein Pamphlet über die römische Gesellschaft geschrieben. Es steht alles darin, was man weiß und nicht sagt: die ausgehaltenen Männer, die verkauften Frauen, die hochgestellten Falschspieler, die Nebeneinnahmen der Würdenträger, die Polizei im Dienst privater Leidenschaften und die vertuschten Verbrechen und die Liebesgeschichten wider die Natur, – die ganze Leier.«

Trontola bemerkte, mit dem Ausdruck des Kenners: »Ihre Frau Schwester, Principessa, hatte eine schöne Handbewegung, als sie das alles hinausschleuderte.«

»Mag sein. Aber geben Sie zu, daß eine Frau, die so etwas veröffentlicht, nicht die überlegene Rolle hat! Sie rächt sich. Die Gesellschaft hat sie verwundet, sie aber kann der Gesellschaft nichts anhaben: man braucht ihr nicht zu glauben, da sie sich ja rächt... Was hat sie alles über Tamburini verraten; es wird ihn nicht hindern, eines Tages Bischof von Neapel zu werden. Sie ist machtlos; es bleibt ihr nichts übrig, als uns zu verachten. Finden Sie das so bewundernswert?«

Trontola rief in wachsender Verlegenheit: »Ihre Frau Schwester, Principessa, lebt in sehr schöner Einsamkeit!«

»In sehr schöner Einsamkeit!« behauptete Lilian selbst.

Und sie wiederholte nochmals, was sie sich tausendmal von ihrem Stolze versichern ließ: »Ich erhebe, wenn ich nackt und lichtübergossen auf meinem Theater stehe, einen blendenden, sieghaften Einspruch gegen die ganze Heuchelei meiner Kaste, gegen jeden Unflat und alle Sinnenfeindlichkeit!«

»Und zu denken, daß man sich einfach dabei amüsiert«, meinte Vinon.

»Warum hast du mir Jean Guignol genommen?«

»Das ist allerdings die brennende Frage in dieser ganzen Szene.«

»Ich will dir die Antwort geben. Weil du dich rächen wolltest dafür, daß ich gelebt, daß ich es gewagt hatte, zu leben – und daß du es *nicht* wagtest! Und weil du den Haß unserer Mutter ererbt hast, die mich haßte für alle die reichen Betten, in die ich mich nicht legen ließ. Und den Haß der ganzen Gesellschaft, die mir den Mut meines Lebens neidet. Und weil du selbst an Begierden lange zehren mußt, die ich schnell stille – und heucheln mußt! Oh! all die geheime Scham einer Frau von gutem Ruf! Haben Sie gesehen, Trontola –«

Trontola machte eine mutlose Wendung.

»– wie tückisch sie vorhin den kleinen schmalen Russen behandelt hat, der beinahe weinte. Sie ist so froh, ihn nicht begehren zu müssen. Ihre Begierden sind für sie Qualen... Aber dann beugen Sie, Marchese, sich über die arme Vinon – und in dem Augenblick ist sie nicht ruhig, die arme Vinon – gar nicht ruhig!«

Trontola lehnte geschmeichelt ab.

»Und doch muß sie sich ruhig halten, gerade jetzt, am Vorabend ihrer Vorstellung bei Hofe! Mitsamt ihrem Manne wird sie vorgestellt werden. Endlich verzeiht man ihr mein Dasein: welch Triumph! Und die Ränke, deren es bedurft hat, um das zu erreichen, und die Küsse und Bisse im Dunkeln, und das Abdanken des letzten Stolzes, und die Langeweile draußen und der Schmutz im Innern... Der Schmutz – oh, man könnte mir Millionen und königliche Ehren verheißen, ich sage es in aller Herzensoffenheit: ich möchte nicht einen von deinen Atemzügen tun!«

»Hast du nun genug deklamiert?« erkundigte sich Vinon, geringschätzig. »Ich glaube dir gern, daß du darauf verzichtest, meinem Beispiel zu folgen. Vor allem, weil du es nicht könntest. Du möchtest wissen, warum ich dir Jean Guignol genommen habe? Weil ich ihn liebte.«

»Du betrügst ihn!«

»Was beweist das dagegen?«

»Ich aber habe ihn nicht betrogen.«

»Weil du weder ihn liebst noch sonst jemand. Deine schöne Einsamkeit, laß dir sagen, ist ein Erzeugnis von Kälte und Selbstsucht.«

»Weil ich mich nicht von Maman und von der ganzen Gesellschaft mißbrauchen lassen wollte?«

»Oh, immer die ganze Gesellschaft. Wenn du doch mit ihr kämpfen wolltest! Ich tue es.«

»Du!«

»Ich! Wer sagt dir, daß ich weniger einsam bin als du? Ich setze mich und meine Begierden durch gegen die Gesellschaft. Sie läßt mir vieles hingehen, weil sie fühlt, ich würde die Zähne zeigen. Oh, ich würde kein Buch schreiben und der Welt ein unschädliches Schauspiel geben!«

Vinon warf sich auf ihrem Polster herum, sie erhitzte sich. Trontola drehte sich hin und her, gepeinigt und in den Sinnen aufgewiegelt durch diesen Ausbruch weiblicher Temperamente.

»Ich würde anonyme Briefe schreiben – und dadurch meinen wehrlosen Feinden lauter Makel zufügen, ohne mir selbst eine einzige Blöße zu geben.«

»Pfui!« sagte Lilian.

Vinon hob ihre weißen Schultern.

»Und du erstickst nicht an soviel Verstellung?« fragte ihre Schwester, angewidert und interessiert.

»Keineswegs. Da ich mich ja ausspreche, jetzt eben – und auf ganz unverbindliche Weise. Ich sage euch noch mehr: Ich werde nächstens den Majestäten vorgestellt werden und habe, abgesehen von denen, die nicht mitzählen, zwei richtige Verhältnisse – davon eines mit dem Sohne der Dame, die mich vorstellen wird.«

Vinon genoß brünstig ihre eigenen Geständnisse, sie berauschte sich an ihrem gefährlichen Spiel.

»Ich erzähle euch das unbesorgt, Trontola und Lilian, meine Freunde. Sagt ihr's weiter, so glaubt euch niemand. Heute nacht wird vieles geredet und getan, wovon morgen niemand etwas wird wissen wollen.«

»Wie ich dich verachte!« rief Lilian, aus tiefer Seele.

»Ich erklärte dir schon, daß Verachtung das einzige ist, was dir übrigbleibt. Alles übrige hast du verscherzt. Nur ich bin die richtige Principessa Cucuru – diejenige, die ihre Familie bei Hofe durchsetzt, diejenige, die sich alles erlauben darf, und die den berühmten Jean Guignol geheiratet hat. Meine Schwester hat sich bloß von ihm verführen lassen, und sie genügte ihm nur so lange, als er noch ein Zigeuner war... Nun ist sie allein geblieben in ihrer Schwäche.«

»Ich bin stark!« rief Lilian erbittert.

»Schwach bist du, es ist zu klar. Wenn man nicht imstande ist, seine Leidenschaften oder seine Gelüste der Welt gegenüber zu behaupten, dann empört man sich, flüchtet ins Dickicht, schleudert Verwünschungen, zetert über Heuchelei. Wie leicht ist solch ein Freisinn! Sie besaß ihn schon, Marquis, als sie noch im Bett des Tamburini lag. Maman wollte sie zur Abwechselung einmal in das des Raphael Kalender tragen. Was für eine Sintflut von Ekel brach da über die arme Maman herein! Und schließlich hätte die Stolze sich doch gefügt – ich sagte es ihr schon damals. Heute ist Kalender nicht gerade ihr Liebhaber, aber ihr Ruffian – jawohl, Marquis, Sie müssen das Wort gelten lassen! Sehen Sie dort drüben den kleinen glatzköpfigen Juden mit dem Lord Tumpell verhandeln, dem er bis an die Brust reicht. Bis vier oder halb fünf Uhr werden sie sich über die Summe geeinigt haben. Denn der weißen Lilian Unzugänglichkeit wird durch eines stark beeinträchtigt: durch ihr endloses Geldbedürfnis. Oh, sie hat es nötig, reicher gekleidet zu sein als die reichste unter denen, die sie zu verachten hat. Und sie ergibt sich, unter fortwährender Empörung, allen möglichen Männern, die mir – mir, der Heuchlerin, zu schlecht wären!«

»Sie ist fertig, sie hat allen Unrat ausgespien«, sagte Lilian aufatmend und wandte sich um nach Trontola. Aber er hatte sich zurückgezogen, sehr unzufrieden mit Lilian. Er hatte geglaubt, mit ihr einig zu sein; im selben Augenblick, vielleicht weil er Vinons Nacken geküßt hatte, ließ sie sich von Kalender an Tumpell verkaufen. Er fand sie übertrieben kurz in ihren Entschlüssen. Sie suchte ihn vergeblich und sah enttäuscht aus. Vinon erriet den Zusammenhang und lachte. Darauf entdeckten die Schwestern, daß sie das Zusammensein mit einem Dritten dazu benutzt hatten, sich einmal mitzuteilen, was sie voneinander hielten. Sie wunderten sich, sie hatten es gar nicht beabsichtigt. Allein gelassen, dachten sie nach, was sich noch tun ließe, fanden nichts, und versicherten einander durch einen letzten Blick, daß jede froh darüber war, nicht so sein zu müssen wie die andere. Darauf trennten sie sich.

Inzwischen tanzte die Herzogin. Sie ließ sich aus einem Arm in den andern gleiten; es war ihr, als entferne sie sich immer weiter, wie in das Geflirr der Spiegelwände hinein, wo das Fest tosend und endlos sich verbreitete über rote, wärmezitternde Lande – und überall und durch alles

Tosen rauschte, gleich weichen, schweren Seidenfahnen, im Südwinde, immer nur ihr eigenes Blut.

Einmal meinte sie, ihr Tänzer sei verschwunden. Sie fühlte sich, losgelöst von allem, dahinwirbeln. Sie hielt den Kopf zurückgeworfen, die Augen fast geschlossen in der Hingabe an eine Raserei, und die Arme, weiß und edel unter Schleiern, seitwärts halb erhoben. Der Schenkel drängte sich aus dem Spalt des Gewandes, sie schwebte nur auf einer Fußspitze, erhöht, sie wußte nicht wohin, und im Genuß eines Gottes. So sah sie sich im Spiegel und lächelte einer Erinnerung zu: der Bacchantin, die sie einst, in früher Jugend, eine Nacht hindurch gewesen war, im Jahre des Krieges, zu Paris auf dem Opernball. Jene frühe und unverstandene Maske war der vorweggenommene Widerschein dessen, was heute Wirklichkeit war... ›Aber ist es heute Wirklichkeit? Wo ist mein Ich? An der Stelle, wo ich gerade stehe, oder in jener Erinnerung, oder dort im Spiegel, oder in welcher Maske und in welchem Traum?‹

Sie bebte von jedem Verlangen, das irgendwo im Saale aufzuckte; jede Wollust, in der irgendein Körper sich dehnte, machte sie stöhnen. Sie wütete mit Lilian der Empörten, sie durchkostete Don Saverios gnädige und starke Siegergelüste. Sie empfand den kläglichen Drang des armen Königs Phili und die namenlose, sterbensbereite Sehnsucht all der jungen Leute ringsum nach ihren Armen und ihrem Munde. Ein wenig Bitterkeit von Rustschuks gequälten Sinnen drang in sie ein, und die ganze Süßigkeit aus den verzückten Gliedern der wundervollen Contessa Paradisi.

Man sprach im Saal von dem Auftritt zwischen Lilian und Vinon. Ein paar Lauscher wiederholten Bruchstücke daraus, Trontola ergänzte sie gefällig. Er berichtete auch der Herzogin. Sie fand sich an einer Säule, unter einem Satyr aus Terrakotta, der Dudelsack trat und Zymbeln schlug, mit Vinon zusammen und sagte: »Ich liebe Ihre Schwester, Vinon. Aber Sie bewundere ich: Sie wissen, was genießen heißt! Alles muß Ihrer Lust dienen, auch die Mißgunst der Welt. Ich verstehe Sie!«

»Nicht wahr, Herzogin? Ich möchte die Lust nicht, glaube ich, wenn sie nicht soviel Heuchelei kostete!«

»Was aus Ihnen, dem hochgemuten Mädel, werden mußte! Die große Liebhaberin... Und die Liebhaberinnen, wie Sie und ich, kommen eher zum Genuß als die empörten Freiheitsstürmer, wie Lilian und – ich... Wissen Sie, daß ich Königin werden soll?«

»Sie erschrecken mich, Herzogin. Werden Sie als Königin gütig vergessen haben, was Sie heute über mich erfahren?«

»Ich werde Sie bitten, die Mätresse meines Mannes zu werden. Es würde mich erleichtern... Wenn ich nämlich den dalmatinischen Thron als Philis Gemahlin besteige. Ich habe die Wahl und kann es auch als Geliebte des Rustschuk tun. Wozu raten Sie mir?«

»Zum Verhältnis mit Rustschuk. Ich hätte kein Vergnügen an der Macht, wenn sie legitim wäre und keinerlei Trotz kostete und Schliche.«

»Vielleicht. Ich wäre dann eine gekrönte Kurtisane. Was ich durch Revolutionen nicht erzwungen habe, würde ich erspielen im Schlafzimmer.«

Sie durchkostete diese Vorstellung, sie verliebte sich darin. Vinon lachte. Sie streckte lässig zwei Finger nach Trontola aus, der sich auf sie stürzte. Gleichzeitig sagte sie:

»Herzogin, mein Mann.« Und Jean Guignol verneigte sich.

Er hatte das Gesicht eines sanften Fauns, mit großer, fleischiger Nase, die ein wenig schief stand. In seinem schwarzbraunen Bart flimmerte es rötlich. Seine hellen

Brauen erstaunten, hoch oben unter der platten Frisur, und seine sonnigen braunen Augen lachten. Man durchschaute ihn schwer; denn er erschien abwechselnd schüchtern und sehr dünkelhaft, burlesk, voll Sehnsucht, abgefeimt, hilflos.

»Es ist gar zu heiß«, sagte sie zu ihm. »Lassen Sie uns dort drüben Luft schöpfen.«

Sie lehnten sich im Nebensaal an ein geöffnetes Fenster, einige Augenblicke lang, ohne zu sprechen. Es wehte Nordwind, sie erschauerten. Darauf wandte die Herzogin sich um und bemerkte, daß sie allein waren. Jean Guignol starrte sie immerfort an; sie fand seine Frechheit kindlich.

»Wir könnten weiterspazieren«, meinte sie. »Wir haben soviel Raum...«

»Alles, was Sie wollen, Herzogin«, sagte er ein wenig heiser. »Nur sich nicht nach Ihnen sehnen!«

Sie stutzte, so ehrlich klang es.

»Wäre das so schlimm?« meinte sie, beinahe schmachtend. Er gab ihr den Federkragen um und berührte dabei mit den Fingern ihre Schultern. Sie schmiegte sich hinein, wärmebedürftig und gekitzelt. Sie blinzelte hinüber in den Ballsaal, aus dem es hervorbrach, wie eine leuchtende Phosphorwolke. Drinnen lockten lauter Irrwische. Die Reihe der Säle, durch die sie mit dem Dichter ging, lag inmitten aller Lichterbouquets fast dämmerig vor Einsamkeit. Die Herzogin fühlte den Krampf der getanzten Wollust sich lösen, von ihr weichen, zurückkehren in jenen Feuerherd. Sie war müde. Ihr Herz, das gejagt hatte, schlug sehr langsam. Im Hinterkopf und auf dem Scheitel empfand sie den schmerzhaften Reiz einer geheimen Übererregung, die lauerte unter ihrer scheinbaren Schläfrigkeit. Die Nacht würde schlaflos sein, sie wußte es voraus. Und sie hätte sich gern beruhigen lassen. Sie hätte gern geliebt. Sie dehnte sich vor süßem Verlangen, ernste, zärtliche Worte zu hören, einem Knienden die Hände um das Gesicht zu legen und sich anbeten zu lassen.

»Wäre das so schlimm?«

Und sie lächelte ihm zu, über ihre hochgezogene, volle und weiße Schulter.

»Es wäre einfach entsetzlich«, erklärte er entschlossen, die Stirn in Falten.

»Aber warum?« fragte sie, aufrichtig betrübt. »Was für ein Gift könnte ich denn dem eingeben, der gerne bei mir wäre? Glauben Sie, daß ich böse bin?«

»Im Gegenteil«, sagte er unbehaglich, mit kurzem Kopfrücken.

»Aber ich wüßte nicht, wen Sie lieben könnten. Kein Mensch ist imstande, zu bewirken, daß Sie ihn lieben!«

»Es ist gar nicht so schwer«, sagte sie langsam, träumerisch.

Er ward immer steifer.

»Vielleicht lieben Sie also doch einen – einen, der nicht hier ist und –«

»Und?«

»Der Sie ganz versteht?«

Sie erwachte und dachte mit Lächeln an Nino. Was verstand wohl Nino? Aber er liebte sie. Sie äußerte: »Nur Mut verlange ich.«

Und ihr Lächeln ward völlig rätselhaft, ein wenig frivol, ein wenig süß: er wußte nicht. Plötzlich fragte er: »Finden Herzogin mich sehr dumm?«

Sie lachte hell auf.

»Ich wundere mich nur immer, wenn jemand, der zynische Bücher schreibt, im Leben so – harmlos ist.«

Seine große Nase sah ganz beschämt aus.

»Seien Sie nur nicht gekränkt, Sie verlieren nichts dadurch. Es ist sogar viel origineller. Zwei junge Prinzessinnen raufen sich fast um Sie – ja wirklich, als ich mit Lilian sprach, habe ich einen Moment in Vinons Augen gesehen, daß sie's nicht mehr aushielt; darauf beschäftigte sie sich mit Trontola. Sie aber streichen umher, etwas zerstreut, und unterhalten schließlich in einem Winkel eine alte Dame.«

»Auch das haben Sie gesehen? Und Sie schienen so hingerissen.«

»Oh, vielleicht scheine ich immer nur... Aber bleiben wir bei Ihnen. Darf ich aufrichtig sein? Man traut Ihnen, wenn man Sie sieht, Ihre Schicksale nicht zu. Sie haben eine Prinzessin entführt und eine andere geheiratet. Überdies sind Sie der Mann, der mit Versen in diesem Europa, wo niemand mehr Verse liest, Furore gemacht hat wie andere mit – mit –«

»Börsencoups oder Sittlichkeitsprozessen – geradeso. Aber betrachten Sie meine Verse! Es ist nicht nur das ganz unschuldige Fehlen des Schamgefühls, das ihr Heidentum ausmacht. Sie sind heidnisch auch darum, weil sie das Leben, das große Leben und alle seine Götter in fromme Metalle graben, weil sie im Winde, in der Sonne und hinter dem Echo noch jemand ahnen lassen, der dort aufrecht steht, und weil sie zu verstehen geben, daß dieser jemand auch wieder wir selbst sind; – weil sie uns und die mächtige Erde feiern, jedem unserer Schicksale ein schönes Gesicht geben und jede unserer Empfindungen in ihrem eigenen Körper, in ihrem gesunden, feierlichen Körper einherschreiten lassen... Ich bin sehr groß, Herzogin – ich, der ich dieses Heidentum ausgesprochen habe: denn aus mir sprach die Zeit, die wunderbare, noch sehr unruhige, erst gesunden wollende Frührenaissance, der wir gehören. Die Seltenen, in denen die Zeit sich fühlt – sie fühlen auch mich: Sie, Herzogin, vor allen. Die Massen, die mir Stürme von Beifall und Entrüstung und hundert Auflagen spendeten – sie begrüßen oder beschimpfen in mir einen gewöhnlichen Schweinigel.«

Er unterbrach sich und fragte: »Langweile ich Sie?«

Sie antwortete nicht. Darauf sagte er innig und mit einem Seufzer: »Verzeihen Sie, meine Frage war beleidigend. Wenn Sie wüßten – mir wird alles zwei Sekunden zu spät klar... Nun spreche ich Ihnen also von den Prinzessinnen und sage Ihnen, was Sie schon wissen, daß ich weder ein Verführer noch ein struggle for lifer bin. Ich weiß selbst nicht, wie mir das alles geschehen konnte. Ich erlebe von allem nur den Widerschein. Ich stehe an einem Brunnen, zwischen zwei Statuen. Die eine ist versunken in die Betrachtung ihrer selbst, und lauscht auf sich; die andere späht in die Welt. Beide spiegeln sich, und ich prüfe sie im Wasser, wo sie ein wenig unklarer sind, ein wenig reiner, ein wenig ahnungsvoller.«

»Sie dichten Ihr Leben?«

»Ja... Manches ist allerdings Wirklichkeit. So glaube ich, daß Vinon mich liebt. Ich glaube fest, daß sie ausschließlich mich liebt, und daß ihre Koketterie nur die andern betrügt, nicht mich.«

Dies sagte er sehr stolz. Die Herzogin fand ihn rührend.

»Lilian dagegen«, sagte er, »ist kalt. Ich habe mir nie eingebildet, ihr etwas zu sein. Aber ich wollte sie erleben um eines schönen Verses willen! Ich entführte sie – oh, ich will ehrlich sein –, weil sie eine Prinzessin und schön und in ihrem Unglück mir erreichbar war. Wir sind jämmerlich, wir Männer, wir wagen nur das Erreichbare... Als ich sie hatte, merkte ich allmählich, daß sie mein Weib war. Sie war eine Empörte, sie war in Empörung gegen die Welt, die ihr einen Tamburini aufgezwungen hatte. Ich war ein Zigeuner voll unwissenden, schönen Hasses! Sie hatte Schmach und Flucht hinter sich und überhob sich jeder sittlichen Verpflichtung – denn sie betrog auch mich sehr anstandslos –: kurz, sie war außermoralisch gleich mir, denn ich könnte von mir die beschämendsten Dinge erzählen. Ah! wir waren füreinander bestimmt. Sie, die wild Gemachte, fühlte meine kaum erst hörbaren Verse. Sie war eine Prinzessin und arm, wie ich selber arm und ein Dichter war...«

»Sie lieben sie noch!«

»Und dann, als Vinon mich ihr genommen hatte und sie ganz einsam war – ihr Buch, dieses wundervolle Buch, das sie hingeschleudert hat wie eine schöne, dicke gefleckte Schlange, zwischen sich und die Welt, so unbedenklich, so furchtlos, so frei...«

»Sie lieben sie noch!« wiederholte die Herzogin, entzückt. Er besann sich und ward ganz klein: »Nein. Denn sie verachtet mich.«

»Aber Sie, Sie!«

»Sie hören es, ich werde verachtet... Ich bin ja wie ein Kind, ich gehöre dem, der mich gut behandelt. Drum bleib ich bei Vinon; das ist ein liebes Mädel. Wenn ich Lilian sehe – sie weicht mir nicht einmal aus, sie ist so stolz, sie ist eine solche Künstlerin! – dann möchte ich nur noch weinen bei dem Gedanken, was ich für ein Bürger bin!«

»Also lieben Sie sie.«

»Liebe ich denn Sie selbst, Herzogin? Das wäre weit kitzliger. Ah! dann müßte ich nicht bloß verzagen, weil ich ein Bürger bin. Dann dürfte ich mich ruhig aufhängen, weil ich kein Don Juan und kein Rienzo bin, kein Kunstwerk und kein großer Künstler, kein Jesus, kein blondes Kind, kein alter Clown, kein Heliogabal, kein Puck, kein Don Saverio und nicht einmal immer ein Jean Guignol... Denn das alles, Herzogin, alles das brauchen Sie!«

Sie blieb stehen, in großem Erstaunen. Es war in einer langen Spiegelgalerie, zwischen Gold und Kristallen, und sie hörte ihre Schritte verhallen. Im Spiegel sah sie ihres Begleiters bewegliche Grimassen, seine spaßhafte Wehmut – und daß er zitterte vor heimlicher Spannung darauf, ihr auf eine wenig anzügliche Weise Dinge zu sagen, die er schon lange umhertrug, wog, zuspitzte. Er sah im Spiegel ihr Lächeln und gestand.

»Wozu Listen! Ich ergebe mich. Ja, Herzogin, ich habe mich mit Ihnen beschäftigt, schon vor vielen Jahren. Ich habe die mondänen Chroniken gelesen, habe umhergehorcht, geraten und geformt... Ja, ich bin einer von denen, die von Ihnen Stoff zu Träumen empfangen haben: – ich bin einer der vielen. Eine Frau wie Sie wird für einen jungen Mann in der Einöde einer geschäftigen Stadt und eines hochgelegenen Zimmers zu einer Gefährtin. In der Zeitung findet er manchmal Ihren Namen: er erblickt ihn in goldenen Lettern, und sein Traum verfolgt Ihre goldenen Fußtapfen bis an märchenferne Gestade, in üppige Blumenstädte, von Genüssen rauschend, auf liebestrunkene Meere, oder zu alten, übergewaltigen Meisterwerken und unter die geistigen, alles verstehenden Menschen, die wir als Jünglinge irgendwo draußen vermuten, und deren Nichtvorhandensein wir nur widerstrebend begreifen...«

»War ich Ihre Muse?« fragte sie. »Sie wollen mir schmeicheln, aber Sie wissen nicht –«

»Oh, schmeicheln! Wozu schmeicheln, wenn man selber zu eingebildet ist, um gut beurteilt werden zu wollen!... Unter Ihrem Bilde, Herzogin, sah ich seit zehn, zwölf Jahren meine jungen Heidinnen, meine zerbrechlichen Tanagrafigürchen – schon damals, als sie noch ungekannt in meiner Dachkammer standen. Ich wußte von Ihnen als von der großen Freiheitsdurstigen. Dann waren Sie eines Tages die unmögliche Schönheitssüchtige. Sie sind seitdem die Wollüstige geworden, die in meinen Büchern wimmert und kreischt, und der ich meinen Ruhm verdanke.«

Dies deklamierte er, unerbittlich, mit steifer Geste.

»Nun sehe ich Ihnen täglich ins Gesicht und finde täglich ein anderes. Sie sind sehr gütig, Sie sind frivol, Sie sind grausam und achtlos, oder übermütig, von reiner Heiterkeit oder weich bis zur Wehmut. Sie erschrecken tödlich den Rustschuk aus der reinen Höhe Ihres unsterblichen Freiheitstraumes. Sie stacheln und verhöhnen ihn, den armen König Phili trösten und verschonen Sie. Sie sind der leichte Geist, der mit diesen armen, wahllosen Leibern spielt... Plötzlich schluchzen Sie mitten im wollüstigsten Walzer wie ein gedankenloser Akkord... Mit Lilian fühlen Sie Empörung, mit Vinon Lust. Sie sind Vinon und Lilian und alles übrige. Ich habe Ihnen schon gesagt, was alles man sein müßte, um Ihnen zu genügen... Betrachten Sie sich in den Spiegeln – *zählen* Sie sich!«

Die Spiegel sandten sich hundertfältig ihr Bild zu. Von vorn oder mit schimmerndem Nacken, sinnenden Auges, oder lächelnd, oder in nachdenklicher Dämmerung, oder blaß und kalt, oder übersprüht von Freude und Kerzenschein, oder als vergehendes Phantom, wanderte und verschwand unter wechselndem Licht sie selbst – immer sie selbst – in die gläserne Tiefe.

Sie gedachte still, ein wenig traurig, der Bacchantin von einst.

»Ich hab mich vorhin schon einmal wiedererkannt«, sagte sie. »Wie ich vor langer Zeit eine Nacht hindurch gewesen war... Schauen Sie dort zuhinterst, klein, unter den goldenen Kränzen der Tür: das ist Chloe, die nach Daphnis ruft.«

»Das kommt aus Ihrer Kindheit wieder?«

»Ja.«

»Ein Spiel. Sie sind ein Spiel, das täglich neu ist. Sie sind die unerwartete Stimmung, die unverhoffte Empfindung, die in ihrem gesunden, feierlichen Körper einherschreitet. Ihre Kleider sogar sind Seele! Die Heidin, die jeden Morgen neugeboren erwacht, mit neuer Sonne in den Augen, und von der vorigen Dämmerung nichts mehr weiß!... In dieser Minute sind Sie ganz Geist und für ein paar Atemzüge so gestimmt wie die rein geistigen Menschen, von denen jener Jüngling träumte, ihr Leben lang gestimmt sind. Oh, es ist gut, daß Sie gleich wieder anders sein werden! Wenn es bliebe wie jetzt – als ständen Sie mit der Pastellkreide in der Hand und zeichneten mir Bilder, und ich sagte Ihnen Gedichte, und in den Austausch der Geister ließen Sie gerade genug weiblichen Zauber fließen, um dem Manne, der Sie fühlt, Genie zu geben: oh, das wäre gefährlich! Man würde Sie am Ende lieben!«

›Vor einer halben Stunde‹, dachte sie, ›hat es mich danach verlangt, von ihm geliebt zu werden.‹

Sie sagte unzufrieden: »Sie haben unter allen meinen Stimmungen eine vergessen: eine sehr natürliche.«

»Ach, wirklich?«

Sie sah ihn im Spiegel an. Er war elegant, weltgewandt, herausfordernd in seinem mattblauen Frack, seinem hohen Kragen, seiner amarantfarbenen Weste. Aber sein Faunsgesicht lugte hilflos hervor hinter den Stämmen eines Waldes, oder aus der hochgelegenen Kammer, von der er gesprochen hatte.

Sie wandte sich zurück, den Weg, den sie gekommen waren. Er blieb an ihrer Schulter und fragte, fassungslos erschreckt durch ihre Laune: »Darf ich Ihnen ein andermal weitererzählen, was ich in meinem Brunnen sehe, in dem Brunnen mit den zwei Statuen? Ich sehe in Brunnen und Spiegel immer Sie!«

Jakobus hatte gesagt: »Ihnen an jedes Wasser folgen und zu jedem Stück Glas.«

›Er hat Ähnlichkeit mit Jakobus, nicht bloß in diesem Wort. Er langweilt mich.‹

Der Ballsaal tat sich brennend und wogend vor ihnen auf. Ein paar verspätete Spieler aus den Zimmern des trente et quarante strichen darauf zu, wie geblendete Insekten.

Jean Guignol bat sanft: »Darf ich ein leiser, gehorsamer, ein zärtlicher Deuter Ihrer Seele sein?«

Sie erwiderte: »Es ist zwecklos, zu deuten. Es gibt soviel zu erleben.«

Sie schickte ihn fort, mit ihrem Umhang.
Sogleich trat hinter einer Säule ein Herr hervor und begrüßte sie.
»Herr Tintinovitsch?«
Der Hofmann arbeitete mit seinem verwitterten Gesicht, als hätte er Nüsse zu knacken.
»Hier, Herzogin, fühlt man, wozu man geboren ist!«
»Und wozu, mein Lieber?«
»Ich habe schon viele Weiber gehabt, ich habe in Minen gearbeitet, und in Paris auf den Sofas der Spiellokale geschlafen. Ich bin jetzt Graf und sehr reich. Für Sie bin ich entschlossen, noch mehr zu tun!« rief er kraftvoll.
»Sie sagen wenigstens, was Sie meinen. Also?«
»Da drinnen, in Ihrem Ballsaal, und als ich Sie tanzen sah, hab ich mir gesagt: Graf, dein Leben ist verfehlt, wenn du die Herzogin nicht bekommst. Du willst sie mit dir nehmen, keiner soll sie mehr zu sehen kriegen. Du machst sie zur Königin von Dalmatien, dafür, daß sie dich heiratet. Den König beseitigst du, deine Frau gleichfalls, den Rustschuk stampfst du zu Brei. Alle springen über die Klinge, die dir im Wege sind. Und sie wird Königin, und du besitzest sie – immer.«
»Ich danke Ihnen«, entgegnete sie. »Ich möchte vorher noch einen Walzer tanzen.«
Tintinovitsch blieb zurück, ziemlich verdutzt.
Aber an der Schwelle sprang ihr Paliojoulai entgegen.
»Hat er Sie beleidigt durch seine Zudringlichkeit, der Schuft? Er wird sich Ihnen noch lästiger machen, ich kenne ihn. Befehlen Sie, Herzogin, so verschwindet er in dieser selben Nacht! Glauben Sie an meine ehrlichen Absichten, ich bin eine sehr bedeutende Persönlichkeit...«
»Und Sie werden Ihren König, seinen Minister, Ihre

Frau und alle, alle umbringen, die Sie hindern, mich zu heiraten, mich ganz für sich allein zu haben – immer. Das alles, weil Sie sich heute nacht ein wenig angeregt fühlen. Ich danke Ihnen für die gute Absicht.«

Darauf tanzte sie – und in den Augen und dem Stammeln aller jungen Leute, deren Arme ihr Corsage betasteten, erkannte sie dieselbe Sehnsucht, verhalten oder bitter oder trotzig, sie zu rauben, sie einzuschließen, zu besitzen – immer. ›Nicht einer ist fähig, mich zu lieben, in dieser Stunde, wo ich schön und liebesbegierig bin, und ohne an das Morgen zu denken, wo ich eine Fremde sein werde. Jean Guignol, der alle meine Regungen zergliedert, hat die eine nicht gespürt – oder nicht spüren wollen –, die ihm selbst galt. Im Grunde hatte er vielleicht Furcht – wie die andern alle... Aber er möchte mir immer, immer zu Füßen liegen, wie Tintinovitsch und Paliojoulai es möchten, und Phili und Rustschuk und alle andern. Oh, ich werde manchen von ihnen genießen – vielleicht den, der jetzt eben über meiner Brust atmet. Aber es wird nur sein, als führte ich einen Strauß an die Lippen. Kein Mensch antwortet mir. Hinter dem Echo stehe wieder ich selbst: sagt mein Dichter. In allen Spiegeln, hundertfältig bis in die gläserne Tiefe, tanze ich – immer ich – ganz, ganz allein.‹

Die Luft des riesigen Saales war schal, säuerlich und heiß. Die Walzer wimmerten fieberhafter und matter. Am Boden raschelten lauter trockene Blumen. Das Geräusch der schleifenden Füße klang trostlos. Hinter den Vorhängen sickerte Tageslicht herein; hier und dort sah eine Frau im Spiegel sich gelb und verschwand. Rustschuk sagte zu Ismael Iben Pascha: »Damit ich Ihre Redensart nicht mehr höre« – und zog sich mit Melek zurück. Vinon war bereits in der Garderobe. Der Marchese Trontola drehte sich zwischen den Türen umher, in der Erwartung des günstigen Augenblicks. Auf einmal entschlüpfte er, mit einem schiefen Blick auf das weinerliche Gesicht der wundervollen

Contessa Paradisi. Sie tröstete sich mit Mister Williams von Ohio. Lilian wechselte ein paar Worte mit Raphael Kalender. Dann verließ sie, weiß und sehr hochmütig, den Raum, ohne den Lord Tumpell zu beachten, der sich an ihrem Wege verneigte. Er folgte ihr, gelassen und sehr hochmütig. Dort hinten verhandelte Don Saverio geschäftlich mit einigen Herren, die am Spieltisch glücklich gewesen waren. Die Grafen Tintinovitsch und Paliojoulai begegneten sich, als die letzten, am Ausgange. Sie wollten feindselig aneinander vorbei; dann machten sie kehrt, murmelten »Armer Freund«, und schüttelten sich die gelenkigen Hände. Nebenan erschallte weibliches Gelächter – und gleich darauf vertrugen sich die Hofleute um zwei schlanke, geschminkte Blondinen, deren Wagen verlorengegangen war.

Die vereinsamten Säle und ihren Glanz voll Bühnentäuschung durchmaß in Purpurmantel, Papierkrone und mit wippendem Zepter unermüdlich der König Phili. Er versuchte von Zeit zu Zeit eine herrische Gebärde und sagte, mit den Händchen in der Luft: »Nun, wo sind S' denn hingeraten, Herr von Rustschuk? Am End sind Sie jetzt darüber aufgeklärt, wer von uns zwei der König ist? Einer ist Herr!« behauptete er, kühn aufgereckt.

Aber die Diener löschten die Kerzen. Der König sah den Schatten sein Reich verschlingen und bewegte sich, seufzend und über seine Schleppe stolpernd, in einem immer engern Lichtkreise. Zum Schluß ward er von der Fahlheit des Morgens aus dem Hause gedrängt, an gähnenden Lakaien vorbei. Niemand gab acht auf ihn.

Die Herzogin stand auf dem Balkon ihres Zimmers; sie sah den König im Frühlicht auf der leeren Gasse. Vornübergebeugt, mit dem steifen Schritt eines hohen Beamten und sichtlich verängstet, trippelte er in seinem wehmütigen Prunk den Treppenweg hinab. Er deuchte ihr das Ende des Festes. Sie gedachte der ungenützten Wollust, die sie selber auf ihren Lippen, ihren Brüsten, ihrem gleitenden Schenkel durch die Säle getragen hatte; der ungenützten Wollust – und sah hinter dieser Majestät drein, nach der kein Bedarf war.

Sie schickte ihm einen Diener nach; der König hätte sich sonst verirrt. Der Mann ging gelangweilt zwei Schritte voraus; dann kam Phili, und dann ein Bäckerjunge, den das Schauspiel anzog. Einer, der Holz trug, gesellte sich hinzu. Nach ihm fand ein Mädchen sich ein mit Gemüsekörben und eines mit leeren Händen, einer roten Jacke und den Spuren der Nacht im Gesicht. Sie gingen alle mit, wortlos, und traten leise auf. Ihre Mienen waren kaum spöttisch und beinahe schüchtern. In dieser seltsamen Gestalt sahen sie etwas Großes, das, sie wußten nicht warum, auf die Gasse geraten war, als Narr, und unter ihresgleichen. Die beiden Burschen hoben die Schleppe des Königs Phili vom Boden. So bog der Zug um die Ecke.

Den Cavaliere Muzio beauftragte sie, herauszubringen, wieviel Don Saverio in der vergangenen Nacht verdient habe. Muzio wußte es schon. Der Prinz hatte selbst nicht gespielt; aber seine Tantiemen von Damen und Gewinnern betrugen fünfundfünfzigtausend Lire.

»Und zu diesem glänzenden Geschäft«, bemerkte der Sekretär, »kommen die Einnahmen aus dem Nebenhause, wo Seine Exzellenz ein nicht weniger glänzendes betreiben.«

»Was für eins?«

»Oh, auch daran nehmen Damen und Herren teil – sehr warm sogar. Es ist gewissermaßen eine Dependance des Hauses Euerer Hoheit.«

»Ich will es mir anschauen.«

»Ich rate Eurer Hoheit ab. Sie würden den Prinzen erzürnen. Auch würden Eure Hoheit selber zu – erstaunt sein.«

»Also sagen Sie, was dort vorgeht.«

»Eure Hoheit zahlen mir hundert Lire, und vieles verrate ich dafür. Aber da auch Don Saverio mir zuweilen hundert Lire verehrt, muß es etwas geben, was ich nicht verrate.«

Und er grinste gelb.

Als Don Saverio sich spät am Abend zeigte, trällernd, mattweiß, geschmeidig und angetrunken, hatte er gefochten, eine Unterredung an der Börse gehabt und mit Freundinnen seiner Schwester Lilian ein Cabaret besucht. Sein Frack stand von der Brust ab, so dick war er mit Banknoten vollgestopft. Er ließ sich nieder und aß Konfekt. Er flößte der Herzogin ein wegwerfendes und auf Vorsicht bedachtes Wohlgefallen ein, wie ein schönes, gelbes, wildriechendes Tier, das sich außerhalb des Käfigs spreizte, nach erfolgreicher Handhabung von Pranken und Zähnen.

Sie küßte ihn; darauf zog er eine Liste aus der Tasche.

»Hier habe ich die Namen von würdigen Leuten, die sich um städtische Beamtenstellen bewerben. Unterschreibe das, meine Liebe. Man gibt etwas auf deine Empfehlung, und es ist allen geholfen.«

»Auch dir?«

»Wieso mir? Vor allem der Kommune, der wir tüchtige Beamte zuführen. Zum Lohn gibt sie uns noch zwei Grundstücke.«

»Sie ist erstaunlich freigebig, die Kommune.«

»Was willst du. Wir sind Personen, auf die man Rücksicht nimmt.«

Sie dachte nach. ›Die Bewerber‹, meinte sie im stillen, ›geben ihm Trinkgelder. Er gibt den Vertretern der Kommune Trinkgelder. Dafür kriegt er die Häuser nahezu umsonst. Aber die Trinkgelder läßt er mich zahlen, und die Häuser behält er.‹

Sie schüttelte den Kopf.

»Deine Geschäfte werden zu verwickelt. Ich folge dir nicht, du erinnerst mich an deine selige Mutter.«

»Ach was. Maman bildete sich ein, ihrem verlorenen Gelde bis in die Taschen der andern nachlaufen zu müssen. Ich habe gesündere Anschauungen: ich bin überzeugt, das Geld der andern läuft so oder so in meine Taschen. Aber ihr Frauen gleicht euch alle; in Geldsachen seid ihr ausschweifend oder mutlos. Die besonnene Kraft fehlt euch... Du magst nichts mit meinen Listen zu tun haben, wie? Ich verstehe das. Immerfort ihren Namen hinschreiben, das muß sie ja langweilen, so ein Weibchen. Auch verlange ich's nicht. Gib mir nur Prokura. Da habe ich schon das Papier, fix und fertig. Der Notar hat zum voraus unterzeichnet...«

Sie nahm das Blatt und drückte es ihm, während er noch sprach, vors Gesicht. Seine Nasenspitze stach hindurch. Er lachte melodisch: »Welch gelungener Scherz!«

Er küßte ihren Hals. Sie erwiderte es; sie fand ihn sehr schön, wenn er geldgierig war.

Beim Auftauchen aus einer Umarmung sagte er zu ihr, die noch die Augen geschlossen hielt: »Um es nicht zu vergessen: die Prokura – da, das Loch kleben wir zu, es macht nichts... Wie, du willst nicht? Das wundert mich wirklich.«

Er brachte sich vor dem Trumeau in Ordnung, ein wenig ungehalten.

»Du wirst dich besinnen. Übrigens mache ich dich darauf aufmerksam, daß du schlecht aussiehst. Man wird etwas für dich tun müssen. Wir werden die Festlichkeiten unterbrechen.«

»Und die Prokura?« fragte er am folgenden Morgen, ganz obenhin, beim Eintreten in ihr Zimmer. Sie lag in der Sonne, vor dem Diwan, mit der Brust in den Kissen und die Lippen auf dem Gesicht eines schönen Mädchens. Seit gestern lebte sie in Sehnsucht nach jener kleinen Wäscherin mit den Gazellenaugen und dem afrikanischen Plattnäschen. Muzio hatte es geholt und dazu gegrinst. »Aber Hoheit dürfen ihm keine Wäsche geben.« Sie gab ihm keine Wäsche.

»Wie hübsch!« sagte Don Saverio. »Also die Prokura?«

»Du langweilst mich.«

»Das da bringen wir hinaus«, bestimmte er sofort. Er riß die Kleine an sich und schob sie aus der Tür.

»Du bist blaß, meine Liebe, und plötzlich wirst du rot. Deine Hand ist einmal kalt, was ist dir denn?«

»Nichts Ungewöhnliches.«

Sie fand ihn nicht berechtigt, sich um die Vorgänge in ihrem Körper zu kümmern. Es waren lauter Armseligkeiten, die ihrem kritischen Lebensalter angehörten. Sie wechselten täglich: Schmerzen, bald da, bald dort; Beängstigungen, aus beliebiger Richtung, wie der Wind. Sie äußerte: »Ich wundere mich über dich. Habe doch die Güte, mich allein zu lassen.«

»Gereizt scheinst du auch. Es wäre lieblos, dich allein zu lassen.«

Er rief aus der Tür.

»Doktor, kommen Sie herein!... Du bist exzentrisch, meine Liebe. Auch siehst du schrecklich schlecht aus. Doktor Giaquinto wird dich untersuchen. Recht genau, Doktor!«

»Sie werden mir doch den Gefallen tun zu verschwinden?« bat sie, sehr freundlich, und erhob sich.

Der Arzt war ein kleiner magerer Greis, in gelbem Anzug, mit gefärbtem Schnurrbärtchen, und zappelnd vor Jugendlichkeit. Er betupfte mit schmeichelnden Fingerspitzen sein lila Seidenhemd. Plötzlich, mit einem kleinen Gewaltstreich, versuchte er das Handgelenk der Herzogin zu fassen.

»Mein Puls geht in diesem Augenblick zu rasch«, erklärte sie, und spielte mit der kleinen Kugel aus Jaspis, verschlossen mit goldenem Bügel, die der Prinz ihr hinschob, sooft er die Prokura erwähnte.

»Ein wenig Fieber habe ich möglichenfalls. Meine Hand ist nicht ganz sicher. Vielleicht ließe sie diese Tintenkugel, die sich immerhin öffnen könnte, auf Ihr schönes Hemd fallen. Wie schade wäre es!«

Der Greis machte einen Sprung.

»Das Fieber ist festgestellt bei Ihrer Hoheit«, plapperte er, »Ihre Hoheit haben eine vollkommene Ruhe nötig. Schatten, verschlossene Fenster...«

»Höre zu, meine Liebe«, sagte der Prinz. »Ich selber merke mir jedes Wort.«

»Keine Ausfahrten, keine Besuche, mit einem Wort, eine versperrte Haustür«, versetzte der Doktor.

»Eine versperrte Haustür«, wiederholte Don Saverio. »Das ist wohl das Wesentliche.«

»Es scheint mir auch«, meinte sie, überrascht und belebt. Es geschahen ja Abenteuer.

Ihr Geliebter und der Arzt zogen sich auf den Fußspitzen zurück. Von Stund an schlich die Dienerschaft unhörbar durch Gänge und Gemächer. Die Herzogin lauschte manchmal, ein wenig beängstigt. Nichts war mehr zu hören von dem närrischen Wirrwarr der redenden Tiere, die sangen, die Treppengeländer hinabtollten, logen, wedelten, und einander äffisch an den Schwänzen hingen. Sie sah nichts von ihnen als hier und da an einer dunkeln Wand entlang eine zage Gestalt, die zusammenschrak, wenn man sie anrief, und die bleichen Gesichts etwas flüsterte. Die elektrischen Klingeln rasselten dumpf; sie waren mit Wolle umwickelt.

»Soll das lange währen?« fragte sie Muzio.

»Pst!« machte der Cavaliere, heftig erschreckt, und sprang in den Winkel. Sie lachte laut auf, darauf fiel er lang auf den Teppich.

Sie ließ Cirillo, den Türhüter, kommen und sagte ihm ihren bestimmten Wunsch, auszufahren.

»Du wirst nicht töricht genug sein, mein Freund, mich zu erzürnen. Was erwartest du von dem Prinzen. Du weißt wohl, daß er dich nur mit meinem Gelde belohnen kann... Hier hast du tausend Lire.«

Cirillo verneigte sich, daß sein dreifaches Kinn fast am Boden schleppte. Als er in die Höhe kam, war er noch so ruhig und majestätisch wie zuvor.

»Ich verspreche dir also fünfzigtausend Lire. Willst du, so schreib ich ein Papier.«

Cirillos Knie knickten ein wenig ein, nur ganz leicht und nur eine Sekunde. Er drückte flüchtig die Augen zu, dann schien es wieder gut.

»Du willst nicht? Also geh.«

Am Abend beschied sie ihn nochmals zu sich. Es dauerte länger, bis er kam.

»Hunderttausend«, sagte sie bloß.

Der feiste, betreßte Mensch brach in die Knie.

»Gnade!« ächzte er. »Fügen Eure Hoheit nichts mehr hinzu! Ich würde es tun!«

Er raffte sich auf und stolperte hinaus.

Ihr Erbarmen währte nicht lange; dann rief sie ihn zurück. Aber statt seiner erschien Muzio, mit einer vorwurfsvollen Grimasse.

»Warum versuchen Eure Hoheit den schwachen Menschen? Er ist nur Fleisch. Warum wenden Eure Hoheit sich nicht an mich, der ich Geist und Wille bin. Ich hätte Eurer Hoheit mit ruhiger Würde zu verstehen gegeben, daß Sie auch für hunderttausend Lire nicht ausfahren können, weil Ihre Gesundheit es verbietet... Auch würden Sie vermutlich nicht wiederkommen.«

»Muzio, Sie sollen zweihunderttausend haben.«

»Das ist ein Vermögen!« sagte er voll aufrichtiger Bewunderung. »Aber« – und er ließ die erhobenen Achseln jäh sinken, – »ich müßte es in Amerika verzehren. Und es ist fraglich, ob ich unerstochen bis dorthin gelangte. Hier in Neapel finde ich immer zu leben; ich bin mäßig und anhänglich an die Heimat.«

»Schade«, meinte sie und entließ ihn. Sie war im Grunde fast beglückt durch die Festigkeit ihres Gefängnisses und durch das, was man mit ihr wagte.

Am Morgen, wenn die Treppengasse sang und flitterte, lag sie wieder im Fenster zwischen den steinernen Launen der Fassade. Neben ihr bimmelte es im violetten Himmel von der tollen, geschweiften Kirche. Die Engelchen auf den Schnecken ritten vor ihr her – ins Fabelland.

Auf der Gasse saß in einem Kreise von Wißbegierigen eine Sonnambule, mit verbundenen Augen, schwarz und elend, und prophezeite Glück. Barfüßige Kerle in roter wollener Zipfelmütze schrien Meerfrüchte aus, schleimige, knorplige Geschöpfe, nackt oder in Schalen. Die Gesichter der Mädchen sprenkelte die Sonne, ihre Tücher leuchteten. Aus den Pfannen eines fliegenden Kochs rauchte der Duft gebackener Reisrollen. Kupferne Kessel, ausgespannte Wäsche rauschten und funkelten im Winde.

Ein Alter in Lumpen und Bartstoppeln drehte drüben einen kleinen, schlechten Leierkasten. Niemand hörte unter all dem Lärm seine schwachen Töne. Schließlich stellte ein kleiner Knabe sich vor ihn hin und sang die falschen Noten des Armen mit. Der Alte ließ den Schwengel los, er ergriff den Knaben im Rücken, gutmütig und mit überraschender Kraft, und setzte ihn sich auf die Schulter.

›Wen habe ich so mit Kindern umgehen sehen?‹ dachte die Herzogin. ›Prosper!‹

Er sah sie fest an und erwartungsvoll. Sie lächelte. Darauf ging er bis unter ihr Fenster. Der Knabe stellte sich aufrecht hin, er hielt sich am Kopf des Alten, und reckte die Hand aus. Die Herzogin schrieb ein paar Worte, wikkelte Banknoten in das Papier und ließ es sorgsam fallen.

Der Knabe fing es und schob es in den Hals des Alten. Sie trat zurück.

›Es wäre eigentlich zu früh, wollte man mich schon befreien‹, dachte sie. ›Aber ich möchte wissen, was daraus nun entsteht.‹

Und sie war gespannt, wie als Kind in ihrem Garten, wenn Daphnis sie verlassen hatte und sie sich auf die unvorhergesehenen Einfälle des nächsten Tages freute.

Aber schon gegen Abend kam Muzio.

»Hoheit, ein neuer Mangel an Vertrauen! Wodurch habe ich ihn verschuldet? Sollte es denn wahr sein, daß die Großen keine geraden Diener dulden?«

Er richtete sich edel auf, sein blankes Röckchen krachte in den Nähten.

»Hätten Eure Hoheit mich der Frage gewürdigt, ob wir die Polizei in unsere Sachen mischen sollen, so hätte ich, wahr wie immer, wo lügen ohnehin unnütz wäre, Eurer Hoheit geantwortet: die Polizei würde unsere Sachen nur verwickeln. Denn sie würde nichts tun wollen, und müßte doch so tun, als ob sie etwas tun wollte... Aber ach, Eure Hoheit haben mich dieser Frage nicht gewürdigt. Statt meiner haben Sie einen andern ausgesandt, einen fremden, uns verdächtigen Menschen, den die Polizisten natürlich gleich festgehalten haben. Ein Glück, daß sie nur mich von dem Vorfall in Kenntnis setzten und nicht auch Seine Exzellenz, den Prinzen. Ich habe die Behörde um Schweigen ersucht. Seine Exzellenz würde durch die wenig liebevolle Handlungsweise Eurer Hoheit einen geradezu gefährlichen Kummer erleiden.«

»Das hätte mir von Herzen leid getan«, erwiderte die Herzogin. »Ich will es also das nächste Mal besser anstellen, so daß es gelingt. Dann muß Seine Exzellenz eilen, sich in Sicherheit zu bringen, und hat kaum noch Zeit, um mich zu weinen.«

Muzio sagte: »Ich werde es für ihn tun: für den Unglücklichen, der eine solche Frau besaß. Denn es ist ein Unglück, Hoheit, Sie zu besitzen, wenn man Sie eines Tages verlieren soll.«

Sie bekam nicht einmal Zeitungen; es hieß, man wolle ihr die Aufregungen ersparen, die sie mitbrächten. Aber die Karten der Besucher wurden ihr vorgelegt. Es war jeden Abend ein ganzer Stoß voll von Namen, die sie kaum kannte: die Besucher ihrer Feste, diejenigen, die sich ihr empfahlen, und andere, von denen sie eine Nacht lang begehrt worden war. Sie dachte an die elegante Stunde des Korso und an das bewimpelte Meer und empfand ein wenig zornige Sehnsucht. Dann besann sie sich lächelnd darauf, daß wahrscheinlich um dieser Sehnsucht willen Don Saverio ihr die Karten reichen ließ.

Er selbst zeigte sich nicht, schon acht Tage.

Sie spazierte viele Stunden lang in dem gespreizten Garten voll theatralischer Hydraulik. Aber der bockbeinige Liebhaber stand der formenreichen Nymphe ohnmächtig gegenüber: das Wasser sprang nicht mehr. Jenseits der hohen Lorbeermauern sah sie ein Stück vom Nachbarhause. Tagsüber lag es unbelebt. ›Wozu benutzt Saverio es?‹ dachte sie. Gegen Abend flogen die Läden auf. Dann entstand dort Licht, Gelächter, festliches Hin und Her.

In einer kalten und stillen Nacht sah die Herzogin hinauf. Droben, hinter einer erleuchteten Scheibe, stand eine Frau in rotem Sammet, ausgeschnitten, weiß von Puder. Auf einmal floß Mondschein über die Herzogin. Die dort oben riß das Fenster auf und breitete die Arme aus.

»Nana!«

Die ehemalige Kammerfrau machte trostlose Zeichen nach hinten, wo es klingelte und im Schatten goldig flirrte. Sie legte die Finger aufs Herz und an die Lippen.

Die Herzogin bedeutete ihr, dies habe nichts zu sagen. Sie begann zu ahnen, welches glänzende Geschäft ihr Geliebter nebenan betreibe.

Endlich kam er.

»Guten Morgen, schöne Herrin. Du siehst schon viel besser aus. Die Langeweile hat dir gutgetan, ich bin sicher, du gibst mir jetzt Prokura.«

»Wir werden sehen.«

Sie zog ihn in ihre Arme. Er war blendend, siegesgewiß, ein göttlicher Henker.

»Hier ist Papier und Feder. Nachher die Belohnung für die kleine Frau.«

»Ah! Du glaubst, ich muß für deine Liebe zahlen? Du forderst mein Ehrgefühl heraus!«

Sie lachte ihm leise und hart gerade in den Mund hinein. Er rötete sich und zerrte an den Spitzen vor ihrer Brust. Sie ließ ihn lange kämpfen. Sie erwiderte seine feindseligen Küsse, und bei jedem von ihnen dachte sie an eine seiner Schurkereien: an eine Erpressung, eine körperliche Gewalttat, eine gebrandschatzte Frau. Sie hatte wütende Lust, ihn zu fragen: ›Nimmst du auch von deiner Schwester Lilian etwas, wenn sie auf unsern Festen Geld verdient!‹ Aber sie schwieg. ›Er soll sich für den Überlegenen halten! Er glaubt mich umstellt zu haben mit Gesindel und mich wehrlos einzufangen in seinen Lügen, seinem Häuserschwindel, seinen Bestechungen, seinen Wuchergeschäften, seinen Weiberverkäufen. Er hält mich für das Wild und sich für den Jäger, der Arme. Welch einziger Genuß, ihn ganz zu überschauen, ihn umherzappeln zu lassen von einer Schlauheit zur andern und ihn zur Hergabe seiner Liebe zu zwingen – ohne Ersatz. Ah! der Kampf um das Werk mit Jakobus war matt, verglichen mit der Lust, diesen da zur Strecke zu bringen!‹

Don Saverio unterlag. Er unterlag mehrmals. Darauf entfernte er sich in übler Stimmung.

Schon am Abend war er wieder da. Sie lag müde und schmachtend, der Träumerei näher als dem Streite. Er trat nackt aus seiner Garderobe; sie zitterte vor ihm. Er war unerbittlich, sie hatte plötzlich gar keine Waffen. Er sprach gar nicht von der Prokura. Seine Eitelkeit überwog, er dachte an nichts weiter, als sich stark zu zeigen. Er nahm sie roh. Seine weißen Hände verteilten nervige Zärtlichkeiten an alle ihre Glieder. Sie fühlte sich schwach, sie begriff, daß sie eine Unklugheit begehen werde, aber es lag ihr nichts an Klugheit.

»Gib mir den Schlüssel!« bat sie.
»Jetzt, in der Nacht?«
»Ich will aufs Land, ans Meer, frei sein.«
»So unterschreib!«
»Nein! Aber ich werde aus dem Fenster schreien!«
»Man soll es vergittern. Unterschreib!«
Seine Liebkosungen fingen an, ein wenig peinvoll zu werden.
»Nein!«
Er sang, plastisch zurückgeworfen in die Kissen, die Kehle nach oben und den Arm gerundet, mit berauschendem Tenor die Arie des Fra Diavolo.

Als er schlief, saß sie daneben, mit dem Kinn in der Hand, die Brüste umflossen von ihren schwarzen Haaren, und sagte sich: ›Einmal werde ich's vielleicht tun.‹

Sie spürte in der Ferne die Versuchung, ihn zu töten.
›Liebe ich ihn denn? Oder warum verfalle ich auf solchen Gedanken? Liebe ich ihn denn?«
»Ich bin verloren!« murmelte sie, vor sich hinstarrend, im Morgengrau. »Oh, wer sagte das, ehemals, geradeso?

Die Blà! Sie hat es mir gebeichtet. An einem Punkte wußte sie plötzlich, wie es enden würde mit ihr und Piselli!«

Ein Buch von Jean Guignol lag auf dem Nachttisch: sie ließ im halben Licht die Augen über ein paar Verse gleiten, die sie auswendig wußte. Auf einmal sah sie auf und lächelte.

»Er hat unverkennbare Verwandtschaft mit Piselli. Aber die Blà und ich – oh, Bice, dir war es arger Ernst. Ich, ich spiele ja nur...«

Sie saß schon im gläsernen Saal unter den Palmen und frühstückte und las. Don Saverio zeigte sich, gut ausgeruht; sie beachtete ihn wenig.

»Du scheinst gar keine Furcht mehr zu haben«, äußerte er schließlich, gekränkt.

»Du langweilst mich einfach.«

»Aber die Prokura!... Nun gut, ich gebe dir zwei Tage Zeit.«

»Du, mir!« sagte sie, nachdenklich, hinter ihm her. Sie mußte sich besinnen, mit welchem Recht er sich eigentlich so wichtig gebärde.

Tags darauf war sie stürmisch, begehrlich, zerstörerisch. Nach einer Stunde gab er sich besiegt. Inmitten ihres Triumphes sah sie sich um.

»Was habe ich dir bei unserem Einzuge gesagt? Unser weitläufiges Schlafgemach erinnere an ein Schlachtfeld! Habe ich gut prophezeit?...«

Sie entfesselte ihn aufs neue. Er lag endlich zerbrochen, keuchend, mit geschwollenen Augenlidern. Sie beugte sich über ihn.

»Willst du die Prokura? Ich gebe sie dir, mein Geliebter.«

»Was täte ich damit?« flüsterte er versagend. Sie genoß dieses Wort minutenlang. Dann sagte sie sanft: »Schau einmal, über unserm Bett wird Hagar vertrieben. Es ist die Prokura, sie weint, du jagst sie in die Wüste.«

Er schlief lange. Nach dem Diner, als sie Zigaretten rauchte, geschnittene Steine betrachtete und einer Jünglingsstimme zuhörte, die drunten sang, stürzte er herein, halb angekleidet.

»Eben fällt es mir wieder ein. Du hast mir die Prokura versprochen. Da, das Papier.«

»Ich danke Ihnen, mein Lieber. Ich brauche es nicht.«

»Wie? Ich habe aber doch nicht geträumt?«

»Durchaus nicht. Obwohl Ihr Geist nicht übermäßig wach war. Aber ich habe sie Ihnen versprochen.«

»Und –«

»In jenem Augenblick würde ich sie Ihnen vielleicht sogar gegeben haben: wer weiß.«

»Es ist schrecklich –«

Er griff nach seiner Stirn, die perlte.

»Sie zittern, Freund. Sie werden nervös und müssen sich schonen. Ich werde den guten Doktor Giaquinto kommen lassen, dessen Ratschläge mir so nützlich gewesen sind.«

»Aber Sie haben versprochen!«

»Beruhigen Sie sich, ich leugne ja nicht.«

»Und was man versprochen hat –«

Er wiederholte immerfort, indes sie die Achseln zuckte:

»Wenn man doch versprochen hat!«

Er begriff sie nicht; sie entrüstete ihn aufrichtig.

Sie saß, eines Morgens, mit einer Karte in der Hand, die sie unter einem Haufen von andern, jüngst abgegebenen hervorgezogen hatte. Sie rollte sie zwischen den Fingern und dachte dabei an den Charakter ihres Sekretärs. Als er kam, gab sie ihm das Billet. Er las: »Lady Olympia Ragg.«

Darauf starrte er sie an, angestrengt forschend.

»Ich bitte Sie, Muzio, ich bitte Sie ganz einfach, diese Dame aufzusuchen. Niemand wird je erfahren, daß Sie es getan haben. Sie sagen ihr nur, ich sei wieder gesund und wünsche auszufahren, wozu ich sie um ihre Hilfe ersuche. Lady Olympia wird fragen, was sie tun könne. Dann werden Sie sie einladen, mit Ihnen zu diesem Herrn zu gehen.«

Sie reichte ihm einen offenen Brief. Muzio erblickte die Adresse des englischen Konsuls, Mister Wolcott. Darauf sah die Herzogin zum erstenmal, seit sie ihn kannte, aus seinem Gesicht allen Spott verschwinden. Er neigte sich tief und rückhaltlos.

»Hoheit, Sie sind bewunderungswürdig. Ich werde alles tun, um Ihnen zu dienen, aus reiner Bewunderung...«

Er legte die Hand aufs Herz.

»... und weil man einer Frau von solchen Eingebungen wohl oder übel ihren Willen lassen muß. Es würde nichts nützen.«

Sie rief lebhaft und erfreut: »Es würde nichts nützen: ganz dasselbe sagte ich mir vorhin, und meinte meinen Kampf mit Ihnen. Er ist mir nicht unsympathisch, der Muzio, so sagte ich mir. Er hat eine uneigennützige Lust an der Intrige. Er wird mich nicht so bald entkommen lassen, er wird sich im Erfinden von Listen mit mir messen, solange ich's aushalte. Er ist wirklich geschickt: ich glaube, er wird meine Anschläge immer wieder durchkreuzen. Es nützt nichts, ich muß ihn ins Vertrauen ziehen, das Spiel würde sonst ewig dauern. Sobald ich ihm sage: Cavaliere, ohne Sie bin ich hilflos – verachtet er mich milde und läßt mich laufen.«

Sie lächelte. Er wehrte ab, unter Beteuerungen.

»Sodann die Geldfrage, sagte ich mir, die kommt bei Muzio lange nachher... Aber es versteht sich, daß ich sie nicht vergessen werde.«

Er winkte vornehm.

Zur Stunde des Dejeuners saß sie allein und wartete, angenehm gespannt. Amedeo hatte zu seiner Verwunderung drei Gedecke auflegen müssen. ›Wird es ohne Gewalttat verlaufen?‹ meinte sie. ›Cirillo verfügt über ziemliche Körperkräfte.‹

Es schlug eins. Im Vorzimmer erklangen gelassene Stimmen. Die Türflügel gingen lautlos auf. Lady Olympia trat ein, nur wenig eiliger als sonst: »Süße Herzogin, ich bin entzückt.«

Ein untersetzter Herr mit fuchsiger Perücke, rötliche Favoris in dem rötlichen Gesicht, zog die Hände aus den Hosentaschen.

»Mister Wolcott«, sagte Lady Olympia. »Und hier ist mein Sohn. Komm, Houston!«

»Sir Houston, es freut mich... Amedeo, ein viertes Kuvert.«

Amedeo schien beglückt. Die Lakaien überschlugen sich vor Diensteifer. Draußen versuchte eine Zofe einen kleinen Triller. Plötzlich schrillten die Klingeln wieder so scharf wie früher.

Man bedauerte die Krankheit der Herzogin auf italienisch, dann unterhielt man sich auf englisch von der Camorra. Sir Houston hörte zu und aß stark. Er war blond, jung, roch frisch, und hatte große, wohlgebildete Gliedmaßen.

»Euere Hoheit könnten mit Mylady und mir das Haus verlassen und nicht wiederkommen«, sagte Wolcott. »Aber der Prinz würde sich nicht für geschlagen halten. Vorher muß man ihn hoffnungslos bloßstellen.«

»Davon lebt einer hier in Neapel, vom Bloßgestelltwerden«, warf Lady Olympia hin, höchst verächtlich. »Wie sollte man ihn sonst fürchten?«

»Aber vor anständigen Leuten«, behauptete der Konsul. »Die Gauner werden ihn dann verleugnen. Seine Exzellenz muß für einige Zeit verschwinden, und die Frau Herzogin wird endgültig von seinen Ansprüchen befreit sein.«

»Wo sind die anständigen Leute?«

»Es gibt einige. Ich werde sie zusammensuchen. Ferner die ganze Kolonie.«

»Für heute abend!« rief die Herzogin.

»Es wird zwar schwerhalten. Aber ich mache es. Ich

gehe persönlich zu allen Leuten und stelle ihnen ungewöhnliche Dinge in Aussicht.«

»Und mit Recht, Mister Wolcott; denn es wird ganz lustig werden. Da, ich mache Ihnen noch die Liste meiner Freunde...

Alfonso!« befahl sie. »Meine Gäste bleiben hier. Lassen Sie Zimmer herrichten.«

Der Intendant verbeugte sich in großer Hast und verschwand. Nach einer Weile rief sie ihn zurück: »Zeigen Sie den Herrschaften ihre Zimmer.«

»Zimmer?« fragte er.

»Alfonso, heute macht ihr keine Scherze mehr, verstehst du? Ihr wartet ab, was ich für welche mache.«

»Und Seine Exzellenz?« rief der glatte Alte in der Fistel, und begann zu zappeln. »Wie kann ich Zimmer geben? Von diesem Frühstück werden Seine Exzellenz nichts erfahren. Wenn Euere Hoheit sich etwa aus dem Hause entfernen sollten, so wird niemand wissen, wie es geschehen konnte. Das Tor steht offen. Cirillo, der Türhüter, liegt zu Bett, er hat Rheumatismus; was wollen Seine Exzellenz dabei tun... Aber Zimmer – wie kann ich Zimmer an Gäste vergeben, in diesem Hause, wo eine Grabesruhe herrschen muß, da ja Euere Hoheit schwer krank sind.«

»Heute abend, mein Guter, werden zweihundert Leute kommen. Du kannst Seiner Exzellenz sagen, daß du niemand siehst: dich blind stellen, das ist das gescheiteste. Vielleicht hält Seine Exzellenz die zweihundert dann für eine Sinnestäuschung. Nun also die Zimmer.«

»Hoheit, ich kann nicht!«

Er krümmte sich, sprang umher, schnitt Fratzen und wimmerte.

Sir Houston hatte noch kein Wort gesprochen. Er betrachtete neugierig und reglos den Alten in seinem Frack und seinen Kniehosen wie ein boshaftes Tier, das sich unnütz abarbeitete. Unvermutet machte er, ohne seine Ruhe zu verlieren, einen Schritt vorwärts und stieß dem Intendanten die Faust unter die Nase. »Die Zimmer!« sagte er auf englisch. Alfonso rollte unter einen Tisch; man sah ihm verwundert nach. Er kam wieder zum Vorschein, die Hand am Gesicht; ihrer Höhlung enttropfte es schwärzlich. Er verneigte sich sehr tief, erst vor Sir Houston, dann vor der Herzogin, und ging.

»Sie sind sehr brauchbar«, erklärte die Herzogin dem jungen Manne. »Ich gedenke, Sie heute abend noch zu verwenden.«

Er zog sich, ganz allein, ins Billardzimmer zurück. Der Konsul ging aus. Lady Olympia sagte zu ihrer Freundin: »Süße Herzogin, ich bin zufrieden. Sie haben bereits angefangen, aus meinen Ratschlägen Vorteil zu ziehen. Sie lassen die Männer in ihren Dichtungen fiebern, nicht wahr, und nehmen sich die Wirklichkeit, die so einfach ist. Macht sie nicht viel Vergnügen, die Wirklichkeit?... Nur eines erübrigt Ihnen zu lernen: zur rechten Zeit abbrechen. Ich verlange ja nicht, daß Sie sich, gleich mir, grundsätzlich mit einer einzigen Nacht begnügen: ich glaube, es gehört eine gewisse Keuschheit dazu – doch lassen wir das... Nur zur rechten Zeit abbrechen! Dann wäre Ihnen diese abscheuliche Geschichte nicht passiert.«

»Es wäre schade, wenn ich um das Erlebnis gekommen wäre. Es gehört zu mir, es macht mich glücklich!«

»Wenn Sie meinen. Aber Ihr armer kleiner Sekretär war in Tränen aufgelöst.«

»Muzio?«

»Er vergoß seine Seele. Er lag auf den Knien und flehte für seine Herrin. Er habe zu ihrer Rettung schon alles versucht; ich sei seine letzte Hoffnung: Er habe sich an die Polizei gewendet: sie stehe mit dem schrecklichen Don Saverio im Bunde. Er sei bei den fremden Ärzten umhergelaufen; keiner wolle seine Sicherheit wagen und feststellen, die Herzogin von Assy sei gesund. Man werde Sie so lange mißhandeln und hungern lassen, bis Sie alle ihre Habe dem Prinzen ausgeliefert haben... Um so besser für Sie, mein Liebling, wenn Sie das zum Lachen stimmt.«

»Muzio entzückt mich!« seufzte die Herzogin.

Sie lag und lachte, bis zum Ersticken.

Sie wurden unterbrochen durch die Ankunft des Hausherrn. Sie fanden ihn sehr sanft, von vorwurfsvoller Zärtlichkeit, ein wenig besorgt wegen der Möglichkeit, die Herzogin könnte mit der großen Festlichkeit des heutigen Abends ihren Kräften zuviel zumuten. Lady Olympia ging hinaus; er stützte ein Knie auf die Chaiselongue seiner Freundin und brachte ihr den ernsten Marmor seines Gesichts ganz nahe, wehmütig, und so, als sagte er: Konntest du denn vergessen, wie schön er ist!

Sie küßte ihn flüchtig, wie eine bewunderungswürdige Sache, an der man niemals gleichgültig vorübergeht. Darauf ward er stürmisch, aber sie wies ihn ab.

»Hörst du nicht, daß alles im Hause in Bewegung ist? Wir haben bis heute abend unglaublich viel zu tun... Alfonso! Gennaro! Amedeo!«

Sie gab Aufträge.

»Aus diesem Zimmer, mein Freund, müssen wir sofort hinaus. Ich bin vier Wochen lang krank gelegen, keiner hat einen Schritt tun dürfen, meiner Ruhe wegen. Du kannst dir denken, daß alles ein wenig vernachlässigt aussieht.«

Im Hintergrunde rannte es durcheinander, mit Teppichen, Porzellan, Silberzeug. Alfonso stöhnte, aus stark geschwollener Nase.

»Wir werden vielleicht allesamt zugrunde gehen bei der Arbeit. Aber Hoheit, getan wird sie!«

»Ich helfe mit«, erklärte der Prinz in plötzlicher Begeisterung. Sie sah ihn unterworfen, mit seiner Strafe einverstanden und um eine Belobigung betteln.

»So ist's recht, mein Freund. Ziehen Sie Ihren Rock aus.«

Er tat es. Sie begab sich ins Palmenhaus, zu Lady Olympia. Durch die Glasscheiben erblickten sie Don Saverio, wie er, einen Tellerstapel in den Armen, an den Spiegeln der langen Säle vorbeilief.

»Er läuft«, sagte Lady Olympia. »Er hofft kaum noch, die entfliehenden Millionen einzuholen. Aber er läuft, damit Sie ihn betrachten, süße Herzogin, wie einen prächtigen Wettläufer. Denn er liebt Sie – oh! vielleicht erst seit heute: jetzt aber haben Sie ihn verliebt gemacht.«

Die Herzogin nickte, ernst und befriedigt; sie wußte es.

»Und wenn er erst ahnte, was ihm bevorsteht –«, äußerte sie, fast mitleidig.

»Heute abend?«

»Ja.«

»Und was denn?«

Sie hob die Schultern, lachlustig.

»Ich weiß es selbst noch nicht – drum freue ich mich darauf.«

Um Mitternacht war das weite Haus gefüllt. Die Stimmen der Ausländer tönten aus allen Gruppen. Und überall, breit und nachlässig, oder in aufgeregten Nasenlauten, oder guttural, oder meckernd, unterhielten sich die Fremden von dem neuesten Abenteuer der Hausherrin. Die Neapolitaner warteten ab; ihre Handbewegungen schwuren, daß sie ohne Meinung seien.

Die Herzogin ging zwischen Lady Olympia und Mister Wolcott an den Spieltischen vorbei. Sie winkte, plauderte und hinterließ geblendete Blicke. Dieses Fest nach langer Einsamkeit und zum Lohn für ihre Stärke erhöhte ihre Sinne, machte ihren Geist rasch und glänzend; es heftete ihr Flügel an und trug sie fort, durch die Luft, in der schon Frühling war, sie wußte nicht, wohin. Don Saverio fiel ihr erst wieder ein, als sie ihn ganz still und artig bei einer Partie Piquet sitzen sah, mit Mister Williams von Ohio.

Der Konsul sagte eben: »Es ist kein Zweifel, dieser Trontola betrügt.«

»Unerhört!« stieß Lady Olympia hervor.

»Süße Lady«, erwiderte die Herzogin, »Sie sind, was solche zarten Dinge angeht, eine Puritanerin: ich weiß es. Aber unerhört sind nur Sie. Trontola wäre erst unerhört, wenn er nicht betröge. Meinen Sie, daß Gicco-Giletti es sich versagt, oder Tintinovitsch? Er plündert gerade einen kleinen Snob aus Berlin; der ist sehr stolz, daß ein dalmatinischer Graf sein Geld nimmt.«

Lady Olympia fragte angewidert, aber neugierig: »Sie haben da recht hübsche Kenntnisse, süße Herzogin...«

»Die habe ich vom Cavaliere Muzio, meinem Sekretär, der Ihnen so gut gefällt.«

»Und wie machen es die Gauner?«

»Oh, auf mannigfache Weise. Zum Beispiel: hinter dem, den sie betrügen, steht ihr Vertrauter und erklärt ihnen durch Zeichen seine Karten. Oder er hält etwas Blankes in den Händen, worin die Karten sich spiegeln: eine silberne Zigarettendose oder – oder –«

Sie lachte auf.

»Schauen Sie einmal, ist mein Kammerdiener Amedeo nicht eigentlich eine sehr komische Figur. Ein byzantinischer Würdenträger, in seiner dummen Feierlichkeit!...«

Man sah hin. Amedeo stand mächtig und voll goldener Tressen seinem Herrn, dem Prinzen Cucuru, gegenüber, hinter Mister Williams von Ohio, und drehte auf seiner Hüfte ein großes, spiegelndes Tablett. Der Amerikaner leerte ein Glas Wein, das Amedeo ihm gereicht hatte. Darauf sagte er laut und schnarrend sechs Blatt an und vier As.

»Wie deutlich sich Mister Williams' Karten im Tablett des braven Amedeo ablesen lassen«, äußerte die Herzogin. Mister Wolcott erwiderte: »Ich sehe nichts.«

»Ich auch nicht«, versetzte Lady Olympia.

»Tun Sie sich keinen Zwang an, Mister Wolcott. Es ist

Ihnen unangenehm, so etwas in meinem Hause sehen zu müssen. Aber es macht nichts... Sie haben es also gesehen. Und ich bitte Sie, dafür zu sorgen, daß noch einige andere es sehen.«

Sehr angeregt verließ sie ihre Freunde. Sie suchte Sir Houston. Er spazierte gerade mit schlenkernden Händen, ungeschlacht und in Unkenntnis über die eigenen Vorzüge, an einer duftenden Reihe fleischiger Brünetten vorbei, die ihn lorgnettierten. Die Herzogin redete ihn an. »Sir Houston, ich habe Ihnen gesagt, daß ich Sie heute abend verwenden würde. Gehen Sie, bitte, sogleich hinüber zu Don Saverio Cucuru – er spielt Piquet mit Mister Williams von Ohio – und erklären Sie ihm weithin vernehmlich, daß er betrügt.«

Sir Houston starrte hin, offenen Mundes.

»Wie macht er's denn?«

»Es ist zu verwickelt, ich erkläre es Ihnen später. Gehen Sie jetzt nur. Sagen Sie auf alle seine Einwendungen immer wieder, möglichst laut: ›Sie haben betrogen.‹ Man wird Sie unterstützen, Sir Houston, verlassen Sie sich auf mich...«

»Wenn Herzogin es so wollen.«

Damit ging er. Er pflanzte sich vor Don Saverio auf und schrie: »Sie betrügen.«

Der Prinz sah auf, höchst verwundert.

»Sie irren sich, mein Herr.«

»Ich irre mich nicht«, brüllte Sir Houston. »Sie betrügen jenen Ehrenmann dort – so wahr Sie ein Schurke sind!«

Ein ehrlicher Zorn kam über ihn und erhöhte seine Farbe. Gedämpft und mit erzwungenem Lächeln versetzte Don Saverio: »Nehmen Sie Vernunft an. Sie sehen, ich beherrsche mich zur Vermeidung eines unnötigen Skandals. Später stehe ich Ihnen zur Verfügung. Aber Ihre Behauptung ist reiner Unsinn. Ich bin ja im Verlieren, überzeugen Sie sich doch! Mein Gegner, Mister Williams, hat eben erst mit Ansagen allein neunzig gemacht...«

»Sie haben betrogen!«

Es stand schon ein Kreis schweigsamer Zuschauer um sie her. Auch Mister Williams betrachtete sich als unbeteiligten Gast und zündete sichtlich interessiert eine Zigarre an. Don Saverio erhob sich kalt.

»Der Herr ist seiner nicht mächtig; es ist der Wein... Wollen Sie nicht freiwillig dieser Szene ein Ende machen?« fragte er Sir Houston.

»Nur hübsch zureden!« bemerkte langsam und freundlich der König Phili.

»Sie haben betrogen!«

Der Konsul Mister Wolcott zeigte dem Lord Tumpell das blitzende Tablett des Kammerdieners. Es entstand ein Gemurmel. Der Prinz ward unruhig: »Amedeo!«

Der starke Mensch näherte sich dem widerspenstigen Fremden. Im nächsten Augenblick hatte er die beiden Fäuste Sir Houstons im Gesicht und taumelte rückwärts. Sir Houston sah aus wie ein rohes Beefsteak. Die Zuschauer meinten, er müsse auch so riechen. Die Frauen sagten: »Was für ein sympathischer junger Mann!«

»Der Kammerdiener hat vielleicht ohne Auftrag gehandelt«, murmelte Lord Tumpell. Mister Wolcott zuckte die Achseln, und noch andere zuckten sie, unter Geraune. Der Prinz verstand nicht, seine Augen wurden böse.

»Ich bin außerstande, dies länger als schlechten Scherz zu behandeln. Ich verlange Genugtuung.«

Sir Houston hatte bereits seine Handgelenke entblößt. Er stürzte nach vorn; aber Don Saverio vollführte eine geschmeidige Wendung. Sir Houston polterte gegen den Kartentisch, der umfiel. Mister Williams von Ohio stand gelassen auf und klopfte sich Asche vom Ärmel. Es herrschte völlige Stille; dann sagte langsam und freundlich der König Phili: »Dös san Gschichten.«

Einige lachten, andere machten zweifelhafte Gesichter, Lady Olympia hatte im Hintergrunde das Urteil abgegeben, es sei eine Schande, wenn in einem Hause wie diesem solche Sachen geschähen. Mehrere Fremde wiederholten es in Idiomen, die man nicht verstand. Die Neapolitaner warteten ab und spähten nach dem Gesicht der Herzogin; sie verweilte am Eingang des Saales. Manche fingen an, die Lage zu erfassen. Der Marchese Trontola war der erste, der sich entschied.

»Es ist eine Schande«, wiederholte er, »ein wahrer Skandal.« Und halblaut: »Ich werde für seine Ausschließung aus dem Klub sorgen.«

Sir Houston war von einer Gruppe von Landsleuten umringt und fortgezogen. Ganz allein und sehr bleich stand Don Saverio dem Gedränge gegenüber, dessen Feindseligkeit er fühlte. Er machte ein paar aufgeregte Handbewegungen. Plötzlich, von dem Bewußtsein überwältigt, daß alles unnütz sei, pfiff er durch die Zähne und drehte sich um.

Man sah ihm nach. Auf einmal stiegen von allen Seiten lärmende Meinungen auf. Trontola unterrichtete auf französisch alle Welt ganz genau darüber, wie der Betrug sich zugetragen habe. Mister Williams von Ohio hörte aufmerksam zu. Unvermutet nahm er die Zigarre aus dem Mundwinkel und bemerkte: »Ich hatte ja gewonnen.«

Zwanzig Stimmen riefen ihm entgegen: »Sie müssen sich irren!«

Der Amerikaner hob die Schultern. Er erwiderte nichts, aus Achtung vor dem Volkswillen, und rauchte weiter. Der Graf Tintinovitsch behauptete, mit den Armen in der Luft, solcher Vorfall sei unmöglich in einem guten Hause. Er werde es sich überlegen, ob er wiederkomme. Aber seine Strenge fand man übertrieben. Man schien sich im Gegenteil sehr wohl zu fühlen; nur daß mancher, der eben noch eine ausgeartete Munterkeit bekundet hatte, plötzlich verschwand. Dreiviertel Stunden später waren alle fort.

Lady Olympia und der Konsul wünschten der Herzogin eine gute Nacht und begaben sich in ihre Zimmer. Die Herzogin hatte das ihrige betreten, da wisperte es an der Tür: »Eure Hoheit verzeihen meine Kühnheit...«

»Muzio? Was führt Sie her?«

»Eure Hoheit haben Seine Exzellenz, den Prinzen, sehr gekränkt.«

»Das täte mir leid.«

»Es ist nicht deswegen. Aber Seine Exzellenz werden vielleicht den Wunsch hegen, sich zu rächen. Auch ist die Dienerschaft sehr böse auf Eure Hoheit. Es ging ihr gut in diesem Hause, das wird nun wohl aufhören.«

»Möglichenfalls.«

»Unter diesen Umständen sollten Eure Hoheit diese Nacht lieber im Hotel schlafen.«

»Daran ist doch nicht zu denken. Es ist gleich drei.«

»Aber Alfonso und Amedeo sind noch auf. Sie kühlen ihre geschwollenen Nasen und ihre in Säcke gestopften Augen unter Segenswünschen auf jenen Engländer. Eine Menge Diener und Mägde sind um sie her und schreien. Die Weiber sind in bemerkenswerter Aufregung...«

»Sagen Sie den Leuten, wenn mich ihr Geschrei stört, werde ich ihnen meine schlaflose Nacht vom Lohn abziehen. Gehen Sie nur, Muzio. Übrigens danke ich Ihnen.«

»Es war meine Pflicht, Hoheit.«

Als Muzio fort war, ging sie mit einer Kerze bis an Sir Houstons Tür. Er öffnete sogleich, er war noch im Frack und lud zwei Revolver.

»Für die Camorra«, sagte er, sichtlich auf alles vorbereitet.

»Ganz recht«, entgegnete die Herzogin. »Kommen Sie nur in mein Zimmer, da ist es am nötigsten.«

Er sah es ein und kam. Sie setzte ihn ins Vorzimmer;

ihre Kammerfrau machte ihm Tee und stellte Rum hin. Die Herzogin legte sich, hinter dem breiten Vorhang, der die beiden Räume trennte, auf ihr Bett. Sie war in einem Schlafrock aus weißen Spitzen.

Im Augenblick des Entschlummerns hörte sie draußen ein ganz leises Geräusch, wie Kinderschritte, und kam seitdem nie wieder dem Schlafe nahe. Von Sir Houston hatte sie noch gar nichts gemerkt; sie nahm an, er sei eingenickt. Da krachte ein Schuß: sie war sofort an der Tür. Er hatte hindurchgeschossen. Sie durchspähte, den Leuchter am Ende des gestreckten Armes, schmal und biegsam in ihren langen Spitzen, den winkligen Gang. Hinter ihr warf Sir Houston, einen Revolver in jeder Hand, seinen gelassenen Schatten. An den Wänden hin huschte etwas Leichtes, Dunkles.

»Nicht schießen!« rief die Herzogin eben noch rechtzeitig. Es war Muzio. Sie zog ihn eigenhändig ins Zimmer; er war fahl, seine Fratzen überstürzten sich, er zitterte.

»Was hatten Sie denn um Gottes willen dort draußen umherzuschleichen?«

Er wußte nicht, es konnte ja etwas geschehen. Die Leute waren so boshaft, er kannte sie. Der Engländer schlief vielleicht... Muzio lallte vor Furcht. Seine Skepsis war dahin: die Skepsis des alten Neapolitaners, den so viele Fallstricke auf allen Seiten von Jugend auf dazu erzogen hatten, immer nur den Schritt zu tun, den man nicht erwartete. Er lispelte wie ein Kind, ganz harmlos und offen. Er war ja wirklich besorgt um sie, die Frau Herzogin durfte es glauben. Sie hatte ihn gewonnen, weil sie sich heute nacht sehr stark zeigte. Das mit dem Falschspiel des Prinzen hätte er gewünscht, selber erfunden zu haben: es war seiner würdig. Er bat sie inständig, an seine Treue zu glauben. Er sehe wohl ein, es sei schwer, ihm etwas zu glauben...

»Alles!« sagte sie und gab ihm die Hand. Sie war beglückt durch dieses redliche Gefühl einer Minute. Muzio mußte sich zu ihr und Sir Houston setzen und Tee trinken. Er erzählte plappernd und ohne Zurückhaltung allerlei Geschichten, die es ein paar Stunden später zu bereuen galt. Sir Houston lauschte ihm angestrengt und vergeblich. Dann zog Muzio sich zurück unter Verbeugungen und Schwüren, und mit einem sanft spöttischen Seitenblick auf den schönen jungen Engländer.

Die Herzogin blieb sitzen, ihrem Beschützer gegenüber. Sie wiederholte auf seine Bitte alles, was Muzio verraten hatte. Er hörte sie an, gespannt und kalt, nicht anders als einen Jagdgenossen in Nubien, der den Löwen gesehen hatte. Er nahm sich vor, mit der Camorra noch viele Abenteuer zu bestehen. Er war ihr schon begegnet. Auf eine Droschke, die er gemietet hatte, stieg neben den Kutscher ein anderer Kerl und war nicht zu vertreiben. Es mußte ein Camorrist sein... Die Herzogin betrachtete den jungen Mann mit einem Lächeln, ruhig und gütig. Ihre Spitzen knisterten leise im Takt ihres Atems. Das Gemach war lau und das blaßviolette Licht gedämpft. Man fühlte das Haus schlafen inmitten der schlafenden Stadt. Hinter dem leichtgeöffneten Vorhang schimmerte, mit Perlmutterglanz in den Falten, ein Stück Linnen von ihrem Bett, leicht in Unordnung... Ferner kannte Sir Houston einen Kellner, der ihm verdächtig schien. Er verhandelte über jeden Gast mit einem gewissen Individuum.

»Sie dürfen rauchen«, sagte die Herzogin. Er zündete die hölzerne Pfeife an. Um sieben Uhr erklärte sie: »Nun ist entschieden keine Gefahr mehr.«

Sir Houston stand auf. Er hatte ziemlich viel Rum genossen, seine Stirn war rot. Beim Abschied sah er zum erstenmal ihr Lächeln und fand, daß sie plötzlich merkwürdig reizvoll sei. Er vergaß die Hand zu ergreifen, die sie ihm hinhielt; er stand, starrte sie an und entdeckte ganz allmählich, daß er, den Kopf voller Räubergeschichten, die halbe Nacht im Schlafzimmer einer sehr schönen Frau verbracht habe. Es fiel ihm auch ein, daß sie äußerst freie Sitten haben sollte. Er ward ganz feucht und stammelte etwas Schamhaftes.

»Lassen Sie es sich nicht gereuen, Sir Houston«, sagte die Herzogin und schob ihn sanft hinaus.

»Ihre Mama hätte es nicht gern gesehen, wissen Sie.«

Lady Olympia und Mister Wolcott erschienen um neun und hatten prächtig geschlafen. Die Herzogin frühstückte mit ihnen; Sir Houston zeigte sich nicht. Sie erklärte, aufs Land fahren zu wollen. Zwanzig Hände arbeiteten in Hast an ihrem Gepäck. Der Wagen stand schon drunten, da trat mit einem riesigen Veilchenstrauß Don Saverio ein.

»Sie hatten mich wohl nicht mehr erwartet?« fragte er unterwürfig.

»Im Gegenteil. Gehen wir da hinein; wir sind allein... Ich wußte, Sie würden kommen –«

»Um Ihnen zu sagen, Herzogin, daß ich nicht falsch gespielt habe. Ich habe es... wirklich... nicht getan. Fragen Sie Mister Williams, er hat gewonnen. Ich... habe nicht... betrogen!«

»Sie geben sich zuviel Mühe. Niemand ist mehr davon überzeugt als ich.«

Er ließ den Strauß fallen.

»Aber dann – nein, das ist mir zuviel, solch eine Frau kenne ich überhaupt noch nicht!«

Er biß sich stark auf die Lippen. Sie sahen tiefpurpurn aus, so bleich war er. Seine Blicke flackerten haltlos vor Wut.

»Was soll man mit einer solchen Frau denn tun?«

›Es hat nichts zu sagen‹, dachte die Herzogin. ›Er wird mich nicht töten. Ich kenne ihn jetzt.‹

»Heben Sie die Blumen auf«, befahl sie ruhig und sah ihn an. »So... Geben Sie sie mir. Ich danke Ihnen... Im übrigen: das ist der Krieg, nicht wahr? Wären Sie anders mit mir verfahren?«

»Ich kann sagen: ja«, antwortete er entrüstet und stolz. Sie lächelte; wie kurz waren seine bedrohlichen Wallungen!

»Ich glaube kaum«, meinte sie.

»Aber ich liebe Sie ja. Alles, was ich gegen Sie unternahm, geschah, um Sie festzuhalten«, versicherte er, und das Bewußtsein der eigenen Redlichkeit besänftigte ihn. »Sie aber haben nur darum so heimtückisch gehandelt, um mich abzuschütteln. Wenn Sie sich von mir zu trennen wünschten, warum sagten Sie mir nicht einfach mit Ihrer ruhigen, klangvollen Stimme, die mich immer so beglückt hat: ›Mein Freund, meine Liebe zu Ihnen ist erloschen...‹?«

»Mein Freund, meine Liebe zu Ihnen ist erloschen«, wiederholte sie ausdrucksvoll. Hinter ihren Worten hörte er ihr Lachen rieseln.

»Mit Ihnen ist nicht ernsthaft zu reden«, erklärte er. Er machte ein paar Schritte, die Stirn in Falten und ohne den rechten Mut, nochmals auszubrechen.

»Im Gegenteil. Wir wollen recht ernsthaft reden«, versetzte sie und trat vor ihn hin. »Ich werfe es Ihnen vor, verstehen Sie, ich werfe es Ihnen vor, daß Sie sich haben überlisten lassen. Aber Sie sind ein armseliger Verliebter, nichts weiter. Vorher waren Sie stark, zuweilen bewunderte ich Sie.«

»Sie lieben die starken Männer?« fragte er, mit prompter Eitelkeit.

»Nein. Nicht besonders. Aber an Ihnen war schlechterdings nichts zu rühmen als Ihre Unbedenklichkeit. Sie gefielen mir, solange Sie bloß geldgierig waren. Das Gefühl hat Sie mir verdorben... Verstehn Sie denn nicht? Ich hatte einen Moment, wo ich dachte: ›Ich bin verloren!‹ Ich hielt Sie für den Piselli, der die arme Blà getötet hat. Dann überlegte ich, daß ich ja keine Blà bin. Und Sie ließen mich bald genug merken, daß Sie ebensowenig ein Piselli sind. Sie sind geldgierig, aber wollüstigen Schwächen unterworfen. Die Zusammenstellung gefiel mir nicht: ich verachtete Sie... Jawohl, das mußten Sie hören... So einer tötet nicht, sagte ich mir... Nun, lassen Sie's gut sein, die Hauptschuld liegt an mir, weil ich eben keine Blà bin, die geneigt ist, sich töten zu lassen. Es ist am Ende verzeihlich, daß Sie mich nicht getötet haben. Da –«

Sie reichte ihm die Hand. Er hielt den Kopf gesenkt, schmollend wie ein gescholtener Knabe.

»Unser Krieg ist zu Ende, nicht wahr? Jetzt dürfen wir uns Aufklärungen geben. Wissen Sie, was mich zuletzt gereizt hat? Ihre Artigkeit am Spieltisch. Sie fühlten sich beobachtet, Sie hatten Furcht vor mir, Sie waren vorsichtig! Mich aber hätte es gewonnen, wenn Sie falsch gespielt hätten! Oh, ich hätte trotzdem mit Ihnen gebrochen; aber ich hätte es achtungsvoll getan... Warum spielten Sie nicht falsch? Sie haben es oft genug getan.«

»Aber nicht heute nacht«, versicherte er, hartnäckig und gekränkt.

»Ich weiß, ich weiß. Lassen wir das.«

»Nein, ich verstehe Sie ja«, äußerte er, kleinlaut. »Sie wollen, daß man für Sie kämpft, gefährliche Dinge begeht...«

Er belebte sich.

»Aber ich war ja dabei, Sie zu den größten, kühnsten Geschäften zu benutzen. Warum ließen Sie mich nicht gewähren? Was hätte ich aus Ihnen gemacht!«

»Jetzt entdecken Sie Ihr Herz!«

»Ich wollte Ihr Geld? Ich will es nicht mehr. Hätten Sie alles verloren! Sie würden unter meinen Händen eine große Kurtisane werden; Sie verdienten Millionen... Ja, ich habe schon von Frauen gelebt, aber ohne rechten Gewinn. Für Sie wollte ich Schätze erobern!«

»Mit dem, was ich verdienen würde?«

»Ich würde Banken gründen, Feenpaläste bauen, ungeheure Vergnügungslokale errichten, und noch andere Häuser, die ich nicht nennen will, und die sehr viel einbringen...«

»Ich weiß, Sie hatten schon damit begonnen.«

»Und dieser Turm von Unternehmungen, Reichtümern, Leben – Leben: er sollte auf nichts anderm ruhen als auf Ihrer Schönheit, ja, einzig auf Ihrem Leibe stände er!«

Sie sah bewundernd zu, wie seine Phantasie ihn berauschte. Er lehnte an einem Tischchen aus Ebenholz. Sie stellte sich an die andere Seite und legte ihre Hand neben die seinige auf den dunkeln Spiegel.

»Ich würde aus Ihnen die teuerste Frau machen, die je gelebt hat! Wäre das nicht stolz, wäre es nicht groß?« rief er, dicht an ihrem Gesicht.

»Gewiß«, erwiderte sie.

»Der Glanz Ihres Namens, Ihrer Vergangenheit, Ihres Geistes: alles würde in sehr hohen Ziffern berechnet werden. Ich würde kolossal reich werden – reicher, als sich ahnen läßt. Es ist überhaupt unglaublich!«

»Ich kann mir denken. Und ich?«

»Oh, Sie – Sie sollten es gut haben. Wenn Sie alt und nicht mehr zu brauchen wären, würde ich Ihnen sogar eine genügende Pension aussetzen!«

»Ah!« machte sie, und ihre Lippen blieben offen vor Begeisterung. Plötzlich sah er ihre Hand aus dem dunklen Spiegel aufflattern wie eine weiße Taube. Im nächsten Augenblick fühlte er ihren Arm um seinen Hals. Er griff nach ihr.

»Du bleibst bei mir! Du kannst gar nicht anders!«

»Oh, ich kann schon anders.«

Sie machte sich rasch los und legte am Trumeau ihren Schleier vor.

»Aber durch das Wort von der genügenden Pension hast

du mich davon überzeugt, daß die Bekanntschaft mir dir der Mühe wert war.«

»Also bleib! Verdiene mir Geld!«

»Du vergißt, ich bin reich.«

»Ach ja!«

Er erfaßte mit beiden Händen seinen Kopf.

»Dieser Rustschuk! Solch ein Schurke! Es gibt niemand, den er nicht betröge; aber mit dir verfährt er ehrlich. Wollte er doch mit dem Deinigen durchgehen! Wärest du arm!«

»Es ist ein schöner Traum.«

»Aber du mußt reich sein: welch dummer Zufall!«

»Oh – Zufall. Glaube mir, mein Freund: Geld ist ebenso Bestimmung wie alles übrige. Wer zur Vollendung seiner Persönlichkeit Geld nötig hatte, ist noch niemals arm gewesen. Eine arme Herzogin von Assy ist keine Möglichkeit, die sich ausdenken läßt. Wenn sie ihr Geld verlöre, dann – hätte sie nie existiert... Du begreifst nicht? Dafür bist du Du... Und mit dieser Philosophie, Don Saverio, lassen Sie uns unser Zusammenleben abschließen, das immerhin mehr – tätig war als nachdenklich.«

Sie nickte ihm zu, er wußte nicht, ob sie spotte – und sie ging hinaus. Er mußte sich erst besinnen.

An der Tür wartete Prosper, der verschwundene Jäger, in seiner Livree, die Brust heraus, den Hut an der Hüfte. Er sah aus, als wäre ihm nie etwas Unerwartetes zugestoßen, und als lebte er nur in dieser Minute und für die Tür, die er aufriß vor seiner Herrin. Die Herzogin ging an ihm vorbei, mit einer ganz leichten Wendung des Kopfes und einem halben Blick über den Alten hin: ›Ich weiß...‹

Der Konsul verabschiedete sich am Wagenschlag. Lady Olympia saß neben ihrer Freundin, sie begleitete sie bis ans Stadttor. Die letzten Koffer wurden auf das zweite Fuhrwerk geladen; da trippelte geräuschlos, im schwarzen Kleidchen, ein schwarzes Spitzentuch um den Kopf, blaß und mit gesenkten Lidern, Nana herbei, die geraubte Kammerfrau. Sie murmelte Entschuldigungen.

»Es macht nichts«, erklärte die Herzogin. »Wie hat es dir gefallen?«

»Frau Herzogin werden doch nicht glauben?... Ich war nur zur Bedienung der Damen da, die im Hause verkehrten – oh, Damen der besten Gesellschaft mit Herren aus ihren Kreisen. Die Herren zahlten alles sehr teuer, obwohl alles schlecht war, sogar die Betten. Frau Lilian Cucuru kam oft und bekam erschrecklich viel Geld.«

Durch einen kleinen Senkblick überzeugte sich Nana, daß sie bei ihren Zuhörerinnen Erfolg hatte.

»Von der Frau Contessa Paradisi könnte ich Geschichten erzählen«, verhieß sie noch.

»Ich werde sie bitten, sie mir selbst zu erzählen«, sagte die Herzogin. »Du kannst mitfahren, auf dem zweiten Wagen... Aber ihr andern bleibt da.«

Der ehrfürchtige und hinterhältige Schwarm der goldbraunen Betreßten regte durch seine Lebendigkeit die Pferde auf. Die Mägde, untersetzt und großbusig, schlugen sich auf die Hüften. Sie zeigten ihre weißen Gebisse in den warmen Gesichtern, unter dem Turm schwarzer Haare. Die großen blanken Ringe schaukelten in ihren Ohren. Ein magerer Groom bewegte seine ganze, quittengelbe Kopfhaut. Mehrere schlugen immerfort Purzelbaum. Denn alle hatten die Taschen voll Geld.

Don Saverio stürzte aus dem Hause, mit dem Veilchenstrauß.

»Ich danke Ihnen«, sagte die Herzogin, aufrichtig erfreut über alles, was sie sah.

»Es wird Frühling!«

Der Prinz versetzte leichthin: »Es ist seltsam, Herzogin, aber es kommt mir so vor, als hätte ich mich gewissermaßen zu entschuldigen, wegen mancher Dinge, die zwischen uns vorgefallen sind... Das Ungewöhnliche der

Lage ist mir erst vor fünf Minuten aufgegangen; Sie werden verzeihen. Unsereiner, nicht wahr, Herzogin, nimmt in die fragwürdigsten Verhältnisse doch immer die große Welt mit.«

›Wie seine Mutter sie in die Pension Dominici mitnahm‹, dachte sie, und sie erwiderte gemessen seinen formvollendeten Gruß.

Der Wagen begann zu rollen, über das glatte, harte Pflaster der schönen Avenue. Aus der Tiefe heraus tollte, sang, bimmelte, witzelte, stank und strahlte die Treppengasse. Sie schrie: »Hoch!«

III

Ein Prinz von Lahore ließ sich, auf der Durchreise in Neapel, bei ihr einführen. Er wollte drei Tage später die Stadt verlassen: drei Jahre darauf war er noch da. Er war mager, tiefbraun, von wahrem, schlichtem Edelsinn. Er lachte nie, wunderte sich, daß man sänge, und lebte, sogar noch in ihren Armen, nur für ihre Betrachtung.

Flottillen, weiß und golden, die er für sie erbaute und ausrüstete, schleppten ihre über Bord hangenden Purpurteppiche durch das eulenäugige Meer und fegten mit grünlichen Geweben das Meer von der Farbe der Sirenenaugen. Sie fuhren, unter einem Hofstaat von lauter Glücklichen, den Prachtbauten entgegen, die er für sie erstehen ließ, auf Vorgebirgen, von wo der Horizont hell war, oder hinter dicken Zypressengittern. Einer, ein römischer Kaiserpalast, erhob sich auf dem Posilippo. Einer war maurisch und erwuchs aus den Ruinen von Ravello. Das letzte, was er für sie schuf, war ein Garten am Meer, amphitheatralisch eingesenkt zwischen rauhen, wolligen Felsen, ein Garten voll zottiger rostbrauner Bäume, verschleierter Weiher, weißer Tempel, fahlblauer Durchblicke, jäher roter Blütengarben und dumpfer Moore, ein Garten, älter als die Welt und wo man sie vergaß, und ein Garten voll eines namenlosen Fiebers.

Darauf verabschiedete er sich von ihr, ernst und ohne Vorwurf – weil er vollständig ruiniert war. Sie sah ihn wunschlos gehen, und es fiel ihr auf, wie wunschlos er bei ihr geweilt hatte. Er hatte sich weise genügen lassen an der Wollust des Augenblicks. Er hatte ihren Gebärden und

Launen jeder Minute dankbar zugesehen und mit verschränkten Armen bei ihr gestanden, als seien ihre Glieder und ihre Schreie ein Schauspiel, von Gott ihm vorgeführt. Das weite Schauspiel, das sie war, verlangte die Mitwirkung vieler Männer; darum hatte er sich den andern Begünstigten niemals feindlich gezeigt. Er hatte sich für sie ruiniert, wie für eine Kurtisane, und sie sah es ihm an, er war sehr glücklich. Statt des juwelenübersäten Turbans und der Goldbrokate bedeckte ihn jetzt ein sauber gebürsteter Filz und ein schwarzes Röckchen. Und er hielt sich noch immer mit verschränkten Armen in ihrer Nähe auf, völlig befriedigt durch alles, was er mit ihr erlebt hatte, durch Sturm, Sonne, Blühen, Vergluten, spritzende Wogen, was alles, alles sie gewesen war. Seine Augen waren voll schönen, beruhigten Schattens. Er war weise, sie liebte ihn. Sie hütete sich, ihm Geld zurückzugeben: es hätte ihn entstellt.

Aber sie schenkte dem jungen Leroyer noch eine sechste Million außer den fünf, die er ihretwegen verloren hatte. Er hatte sie für sich eingenommen durch seine Hilflosigkeit und seinen kindlichen Pessimismus; weil er es für unmöglich hielt, anders als um sein Geld geliebt zu werden; weil seine Millionen ihn schüchtern machten und er seinen Freunden, die ihn bestahlen, mit einer Art Verschämtheit dabei half und so, daß sie es nicht merkten; weil er die Weiber, die er prügeln durfte, sehr sanft behandelte, und weil er manchmal einen Proletarier in ein reiches Caféhaus mitnahm.

Die Herzogin fand Gefallen daran, dem Kleinen seine natürliche Herzensgüte ganz schlicht zu vergelten, fast ohne daß er's wahrnahm. Es kam ihm nur vor wie ein Märchen; er war immer zwischen Lachen und Weinen – und dabei bezahlte er sie wie die allerteuerste Kokotte. Als er nichts mehr hatte und es natürlich fand, daß keiner ihn mehr grüßte, stattete sie ihn reich aus und verheiratete ihn.

Er wimmerte ein wenig über ihren Verlust, aber nur anfangs. Glücklicherweise war er ein zu schwächlicher kleiner Egoist, um zu lieben.

Im fünften Jahre ihres neapolitanischen Lebens, Ende März und während eines Frühlingssturmes, besuchte Jean Guignol sie auf dem Posilippo. Gerade hatte Raphael Kalender ihr geschrieben, er inszeniere ein sensationelles Stück voll galanter Abenteuer, als deren Heldin die Herzogin von Assy deutlich zu erkennen sei. Er, Kalender, sei auf den Gedanken gekommen, die Aufführung möchte der Herzogin unangenehm sein. Sie könne sie verhindern, wenn sie ihn für die gehabten Kosten und Mühen entschädige.

»Ich habe ihm geantwortet«, sagte die Herzogin, »ich gebe ihm für die Vorstellung das Amphitheater am Golf von Pozzuoli, das der Prinz von Lahore errichtet hat. Ich wolle sogar mitwirken. Er möge die Billets recht teuer verkaufen und den Erlös behalten.«

Jean Guignol bemerkte: »Wie schade, Herzogin, daß das Stück gar nicht vorhanden ist. Frau Lilian Cucuru hat ihren Impressario weggeschickt, weil sie mehr Geld brauchte, als er ihr übrigließ. In der Verlegenheit des Augenblicks ist Kalender auf dieses etwas entschlossene Mittel verfallen...«

»Das Stück ist nicht vorhanden? Schreiben Sie's!«

»Ich soll – ich?«

Jean Guignol lachte sein kurzes, halbersticktes Faunslachen.

»Sie wissen selbst nicht, wie nahe mir es läge. Ich habe, seit ich zuerst mit Ihnen sprach, ein Stück gegen Sie auf dem Herzen!«

»*Gegen* mich? Wie traurig! Sie haben also während Ihrer Abwesenheit in Groll gegen mich gelebt?«

»Nein, nein. Nur im Gefühl der Ohnmacht – und der Unfrische. Oh! zu denen zu gehören, die immer geschwiegen haben, die nie in einem Kunstwerk sich selber preisgegeben haben! Und in meinen Büchern wird meine Seele wenigstens behütet von Symbolen; man liest über sie hinweg. Aber Ihnen, Herzogin, habe ich sie verraten, mit plumpen Worten, in jener Ballnacht. Ich redete mir damals ein, an Ihnen zu rätseln, Ihre Spiegelbilder verstehen zu lernen: welch Irrtum! Ich weiß nichts, gar nichts von Ihnen. Und ich fühle mich defloriert von Ihnen. Es war oft sehr schwer erträglich...«

Sie erblickte ihn ganz blaß, und sie lächelte. Er beugte sich bittend über ihre Hand. Aber sie nahm sie weg.

»Warum?« stotterte er. »Habe ich Sie gekränkt?«

Sie lächelte weiter und dachte: ›Ich werde nicht sagen, daß meine Hand im Augenblick zu kalt ist. Du, der schwache Mann, magst mir die ganze Mutlosigkeit deiner Seele eingestehen. Aber ich verrate dir nichts dafür von der seltsamen unterirdischen Verwandlung meines Körpers, der sich zurückbildet und insgeheim verdorrt. Wenn du jetzt die Hand auf mein Herz legen und fühlen könntest, wie es ganz schwach davonjagt, um in der nächsten Minute heftig zu klopfen – du wärest gerächt, glaube ich! Wenn ich dich merken ließe, daß mir der Atem versagt! Heute nacht wird mir der Kopfschmerz die Tränen in die Augen drängen, und auch das Verlangen nach dem Manne... Wenn ich sogar in Krämpfen liege – ihr erfahrt das nicht. Es sind schon vier Jahre, daß es dauert, daß es zunimmt, und daß ihr es nicht wißt... Ich bin stolz darauf, einen Körper beherrschen zu müssen!‹

Und ihr stolzer Wille allein brachte es fertig, daß durch ihre Haut eine gesunde Röte schien. Jean Guignol war blaß. Sie saßen unter rauschenden Steineichen. Von dort hinten, von der Villa im mattblau zerrissenen Himmel, stieg zu ihnen hernieder die lange Gartenmauer, maskenverziert, steil überragt von Pappeln. Der Efeu lag auf ihr in dicken Ballen, die auseinander- und herabfielen. Ein Rosenbusch, von jäher Sonne getroffen, flammte giftgrün auf, mit großen Blutstropfen zwischen seinen Blättern.

Sie wiederholte: »Schreiben Sie das Stück! Sagen Sie darin alles, was Sie über mich denken.«

»Wenn ich doch nichts denke, sondern nur bereue.«

»Sagen Sie also, daß Sie nichts von mir wissen, und daß ich Sie gepeinigt habe. Sie werden ruhig werden...«

»Oh, so schlimm ist es nicht, was glauben Sie?«

Er war tief erschreckt.

»Ich habe nicht nötig, mich zu beruhigen. Nur eine kleine Rache, ja, die würde wohltun. Sie wissen wohl nicht, daß wir Künstler eigentlich immer Rache nehmen durch unsere Werke an allem, was unsern Sinnen Wunden geschlagen, uns Sehnsucht abgenötigt hat: an der ganzen Welt.«

Im Mai war alles bereit. Eines Nachmittags füllten Welt und Halbwelt die hohen Terrassen über dem stillen Garten. Raphael Kalender hatte für marmorne Stufen zum Sitzen gesorgt; er hatte dem Platz im Moose Wert gegeben, dem Ruhekissen unter einer Akazie und dem Lager im Schatten von zwei Zypressen. Man zahlte sehr viel, um ganz in der Höhe aus Myrtenbüschen herabzuspähen; und noch dahinten in der Ebene, wo kaum mehr ein Ausblick frei war, bereicherte man widerstandslos den Unternehmer. Die neapolitanische Gesellschaft harrte klatschlustig, lärmend oder mit Schmachten, unter Blumen, umschwankt vom Dickicht der Farren. Ismael Iben Pascha wiegte den Rumpf inmitten seiner vier Frauen, die die Augen aufrissen. Don Saverio, im Kreise seiner Freunde, reich, frohlockend, streckte sich aus neben der wundervollen Contessa Paradisi. Von den Festen der Herzogin von Assy betört, hatte der König Phili noch einmal die Meerfahrt gewagt. Die Kolonie der eleganten Ausländer breitete befremdet und sehr angeregt ihre Brillanten aus im Duft von Menthe und zwischen den Spießen der Kakteen. In blauvioletter Dämmerung, unter einem blühenden Tulpenbaum kauerte beschwerlich der Baron Rustschuk.

Drunten wandelte Jean Guignol ganz allein, einen Lorbeerkranz spitz über der Stirn, und deklamierte Verse, die man auf wenigen Plätzen verstand. Man wunderte sich und lachte. Er trug einen schwarzen Mantel über seinem weißen Gewand, er war barhäuptig, mit braunen Lichtern in Haar und Bart, und schien feierlich gestimmt und klagend. Er hob Brocken Tonerde vom Boden, knetete daran und ließ sie fallen, unruhig und schlaff. Dann warf er seine großen Gesten und seine Worte, die anschwollen, der Sonne zu; sie stand schräg über dem Meere. Sie schickte es mit roten Wellen an den Saum des Gartens. Sie überspülte seine Blätter, ränderte die Zypressen, durchwühlte mit düster glühenden Schlacken den grünen Brunnen, an dessen Rande der Dichter die Arme reckte.

Am Strande und das Meer umarmend stand eine Reihe sehr alter Zypressen, und über ihnen war es, auf hohem Vorgebirge, wo der Tempel schimmerte: der weiße Tempel, in den Jean Guignol seine Sehnsucht eintreten ließ, zwischen dessen rosig, gleich Muscheln überhauchten Säulen seine Verse, von begehrlichen Lippen entsandt, umherirrten, suchend nach etwas Wunderbarem, nach der einen, aus der sie geboren waren, für die sie lebten und die sie nicht kannten. Er betete zu ihr und um sie. Er zeigte ihr den feuchten Ton und sagte, diese Erde warte auf jede ihrer Launen und auf alle ihre Fleischfalten. Er sprach ein paar sehr zynische Verse, schallend, voll Überzeugung. Man fing an, ihm zuzuhören, einige Gespräche verstummten, die wundervolle Contessa Paradisi seufzte... Da schwieg Jean Guignol.

Hinter dem Vorhang von Zypressen wehte manchmal etwas Leichtes vorüber, wie blaue Schleier oder weiße

Tanzfüße. Auf einmal lugte zwischen zwei Stämmen ein Faun hervor, gelb behaart, helläugig. Er stellte seine eckigen Bocksbeine behutsam ins hohe Gras. Im Vorbeigehen brach er eine Rose und nahm sie zwischen die Lippen. Vor dem Dichter blieb er stehen und feixte; Jean Guignol mochte ihn nur fragen, was er wolle und was er bedeute. Hinter ihm zeigte sich schon ein alter Centaur: er hinkte, es verfolgten ihn Bienen, die er beraubt hatte. Er bat Jean Guignol, ihn zu befreien. Zum Dank zeigte er ihm seine Fußspur im Ton. »Bilde das! Du wirst zufrieden werden!« – »Bilde auch mich!« meckerte ein kleiner Satyr auf einer Ziege. Zwei andere tänzelten mit Flöten am Munde zum Brunnen hin; ihre sanften hohlen Töne erweckten ihn, er begann zu rinnen. Die blauen Schwertlilien wiegten sich. Aber aus dem Schilf am Bach stand eine Nymphe auf, schlank, mit fallenden Schultern, spitzen Brüsten und sorglos. Sie schlenderte auf den Künstler zu und küßte ihn gerade auf den Mund. Es war Lilian, seine Geliebte von einst. Er sagte ihr in Strophen, die von ihrer weißen Haut schimmerten und in denen ihr feuriges Haar sich entfaltete, sie sei schön, sie sei es, die er ersehnt habe; er wolle ihr Bild gestalten. Er begann. Aber sie lächelte und ermahnte ihn, er solle ihre Schwestern nicht vergessen, und die Faune nicht, die mit ihnen tanzten, und die Centauren nicht, die ihnen zusähen, und die Satyrn nicht, die ihnen aufspielten. Dann tanzte sie auf der glänzenden Wiese mit ihren Freundinnen in langen Haaren. Sie faßten sich bei den Händen und formten die Arme wie zu Toren weißer Blüten. Die braunen Faune krochen hindurch, gebückt, grinsend, begehrlich. Ziegenböcke rieben sich an ihnen und versuchten von hinten ihre Hörner.

Der Garten begann zu schallen von dem Galopp der Hufe. Die alten Centauren kämpften miteinander. Die jungen Satyre warfen ihre gewundenen Reben fort und ihre bauchigen Schläuche, und stürzten sich auf die Lippen und die Brüste der Nymphen. Ein graubärtiger Faun lehrte schwarzhaarige Kinder mit Mohnkränzen eine obszöne Runde. Am Boden brannten zerplatzte Granatäpfel und verbluteten Tauben neben Rosen. Eine leise, einfache, aufreizende Melodie entströmte, man wußte nicht woher, der roten Luft. Dahinten, auf den rot spiegelnden Wellen, warfen Sirenen sich heftig auf den Rücken. Ihr Schuppenschwanz schnellte klappend aus dem Wasser, ihre roten Haare trieben ausgebreitet um sie her. Seltsam harte und schrille Laute entstiegen ihren breiten Mündern.

»Bleibt!« rief Jean Guignol, und er sprach, mitten in der Arbeit des Knetens, ihre Bilder, eines nach dem andern – er sprach in plastischen Versen die Bilder aller dieser Fabelwesen und die vielen Gesichter, eines nach dem andern, in denen die Natur sich ihm verriet. Er sprach sie stolz erregt, herrisch, siegesgewiß... Aber sie entfernten sich, sie zogen froh und farbig durchs Gras, unter Küssen, kindlichem Schwatzen oder dem Schäumen von Mänaden, in rot besonnter Nacktheit. Ein Kranz von Blättern verkettete alle.

»Warum nicht auch mich mit euch allen?!«

Die Rosen warfen von den Zypressen herab ihnen Schleier über die Haare. Es waren viele Frauen, jungfräulich schmale, und laszive aus viel Fleisch; ernste in braunen Geweben, und nackte und glückliche. Die dort zog einen Bock hinter sich her, jene trug auf den Armen einen Schwan. Eine beugte sich im Gehen zum Bache nieder und strich mit ihrer Hand über ihn hin wie über eine Wange. Eine erhob eine Schale. Eine setzte ihre weichen Sohlen auf den Rasen, drehte sich, sang, und folgte den andern. Jean Guignol wollte vorstürzen. Das dunkle Laub hatte schon fast alle verschlungen. In der Finsternis zwischen den Stämmen erloschen die Farben der Frauen. Die letzte lächelte vom Saum des Waldes her, als werde sie ihn nie mehr verlassen.

Der vereinsamte Künstler warf sich auf sie, besinnungslos. Sie war fort, ein großer Bock blieb ihm in den Händen. Er schleppte ihn mitten auf die Wiese, er packte den dürren Hals des Tieres, das ihn gelb und klar ansah. Er schrie ihm seine Wut ins Gesicht, seine besinnungslose Brunst, seine Enttäuschung, sein Leiden um die eine, die ihm entfloh in dem Taumel all jener Gestalten. Er hatte sie nicht gefaßt, sie war vielfältig. Sie war weder die Nymphe noch die Mänade, sie war ebensogut auch der Faun und der Brunnen, oder eine Biene – »oder auch du!« ... Und er kniete vor dem Bock, in Drang, Verzweiflung, überwältigender Ahnung.

Man fand diese Szene seltsam und nicht ohne Reiz. Hinter den Zypressen lugte manchmal ein plattnäsiges Gesicht heraus. Jean Guignol führte tollwütig die Axt gegen einen Stamm, eine Dryade sprang ans Licht, blutend, und huschte davon, ins Dickicht. Hinter seinem Rücken ging langen, wiegenden Schrittes eine Flora vorbei, in rot funkelndem Diadem und in rotem Blust. Von lustglühenden Flecken zuckte der Garten. Die Tanne hatte einen hangenden, rostroten Bart wie der Bock. Der Wind wimmerte in den Pinien. Die Sonne, blutig geballt auf der Meeresfläche, als wollte sie hereinrollen mitten auf den Rasen, fieberte in diese alte und fabelhafte Welt eine krampfhafte Wiedererweckung, eine kurze, beängstigende Anstrengung nach hohem, starkem, furchtbarem Leben.

Man fühlte es; die Verse, Jean Guignols Verse, die mit der Farbe der Sonne, des Sturms, der Liebe durchdrungen waren, filterten es allen ins Blut. Es war still geworden, das hohe Amphitheater hinan; man hörte Hände in Spitzen knistern, Rustschuk keuchen und Don Saverios Geflüster über der Brust der wundervollen Contessa Paradisi. Man erwartete etwas; man erwartete die Göttin, die der Dichter anrief, so, als sollte sie mitten aus seinen Versen heraustreten. Sie war schon da, ein wenig von der Seligkeit ihres Leibes war schon in diesen Lauten, in diesen Schreien schon etwas von seiner Furchtbarkeit. Der Bock feixte und machte einen Sprung ins Dickicht. Es ging ein schweres Sausen durch die Zypressen, Jean Guignol brach ab. Sein Gesicht deuchte ihm in diesem Augenblick etwas Unvorhergesehenes; er vergaß, wer die Nahende war.

Sie stand am Strande, geneigten Kopfes, und betrachtete die Muschel in ihrer Rechten. Die Linke faltete sich um eine der Brüste. In den klaren Schleiern formte ihr Körper sich silbern; die Sonne war hinter ihr hinabgetaucht. Um ihre Knöchel hingen Algen und wurden mitgeschleppt von den Schritten ihrer langen, biegsamen, köstlich gerundeten Schenkel.

Sie näherte sich dem Künstler, die Muschel am Ohr und mit einem Lächeln ohne Teilnahme. Er harrte gebückt, die Arme schlaff an den Seiten, und am Ende des einen den Lorbeerkranz – und er erstarrte in Ohnmacht und Unterworfenheit. Sie setzte sich gleichmütig auf den Brunnenrand und verschränkte die Beine. Die großen blauen Iris glitten an ihren Brüsten hinauf.

»Komm doch«, sagte sie, farblos und süß, »sieh diese Muschel an, und dann suche an meinem Leibe die Stellen, die ihr gleichen. Es gibt welche.«

Er fragte: »Wer bist du? Woher kommst du? Was bedeutest du?« Sie lachte.

»Wer bist du?« wiederholte er zitternd. »Bist du eine gefangene Königstochter, die nach dem Schiffbruch ihres Räubers ans Ufer geworfen ward? Bist du eines Fischers Kind, und haben deine Brüste oftmals den Strandsand erwärmt, der so weich ist wie sie? Sind deine Glieder an die Berührungen der Reben gewöhnt, die sie streiften, während du dich durch sie hinwandest, dem stillen Hause entgegen, und auf dem Kopfe den Tonkrug?«

»Nimm einmal mein schwarzes Haar in deine Hände«, sagte sie, und sie schüttelte den Kopf; da sank die Last ihrer Flechten auf ihren feinen und starken Nacken. »Überzeuge dich, mein schwarzes Haar duftet ganz wie zwischen den Zypressen der schwarze Schatten, auf dem Rosen strotzen. Diese Rosen sind gleichzeitig aufgeblüht mit meinen Brüsten. Prüfe sie beide mit deinen Lippen.«

»Bist du eine, aus deren verblichenem Lächeln schon die Tränen quellen, – eine, die in grauem Gewande alle Lieder verlernt hat, und deren schlaffen Fingern der geflochtene Korb entfällt, mit den letzten Früchten, die halb verfaulen; – eine, die neben der Liebe mit gebrochenem, am Boden schleppendem Flügel in Tränen ausbricht?«

»Ich will weinen«, sagte sie. »Lausche darauf, ob nicht in meinem Weinen eine blasse Nymphe steht und eine Schale ausgießt, Tropfen für Tropfen.«

»Bist du eine, deren schwingende, nasse Glieder sich in blanken Marmorplatten spiegeln, und deren Tanz von den glühenden Blicken der Männer durchwühlt wird – eine, die auf Blumen hingewälzt und umdampft von Wein und Blut unter der Orgie verröchelt?«

»Soll ich tanzen? Hüte dich, daß nicht aus jedem meiner Tritte eine Mänade aufspringt, und dich zerreißt!«

»Bist du...?«

»Halt! Du hast es schon erraten, ich bin die Kurtisane, man nimmt mich, alle haben das Recht dazu; du nicht weniger als alle.«

»Aber ich will wissen –«

»Mein armer Bruder du mit Traumaugen! Siehst du denn nicht, daß ich die Frau bin und nichts weiter? Schau nur, meine Hüften winden sich wie Sirenen auf der Flut. Hör nur, in meinem Lachen sind viele Vogelstimmen, und in meinem Schweigen summen warme Bienen. Wenn meine Haut erschauert, ist es wie das Rinnen des Baches und wie eine bewegte Blumenwiese. Nimm die samtenen

Moosbeete meines Körpers zu Kopfkissen! Laß von meinen Blicken, wie von den Flöten der Satyrn, die Brunnen deiner eigenen Lust aufwecken! Kühle auf den Wölbungen meines Fleisches deine Hände, wie auf den Sandhügeln am Meer! Halte in mir die Nymphe fest, daß sie nicht nochmals davongleitet! Nimm die eilige Dryade gefangen! Die Faune tanzen in mir ihre Runde und die Kinder mit den Mohnkränzen. Und der alte Centaur, weiser sogar als du, sieht in mir dem allen zu. Aber der junge bietet mir seinen Pferderücken und ich sprenge auf ihm davon, beide Arme in der Luft. Ergreife mich: du ergreifst die fette Laszive mit rotbemalten Augenlidern, die dem schwarzen Bock die Hörner mit Disteln bekränzt – und die schmale Jungfrau, so scheu, daß sie bis in den Hintergrund deiner Träume flüchtet. Umarme mich, du umarmst die Erde und das Meer! Umarme mich!«

Sie sprach inmitten einer tiefen Stille. Die langen, heißen Verse harften, und die Gesten ihrer Glieder sangen. Sie stützte die Ellenbogen auf seine Knie und breitete ihm, von unten, ihre Brüste hin. Sie sank schmachtend zurück auf den flachen Brunnenrand und in ihr Haar hinein. Sie ergriff mit der Hand ihren Fuß und bog den Schenkel mit gewölbten Muskeln hin und her wie ein großes, schlecht gezähmtes Tier. Sie nahm aus dem Grase eine Flöte und neigte sich tief über die Flut. Man sah ihren Nacken, und daß sie schluchzte.

Sie fürchtete, mitten in der Entrücktheit ihres Spieles, einem Weinkrampf zu erliegen. ›Der seltsame Wahnsinn meines Körpers‹, dachte sie, ›erfaßt mich mit doppelter Kraft in diesem Garten voll Geheimnis und Fieber. Was wird geschehen? Ich fühle eine unbändige Unruhe, ein Verlangen nach Unmöglichem.‹

Über die Wiese galoppierte ein Centaur oder flatterte eine Taube. Eine Nymphe streckte den Rumpf, schattengrau, zwischen Gezweig heraus; ihre Augen glitzerten irr.

Ein Knabe hob die Hände an den Mund, als wollte er rufen. Drei Faune jagten sich, stumm und ausgelassen, bis sie hinpurzelten und davonkrochen, hinter den Hügel, in der Dämmerung. Alle die Geschöpfe, die teil an ihr hatten, richteten sich auf bei ihren Versen und winkten ihr in der Dämmerung. Der Garten war fahl und stand zwischen schwarzen Kronen im abendlichen Blau wie im Schein einer Begehrlichkeit voll Todesangst. Blaue Geistermäntel flatterten im Nachtwinde vom Meere herbei und über die Wiesen, und Fabelwesen sprangen heraus, knicksten, feixten lautlos, dehnten lüsterne weiße Glieder, zerfließend wie Nebel, und vergingen, rätselhaft und lockend, inmitten der stark riechenden Ausströmungen des Abends. Die Blütenbäume stießen heftig ihre Düfte von sich. Es roch nach Baumharz, nach dem Horn erhitzter Hufe, nach schwitzenden Fellen von Waldmenschen, goldigen Haarbüscheln an weißen Frauenleibern, nach derben Kräutern, und nach lauter wildem, frühlingstrunkenem Fleisch.

Sie selbst, die Frau am Brunnen, fuhr harfend in ihren Versen wie in langsamen Schiffen über bittere Duftwellen den Berg hinan und allen in die Arme, die dort harrten. Jeder fühlte ihre Schulter nackt gegen seine schlagen, jede Stirn versengte ihr Hauch.

Viele Augen von Geliebten suchten einander, an Gatten vorbei. Die Fächer spendeten erregte Flügelschläge, wie hitzige Amoren. Die matten Hände krochen unter den warmen Farren zueinander, mit Juwelen, rot und grün, gleich glühenden Insekten. Seufzer stiegen wie Nachtfalter aus Blütenbüschen, in der Dämmerung. Eine werbende Stimme schluchzte um die Wette mit einer Nachtigall, irgendwo in der Mainacht.

»Ich werde dir soviel Lust geben, wie sie verspricht«, sagte Vinon Cucuru zu Trontola. »Sie verspricht nur. Sie gibt gern ein Schauspiel, sich und den andern. Glaube nur nicht, daß ihre Geliebten es sehr gut haben.«

»Meinst du?«

»Oh, so ein Mann! Sie hat dir schon Wünsche eingegeben. Aber die großen Liebhaberinnen sind anders; sie sind heimlich.«

Don Saverio, ins Moos gestützt, flüsterte, und sein schöner bleicher Kopf hing über dem Schoß der wundervollen Contessa Paradisi.

»Das Beste hat sie von mir... Sie hat das Zeug zu einer gutbezahlten Frau. Ich habe sie entdeckt. Leider wurde mein Unterricht unterbrochen.«

»Setze ihn bei mir fort!« verlangte die Paradisi. »Ich bin noch viel gelehriger.«

›Sie ist dumm‹, dachte er und sah böse weg. ›Die einzige Geliebte!‹ sagte er sich. ›Die einzige! Ich hätte sie nicht freilassen dürfen; ich begreife nicht mehr, wie es geschehen konnte... Ich will sie wiederhaben!‹

König Phili führte das Tuch an die Stirn. Er irrte angegriffen auf den Stufen des Theaters umher und störte die Paare. »Es kommt nur drauf an, ob man's aushalten kann«, ächzte er. »Mir is zuviel.«

Er ließ sich neben Lady Olympia nieder. Sie winkte einem Diener und kredenzte dem König eine Limonade.

»Erholen Sie sich, Majestät«, sagte sie. »Spaß macht es doch.«

Phili grollte: »Ah was, i mag ka Weib.«

»So was Überspanntes sollte man doch verbieten!« schrie er, erbittert im Namen der Ordnung, wie ein alter Beamter.

Rustschuk murmelte begütigend: »Sire, wenn wir nur das Volk vor dem Gift behüten – uns selber dürfen wir's gönnen.«

Lady Olympia war derselben Ansicht. Indes bemerkte sie einen alten Bekannten: »Herr von Siebelind!«

Sie stellte ihn vor. Er hatte, sobald er ihrer gewahr ward, sich hastig zurückziehen wollen. In ihm überstürzten sich die Erinnerungen an Qual und Schmach, die der Anblick dieser Frau in Bewegung setzte. Ohne Geistesgegenwart, feucht und zitternd, überließ er ihr schließlich seine Hand. Die ihrige war gelassen und kühl. Sie wußte kaum noch, daß sie sich einmal vierundzwanzig Stunden lang mit seiner Hilfe unterhalten hatte. Sie fragte ihn allerlei, und er stotterte Antworten.

›Sie ahnt nichts‹, dachte er, ›sie ahnt gar nicht, wer ich bin, und was sie mir ist: die Schande, in der ich mich einst gewälzt und nach der ich mich gesehnt habe! Wenn ich ihr sagte, daß ich heute nacht auf meinem Lager zittern werde vor Wut und Demütigung – sie würde nicht begreifen. Das ist das Entsetzlichste, die Ahnungslosigkeit dieser Glücklichen! Nie streift sie ein Gedanke an das, was sie zertritt. Auf keine Weise kann ich ihr nahekommen, und wenn ich mich zerrisse. Es ist unmöglich, sie zu demütigen und zu strafen durch den Anblick des Leidens: sie hat kein Organ, es zu sehen!‹

Der König Phili rief noch immer nach der Staatsgewalt.

»Verbieten, Majestät!« sagte Siebelind voll Gram. »Glauben Euere Majestät im Ernst, daß es hier etwas zu verbieten gibt?... Ich bitte mich nicht mißzuverstehen, das Abzeichen meines Sittlichkeitsbundes verbrennt mir heute abend die Brust – hier in diesem verseuchten Tal! Untersagen Sie immerhin diese Vorstellung – gut. Aber können Sie machen, daß diese Frau nicht *lebt*? Und wenn Sie es können, haben Sie damit die Tatsache entwertet, daß dieses Gehirn und dieses Fleisch, solche Ruchlosigkeit und solche Wollust auf Erden möglich sind? Nein, Majestät verzeihen, aber Verbote ändern nichts.«

»Da muß ich schon bitten«, schnaubte der Monarch. »So wenn alle dächten, da kämen wir weit. Da könnten wir am End einpacken!«

Die andern sahen dem Spiel im Tale zu.

Die Herzogin stand jetzt auf dem Brunnenrand, die Füße geschlossen, die Fingerspitzen an den Schultern, und lächelte. Der Schleier war vorn auseinandergefallen; unter ihren harten Brüsten kreiste ein silberner Gürtel. Jean Guignol verschränkte die Arme. Stählern aufrecht sagte er ihr, daß er sie hasse. Er hasse ihre animalische Fülle, ihre Vollkommenheit, er berste vor Eifersucht auf alle die fabelhaften Naturkräfte, die in ihr lebten, teil an ihr hätten, und die sie abwechselnd genieße. »Kann ich in dich hinein? Was nützt es, dich zu besitzen? Du bist zu groß, zu üppig, ich hasse dich, geh fort!«

»Nimm mich!« wiederholte sie. »Vergiß dich bei mir, bis zum Schluß, bis zu deiner Zerstörung! Du wirst in mir verschwinden und sehr glücklich werden... Sieh, deine beiden Brüder!«

»Sie ziehen hintereinander über den bleichen Rasen und blicken mich nicht an.«

»Wie schön ist der erste! Erkennst du ihn? Er ist so weich und jung, seine Glieder sind trunken von ihrer süßen Nacktheit. Seine Stirn ist unter schwarzen Strähnen ganz in den Abend getaucht, seine großen düsternen Augen leuchten daraus hervor, in tierischer Glückseligkeit.«

»Und ihm folgt, an ihn gefesselt, starr und wankend, der zweite. Über seinem roten Mantel steht das Profil seines bleichen Hauptes und dasjenige einer Axt. Er verblutet in seinen roten Mantel: er verblutet auf dein Geheiß... Den Trunkenen schickst du voran; ihm folgt auf dem Fuße der Verblutende!«

»Und beide sind sehr begehrenswert«, versicherte sie – und sie begann, zu ihm hingleitend auf dem Rasen, von neuem alle ihre Glieder ihm anzupreisen, wie lauter seltene, gefährliche und beseligende Geschöpfe, denen er sich vertrauen möge. Sie sangen, diese Geschöpfe. Ihre Verse harften – und sie selber, ihr eigenes Spiel erduldend wie einen Krampf, wie einen Irrsinn, fragte sich: ›Bin ich sehr krank? Bin ich eine Göttin?‹

Lady Olympia war höchst erbaut.

»Jean Guignol ist ein großer Dichter!« sagte sie.

Seine Gattin lächelte dem Marchese Trontola zu.

»Er dichtet gar nicht. Er sagt der Herzogin von Assy, was er ihr zu sagen hat. Er berauscht sich an dem Wagnis und an der Schamlosigkeit, es ganz öffentlich zu tun. Das gefällt mir an ihm.«

»Sie hält sich gut dabei; ich bin mit ihr zufrieden«, erklärte Lady Olympia.

»Sie hat die Öffentlichkeit nötig, um zu genießen«, meinte dagegen Frau Jean Guignol. Lady Olympia behauptete: »Sie genießt unbesorgt – und sie verdankt es mir.«

»Möglichenfalls. Auch spielt sie hier wirklich nicht mehr Komödie als überall in ihrem ganzen Leben. Sie möchte jetzt erfahren, was man fühlt, wenn man – Laster hat.«

»Principessa, Sie sind eine Christin«, bemerkte Siebelind.

»Wieso?« fragte Vinon, ehrlich erstaunt. Er hob die Achseln und hielt eines seiner qualvollen Selbstgespräche.

»Laster! Das Unerträgliche ist, daß es für jene Frau kein Laster gibt. Ihr fehlt der Begriff. Sie heißt zum voraus alles gut, was aus ihr herauswill. Sie glaubt an sich! Wie viele sind schon an ihr gestorben, klein oder zu Verrätern geworden: jene Pavic, Della Pergola, tausend Opfer ihrer idealistischen Umtriebe, zuletzt Jakobus, und ich glaube bald, auch dieser Jean Guignol. Wieviel hat sie selbst gelitten: wenn ein Traum ihr entglitt, eine neue Sehnsucht sie umherwarf. Ich sah ihr zu in Venedig, und empfand dabei keine Genugtuung. Denn auch das Leiden ruft sie, und empfängt es gern. Freiheitssucht! Kunstfieber! Sie stak tief im zweiten, da sagte ich ihr das furchtbare dritte voraus:

Liebeswut! Aber alles ist ihr recht, was hohes Lebensgefühl schafft. Alles ist ihr Spiel, zum Zwecke einer schönen Geste und eines starken Schauers. Kein Rausch raubt sie für immer, keinem Unglück kann sie je erliegen, keine von allen Enttäuschungen wird sie in Zweifel stürzen, am Leben oder an der eigenen Wünschenswürdigkeit. Bis zum letzten Atemzug wird sie bereit bleiben, Neues zu erproben. Noch aus dem Tode – ja, noch aus ihm, dem einzigen, der uns, seine scheuen Bewerber, rächen könnte an denen, die ihn hassen – noch aus dem Tod wird sie ein Vergnügen machen, eine Szene, ein Spiel!«

Inzwischen drohte und bat der Dichter. Er sprach im Namen seiner Werke: er dürfe sie nicht in die Hände dieser beiden liefern, des Trunkenen und des Verblutenden. Ob sie nicht gütig werden wolle und bescheiden, und aufhören, die Buhlerin der ganzen Welt zu sein. Ob sie vor der Schwelle seines weißen Hauses als ein Idol sitzen wolle, züchtig und aufmerksam. Ob sie in sein Herdfeuer Träume flüstern wolle, die sein Gesicht groß machen würden... Sie wollte nicht. Sie war fern und frei, so fest sie sich um ihn schmiegte. Mitten in seiner Verzweiflung und seinem Toben gönnte sie ihm ein wenig Linderung und Hoffnung, denn sie zeigte ihm eine Träne. Bald erkannte er, daß dieser Tropfen nicht mehr Gnade enthielt als einer, womit das Meer oder der Himmel ihn besprützt hätten. Sie war die Kurtisane des Himmels, des Meeres, der Erde. Keines Mannes stilles Haus würde sie fassen. Er ließ sie los: sie möge gehen. Er deutete ergeben nach dem Tempel, aus dem Abend hervorscheinend, droben, auf dem Vorgebirge überm Meer. Sie ging; ein weißes Licht ging mit ihr im Grase und übergoß sie. Er bat noch einmal, sanft, hinter ihr. Ihr Haupt, ihre Glieder, ihr Schleier, den sie schaukelten, sagte ihm ein silbern zitterndes Nein. Die großen Zypressen, zwischen die sie eintrat, ränderten sich silbern. Eine silberne Flamme, erstieg sie die tiefe Dunkelheit. Jean Guignol folgte ihr von fern, gesenkten Kopfes, und den Lorbeerkranz in der Hand.

Es war ihm schwer zumute; er hatte in gutem Glauben geschwärmt, geschwelgt, gewütet, und ängstigte sich, als ob es nun alles zu lassen gälte. Er war sich nicht bewußt, etwas Verabredetes gesprochen zu haben; er erfand seine Verse zum zweiten Male, während er sie ihr zuwarf oder zuweinte. Droben beim Tempel sollte seine Rolle sehr stolz enden. Dort hatte er sich von dem Erlebnis lossagen wollen, das die Herzogin von Assy ihm geworden war; und er hatte der triumphierenden Venus zu kosten geben wollen, daß er nichts mehr von ihr verlange. Er verlasse sie, er werde nicht länger unfruchtbar rätseln an ihrer Seele. Vielleicht habe sie keine; oder vielleicht bestehe sie aus einer zufälligen Folge unvorhergesehener Launen, aus tausend Spielen von Natur und Leben, aus Faunen, Bienen oder Sirenen. Niemand werde nach ihm darum leiden, und inmitten der Wolken von Begehrlichkeit, die zu ihr aufstiegen und sie in Opferrauch hüllten, werde sie kalt und unzugänglich vor ihrem steilen Tempel stehen, einsam auf immer!... Er hatte sich diese Verse stark gedacht und als ein Ansichreißen aller seiner Würde. Nun waren sie ihm entfallen, und er erfand andere, indes er ihr im Dunkeln nachschlich – erfand eine bleiche, aus zuckenden Lippen gestoßene Abdankung alles Stolzes, alles Willens zu Geist und Größe, und eine ekstatische, selbstzerstörerische Unterwerfung unter das Fleisch und unter seine Gebieterin, die Venus hieß.

Er betrat den Rand des Berges und erhob die Stirn; aber er ward zurückgeschlagen, geschlossenen Auges, von ihrem Glanz. Das weiße Licht, hart, unmenschlich, machte aus ihrer Gestalt einen brennenden Marmor. Von unten mußte sie ein Gesicht von erhabener Sehnsucht sein. Nackt und feierlich, eine Hand im Nacken, wo von ihrem silbern gestirnten Haar der Schleier rieselte, eine Hüfte ausladend und den Silberreif unter den Brüsten, starrte sie in weißer Verzauberung und erhöht zu Triumphen ohne Maß.

Aber Jean Guignol stand fünf Schritte vor ihr und bedeckte sich die Augen: sie blendete. Ihr Gesicht war aus solcher Nähe steinern und grausam, ihre Pupillen von geisterhafter Bläue, tief versenkt in schwarze Augenhöhlen. Allmählich unterschied er im Dunkel rechts und links von ihr noch zwei Figuren. Eine war der Prinz von Lahore, mit verschränkten Armen, ernst, ohne zu blinzeln und vollauf befriedigt, da das weite Festspiel, das diese Frau ihm gewesen war, sich um eine schöne Szene vermehrte.

Auf einmal machte der andere eine leidenschaftliche Bewegung und flüsterte: »Herzogin, Sie haben alle toll gemacht: was würden wir erst zusammen fertigbringen! Wenn wir in unsern Palast zurückkehrten und solche Vorstellungen gäben! Man würde uns Millionen ins Haus tragen! Wollen Sie? Ich wiederhole Ihnen alle meine Anerbietungen, obwohl ich Sie strafen sollte, weil Sie sie ausgeschlagen haben... Außerdem liebe ich Sie, Sie werden es merken! Wollen Sie? Übrigens *müssen* Sie. Sie kennen mich doch. Ich werde vermittels Ihrer Schönheit reich über alle Begriffe. Später bekommen Sie, wie ich versprochen habe, eine anständige Pension...«

Jean Guignol schluckte; er schickte sich an zu sprechen, aus seinem Schatten heraus: ›Herzogin und Göttin! Spüren Sie nicht das große Opfer, das zu Ihren Füßen duftet? Tausend Verse, noch ungeboren und schon vergangen, senden ihre kleinen gemordeten Seelen um Ihr Haupt. Sie stehen in einem großen, weißen Feuer, worin mein Genie verbrennt. Ich sehe zu mit ekstatischen Augen. Ich bin kein Geist mehr, ich will von Ihnen keine Rätsel und keine Träume; ich bin nur noch einer der ratlosen Körper, die an Ihrem Wege in Krämpfen der Lust verröcheln. Denken Sie daran! Wo immer Sie, die Wollust, vorüberkommen werden, da erhebt sein Haupt der Tod! Ich selbst will nichts mehr sein als einer der Namenlosen, die sein Gesicht tragen – an Ihrem Wege...‹

Aber er hatte noch nicht den Mund geöffnet, da sprang jemand vor sie hin, mitten ins weiße Licht. Vorüber an dem gesättigten Weisen, an dem schwelgerischen Weiberverkäufer und an dem Dichter, der sich aufgab, sprang jung und unbedenklich ein vierter: »Yolla!«

»Ich komme eben an«, flüsterte er. »Bin fertig mit der Schule – endlich. Habe nicht einmal Mama guten Tag gesagt, bin gleich hergereist. Ich wußte gar nicht genau, wo du warst. Hab dich doch gefunden! Nun komm!«

Sie sah ihn an, erstaunt und glücklich. Sie spürte keine Unruhe mehr: er war es, auf den sie gewartet hatte! Er war jung!

»Ich habe dich schon einmal gesehen«, flüsterte er, großen Blicks, und er dachte an die Venus, die weiß wie eine Blüte aus grüner Wildnis erwachsen war, an der Sonne und Baumzweige formten und der er, Nino, aus einem Sarkophag und hinter einer steinernen Maske zujubelte und zuschluchzte. Sie war ihm also noch einmal erschienen, ganz wie damals! Und er war nun groß, seine Brust hatte sich geweitet, seine Muskeln sich gehärtet. Er fühlte sich schön und stark und daß sie ihm gehöre!

»Komm!« wiederholte er und warf ihr seinen Mantel um.

Sie entschlüpfte dem Lichtkreis, auf einmal verdunkelt und aus der Göttin umgewandelt in eine Frau.

»Es ist gut, daß du da bist! Was jetzt das ganze Theater zu der Komödie sagen wird!«

Sie lachten, und sie liefen auf Seitenwegen Hand in Hand den Berg hinab und bis ans Meer. Er spähte umher.

»Dort liegt mein Kahn.«

Er trug sie über Steine, durch das heiße Dunkel, das wogte und von Düften zuckte.

»Endlich! Ich konnte es kaum noch erwarten! Bis vor vier Wochen habe ich gar nicht an dich gedacht, weil ich nicht wollte – fast gar nicht. Dann einmal, eines Nachts, machte mein Herz einen Sprung, wie früher so oft, und ich wußte auf einmal, ich würde dich wiedersehen. Du hattest es mir ja versprochen.«

»Nur glauben, Nino!«

»Nicht wahr? Nun haben wir uns wiedergesehen?«

»Und wie!«

Sie küßte seinen Mund. Er sah ihre Küsse nicht kommen, so finster war es. Er pflückte ihr einen schwarzen Strauß von den Blütenbüschen über dem Wasser. Er legte ihn ihr im Nachen auf den Schoß. Sie sah die Blumen nicht, und sie dufteten stark. Nino ruderte mit verschwenderischer, jauchzender Kraft. Er hatte vor sich, auf einer Unendlichkeit süßer Nacht, nur etwas ungewiß Weißes, ein Gesicht, verheißungsvoll flackernd: »Yolla!«

IV

Ihr Villino stand gleich hinter der Bergecke. Um ihren Gästen auszuweichen, ließ sie ihn bis nach Pozzuoli fahren. Es war nicht weit, aber bei der Ankunft keuchte Nino; er hatte in den ersten zehn Minuten seine Kraft ausgegeben, ohne sich träumen zu lassen, sie könne je enden. Im Orte verschwand er und kam wieder zum Vorschein mit Kleidern für die Geliebte. Woher er sie hatte? Es war sehr geheimnisvoll; er raunte allerlei. Dann fuhren sie nach Neapel, in heimlicher Nacht und dicht, dicht zusammengedrängt auf dem rasselnden, mit Stroh bedeckten Wägelchen. Nino wiederholte hundertmal: »Yolla!« Er sagte es ihrem Halse und ihrem Munde, ihrer Brust und ihrem Haar – und kindlich dazwischen und voll tiefer Überzeugung: »Ich bin im Paradiese!«

»Bin ich denn schon tot?« fragte er, die Hand an den Augen. Gleich darauf platzte er aus: »Das hat ja unser Direktor gesagt! Wir trugen ihn einmal nachts mitsamt seinem Bett in den Korridoren umher. Wir hatten uns vermummt und hielten in den Händen lange Kerzen. Plötzlich wacht er auf und fragt ganz blaß: ›Bin ich denn schon tot?‹«

Am Morgen, in der Bahn, auf der Fahrt nach Salerno, erinnerte er sie an jedes Wort, das sie in der Nacht gesprochen hatten; und zugleich glänzte sein Blick in ihr Auge hinein den Gedanken an jede Liebkosung; die von dem Wort begleitet war. Sie erregten sich aus vorzeitiger Furcht, das alles könnte einmal zur geglätteten Erinnerung werden. Es sollte stürmische Gegenwart bleiben!

Diese erste Nacht würden sie zu dauern zwingen, ihr Leben lang zu dauern!

»Der Direktor merkte gar nichts. Wenn es bei Tische Quarkkuchen gab – den esse ich nämlich gern –, dann verschluckte ich ihn, eins, zwei, drei, warf den Teller aus dem Fenster – denn ich saß dicht beim Fenster – und rief: ›Ich hab noch nichts gekriegt!‹ Drunten beim Bach lag schon ein ganzer Haufen Scherben.«

Und inzwischen fuhren sie tiefer hinein in den tiefgoldenen Süden. Das Laub umschloß immer dichter die Goldfrüchte, die Gärten sprengten immer schwärzer ihre weißen Mauern. Sie blendeten alle. Die Menschen sprangen alle von zuviel Saft, auch noch die mit Glatzen. Nur hier waren die Augen völlig schwarz, und die Wimpern sträubten sich scharf in den vor Leidenschaft bleichen Gesichtern.

Einmal, als der Zug hielt, trat ein Kind mit blassem, weichem Profil an ihr Wagenfenster, die Augen umrändert, die bläuliche Nasenwurzel eingerahmt in zwei schwarze Strähnen. Ihr fleischiger Mund stand ein wenig offen, am Ende ihres Ärmchens erhob sie zwei Orangen. Die Herzogin schloß mit einem Seufzer die Augen. Aber Nino warf der Kleinen Geld zu, eine ganze Menge.

»Da, behalte alles!«

»Abfahrt!« schrie es den Zug entlang.

»Steig ein, fahr mit uns! Rasch, rasch!«

Das Kind schüttelte den Kopf, es sah ihnen groß nach mit seinen Augen, traurig von zuviel Sonne. Die Tür flog zu, die Reise ging weiter.

»Ach! Wenn doch das wunderschöne Mädel mit uns gekommen wäre!« rief Nino. »Warum denn nicht?... Wie schön! Wie schön!«

Er stand, beide Arme ausgebreitet, vor dem Fenster voll Meerblau. Häuser, grau, aus übereinandergestürzten Loggien, Stützmauern, zerbrochenen Brüstungen mit starken Weibern, Hühnern, trocknenden Lumpen, brökkelten hinab über hängende Gärten und zum Meer. Umkränzt von Rosen breitete Stein und Geschöpf, gleich Nino, die Arme aus nach dieses Meerblaus zermalmender Glückseligkeit.

»Ich möchte...!« rief Nino und drehte sich um sich selbst.

»Was denn?«

»Ich weiß nicht. Abenteuer, erstaunliche Erlebnisse!«

»Noch immer?«

»Meinst du vielleicht, so etwas gibt es nicht? Höre einmal, was mir neulich in Mailand passiert ist. Bei Cova spricht mich ein eleganter junger Mann an; er sei auch ein Student. Er erzählt von einem netten kleinen Café, wo man sich gut unterhalte. Wir gehen hin, es ist schon spät. Das Lokal befindet sich in einer engen Gasse irgendwo. Wir treffen dort zwei Freunde meines neuen Bekannten, man schlägt ein Spiel vor: ich gewinne. Dann verliere ich und ahne bestimmt, man betrügt mich. Die letzten Gäste gehen fort, ich sinne, wie ich abbrechen kann. Ich sage, ich habe kein Geld mehr, aber sie lachen. Darauf erzähle ich leichthin von zwei Revolvern, die ich immer geladen in der Tasche habe. Und sofort ist die Partie aus.«

»Bravo! Natürlich hattest du gar keinen Revolver.«

»Doch. Aber nur einen, und keine Patronen mehr. Ich hatte sie verschossen.«

»Ach!«

»Beim Radfahren, weißt du, auf den Landstraßen. Wenn so ein Kläffer mich verfolgt, schieße ich. Ach! ich wollte, es bände jemand mit mir an!«

»Wenn plötzlich ein maskiertes Räubergesicht in unserm Fenster stände!... Schau, jetzt bist du selber der Pirat, der die Prinzessin entführt. Weißt du noch?«

»Oh, Yolla, ich weiß alles – und daß ich immer nur gewartet, gewartet habe, bis das Leben anfangen würde.

Und jetzt *hat* es angefangen! Im Sommer und auf dem Wege zu dir! Göttlich, dieser Sommer. Unbesorgt, nur ein wenig Leinenzeug auf dem Leibe, umherzuschlendern durch die warme Luft. Zu Rad von einer Stadt zur andern! Alle Gärten am Wege sind mein, alles, was sich in den Teichen spiegelt, und alles, was am Himmel hinzieht. Der Wein ist für mich gewachsen, die Mädchen haben mir zuliebe ihr hübschestes Lächeln angelegt. Ich esse, wo ich gerade bin, kümmere mich um keine Ordnung. Wie meinst du, daß ich den Tag anfange? Mit einer Zigarette und einer Portion Gefrorenem. Und am Abend vor den Cafés auf dem Asphalt, wo an den Tischen geschminkte Weiber sitzen. Es ist schwül, es duftet nach Parfüms, deren Namen ich nicht weiß, noch nach anderen Dingen, sogar ein bißchen Kloake ist dabei, und es mißfällt mir nicht einmal... Die Hände sind in der Hitze alle wie gepudert und so langsam, und man sieht die Adern darauf. Es ist wunderbar... Yolla!«

Er warf sich über sie, auf den Knien, den Kopf in ihrem Schoß. Sie fühlte ihn ganz trunken von dem Hunger der Jugend, die sich mit Fieberaugen in die ersten Feste stürzt. Sie war das Leben, das ganze Leben, das er in seine bebenden Arme riß. Sie bebte selber, jung und gierig wie er.

Über Salerno, in schleierloser Luft, klar und fest, herrschte die Burg. Weiße Häuser lächelten am Berge, eingehüllt in große Sträuße Zitronenlaubes. Drunten am gebogenen Strande schnitten die Schattenmassen des Baumganges in das grellweiße Pflaster. Grellweiß und in die Sonne blinzelnd aus grünen Läden, sprangen die Fassaden des Kais aus dem Dunkel der Gassen. Schnörklige Türme kletterten ins Licht, flache Kuppeln brüteten in ihm. Es kreiste schwindelnd durch Himmel und Meer. Auf der lodernden Bläue von Himmel und Meer und bespült von ihr, öffnete die Stadt, ein riesenhafter Schwan, die blendenden Flügel.

Und überall am Wege nach Amalfi, die ganze Bergstraße

entlang, versteckten sich die Städte, zusammen mit den Früchten, in Nestern aus Zitronenlaub.

»Da, Yolla, wir greifen nach der Brotfrucht über unsern Köpfen und nach der Limone zu unsern Füßen. In die Stadt sehen wir hinein wie in ein kleines altes Spielwerk. Es ist aufgezogen. Auf dem Platze werden für Geld vielerlei Bewegungen gemacht. Der Waschbrunnen ist in die Gebärden von Weibern ganz eingehüllt.«

»Aber nun steigen wir aus, Nino, du willst doch nicht, daß wir hier vorüberfahren! Schau dort hindurch: zwei Wände voll Limonen, und eine Öffnung hinab aufs Meer!« Sie neigten sich, Schulter an Schulter und mit Früchten im Nacken, über eine Tiefe im Feenlicht. Die Bucht, klein und weiß, spielte ganz durchsonnt am Lande hin, wie leichte Luft; die Schiffe schwebten darin. Über das blaugeränderte Ufer fort starrte, in verjährter Herrschsucht, ein runder Turm.

Sie schlenderten hinab in eines der beiden Städtchen, deren Häuser, im Lichte zitternd, aus grünen Erdfalten und unter Fruchtgärten hervor den Berg hinabgaukelten inmitten heimlich rinnender Bäche. Der Mittag ward schwül und grau; das Gewitter zögerte mit dem Ausbruch. Sie verließen das Gasthaus, um zu baden. Sie wanderten über den feinsandigen Strand, wo Boote mit umgewendeten Flanken heiß nach Teer dufteten, und sanken, beklommen von verhaltenem Sturm, hinter dem alten Turm auf die Klippen. Sie warfen die Kleider ab. Ein Strom schwerer Sonne ging auf einmal aus Wolken hernieder und am Abhang über die Oliven hin. Die Bäume schlugen im Nu lauter silberne Augen auf und schlossen sie wieder. Nino und seine Geliebte erhoben sich, indes über ihnen zwei große Zypressen zu sausen begannen. Ihre Sinne beugte derselbe schwere Wind. Sie sahen sich an, mit Blicken, dunkel und zuckend wie der Himmel. Und wie sie einander an sich rissen, brach der Sturm los.

Sie stürzten sich, Brust an Brust, in die erzenen Wellen. In jeder von ihnen verzitterte einer ihrer Seufzer. Jeder schwere Windstoß peitschte eine ihrer Umarmungen. Ihre hellen Glieder bebten auf den Spitzen der schwarzen Wogen, zusammen mit den Schaumkronen. Als sie wieder ans Land stiegen, perlten sie von Meerschaum und keuchten noch von der Lust, deren Gipfel sich überschlagen hatten. Wie Algen, lang und naß, klatschte das dunkle Haar der Herzogin im Sturm ihrem Geliebten um den Leib. Rote Blüten flogen ihnen im Sturm, sie wußten nicht woher, an die Stirnen. Andere hafteten rot auf ihren Scheiteln. Und dabei krümmte sich der ganze Himmel feurig rot.

Auf einmal stürzte aus berstenden Wolken das Wasser, in lauen Schleiern. Sie streckten sich unter Akazien und ließen sich, wie der Regen versiegte, ganz überfluten von süßem, dampfendem Duft. Der Donner überlärmte jedes Gefühl; die Gedanken schliefen im Duft und tief im Schoße des Unwetters. Nino schloß die Augen; es war ihm, als sei er noch einmal zum Kinde geworden. Seine zaghaften Hände tasteten nach der Gefährtin und fanden sie nicht. Er sprang auf; da prangte sie vor ihm, in einer Woge, die von ihren Schultern zurückfiel wie ein grünschillernder Mantel – prangte glitzernd und rinnend von Tropfen, mit ausgebreiteten Armen, die Brüste im Winde, die Stirn umwunden von hervorbrechender Sonne – prangte mit Schenkeln lang und nervig und mit Hüften, die sich wanden wie Sirenen. Er kniete und erhob zu ihr die Hände: Sie war die dem Meere Entstiegene.

Endlich gingen sie heim, und auf der engen Terrasse ihres Häuschens saßen sie heiter und still, unter Blätterkränzen, bei Früchten und Wein, und ließen sich vorplaudern von den friedlich lächelnden Menschen. Auf ihren Tellern waren Grillen gemalt, die ein Wägelchen kutschierten. An der Mauer ließ eine Bacchantin ihren Schleier flattern und die Zymbeln aufeinanderklappen. Der beruhigte Abend glänzte rosig herein. Sie legten sich über die Brüstung; Glyzinien schaukelten blaßlila an ihren Gesichtern. Nino glitt mit seiner Hand über die der Freundin, als bäte er um Verzeihung. Er flüsterte: »Ich tue immer, als ob mir das alles zukäme. Darum mußt du aber nicht denken, Yolla, ich sähe nicht, wie über alle Maßen schön du bist. Ich weiß es, glaube mir – aber was nützt es, sich darin zu vertiefen.«

»In meine Schönheit?«

»In deine und in die der Erde... Ich wollte einmal Maler werden, voriges Jahr, denn Pirat wird man nun einmal nicht mehr. Ich habe zuviel Geschichte gelernt, und solch ein Leben wie das meines großen Freundes San Bacco – ach, das kommt nie wieder. Man lebt gar nicht mehr. Wir alle sind heruntergekommen, blasiert und dekadent – aus zweiter Hand ist alles. Man sieht sich immer im Spiegel. Blödsinnige Sprüche gibt man auch zu viele von sich, ich weiß wohl – und bildet sich noch etwas darauf ein, daß man so krank ist.«

»So krank?«

Sie war erschrocken. Sie fragte: »Und deine Mama, wie geht es ihr?«

»Oh, ausgezeichnet.«

Sie schwieg; sie wußte, Gina schloß sich auf ihrer Besitzung bei Ankona ein, damit der Sohn sie nicht sterben sähe.

»Meine nächste Lebensperiode«, so träumte Nino, »möchte ich in Paris verbringen – oder ich studiere die amerikanische Freiheit, für unsere reformatorischen Zwecke.«

»Aber du wolltest malen!«

»Voriges Jahr – ja. Da aber machten wir, meine ganze Klasse, eine Ferienfahrt nach Florenz. Ich sah die Uffizien: Yolla, das Herz füllte sich mir ganz mit Gram. Ich habe mich ein für allemal entschlossen, nie, nie zu malen.

Es gibt nirgends mehr etwas zu tun, alles ist schon geschehen.«

»Es ist seltsam, mir ahnte ganz dasselbe, schon als Kind, in meinem einsamen Garten. Draußen hatten die Türken gehaust; auch gab es keine Assy mehr. Trotzdem habe ich gelebt...«

»Sieh dich nach dem Turm um, Yolla, er liegt schon im Schatten: du weißt doch, die Deinigen haben ihn erbaut. Ach! die waren noch Piraten! Mit solchen Türmen bewachten sie ihre geraubte Küste. Sie lugten hinaus ins Meer; plötzlich flogen ihre Segel hinter einen fremden Kauffahrer her.«

»Sie kamen hierher wie wir, Nino. Sie hatten gleich Lust, die Kinder, die ihnen Orangen anboten, auf ihr Pferd zu heben. Gleich gehörte ihnen die weiche Luft und der heiße Sturm.«

»Ich habe das gelernt, Yolla. Erst waren es nur vierzig normannische Pilger, und auf dem Heimwege von Jerusalem entsetzten sie Salerno von einer türkischen Flotte. Dann wurden sie die Mannen des Fürsten Guaimar – um am Ende seinem Erben das Land wegzunehmen. Wie war noch sein Name?...«

»Wahrscheinlich redeten sie sich ein, immer sehr treu zu handeln. Sie waren so klug und stark.«

»Einmal baten sie Guaimar um einen Grafen. Er ließ sie wählen; sie nahmen einen Jüngling, der sehr schön, sehr edel und beinahe zart gewesen sein soll. Man versteht es kaum.«

»Wie hieß er?«

»Asclitino.«

»Sieh die Burg, Nino! Jenseits des Golfes, in der Höhe. Alles ist schon so dunkel, nur die Burg von Salerno schneidet immer noch, klar und stark, in den erbleichten Himmel... Ich stelle mir vor, daß dort oben Asclitino in einem schlanken Panzer aus Silber, und einen Kranz aus Olivenzweigen über der Stirn, vor seinem Lehnsherrn das Knie gebeugt hat.«

»Jawohl. Und Guaimar stellte ihm das goldene Banner in die Hand... Aber Asclitino hatte eine Geliebte drunten in der Stadt, eine aus der dunklen, schwachen Rasse, die ihn und seine nordischen Recken so bitter haßte. Bei einem Pförtchen in den langen Burgmauern küßten sie sich.«

»Wie es dunkel geworden ist, Nino! Sieh mich fest an – ganz nahe.«

»Und sie vergiftete ihn. Sie konnte nicht anders; die Ihrigen verlangten es.«

»Wie gab sie ihm das Gift?«

»Man sagt – ich verstehe es nicht – in einem Kuß.«

»Nino – Yolla!«

Sie schraken auseinander, ihre Lippen waren im Finstern zusammengestoßen. Sie schwiegen; unter ihnen glühte geisterhaft das Meer. Dann sagte Nino, in einem Schauer, mit geschlossenen Augen: »Ich wollte, Yolla, du tätest es.«

In der Nacht klimperten die kleinen Wellen an ihrer engen Kammer, wie an einer Schiffswand. Sie schliefen, kindlich umarmt. Der blaue Morgen empfing sie am Strande, sorglos, beinahe ohne Erinnerung an das wilde Gestern. Der Golf ruhte bläulichweiß. Ein tieferes Blau blinkte hinter der kleinen Landzunge. Auf ihr hockten Wäscherinnen wie Zwerginnen auf einem schwimmenden Rosenblatt. Schiffer, die in der Ferne ein Boot flottmachten, ein Mann zwischen zwei Körben auf einem Esel, und eine Frau, die, den Kopf mit weißen Tüchern beladen, ihn begleitete – alle sahen aus wie saubere Verkleinerungen, nach denen man die Hand ausstrecken konnte. Ohne Dunst und ohne Ferne empfing die Luft das kläräugige Bild aller Dinge.

Die Herzogin und Nino stiegen, Hand in Hand, den

Berg hinan, über brüchige Stufen und auf engen Steigen. Die Oliven winkten und lächelten. Im Hintergrunde schlug ihr leichtes Laub zu silbernen Zelten zusammen; rosige Blüten hafteten darin. Die Herzogin ließ sich nieder, an dem Bach, der über die schräge Wiese rann, zwischen Säumen von Narzissen und Margeriten. Nino sah ihr zu, wie sie einen Kranz flocht; dann lehrte sie es ihn, und sie schmückten einander. Er stand, tief atmend, im runden Schatten einer Pinie; der Wind machte sie erklingen. Die Herzogin, in die Sonne gestreckt, den Kopf auf dem Arm und hinabblinzelnd zu der zinnern heraufscheinenden Meeresfläche, lauschte einer frühen, heimlichen Melodie, die aus einem Garten herübersummte, aus einem Garten am Meer, wo ein Kind an der Hand eines schlanken Spielgefährten den Lämmern am Abhang nachsprang und gleich den Bienen alle Blumen küßte – bis es Abend ward, die Farren dunklere Lauben bogen und die Spuren des hellen Gefährten in den Wegen zerrannen, drüben, bei Pierluigis Pavillon, unter verhallendem Kichern.

Sie lächelte glücklich. Es hatte wirklich gelacht, sie wußte noch kaum, es sei Nino. Er blies auf seinen Fingern, wie auf einer Flöte, den Gesang der Pinie nach. Auf einmal neigte er sich, im Spiel, zu seiner Gefährtin und hob ihren bleichen und besonnten Kopf vom Rasen, so als pflückte er eine Märchenblume, oder als zöge er eine Frucht, die lebte, aus der lockern Erde. Sie sahen sich in die Augen. Um sie her funkelte der schleierlose Mittag.

»Wenn wir nicht glücklich sind!« rief Nino, auf einer Brücke. Der Bach war von Laub schwer überwölbt. Die Zitronen versteckten sich darunter, man sah nur ihre hellen Spiegelbilder im Wasser.

»Ich bin glücklich«, sagte die Herzogin einfach. Er erklärte: »Ich bin es, weil du es bist.«

»Ach! Mehr nicht?«

»Ich liebe dich, das ist doch selbstverständlich, Yolla? Ich liebe dich!... Weißt du noch, als ich dich damals verlassen mußte? Ich war schon fast im Tal; du standest oben auf winkenden Zweigen, beinahe in der Luft, und nur noch wie eine weiße Flamme. Und jetzt gehst du neben mir, und ich kann unter deinem schwarzen Haarknoten nach der Silberstickerei auf deinem Nacken tasten. Es ist ein Wunder! Als ich herreiste, habe ich nicht daran gezweifelt, daß es geschehen würde, – und nachträglich verstehe ich's nicht mehr... Ich liebe dich! ich liebe dich! Aber –«

»Aber?«

»Aber das wäre wenig wert, wenn ich dich nicht glücklich machte! Einen Menschen halten, eine Frau – so – halten, und unter meinen Händen, ihren ganzen Körper entlang, fühlen, daß sie meine Träume mitleben und etwas von meinem Blut auch in sich kreisen lassen will... Verzeih, ich bin sehr eigensüchtig!«

»Ich will dich so! Ich liebe dich!«

»Es wäre edler, zu lieben und nichts dafür zu wollen. Es wäre besonders stärker! Aber was willst du, man ist nicht stark. Geliebt zu werden, ist heute für den Mann das Ersehnenswerteste. Wir haben eine Müdigkeit im Blut... Ich habe mir früher nicht einmal vorstellen können, wie schön es sein würde. Ich hatte schon soviel verzettelt, bei Frauen, weißt du, die zum Lieben nicht mehr fähig sind.«

»Was für Geständnisse, Nino! Willst du mich auf die Probe stellen? Du bist einfach gekommen und hast mich genommen, ohne viel Nachdenken, weil ich mich dir versprochen hatte. Drum liebe ich dich ja. Rede dir nichts ein!«

Er lachte knabenhaft.

»Du hast recht, Yolla. Dumme Sprüche waren's wieder.«

»Und merke dir: ich bin glücklich, weil du zu mir gehörst – und will sonst nichts von dir. Ich liebe dich; ich bin dazu stark genug!«

»Oh! auch mich machst du stark!... Bin ich schön geworden, Yolla?«

»Sehr schön.«

»Siehst du – weil ich werden wollte wie du. Auch stark bin ich. Und ich möchte andere so glücklich machen – viele, viele andere so glücklich, wie wir sind.«

»Tue es!«

»Ich würde zum Beispiel bei der armen Frau anfangen, von der du mir erzählt hast und die ich bei dem Märchenspiel im Garten als Nymphe sah, in der Nacht, als ich dich holte. Wie war sie weiß und traurig, die schöne Frau! Sie heißt Lilian, nicht wahr?«

»Ja. Was wolltest du für sie tun?«

»Sie muß sehr unglücklich, sehr einsam sein.«

»Aber sie ist stolz darauf!«

»Oh, ein elender Stolz! Wenn sie einmal, am Abend, ihren Kopf gegen meine Schulter lehnen möchte! Ich würde ihre Hände nehmen, um sie zu kühlen, ich würde so lange ihre gequälte Stirn, ihre armen Augen küssen, bis sie weinen könnte... Was denkst du nun, Yolla? Bist du nicht erzürnt, weil ich eine andere Frau erlösen möchte?«

Sie antwortete nicht. Sie zog ihn fest in ihre Arme, sie ließen sich nieder auf einem Stein am Wege, über einem grünen Tal. Es war verloren aus der Welt, vor seinem Ausgang hing das Meer.

»Nicht nur diese Frau, Yolla – Tausende bedrückter Sklaven wollen wir erlösen, wir Jungen. Hast du von unserer Bewegung gehört? Natürlich nicht; sie schweigen uns tot. Es wird ihnen nichts helfen. Wir sind entschlossen, der Freiheit und dem Rechte der Persönlichkeit unser Leben darzubringen und rufen zum Kampfe auf gegen den Sozialismus, der sie beide vergewaltigt. Schon sind wir zwanzigtausend in ganz Italien, Yolla, und lauter junge

Leute! Wir gründen Zeitungen und machen uns zu Herren in den kleinen Städten. In Salò hielt es einer der Lehrer mit uns. Wir machten dem Direktor weis, daß wir in Brescia Frauen besuchen wollten: dann ließ er uns gehen. Und wir traten auf den Marktplätzen auf, auf einem umgestürzten Karren, und sagten den Bauern und den Handwerkern, daß das ärmliche, aller Schönheit ferne Gefängnis des Sozialismus sich wieder öffnen solle. Es solle jeder sein Getreide und sein Salz essen, und den Staat solle das nichts angehen... Frei sein –«

»– heißt schön sein, Nino! Ich weiß jetzt, wie du es geworden bist. Wenn San Bacco das erlebte!«

»Jawohl! Es ist ein Erwachen. Wir sind die Garibaldianer von heute! Nur wir wissen, was Stürmen heißt – und Umjubeltwerden!«

»Weil ihr jung seid!«

»Solange ein Staat da ist, wird er uns zu knechten versuchen. Wir wollen keinen. Ein freies Volk gehorcht sich selbst. Gesetze – ich weiß nicht, ob sie notwendig sind, aber sie sind verächtlich.«

Die Herzogin hörte staunend, wie ihre eigenen Worte zurückkehrten – woher doch? »Wann habe ich das gesagt? Oh, erst gestern, scheint mir's.«

»Ein König soll da sein, um über die *Freiheit* zu wachen«, behauptete Nino.

»Du bist Anarchist!« meinte sie, und lächelte bei der Erinnerung, daß man auch sie so genannt habe.

»Ich schrecke vor dem Worte nicht zurück!« rief er und sprang auf. Und im Weitergehn, die Arme in der Luft, gerötet, mit verwirrten Locken und ein tiefes Beben in der Stimme, schwärmte er.

Sie fragte sich, entzückt: ›Was ist jünger, seine Begeisterung oder seine Verzagtheiten?‹

Aber sie bedachte auch: ›All diese Jugend ist doch nur wie ein großes Möwengefieder, blendend und zitternd.

Wir sitzen darauf; es trägt uns, umschlungen, übers Meer, im Zickzack und ohne Ziel. Plötzlich ermüdet der arme Vogel, schießt hinunter, die Wellen reißen uns auseinander: wir retten uns, wenn wir können, und jeder, wohin es ihn trägt... Nur die hohe Luft unseres Rausches macht ihn stark und mich jung. Daß ich in Wirklichkeit seine Venus war, das ist lange her: damals, als Jakobus sie malen wollte, und bevor ich ihm erlaubte, mich zu lieben. Ich glaube, Nino sieht mich noch, wie ich damals war, im Park, als er mir die Verse von Francesca sagte und von der Spitze der Zypressen die Tauben aufflogen. Seitdem habe ich von mir gezehrt... Er selbst – ach, in seinem schlanken, zu allen Spielen geschmeidig gemachten, aus Trotz schön gewordenen Körper arbeitet unhörbar ein Zerstörer. Das verurteilte Leben seiner kranken Mutter flüstert auch aus ihm, flüstert manchmal Zweifel und Müdigkeit, wovon er selbst nicht weiß, wie sie in seine leichte Jugend verirrt sind... Oh, wollte er's nie erfahren! Wollte er plötzlich hinsinken – mit unserer Möwe, tief ins Meer – nach dieser schönen Stunde! Es ist nur dieser Augenblick, in dem er schön ist: wir sind nur einen Augenblick schön. Und sein Augenblick gehört mir! Vielleicht werde ich die Augen schließen unter dem Hauch des letzten Kusses, den ich ihm von den Lippen genommen habe.‹

»Warum?« fragte Nino. »Warum sollen wir fortgehen und hinauf in die Berge?«

»Ich weiß selber nicht«, erklärte sie. »Kommt es dir nicht auch vor, als hockten wir wie zwei Wäscherinnen auf einem Rosenblatt am Wasser? Ein Hauch treibt uns hinaus, es ist gefährlich.«

»Ich finde nicht.«

»Du weißt noch nicht: wer so glücklich ist wie wir, muß sich verstecken...«

Eines Nachmittags drangen sie denn über den weißen

Loggien von Atrani und zwischen schwarz getürmten Felsmassen in eine grün und verschwiegen atmende Talsenkung. Droben an der Bergkante ruhten Kuppeln und Türme, sehr fremd. Über die Fahrstraße hinweg und hinein in Ackerterrassen stiegen sie zwischen Wein und Kastanien, stiegen neben murmelndem Wasser einen Treppenweg, zerbröckelt, grau und ganz versenkt in betropftes Laub.

»Wohin geraten wir, Yolla?«

Es jubelte in ihr: ›An einen Ort, wo ich auf immer gerettet sein werde vor meinem Körper und seinem Alter; wo ich leicht und jung sein werde wie du!‹... Sie sagte: »Denke dir, daß wir schließlich in eine große Stadt gelangen, mit Kathedrale, Palästen, öffentlichen Bädern, Gärten, mit einer sarazenischen Besatzung, mit Nobili, Sänften, seidenen Schleppen, Mohrensklaven, smaragdenen Kronen – eine große Stadt auf einem Bergrücken abseits und ganz im Grünen. Nur dieser verschollene Weg führt zu ihr!«

»Nun taucht eine Kirche auf!« rief Nino halblaut, fast erschrocken. »Welch wunderliches, in Rundungen um sich selbst gleitendes Profil! Frauen treten aus dem schwarzen Portal, wie weiße Kerzen, eine nach der andern, seltsam anzusehen.«

»Du fängst an, Dinge zu erkennen. Es kommen gleich andere Trümmer.«

»Was, Trümmer?... Hier ist die maurische Stadtwache. Man empfängt uns.«

Ein paar schwarzbraune Burschen streckten die offenen Hände hin.

»Nun werden sie uns Geschenke bringen von den Herren der Republik... Oh, was für leichte Gestalten sind diese verschleierten Orientalinnen am Brunnen! Löwinnen mit Menschengesichtern speien ihnen Wasser in die kupfernen Eimer.«

Plumpe Weiber, bloßbeinig in hochgerafften Röcken ohne Farbe, baten um Geld.

»Und die Paläste!« rief Nino, ganz verloren in seine Bilder. Sie betraten den schwarzen Marktplatz.

»Da sind sie, die Paläste der Signoren, mit ihren Friesen voll geheimen Sinnes, mit ihren Portalen von lauter steinernen Blumen, aus fabelhafter Erde aufgeblüht. Die Fenster teilen schlanke Säulchen, und zwischen den träumerischen Blättern der Kapitäle glühen große, dunkle Frauenaugen!«

»Wir haben selbst unser Haus, Nino«, sagte die Herzogin und betrat eine Gasse. Bei einer Biegung sprang eine Front von gebrechlicher Erscheinung im Winkel vor. Ein rotes Licht schwankte über der Eckkapelle, an dem moresken Pilaster. Sie ließen das Portal zurück; auf der Schwelle hockten steinerne Geschöpfe ohne Namen – und plötzlich fanden sie sich in einem Walde voll Säulen und Rosen. Die Herzogin sah Nino an: seine Gesichte wurden zu Stein und Blüte – aber er bemerkte keinen Unterschied.

Sie durchwanderten wortlos den Traum dieses Palastes, der auf Befehl des Prinzen von Lahore aus der Erde gestiegen war. Sie entdeckten Bäder und Höfe; auf Gewölben aus schwarzem Tuff entfaltete sich manchmal eine große Marmorrose. Kleine weiße Säulen tänzelten dahin, in der Höhe, die offenen Gänge entlang. Eine Zisterne dunkelte unter ihrem Bogen harter, schwarzer Blätter. Das leere Mosaikpflaster hallte, und hinter dunklen Pförtchen ahnte man ein Wispern und das Zittern von Schleiern, die ungeduldige Glieder kräuselten.

Zwischen gekalkten Pfeilern, von Reben überdacht, erblickten sie plötzlich das Meer, tief unten, hingewälzt unter glänzendblauen Decken, als eine große, träge, beseligende Göttin. Die Küsten waren ihre hellen Arme, und ihr Haar hatte sie den Berg hinangeworfen in einer üppigen Welle. Der Garten, in den Nino und seine Geliebte hineinstiegen, sie hielten ihn für das Haar der Göttin. Es wand sich in tausend Ranken und schwoll zu tausend Trauben, es ballte Blütenmassen, es erhitzte wundervolle Düfte und sprühte Farben. Die Pflanzen ertränkten die Hineinverirrten. Alle Sträucher reichten höher, alle Blumen blickten dem Menschen ins Auge. Sie gingen im Oleander wie durch einen Quell von Blut, und ihre Wangen glänzten davon rot. Die gelben und weißen Manxiana griffen aus ihren Lauben heraus nach den Fremden, mit feinen Schlingen, und wollten sie nicht fortlassen. Die Mandarinen drückten ihnen auf die Münder bittere rote Küsse und lockten die neugierigen Stirnen in ihr Gewirr winziger Blätter und dünner Zweige. Sie bückten sich unter dicke runde Rosenbüsche voll brennender Verstecke, sie kämpften mit Schlinggewächsen, verschwanden im Efeu am Fuße unerbittlicher Zedern und ließen den Schatten von Palmen über sich rieseln, als sei es der Tropfenregen stummer Brunnen.

Die gewaltsame Fülle betäubte. Inmitten einer Übermacht von Saft und Triebkraft fühlte man sich der schwachen Eidechse verwandt, dahinraschelnd auf engen Steigen und überwucherten Stufen. Man meinte, dem Vogel gleich, in das gepolsterte Nest einer Hecke schlüpfen zu sollen. Als sie endlich am Rande des Gartens und auf der Röte des Horizontes standen, sahen sie sich verwundert an.

»Wie kann man hier sprechen, Nino? Was ist hier die menschliche Stimme?«

Er war heiß, sehnsüchtig und verschüchtert.

»Ich weiß es jetzt, Yolla.«

»Was denn? Daß wir recht tun, uns zu verstecken, nicht wahr?... Hier ist nun das Glück, Nino, das keine Stimme hat. Der Garten begräbt es auf immer, es horcht auf immer nach den traumhaften Geräuschen hinter sich, nach dem Mandolinengeklimper aus diesem Winkel und dem Hilferuf aus jenem, nach dem Schleifen der Mohrensäbel auf eckigen Quadern, nach dem Bad, worin es von Jünglingsgliedern plätschert, und nach dem Seufzer einer schläfrigen Frau. Es horcht auf immer nach den seit sechshundert Jahren verstummten Geräuschen der Stadt, die nicht mehr da ist.«

»Auf immer«, wiederholte Nino.

Der Frühling ward heiß. Nino ging allein aus. Zurückkehrend, fand er die Herzogin am Brunnen, im Rosenhof, in einer seidenen Hängematte – und er erzählte: »Ich wußte, daß du hier liegen würdest. Ich ging an einem rot und grünen Kiosk vorbei; eine Dame schaukelte sich gerade wie du, und ihr Spiegelbild glitt wie deines durch den Mosaikboden. Eunuchen mit weißen Zähnen gähnten. Es duftete stark. Die Dame lispelte, es seien die Wohlgerüche ihrer Kopfkissen, und sie machten lieben: ich solle kommen. Dabei dachte ich an dich, Yolla – und habe keine belebenden Gerüche nötig, um dich zu lieben.«

Oder er hatte den Kapitän der Stadt ausreiten gesehen unter Heiducken mit schwarzen Stirnen und scheinenden Helmen. Der Alte hatte einen goldenen Köcher, sein Turban glitzerte von roten Steinen, und die Schabracke seines Rappen von gelben... Oder er behauptete, spanische Tänzerinnen mitzubringen. Sie tanzten. Der leichte Fandango, das waren die Launen der Liebenden; die gestickten Falten der baskischen Kleider waren die hundert bunten und kostbaren Verschlingungen, in denen ihre zärtlichen Tage sich wiegten und ihre beglückten Nächte.

»Es wird ein schwüler Morgen, Nino, ich fühle es.«

Aber er entwischte.

»Ich ziehe meinen schwersten Anzug an – Hitze oder Kälte, was kümmert's mich!«

»Fühlst du dich so fest?«

»Mich wirft nichts um. Ich halte mein Glück so ruhig, so – ach, Yolla! Ich wollte, das Geschick dächte sich einmal etwas Ungewöhnliches aus, damit ich ihm zeigen kann, wie vergeblich es ist!«

Um neun Uhr kam er rotgesprenkelt heim und leugnete sich selber seine Erschöpfung. Die Herzogin saß an der Balustrade über dem Meer; der Himmel war bedeckt.

»Ich war drüben in Scala«, berichtete Nino. »Es hat dort schon ein wenig geregnet, der Wasserfall war ganz begraben in nassem Grün. Dahinter, versteckt durch Reben, ahnte ich das fremde Gemurmel und Geklirr dieser Stadt, und mitten darin und wie auf der Goldwand einer maurischen Apside – dich, Yolla, immer dich!... Bei der Gelegenheit, weil das Tal so naß war, habe ich herausbekommen, daß es eigentlich mitsamt der Stadt schon längst vom Meer überspült worden ist. Aber wir, Yolla, wir beide haben einen der Geister Salomonis dazu gezwungen, das Wasser abfließen zu lassen und die versunkene Stadt heraufzuholen. Wir dürfen glücklich sein, solange wir vergessen sind: mindestens hundert Jahre. Wenn die Geister einmal wieder vorbeifliegen und sich unserer erinnern –«

»Sieh doch, Nino, all den Staub auf der Straße bei Minori. Es ist ein Zweispänner...«

»– dann werden sie das Meer zu uns heraufschicken, und es ist plötzlich aus...«

»Ohne daß wir aufgehört haben, glücklich zu sein... Nun geh, Nino, kleide dich um.«

Mittags trat er aus seinem hellen Terrassenzimmer in den kühlen, schattigen Speisesaal. Die gegenüberliegenden Türen standen offen, es ging Zugwind. Nino ließ rasch den Vorhang aus Glasperlen fallen, der den Eingang verkleidete. Er schaukelte und klimperte noch, und Nino horchte versteinert auf eine fette, träge Stimme, die aus dem Halbdunkel erklang. Er meinte, es sei einer der Geister Salomonis. Sie sagte etwas ganz Gleichgültiges. Darauf erhob sich ein geschmeidiges Organ, metallisch und dennoch weich, das Nino bewunderte und das ihn unglücklicher machte als das andere.

Seine Geliebte rief ihn, sie nahm seine Hand und sagte: »Nino, ich stelle dich meinen Freunden vor, dem Baron Rustschuk und Don Saverio Cucuru.«

Den einen bekleidete Nino in Gedanken sofort mit einem grünen Kaftan und machte ihn zu einem diebischen Haushofmeister. Aber der andere war ein wirklicher Prinz und gehörte auf einen weißen Hengst.

Die Fremden unterhielten sich bei Tische, als seien sie seit Wochen hier. Nino konnte sich nicht genug wundern, wie selbstverständlich alles war. Nach der Siesta ging man gemeinsam aus, den Pfad hinunter zum Strande. Die Herzogin war mit Rustschuk voraus. Don Saverio sagte zu Nino: »Sie sind sehr glücklich, daß die Herzogin Sie liebt.«

»Ja«, erwiderte Nino und errötete.

»Das ist eine große Auszeichnung. Viele ausgezeichnete Männer geizen danach.«

»Wirklich«, sagte Nino gedankenlos. Er meinte im stillen, Don Saverio sei der schönste Mann, dem er noch begegnet sei. ›Das muß Yolla doch merken... Aber es wäre niedrig, ihn zu beneiden. Ich will nicht! Ich will sein Freund sein!‹

»Und besonders«, versetzte Don Saverio, »da unsere Herzogin durch ihre früheren Liebhaber beträchtlich verwöhnt worden ist. Einer hat den andern überboten. Der Prinz von Lahore war reicher und – besser veranlagt als der kleine Leroyer. Ferner Tumpell, Trontola und alle übrigen. Was müssen Sie, mein Lieber, für Vorzüge haben, Sie, die Sie nach allen diesen kommen!«

»Aber –«, stotterte Nino, »Sie wollen doch nicht sagen, sie alle seien von der Herzogin geliebt worden.«

Er fürchtete nur wie in einem drückenden Traum, der Prinz könne es gesagt haben. Don Saverio lachte weich:

»Ich glaubte nicht, Ihnen eine Neuigkeit mitzuteilen. Sie haben ein berechtigtes Selbstbewußtsein, mein Lieber; aber bedenken Sie, ob es Ihnen so leicht geworden wäre...«

»Ich bin ja Yollas alter Freund!«

»Ich auch. Sie hat einen ganzen Winter in meinem Hause gelebt. Sie war, ich darf es sagen, sehr zufrieden mit mir.«

»Ich glaub's, ich glaub's«, rief Nino und lachte, mit Zähnen, die zusammenschlugen. Er sah hoch in die Luft, aus unbedachter Angst davor, mit dem Blick den Boden zu streifen, wo vielleicht das gestürzte Bild seiner Geliebten lag. Und nur eins sagte er sich ausdrücklich: dieser Mensch gewann es über sich, sie zu schmähen – er, der schön war! Er entehrte seine eigene edle Gestalt. Nino litt bis zum Aufschreien unter dem Zwang, diese göttliche Form bewundern zu müssen, der Gemeines entstieg. Er blieb stehen, er mußte es versuchen, den andern zu sich selbst zurückzurufen; und er fragte mit zuckendem Gesicht: »Nicht wahr, Sie haben gar nichts Übles sagen wollen über Yolla?«

»Wieso Übles? Sie ist ein echtes Weib, daran ist nichts zu tadeln. Ich möchte nur Ihrer Enttäuschung vorbeugen, denn Sie gefallen mir. Drum warne ich Sie, den idealistischen Narreteien zu trauen, die jedes Weib in uns zu erregen sucht, um uns darüber zu täuschen, daß es bei ihr doch nur auf das eine ankommt – auf das, was Sie wohl wissen...«

»Ich weiß gar nichts«, rief Nino, beinahe weinend, und schüttelte die Schultern. Don Saverio erklärte gutmütig: »Die Bedürfnisse steigern sich natürlich. Unsere Herzogin hat noch Fortschritte zu machen. Eine Königin von Neapel versteckte sich schließlich in einer hölzernen Stute, auf die man den Hengst losließ.«

Nino stöhnte auf. Plötzlich packte er den andern bei der

Brust. Don Saverio versuchte vergeblich, ihn abzuschütteln. Ein paar Sekunden sahen sie, kurz atmend, einander dicht ins Gesicht. Es war bei einer der Mühlen: feuchtes Laub schlug um sie her zusammen, und der Bach rauschte. Die beiden andern waren verschwunden, ihre Stimmen in der Tiefe verhallt. Don Saverio lächelte mit einer kleinen grausamen Verzerrung des Kaumuskels. Er umfaßte die schmalen Handgelenke seines Gegners und machte Miene, sie zu zerbrechen. Nino krümmte sich, aber er mußte loslassen. Don Saverio äußerte: »Ich will durchaus nicht Ihr Feind sein, ich habe gar kein Interesse daran.«

Er verbeugte sich leicht und ritterlich.

»Ich gehe voran, ich bin sicher, daß Sie mich nicht von hinten angreifen werden.«

Und Nino folgte gesenkten Hauptes.

»Wir kommen noch vor dem Regen an«, bemerkte Don Saverio, als sie am Strande mit der Herzogin und ihrem Begleiter zusammentrafen.

»Aber unser Spaziergang war unüberlegt. Wir werden unten übernachten müssen.«

»Macht nichts«, so entschied die Herzogin, indes sie nach Minori eilten. »Wir werden unser kleines Haus wiedersehen, Nino!«

Nino antwortete nicht. Wie die andern das Wirtshaus am Meer betraten, merkten sie, daß er fehlte.

Er lief am Ufer hin. Der Regen schlug auf ihn hernieder. Neben seinen Schritten erhoben sich die Wogen. Er suchte unter den vielen vertrauten Klippen die höchste. Sie hatte nur einen schmalen Zugang vom Lande und fiel drüben schroff ins Meer. Er stand auf ihrer schrägen Spitze, und er reckte wie einst in der Hitze eines Knabenzornes ohne Schranken und eines wilden Gerechtigkeitsdranges seine Arme hinaus übers Meer. Dort hinten, jenseits der lahmen und boshaften Wirklichkeit, hatte doch immer das Reich des Hochsinns und der mächtigen Freudigkeit gelegen.

Nun war nichts mehr da! »Und ihr seid noch ebenso schwach«, sagte er zu seinen Armen.

»Ach! ich bin nicht stark. Ich war nur ruhmredig. Nun hat sich das Geschick etwas Ungewöhnliches ausgedacht – und ich bin geschlagen.«

Hinter ihm schnaufte es: ein roter, zerblätterter Kopf voll weißer Borsten lag wie abgehauen am Rande des Felsens und wackelte. Dann arbeitete Rustschuks Körper sich aus der Tiefe.

»Ich habe Sie immerfort gerufen, mein Lieber, Sie hören nicht. Das Wasser macht auch zuviel Lärm... Sie stellen aber schöne Geschichten an.«

»Wieso?« rief Nino kampfbereit und hocherfreut, ausbrechen zu dürfen.

»Sie laufen uns ja davon, was soll denn das? Sie können sich doch denken, daß die Herzogin um Sie besorgt ist.«

Nino wandte sich ab.

»Und wir auch.«

»Sie haben kein Recht, um mich besorgt zu sein!«

Er stampfte auf.

»Solch streitsüchtiger junger Mensch«, murmelte Rustschuk. Er hatte endlich in seinen Gummischuhen einen Platz gefunden auf dem schlüpfrigen Stein, wo er nicht auszugleiten hoffte, und er spannte seinen Schirm auf.

»Nun kommen Sie nur mit.«

»Wagen Sie's, mich anzurühren!«

»Ist gut, ich tu's ja nicht... Das ist nun der junge Mensch, der es alles hat«, sagte er zu sich selbst und betrachtete Nino, aus entzündeten Lidern, von unten und mit Bitterkeit.

»Da kommt man und findet die Frau in ihrem Märchenpalast, wo sie sich selber aufgebaut hat, wie man auf einer Schüssel aus Gold und Email ein recht feines, seltenes Wildbret aufbaut, ein Schneehuhn oder so etwas – schon mit ziemlich ausgeprägtem Geschmack. Die dicke Perle zwischen ihren zwei großen Stirnlocken und die andere in ihrem blassen Ohr haben gerade solchen ungewissen Glanz von Schminke wie das Gesicht. Es schimmert so eigentümlich matt, es ist mit fetten Wassern und Pudern behandelt: ein weises Kunstwerk. Die edlen Formen der Wangen, der Nase, des Mundes sind verteidigt gegen Beeinträchtigungen durch eine ermüdete Haut. Die Augen, schmal gerötet, werden dunkel umkreist von Höfen, die ahnen lassen, versprechen, peinigen... Sie trägt einen Turban, ist orientalisch gemessen und in einem kühlen Rausch. Sie kennt sich; sie weiß, wieviel jedes ihrer Glieder ihr an Wollust eintragen kann, so genau wie ich weiß, was dieser oder jener Mensch mir Geld schuldig ist... Und all die stolze Kultur und die besonnene Reife, an wen verschenkt sie sie, wohin wirft sie sie weg? Unter die Disteln wirft sie sie, und an einen jungen Menschen verschenkt sie sie, der ebensogut Disteln essen würde wie Schneehühner – und weil man seine Eitelkeit ein wenig angestoßen hat, steht er auf einem Stein im Wasser und strampelt und will nicht zu Bette gehen!«

Nino hatte nur eines gehört. Er trat von einem Fuß auf den andern.

»Sind Sie fertig? Merken Sie sich, daß die Herzogin sich niemals schminkt!«

Und da Rustschuk mitleidig den Kopf bewegte: »Hüten Sie sich, es zu glauben!«

Dabei schnellte er seine Faust in Rustschuks Bauch, der heftig schwankte. Der schwere Körper neigte sich über den Absturz der Klippe. Nino fing ihn auf, sie waren beide erblaßt. Nino bei dem Gedanken: ›Dem Don Saverio war ich nicht gewachsen; wie darf ich also diesen anrühren? Ich bin feige!‹

Rustschuk stammelte: »Man kann uns sehen... Na also, nun fangen Sie mich selbst wieder auf. Und wenn Sie mich hineinstießen, würden Sie mich selbst wieder herausholen, denn ich bin ja in meinen Gummimantel so fest eingeknöpft, ich müßte im flachen Wasser ertrinken. Also lassen Sie doch die Dummheiten. Ich will Ihnen was erzählen... Mein Schirm ist nun auch beim Teufel... Sie könnten sich eigentlich selber sagen, daß der Besuch bei der Herzogin mich ziemlich aufregt. Ich bin nicht wie Don Saverio, dem ist es Geschäft. Er möchte mit ihr Geld verdienen, wie früher. Aber ich hab meine Gefühle, Sie junger Mensch, und ich leide darunter, daß alle die Frau genießen dürfen.«

»Sie leiden auch?«

Nino lachte gellend.

»Ja, daß alle sie genießen, nur ich nicht.«

Rustschuk plapperte, eintönig und unter kurzen unsicheren Armbewegungen. Der kaum überstandene Schreck und seine lange ausgetragene Begierde, sein gefährlicher Zustand, in Gesellschaft eines jungen Tollkopfes mitten im Unwetter auf einer schlüpfrigen und abschüssigen Klippe und dabei das Bewußtsein, die Herzogin auf der Terrasse beobachte seine hampelnde Silhouette vor dem rollenden Meer: – das alles schadete seiner Zurückhaltung.

»Früher, während unserer langen Freundschaft, hat sie mich niemals beunruhigt. Sie war ja eine Herzogin und unmenschlich hochmütig, und ich glaubte fest, sie sei nicht zu haben. Natürlich hat man sie doch gehabt – und jetzt schaue ich mir alle alten Bekannten im Geiste daraufhin an. Ich hab sie alle im Verdacht, das ist ungemein ärgerlich, wissen Sie. Qualvoll sogar. Warum nicht auch ich? frage ich. Eine Herzogin, die schön und zu haben ist, die möchte man doch gehabt haben!... Jetzt verstellt sie sich nicht einmal mehr. Alle haben sie, ganz offenkundig.«

»Sie lügen«, so schluchzte Nino.

»Sagten Sie was? Also alle haben sie, und ich noch immer nicht: es ist kaum mehr auszuhalten. Ich habe doch so vieles erreicht im Leben, und dies, was jeder kann –«

»Sie sehen, man darf nicht so häßlich sein wie Sie.«

»Das sag ich mir auch. Aber das hat mich sonst noch nie gehindert. Ich werde schon noch drankommen. Bloß, daß ich nicht mehr viel Zeit habe. Manchmal, mitten in Geschäften, während eines Ministerrats, peitscht mich die Vorstellung dieser Herzogin und ihrer zahllosen Liebhaber dermaßen, daß ich nicht mehr weiterkann. Die Luft bleibt weg, und die Gedanken auch. Ich stecke in einer gefährlichen Haut, junger Mensch, es kann plötzlich aus sein.«

»Krepieren Sie doch!«

Rustschuk machte einen kleinen Sprung.

»Warum denn? Sie werden selber noch ganz zufrieden damit sein, daß ich auf der Welt bin. Ich will ja nicht von Ihnen verlangen, daß Sie mir die Herzogin verschaffen – obwohl Sie's ganz gut könnten.«

»Könnte ich? Oh, gehen Sie fort, schnell, ich fühle, ich werde sonst etwas tun, was ich mein Lebtag nicht verwinden würde!«

»Ich habe gehört, Sie haben nicht viel Geld. Wieviel wollen Sie? Sie brauchen Ihre Freundin doch bloß anzuregen und mich rechtzeitig holen zu lassen. Machen Sie ihr Mitleid mit mir!«

»Gehen Sie, gehen Sie!« stöhnte Nino, zwischen zusammengebissenen Zähnen, warnend, und voll Furcht vor sich selber.

»Was verlange ich denn groß? Eine schöne Kokotte gibt man sich unter guten Freunden weiter, nicht wahr? Und wo ist hier der Unterschied, junger Mensch? Wenn diese Herzogin kein Geld hätte, was wäre sie dann?«

Er kreischte auf, denn Ninos Fuß war schon in der Luft und auf dem Wege nach seinem Bauche. Aber Nino riß sich zurück. Er bedeckte die Augen mit beiden Händen.

»Entfernen Sie sich«, flehte er. »Wenn ich die Augen öffnete, und Sie wären noch da –«

»So 'n junger Mensch; ist denn gar nicht vernünftig mit ihm zu reden?« stotterte Rustschuk und kroch den Felsen hinunter. Wie Nino hinsah, lag wieder der Kopf wie abgehauen am Rande und wackelte. Es kamen, greisenhaft störrisch, noch immer die gleichen Aufforderungen aus seinem Munde. Dann verschwand er.

Der gedämpfte, erblindete Sonnenuntergang war zerronnen. Es regnete leise. Nino stieg alleine zurück nach Ravello. Von Zeit zu Zeit blieb er stehen, mit aufeinandergepreßten Lidern, die Fäuste geballt, und kämpfte, laut keuchend, gegen seine Gedanken. Sie ließen sich nicht niederzwingen, er stieß sie hinaus, mit Ekel, in die Nacht, die ihm durch sie vergiftet deuchte.

›Weißt du noch, wie du damals eifersüchtig warst, in der Villa, als Jakobus kam? Du warst sehr unglücklich, nicht wahr, du wußtest nicht, was in Yollas Schlafzimmer nun geschähe. Aber auf einmal sahst du Jakobus' glimmende Zigarre, du stürztest auf ihn zu, du warst gerettet: du hieltest ihn!... Wen hältst du jetzt?!

Oh, diese Ohnmacht, diese fürchterliche Ohnmacht gegenüber den Zahllosen, Namenlosen, die sie besessen haben! Wenn ich eifersüchtig wäre auf die beiden Elenden, die jetzt mit ihr unter demselben Dache sind. Nein, ich bin es nicht; sonst könnte ich ja eingreifen, wüten, zurückerobern, verzeihen. Aber es gibt Schlimmeres: das Gewesene, das niemals mehr zu Verhindernde. Ich kann sie nicht zurückerobern aus den Armen ihrer Erinnerungen! Sie ist auf einmal ganz voll von den Malen alter Liebkosungen und den Verheerungen verjährter Küsse. Ich erkenne sie nicht mehr... Yolla!‹

Er schluchzte auf. Die Vorstellung all ihrer vergangenen Lüste peitschte seine Sinne; sie trat plötzlich vor ihn hin, in der Pracht ihres Lächelns. Er griff nach ihr, er sank in die Knie. Mit einem rauhen Aufschrei sprang er beiseite: er war über einen ihrer Liebhaber gefallen, der sich mit ihr in die Farren wälzte. Nino flüchtete; aber sie waren ihm schon voraus, sie lagen am Wege, große, gewölbte Körper, die seine Geliebte genossen, an ihrer Brust weinten oder auf ihrem Munde jubelten. Und er sah sie, seine Geliebte, alle Zärtlichkeiten ihres Leibes austeilen: die seltensten, die geheimsten, an die er nur mit stolzen Schauern gedacht hatte, – und sie lagen überall am Wege!

»Ich hasse dich! Ich hasse dich!« rief er ihr zu. Dann fiel es ihm ein, daß auch Rustschuk von der Vorstellung der Herzogin von Assy und ihrer zahllosen Liebhaber gequält ward bis zum Ersticken – und den Rücken gebeugt unter soviel Schmach, stolperte Nino, blind, den Berg hinan, fiel aufs Gesicht, raffte sich auf, wankte weiter, auf den Lippen einen Geschmack von Tränen und von Blut.

Oben, angesichts der Stadt, legte er den Kopf, zwischen den Händen, gegen einen Baum und fragte ihn: »Ist das denn möglich?«

Es antwortete niemand. Auch in ihm selber gab es keine Stimme mehr. Dumpf, ganz betäubt von so vielen Bildern und so vielen Schreien, kam er bei dem Hause an, stellte sich vor der Ecke auf, die es in die Gasse schob, und starrte hinan, hartnäckig, in einer Hoffnung, deren Wahnwitz er fühlte. Das Glück, von diesem stummen Hause behütet, im Hintergrunde der Stadt, die nur noch ein Traum war – all das wohlverborgene Glück, es konnte ja nicht entflohen sein. Wer hatte es denn geraubt? Nein, es war niemand dagewesen. Yolla erkannte ihn von droben, sie stand hinter den Spalten ihres Fensterladens. Sie sah sein Gesicht zucken und glänzen – und gleich mußte sie die Holzwand zurückstoßen und ihm zurufen, nur seine Einbildung habe ihn geängstigt; das Glück liege noch immer, sorglich bewahrt, im Garten unter Oleander; er solle kommen.

Er wartete. Die kurze Nacht erhellte sich schon. Da stampfte Nino auf und ging zurück, mit einer wilden Gefaßtheit und im Genuß der eigenen Tragik. Er drang in Schluchten; jeder Stein, auf den er trat, hatte schon Yollas Fuß getragen neben seinem. Was galt das nun? Die Wolken hingen tief an den Bergen. Die Burg von Salerno war nur ein Nebelschloß, sie, auf der der junge Asclitino frohlockt hatte. Unter der grauen Decke dieses Morgens ruhte das Land ganz still, nachdenklich, ergebungsvoll. Die Oliven traten in der Tiefe enger zusammen und dunkler; ihre Stämme kreuzten sich leise, mit weißen Luftgestalten zwischen sich. Die befreundeten Wege – seine und Yollas Wege – zogen noch ebenso braun und sanft dahin. Die treuherzigen Schafe reckten an den Hecken die Köpfe, und die beiden schweigsamen Alten geduldeten sich, bis die Tiere weitertrappelten... Nino bäumte sich auf gegen soviel Frieden!

Am Abend, hungrig und bestaubt, kehrte er ins Haus zurück. Die Zimmer der beiden Fremden standen leer. Vor Tag verschwand er wieder, ohne gesehen zu sein. Erst in der zweiten Nacht traf er seine Geliebte im Garten, wo er in der Meeresluft schlafen wollte. Denn es war sehr schwül. In einer stark duftenden, schwarzen Wildnis, unter einem wirr funkelnden Himmel, entdeckte plötzlich jeder des andern weißes Gesicht. Es verging eine Weile.

»Nino«, sagte dann die Herzogin, »weißt du, wer statt deiner bei mir gewesen ist? Sikelgaïta, die schöne Dame von der Kanzel im Dom. Sie kam unter einer breiten Edelsteinkrone und trug einen Papagei auf dem Finger; er hackte immer nach ihrem grünen Ring. Sie hatte ein grobkörniges Gesicht, wie aus Marmor, und eine Stimme, tief und doch kindisch. Sie spielte Gitarre und sang mir Lieder, die zu ihrer Zeit unter ihrem Fenster erklungen waren, aus dem Munde eines vierzehnjährigen Mauren... So sind die Stunden dennoch hingegangen«, so schloß sie, und seufzte mitten in einem Lächeln... Sie erdrückte unter Märchen die ganze Angst und die ganze Erregung ihrer Weiblichkeit: die Schwermut und den begehrlichen Reiz, die abwechselnd über sie hergefallen waren, wie über ihn die Bilder seiner Eifersucht.

»Yolla, ich habe mich zwei Tage und zwei Nächte umhergetrieben, elend und verzweifelt.«

»Aber ich hatte schon gestern früh die beiden Störer weggeschickt. Du konntest wiederkommen.«

»Ich kam nicht, Yolla, wegen der vielen andern, die du nicht wegschicken kannst.«

»Ich wußte es. Du bist enttäuscht, weil ich schon früher Gelüste empfunden und sie befriedigt habe. Du findest, ich hätte dir von den Männern sprechen müssen. Aber nicht auch von den Gerichten, die ich früher gegessen habe, und von den Stoffen, in die ich mich kleidete?«

»Ich verstehe nicht. Du hast mich sehr unglücklich gemacht.«

Er stammelte nur noch Vorwürfe, den Blick am Boden. Und er hatte Lust, um Verzeihung zu bitten. Sein Schmerz war überwunden und lag ausgespien wie Schleim kranker Geschöpfe, draußen auf fernen Wegen. Er war wieder gesund. ›Warum soll Yolla leiden? Ich höre ja, sie leidet.‹

»Ich will dir sagen, Nino: der eine war eine Frucht, und ich biß mit allen Zähnen hinein. Der zweite war der Geruch eines Morgens am Meer, ein anderer war nicht mehr und nicht weniger als ein schönes Pferd – etwas sehr Begehrenswertes, wie du zugeben wirst. Aber was geht das dich an? Dich liebe ich ja.«

»Ich weiß es, Yolla.«

»Du glaubst mir? Du glaubst mir also?... Ich fürchtete, das würde lange dauern, und schließlich würdest du dich nur überreden lassen, weil du mich nötig hast, weil ich dir gefalle. Und nun glaubst du mir einfach, – warum?«

»Ich weiß nicht, Yolla. Ich habe gar keinen Zweifel mehr.«

Sie sah ihn an, sie bewunderte ihn. Wie hatte sie sich müde gefühlt an diesem heißen Tage und unter der Last dessen, was helle Wahrheit war, und was sie ihn doch erst an der Hand kluger Worte betasten lassen mußte! ›Sind wir denn wirklich Blinde, jeder tief in seiner eigenen Nacht?‹ Und nun kam er, war mit allem fertig geworden, was ihm zugestoßen war, sah ihr groß auf die Stirn und fand sie völlig rein, und besaß die Kraft und den Dünkel, alles zu glauben. Oh, er war jung!

Sie jubelte auf: »Komm her, Nino!«

Er stürzte vor sie hin. Sie nahm seinen Kopf zwischen ihre Hände, und sie sprach in sein blondes Haar hinein. Aus Gründen und Beschwichtigungen wurden lauter dankbare Zärtlichkeiten.

»Du weißt nicht, warum du mir glaubst? Ich will es dir erklären: weil du meinesgleichen bist!... Und merke dir, daß ich das noch keinem gesagt habe!«

»Ich liebe dich, Yolla!«

»Ich spreche zu dir wie im Selbstgespräch, ich horche auf dich wie auf meine eigenen Träume. Oh, dieselben Träume haben, das ist alles. Denkst du daran, wie wir von jeher miteinander gespielt haben, und jeder wußte, was der andere meinte. Schon als ich ein Kind und die Hirtin Chloe war, nicht wahr, bist du Daphnis gewesen.«

»Immer hab ich dich geliebt!«

»Natürlich. In Venedig hast du dich hundertmal verraten, du Kind. Aber wir taten immer, als ob nichts wäre. Weißt du noch?«

»Ich war nur so stolz, weil ich noch ein Knabe war und nichts hoffen durfte. Jetzt aber, als Mann, und als dein Geliebter, bin ich ganz, ganz demütig... Yolla, ich schäme mich, daß ich andere Weiber, gemeine, berührt habe.«

»Du wirst es noch oft tun, und ich werde mich nicht betrogen fühlen.«

»Ich bin schwach und abenteuersüchtig, ich gestehe es. Und meine Abenteuer enden immer mit dem Weibe.«

»Höre zu: wir lieben uns als Freie und als Ebenbürtige, die sich achten, bis in ihre Verirrungen hinein. Wir wollen nicht durch Leidenschaft einander zerstören. Du wirst vielleicht eine andere zerstören, – und ob eine deine Kraft und deinen Dünkel vergewaltigen wird? Ich aber will dich jung und unbedenklich... Du wirst dich wieder von mir trennen...«

»Niemals!«

»O doch, du sollst sehen, wie einfach es ist... Wir, Nino, lieben einander zu sehr. Wir könnten nicht gegeneinander wüten, vor großer Leidenschaft. Ich habe ihr zugesehen und sie – erlebt. Weißt du von der sanften Blà, einer Dichterin, die einst in Rom starb? Und von der großen Properzia? Die eine gab sich einem schönen Tier zu fressen. Die andere ließ sich langsam zu Tode peinigen von einem spitzfindigen Schwächling, und nie hat er die Seligkeiten und Verdammnisse geahnt, die von ihm kamen!«

Nino fühlte den Atem seiner Geliebten auf seinem Nacken wärmer und stärker. Er fragte, beklommen: »Und du, Yolla?«

»Ich...«

Sie empörte sich gegen die Erinnerung an Jakobus. Sie richtete sich auf und schüttelte ungeduldig die Schulter.

»Oh, mich hat kein Mensch meine Leidenschaft gelehrt. Die drei Göttinnen, Nino, waren es, die mir eine nach der andern, und grausam vor Zärtlichkeit, ihre hohe Brunst ins Herz stießen, nach Freiheit, nach Kunst und nach Liebe.«

»Und du bist noch immer Yolla.«

»Erkennst du mich?« Sie hob seinen Kopf von ihrem Schoße und sah ihm in die Augen.

»Ach, für das Wort will ich dich küssen!... Du liebst mich, – und darum weißt du, daß ich da bin. Du glaubst an eine Frau, die du Yolla nennst. Die andern haben zuerst eine Revolutionärin gekannt, und viele schwärmten mit ihr für die Freiheit. Aber sie verwandelte sich in eine Kunstbegeisterte, mit der nur wenige fühlten. Seitdem haben sie eine vor Liebe Fiebernde kennengelernt und entrüsten sich insgesamt. Sie sind so barbarisch, nur die Taten zu sehen und nicht den Menschen... Wie bin ich fern gewesen, immer und von allen... Ich habe ihnen, von meinem fremden Lande her, oftmals Schaden zugefügt, ich weiß, man muß mich hassen.«

Nino sprang auf.

»Man wird es nicht wagen! Man würde mit Blindheit gestraft werden, wie der Dichter Stesichoros, der Helena schmähte! Was kommt darauf an, ob du genützt hast oder geschadet. Du bist heilig, ich sehe dich in Überlebensgröße. Ich bete dich an, gerade weil du, ich weiß nicht wie viele Geliebte gehabt hast. Und ich halte deine Abenteuer für geradeso entlegen und verehrungswürdig wie die mythologischen Liebesgeschichten!«

Sie genoß ihn, ernsthaft, in seiner Begeisterung.

»Nein, ich will nicht klagen«, sagte sie, langsam und glücklich. »Ich habe Verwandte gehabt, – die Blà; San Bacco, dem die Freiheit den Opfertod vergönnte, zum Lohn für seine große Liebe; Properzia: – alle die Stolzen und Elenden, sie, die gemacht sind aus den Schlünden jedes Abgrundes, aus den Sternen jedes Himmels!... Und ich habe mit dir, Nino, sprechen können, als sei ich nicht mehr allein. Habe Dank!«

Die Sonne ging auf. Sie sahen ihre Gesichter in einer hellen, glänzenden Luft. Hundert Farben entstiegen, um sie her im Garten, rauschend der Nacht.

Sie traten an den Abhang. Das Meer lächelte und wand seine Glieder. Der Horizont sang im Morgenwind. Der

Golf bot sich ihnen dar, wie eine große runde Blume, gefüllt mit frischem Rausch. Nino sagte: »Sieh, wie klar und stark schneidet in den Himmel die Burg, wo Asclitino stand!«

Sie brauchten wochenlang nichts weiter um sich, einer den andern. Dann erfuhren sie aus dem »Rinnovamento«, daß die junge Partei zu einem neuen Feldzug rüste. Der Führer schrieb an Nino. Die Herzogin sah ihn unruhig; sie bat ihn, dem Rufe zu folgen. Er reiste.

In der Abschiedsstunde war er blaß und erregt; aber sie fragte: »Was wäre das für eine Liebe, die dich vom Leben ferne hielte! Sind wir denn Feinde?«

»Nein... Also auf das nächste Mal!« rief er.

»Ich liebe dich –« sagte sie, und unhörbar: »für dieses nächste Mal, an das du glaubst.«

Sie trennten sich in Neapel am Bahnhof. Die Herzogin fuhr nach ihrem Hause auf dem Posilippo, wo sie begierig erwartet wurde von einem Bewerber, der ihr geschrieben hatte, und den sie hinbeschieden hatte.

V

Sie dehnte sich unter den Umarmungen eines neuen Geliebten: der Menge. Ein ununterbrochener Zug von Körpern, die Lust verhießen, ging durch ihr Schlafzimmer – von hageren, schmachtenden Körpern und gepflegten, athletischen; von den festen geschmeidigen Körpern der Mädchen und von den zartknochigen der Kinder mit schmelzendem Fleisch. Dem Fischer von Santa Lucia folgte der Clubman. Die warmgoldene Bauerndirn mit niedrigen dicken Brauen über den ruhigen Augen hinterließ den kräftigen Abdruck ihrer Formen in Kissen, worauf Lilian Cucuru sich ausstreckte; und auch sie und ihre kalte Vollkommenheit zerriß der schmerzliche Krampf einer ersten Sucht nach Hingabe und Aufgehen. Sir Houston fand sich bei der Herzogin ein und versicherte, seine Mutter habe es ihm erlaubt.

Andere Mütter schrieben Bittbriefe, oder sie kamen selbst und brachten Söhne und Töchter mit, deren Vorzüge sie rühmten. Im Café Turco logen die eleganten jungen Leute einander von ihrem ungewöhnlichen Ruhme vor, erworben im Bett der Herzogin von Assy. Abends im Volksgarten erzählte ein Halbnackter am Brunnen, wo er sich den Ruß der Arbeit vom Nacken wusch, den Gefährten ein Märchen mit blendenden Tiefen aus Gold, Edelsteinen und Leckerbissen; und mitten darin ließ er ihren Namen funkeln. Unter ihren Möbeln vernahm sie beim Schlafengehen die Seufzer derjenigen, die ihre Diener bestochen hatten. Junge Fremde stellten sich ihr vor; sie waren weither gereist in der Hoffnung, ihr zu gefallen. Von ihr ausgezeichnet zu sein, galt als ein Anrecht auf Glück bei Frauen, ohne alle Unkosten, und auf eine vorteilhafte Heirat. Das in einer drängenden Luft erhitzte, gehetzte Liebesleben voll seltsamer Verfeinerungen, witziger Erfindungen und vom Altertum überkommener Stacheln – alles, was diese Stadt der Lust durchfieberte an heißen Knaben, begehrlichen Matronen, ausgebotenen Kindern, geübten Frauen: die ganze schwelende, dunkle, peinigende Glut schlug zu einer hellen, heidnischen Flamme empor im Palast auf dem Posilippo.

Seine hohe und lange Halle sah zwischen Säulen hinab aufs Meer. Über die oben offenen Marmorwände fielen schwere, tiefrote Gewebe: vor ihnen prangte das weiße Fleisch. Das bronzefarbene sonnte sich auf Behängen aus gelber Seide. Die Statuen fehlten in den Sälen; es gab keine in den Loggien und auf den Gartenwegen. Aber überall blühte, mit den großen Blumen, das Fleisch, das glänzende oder sanfte. Die Herzogin wünschte sich auf allen Treppenstufen und bei jedem Brunnen die frischen Gesten junger Glieder. Sie ließ Knaben und Mädchen in ihrer Nähe gedeihen, bei Sonne, Meerwind und Früchten – und sie war glücklich, dem Blute zusehen zu dürfen, das dieses warme Fleisch schwellte, und der zärtlichen, schmiegsamen Haut, die es nährte. Sie sagte sich: ›Werd ich es je ganz erfassen, was um mich her wächst, die Muskeln spielen läßt, die Gelenke reckt, sich wölbt und sich breitet? Ich bin eine Anbeterin des menschlichen Körpers geworden, aus der einstigen Genießerin von Kunstwerken. Ach! Die Kunstwerke hielten still, ergaben sich und sättigten mich... Die lebende Schönheit aber wächst, nimmt mich hin, wächst, überwältigt mich, wächst noch immer und wird in ihrer Fülle erst frohlocken, wenn ich erschöpft bin und die Augen schließe!«

Don Saverio, ihr treuer Freund, brachte ihr seine Schützlinge. Er erklärte selbst: »Da Sie es mir nicht vergönnen, Herzogin, Sie den andern zu verkaufen, so verkaufe ich sie Ihnen.«

Er hielt Agenten im Lande zur Auffindung menschlicher Vollkommenheit, und behauptete, keinen Wettbewerb zu fürchten. Er wurde unter Verzicht auf seine ehemaligen gefährlichen Machtmittel zu einer Art von Haushofmeister im Dienste der Herzogin. Er leitete ihre Feste.

Man ruhte, die Halle entlang und bei goldenen Schalen, zwischen deren Rand der Wein eine samtene Decke breitete, auf purpurnen Polstern in der Tiefe der weiten Marmorbänke. Am Boden, auf den spiegelnden Quadern, sammelten sich Rosenblätter zu roten Lachen. Die schlanken Füße von Knaben strichen darüber hin. An Eminas und Faridas spitzen Brüsten klirrten Tamburine. Ihre kleinen Handflächen röteten sich vom Schlagen. Große Früchte, die barsten, irgendwo unter den Fingern eines Gastes, sandten ihnen ins Gesicht ihren Saft. Viele Mädchen drehten sich zwischen den Säulen und hängten ihre Gebärden daran auf wie Kränze. Man rief ihnen zu, verlangte Wein und Küsse, öffnete die Arme und die kühlen Sessel ihrem erhitzten Fleisch.

Und zu dem Saft der zertretenen Blumen, zu dem Mark der Früchte und dem verschütteten Wein mischte sich ganz natürlich ein wenig Blut.

Die Marchesa Trontola, die die mächtigen Rundungen ihres Leibes über zwei Bänke verbreitete, hetzte gemächlich und lüstern zwei arme und schöne Burschen aufeinander. Sie brachten sich mit silbernen Obstmessern viele kleine Wunden bei und lagen am Ende, die Haut voll dünner, roter Rinnsale, quer übereinander auf den Fliesen. Die schwarze Gardine ihrer Wimpern war fest zugezogen über ihrer tiefen Blässe.

Lilian Cucuru begann zu leben: sie gestand es selbst. Sie verachtete weniger, sie war nicht mehr kalt von abgestorbenen Schmerzen. Sie liebte es, sich mit ziemlich viel Wein zu erwärmen. Dann behauptete sie laut, daß ihre Schwester das Liebesleben einer Katze führe. Sie selber verstehe nicht, wie man mitten in Zärtlichkeiten sich soviel tückische Eigensucht vorbehalten könne. Als sie einmal dem Spiele Vinons mit dem ganz verwilderten Mister Williams von Ohio zusah, riß der Haß sie hin. Sie warf sich über die Feindin, sie kniete sich auf sie; ihr rotviolettes Haar, das aufging, überflutete die andere wie schwerflüssiges Blut; und mit ihren Schenkeln, den langen biegsamen Schenkeln, die für lesbische Spiele gebildet waren, zerstampfte Lilian die süßen Formen, indes sie heisere Beschimpfungen ausstieß.

Ein Knabe und ein Mädchen ruhten still in den Armen der Herzogin, während die Orgie lärmte. Auf einmal – weil der Tanz einer Bacchantin zu nahe an ihnen vorbeigetobt war, weil ein schwerer Duft sie angeweht oder eine heiße Hand ihre Stirnen gestreift hatte – sprangen sie auf, kreischten sich ihre Eifersucht ins Gesicht, rangen ihre schmächtigen Glieder ineinander, bis sie stürzten, und verbissen sich mit kleinen scharfen Zähnen, ein jeder an der Stelle von des andern Leibe, wo er es nicht mehr ertragen konnte, daß jenem sich die Lust vollende.

Die wundervolle Contessa Paradisi, sonst außer dem jeweiligen Herzensfreunde nur den Allerreichsten zugänglich, hatte einst versprochen, sie wolle in einer Nacht, und ehe der Morgen die glatten Säulen röte, alle ihre Liebhaber erhören, so viele ihrer sein mochten – ohne eine Vorliebe, ohne eine Abneigung und mit voller Hingabe. Auch hielt sie ihre Zusage, soweit ihre Kraft reichte. Immerhin schloß sie, wie der vierundzwanzigste ihren beseligenden Mund küßte, die Augen und fiel in tiefe Ohnmacht. Sie erwachte, während der Wein, den man ausleerte, auf ihrer Brust schäumte; aber sie blieb geistesabwesend und erklärte, sich krank zu fühlen. Ein unbemitteltes Klubmitglied, das überdies häßlich war, tröstete sich nicht über den Verlust der einzigen Gelegenheit. Nie würde sie wieder so freigebige Glieder auftun, die wundervolle Contessa Paradisi! Als sie schwach geworden war, da war an ihm die Reihe gewesen! Hätten noch zwei andere dazwischen gestanden! Aber für ihn, gerade für ihn war das Unglück geschickt! Er knirschte, und er band, um sich zu erleichtern, mit einem glücklicheren Freunde an. Nackt wie sie waren, und die Florette in ihren von Trunk und Liebe zitternden Händen, stießen sie einander tiefe Löcher und starben beide nach wenigen Minuten.

Don Saverio vermaß sich, das Geschehene gutzumachen; es werde nicht einmal eine Notiz in die Blätter gelangen. Übrigens war tags darauf alles vergessen, wie der rötliche Brodem, den in schwülen Nächten der Vesuv über die Küste rollte, und den ein Morgenwind zerblies.

Ein kleiner grauer Alter mit Spitzbauch und goldener Brille führte der Herzogin zwei Weiber vor, deren Künste nicht mehr zu überbieten seien, sagte er. Er wage sie nur im geschlossenen Wagen durch die Stadt zu fahren, denn sie hätten bereits auf offener Straße zu viel Empörung der Sinne veranlaßt und zu viele jähe Handlungen. Er ließ sie ein paar Proben ihrer Fähigkeiten ablegen und stöhnte dazu, als greife es ihn an. Er nannte sich Amoroso. Er verlangte sehr viel Geld.

Die Herzogin hieß sie mitkommen. Sie saß in einem inneren Saal mit leerem Marmortisch. Es war kühl; ein Zugwind strich aus langen, schattigen Gängen herein. Zu ihren Füßen breitete sich die Wasserfläche eines großen Beckens aus, und sie sah jenseits die beiden Weiber warten, in schlaffer Haltung, gelb, schwarz, ungekämmt, mit weichem, gebeuteltem Fleisch an Gesicht und Körper, dicken kleinen Falten im unteren Augenlid, gebauschter Kinnhaut, Säckchen in den Wangen, Stirnrunzeln, und mit erhöhten Adern auf müden, kundigen Händen. Soviel innerer Aufruhr hatte ihre Blicke fast blind gemacht; dumpf brütend kamen sie von unten, aus der Tiefe eines Leibes, der noch viele sättigen und zerstören konnte. Nur seine Haut war geweitet; sie war über ihn gezogen wie ein nicht mehr frischer Handschuh über eine meisterhaft ausgearbeitete Hand. Sie waren schön – kraft all der Lust, die sie versprachen.

Sie waren die wahren Zauberinnen der Lust, aus einem geheimnisvollen Thessalien hergehext. Aus dem Kosten der Tränke, mit denen sie andern die Sinne vergifteten, hatten sie selber eine schmerzliche Verzückung ihres Fleisches davongetragen. Nur bei ihnen erzwang der menschliche Körper von sich alles, was er hergeben konnte an Kitzel, Krampf, Sturm... Die Herzogin winkte ihnen. Sie begannen. Sie glitten erst nur wie zwei spielende Raubtiere nebeneinander auf die kühlen Fliesen, und ihre heiße, trockene Haut erschauerte, da sie sich streiften. Ihre Glieder lockten einander; sie fügten einander den Biß der ersten Liebkosung zu, und die Süßigkeit der ersten Herausforderung. Sie kämpften – keuchend, unter Schweißausbrüchen, eine jede wahnwitzig darauf versessen, aus der andern ein Werkzeug des Unmöglichen zu machen und durch sie zu vergehen. Jede starb oftmals mit Röcheln und feierte oftmals eine wilde Auferstehung unter der Geißel, geflochten aus dem Fleisch der andern. Zuweilen verließen sie sich mit gehässigem Aufschreien oder mit einem rauhen, kotigen Wort. Zuweilen erreichten sie das Ziel – und indes ihre letzten Zuckungen verebbten und die durchs Fenster fließende Abendsonne ihre Fleischfalten durchspülte wie die Wellentäler eines Meeres, das sich glättete, lagen sie hingewälzt, sie wußten nicht mehr wo. Keine unterschied die eigenen Glieder, so tief ineinander verwühlt waren sie. Und die eine mit den Brüsten im Schoß der andern, starrten sie einander an, die rosigen, breiten Lippen kraftlos geöffnet, stumpf, das Blut befreit von allen Stacheln, endlich erlöst, endlich glücklich.

Aber die Herzogin drüben in ihrem gebauchten Steinsessel, die Beine gekreuzt, vornübergebeugt zwischen den Armlehnen und das Kinn in der Hand, fragte sich zweifelnd: ›Ist das alles?... Oder ob auch diese süße Feige, die von allen die reifste ist, sich eine letzte Süßigkeit vorbehält... Ach! diese Frucht ist wie die andern; nie werde ich sie gepflückt haben – und sei sie schon auf meinen Lippen geschmolzen.‹

Sie sann.

›Eine Klosterpforte hinter sich zuwerfen wie jener andere, allem entsagen, die Augen schließen...‹

Sie schloß sie. Wie sie sie wieder öffnete, traf sie zu ihren Füßen im Wasser ihr Bild.

»Noch eine Weile«, flüsterte sie. »Es handelt sich um weniges.«

Und sie betrachtete in dem flüssigen Spiegel die eigene Nacktheit.

Dieser Leib, der nie geboren hatte, war jungfräulich inmitten seiner zerrütteten Reife. Diese Brüste, klein und spitz, stachen ihre schwarzblauen Warzen täglich in den Schaum neuer Genüsse. Unterhalb des Nabels vertiefte sich immer mehr die eine starke Falte; sie glich einer Schlange, die diesen nach Lust stürmenden Leib anstachelte mit ihren Bissen. Auf dem glatten Bauch und der edlen Senkung der Schultern wurde der matte Alabaster der Haut getönt von ein paar gelben Flecken. Sie waren hingeküßt von einem allzu heftigen Liebhaber, der sich nicht mehr vergessen ließ: von der Zeit. Die Innenseite der Arme war schlaff und die großen Adern geschwellt von einem blauvioletten Blut, das diese oft herabgesunkenen und immer wieder emporgeschnellten Arme antrieb: legt euch um neue Nacken! Die Hände, einst geweiht und vollendet durch das Hinabgleiten an Vasen und Büsten, hatten wieder etwas fast Kindliches bekommen; auf der Höhe ihrer Weisheit und am Ende so vieler Übungen hingen sie aufs neue ungestillt und hilflos. Der ganze Leib war früher üppiger gewesen, zur Zeit des triumphierenden Lebens auf den Thronen der Kunst und zwischen ihren Räucherpfannen. Nun ward er immer magerer; das mürbe Fleisch, abgenutzt und verzehrt von Fiebergluten, schmolz nach jeder Liebesnacht ein wenig weiter fort; und kaum mehr verdeckt von der gespannten feuchten Haut, drängte sich, ruhelos und heiß, jeder einzelne Muskel unter die flüchtige Hand, die ein wenig Letzung versprach.

»Ich hatte also in mir eine, die fast eure Schwester ist«, sagte sie und nickte hinüber nach den beiden, die übereinandergeworfen im Schlafe atmeten.

»Sie lebt auf, sie springt aus mir heraus, keucht unter der Fuchtel der unerbittlichen Göttin, tobt, ermüdet, sinkt hin... Was kommt dann?«

Sie lächelte.

»Es handelt sich vielleicht um weniges.«

Ein großer, strotzend roter Fleck schwamm im Wasser. Es war der Widerschein ihres gefärbten Haares. Darunter erblickte sie ihr Gesicht blaß und mager, und inmitten seines Glanzes die Schatten des Verfalls und die kleinen Höhlen, in denen er sich verbarg und arbeitete. Der Mund wand sich blutend in immer eiligerer Genußsucht. Ein Lächeln zog die Haut über den Nasenflanken und unter den Augen so straff, daß sie bläulich spiegelte – ein Lächeln von irrer Süßigkeit, rein – und fast ein Grinsen. Sie wußte selber nicht, prickelte dieses Gesicht von leichter Fröhlichkeit oder grimassierte es angstvoll. Es forderte heraus – und es erschreckte durch seine Fernheit vom Leben. Man sah es sterben... Die goldgrünen Schatten auf der Stirn, unter dem Haar, das über den Kopf gestülpt war, wie ein wilder kupferroter Helm über eine Maske von peinlicher Modellierung; das bräunlich zerknitterte Lid und die Perlmuttertöne der Wangen; Kinn und Nasenflügel in der rosigen Künstelei einer wächsernen Frucht; und die enge, schwarze, schmerzliche Querfalte des sehnsüchtig gebogenen, fettweißen Halses – alles schillerte und beunruhigte wie Fäulnis, färbte sich prunkend und verdächtig wie Ölflecken im toten Wasser, glomm und verführte wie Irrlichter auf tiefen Mooren, rührte, ängstigte und bezauberte wie das bunte, hastige Flügelschlagen eines verscheidenden Schmetterlings.

Sie sah sich mit einer Frage in die Augen. Es waren unter ihren hohen, schwarzen Brauen noch dieselben Augen; ihr Blick fand den Weg fernher, von stahlblauen Meeren. Aber es zitterte vor ihnen ein Glanz von Hingerissenheit und Angst. Sie waren Zuschauer dieses Leibes, des weißen Leichenfeldes immer neuer Lüste, die auf ihm entbrannten und erstarben.

Und dann antwortete sie ihren Augen.

›Es handelt sich darum, eine halb erhobene Gebärde ganz ausschwingen zu lassen, einen fast schon fertigen Vers zu Ende zu sprechen.‹

Sie trug, wie der Sommer fortschritt, an einer nie gekannten Müdigkeit. Keine Abendluft erfrischte sie mehr; sie versäumte den Genuß der reinen, windigen Frühe. Drunten am Meer war alles hell, heiter, voll Bewegung und Mut, jeden Morgen wieder. Auf ihr brütete ein ewiger Mittag. Sie meinte, in eine Wüste verbannt zu sein. Der Sand drang ihr durch die Poren ins Blut; er schob sich träge durch ihre Adern; er mußte schließlich stocken... Die Feste verließ sie trübe. Aus starken Umarmungen ging sie schwindlig hervor, mit Herzklopfen und mit Übelkeiten. Des Nachts, ans offene Fenster gebettet, ohne Hüllen und voll trockener Hitze, befragte sie sich im Schein starrer Sterne.

›Warum diese Angst, die sich bis in die Fußspitzen

schleicht?... Ich kenne sie ja. Sie kam auch damals, als Jakobus und das große Kunstwerk mich verrieten. Sie war früher schon einmal dagewesen, in Castel Gandolfo, als es mit meinem Freiheitstraum zu Ende ging. Immer ging etwas zu Ende, wenn ich so im Dunkeln beim Wetterleuchten mit Herzklopfen lag und Morphin nahm – immer ging irgend etwas zu Ende. Was ist es diesmal?‹

›Im Grunde weiß ich es vielleicht‹, antwortete sie einmal. ›Aber ich *will* es nicht wissen. Es wäre unstolz, zuzugeben, daß wir selber enden können!‹

Sie zog sich an den Golf von Pozzuoli zurück und in den alten Garten, der sie, die Venus, und ihre Verherrlichung über seine fiebernden Wipfel emporgehalten hatte. Sie sah begierig alle die Plätze; das Tal der Zypressen, den Bach und den Brunnen; die Sitzreihe auf den Stufen; den Tempel.

›Dort trat Nino hervor... Wie ist das unglaublich lange her. Drei Monate? Ich muß mich irren.‹

Ihr Villino stand sehr einsam an einer kleinen Bucht. Sie war allein, und sie saß auf der Terrasse, im Schatten eines Zeltdaches, und versuchte zu lesen: Jean Guignols Verse – die Verse, die durch den Garten geharft hatten, unter denen die Pinien gesurrt und die Frauen geseufzt hatten, und die droben am weißen Tempel sich wie Tauben mit roten Füßen niedergelassen hatten, vor ihr, der Göttin... Da sah er selbst ihr ins Buch.

»Ich bin wieder einmal da, Herzogin... Also Sie denken noch daran? Diese armen Worte sagen Ihnen noch etwas?«

»Ich freue mich, wie neu sie mir sind. Ach, daß es doch etwas gibt, was bleibt!«

»Sie bleiben ja nur für die, die immer neu an Empfindung sind. Wenn eine Empfindung wie die Ihrige, Herzogin, je erschlaffen könnte, wären auf einmal alle Werke tot... Aber darum sorge ich mich nicht.«

»Sie haben recht«, erklärte sie. »Es geht mir gut.«

Er sah weg, erblaßt vor Schmerz. Er fürchtete, in Weinen auszubrechen.

»Aber auch einer Gesundheit wie der Ihrigen, Herzogin, sollte man in dieser Jahreszeit nicht das Klima dieses Golfs zumuten. Hinter uns liegen Sümpfe: man braucht es nicht einmal zu wissen, die Nase ahnt es.«

»Gewiß, Alpenluft täte mir besser. Ich sollte nach Castelfranco gehen, in meine schöne Villa... Wäre sie jetzt noch schön?«

»Warum nicht?«

»Wenn die Statuen, die ehemals meine nächsten Freunde waren, an mir wie an einer Fremden vorbeisehen würden – nein, den Versuch mache ich nicht. Ich will nichts zurückrufen... Wie wunderbar dunkel war es in den Lauben aus Steineichen! Wie schaukelten sich draußen die Rosen auf den glänzenden Kronen! Die Brunnen, die Allee des Schweigens, ein verwilderter Rasenplatz mit einem Sockel in der Mitte – ich bin glücklich, daß ich das alles gehabt habe. Und jetzt bin ich glücklich mit dem, was ich habe. Schauen Sie nur.«

Vom Garten herauf und über die Terrasse hinweg brachen mit glühender Gewaltsamkeit massige Wülste roter Pflanzen. Sie drängten ihre gedunsenen Kelche zwischen die Säulchen des Geländers, sie krochen feucht und in Knollen über die Fliesen hin, wölbten sich in klebrigen Bügeln auf der Balustrade und erfüllten den Garten mit einem dunstenden Blutmeer.

»Es sind Fieberblumen«, sagte Jean Guignol.

»Ich will sie«, erwiderte die Herzogin. Er schwieg. Sie kamen nicht darauf zurück.

Am folgenden Tage traf Rustschuk ein, mit einem Pakken Geschäftspapiere, auf die die Herzogin einen gleichgültigen Blick warf. Er blieb da, und die beiden Männer, die in ihrem ganzen Leben noch keinen gemeinsamen Gedanken gehabt hatten, verbrachten viele Stunden allein miteinander, wenn die Herzogin schlief, wenn sie abgespannt schien, oder wenn sie ungeduldig ihre Hand nach der Küste ausstreckte.

»Geht, und erkundigt euch, wohin das Schiff fährt, das blaue, das eben den Anker losmacht.«

Sie teilten sich täglich in leichtem Ton ihre Beobachtungen mit über das Aussehen ihrer Geliebten. Jeder fühlte, daß der andere ihm bei ihr nicht überlegen war. Sie bemitleideten einander und gewährten einander manchmal das Almosen eines ungestörten Gespräches mit ihr. Rustschuk erklärte ihr bei einer solchen Gelegenheit: »Sie müssen wissen, daß mir, so alt ich geworden bin, noch keine Frau eigentlich Schmerzen verursacht hat. Sie haben das fertiggebracht.«

»Ich bin stolz darauf.«

»Ich muß Sie haben, Herzogin, ich ersticke sonst an meiner Begierde. Ich sehe zu, wie alle andern Sie genießen – ist das nicht eine Ungerechtigkeit?«

»Es geht nicht nach Verdienst, mein Lieber.«

»Gewiß nicht. Sonst wäre ich der erste gewesen. Bin ich nicht Ihr ältester, treuester Diener? Aber ich habe mir etwas ausgedacht. Wenn ich Sie Ihr Vermögen verlieren ließe? Es wäre mir eine Kleinigkeit.«

»Sie werden es nicht tun. Es gehört Mut dazu.«

»In solchen Dingen habe ich schon öfter Mut gehabt.«

»Und dann sind Sie, glaube ich, fromm geworden.«

»Allerdings. Aber würden Sie mich erhören, um das Ihrige wiederzubekommen?«

»Nein.«

»Nein? Das ist merkwürdig. Sprechen wir nicht mehr davon. Ich *vermehre* es sogar, trotz Ihrer Verschwendungen.«

»Sehen Sie.«

»Ja, ich bin fromm. Ich bemühe mich, der Freundschaft unseres Generalvikars immer würdiger zu werden.«

»Des Tamburini? Ich zweifle nicht am Erfolg Ihrer Bemühungen.«

»Und gemeinsam werden wir alles aufbieten, Herzogin, Ihre Seele zu retten. Bekehren Sie sich, solange es Zeit ist!«

»Adieu, Hausjud«, sagte sie. Er begann plötzlich auf der Stelle, wo er stand, zu tanzen, störrisch verzerrten Gesichts.

»Sie werden das bereuen«, murmelte er. »Ich bin nicht der, für den Sie mich halten. Ich habe eine Leidenschaft.«

»Ich habe Sie gar zu klaren Kopfes gekannt, zur Zeit, als Sie sich von meiner gescheiterten Sache lossagten, als Sie Ihre politischen Dummheiten, in meinem Dienst begangen, nachträglich als schlauen Verrat an mir zu deuten wußten... Eigentlich kenne ich Sie nur schlotternd, und findig vor Angst... Denken Sie doch einmal über das hiesige Klima nach.«

»Es ist mir gleichgültig.«

»Wissen Sie, daß Sie seit Ihrer Ankunft auffallend schlecht aussehen?«

»Ich fühle mich auch danach.«

»Ich rate Ihnen, schleunig abzureisen.«

»Nein.«

»Warum nein.«

»Weil es mir ganz gleich ist, ob ich hier zugrunde gehe. Ich muß Sie haben.«

»Das ist das Wichtigste? Und Ihr Leben?«

»Sie hören ja, ich habe eine Leidenschaft, was heißt da Leben? Lieb ist es mir ja selber nicht, daß es so ist; aber kann ich's ändern?«

»Sie wagen etwas für mich? Sie sind nicht feige?«

Sie sah ihn fest an, sie suchte in den verbrauchten Zügen des alten Geldmenschen nach etwas Jungem. Sie lehnte sich zurück und seufzte vor Befriedigung. »Das ist schön –«, sagte sie, und sie genoß das Glück, einen Menschen nicht länger verachten zu müssen.

Er schnaubte vor ungeduldiger Hoffnung.

»Komm ich nun also dran?«

»Jetzt weniger als vorher. Sie sind nicht mehr der erste beste.«

»Sehen Sie wohl, Sie sind kokett! Sie quälen einen, bis man nicht mehr kann. Ich seh ja ein, wie verrückt es ist, Sie zu lieben. Sie, die jeder haben kann – nur gerade ich nicht. Möchte wissen, wie gemein Ihr Umgang noch werden muß, bis auch ich drankomme!«

Sie hörte ruhig lächelnd zu. Er konnte sich nicht wieder verunstalten; er war weniger häßlich geworden.

Jean Guignol gestand einmal, als sie allein saßen: »Nun sehne ich mich also doch nach Ihnen. Sie erinnern sich wohl, das war es, was ich am meisten fürchtete.«

Sie wollte nichts wissen. Es war wieder eine ganze Seele voll von Pein, die auf sie zuflatterte. Sie wehrte trotzig ab.

»Ich bin ein wenig müde, ich habe zu viele Männer gehabt.«

Er errötete tief.

»Sie müssen doch verstehen, wie sehr ich darunter leide, mit welcher blinden Selbstaufopferung ich gezwungen bin, Sie zu lieben – nach so vielen!«

»Ich verlange es nicht.«

»Aber ich selbst verlange es! Ich will Sie nie besitzen! Ein Idol sollen Sie mir sein, die Geliebte der Zahllosen! Ich will an Ihnen nicht einmal mehr deuten, raten, formen, wie ehemals, als ich Sie bloß erst aus der Ferne kannte und in meiner Tiefe. Ich will nur noch auf das Unsägliche in Ihrer Seele horchen – ohne die Sucht nach Worten dafür.«

»Was begehren Sie also von mir? Das unmögliche Werk, das Sie niemals schreiben werden?... Ach, ich kenne das alles. Diese Beschwörungen, diese rechthaberischen Forderungen im Namen eines Werkes, diese Verzückungen und Ernüchterungen: ich habe sie schon einmal durchgemacht. Schließlich verläßt man sich ohne Genugtuung und denkt mit Grauen daran, wie sehr man sich gequält habe.«

Sie setzte insgeheim hinzu: ›Und du bist dazu verurteilt, mit deinen Werbungen jedesmal dann herauszukommen, wenn mich Kopf und Nieren schmerzen, und wenn schon das Hinstreifen deiner Lippen über meinen Ärmel mich aufschreien machen könnte.‹

»Herzogin«, flüsterte er mit trockener Kehle.

»Was wollen denn Sie?« fragte sie langsam, und sah ihm in die Augen. Und aus ihrem Blick erfuhr er, wie entsetzlich fern er ihr war.

›Ich spreche ins Leere‹, sagte er sich, mit einem Kältegefühl. Aber noch kämpfte er um sie!

»Herzogin, ich leide unter jedem Atemzug, den Sie in dieser Fieberluft tun. Seien Sie gnädig, erlauben Sie, daß ich Sie fortführe, in irgendein reineres, glücklicheres Land.«

»Glücklicher... Sie tun immer, als sei ich nicht glücklich. Wissen Sie, daß das beleidigend ist?«

»Ich weiß nur, daß ich selber zu unglücklich bin, und ich kann nicht glauben, daß nicht auch Sie es sein sollten, da Sie ja nicht imstande sind, mich zu trösten, da Sie ja einsam und hart sind.«

Sie antwortete nicht.

»Geben Sie mir eine Hoffnung, geben Sie sich selber eine! Sagen Sie wenigstens, daß Sie es *möchten* – daß Sie mir folgen *möchten*!«

Er wartete angstvoll. Schließlich hörte er, wie sie Worte fallen ließ.

»Es wäre unnütz... Ich habe keine Zeit mehr.«

Darauf schlug er die Hände vors Gesicht und trat von

ihr weg. Er sagte tonlos, und in sich zurückblickend: »Oh! erkennen zu müssen, daß eine Frau die einzige ist – die, in der ich der Reihe nach alles wiedergefunden hätte, was in der Jugend so zauberhaft hell war, und was mir verlorenging. In der ich Jüngling, Mann und Greis zugleich gewesen wäre. In der ich alles, was mir beschieden ist, doppelt gefühlt haben würde.«

Sie dachte: ›Und als wir das erstemal miteinander sprachen, und du es entsetzlich fandest, dich nach mir zu sehnen, da dehnte ich mich vor Verlangen nach dir! Ich hätte damals ernsten, zärtlichen Worten lauschen mögen, einem Knienden die Hände um das Gesicht legen und mich anbeten lassen. Es ist sehr lange her, du verstandest mich damals gar nicht.‹

Sie besann sich, ob sie sprechen solle. Ein Mitleid, von weit her, ließ sie schweigen.

Er öffnete endlich die Augen, und plötzlich bestürmte sie das ganze Rot des Gartens. Es tobte wie in Fieberschweiß gegen die Umfriedung. Es zuckte zwischen den unerbittlichen Armen zweier starrer Zypressen. Dahinter blendete das Meer, leer von Segeln.

»Zu spät gekommen«, murmelte Jean Guignol. »Das erstemal hatte sie zuviel zu erleben. Und jetzt ist nichts mehr übrig.«

Er stützte sich auf die Brustwehr, schwindelnd. Er meinte, etwas erkannt zu haben, was nicht ins Leben gehörte, was sich mit der Tatsache des Daseins nicht vertrug.

›Es ist schon vorüber, aber einen Atemzug lang habe ich erschaut, was nie jemand begreift: daß ich gar nicht hätte leben sollen. Es hat ja nicht gestimmt bei mir! Ich habe den Weg verfehlt und das Zusammentreffen versäumt mit der, die mich erst gerechtfertigt hätte!«

Er fühlte sie hinter sich, ganz nah, – und er hatte Lust, hier, unter ihrem Blick, den Kopf auf die Arme zu legen und zu schluchzen. Dann erschrak er und fragte sich, ob das etwa Literatur sei.

›Ist alles erkünstelt? Will ich ein Stück daraus machen? Bin ich nur ein gleichgültiger Buchstabierer von Schicksalen, der sich des Handwerks wegen zum Erleben nötigt?... Ich kenne mich nicht. Wer je aus einer Empfindung einen Vers geformt hat, der darf sich nicht mehr glauben. Das ist das Schlimmste.‹

»Und wenn sie mir sagte: Ja, ich will dich lieben –«, so sprach er in die Flut von giftiger Röte dicht unter seinem Munde, »selbst dann noch wäre es ein Irrtum. Wie es ein Irrtum war, sie, meine Geliebte, verstehen zu wollen. Eine Geliebte versteht man nicht. Sie haben recht, die vollkommenen Frauen, die Geister und Künstler zugleich sind – daß sie nur sehr einfache Männer lieben, nur solche, die gar nicht gescheit genug sind, um sie mit ihrem vorgeblichen Verständnis zu peinigen oder zu langweilen. Dieser Nino! Daß ich nicht einmal eifersüchtig sein kann! Denn wie liebt er sie, – und wie liebe *ich* sie! Es ist gar nicht dieselbe Frau, die wir lieben! Wir sind kaum Rivalen. Für alles, alles zu klarsichtig. Am Ende jedes kurzen Traumfluges stoße ich mit dem Kopf gegen das Wort Irrtum. Es brummt mein Kopf; du irrst dich, du liebst gar nicht. Du möchtest lieben können, du möchtest nach Gegenliebe verlangen, aber du tust es nicht. Du weißt, dies wäre dein Weib, wenn du so wärest, daß sie dich brauchen könnte. Und wärest du so, dann würdest du sie wieder nicht so lieben wie jetzt, als eine andere. Ein Irrgarten: er lädt dazu ein, sich aufzuhängen an einem seiner Bäume... Ob ich sterben könnte?... Oh, ich erschrecke!«

Endlich wandte er sich um – und ließ die Arme sinken. Sie war fort.

Er starrte auf ihren verlassenen Platz. Er hatte nicht gehofft, daß sie seinem versagenden Geflüster zuhören, daß sie ihm zurufen werde: das alles ist falsch, und du darfst leben! Nein, sie saß stumm, fern und ohne seinem Herzen ihr Ohr zu neigen. Aber sie saß doch dort, mit den Füßen auf diesen selben Fliesen, und gleich hinter seiner Schulter... Nein, nicht einmal das. Und er erschauerte in einer Einsamkeit ohne Grenzen, ohne Ausweg, ohne Echo.

Rustschuk und Jean Guignol bekamen nacheinander das Fieber. Auch aus der Dienerschaft wurden mehrere davon ergriffen. Die Herzogin fühlte sich wohler. Der Arzt, der die Kranken besuchte, sagte zu ihr: »Die böse Luft hat Ihnen noch nichts anhaben können, gnädigste Herzogin. Es liegt an dem Alter, in dem Sie stehen, daß Sie die letzte sind. Aber faßt das Fieber Sie erst einmal, dann – gibt es Sie lebend nicht heraus. Reisen Sie, reisen Sie!«

Ihre beiden Freunde waren außer Gefahr; darauf kehrte sie, merklich erholt, in die Stadt zurück.

Es war Anfang September; einige hundert Leute mit Geld und Titeln hatten sich aus Amerika und Europa nach Neapel bestellt. Sie kannten einander von unzähligen Vergnügungen an fünfzig Plätzen der Erde. Sie hatten einst in Zara der Revolution für die junge Herzogin von Assy beigewohnt, wie einer Fuchsjagd oder einem Karneval. Sie hatten in Venedig die Feste besucht, auf denen die satte Kunst prangte neben der reifen Schönheit der Herzogin von Assy. Jetzt kamen sie, um zuzusehen, wie der Ausbruch ihrer späten Wollust eine ganze Stadt auflodern machte.

Denn die heidnische Flamme griff vom Palast auf dem Posilippo über Neapel hin. Das Volk stürzte sich hinein. Es schrie ihr in Krämpfen, wo immer sie vorüberkam, seine Anbetung zu. Es wütete in Orgien, die sie bezahlte. Die Nächte auf den langen Kais brannten von Pechfackeln und von begehrlichen Augen, von erhitzten Körpern, die im Bogen ins Wasser sprangen, von rotem Rauch aus den Kesseln der fliegenden Bäcker, von Wein, von sehnsüchtigen Worten und von rastlosen Umarmungen. Unter den Lichtkränzen farbiger Papierlampen und den Funkenspielen der Fackeln sprenkelten die Häuser sich rosig und grün, flackerte es bunt auf den Gesichtern, stürzten in jähen Farben die Gebärden durcheinander und schillerte das Meer, genußsüchtig sich schlängelnd unter lauter Schuppen aus Erz und Gold.

Gefolgt von ihren Gästen in zahllosen Wagen, fuhr die Herzogin über Santa Lucia. Die Juwelen und die Orden blitzten, die Spitzen zitterten, teure Düfte wehten unter Fächerschlägen hin und her – und dazwischen sprangen die nackten Burschen und winkten vom Strande die Mädchen mit zerzausten Röcken und offenen Miedern. An eine Hand, die elegant bekleidet und in göttlicher Ruhe von einem Wagenpolster hing, befestigte sich der schöne, bebende Arm eines unschuldigen Sterblichen. Die Badenden standen auf den seidenen Kissen der Frauen und schnellten sich mitten in der Fahrt ins Meer.

Neben dem Wagenschlag der Herzogin lief unermüdlich ein schönes, zartes Geschöpf von kaum vierzehn Jahren. Er bat um nichts, er hielt nur seine großen Blicke auf ihrem Gesicht; sie waren voll eines Schmachtens, hilflos und unsäglich. Manchmal schob er mit einer kleinen braunen Hand die Haare von den Augen fort. Sie warf schließlich einen Ring ins Wasser, und der Knabe sprang hinab. Wie sie das nächste Mal an der Stelle vorbeikam, zog man ihn eben heraus. Er hatte sich in der Tiefe an einen Pfahl geklammert, er wollte das Licht nicht mehr sehen, worin es etwas so Unerreichliches zu begehren gab – und ihren Ring hielt er fest zwischen den Zähnen. Nun lag er auf dem Pflaster gebreitet; das Fackellicht vom Karren eines Obsthändlers tauchte in die weichen Grübchen seines Kinderkörpers und strich in hellen Rundungen um seine kleinen Muskeln.

Bei einem glänzenden Feuerwerk auf der Piazza San

Ferdinando erschoß sich der Neffe des Präfekten, der junge Luciano, den sich die Frauen weitergaben wie ein Riechfläschchen. Er erschoß sich, während rings um ihn her eine Menge Raketen rasselten und alle Gesichter nach oben lagen – so daß man seine Tat weder hörte noch sah. Er ward unter den Füßen der Menge hervorgeholt, als sei er im Gedränge ohnmächtig geworden. Dann entdeckte man Blut an ihm, und auf seinem Herzen die Photographie der Herzogin von Assy.

Der Sohn eines ländlichen Wirtes versuchte, ihr Gift beizubringen in einem Glas Orangenwasser, das sie auf Spazierfahrten sich zuweilen von ihm an den Wagen bringen ließ. Sie fand den Geschmack des Getränkes schlecht und gab es ihm zurück. »Ich hatte erst nach dir trinken wollen«, erklärte der junge Mann, blaß und standhaft, und verschluckte es.

Aber durch seine Seltsamkeit am auffallendsten war der Tod eines harmlosen, wohlhabenden Grundbesitzers aus Pistoja. Gleich nach seinem Erscheinen hatte Lilian Cucuru ihn für sich ausersehen und ihn unschwer bewogen, sich mit ihr zu verloben. Übrigens reute es sie bald; sie erinnerte sich ihres Freiheitsstolzes; auch sah sie den armen Carlo zum Sterben verliebt in die Herzogin. Sie bot ihm die Zurückgabe seines Versprechens an; er nahm es, zögernd aus Gewissenhaftigkeit, und erst am Tage vor der Hochzeit. Nur, daß Don Saverio nicht gesonnen war, den unverhofften Gatten seiner Schwester entwischen zu lassen. Er unterrichtete ihn davon, daß die Camorra sich mit ihm beschäftige; es heiße heiraten oder sich auf ein plötzliches Ende gefaßt machen. Der arme Carlo heiratete. Er kniete, von seiner Braut weggewendet, auf der Altarstufe. In der Kirche zeigte man sich die Camorristen, die ihn eingeholt haben würden, wenn er zu fliehen gewagt hätte... Er floh anders.

In der weiten Loggia im Hause der Herzogin von Assy,

auf einem ihrer betäubenden Feste, saß er, halbversteckt von einer Säule, und sah sie an. Er tat nichts weiter, und er tat es die Nacht hindurch. Sie streifte selten sein Gesicht und fand es sehr blaß. Zuweilen meinte sie, ohne daß sie es sah, deutlich zu fühlen, wie es dort neben ihrer Schulter wieder ein wenig weißer geworden war. Die schweren, glühenden Blicke in diesem Leichengesicht quälten sie. Und auf einmal, als gerade die erste Morgenluft hereinfächelte, sank der arme Carlo lautlos unter den Tisch. Es zeigte sich alsdann, daß das Wasser des Brunnenbeckens, bei dem er gesessen hatte, hinter der Wand von Blumen tief gerötet war und daß der Tote an der linken Hand die Ader geöffnet und kaum noch Blut im Leibe hatte.

Es war schwer zu verstehen, daß sogar ein ehrbarer Provinzler von der Tollheit der andern ergriffen war. Aber es strich ein Wind von Wahnsinn den Golf entlang. Die Herzogin selber spürte ihn. Jedes neue Sterben, das für sie geschah, schnellte ihre Genußsucht in wütendere Wirbel. Die Gier durchwühlte sie bis zum Aufschreien: alle zu beglücken, alle zu befreien von ihrem Drange – Lust zu spenden, soweit ihr Wurf reichte, und inmitten alles zukkenden Lebens dem Tode keinen Fleck am Boden zu lassen, wo er sich hinstrecken konnte.

Aber er holte sie ein, so wild sie jagte; er war immer schon da. Überall, wo sie, die Wollust, vorbeikam, da erhob, und sogar unter den Hufen ihrer eigenen Pferde, der Tod den Kopf vom Pflaster. Je mehr fieberheißes Leben sie verschenkte, desto mehr Todeskälte bekam sie zurück.

Und inzwischen fühlte sie sich leben ohne Ermatten, ein irres, Unheil austeilendes Leben, für das man sie haßte. Man ging starren Gesichts ihrer unheimlichen Schönheit entgegen, man verwünschte sie, und man verlangte danach, sich ihr zum Opfer zu bringen.

Es kam vor, daß berauschte junge Leute ihr die Pferde ausspannten und die Herzogin in ihrem Wagen davonschleppten, in der Haltung von Sklaven und unter Flüchen. In der Menge hörte sie nun rachsüchtige Zurufe zusammen mit unflätigen. Huldigungen und Drohungen spritzten als der gleiche Kot um ihre Wagenräder. In einer Nacht stürmte das Volk die Zeitungskioske und verbrannte Packen eines illustrierten Blattes mit ihrem Bildnis – während das Meer voll brünstiger Gitarren war, die nach ihr riefen.

Sie konnte sich der Unruhen wegen, die sie veranlaßte, wenig mehr zeigen. Die vielen, denen sie von ferne erschienen war, gedachten ihrer kaum noch wie eines Menschen. Sie war das überall gegenwärtige, ungeheuerliche Sinnbild der Liebessucht, die die Stadt geißelte. Sie wurde wieder zu der Morra, der Hexe, die Herzen herausfraß aus Brüsten, und zu deren Klippen der Vorüberfahrende hinaufstarrte, gebannt, in grauenvollen Begierden.

Eines Abends aber sammelte sich ein wütender Haufe vor ihrem Haustor und wollte Feuer daranlegen. Die obszönen Lieder gellten bis in ihr Fest hinein, begleitet von den Stößen und Schreien der Einbrechenden. Am Ende bekam sie ein Billet, und es stellte sich heraus, daß es Jean Guignol war, der den Lärm veranstaltete, denn er hatte sich getötet. Er rief ihr noch aus dem Nichts seinen Dank zu für den wollüstigen Wahnsinn, in den sie mit der ganzen Stadt auch ihn gestürzt habe. »Welch Glück! Ich weiß, daß ich Sie wirklich liebe, ohne Literatur – wenigstens in diesem Augenblick, da ich meinen Tod beschließe! Ganz ehrlich und unschuldig sterbe ich, einer der ratlosen Körper, die, von Ihrem Blick getroffen, an Ihrem Wege verröcheln! Ich liebe Sie! Und ich tue es nicht eines schönen Verses wegen – da ich ja sterbe!«

Sie zerriß den Brief. Sie zitterte vor zorniger Verachtung. »Das ist sein Auskunftsmittel! Ich habe ihm nicht erlaubt, sich auf eine andere Weise mit mir zu verbinden: drum stirbt er für mich. Auf mich läßt er sein Blut spritzen. Wie ist das feige! Er hat sich besiegen lassen, und er will, daß auch ich an seiner Niederlage leide: der doppelte Feigling!«

Aber die eigene Härte schmerzte sie, wie ein Überfall ihrer Krankheit.

Sie hielt diese Nacht den Stab mit dem Weinlaub sehr hoch. Zum ersten Male schrillte durch eine ihrer Orgien ein Ton wie von Verzweiflung. Den armen Rustschuk reizte und enttäuschte die Herzogin so lange, bis sein Gesicht blaurot und seine Zunge seltsam schwer ward. Dann stieß sie ihn zu Lilian, die Geld brauchte, auf das Ruhebett, mit der herrischen Geste von Venus, als sie Helena und Paris zusammentrieb. Man behauptete, der Minister habe diesmal einen richtigen Schlaganfall erlitten. Draußen heulte noch der Aufruhr um Jean Guignols Leiche; und aus der Mitte ihrer Gäste traf sie feindseliges Gemurmel.

Sie fuhr aus. Sie erschien im Theater San Carlo und bot sich der Wut dar, die zu ihr emporbrach, bei offener Szene. Eine Garde von Anbetern um jeden Preis, zusammengewürfelt aus Herren mit Gardenien und aus Zerlumpten, verteidigte die Tür ihrer Loge. Sie sah in den Saal hinunter, der in Krämpfen lag, auf die Galerie hinauf, die Fäuste schwenkte, und sie erkannte das Volk wieder, das in Zara ihren Wagen umtobt hatte, weil sie einen Mörder entschuldigte. Sie meinte, jener Alte tanze aufs neue an der Hafenbucht umher, weil sie ein Ruder ergriff. Und die unmenschliche Mundhöhle des römischen Zeitungsausrufers schien sich, ihr gerade gegenüber, noch einmal aufzutun, angefüllt mit Geifer, mit verdorbenem Atem, mit Sterbelauten, und ihr, frohlockend vor Haß, alles Unheil ins Gesicht zu keuchen, das für sie geschah und durch sie!

Einen Augenblick allgemeiner Erschöpfung und drückender Stille benutzten ihre Anhänger, um ihr Beifall zuzurufen. Es waren alte Böcke, Kokotten und junge Halbleichname. Es war das Schlimmste, was zu überstehen war. Sie hielt es aus, sehr hochmütig, das Lorgnon an den Augen und ohne auf die Grüße zu antworten.

Plötzlich war sie verschwunden. Ihr Wagen sauste davon, ehe jemand es gewahr ward. Sie saß darin noch in derselben starren Haltung wie auf ihrem Logenplatz. Sie deuchte sich unbeweglich in einer steil und mühsam aufgebauten Einzigkeit. Nur keine Furcht vor Schwindel!

Die Diener rissen das Gartengitter auf. Wie der Wagen hindurchfuhr, sah die Herzogin an dem schmiedeeisernen Blätternetz eine kleine Form lehnen, ein Kind mit Blumen auf dem Schoß. Ohne Besinnen rief sie »Halt!« und stieg aus.

»Gib mir deine Blumen«, sagte sie.

Das kleine Mädchen blieb still.

»Sie schläft«, murmelte die Herzogin und näherte ihre Lippen der Stirn des Kindes. Sobald sie sie berührte, fiel der Kopf auf die Schulter. Sie betastete es: das Kind war tot.

Sie stand und bebte. Sie fühlte die Sekunde kommen, wo sie über das Kind hinstürzen würde und aufschluchzen.

Sie befahl, mit Furcht vor sich selber, ihren Leuten, draußen zu bleiben, und betrat allein den dunkeln Park.

›Ein verhungertes Kind‹, sagte sie zu sich. ›Es sitzt zufällig auf einem Stein vor meiner Pforte. Was geht es mich an!‹

Aber nach all den Toten, die sich ihr entgegengeworfen hatten, als gehörten sie ihr, taumelte sie bei der leichten Berührung dieser zufälligen Kinderleiche.

›Es sind zu viele, sie wälzen sich übereinander, soweit ich sehe. Ich begreife nicht mehr, wie ich sie alle habe ertragen können: früher, von Dalmatien und von Paris bis nach Venedig, wo die Bahre vor mich hingestellt ward mit San Baccos Körper. Ich fühlte doch mit der Alten von

Benkovac, die den Schädel ihres Sohnes an seinem Schopfe umherschwenkte und nach Gerechtigkeit schrie. Ich war ebenso stark! Bin ich nicht die Tochter von Starken, in deren Lebensläufen sich die Körper der Besiegten häuften? Wie viele mußten wohl untergehen oder verkümmern, damit das Leben eines Assy frei, ungehemmt, groß und schön werde? Er hat sie nie gezählt! Er nahm sie hin, er hielt sich aller Opfer wert, er hatte den Mut dazu und das gute Gewissen!

O meine Väter! Wo seid ihr? Ich habe nie gewußt, daß ich bis hierher allein sei! Welch eine schlimme Einsamkeit, die keine Spur hinterlassen wird! Nach mir hört die Welt auf!... Man verbeugt sich vor meinem Namen, vor meinem Stolz, vor der Verachtung, die ich fühlen lasse. Aber wo ist meine Familie? Welchem Lande gehöre ich? Welchem Volke? Welchem Stande? Was vertrete ich? Welche Gemeinschaft rechtfertigt mich? Wehe mir, wenn ich schwach werde! Ich bin einzig auf meine Nerven gestellt. Niemand wird Achtung für mich beanspruchen, wenn mein eigener Stolz sich einmal verdunkelte!... Hätte ich ein Kind.‹

Mit ihr stieg die lange Gartenmauer den Hügel hinauf und herab, und von droben starrten im Sternenlicht Masken sie an, kalt und stumpf. Sie sehnte sich: »Hätte ich ein Kind!«

Es war ihr plötzlich, als folgte ihr etwas, mit Schwimmbewegungen. Sie war auf einem fernen Meere, es schwamm etwas hinter ihr: Pavic' ertrunkener Knabe!

Vor ihr, quer über den Rasen trippelte, ohne sie anzusehen, kühl und lieblich in ihrem verjährten Prunk, die kleine Linda, das künstliche, zukunftslose Kind ihrer sieben Jahre mit Jakobus. Wäre es ihr eigenes gewesen – wenigstens dieses!

Der junge Tortenbäcker hockte irgendwo unter einem Busch, wimmernd, mit gebrochenen Beinen. Weil er ihr gefallen hatte, war er vom Küchenbalkon gestürzt worden. Braunblaß und mit großen, umränderten Augen lagen schwarzsträhnige Knaben auf den Schwellen seltsam umrahmter Portale, und vor einem Orangengarten saß ein Kind mit weichem Profil und langen Wimpern, und ganz vergoldet vom Schein all der Früchte. ›Gewiß sind auch sie schon gestorben: ich habe sie zu heftig begehrt!‹

Der Fischerbub, ihren Ring zwischen den Zähnen, streckte sich erstarrt auf den Kies, mit ausgebreiteten Armen, ganz glücklich, sich ihr dargebracht zu haben... Und draußen, am Gitter, bewegte der Nachtwind die Blumen im Schoß einer kleinen Toten.

Wo und unter welchen Kränzen lag nun Jean Guignol?

›Von mir ist keiner dabei... Er hat mir folgen und mein Leben weniger einsam machen wollen. Er hätte es nicht gekonnt – gleichviel. Ich habe ihn fortgeschickt, und begreife nicht mehr, warum. Ich habe ihn fortgeschickt, und er ist weit gegangen, möglichst weit, bis ans Ende von allem. Hatte er nicht recht? Wie durfte ich ihn feige nennen? Oh, ich tat es nur aus Not; ich verstehe ihn ja! Warum hat *er* mich damals nicht verstanden? Jetzt würde er mich nicht einmal hören. Käme er wieder, wie sollte er mich jetzt milde und willfährig finden bei seinen vergeblichen Versuchen, Liebe zu fühlen! Er wurde nicht geliebt, der Arme – aber er liebte auch nicht: das ist schlimmer. An der Sehnsucht, lieben zu können, zerbrach er.

Ich aber, ich liebe! Ich kann mir von Nino sagen lassen, daß ich, wie es auch komme, doch immer Yolla bin – und kann es ihm glauben! Er soll kommen! Er wird den Mut haben, der mir entsinkt. Er ist so unbedenklich, so mit sich einverstanden. Ich werde es wieder werden. Ich bin gerettet!‹

Aber zum Schluß der schlimmen Nacht und all ihres fassungslosen Schluchzens, und als Ausgang einer Gereiztheit bis zu Krämpfen und einer Traurigkeit bis zur

Erschlaffung, war es ihr wieder klar: ›Nein! Wäre die Erlösung so leicht zu haben, dann hätte ich gleich nach ihr gegriffen, und alle Angst war unnötig. Aber sie ist *nicht* zu haben! Nino darf nicht kommen! In dem Augenblick, wo ich schwach bin! Es wäre schimpflich, wenn das »nächste Mal«, an das er glaubte, so aussähe. Und noch dazu handelt es sich für mich um das *letzte* Mal – beinahe bei allen Dingen.‹

Nach vier Stunden Schlaf hielt sie alles für einen Alp. Sie fühlte eine herausfordernde Stärke, zeigte sich in Gesellschaft, erhörte einen fremden Diplomaten, beteiligte sich an seinem Versuche, einen andern fortzuintrigieren, und gab am Abend darauf ein Gartenfest, das Vinon Cucuru erdacht hatte und dem sie wegen der Trauer um ihren Gatten nur aus einem Verstecke zusah. Die Damen erschienen dabei in Trikot und die Herren als Affen.

Aber mitten aus dem Tanz mit einem großen, wildriechenden Affen verschwand die Herzogin, um nach Salerno zu fahren, wo sie ein Stelldichein hatte mit Asclitino, dem Grafen von Aversa.

In der Vorhalle des Doms, unter den Arkaden, stand sein steinerner Sarkophag. Er hatte ein rundes Loch; zwei Kinder, die hineinspähten, sagten ihr: »Nicht wecken! Er schläft.«

Aber sie weckte ihn, kraft ihrer Sehnsucht.

Sie ging zurück über den Mosaikboden mit Vögeln auf kreisenden Ringen, mit Masken, Fischen – rätselhaften Zeichen, die Wahrheiten gewesen waren in den Köpfen ihrer Väter. In ihren Köpfen hatten die Löwen am Portal gelebt, gleich verwandelten Menschen.

Sie erstieg zwischen Kakteen den Berg. Zackige Mauern bändigten die schwarzen Massen der Gärten. Tief darin schrien die kreidigen Flecken der Villen. Sie ließ versunkene Kapellen zurück; eine Kuppel mit klaffenden Sprüngen; leere Bögen, in denen der Sonnenuntergang erblindete. Drunten dämmerte die Stadt.

Die Ackerterrassen um die Burg waren schattenbraun. Die Bauern schliefen schon; ein Hund schlug an und beruhigte sich.

Sie ging an Brücke und Tor vorbei, die Außenseite der langen Mauern hinab. Sie lehnte sich in eine Bresche und sah hinauf. Dort hinter der geschwärzten Fensterluke stand er wohl, und der Fürst stellte ihm das goldene Banner in die Hand. Sie hörte klirrende Schritte, unregelmäßig auf verfallenen Stufen – und er betrat den Hof. Er war in einem schlanken Panzer aus Silber, mit Olivenzweigen über der Stirn, um die großen blonden Locken, die sich aufwärts bogen; und er hatte kurze rote Lippen.

Sie lehnte in der ausgezahnten Bresche, ihr schwarzer Umriß zerfloß ins Dunkel, ihr weißes Gesicht ruhte schräge darin. Mit einem schrägen Blick, mit einer schluchzenden Lockung betrachtete sie ihn. Er sah geradeaus, fest und sanft, in ihr Auge. Er lächelte ihr zu. Es ward ganz finster – sie aber wußte, beseligt und voll Frieden, er halte die Hände gekreuzt über den Knauf seines Schwertes und lächele im Schatten.

Als sie wiederkam, war es zu früh; sie hatte es vorausgesehen. Sie wartete in einem engen Viereck zerbröckelten Gesteins. Das Meer funkelte herauf, ein magischer Spiegel, aufgestellt zwischen Trümmern von ihrer Traumburg, um alte Dinge zurückzurufen. Sie machte aus einem Felsstück ihr Kissen. Neben ihr raschelte es. Sie wandte sich um; eine Eidechse sah sie mit spitzen Äuglein an. Die Herzogin legte wie als Kind den Kopf auf die Arme, und sie und die kleine Verwandte verschollener Riesen belauschten einander, lange und in Freundschaft – wie einst. Sie fühlte sich klein wie einst und stillen Sinnes. Es kam einer und legte die Hände um ihre Wangen.

Er kam im schlichten Wams, warf die Kappe ab und

setzte sich zu ihr; und sie plauderten. Sie liebte ihn ganz ohne Drängen, ganz ohne Angst. Der Wein war gut geraten dieses Jahr, nun begann die Ernte. Die Oliven litten an keiner Krankheit. Der Herr von Capua, den man den Wolf der Abruzzen nannte, hatte wieder einmal einen Angriff auf die Stadt Aversa gemacht, aber Asclitinos Normannen waren Sieger geblieben. Ein Türkenschiff hatte sich nicht weit von der Küste blicken lassen. Die Normannen aus ihrem Wachtturm waren ihm nachgesegelt, hatten es gekapert und große Beute gemacht. Wenn es heute nacht regnete, konnte man morgen einen guten Fischzug tun. Roland von Hochecorne hatte seinen Vetter erschlagen und mußte der Kirche tausend Dukaten zahlen, um von seiner Sünde loszukommen... Das war das Leben; es war einfach, ohne Fieber, ohne Zweifel.

Zum Abschied küßte er sie, unter den Sternen, während Leuchtkäfer um sie her schwebten und Menthe bitter duftete. Sie hob seine Hände, in die ihrigen verschränkt, über ihre Köpfe, als ob sie mit ihm ränge – und so sanken sie sich an die Brust.

Jeden Abend kehrte er wieder, nach der Arbeit seines Tages, nachdem er geerntet oder getötet, gekämpft oder Streit geschlichtet hatte. Sie dachte sich nur noch bei ihm. Er war so zart, daß er ihre Gedanken mit seinen Lippen auf ihrer Stirn zu finden wußte, und stark genug, um ihr Bruder und Geliebter, Beschützer und Vater zu sein. Und auch Kind war er ihr.

Er gab ihr so viel Ruhe, daß sie ohne Schreck, ja, ohne besonderen Nachdruck aussprechen konnte: »Es heißt nun bald sterben.« Sie war in angenehmer Erwartung eines neuen Spieles, das Sterben hieß, einer noch nicht getragenen Maske und einer unbekannten Erregung. Der Tod trat in ihren Geist wie in einen Zaubergarten; die glänzende Luft darin machte ihn blühend und leicht.

Sie wünschte sich einen Vorgeschmack von ihm. Sie genoß ihn mit Asclitino; sie, die den Tod noch durchkosten mußte mit ihm, der ihn schon erprobt hatte. Er erklärte ihr, daß der Tod von einer geliebten Hand sehr süß sei. Er bat sie darum.

Die erste Nacht brachte sie ihm drei vergiftete Rosen. Sie rochen daran. Sie sagten sich alle ihre Koseworte mit den Lippen über den tödlichen Blumen.

Die zweite Nacht war er blaß; sie schloß ihn in um so zärtlichere Arme. Sie trug zwei vergiftete Orangen, deren Saft sie tranken. Darauf war er nur noch ein Schatten, und sie selbst fühlte sich in der dritten Nacht ganz leicht, beflügelt, zauberhaften Dingen entgegenzitternd. Sie bot ihm ihre Lippen – und schrak zurück, ehe er sie berühren konnte. Es war finster, unter ihnen glühte geisterhaft das Meer. Er sagte in einem Schauer, mit geschlossenen Augen: »Ich wollte, Yolla, du tätest es.«

Da gab sie ihm das Gift, in einem Kusse.

Am Morgen kam ein Billet von Rustschuk: Slicci sei von seiner Tournee im Auslande zurück; er sei unerhört. Sie fuhr sofort nach Neapel. Slicci hatte nichts für sich als seine burlesken Schmutzereien und eine hahnenmäßige Männlichkeit.

Als Rustschuk sah, daß sie Slicci ohne weiteres zu ihrem Geliebten machte, fragte er sich in großer Unruhe: ›Noch gemeiner kann ihr Geschmack doch wohl nicht werden? Also käme ich gar nicht mehr dran? Denn sie wird mich unmöglich gemeiner finden als Slicci. Vielleicht doch... Hoffentlich doch!‹ Und gläubig wie er war, richtete er die Bitte an seinen alten Gott, die Herzogin möge ihn noch gemeiner finden als Slicci.

Der Komiker schwitzte Abgefeimtheit. Er war ein kupferblonder Neapolitaner, häßlich, mager, ganz aus Nerven, und mit kleinen wässerigen Augen, die wild blicken konnten. Seine Behendigkeit erschreckte, und seine trokkenen Gesten waren grausam bei aller Drolligkeit. Es entlud sich, sobald er wollte, eine eherne Stimme aus seinem engen Körper.

Solange er auf der Bühne des Varietés stand, gefiel sich auch der Zuschauer in dem Gefühl rückhaltloser Verlumptheit. Er erschien als Bub in blauer Bluse, mit einem hölzernen Pferdchen, und sang von seiner Mama als von einem »sonderbaren Typus«. Sie verschwinde immer mit den Herren, Papa aber stehe am Büffet, esse, trinke, und lasse es gehen. Plötzlich riß der Bengel sein Pferdchen an der Leine herum, peitschte um sich, und biß sich dabei auf die heraushängende Zunge, während er fürchterlich nach seiner Nasenspitze schielte, die rot gefärbt war... Aber dann kam er in der Schirmmütze eines bleichen Schlingels vom »Schlimmen Leben«, und ließ den Pfiff hören, womit er der Dirne meldete, er warte an der Ecke und habe Lust, sich ihren Kunden zu besehen. Und die drei unheilvollen Noten, kalt hinstreichend durch die Reihen der aufhorchenden Bürger, verbreiteten grausiges Entzücken.

Die Herzogin behielt ihn bei sich. Sie brauchte ihn gegen die Schalheit einer Stunde, gegen eine Nacht voll Unrast, gegen den Ekel an dem, was war, gegen die Gedanken an das, was bevorstand. Sie griff nach ihm, zu jeder Tageszeit, wie nach einem Ätherfläschchen. Er war ihr Laster; sie hing daran und fürchtete es. Denn es war alles, was ihr blieb, und es sollte sie töten.

Eines Abends erlitt sie unter seiner Umarmung einen Blutsturz. Sie hatte vorher nichts bemerkt als leichten Schwindel.

Slicci verließ mit einem Satz das Bett und fuhr, sinnlos schreiend, im Zimmer umher. Schließlich fand er die Tür und rettete sich, mit seinen Unterbeinkleidern in der einen und seinen falschen Brillantknöpfen in der andern Hand.

Sie sagte sich, ein wenig betäubt von dem Ereignis: ›Nun ist es also soweit.‹

Aber es schien ihr nicht, daß das irgend etwas ändern müsse. Am Morgen war ihr nicht einmal sehr schwach. Sie schickte nach Slicci; er war nicht da. Sie entbehrte ihn den ganzen Tag, wie die gewohnte Gabe eines Mittels zur Anregung der Nerven. Gegen Abend erfuhr sie, er sei abgereist, und zwar mit Lady Olympia, die gerade angekommen war. Es schien, daß sie in Slicci endlich den Mann getroffen hatte, den sie nicht zu schonen brauchte; und sie raubte ihn ihrer Freundin. Venus war eine eifersüchtige Göttin. Unter denen, die ihr dienten, gab es keine Treue.

Die Herzogin fuhr sofort hinterdrein. Sie hatte einen einzigen Schrei der Enttäuschung und der Not ausgestoßen. Unterwegs dachte sie keinen Augenblick an sich, an ihren Zustand, ihr Schicksal. Es beunruhigte sie auch keine Erinnerung an den Rausch, den der Entflohene ihr vermittelt hatte, und um dessentwillen sie ihm nachjagte. Sie hatte nichts vor ihrem Geiste als ein Ziel, ein ungewisses.

In Rom forschte sie vergebens. Sie setzte Detektivs in Bewegung. In Mailand erfuhr sie bei einem Agenten, daß der Komiker Italien verlassen habe. Sie durchquerte die Alpen. Drüben war es Spätherbst.

Sie fuhr, sie wußte nicht, wohin. Sie lehnte in ihrem Coupé und war erstaunt, einen großen Pelzkragen um ihre Schultern zu fühlen. Auf einer Station fragte sie Nana, ihre Kammerfrau: »Ihr habt ja nicht gewußt, daß ich in kalte Länder reisen würde.«

»Prosper behauptete es. Er nahm alles mit.«

»Prosper?«

Sie wunderte sich. Sie war also nicht allein? Es dachte jemand an sie? Prosper, noch immer?

Sie ging den Spuren nach, die ihre Späher ihr zeigten, von einer Stadt zur andern. Am Ende sagte man ihr, das Paar habe sich nach Madeira eingeschifft. Ah! es mußte schön dort sein, auf einer Insel mit ewigem Frühling.

Sie stand, nach dieser Auskunft, in einer Stadt nahe einem nordischen Meer, und ließ unschlüssig den Wagen warten. Um eine Kirche mit spitzen Türmen sauste ein eisiger Wind, so jäh, daß ihr schwerer Pelzkragen aufflog.

Sie reiste noch weiter. Den Komiker hatte sie vergessen. Aber ein Ziel lag vor ihr, ein ungewisses. Sie wußte genau, hier kam etwas ganz Neues, etwas noch Unausgedachtes, wovor man nicht einmal Furcht haben konnte, so unfaßbar war es. Und in einer Spannung, die ihren Atem kürzer machte, saß sie steif aufrecht am Fenster und richtete ihr weißes, mageres Profil gegen die Heide, auf die es schneite.

Endlich sah sie es.

Der Zug hielt auf freiem Felde, denn das Geleise war mit Schnee überhäuft. Sie stieg aus und sah den Krähen zu, deren Flug in das Gestöber hinein Gestalten zeichnete. Es war nur eine Gestalt, und mit einem schwarzen Fluge kam es immer näher. Es grinste ihr zu, kalt und unentrinnbar.

Und in der Spanne eines einzigen Herzschlags zerrissen alle die gestickten Schleier, die ihr Geist jemals ausgespannt hatte vor dem Nichts. Kunst und Liebe, der Stolz auf eine freie Seele; alles flatterte auf. Alles zerstob vor ihren Augen: die Größe der Gebärden, die prangenden Formen, die Farben in ihrem Glanze, der Worte Pomp.

Sie fühlte sich nackt unter diesem Grinsen im Schnee. Sie öffnete, nach vorn geworfen, gebannt und angelockt, beide Handflächen, wie zu einem Willkommen. Und ein erstarrter Rest von den Tänzen einer Bacchantin war in den Grüßen, womit sie den Tod empfing.

VI

Sie kehrte um. Asthmatische Anfälle zwangen sie mehrmals, die Fahrt zu unterbrechen. Ein Schmerz in der Herzgrube kam und ging. Auf jedem der Gasthofbetten befahl sie sich: ›Nicht hier sterben! Ich bin nicht fertig.‹

Die Qualen im Kopf begannen wieder einmal. Immer brachten sie Aufruhr mit für ihren ganzen Körper; er drängte und tobte dann nach den Armen des Mannes. Aber jetzt dachte sie an keinen. Ihr Blut tat nur einen Schrei: Das Kind! Ein einziger Gedanke in ihr empörte sich gegen das Ende. Nur eine Sehnsucht warf die Arme heraus aus dem Schatten, der über sie hinwuchs: Ein Kind! Die Nacht würde weniger schwarz sein. Die Welt würde hinter ihr nicht untergehn, sie würde weiter blauen und singen.

In Basel änderte sie plötzlich ihre Richtung und fuhr nach Paris.

Der Doktor Barbasson empfing sie in seinem Häuschen in Asnières. Er war von der Praxis zurückgezogen; bei der Meldung der Besucherin hatte er eine Regung von Ungeduld zu überwinden. Rechtzeitig erinnerte er sich, daß diese Fremde in der glänzenden Zeit seiner Kraft mit andern ganz großen Damen seine Hand gespürt hatte, seine kurze, zarte Hand, die aus Klientinnen Geliebte machte. Hatte sie sich nicht Mutterfreuden eingebildet, denen es schlechterdings an jeder Voraussetzung fehlte? Wie der alte Herzog, dieser Zyniker, gegrinst hatte!

Sie saß in seinem kleinen Salon. Es fielen die Namen einiger ehemaliger Bekannter. Der Doktor versicherte von dem einen, er sei am gebrochenen Vaterherzen gestorben, von der andern, der Tod sei ihr gesandt, um ihr größeres Leid zu ersparen. Die Herzogin meinte gereizt: ›Wie fest muß er mich noch mit dem harmlosen Leben verbunden glauben, um mir solche Wohlgemeintheiten zuzumuten! Er selber, unter seinem Barett aus schwarzem Sammet, mit seinem schöngeschnittenen weißen Bart, denkt an kein Abdanken.‹ Dann berichtete sie von ihren Leiden.

Und auf einmal war der Weltmann ausgemerzt aus dem scharfen, tiefen Gesicht des Arztes. Er hörte zu, das Kinn in der Hand. Sein Blick streifte manchmal, verschleiert, ihre Augen. Er schob aus dem Hintergrunde tastend irgendeine kleine Frage vor, die ganz harmlos klang; und doch stak sie voll Unheil. Die Herzogin merkte es gar nicht; er wunderte sich über die Kälte ihrer Stimme. Schließlich erklärte er, eine Untersuchung vornehmen zu wollen. Während sie sich entkleidete, sagte er sich im Nebenzimmer: ›Die da schert sich den Teufel um ihre Gesundheit. Sie weiß so gut wie ich, daß das keine vier Worte mehr lohnt. Sie will etwas anderes. Wir werden's schon erfahren... Welch eine prachtvolle Zerrüttung! Ah! sie ist Weib gewesen ohne Schonung, bis ans Ziel. Wenn viele den Mut dazu hätten, wäre unsereiner brotlos. Gleichviel, ich bewundere sie. Und wäre ich Weib: so möchte ich enden!‹

Einstweilen aber war er's zufrieden, vielen Frauen bei der vorsichtigen Verlängerung ihres Daseins geholfen und oftmals sein eigenes Vergnügen dabei gefunden zu haben – und daß diese prachtvolle Sterbende ihm in seinem behaglichen Zimmer eines nach dem andern alle Male vorzeigte, die der wütende Eros schlagen konnte... Aber warum tat sie es? Was wollte Sie?

»Ich bitte die Frau Herzogin, sich wieder anzukleiden«, sagte er sehr zurückhaltend. Sie dachte sichtlich an etwas anderes.

Sie war übervoll mit ihrem einen, flehentlichen Gedanken. ›Noch einen Augenblick! Wenn ich spreche, bin ich verloren. Er wird mir sagen, daß es unmöglich ist, unmöglich auf immer. Ich weiß es, oh, mein Körper gibt es mir grausam zu verstehen. Aber ich glaube es ihm nicht, ich will es nicht glauben! Meine Hoffnung ist wahnsinnig, aber ich will sie behalten!‹

Schon halb in den Kleidern, rief sie ihn nochmals zurück. Von oben herab, befehlshaberisch, sagte sie: »Auch wünsche ich von Ihnen zu erfahren, ob meine Beschwerden mit meiner Kinderlosigkeit zusammenhängen.«

Der Doktor hatte verstanden, er nickte. Das hatte gefehlt; er war befriedigt.

»Zweifellos«, sagte er langsam. »Aber die Mutterschaft wäre lebensgefährlich.«

Er sah ihre verächtliche Miene.

»Inmitten des Rückbildungsprozesses, den Eure Hoheit durchmachen, wäre es lebensgefährlich«, wiederholte er entschuldigend. Sie verlangte starren Gesichts: »Verschaffen Sie mir Gewißheit, ob es *möglich* ist!«

Er ging ohne Besinnen an die unnütze Förmlichkeit. Er legte ihr sorgsam die Kissen zurecht, er prüfte sie lange und peinlich und hatte dabei das Gefühl, als stehe der alte Herzog hinter ihm und grinse. Dann richtete er sich auf und versetzte ernst: »Madame, Sie haben nichts zu hoffen.«

»Nichts mehr?«

»Nein.«

Sie zögerte.

»Niemals mehr?«

»Nein.«

Ihre Stimme klang plötzlich rauh, brüchig. Sie lag noch da mit erschlafften Zügen, während der Arzt hinausging.

Sie kehrte in den Salon zurück, um sich einfach zu verabschieden. Aber Barbasson sagte ihr freundlich und pflichtmäßig: »Ich bitte die Frau Herzogin, sich keine unnötigen

Sorgen zu machen. Die Lungenblutungen haben nicht die Wichtigkeit, die man ihnen beilegt. Im Bette liegen, könnte eine hypostatische Lungenentzündung zur Folge haben. Ich rate Ihnen vielmehr zu Luftbädern, Gymnastik, Märschen. In allem wäre Mäßigung zu beobachten, denn leider ist das Rückenmark bedroht. In dieser Beziehung verhehle ich nicht meine Besorgnis. Wenn Sie mir folgen wollen, Madame, so begeben Sie sich nach Riva am Gardasee und unter die ärztliche Leitung eines meiner Freunde. Der Doktor von Männingen wird Ihnen, unterstützt durch das günstige Klima, mit ein wenig kaltem Wasser und geeigneter Bewegung in zwei Jahren Ihr vollständiges Gleichgewicht zurückverschaffen. Möge die Frau Herzogin nicht daran zweifeln«, setzte er hinzu, leicht lächelnd.

Sie fuhr, um irgend etwas zu tun, an den Opernplatz und nahm ein Billet nach Riva. Sie bestieg in Desenzano den Dampfer; da erinnerte sie sich, daß an diesem See Jakobus wohne. In Maderno verließ sie das Schiff; sie fand es sehr gleichgültig, ob hier oder in Riva.

Das nahe Dorf, wo er wohnte, stand geschützt von Bergen im Halbkreis vor dem Rebengelände. Die geschlossene Masse seiner verwitterten Häuser schob gedrungene steinerne Freitreppen hinaus; darauf hockten Weiber, die Arme um die Knie, und riefen einander an. Aus den offenen Speichern, unter den vorspringenden Dächern aus Holz, drängten sich Reisigbündel. Jakobus' Haus lehnte am Abhang zwischen Wein und Oliven. Es war ein viereckiges Bauernhaus, durch eine Terrasse, zweimal so lang wie die Fassade, im Rang erhöht.

Eine schöne Magd, schwarzhaarig, großbusig, von warmer Färbung, gab ihr den Bescheid, der Herr sei ausgegangen. Wie die Herzogin zurückschlenderte, sah sie ihn kommen zwischen zwei Männern, deren einer, kurz und dick, ein ländlicher Besitzer sein mochte. Der andere war vergilbt, hölzern und vermutlich ein Advokat. Sie umfaßte diese beiden mit demselben Blick wie ihn, und sie fand, er gehöre zu ihnen. Er hatte keinen Bauch, er war ein wenig steif geworden, nach der Richtung des Advokaten. Er drehte sich um; sein Rücken war sogar ausgehöhlt. Aber die Gebärde, mit der er über das Feld hinwies, war kräftig und zufrieden: die des Besitzers.

Als er sie bemerkte, blieb er stehen und hörte auf zu sprechen. Er hatte nur ihren Gang erkannt. Sie hob im langsamen Näherkommen den Schleier auf; Jakobus stutzte. Gleich darauf verständigte er seine Begleiter durch ein Wort; sie blieben eingeschüchtert zurück. Er kam, küßte unbefangen und ohne Überschwang ihre Hand und sagte: »Wie freundlich, daß Sie mich aufsuchen.«

»Es ist mir die Neugier gekommen, Sie noch einmal zu sehen.«

»Noch einmal, Herzogin? Öfter, hoffe ich.«

»Nur diesmal, da ich krank bin und Abschied nehmen muß.«

»Gehn S', reden S' doch nicht. Man sieht Ihnen ja nichts an.«

»Sie sahen es soeben.«

»Sie sind trübe gestimmt, wir haben viel durchgemacht. Sie und ich. Seitdem habe ich nur selten etwas über Sie gehört. Die Welt, wissen Sie, liegt so weit von hier. Ich gehöre ganz dem Lande. Es tröstet. Man muß nur verzichten können. Machen Sie's wie ich. Hier gibt's nichts Aufregendes, vor allem malt hier niemand.«

»Man merkt es gleich«, meinte sie.

»Nicht wahr?«

Er wandte sich um.

»Hier haben wir was Besseres zu tun als malen, wie, meine Herren?... Das sind meine Freunde, Herzogin: Signor Fabio Benatti und Advokat Romualdo Bernardini.«

»Ganz recht, Hoheit«, erklärte der Advokat, stimmlos, aber mit Schwung. »Hier heißt's rastlos tätig sein zur Vervollkommnung der Ölgewinnung sowohl als zur Hebung des Weinbaues.«

»Die gebenedeite Reblaus!« seufzte Benatti.

»Wir werden sie besiegen!« verhieß Jakobus. Der Advokat krächzte begeistert: »Haben wir doch eine Gesellschaft zu ihrer Überwachung und Bekämpfung gegründet – eine Gesellschaft mit Statuten und Verwaltung. Alles ist im besten Wege, dank der Opferfreudigkeit und Arbeitslust unseres Herrn Präsidenten...«

Jakobus verbeugte sich. »Wir waren im allgemeinen ein wenig zurück«, so berichtete er. »Ich habe infolge genauer Studien ein ganz neues System der Kelterung auf meiner Besitzung eingeführt.«

»Sie selber?« fragte die Herzogin.

»Ich selber. Es findet Anklang. Sie werden seine Vorzüge leicht erkennen, wenn ich Ihnen sage –«

Aber Fabio Benatti rief dazwischen: »Was wir brauchen, das sind Gemeindekellereien. Warum bleiben unsere Weine so niedrig im Preis? Weil sie keinen gemeinsamen Typus haben!«

»Die Stabilität des Typus«, bemerkte der Advokat mit erhobenem Finger, »das ist die erste und unerläßliche Bedingung für die Verkäuflichkeit und den Ruf eines Weines. Solange jeder Bauer auf eigene Hand seinen Wein herstellt, ist kein stabiler Typus möglich.«

Jakobus fügte hinzu: »Und erwägen Sie, Herzogin, daß der Wein unserer Gegend dem von Bardolino, der soviel höher bezahlt wird, in nichts nachsteht. Er ist reich an Alkohol, er kommt darin gleich nach dem von Rovigo; ich könnte Ihnen den Prozentsatz nennen. Er enthält auch eine Menge Tannin, Glykosin und überhaupt viel von den Elementen, die seine Verarbeitung auf wissenschaftlicher Grundlage erleichtern würden...«

Sie stützten sich alle drei auf einen Zaun und redeten. Die Herzogin ließ den Blick lässig über die Reben schweifen. Es erhob sich ein schwärzliches Kirchlein aus dem hellen Laub. Es war baufällig, verschlossen und verlassen. Aber über der Tür voller Sprünge trug die Mauer ein kaum versehrtes Bild in Traumfarben, grau und rosig: eine Verkündigung. Die zur Mutterschaft Ersehene war schüchtern, die Anmut des Engels sanft und leichtfertig. Und der Blick der Fremden blieb darauf haften. Er begann zu brennen auf diesem Bilde ihrer eigenen unmöglichen Sehnsucht an der Stirn des verurteilten Hauses.

Jakobus trennte sich endlich von seinen Freunden. Sie waren bei den Auswanderungen; der Advokat versicherte: »Der neue Kataster wird durch eine gerechtere Verteilung der Lasten vieles wiedergutmachen.«

»Vertrauen wir darauf«, sagte Jakobus. Der Advokat rief ihm etwas nach, er kam eilig zurück: »Mir ist eine Idee gekommen, die die gnädigste Frau Herzogin mir nicht verübeln möge. Wenn Eure Hoheit unserer Gesellschaft beitreten – was sage ich, die Ehrenmitgliedschaft unserer Gesellschaft gütigst genehmigen würden...«

»Ihrer Gesellschaft gegen die Reblaus?«

»Es würde ihr sicherlich Glück bringen.«

»Nicht der Reblaus«, sagte Fabio Benatti, »sondern der Gesellschaft.«

»Ich fühle mich geschmeichelt, meine Herren, ich nehme an. Sie werden mir dagegen die Ehre erweisen, eine Stiftung entgegenzunehmen.«

Jakobus führte die Herzogin über seine Äcker, ließ sie die Trauben, die noch übrig waren, in der Hand wiegen, nannte ihr den Ertrag der Reben. Er zeigte ihr den See, als habe er ihn zu vertreten, pries seine Fische und entschuldigte ihn, weil die Aussicht nicht klar sei. Dann mußte sie seinen Hausgarten loben. Die Rosen blühten noch! Seine

Hühner legten bewunderungswürdig. Er zog ein Ei aus der Spreu, bohrte es an und reichte es ihr; das gebe Kraft. Inzwischen ging die Magd umher, ein Kind auf dem Arm, und blickte aus ihren schönen, fragenden Tieraugen gleichmütig auf die Fremde.

Jakobus errötete.

»Pasqua, geh ins Haus!« befahl er.

»Warum?« meinte die Herzogin. »Ich sehe sie gern.«

»Was wollen Sie?« murmelte er, »das Bedürfnis nach der Frau... Und dann der Bub, der macht mir Freude!«

»Das ist Ihr Kind?«

»Ja.«

Nach einer Weile sagte sie: »Sie sind glücklich. Mutter und Kind müssen Sie glücklich machen.«

Er fuhr fort, sich zu entschuldigen.

»Ich hatte die klugen Frauen satt, wissen Sie. Und die liebenden gar! Immer in einem Ungewitter von Leidenschaft stehen!... Die Pasqua ist wundervoll geistlos. Auch denkt sie nicht daran, mich zu lieben. Sie sieht nichts, als daß ich ein richtig gewachsener, rüstiger Fünfziger bin. Auch habe ich Eigenschaften, die ihr gefallen: ich trinke nicht, ich trage kein Messer. Sie tut, wozu sie berufen ist, und erwartet, daß ich sie in meinem Testament bedenke; ihre Hoffnung soll nicht enttäuscht werden. Aus dem Buben machen wir natürlich einen tüchtigen Bauern.«

»Natürlich. Er sieht sehr gesund aus. Wenn Sie ihn dann eines Tages allein lassen müssen, tun Sie es mit dem Bewußtsein, daß alles in Ordnung ist. Er wird wieder Kinder haben...«

»Es hat lange gedauert, bis ich eigentlich mein Herz entdeckt habe: eine gefühllose Frau, ein schönes, kraftvolles Tier. Ah! die verlangt kein Werk von mir. Gemalt wird nicht!«

»Das scheint jetzt Ihr Ruhm zu sein: nicht zu malen?«

»Ich hab halt doch eine ziemliche Enttäuschung erlitten – seinerzeit«, erklärte er, mit gutmütigem Vorwurf. »Man braucht eine Weile, um sich zu erholen.«

»Nun, ich bin um Sie nicht besorgt, Sie werden sich erholen.«

»Aber jetzt bitte ich Sie, Herzogin, mein ländliches Mahl zu teilen. Haben wir Carpione, Pasqua?... Der Carpione ist nämlich der König unserer Fische. Er kommt nur im Gardasee vor. Er erschien auf der Tafel der römischen Kaiser stets mit Lorbeer bekränzt.«

»Ich möchte schon – wenn ich nur essen könnte. Ich bin ein wenig erschöpft.«

Er bekam einen Schreck, sie schien ihm zu schwanken. Er griff nach ihr, gerade unter der Haustür.

»In dieses Zimmer, Herzogin – nur ein paar Schritte. Aber was haben Sie denn? Die Reise war wohl etwas anstrengend?... Bitte hier, diese Ottomane ist sehr bequem.«

Er bettete sie. Sie sah ihm zu und gedachte des Doktors Barbasson. ›Immer dieselbe Gebärde um mich her: zurechtgeschobene Kissen.‹ Matt und ungeduldig sagte sie: »Lassen Sie. Ich möchte eine Stunde ruhen, es wird genügen. Ich fahre nachmittags weiter, nach Riva, zum Doktor von Männingen.«

»Ah!«

Er betrachtete sie zum erstenmal mit ganzer Aufmerksamkeit und ohne die Sorge, sich ihr vorzuführen. Kleinlaut schlich er hinaus.

Als sie wieder zum Vorschein kam, hatte er nachgedacht.

»Herzogin haben Ihre Leute vorausgeschickt?«

»Ja.«

»Aber Sie könnten nicht allein reisen. Wenn Herzogin befehlen, begleite ich Sie.«

»Ich danke Ihnen.«

»Ich bin sehr gut bekannt mit dem Doktor von Männingen. Eine bessere Wahl konnten Herzogin gar nicht treffen. Er ist ein wirklicher Arzt, also von einer sehr seltenen Gattung. Eine Persönlichkeit, die auf andere übergreift, nach allen Seiten austeilend, aufrichtend, fördernd, und selber beglückt durch das Gefühl ihrer Wirkungen. Er wird Sie auf wienerische Art mit betäubender Liebenswürdigkeit geistig vergewaltigen, daß Ihnen kein Besinnen auf Ihre Krankheit mehr freisteht. Sie werden ans Rudern, an Tiefatmungen, an Bergbesteigungen von ganzen zweihundert Metern einen Ehrgeiz wenden! Das ist gesund, das beruhigt! Erinnern sich Herzogin wohl, wie ich verbraucht, unstet, hoffnungslos, fertig war – damals? Nun, dem Doktor von Männingen verdanke ich's, daß ich heute mein Selbstvertrauen wiederhabe und Ziele und ein festes Lebensmaß.«

›Was für Ziele?‹ dachte die Herzogin. ›Ein gar zu mäßiges Leben!‹ Sie äußerte: »Ich habe von Riva ein wenig unbedachtsam gesprochen, ich muß mir's noch überlegen.«

»Bleiben Sie bei Ihrem Entschluß! Ich rate Ihnen gut.«

Er redete weiter; sie fragte sich: ›Lohnt es sich denn, seine Glieder täglich soundso viele gesunde Bewegungen ausführen zu lassen – nur um der Welt nicht Lebewohl sagen zu müssen? Ich habe ja das Programm heruntergespielt, Stück für Stück, das für mich festgestellt war, schon bevor ich da war. Die drei Göttinnen haben, eine nach der andern, mein Gewand in Falten gelegt und meine Gesten geregelt, jede nach ihrem Sinne. Mein Leben war ein Kunstwerk. Soll ich meinem zerbrochenen Schicksal willkürlich etwas anstücken?... Nein!‹

»Ich habe mich entschieden, ich fahre heim nach Neapel.«

»Erwägen Sie es besser, Herzogin, ich flehe Sie an! Sie beunruhigen mich mehr, als ich Ihnen sagen kann!«

»Ohne Grund, lieber Freund; es geht mir nach Wunsch. Begleiten Sie mich zurück nach Desenzano!«

»Ich darf? Aber es fährt heute kein Dampfer mehr. Übernachten Sie bei mir?«

»Nein, nein. Können wir segeln?«

»Segeln, natürlich, segeln! Es wird doch Wind sein?«

Er lief an die Tür.

»Paolo, ist Wind nach Desenzano?... Ja, Herzogin, wir können! Wirklich segeln, mit Ihnen, Herzogin!«

Er war glücklich; seine Ermahnungen und seine Besorgnisse hatte er auf einmal vergessen, da er mit ihr segeln durfte. Ohne daß sie es wußte, erinnerte er sie an Nino. ›Was für ein Kind!‹ meinte sie, zärtlich fast.

»Aber dann müssen wir gleich fort!« rief er. »Wir haben drei Stunden. Der Zug nach Mailand geht um fünf Uhr fünfundzwanzig.«

»Telegrafieren Sie zuvor an den Arzt in Riva, daß ich nicht komme, und auch an Prosper, meinen Jäger. Er ist schon dort. Er soll sogleich umkehren und mir nach Mailand folgen.«

Sie stiegen ein.

»Sie nehmen keinen Schiffer mit?«

»Wozu denn. Ich segele ja selber, als hätt ich nie was anderes getan.«

»Und Linda«, fragte sie plötzlich. »Die kleine Linda!«

»Ja, daß Herzogin die nicht gesehen haben, ist zu schade. Bis vor acht Tagen war sie hier. Nun wird's kühl, da ist sie in der Stadt besser aufgehoben.«

»In Venedig?«

»Bei Clelia... Mein Gott, ich mußte der armen Frau doch irgendeine Entschädigung bewilligen. Ich habe ihr Linda dagelassen. Was hat sie denn sonst. Mortœil vertrottelt, ich glaube, er trinkt.«

»Die kleine Linda in ihrem schweren glänzenden Kleid, wie aus Perlmutter...«

»Oh, das hat sie abgelegt. Was glauben S' denn, sie ist ja nun dreizehn. Ein großes Mädel.«

»Hübsch gewiß.«

»Na!«

Er führte die Finger an den Mund.

»Und froh?«

»Still, sehr still.«

Er verstummte.

»Aber zum Anschauen –!« sagte er rasch. »Ich schau sie immer nur an und dank ihr dafür, daß sie da ist. Zu malen brauch ich sie nicht: drum find ich sie so schön. Welch ein Genuß, die schönen Dinge ansehen zu dürfen, ohne ans Machen denken zu müssen! Sehen Sie diesen Nebelsee voll von gedämpften Spiegelbildern. Wie mich das früher aufgeregt hätte! Jetzt geht's mich gar nichts an – gar nichts.

Wissen Sie, wer mich neulich besucht hat?« fragte er. »Nino!«

»Was tut er, wo ist er?«

»Er fuhr nach Genua, er will nach Amerika, im Auftrage seiner Partei. Diese Jugend!... Seine arme Mutter ist sehr brustkrank, es wird nicht lange dauern.«

»Ich weiß.«

»Auch Siebelind war einen Tag bei mir. Herzogin werden ihn in Neapel treffen. Er wird ganz grau. Wissen Sie, das ist mir unangenehmer bei meinen Bekannten als bei mir selbst. Zu sehen, wie alles alt wird...«

»Alt? Nein. Ich wenigstens nicht. Meine Jugend und mein Leben enden auf einmal.«

»Dann sind Sie glücklich«, murmelte er.

Es verging eine Weile.

»Ich versande«, sagte Jakobus. »Vielmehr, ich bin schon versandet. Glauben Sie doch nicht, Herzogin, daß ich das nicht weiß. Es gelingt mir meistens, nicht daran zu denken. Aber es gibt Tage – und heute, da ich Sie wiedersehe... Sie sind schöner als je!«

Sie sah langsam auf ihn hernieder, der, den Kopf über seinen Knien, nach ihr hinaufstarrte. Sie schwiegen. Die Herzogin saß, steil aufrecht, am hohen Steuer. Es ward Abend. Aus der Wolkenbank hinter ihr glitten ins Wasser ein paar Rosen.

»Glücklicherweise brauche ich Sie nicht zu malen«, murmelte er wieder.

»Es geht Ihnen recht gut so, scheint mir... Aber Sie bekümmern sich zuwenig um das Segel.«

»Gleich... Bedenken Sie aber auch, mir ist geradezu alles fehlgeschlagen. Die Pallas des Botticelli hat man jetzt wiedergefunden, wissen Sie's?«

»Ja, im Palazzo Pitti. Ich habe Photographien nach ihr gesehen.«

»Ich bin sogar hingereist... Nun also, sie ist ganz anders.«

»Leider.«

»Ganz anders als meine. Nein, ich habe nie einen der Träume des großen Jahrhunderts zu Ende träumen dürfen, zur Zeit der Minerva sowenig als später, da ich die Venus wollte.«

»Sie wollten zuviel.«

Es summten ihr eigene, ehemals gesprochene Worte im Ohr: »Gemacht aus den Schlünden jedes Abgrundes, aus den Sternen jedes Himmels.« Gehörte auch er dazu?

»Sie waren berühmt, Sie verdienten viel – trotzdem hat Ihre Kunst Sie nicht befriedigt. Das ist nicht gewöhnlich.«

»Aber es ist ein bescheidenes Maß von Ungewöhnlichkeit.«

»Allerdings.«

Nein, er gehörte nicht dazu – da er sich klein machte, da er sich bescheiden konnte und ernüchtert weiterleben mochte.

Sie sagten lange nichts. Die Wellen wurden größer, ihr Boot stieg und fiel. Die See war weit wie ein Meer. Die

Ufer waren verloren hinter tiefziehenden Wolken. Sie sahen kein Schiff, sie waren miteinander ganz allein.

»Man fragt, wohin Sie fahren«, meinte er nachdenklich. »Verzeihen Sie, Sie sehen so aus, als müßte man fragen, – ganz weiß inmitten all dieser dunkeln Wasserdämpfe, – ganz steil auf dem hohen Hinterdeck und ganz weiß, – mit einem flachen blutroten Strich unter der Wolke gerade hinter Ihren schmalen Schultern, – ganz weiß, und die Wolke steht Ihnen eisern, wie ein Helm auf dem Kopfe.«

»Ich erkenne Sie wieder«, sagte die Herzogin. »Sie haben noch all Ihre Phantasie.«

Er stöhnte.

»Sie können es glauben, ich habe nachgedacht in der langen Zeit. Ich dünkte mich zu gut für die hysterische Renaissance, nicht wahr? Nun, ich hatte kein Recht dazu. Die verführerischen Krankhaftigkeiten waren genau das, was ich zu machen hatte. Hätte ich sie sonst machen können? Wir sollen nie glauben, etwas anderes zu können als das, was wir machen; jener schmutzige Perikles hatte ganz recht... Wir sind heute alle auf das Kranke angewiesen. Wo immer ein Verfall röchelt, da antworten wir. Das ist unser Beruf. Ich aber vergriff mich an dem großen, gesunden Leben. Sie, Herzogin, waren damals Venus, glatt und reif. Ich wollte aus Ihnen etwas Überschwengliches machen, etwas Allumarmendes, eine zermalmende Verherrlichung. Schließlich ward Siebelinds leidende Fratze daraus. Es geschah mir recht. Ich konnte Sie malen, Herzogin – aber das einzige Werk, das allen eine Offenbarung sein sollte, das jeder erträumt zu haben glauben konnte, und das nur ich gemacht haben würde: das gaben Sie mir damals nicht. Heute...«

»Heute bin ich endlich krank genug dazu.«

»Herzogin, ich habe Ihnen das Bild schon beschrieben – das Bild dieser seltsamen Fahrt...«

»Der letzten Fahrt.«

»Oh!«

»Sie haben sich nicht sehr beeilt. Sie kommen im Augenblick, da ich sterbe.«

»*Wie* sterben Sie! Wie vieles stirbt mit Ihnen! Die letzte von vielen Großen! Das alles würde ich mitmalen!... Herzogin, kehren Sie mit mir um!«

Sie antwortete nicht.

Er glitt von der Bank herab und auf die Knie.

»Kehren Sie mit mir um!«

»Besinnen Sie sich... Sie haben die Segelleine aus der Hand gelassen, der Wind dreht sich.«

»Steuern Sie nach links... Herzogin, Sie müssen! Sie dürfen es mir nicht verweigern, mein Werk, mein größtes auf immer: das Bildnis der sterbenden Herzogin von Assy!«

»Das sind die eigensinnigen Worte von früher. Ich habe heute nichts mehr zu verweigern und nichts mehr zu geben.«

»Dann sterbe ich mit Ihnen!«

Plötzlich legte sich das Boot tief auf die Seite. Jakobus fiel um.

»Sie haben das Segel zu hoch gespannt. Ziehen Sie es ein!«

»Warum, Herzogin? Wollen wir nicht sterben?«

»Ziehen Sie es ein, sage ich!«

Es kostete ihn Mühe; der Rand des Bootes hob sich nur schwer.

»Ich hatte es gar nicht zu hoch gespannt, ich kann doch segeln! Aber hier bei der Halbinsel... Herzogin, wären wir gestorben! Es wäre nun alles gut.«

Sie sah ihn von ihrem hohen Sitz reglos an – bis er zu ahnen begann, wie unfaßbar fern dieser in eine Brust verschlossene Tod ihm selber war, dem Hoffenden, der sich aus Trotz den Tod von draußen forderte. ›Sie ist es zufrieden, zu sterben; aber nicht in einem zufälligen Abenteuer und nicht mit mir.‹

Es ward ihm scheu zumute. Er sehnte sich nach einem harmlosen Wort. Bei der Ankunft rief er sehr laut nach einem Kutscher. Er wollte mit einsteigen; aber sie gab ihm die Hand zum Abschied, lächelnd und kühl.

In Genua am Bahnhof hatte sie eine Genugtuung. Sie war versucht gewesen, Nino hinzubestellen; aber sie hatte sich beherrscht. Er glaubte an das andere Mal, und das war noch nicht dieses.

Sie näherte sich in kleinen Tagesreisen dem Süden. Es ward wärmer, ihr Herz schlug kräftiger. In Capua stieg sie aus – wie einst – und fuhr über Land. Das Pferd mußte Schritt gehen, die Steine am Weg bereiteten ihr Schmerzen; – aber dennoch breitete diese Luft noch so üppige Kissen ihren Sinnen hin wie damals. Der Erntetag war blau und leicht. Die Wolken, vom Winde zerrieben, schwebten nur als ein silberner Schaum im Bogen über dem Horizont. Hinter den Zypressen mit silbernen Rändern hörte sie es singen und lachen von den Flöten des Abends; sie antworteten den Flöten des Morgens. Die Erde war neu wie am ersten Tage –

– wie im Garten, als ich Kind war und im Ginster lag. Nun steht auch die blaue, behaarte Libelle wieder vor mir in der Luft... Und ich selbst bin nicht gealtert. Ich habe zu Ende gelebt; aber ich kenne keinen Überdruß, keine Verachtung. Ich hasse nichts, auch nicht den Tod.

Dort lächeln wieder, am Abhang, meine blassen Oliven, schwach, mit ausgehöhlten Stämmen, und immer noch bereit zu dem Wunder neuer Ernten... Ich möchte sein wie sie; ich feiere das Leben bis zum letzten Axthieb.

Kreist nicht in mir, mit meinem Blut vermischt, die Liebe dieses ganzen Landes? Alle seine Geschöpfe, von zuviel Sonne matt und feurig, haben mich abwechselnd entflammt und entnervt. Durch hundert Umarmungen ist es mein geworden, dieses Land. Es ist in mir: diese Sonne ist in mir, die Schwellung dieser Traube, der Staub an den Füßen dieses Armen, und jedes wunderschöne Lächeln!... Ich bin stolz darauf! Und ich werde eine letzte Ernte feiern, gleich dem umgehauenen Ölbaum. Ich werde dieser Erde, die ich so sehr geliebt habe, alles auf einmal zurückgeben. Das ist der Tod, er ist nicht schrecklich, ich hasse ihn nicht, weil ich das Leben nicht hasse.

Es ist weit, weit, das Gespenst im Schnee. Hier hat es keine Macht. Hier ist der Tod mild, ich kenne schon sein Lächeln. Ich weiß ja, welcher Knabe an der Wand jener Kapelle zwei Frauen voranleuchtet, mit silberner Ampel, in ein tiefes Dunkel. Ich liebe ihn, den Genius meines Todes!

Mein ganzes Leben war eine einzige große Liebe; jeder Größe und der ganzen Schönheit habe ich meine heiße Brust entgegengeworfen. Ich habe nichts verschmäht, niemand verdammt, keinen Groll gehegt. Mich und mein Schicksal habe ich gutgeheißen bis ans Ende; wie könnte ich meinen Tod hassen? Er ist nichts Fremdes. Er hat teil an meinem Leben, das ich liebe. Er ist seine letzte Geste, und ich wünschte, er wäre seine glücklichste.‹

Zu Hause fand sie ein Telegramm von Nino: »Im Begriff, die Reise über das große Wasser anzutreten, sende ich Dir, liebe Yolla, einen letzten Gruß aus der Alten Welt.«

Sie lächelte zu seinen abenteuerlüsternen Gemeinplätzen; sie antworteten ihm: »Guten Mut und auf Wiedersehen!«

Es war ihr still und süß zu Sinn, als sie sich zur Ruhe legte. In der Nacht erwachte sie von dem gewöhnlichen Schmerz in der Herzgrube. ›Es ist so wenig, ich kenne das viel schlimmer‹, dachte sie. Aber ihr Herz schlug wie unter einer Hülle von Angst. Sie lauschte darauf. Plötzlich setzte es aus. Sie sah mit Augen, weit offen und voll von

Grauen, in die Dämmerung, und sie meinte, es spiegele sich in der fahlen Luft ihr eigenes schreckliches Bild. Sie seufzte auf; der Puls war zurückgekehrt.

Ihre Glieder waren kalt. Sie tat ein paar Schritte, da ward der Herzmuskel aufs neue vom Krampf erfaßt. Es blieb ihr keine Zeit, ihr Lager aufzusuchen, der Schmerz warf sie in einen Stuhl. Dieser Schmerz eilte zu beiden Seiten der Brust nach dem Halse hin, das Genick hinauf und in den Kopf. Zwischen den Anfällen erhob sie sich. Das Liegen tat ihr weh und ängstigte sie. Sobald sie sich setzte, zwangen Unruhe und Ratlosigkeit sie zu weinen – sie wußte nicht, warum, denn sie beklagte sich nicht.

Ihre Herzkrämpfe währten drei Tage. Sie suchte, planlos durch die Zimmer irrend, nach Erleichterungen. Sie legte die Hände gefaltet auf das Genick, denn dort hatte eine drückende Beschwerde sich festgesetzt und wich nicht einmal in den Viertelstunden der Besserung. Sie weigerte sich, einen Arzt zu empfangen. Sie schickte sogar ihre Kammerfrau hinaus.

Eines Abends ging die Tür auf, und darunter stand Siebelind. Er sah die Herzogin von Assy auf den Fußboden gestreckt, entstellt von Qualen. Und er schämte sich dieser Rache, die sie ihm gewährte, sie, die Stolzeste unter den Glücklichen. Er blieb reglos und schlug die Augen nieder. Sie erhob sich ohne Hast und lehnte sich, fast stehend, in einen Sessel: fahlweiß in ihrem gelblichen Schlafrock, ganz schmal unter ihrem breiten, schwarzen Haar, worin die Reste des künstlichen Rot sich auflösten. Eine Hand krümmte sich am Herzen, die andere tauchte frostig in Kissen, die knisterten. Siebelind verfolgte auf ihrer Blässe die kleinen, blutigen Windungen ihres Mundes. Er wußte nicht, schuf die Angst sie oder ein Lächeln.

Er habe sehr wichtige Mitteilungen zu machen, sagte er, sonst würde er sich nicht herausgenommen haben, einzudringen. Er erklärte, in Genua mit Nino zusammen gewesen zu sein. Er habe ihn bei der Durchreise in Neapel begrüßen und ihn verhindern wollen, die Frau Herzogin aufzusuchen. Er wisse, der junge Mann wäre ihr in diesem Augenblick nicht erwünscht gekommen... Sie sah ihn an.

»Sie wissen noch immer so gut Bescheid in fremden Seelen?«

»Oh, in einer in der Lage der Ihrigen!... Nun ist gestern sein Schiff angekommen; er war nicht darauf. Ein Telegramm an ihn konnte nicht bestellt werden. Es ist etwas Rätselhaftes vorgefallen.«

»Er ist irgendeinem andern Einfall gefolgt. Er fährt eben mit dem nächsten Schiff.«

»Wer weiß, wohin sein Schiff fährt.«

»Ich verstehe Sie nicht.«

»Verstehen Sie denn, wohin das Ihrige fährt?«

»Ach so. Sie meinen, daß ich sterbe. Das ist wahrscheinlich.«

»Frau Herzogin, ich habe Ihnen etwas abzubitten.«

Unter seinen Augen kamen rote Flecken hervor. Er stand gebeugt, eckig in seinem langen, schwarzen Rock, und grau an den Schläfen.

»Ich habe Sie für eine der ruchlosen Glücklichen gehalten, die nichts vermuten von den Tiefen der Leidenden. Ich muß mich geirrt haben. Der Glückliche stirbt rasch, ahnungslos wie er lebte. Sein letzter Becher war vergiftet, er wußte es nicht, und ehe er's begreift, ist er tot. Sie, Frau Herzogin, haben Zeit, zu begreifen und zu schmecken! Sie müssen mit dem Leiden bekannt sein; sonst vermiede es Sie auch in dieser Stunde... Ermüde ich Sie?« fragte er sehr zart.

Sie antwortete freundlich, obwohl eine Angst sie folterte: »Nein, nein.«

Er sprach noch eine Zeitlang, ganz leise und mit gesenkten Lidern, von ihrem Tode, der sie läutere und verkläre. Sie meinte fast, ihr Tod verbessere zunächst ihn selbst. Er war ruhiger als ehemals, ohne ungesundes Kreischen der Gefühle. Die Hand, mit der er von ihr Abschied nahm, war nicht heiß. Er bat, wiederkommen zu dürfen; sie hatte nichts dagegen.

Sie fand, als er weg war, christliche Büchlein auf ihrem Tisch und wendete ein paar Blätter um. Etwas Unbestimmtes hatte ihr wohlgetan, war wie ein nun verbotener Wohlgeruch von früher, ziemlich fade schon, bis in ihr Krankenzimmer gedrungen. Es war Liebe, wenn noch so wenig. Dieser Schwache hatte sich aufrichtig in sie verliebt, das war es. Jetzt endlich, da sie starb, fühlte er sich ihr nahe genug: er, dessen Dasein ein langes Sterben war.

Sie hörte kein Wagenrasseln unter ihrem Fenster, und sie erfuhr, das Volk selbst trage Stroh herbei. Am Abend gelangte sanftes Gezirp von Gitarren zu ihr. Sie lächelte: ›Nun lieben sie mich. Wenn ich tot bin, werden sie weinen. »Die Arme«, werden sie sagen, denn so nennen sie die Toten. Wie müssen sie froh sein, mich einmal bemitleiden zu dürfen – dieses eine, unvermeidliche Mal!‹

Ihr Herz beruhigte sich endlich. Vier Tage lang litt sie nichts. Am späten Nachmittag des fünften fragte ein Diener aus dem erzbischöflichen Palais, ob Ihre Hoheit geneigt sei, den Generalvikar zu empfangen. Sie hatte noch gar nicht Zeit zu antworten gehabt, da ward er schon gemeldet.

Tamburini trat ein, rasch und wuchtig, wie vor vielen Jahren. Er war noch immer der massige, starkknochige Beamte und Geschäftsmann im Priesterkleid. Seine beweglichen, klugen Augen funkelten unter schweren Lidern in dem vierschrötigen Gesicht. Kein Muskel seiner mächtigen Kiefern war erschlafft, sein Gebiß war vollständig, und die Haarsträhne, die seine niedrige Stirn teilte, war tiefschwarz. Aber unter seiner Haut floß noch mehr Galle.

Der künftige Kirchenfürst stand aufgepflanzt wie vor

der Front von Millionen, und in der einschüchternden Haltung eines Portiers. Hinter ihm verharrte Rustschuk. Die Herzogin lud die Herren ein, sich zu setzen. Tamburini sagte: »Frau Herzogin, ich komme als alter Freund. Sie sind immer eine gute Tochter der heiligen Kirche gewesen. Ich kann das unmöglich vergessen, bloß weil Sie in den letzten Jahren in Irrtümer verfallen sind.«

»Sie sind zu gütig, Monsignore«, sagte die Herzogin.

»Ihre Irrtümer sind schwer, das gebe ich zu, und haben viel Ärgernis erregt. Aber durch eine umfassende Beichte und aufrichtige Reue setzen Sie mich in den Stand, Sie von allen Sünden loszusprechen. Und dann haben Sie ja noch ein anderes, sehr wirksames Mittel, alles gutzumachen.«

Hierauf räusperte er sich. Die Herzogin sah ihn fragend an, dann seinen Begleiter.

»Deshalb kommen wir nämlich«, sagte Rustschuk.

Er blinzelte nach ihr hin, verschwommenen Blicks, schaudernd und begehrlich. Da lag sie und starb, immer schön und jung, da sie ja eine Herzogin war – und er hatte sie nicht besessen! Er stammelte nochmals: »Deshalb kommen wir nämlich.«

Sie verstand.

»Ah! das Geld. Sie wollen Geld?«

»Herr von Siebelind«, erklärte Tamburini, »hat mir auf meinen ausdrücklichen Wunsch berichtet, wie er Sie gefunden hat, liebe Tochter. Sie seien sich über Ihren Zustand klar«, sagte er, »und ertrügen ihn christlich. Da durften wir keine Zeit verlieren, um so mehr, als der bewährte Vertreter Ihrer weltlichen Interessen, unser Freund, der Herr von Rustschuk, uns wissen ließ, daß Sie bisher keinerlei Verfügungen getroffen haben.«

Hierauf warf er dem Finanzmann einen Blick zu.

»Herzogin«, stammelte Rustschuk, rotviolett, »Sie wissen selbst, daß ich Ihr Vermögen gut verwaltet habe... Es mag sein, daß ich meinen Vorteil dabei gefunden habe, wer leugnet das. Sicher ist nur, daß kein anderer, und sei es der unbequemste Tugendheld, Ihnen solche Summen hätte beschaffen können wie ich!«

»Weil keiner so geschickt ist«, erklärte Tamburini.

»Daher«, behauptete Rustschuk, »werden Hoheit mir glauben, wenn ich Ihnen sage: das beste ist, Sie vermachen alles der Kirche. Mir kann es ja gleich sein, aber ich rate Ihnen dazu.«

»Der Kirche?« meinte sie erstaunt. »Nun ja, warum nicht ebensogut der Kirche.«

»Schon wegen der ewigen Seligkeit«, sagte der Finanzmann. »Und noch aus andern Gründen.«

»Das künftige Leben, meine Tochter, ist eine hochwichtige Sache!« stieß der Vikar polternd hervor.

»Mir hat das gegenwärtige genügt«, sagte die Herzogin schlicht. »Und ich habe es wichtig genommen.«

»Wir Christen legen nur auf die Ewigkeit Wert«, bekannte Rustschuk mit Überzeugung. »Dieses Leben erfüllt uns zuwenig Wünsche.«

Und sie sah sein ungestilltes Verlangen trüb aufflackern.

»Sie wissen sowenig anzufangen mit dieser kurzen Spanne Zeit, Sie Christen«, sagte die Herzogin, und ihre Bemerkung wunderte sie tief, – »und Sie vermessen sich, mit Ihrer Person die Ewigkeit auszufüllen?«

»Diese Philosophie werden Sie bitter bereuen, liebe Tochter!« rief der Vikar drohend. »Statt Ihre Sache durch billige Lästerungen zu verschlimmern, machen Sie lieber, wie man Ihnen rät, Ihr Testament zugunsten der heiligsten Kirche, damit Sie doch etwas zu Ihrer Rechtfertigung vorzubringen haben. Sie können es im nächsten Augenblick brauchen – an dem Ort, wohin Sie gehen.«

»Dort – ich weiß schon, was ich dort sagen werde zu meinem Ruhm. Ich werde sagen, ich habe Sie, Monsignore, durch meinen Jäger hinausbringen lassen. Und wer weiß, vielleicht werde ich's wirklich getan haben.«

Darauf geriet Tamburinis herrische Haltung ins Wanken. Er stotterte etwas Bescheidenes. Rustschuk murmelte peinlich betroffen: »Herzogin sind strenge, man wagt nicht mehr –«

»Wagen Sie nur«, sagte sie seltsam lächelnd.

Er lehnte sich zurück. Sein Stuhl rückte hin und her, so schlotterte er. Er begehrte sie; mit Grauen vor dem Tode und die Sinne gepeitscht von seiner Gegenwart, begehrte er sie, noch auf *diesem* Bette. Er würde der einzige sein, den an ihrem Sarge das unwiderrufliche Bedauern zermalmen würde. Er allein hatte sie nie besessen. Und sie starb!

Sie saß tief zurückgelehnt, ganz hell, und das Gesicht in den dunkeln Polstern ihres Haars. Die Brauen waren hervorgearbeitet aus den eingesunkenen Schläfen, die Augen umspannt von dem vielfach gefältelten Schatten der Nasenflanken – und über den engen Sattel des schmalen, durchsichtigen Knochens hinweg, fast horizontal, schlich ihr Blick herbei, müde zum Erlöschen.

Dennoch demütigte er ihre beiden Zuschauer. Sie haßten sie dafür; aber sie erwarben auch jetzt nicht das Recht, sie zu bedauern. Ihr blieb die Schönheit des letzten Abendlichts. Einen roten Fleck spiegelte die schräge Sonne unter ihrem linken Nasenflügel. Das Kinn bog sich von unten, weich und gepolstert, eine letzte Verführung. Die Zähne blinkten, feucht und weiß. Hinter ihrem blaßviolett beschatteten Fleisch und seiner mattweißen Gewandung stand ein rotgelbes Kissen auf der Mauer und ihrer scheinend gelben Seide.

Aber das Sprechen hatte sie erschöpft. Sie fühlte ihren Herzmuskel sich aufs neue zusammenziehen. Ihre Fußspitzen brannten auf einmal vor Kälte. Sie klingelte und ließ sich die Knie in Decken wickeln.

Tamburini sah nicht ein, warum er sich von dieser Todkranken einschüchtern lasse.

»Haben Hoheit irgendwelche Einwände weltlicher Natur?« fragte er. »Sie besitzen keine Familie, niemand, dem Sie diese große Anzahl von Millionen könnten zuwenden wollen... All das Geld!« sagte er, mit vollen Backen.

Sie sann. Nino? Der Reichtum würde ihn zu früh zerstören. Die kleine Linda? Was brauchte sie, die so still und kühl in sich ruhte. Wer also? Sie erwiderte: »Ich habe nichts dagegen – und nichts dafür.«

»Geben Sie's nicht der Kirche«, äußerte der Vikar, »so verfällt alles dem dalmatinischen Staat.«

»Ja, dann kriegen *wir's*, bestätigte Rustschuk. »Hoheit sehen, wie uneigennützig ich Ihnen rate. Nur wegen Ihres Seelenheils.«

»Und nicht, weil Sie ein Geschäftsmann der heiligen Kirche sind? Der größte Bankier der Christenheit?«

»Hoheit verkennen mich. Ich denke nicht an so kleinliche Vorteile. Wollen wir den weltlichen Gesichtspunkt einnehmen? Dann urteile ich als Staatsmann und finde, daß das – wie soll ich sagen, freie Leben Euerer Hoheit eine Sühne verlangt vor der Öffentlichkeit. Das Vertrauen in die bestehende Gesellschaftsordnung müßte eine bedenkliche Erschütterung erleiden, wenn eine Dame in der ungewöhnlichen Stellung Euerer Hoheit, hoch betitelt und überaus kapitalkräftig, nicht wenigstens angesichts des Todes einen wohlgesinnten Gebrauch von ihren großen Mitteln machte.«

Er sprach sehr rasch, den Mund scheu gesenkt bis auf das fallende Fett seines Halses, und mit kleinen schwachen Armbewegungen. Tamburini deklamierte um so unbefangener.

»Alles: die Verhältnisse sowohl als die göttlichen und menschlichen Pflichten, und nicht zuletzt der eigene Vorteil weist Euere Hoheit darauf hin, Ihre Besitztümer Ihrer heiligen Mutter, der Kirche, zu vermachen. Auch habe ich schon den Notar bestellt. Soll er eintreten?«

»Der Kirche oder dem Staat«, wiederholte sie. »Er ist mir eigentlich ebenso sympathisch.

Wenn ich statt dessen –«

Sie legte die Wange auf die Handfläche. Sie blinzelte aus halbgeschlossenen Lidern und aus der goldigen Tiefe all ihrer nie abdankenden Liebe nach den beiden apokalyptischen Tieren, die ihre letzte Stunde ihr vorgaukelte.

»Wenn ich drei große Vermächtnisse machte. Eines für die Freiheitskämpfer aller Völker, und für die Seltenen zwischen den Völkern, die den Geist befreien. Das zweite für Kunstwerke, die verschwenderischen Träumen gleichen, und von denen der Bürger nichts wissen kann, also eben für Kunstwerke. Das dritte für wunderbare Inseln der Lust, wo Menschen ohne Not und beinahe ohne Sehnsucht vergessen dürfen, daß es einen Staat, eine Kirche und eine Menschheit gibt, die leidet.«

»Herzogin werden es nicht wagen!...« befahl Tamburini barsch, und brach in Drohungen aus. Rustschuk behauptete, solch ein Testament sei anfechtbar. »Deshalb«, erklärte er, »weil man glauben würde, eine allzu zügellose Seele habe hier in Wahnsinn geendet.«

Sie hörte nichts. Ihre leisen Traumworte hatten sie erregt bis zum Aufschreien. Da zerriß sie ein neuer Schmerz, vom Rücken nach dem Magen. Der Krampf ergriff den Magen; das Herz zuckte und flog. Sie fuhr auf, mit einem Stöhnen, und setzte sich wieder.

Die beiden verstummten plötzlich. Sie sahen auf der Stirn der Geängsteten den Schweiß ausbrechen, ihre Lider zuklappen, und ihre Züge erschlaffen. Das Gesicht dieser Frau, die ihnen eben noch Scheu und Begierde eingeflößt hatte, war jäh ausgewechselt gegen die verfallene Maske einer ohnmächtigen Verlebten. Rustschuk heulte rauh auf. Der aufgebrachte Priester verfiel ohne Übergang in

Weihe. Er nahm ihre Hand, er fand sie eisig und einen kleinen fadenförmigen Puls an ihr, der aussetzte.

»Meine Tochter, verzage nicht. Die Barmherzigkeit wacht über dir. Siehe, der Tod naht dir als Erlöser.«

Sie schien zu erwachen; das Leben trat hinter ihr Gesicht wie eine Flamme.

»Nicht als Erlöser«, sagte sie undeutlich.

Sie wollte ihn nicht als Erlöser, nein, als Geliebten – ihn, die letzte Verwandlung ihres Lebens, in der Vollkraft seiner Schmerzen!... Sie wand sich auf dem Rücken hin und her, sie kämpfte vergebens um ein Wort. Sie fühlte den ganzen Mut ihrer Seele auf ihre Lippen stürzen. Und ihren tiefen Qualen entstieg, unhörbar, aber blitzend wie Vogelflug aus der Nacht von Klüften, ein äußerstes Bekenntnis zu dem großen Leben und seiner Unerbittlichkeit.

»Sagten Hoheit etwas?« fragte Tamburini.

Plötzlich riß sie die Decken von sich, rang sich empor, machte zwei Schritte, schrie laut auf. Der Schmerz entrückte sie. Sie legte sich mit der Herzgrube auf eine Stuhllehne. Gleich darauf stand sie, steil aufgerichtet, und als ob sie lauschte. Ihr Gesicht färbte sich bläulich. Dann begann sie zu keuchen; der Atem kehrte wieder. In der Minute, als er ausgeblieben war, hatte sie gedacht: ›Also auf diese Weise – und so schnell!‹

Nein, es kam nicht schnell. Sie schleppte sich an ihr Lager zurück, sie ließ sich betten. Nana legte ihrer Herrin, die würgte und sich erbrach, Dampfkompressen auf. Rustschuk war vom Schrecken ins Vorzimmer gescheucht, wo er jammerte und plapperte. Es war voll von Leuten, die auf ihren Augenblick warteten.

Tamburini schloß die Tür des Krankenzimmers hinter sich und erteilte Befehle.

»Ist der Notar da?... Gut, Çavaliere Muzio, die Frau Herzogin wird sogleich Ihre Dienste in Anspruch nehmen. Sie hat uns ihren Willen kundgegeben. Nur ein wenig Ruhe brauchen Ihre Hoheit, die Unterredung hat sie angegriffen... Ärzte! Sind keine da? Was für eine Nachlässigkeit. Girolamo, Antonio, ihr lauft nach Ärzten. So viele wie möglich, hört ihr! Professoren!«

Der Vikar vervielfältigte sich. Er nahm einen Priester in die Ecke oder ergriff einen der Herren am Knopf, die mit dem Hut auf dem Kopf und in der Hand ein offenes Notizbuch zwischen den Gruppen hindurchschlüpften. Neugierige von der Straße quollen durch die unbewachten Türen des Sterbehauses. Die Treppe summte von Stimmen. Durch das wirre Hin und Her brachen Tamburinis Boten sich eine schwarze und zielbewußte Bahn.

»Filippo, ehe ich's vergesse: nach Santo Stefano! Der Pfarrer soll mit den heiligen Sakramenten kommen! Es ist nur für alle Fälle, wir werden es, so Gott will, nicht nötig haben, die Frau Herzogin erholt sich!«

»Da sind Sie!« rief er einem eleganten Herrn entgegen. »Sie können im ›Mattino‹ schreiben, daß die Frau Herzogin die Hälfte ihres Vermögens der Stadt Neapel vermacht, die andere Hälfte den Armen. Ein namhaftes Legat erhält der Heilige Vater.«

Er schob Rustschuk und den Notar gegen eine Wand.

»Das macht sich besser«, raunte der Vikar. »Wenn die Tatsache vollendet ist, erfährt man sie noch früh genug.«

Rustschuk trocknete sich wortlos die Stirn. Er war fahl und fürchtete umzufallen. Aber Muzio, ganz gelb in seinem blanken Röckchen, lächelte abgefeimt.

»Ich kenne die Dame«, sagte er mit spaßhaften kleinen Verrenkungen. »Man darf mit ihr nicht allzu viele Umstände machen. Sie ist eigensinnig, Monsignore glauben nicht wie sehr. Man sollte ihr zum Heil ihrer Seele die Hand führen bei der Unterschrift.«

»Das ist Ihre Sache«, entschied der künftige Kirchenfürst barsch. »Wir wissen nichts davon... Hätten wir nur nicht soviel Zeit verloren. Die Kranke entfernte sich immer wieder von dem Gegenstande, auf den es ankommt. Es handelt sich doch um all das Geld!«

Muzio legte ihm nahe: »Wenn Monsignore einmal nachsehen würden. Gewiß hat sie sich schon gebessert. Das geht rasch bei ihr, ich kenne sie.«

»Sie haben recht, Muzio.«

Der Vikar schritt schnell und gnädig durch die auseinanderweichende Menge.

»Die Kranke verlangt nach mir«, erklärte er laut.

Aber vor der verschlossenen Tür stand ein breitschultriger Alter in der Uniform eines Jägers, die Reitpeitsche in der Hand.

»Öffnen Sie«, befahl der Vikar. Der Jäger sagte ruhig: »Es tritt niemand ein.«

»Ich bin der Generalvikar.«

»Ich kenne Monsignore. Es tritt niemand ein, die Frau Herzogin leidet.«

»Du willst nicht?« fragte Tamburini und erhob die Hand.

»Nein.«

Und Prosper salutierte mit der Peitsche.

Man entrüstete sich, der Jäger wurde umdrängt und verteilte Stöße. Der Vikar rief seine Diener herbei. Es waren schwarzgekleidete, beschauliche Menschen mit friedvoll rasierten Lippen und wußten mit dem harten Greise nicht umzugehen. Einer bekam einen Hieb übers Gesicht, darauf legten die andern sich Zurückhaltung auf.

»Da ist der Arzt!« rief man von hinten. Ein kleiner magerer Sechziger hastete wichtig herbei, in hellem Anzug, mit gefärbtem Schnurrbärtchen, und zappelnd vor Jugendlichkeit.

»Die Frau Herzogin hat mich befohlen?« rief er in der Fistel. »Natürlich, wenn die Frau Herzogin die Hilfe der Wissenschaft braucht, bin ich der einzige, an den sie denkt. Ich habe Ihrer Hoheit ja schon einmal das Leben gerettet. Mit Gottes gnädigem Beistand, Monsignore, wird es auch diesmal gelingen.«

Der Vikar faßte ihn am Rockaufschlag.

»Doktor Giaquinto«, flüsterte er, »es handelt sich darum, das Leben der Frau Herzogin um eine Stunde zu verlängern. Hören Sie, um eine Stunde. Das übrige ist für Gottes und seiner heiligen Kirche Zwecke nicht von Belang.«

»Wenn – ich's zehnmal wollte, die ärztliche Kunst kann nicht weiter reichen als Gottes Wille«, versicherte der Doktor.

Aber Rustschuk wälzte sich, schwankenden Bauches, an den Arzt heran. »Tun Sie das Unmögliche, überbieten Sie sich, Doktor, erhalten Sie die Herzogin am Leben!«

Er flehte, mit gerungenen Händen. Das Testament kümmerte ihn nicht. Er hatte nur den einen inständigen Wunsch, sie möge leben. Solange sie lebte, blieb ihm die Hoffnung, sie auch noch zu besitzen, wie alle andern.

Tamburini herrschte den Jäger an.

»Den Arzt werden Sie wohl einlassen.«

Prosper klopfte an die Tür, ein Spalt ging auf. Nana antwortete nach einer Weile, wenn der Doktor etwas gegen Asthma habe, dürfe er eintreten.

»Asthma bloß?« rief Giaquinto und erhob frohlockend beide Arme gegen die Versammlung. »Asthma ist ja meine Spezialität! Die Wissenschaft ist wohlausgerüstet!«

Er glitt hinein. Jemand hatte einen Fuß in den Spalt geschoben, zu seiner Beseitigung mußte Prosper einen Ringkampf bestehen. Inzwischen krochen die Leute mit den Notizbüchern ihm zwischen den Beinen durch, um zur Tür zu gelangen. Sie ward von innen geschlossen. Aber noch immer umtobte Aufruhr den Jäger; er hieb mit der Reitpeitsche um sich.

Ein Herr im dunkeln Überzieher, sehr bleich, mit roten

Flecken unter den Augen, gab einen Seufzer von sich und taumelte gegen Prospers Schulter. Der Alte versuchte, ihn auf einen Stuhl zu setzen; aber Siebelinds Glieder waren nicht zu beugen. Er stand mit geschlossenen Augen, kalkweiß, und antwortete nicht. Endlich, mit einem zweiten Seufzer, wachte er auf. Es war ringsumher ganz still geworden. Noch sehr verwirrt, ohne zu wissen, wo er war, lallte Siebelind: »Das kommt zuweilen vor, seit der dummen Geschichte damals mit Lady Olympia.«

Er besann sich: »Um des Himmels willen, ich muß hinein zu ihr, ich habe ihr etwas von höchster Wichtigkeit zu sagen.«

»Später«, entschied der Jäger.

»Wenn die Herzogin wüßte, von wem ich Nachricht bringe, keine Sekunde würde sie leben wollen, ohne mich zu hören.«

Prosper benutzte den Augenblick der Ruhe, um den Knopf einer Klingel zu erreichen. Der Türhüter zeigte sich endlich mit zwei Lakaien. Der Jäger gab ihnen seine Anweisungen, und sie begannen den Gästen durch Wort und Tat zu verstehen zu geben, es werde Nacht, man schließe das Haus. Ein paar hohe Hüte rollten dabei die Treppe hinab, einige kleinere Einrichtungsgegenstände wurden unter den Röcken von Besuchern hervorgezogen.

Schließlich lagen die Gemächer menschenleer und im Schatten. Siebelind saß im Vorzimmer unter einem Fenster, die Hände gefaltet mit spitzen, rötlichen Knöcheln, und wiederholte sich unter trockenem Schluchzen: »Ich werde sie niemals mehr sehen – sie, und ihr schönes Leiden. Ich darf nicht teil daran haben...«

Rustschuk, ihm gegenüber, quoll und tropfte von Tränen. Tamburini stand aufgepflanzt in der Mitte und horchte, die Arme gekreuzt, nach dem, was drinnen der Doktor redete, hinter der Tür, die Prosper reglos bewachte. Der Notar Muzio reckte in seinem bescheidenen

Versteck den gelben Hals lang aus und nickte zu allem, wie ein schmutziger und weiser Vogel aus der Höhe.

Ehe der Doktor eintrat, hatte die Herzogin schon den Augenblick von Schwäche bereut, der sie verleitet hatte, ihn zu rufen. Sie winkte ihm zu gehen; er mißverstand sie.

»Herzogin sind zu gnädig. Ja, ich werde mir erlauben, diesen Sitz einzunehmen und ihn erst zu verlassen, wenn meine Kunst Eure Hoheit vollkommen gesund gemacht hat... An Asthma leiden Hoheit, wie ich sehe. Das Atmen ist erschwert und tönend. In die Hände welches Pfuschers mögen Hoheit nur geraten sein? Welcher Ignorant hat Sie so zugerichtet?«

Er horchte. Die Kranke schob aufgeregt den Kopf durch die Kissen. Sie brachte ein Wort hervor.

»Wie? Das Rückenmark? Hoheit sollten sich keinen Einbildungen hingeben. Was hat denn ein gewöhnliches Asthma mit dem Rückenmark zu tun, frage ich. Hoheit als Laie können darüber gar nicht urteilen. Die Wissenschaft wird nach ernstlicher Prüfung zweifellos etwas ganz anderes herausbekommen... Wie? Der Doktor Barbasson in Paris? Also das ist der Nichtskönner, der mir das Vertrauen Eurer Hoheit abgeschwindelt hat! Habe ich der Frau Herzogin nicht schon einmal einen wichtigen Dienst erwiesen? Habe ich Ihnen nicht in einem Augenblick gefährlicher Erschöpfung eine wohltätige Haft verordnet? In kürzester Zeit waren Sie hergestellt. Hätten Eure Hoheit sich auch diesmal meiner Kunst überlassen: ich bin überzeugt, daß es heute mit Eurer Hoheit nicht so stünde, wie es steht... Denn Herzogin dürfen sich nicht in Täuschung wiegen, es steht schlimm. Das sehe ich ohne weiteres mit dem Scharfblick der Wissenschaft. Um zu erfahren, *wie* schlimm es steht, werde ich eine genaue Untersuchung vornehmen.«

Er zog die Handschuhe aus. Der mühsame Widerspruch der Kranken ging unter in seinem Gekreisch. Sie zuckte und rang nach Luft. Nana mußte ihm helfen, ihre Herrin zu entkleiden. Sie richteten sie auf. Die Herzogin wandte das Gesicht weg. Ihre Büste stand wie aus Porzellan, in scharfen Flächen und erhöht durch grellweiße Lichter, in dem zurückgleitenden Linnen. Man hob ihr den Arm empor und deckte darunter die magere, dunkle Grube auf.

»Die Glieder sind eiskalt«, so stellte Doktor Giaquinto fest. »Kein Puls daran zu fühlen; höchst sonderbar. Die Wissenschaft wird die Erscheinung aufklären. Der Unterleib ist schmerzfrei, auch bei Druck. Also in der Herzgrube sind wir empfindlich? Herzzittern haben wir? Und der Schmerz erstreckt sich über die linke Schulter und den linken Arm? Ah... Wie? Auch im Rücken tut es weh? Dort dürfte es durchaus nicht weh tun! Es ist doch nur Asthma! Ich leugne, daß es mit dem Rückenmark im geringsten etwas zu tun hat! Wir werden sehen, die Empfindlichkeit ist eingebildet, einfach hysterisch...«

Er strich mit seiner hornigen Hand das Rückgrat hinab. Die Herzogin schrie auf; der Schmerz gab ihr plötzlich den Atem zurück.

»Lassen Sie mich! Nana, das Fenster öffnen!«

»Nicht öffnen!« rief der Greis und betupfte sein luftiges Seidenhemd. »Es weht eine starke Tramontana. Die Frau Herzogin wird sich erkälten.«

Sie betrachtete ihn flüchtig.

»Nana, hilf dem Herrn seinen Mantel anlegen.«

Sie nahm ein paar Züge der kalten Luft.

»Der Kopf ist unbenommen«, sagte der Doktor. »Es wird sich machen, nur keine Angst. Solange ich da bin, geschieht Eurer Hoheit nichts. Da habe ich gewisse Zigaretten, denen hält kein Asthma stand.«

Sie erkannte erst jetzt. »Ah! Tamburini schickt ihn.« Sie sagte: »Sie wollen mir Opium geben? Aber ich habe keine Zeit, mich betäuben zu lassen. Gehen Sie!«

»Wie? Eure Hoheit verweigern die Wohltaten der Wissenschaft? Eure Hoheit tun sehr unrecht. Man wird leider annehmen müssen, daß Eure Hoheit nicht mehr die Kraft besitzen, über sich selber zu bestimmen. Man wird Sie gegen Ihren Willen retten müssen. Mußte ich das nicht schon einmal?«

Er entzündete ein Wachskerzchen und hielt eine Zigarette in die Flamme. Der Rauch schlug der Kranken ins Gesicht, sofort sank sie zurück, laut röchelnd. Sie machte eine Bewegung mit der Hand, Nana stürzte zur Tür.

»Prosper!«

Der Jäger erschien auf der Schwelle; er ließ drei Herren eintreten. Der Doktor Giaquinto erwartete sie mit würdiger Zurückhaltung. Sie waren alle drei jünger als er, und sie waren Professoren der Universität. Man hatte sie aus den Theatern geholt. Im Krankenzimmer waren sie auf einmal steif, wächsern, unnahbare Würdenträger des Nichts. Neben ihnen deuchte der Herzogin ein Giaquinto liebenswert. Er war immerhin Mensch.

»Zunächst«, sagte Giaquinto, die Rechte in der Weste, »leugne ich mit aller Entschiedenheit, daß der Zustand der Kranken vom Rückenmark ausgeht. Sollten die Herren Kollegen das Gegenteil befinden, so ziehe ich mich sofort zurück.«

Er geleitete die drei an das Lager. Sie ließen sich, über die zu Untersuchende gebeugt, wortlos die Symptome berichten. Sie waren Idole, denen die Krankheiten zugeschleppt wurden wie scheußliche Mahlzeiten: sie rührten sich kaum. Am Ende sahen sie sich an, und einer sprach für alle die Worte, gegen die es keine Berufung gab.

»Die Frau Herzogin leidet an Brustkrampf, Asthma cardiacum, krankhafter Erregung der Herznerven, hervorgerufen durch Rückenmarksreizung, Irritatio spinalis primaria. Im ganzen Lauf der Rückenwirbel haben wir die größte Empfindlichkeit gegen die leiseste Berührung, besonders der Herzgrube gegenüber. Insgesamt das Bild eines hysterischen Krampfzustandes, doch ohne nachweisbare entzündliche Erscheinungen. Tun Sie die Zigaretten weg, Herr Kollege, sie sind zwecklos. Wir nehmen eine Ableitung vor, durch ein Seifenbad.«

Doktor Giaquinto senkte den Kopf. Schließlich verlangte er, wenn man schon auf die schmerzhaften Rückenwirbel wirken wolle, einen tüchtigen Blasenzug.

»Noch besser, den Rücken mit Bürsten bearbeiten! Haha! Sie sollen sehen, es hilft alles nichts. Denn es ist eben gar nicht das Rückenmark!« rief der Alte, klagend vor Eigensinn.

Man hörte gar nicht auf ihn. »Sorge für ein Seifenbad!« sagte einer der Herren zu Nana. Aber die Kammerfrau stand, ganz erstarrt von soviel kalter Schicksalsmacht, mit ausgebreiteten Armen vor ihrer Herrin.

»Die Frau Herzogin haben mir befohlen«, stotterte sie, »man soll die Frau Herzogin in Ruhe lassen. Die Frau Herzogin brauchen keine Hilfe.«

Giaquinto riß den Mund auf und hob die Arme. Aber die drei verharrten unbeteiligt, in lebloser Erhabenheit, wie Idole, denen die Schlachtopfer ausblieben. Unerwarteterweise kehrten sie um und traten in ihren Winkel zurück, als trüge man sie wieder in ihren Tempel. Der Sprecher erklärte: »Wir werden nichts ohne den Willen der Patientin unternehmen. Wir werden warten. Die Kranke hat Augenblicke, wo das Asthma durch einfaches Herzklopfen ersetzt wird – wo sie naturgemäß Mut faßt und sich einbildet, das ärztliche Eingreifen entbehren zu können... Aber es treten schon allgemeine Krämpfe ein. Die Krämpfe des Zwerchfells und der übrigen Respirationsmuskeln nehmen zu an Heftigkeit und Dauer. Wir haben Krämpfe der Stimmritze mit Erstickungsgefahr und Cyanose...«

»Sehr wahr!« krähte Doktor Giaquinto und rieb sich ingrimmig die Hände. »Ganz blau ist sie! Oh, sie wird sich nicht mehr lange sträuben! Sie wird der Wissenschaft nicht mehr lange Widerstand leisten!«

In der Tür erschien Prosper, er hielt einen Briefteller. Er schlich bis vor die Füße seiner Herrin, legte die Hand an den Hosenstreifen und wartete, ob sie ihn hören könne. Es war still im Zimmer; nur der Atem der Herzogin pfiff, ein dünnes, oft unterbrochenes Rinnsal von Luft, durch ihre Kehle, stockte, kehrte wieder, versagte ganz und entlud sich auf einmal und mit Rasseln, indes der Hals der Erstickenden, angstvoll sich windend, den scharfen Umriß seiner Muskeln hinhielt.

Der Jäger schluckte hinunter.

»Frau Herzogin verzeihen«, meldete er stramm, »es ist ein Paket mit einem Bilde da, es kommt aus Maderno... Und dann ein Brief, wenn Hoheit gestatten, der Absender steht auf der Rückseite, es ist Frau Gina Degrandis.«

Sie hob den Kopf; niemand hatte es gehofft, denn sie schien auszuatmen. »Was wollte man mir geben?« sagte sie klar. »Ein Seifenbad? Also schnell.«

Nana eilte hinaus.

»Wie lange Zeit werde ich haben?« fragte sie noch, und sank zurück, zuckend vom Krampf.

Giaquinto frohlockte.

»Solange Eure Hoheit belieben. Nur die Aussprüche der Wissenschaft müssen Sie achten.«

Er lief ins Vorzimmer, den Professoren voraus.

»Die Frau Herzogin ist gerettet, sie bekommt ein Seifenbad!«

»Ist ein Journalist da?« fragte einer der Professoren.

»Dieser elende Jäger hat alles hinausgeworfen«, sagte Tamburini.

Als man wieder hinsah, war der Professor fort. Ein anderer äußerte bitter: »Ich verzichte gerne auf die Presse. Es liegt mir gar nichts daran, daß man erfahre, ich habe dabeigestanden, als Herzogin von Assy starb.«

Und er schritt aufrecht hinaus. Der Sprecher sagte: »Ich tue meine Pflicht, ich komme wieder, in drei viertel Stunden. Länger als eine Stunde wird die Patientin nicht leben.«

Doktor Giaquinto wartete, bis die Tür sich geschlossen hatte. Dann geriet er in Aufruhr.

»Diese hochnäsigen Besserwisser! Wollen einen alten Praktiker belehren! Erst diagnostizieren sie Krankheiten, die ein Pferd umbringen, und dann wollen sie sie mit ein bißchen Seifenwasser beseitigen.«

»Sagen Sie die Wahrheit, Doktor, wie lange Zeit hat die Kranke?«

»Ich bin ein ehrlicher Mann... Exzellenz belieben doch bitte nicht so schrecklich zu heulen!« schrie er dem fassungslosen Rustschuk zu. »Ihre Hoheit werden morgen beim Frühstück ihr Testament unterschreiben.«

»Ist das Ihre Überzeugung?«

»Lassen wir die Frau Herzogin zur Sicherheit schon um drei Uhr frühstücken. Solange erhalte ich sie Ihnen und der heiligen Kirche, oder machen Sie mit mir, was Sie wollen, Monsignore! Ich gebe ihr Moschus und Opium, ich spritze ihr Äther ein, bis sie tanzt und singt!«

»Es wäre ein großes Unglück«, erklärte der Vikar schlicht, »wenn die arme Frau nicht mehr dazu gelangte, ihre Seele zu retten, und wenn der Kirche das Geld entginge – all das Geld!«

»Ich würde auch gewünscht haben«, klagte Rustschuk, »sie hätte ihr Geld vernünftig verwendet, wenigstens nach ihrem Tode.«

»Sie wird es ja tun, meine Herren«, rief der Doktor.

»Sie wird es *nicht* tun«, entschied Siebelind unhörbar. »Wenn sie all ihr Leiden und ihre Demütigung durch ein christliches Testament bekräftigte, es wäre schön. Sie wird es nicht tun. Ich habe alles in allem nie und nirgends einen Heiden gesehen, wie diese Frau einer war.«

»Drum wird man mit ihrem Vermögen die Heiden bekehren«, sagte Muzio, der danebenstand, den Finger weise erhoben.

»Und die wundervolle Grabrede, die ich dieser großartigen Bekehrten gehalten hätte!« versetzte der Vikar, die Arme gekreuzt, die Stirn gesenkt. »Ich hätte gesagt –«

»Das Krankenzimmer ist abgeschlossen«, zischte der Doktor, heftig erbittert. Er klopfte mit allen Knöcheln. Prosper öffnete einen Spalt; er erklärte ziemlich höflich: »Die Frau Herzogin sind vom Bade sehr erschöpft, sie haben Schlummer und ersuchen die Herren um eine Stunde der Ruhe. Hernach werden sie den Herrn Arzt zu sich bitten.«

Und er schloß die Tür.

»Sind wir sie los?« fragte die Herzogin ihn. »Dann gib her, Prosper.«

Im Vorzimmer sahen Tamburini, Muzio und der Doktor einander in die Augen. »Es ist nichts zu machen!« Darauf gab der Vikar ein Zeichen, sie knieten hin, alle drei in einer Reihe, und jeder lehnte die Handflächen zusammen. Siebelind warf sich hinter sie zu Boden, mit schauriger Begeisterung. Rustschuk ließ sich unter feuchten Seufzern mühsam nieder. Der Vikar sprach eintönig und schallend: »Heiligste Jungfrau Maria, wir bitten, daß durch deine Hilfe diese arme Seele in der letzten Stunde den Weg der Gnade finde.«

Sie hatte, um von den Eindringlingen nichts hören zu müssen, ihr Ruhebett in das nächste Zimmer tragen lassen. Es war ein Saal, den viele Säulen stützten und weite Mosaiken beglänzten.

Sie lag mit dem Rücken hoch gebettet, die Gliedmaßen vom Bade erwärmt, mit schnellem, sehr schwachem Puls, und sie hielt sich ganz still, in der Sorge, diese leise, schmerzlose Ermattung, die das letzte Stück besonnenen Daseins war, für die kommende halbe Stunde zu ersparen.

Nachher, das fühlte sie voraus, kam das plötzliche Versinken... Und es gab noch zu tun.

»Gib her, Prosper.«

Der Jäger reichte ihr den Teller mit Briefen. Jakobus meldete ihr ohne weiteres die Absendung ihres Bildes.

Gina schrieb von Genua aus dem Hospital. Sie sterbe mit ihr. »Nino geht uns voran. Ich bin herbeigeeilt, um, selber verurteilt, seinen letzten Atem mit meinen Lippen zu empfangen. Könnte ich sie auf die Ihrigen legen!

Jenes Bild behält recht: er geht uns Frauen mit seiner Ampel voran. Ich habe geglaubt, er leuchte uns in die Gefilde der Kunst; nein, der Garten, wohin wir ihm folgen, gehört dem Tode. Aber wir folgen ihm!... Gönnen Sie ihm zwei Worte, die ihm Mut machen!«

»Der Herr von Siebelind«, sagte Prosper, »bittet die Frau Herzogin, diesen Zettel zu lesen; es sei wichtig.«

Siebelind schrieb: »Ich muß Ihnen ein letztes Unheil schicken; mein Gewissen will es. Ich darf Sie nicht schonen. Sie sollen die Rechtfertigung des Leidens ganz haben, und die Schönheit, ganz geschlagen zu sein.

Er ist in Genua in einem verrufenen Hause umgekommen. Er ging die dunkle Treppe hinunter, und von den Balken darüber fiel ihm ein Körper auf die Schultern: ein kleiner, arg verwachsener Mensch, der auf seinem Nacken ritt, ihn umwarf, ihn würgte und stach. Am Morgen fand man ihn beraubt und halbtot irgendwo in der Gosse.«

Sie ließ sich Papier und Feder geben und schrieb, auf Prospers Arm gestützt.

»Siehst Du, nun treffen wir uns beim Sterben. Ich weiß, ich werde als letztes Bild vor Dir stehen, so wie mein letzter Blick auf Dich gerichtet sein wird. So sieht das nächste Mal aus, an das Du glaubtest – und wir wollen glücklich sein. Sei ganz sicher, daß ich nie jemand geliebt habe als Dich.«

»Das muß gleich aufs Telegrafenamt getragen werden.«

Der Jäger lieferte die Depesche am jenseitigen Ausgang einem Lakaien ab. Dann stellte er Jakobus' Bild vor sie hin. Sie ließ ihn alle Flammen aufdrehen. Große Büschel elektrischen Lichts vergewaltigten hart die Dämmerung. Der kalte Prunk des Saales blitzte auf. Und in der weißen Helle sah die Herzogin in das plötzlich entschleierte Gesicht ihrer letzten Verwandlung.

Sie stand im hohen Kahn auf dem Nebelmeer, die Brust flach unter dem fahl gleißenden Panzer, schwarzes Haar am Rande des Helmes, der matt herausschien aus Wolken, und die müde, blasse Hand auf den Schwertknauf gestreckt. Sie war die Jungfrau, die, von allen Gewalten des heißen Lebens verwüstet, im Glanze einer andern, unangreifbaren Reinheit von dannen fuhr.

Ihr Maler hatte mehr gemalt als ihr Sein, und mehr als ihr Vergehn. Aus diesem weißen Gesicht, das kühl erhoben über das Leben hinwegsah, grüßten, im Verscheiden, die großen Träume von Jahrhunderten. Diese glatte Rüstung und dies kalte Schwert funkelten unbesiegbaren Stolz. Und die Blässe des Todes rief auf dieses Gesicht eine zweite Unschuld. Es war wieder das der zwanzigjährigen, unbekümmerten Siegerin. Was damals die Unberührte nicht wußte – die Sterbende hatte es vergessen. Das Leben, das damals noch hinter ihrer Schulter lächelte, war inzwischen aus der Sehweite ihrer großen, starren und hellen Augen entflohen. Nun stand wie gereifte Saat der vielfache Tod in ihr auf. Es zog in den Augen der sterbenden Assy der lange Leichenzug all derer vorbei, in denen sie vormals schon gelebt hatte.

Mit gefalteten Händen, spitzen Füßen und aus Eisen reckten sich auf ihren Sarkophagen die einen, und Mönche hüllten sie in Gebetmurmeln. Jener andere strahlte bleich und groß von den Fackeln nackter Knaben, die seine Bahre umringten. Die Toten waren zart geschminkt und zierten sich mit gemaltem Lächeln, oder sie grinsten fürchterlich aus fahl geränderten Wunden... Sie alle starben aufs neue und endgültig. In dieser Frau, die leise zu Ende ging, entschwankten mit majestätischem Getöse ihre zahllosen Katafalke. Alle ihre Schönheiten waren noch einmal erstanden in dieser Frau. In ihr hatten alle ihre Leidenschaften noch einmal aufgeschrien. Nun versiegte mit ihr der letzte Blutstropfen, der ihnen gehört hatte. Mit ihr erstarrte ihrer aller letzte Begierde, zerbrach ihre letzte Geste, und senkte seinen Flügel ihr letzter Traum.

Sie entwarf einige Zeilen an Jakobus, um ihm zu danken und ihm zu sagen, daß sie beide recht getan hätten, damals, als sie sich begehrten, sich genossen und miteinander kämpften. »Dies Werk gibt uns zuletzt recht – und alles ist gutes Schicksal.«

Aus dem Vorzimmer schrillten falsche Töne der Grabrede, die Tamburini im voraus zum besten gab. Er war bei der Einleitung und sagte kraftvoll: »... Ich wollte, daß alle von Gott entfernten Seelen, daß alle diejenigen, die sich vorreden, man könne sich nicht selbst überwinden, noch seine Standhaftigkeit bewahren inmitten der Kämpfe und Schmerzen; kurz, daß alle, die an ihrer Bekehrung oder ihrer Ausdauer verzweifeln, zugegen gewesen wären beim Tode dieser Frau!...«

»Komm her, Prosper, da hast du einen Scheck auf die Bank von Frankreich. Dort bekommst du, ohne daß dir jemand Schwierigkeiten machen kann, soviel als ihr alle braucht, du und Nana und die andern. Du verteilst es nach Verdienst... Und nun gib mir die Hand, ich muß dich verabschieden.«

Der Alte murmelte: »Frau Herzogin sagten einmal, als Don Saverio mich fortschickte, Sie würden es niemals tun – mich niemals verabschieden.«

»Und sieh, nun tue ich's doch. Aber gewartet hab ich

bis zur letzten Viertelstunde, das mußt du mir zugut halten.«

»Aber die letzte Viertelstunde der Frau Herzogin, die sollte nicht kommen«, sagte der Jäger, verstört, mit brechender Stimme. »Wo bleibe ich?«

»Du darfst noch dableiben – solange ich da bin. Sage, wirst du nun in die Heimat zurückkehren, dir ein Gütchen kaufen?«

»Frau Herzogin halten zu Gnaden, ich weiß nicht mehr, wohin ich gehöre, wenn die Frau Herzogin mir einmal nicht mehr befiehlt, ihr zu folgen, hierher oder dorthin.«

»Es ist wahr, das tust du seit so langer Zeit. Hast du keinen Freund?«

»Zu Hause in Dalmatien hatte ich einen. Wir liebten uns sehr, er hatte mir das Leben gerettet. Aber er gehörte zu den Feinden der Frau Herzogin, darum sagte ich ihm, es sei aus zwischen uns.«

»Hättest du dich nicht verheiraten wollen?«

»Ein Weib in Zara wollte mich; ich hätte sie genommen. Aber sie besaß eine Wirtschaft und verlangte, ich solle dableiben. Wie konnte ich – da ja die Frau Herzogin fortgingen.«

Sie betrachtete ihn, er war schön, dieser Alte, kraft seiner langen Ehrfurcht. Sie sagte ihm: »Und alle deine Entsagungen tragen dir nur die eine Belohnung ein, daß deine Herrin es durch dich ein wenig besser gehabt hat. Genügt dir das?«

Er kniete hin, sie gab ihm beide Hände, er küßte sie langsam, leise, andächtig. Durch die verschlossenen Türen schallte ehern die Stimme des Vikars: »... Ihr Tod sah aus wie eine heilige Handlung... Denn wie das Wasser das Feuer löscht, so das Almosen die Sünde! Und ihre ist ganz ausgelöscht!...«

»Prosper«, sagte sie schläfrig, »drehe das Licht ab, es

stört mich. Zünde die drei Kerzen an, auf dem Armleuchter hier neben mir.«

Sie hörte die eigene Stimme wie im Nebel, und sie meinte einzusinken in etwas Weichem Dumpfem, worin die Sinne nur noch halb wachten, und die Träume auf samtenen Fußsohlen und eilig vorüberliefen. Sie schloß die Augen. Im hellen Schlummer war's ihr, als kehrte sie von einer Reise zurück – zurück aus dem schwarzen Lande, wo man litt. Die wilden Schmerzenslandschaften blieben hinter ihr. Die Steine, die unter den Rädern ihrer Kutsche gekracht hatten und sie gemartert und ihr den Atem genommen hatten, waren fort. Sie fuhren nun sanft über den feuchten Strand eines Meeres, das weite, flache Wellen rollte; und sie stiegen aus, Nino und Yolla. Sie standen, aneinandergelehnt, vor dem Meer und starrten mit ihren Seelen in ein blutig rauchendes Abendrot. Es kamen ihnen Gedanken, die kein Wort entsiegelte, und die nur das tiefe Heraufzittern ihres unsäglichen Stolzes waren.

Ganz ferne strengte eine grobe Stimme sich an: »...Allen Ruhm ihrer Vorfahren hat sie übertroffen dadurch, daß sie sich unterwarf und in Demut litt...«

Sie erblickten, über die Meeresweiten hingeschoben, ein Feld mit langen Zügen zerrissener Bogen, die das Feuer des Abends erfüllte – mit starken Grabmälern, Zypressen golden gerändert, und vielen Reitern, die dahinjagten.

Jene Stimme erhob sich wieder: »Die Grabstätte großer Menschen ist die Welt, sagt ein Heide. Wir aber sagen mit dem heiligen Bischof Ambrosius: Mögen die weinen, die auf kein neues Leben hoffen!...«

Sie erstiegen zusammen die Stufen eines schimmernden Terrassenbaues. Ihn krönten weiße Tempel und bevölkerten Statuen, stumm, in unerbittlicher Schönheit. Zwischen bleichen Säulen, von Lorbeer umraschelt, spähte aus der Tiefe das fahle Meer. Sie atmeten kaum.

Es schrie dort hinten: »...Ihre letzte Stunde war dem Nachdenken gewidmet über die Irrtümer des menschlichen Lebens. Die Ewigkeit trat ihr vor Augen als der einzige, des Menschenherzens würdige Gegenstand...«

Und sie befanden sich am Rande eines alten rostigroten Gartens, wo heiße Tiere umherschlichen, grimme Flöten gellten, und große Giftblumen einen blutigen Saft verspritzten.

»...Nur wer kein Erbe an Liebe hinterläßt, den freut nicht seine Urne! so ruft der Dichter. Vereinigt euch alle, ihr Christen, die ihr sie geliebt habt, Einheimische und Fremde: helft mir, ihr Lob zu vollenden. Jeder von euch erzähle eine ihrer Tugenden und verweile bei einem rührenden Zuge aus ihrem Leben...«

Die Sterbende schrak empor. Sie war allein, und sie fühlte sich gewürgt. Sie besann sich; es war der Krampf, der letzte, der nun ihre Brust packte. Sie sammelte den Rest ihrer Kraft, sie richtete den Nacken auf, sah sich um. Prosper stand, Brust heraus, Hände an den Hosenstreifen, zur Seite der Tür, bereit, noch einmal zu grüßen, wenn sie noch einmal vorüberkäme.

Ihr gegenüber dämmerte das Bild, worauf sie starb.

Sie griff nach dem Kandelaber mit drei Kerzen. Durch die erste Flamme, schien ihr's, lief eine schlanke Frau in kurzem Chiton, den silbernen Bogen auf der Hüfte. Die Flamme starb zwischen den Fingern der Herzogin. In der zweiten, meinte sie, stand aufrecht eine andere, in geraden Falten, mit Helm und Speer. Die Herzogin zerdrückte die zweite Flamme. Ihre Finger umzingelten langsam die letzte. Es lag darin, den Kopf ins Feuer zurückgeworfen, eine dritte, mit schwellenden Brüsten, und öffnete gewaltige Glieder.

Und plötzlich stürzten von Decke und Wänden übereinander die weiten Schatten.

Die Herzogin fiel zurück, mit dem Gesicht auf die

rechte Seite, röchelnd mit offenem Munde. Der Atem blieb ihr vollends aus – da sah sie, klaren Geistes, in der Dunkelheit einen Jüngling erscheinen. Er lehnte sich gegen eine Säule und hielt die Hände hinter dem Kopf gekreuzt. Sein Fuß trat lässig auf eine ausgelöschte Fackel. Er war nackt. Er deuchte ihr sehr schön. Er hatte große, aufwärts gebogene Locken, seine Augen blitzten blau, sein Mund mit kurzer roter Lippe war vor Kühnheit fast töricht.

Draußen wurden die Worte entschleudert: »Tochter Björn Björnsides, steige auf gen Himmel!«

Die Herzogin errang einen letzten Atemzug. Die Stirne feucht und kalt, und brechenden Blicks, lächelte sie hinüber in den Schatten. Und sie fühlte, es lächele im Schatten.

Editorische Notiz

Textgrundlage für die vorliegende Ausgabe ist Band 2 der *Gesammelten Werke* Heinrich Manns (Herausgegeben von der Akademie der Künste der DDR. Bearbeiter des Bandes: Manfred Hahn, Redaktion: Sigrid Anger, Berlin und Weimar: Aufbau-Verlag 1985), dessen Text identisch ist mit der dreibändigen Ausgabe des Romans innerhalb der *Studienausgabe in Einzelbänden* (Herausgegeben von Peter-Paul Schneider, Frankfurt am Main: Fischer Taschenbuch Verlag 1987). Beide Ausgaben wiederum beruhen auf der im Albert Langen Verlag erschienenen Erstausgabe von 1902 (entsprechend damaliger Praxis mit dem Erscheinungsjahr 1903 auf dem Titelblatt), die nachweisbar die letzte von Heinrich Mann bearbeitete Textfassung ist.

Nachwort

Die Göttinnen: Nun sind sie also hundert geworden. Und immer noch richtig unanständig.
Als ich sie kennenlernte, waren sie ungefähr siebzig. Ich war schockiert.
Die deutsche Literatur hat sich nur zweimal echte Ausfälle geleistet. Einmal den personifizierten Ausfall des Dichters Christian Dietrich Grabbe, das war gegen Ende der deutschen Romantik, und Grabbe hatte die zwar inhaliert, aber dann half es nichts: 1829, mit *Napoleon oder die hundert Tage,* haute er einen Affront gegen jedes Genre hin, ein unspielbares Theaterstück mit riesigem Personalaufwand, unlesbaren Monologen, epischen Eskapaden, eine geschichtspessimistische Groteske. Übrigens kommt dort auch eine Göttin vor: die Göttin der Vernunft, aber das ist eine andere Sache und hat mit der Französischen Revolution zu tun, also im Grunde mit dem Abschied des 19. vom 18. Jahrhundert. *Scherz, Satire, Ironie und tiefere Bedeutung*, ein paar Jahre zuvor entstanden und ebenfalls ein unmögliches Stück, hat knapp hundert Jahre nach seiner Entstehung die Dadaisten begeistert und Hugo Ball zu folgender Hymne verleitet: »Meine Damen und Herren! Grabbe: Das heißt: sich maßlos besaufen. Weil man's nicht ändern kann. Weil nichts zu machen ist. Weil alles umsonst ist. Grabbe: Das heißt: Vorschriften gibt es nicht. Regeln gibt es nicht. Gesetze gibt es nicht. Schule gibt es nicht. Wenn es sie aber doch gibt, dann ist das so was gottsjämmerliches, daß man sich in eine Ecke

legen muß und besaupfen, restlos besaupfen.« (*Der Künstler und die Zeitkrankheit*, Ausgewählte Schriften, Frankfurt am Main 1984)
Nach Grabbe wurde der Ton wieder maßvoll.
Bis Heinrich Mann zuschlug mit einem Buch, das ein »konträres Kunstempfinden« nicht nur kennt, sondern über weite Strecken so lustvoll zelebriert, daß es manchem norddeutschen Protestanten und jedem seriösen Ästheten schier den Magen umgedreht hat. Das sind die, die sich nicht »besaupfen«.
»Nur nicht großartig werden, die Mittelmäßigkeit überragen und gegen den guten Geschmack verstoßen!« Der alte Dolan, der mit diesem verächtlichen Satz nicht nur den feinen Pariser Künstler Mortœil, sondern nebenbei Martin Luther gleich noch mit verhöhnt, ist ein gräßlicher Typ, den man mögen muß, ein Kunstsammler, Hehler, Gierhals, und es dauert eine Weile, bis man die Abgefeimtheit seiner Geschäfte so recht begreift, weil der alte Dolan nur eine von den unzähligen Figuren ist, die das Buch bevölkern, eine schauderhafter als die andere, aber alle großartig, kaum eine mittelmäßig und die meisten, besonders die Damen unter ihnen: ein Verstoß gegen den guten Geschmack.
»Diese schlaffe Brunst in Permanenz, dieser fortwährende Fleischgeruch ermüden, widern an. Es ist zu viel, zu viel ›Schenkel‹, ›Brüste‹, ›Lende‹, ›Wade‹, ›Fleisch‹ und man begreift nicht, wie Du jeden Vormittag wieder davon anfangen mochtest, nachdem doch gestern bereits ein normaler, ein tribadischer und ein Päderasten-Aktus stattgefunden hatte.« Thomas Mann hat es geschaudert, als er – nachdem schon die *Göttinnen* für sein Gefühl »gellende Geschmacklosigkeiten« enthalten hatten – das nachfolgende Buch seines Bruders gelesen hatte, einen schwer pornographischen Roman, der zu allem Ärgernis auch noch im damaligen Wohnort der Manns, in Mün-

chen, spielt, *Die Jagd nach Liebe* heißt und die Brüder zehn Jahre lang entzweien wird.

»Nur Affen und andere Südländer können die Moral überhaupt ignoriren«, schreibt Thomas Mann seinem Bruder also zwei Jahre nach Erscheinen der *Göttinnen*, und die Wut wird schon eine geraume Weile in ihm gekocht haben, bis sie in diesem bösen Satz gerann, denn nicht *Die Jagd nach Liebe* ist ein südländisches Buch, sondern der Vorgänger. Aber der Reihe nach.

Die sechziger Jahre im Deutschland des 20. Jahrhunderts waren – je nachdem, wie und wo einer darin aufwuchs – entweder bloß verklemmt oder sogar auf muffige Weise prüde. Manche, die damals jung waren, wichen auf Jazz aus. Die Politik kam erst später.

In meinem Leben hat es zu der Zeit eine Fixierung gegeben, die mich kurz darauf dem mediterran träumenden Heinrich Mann geradewegs in die Arme getrieben hat.

Einmal im Jahr war Kirmes. Natürlich mit Lotterie. Gewinnen konnte man überlebensgroße Teddybären, die mich nicht interessierten, oder, und das habe ich zäh und über Jahre hinweg versucht: spanische Flamencotänzerinnen mit prächtigen schwarzen Haaren, opulenten roten Kleidern, knallroten Lippen, riesigen Ohrringen und zierlichen Riemchenschuhen. Martin Luther hätte das streng mißbilligt. Meine Mutter auch, und also lag über der Lotterie eine Tragik. Denn schon beim Losekaufen wußte ich, daß die Flamencopuppe, sollte ich sie denn je gewinnen, eiskalt konfisziert werden würde. Wegen des guten Geschmacks, den sie ganz ohne Frage verletzte. Aber jedesmal wieder: habe ich die Lose gekauft. Und schließlich einmal eine Tüte Kakao gewonnen. Und von Ländern geträumt, in denen man keine Schottenröcke mit messingfarbenen Sicherheitsnadeln und Wanderschuhe trägt, sondern alle Tage nach Herzenslust Pracht entfaltet. Solche

Länder hatte ich im übrigen bereits lektüreweise kennengelernt, allerdings in einer anderen Ausführung als mit Flamenco, aber wer fünfzig Bände Karl May gelesen hat, der kennt sich jedenfalls mit so prächtigen und verlockenden Delikatessen wie Büffellende vom Grill und angefaulten Bärentatzen hinlänglich aus; dem sind die Geheimnisse, die jenseits des 14. Lebensjahrs auf ihn warten, üppige Versprechen, und der findet sie auch.

Ich fand die *Göttinnen* im elterlichen Bücherregal, und zwar in einer Gegend, in der lauter Bücher standen, die damals nicht als jugendfrei betrachtet wurden: vorwiegend Eheberater sowie Bücher aus dem Buchclub, auf denen Bäume ihre mächtigen Arme in den rotglühenden Sonnenuntergang reckten und die verschämt als Urlaubslektüre umschrieben wurden.

Meine erste Lektüre der *Göttinnen* war noch sehr an Karl May geschult. Das heißt im Klartext: knallhart die Landschaftsbeschreibungen überspringen. Angenehmerweise wird gleich auf den ersten Seiten das Thema Christentum, das bekanntlich eine etwas penetrante Rolle bei Karl May spielt und deshalb beim Lesen ebenfalls konsequent übersprungen werden mußte, elegant abgehakt und erledigt: Die kleine Violante von Assy, spätere Herzogin und dreifache Göttin, ist zu der Zeit noch ein Kind und wird in ihrem Schloß in Dalmatien, das sie praktisch elternlos und nur mit ihrer Dienerschaft allein bewohnt, von einem ironisch-atheistischen Monsieur Henry unterrichtet, und schon ganz vorne ist klar, daß sie von allem, was man ihr sagt, höchstens die Hälfte glauben soll, »und die nur bis auf weiteres«.

Kurz darauf ist die Herzogin einundzwanzig; man kennt unversehens schon eine Menge Leute mit so phantastischen Namen wie Tintinovitsch und Paliojoulai, einen Prinzen Phili, Beate Schnaken, den Baron Ruschtschuk, den Major von Hinnerich oder den Baron Percossini sowie den Marchese San Bacco und den Volkstribun Pavic und viele mehr. Man weiß, daß die junge Frau ein Faible für Freiheit, Gerechtigkeit, Aufklärung und Wohlstand hat und kein großes Vergnügen an feudaler Ökonomie, daß sie sich aber total verkalkuliert, als sie erstere per Federstrich einführen und letztere auf eben dem Wege abschaffen will: das führt zu einer kleineren Revolte, weil »das Volk«, vor allem aber die Ökonomie anders funktioniert, als die Herzogin weiß und im übrigen auch zu wissen wünscht.

Sie ist also nun einundzwanzig, und jetzt erst bekommen wir sie zu sehen. Sie ist natürlich sehr schön. »Von der Wölbung des schwarzen Haars, das in schwerer Welle zurückgeschlagen war, fiel auf ihre Stirn ein bläulicher Schatten. Im Nacken bogen sich die vollen Flechten. Die Brauen zogen schwache Linien, der Mund lag unbestimmt da, mit seinen aufeinandergeschmiegten, blaß gefärbten Lippen. Aber das Kinn und die Biegung der feinen großen Nase sagten entschiedene Dinge. Der Kopf war farbenarm, doch reich vom Silberzauber des Lichts.«

Sie war ganz eindeutig eine nahe Verwandte einer anderen Person, deren langes, blauschwarzes Haar in einen helmartigen Schopf geordnet war, schmucklos, stolz, und die sofort erkennbar etwas Besonderes war, schon weil »der Schnitt ihres ernsten, schönen Gesichts römisch genannt werden konnte. Die Backenknochen standen kaum merklich vor; die Lippen waren voll und doch fein geschwungen, und die Hautfarbe zeigte ein mattes Hellbraun mit einem leisen Bronzehauch.« (*Winnetou II*)

Ob Silber oder Bronze, jedenfalls waren die beiden im weiteren Sinne Geschwister, und im Wilden Westen war die klassische römische Form der Renaissance-Mode am Fin de siècle also ebenso durchgesetzt, wie in die sich nun entfaltende »hysterische Renaissance«, von der in den *Göttinnen* gelegentlich die Rede ist, ein guter Schuß Wilder Westen sich mischt, allerdings nicht der Wilde Westen mit den guten Roten, sondern eher der von dem Macky Messer mit den Haifischzähnen, einer, in dem aufs fröhlichste betrogen, bestochen, gehurt, intrigiert, konspiriert, verraten und gemordet wird und der beispielsweise so klingt: »Ruschtschuk hatte eine Mätresse vom Theater, und diese hegte den Wunsch, ihren rechtmäßigen Gatten, einen beliebten Schauspieler, im Irrenhaus zu sehen. Der Finanzmann wußte dies den Ärzten einleuchtend zu machen.«

Die Herzogin von Assy nun – auch darin ihrem großen Bruder verwandt – spielt in diesem munteren Treiben um sie herum eine etwas außenstehende Rolle, obwohl sie drei Bücher lang auch gewissermaßen der Mittelpunkt des gesellschaftlichen Geschehens ist, das sich in ihren Palästen und Salons und Villen irgendwo vage im Mittelmeerbereich, auch schon mal in Venedig oder Neapel, entfaltet.

Als Diana entfacht sie im ersten Band der Trilogie einen Freiheitstaumel, obwohl sie selbst im Grunde nur Anarchistin aus Laune und Langeweile ist, weil das Geschwätz am königlichen Hofe Koburg sie anödet. Diesen Hof Koburg gibt es natürlich nicht, weder in Wien, noch in Paris, noch gar in Dalmatien, und er ist auch nicht eigentlich königlich; das Geschwätz erinnert in seiner leeren Langweiligkeit allerdings an die dekadenten Salontreffen in Paris, zum Beispiel der Brüder Goncourt, bei denen es ausgesprochen exklusiv und boshaft zugegangen sein muß.

Zu allen Zeiten haben Künstler und Intellektuelle ebenso wie Geheimdienste haupt- und nebenberuflich wesentlich Klatsch betrieben, aber gegen Ende eines Jahrhunderts scheint diese berufsbedingte Unart sich immer noch mal ins Unappetitliche und Zynische hin zu steigern, Heinrich Mann liefert gleich zu Beginn des ersten Bandes eine hervorragende Karikatur der mediokren Vorgänge, und die stolze Herzogin von Assy läßt sich ge-

legentlich einmal davon amüsieren, zieht im übrigen aber die Augenbrauen hoch und ist dem Geschehen sehr fremd und fern: »›Immer den Kopf ab‹, sagte achselzuckend die Herzogin und verabschiedete sich.«
Angezogen wird sie vom »Pittoresken«, wie sie selbst sagt, aber man wird wohl die Fürstin Cucuru, eine geldgeile Verkupplerin ihrer eigenen Töchter, weniger pittoresk als eher monströs finden: »ihr Fett hatte die Neigung, in gewellten Klumpen herabzurutschen, von den Wangen auf den Hals, vom Hals auf den Busen, vom Busen auf den Bauch und vom Bauch auf die Beine. Den Stock entlang, an dem die Alte sich aufrecht erhielt, wollte es scheinbar hinabfließen, um auf dem Boden einen Brei zu bilden. So stand die Fürstin, schnaufend und heiter äugelnd, vor ihren hohen blonden Töchtern.«
Ausgerechnet an dieser Fürstin Cucuru scheitert die Revolution gegen das Haus Koburg, vielleicht aber auch daran, daß die Herzogin selbst nicht weiß, ob sie Feste gab, um eine Revolution anzuzetteln, oder ob sie durch Verschwörung und Umsturz ihre Geselligkeit beleben wollte. Eine klitzekleine Denunziation, geschmackvollerweise in französischer Sprache verfaßt, und der ganze Fasching platzt. Und zwar nach einem System, das wir hundert Jahre danach Lebenden kurz vor dem diesmal Millenium getauften Fin de siècle zehn Jahre lang ausgiebig studieren konnten, wenn wir die Börsennachrichten verfolgt und beobachtet haben, wie – nach einer Art hysterischer Renaissance des Kapitals – die nachlassende Euphorie so manche Luftblase durch schlichte Investitionszurückhaltung erledigt hat. Die Herzogin, von dem lügnerischen und unersättlichen Kirchenfürsten Tamburini scheinheilig darauf hingewiesen, daß der Aufstand Opfer gefordert hat, »Tausende, die für Sie geblutet haben, die Tausende, denen Knechtschaft bevorsteht«, erteilt eine kühle Antwort, die auch aus dem Vorstand eines

heutigen Konzerns stammen könnte, wenn er über notwendige Entlassungen im Rahmen einer Betriebsfusionierung spricht: »Das Leben von einigen tausend Menschen ohne Sinn und Schicksal ist uns beiden – seien wir doch ehrlich! – völlig gleichgültig.«

Fortan wird sie nichts mehr in die Freiheit des ohnehin unverständlich halbtierhaften Volkes investieren, das zudem übel riecht, sondern in die Kunst. Überhaupt war es ihr eigentlich die ganze Zeit nur ein Schauspiel gewesen, und nicht einmal unbedingt ein angenehmes, wenn sie gesehen hat, wie ihr Agitator, der Volkstribun Pavic, seine populistischen Auftritte hatte, und dann: »Wohin er sich wendete, dahin taumelten die weich gewordenen, willenlosen Leiber all dieser Geschöpfe«, und er, der »entschieden von der Darlegung der eigenen Persönlichkeit nicht abzulenken war«, stand dann in einem »Qualm von Seelen«, während seinen leersten Worten ein Duft entströmte, »fade und berauschend«, »ein ihr peinlicher Duft; aber er wirkte auf sie«.

So ist das mit den Opiaten: der Rausch, den sie erzeugen, ist ein wenig peinlich, aber er wirkt. Und dann hört er irgendwann auf zu wirken.

Dreimal führt Heinrich Mann den Rausch mitsamt der Ernüchterung vor, die schon in seinem Anfang mitschwingt: Nachdem gleich von Anfang an die Religion opiummäßig nicht mehr besonders wirksam war, spielt er einen Band lang die Freiheit durch, dann stößt ihn die Vorstellung ab, die Proletarier aller Länder könnten sich vereinigen, was ja im Freiheitsfalle durchaus passieren und zu einem Zustand führen könnte, der als Sozialismus zu der Zeit anfängt, sich ins 20. Jahrhundert hinein auszudehnen, und der ihm allerdings damals noch äußerst verhaßt ist. Und er geht schleunigst weiter zur Kunst und der Göttin Minerva. Und danach findet er über Botticelli den Weg zum Eros. Die Freiheitsidee nimmt er kurzerhand mit und läßt im zweiten Band eine seiner Lieblingsfiguren, den jungen Nino, erklären, wie das zu denken sei. Nino ist einerseits eine ephebenhafte Engelsfigur und zum anderen so eine Art ästhetizistischer Garibaldianer, und Nino hat eine Theorie: »Wir sind entschlossen, der Freiheit und dem Rechte der Persönlichkeit unser Leben darzubringen und rufen zum Kampfe auf gegen den Sozialismus, der sie beide vergewaltigt.«

Wir selbst waren vor einigen Jahren aus dem Osten abgehauen, und was Nino da sagte, klang mir ziemlich vertraut. Aber Nino ging noch etwas weiter und baute sich eine eigene anarchistische Konstruktion: er will nämlich, »daß das ärmliche, aller Schönheit ferne Gefängnis des Sozialismus sich wieder öffnen solle«. Auch das leuchtete mir ein, weil es im Osten grottenhäßliche Monumente und überdimensional scheußliche Bilder von viereckigen Landmännern oder Fabrikarbeitern gab und die DDR schließlich ein Gefängnis war, aus dem man nur per Flucht raus konnte. Aber dann kommen die Herzogin und ihr junger Freund zu dem folgenden Kurzschluß: frei sein heißt schön sein. Dieser Idee, so schwärmerisch wie stürmisch vorgebracht, steht natürlich eine Institution wie etwa der Staat als Verwaltungszentrale der Freiheit ziemlich lästig im Wege herum, also gehört sie rausgeworfen: »Solange ein Staat da ist, wird er uns zu knechten versuchen.« Das Volk hingegen, das der Herzogin in ihrer Jugend immer wieder unbegreiflich und verwunderlich erschienen ist, wird en passant mit einem einzigen Satz etwas lapidar emanzipiert: »Ein freies Volk gehorcht sich selbst.« Die Herzogin staunt, als sie diesen Satz hört, der ihr irgendwie bekannt vorkommt, aber es ist inzwischen Jahre her, daß sie ihn selbst gesagt hat, und sie assoziiert solche Gedanken inzwischen mit der Jugend, die ihr ein »großes Möwengefieder« ist. Sie schließlich ist jetzt fast alt, irgendwo in der Nähe der Wechseljahre, sie ist inzwischen dem Maler Jakobus begegnet, der sie als Botticelli-Venus zu malen versucht hat, aber dann ist nur das klägliche Abbild des armen Siebelind dabei herausgekommen, desselben Siebelind, der sich auch noch mit einer ziemlich mißglückten Travestie lächerlich gemacht hat; und sie hat die große Bildhauerin Properzia kennengelernt und bewundert, deren Marmorgestalten allerdings von so erlesener Entsetzlichkeit gewesen sein müssen, daß sie es mit jedem sozialistischen Realismus gelassen hätten aufnehmen können: »Der Sturm der verrenkten, brünstigen und hoffnungslosen Leiber wirbelte immer schneller, schauerlich und ohne Atem. Semiramis strotzte, Dido klagte berauschend, Kleopatra, von Lüsten entfleischt, drückte ihre Fingerspitzen auf die harten Knospen ihrer Brüste. Helena wehte dahin, weiß, kalt, unschuldig. Achill, nur der Liebe unterlegen, bäumte sich, und ihm nach sausten Paris und Tristan und mehrere noch und immer mehrere ...«

Und längst hat auch die Kunst aufgehört, berauschend zu wirken, Violante von Assy hat ihr zügig entsagt, die Göttinnen Diana und Minerva hinter sich gelassen und fühlt sich nun außerordentlich stark »zu der bewußten Sache hingezogen«, von der das Vollblutweib Lady Olympia ihr vorhergesagt hatte, daß sie sie noch einmal ereilen würde. Und inzwischen, nach zwei Bänden, wundert es nicht mehr, daß die zur Venus gewordene Protagonistin – und ihr Autor – auch die »bewußte Sache« äußerst ernst nehmen und zu einer Angelegenheit allergründlichster und gewissenhafter Hingabe machen. Und beide nehmen also keinen Anstoß an dem gesellschaftlichen und politischen Zwischenbefund, den San Bacco, der treue Freund der Herzogin von Assy, irgendwo unterwegs, abgegeben hat, als er über seine Parlamentskollegen sagte: »Sie haben Unterdrückung und Ausbeutung so fest an Freiheit und

Gerechtigkeit gekoppelt, daß man die einen nicht mehr treffen kann, ohne die anderen zu töten.«

Man wird diesen Satz bis vor kurzem, ebenso wie die Herzogin von Assy und ihr Autor, überhört oder überlesen haben, weil er in den diversen Schubladen der diversen Parteizentralen in diesem vernagelten ideologischen Jahrhundert, das wir gerade verabschiedet haben, streng verschlossen im Dunklen lag und sich erst seit kurzem, gerade jetzt anläßlich eines hundertsten Geburtstags einmal regt, als wolle er aus diesen Schubladen raus und ans Licht, aber vermutlich lag er gar nicht im Dornröschenschlaf, weil das schließlich ein Märchen wäre, vermutlich lag er im Koma, und die Welt widmet sich möglicherweise inzwischen längst ebenfalls der »bewußten Sache«, die als fleischige Einschübe ab dem frühen Nachmittag und bis tief durch die Nacht optisch über die global gewordenen Fernsehschirme in zu Wohnzimmern gewordenen Salons einbricht und sich in akustische Sachen verwandelt, sobald man die Telefonnummer wählt, mit der das jeweilige Fleisch ausgezeichnet ist.

Was meine Erstlektüre betrifft, so fand die in einer Zeit statt, in der das Werbefernsehen praktisch aseptisch war und es selbst die Zeitschriften mit den Nackten nur in Dänemark gab, und bei aller Neugier auf die von der Gesellschaft fugendicht gehüteten Geheimnisse jenseits des 14. Lebensjahres wurde mir der dritte Roman der *Göttinnen* zu einer schweren Mutprobe, was nur bedingt mit der Illegalität des nächtlichen Lesevorgangs mittels Taschenlampe zu tun hatte, sondern schlicht damit, daß meine damaligen knapp 45 Kilogramm Lebendgewicht der Wucht der zahllos heranwogenden, anstürmenden und mich komplett erdrückenden weiblichen Körper und der Flut der dazugehörigen ziemlich exaltierten Adjektive nicht standhalten konnten. Dagegen war die Prachtentfaltung der Flamencopuppe auf dem Jahrmarkt die reinste Askese. Heinrich Mann scheint seinerseits auch hier und da Zweifel gehabt zu haben, ob er nicht ein bißchen zu dick aufgetragen hat: »Zum Teufel mit all den Fleischhackerstudien!«, läßt er schon im ersten Teil Jakobus Halm ausrufen, und der bringt die Sache eigentlich, noch bevor sie richtig in Gang gekommen ist, genauer auf den Punkt als der brunstkritische Bruder des Autors. Und auch Prinz Phili, der irgendwie in einen der Vorgänge hineingeraten ist, die man damals natürlich noch nicht Swinger-Party nannte, sondern Orgie, kommt an den Punkt, wo er feststellt: »Es kommt nur drauf an, ob man's aushalten kann ... Mir is zuviel.« Immerhin: Heinrich Mann war weder verklemmt noch prüde, und ich wußte zwar nicht, daß da einer einen Vorstoß riskiert hatte in ein Gelände, das den damaligen Zeitgenossen rätselhaft war – Sigmund Freud nannte es den »dunklen Kontinent« und ging beherzt daran, es zu erforschen –, aber es war mir klar, daß sich im Autor dieses kuriosen und beunruhigenden Befreiungsschlags einiges angesammelt haben mußte, bevor er derartig zuschlug, daß es »aus den schweren Bildern eines keuchenden Glücks verfleischt und mit Getaumel über ihn« [und den Leser] hereinbrach.

Mir war's, bei allem Schrecken, offenbar nicht zuviel. Als ich später studierte, war es ein Studium der Romanistik, hängengeblieben bin ich bei Stendhal und Flaubert, und am Ende kam es auf die Literatur des Ästhetizismus heraus, auf den drastischen Théophile Gautier, der Heinrich Mann gefesselt hat, und auf Stéphane Mallarmé, den er während der Arbeit an den *Göttinnen* jedenfalls nicht gekannt haben dürfte, sonst hätte er sich vermutlich kaum an das Unterfangen gemacht, den »dunklen Kontinent«, auf dem Mallarmé längst still und leise gelandet war, mit schwerer Artillerie zu bombardieren: »Man ruhte, die Halle entlang und bei goldenen Schalen, zwischen deren

Rand der Wein eine samtene Decke breitete, auf purpurnen Polstern in der Tiefe der weiten Marmorbänke. Am Boden, auf den spiegelnden Quadern, sammelten sich Rosenblätter zu roten Lachen. Die schlanken Füße von Knaben strichen darüber hin. An Eminas und Faridas spitzen Brüsten klirrten Tamburine. Ihre kleinen Handflächen röteten sich vom Schlagen. Große Früchte, die barsten, irgendwo unter den Fingern eines Gastes, sandten ihnen ins Gesicht ihren Saft ... Die Marchesa Trontola, die die mächtigen Rundungen ihres Leibes über zwei Bänke verbreitete, hetzte gemächlich und lüstern zwei arme und schöne Burschen aufeinander. Sie brachten sich mit silbernen Obstmessern viele kleine Wunden bei und lagen am Ende, die Haut voll dünner, roter Rinnsale, quer übereinander auf den Fliesen. Die schwarze Gardine ihrer Wimpern war fest zugezogen über ihrer tiefen Blässe.«
Mallarmé, der wie Heinrich Mann den Umgang mit dem Jugendstil und dem dazugehörigen ornamentalen Dekor pflegte und sich nebenbei ebenfalls auf Faune, Nymphen, antike Götter und einen guten Schuß Exotik verstand, hat – mit einem Würfelwurf quasi – die Grenzen dieser ästhetischen Völlerei sehr genau gesehen und, was ihn betraf, das 19. Jahrhundert mit strengem literarischen Minimalismus und seinem Tod im Jahre 1898 beendet, 56jährig. Heinrich Mann fing da gerade erst an, er sollte weit ins 20. Jahrhundert hineingelangen, und die *Göttinnen* sind ein Abschied mit Pauken und Trompeten und allem Pomp, den so eine Beerdigung mit sich bringt.

Und danach kommt etwas Neues.

Dieses Neue steht aber schon drin. »Sie spazierte viele Stunden lang in dem gespreizten Garten voll theatralischer Hydraulik. Aber der bockbeinige Liebhaber stand der formenreichen Nymphe ohnmächtig gegenüber: das Wasser sprang nicht mehr.«

Die Gärten werden geschlossen. Aus Salons sind schon Wohnzimmer geworden. Die Fackeln gehen aus, und ein anderes Licht springt an: »Ich habe mich erst in Paris, dann in Rom auf einer Bühne ausgestellt, in Trikot und in elektrischer Beleuchtung«, erzählt Lilian Cucuru selbstbewußt, und sie ist schon nicht mehr das Cancan-Mädchen eines Jacques Offenbach, sondern ein blauer Engel. Raphael Kalender, auch er wie viele Figuren der Familie Mann mit sprechendem Namen, ist ihr Manager, er macht die Termine, es geht um Prozente; Künstler und Studenten bekommen Rabatt, Sex ist Geschäft, und die Vorführung wird demnächst Striptease genannt. Aus großem Theater ist schon eine Weile vor Karl Valentin Varieté geworden: »Der Komiker schwitzte Abgefeimtheit ... und biß sich dabei auf die heraushängende Zunge, während er fürchterlich nach seiner Nasenspitze schielte, die rot gefärbt war.« Im Publikum sitzen Bürger, die in Wahrheit längst Kleinbürger sind, der Untertan ist unerkannt schon dabei, und selbst die Geliebte des Königs ist bloß »eine kleine Schauspielerin, die ... niemand fand, der gern ihre Schulden bezahlt hätte«. Die Prinzessin Friederike von Schweden hat ganz handfest konservative Ansichten in der Frauenfrage, sie äußert nämlich die Absicht, »auf die Frauen einzuwirken, daß sie nicht mehr aufs Rad steigen, sondern Kompott einmachen«, und macht sich ihrerseits damit hübsch lächerlich, und bei genauerem Hinsehen wimmelt es hinter all den malerisch aristokratischen Namen und Masken bereits von schrägen Typen, die eigentlich aussehen wie ein »rohes Beefsteak«, von lauter superlativer Mediokrität, von kleinen Leuten, Lumpen, Feiglingen, Angestellten, Bankrotteuren, Huren und ihren Zuhältern, Raffgeiern, Prokuristen, Ehebrechern, Erbschleichern und Börsenspekulanten, die so gar nicht ins südländische Genre passen wollen, weil sie eben nicht der hysterischen Renaissance des 19. Jahrhunderts angehören, auch nicht dem frivolen 18. Jahrhundert mit seinen lockeren Sitten, sondern der Zukunft in einem Land, das Heinrich Mann besser kannte als Italien, auch wenn er glaubte, daß dort seine Heimat sei. War sie aber nicht. »Lübecker Gotik und ein Schuß Latinität«, diese Mischung bescheinigte Thomas Mann seinem Bruder 1931 in der Rede zu seinem 60. Geburtstag.

Und selbst seine dreifache Göttin, seine Violante, da kann er sich noch solche Mühe geben und sie mit Hochmut, Einsamkeit, Schönheit und Winnetou-Mähne ausstatten, fährt ihm wunderbarerweise immer wieder in die Idealisierung hinein mit einer durchaus derben und irdischen Eigenschaft, die ich erst spät an ihr entdeckt habe und – ebenso wie ihre Freundin Blà, die dazu leider keine Begabung hat und daher schon am Ende des ersten Bandes an Liebeselend sterben muß – sehr liebe: Sie lacht sich eins. Und wenn ich mich nicht irre, ist es nicht das Lachen eines Zeus, überhaupt nichts Göttliches, sondern das ganz irdische Lachen einer Frau, die einiges durchschaut: es ist mal laut, mal schallend und unerschöpflich, manchmal verächtlich oder herzhaft; über ihren mafiosen Diener Muzio und seine Machenschaften lacht sie bis zum Ersticken, und sie kann herrlich spotten über die vielen Kleinbürgerparodien, die ihr der Autor mit seiner ungeheuerlichen satirischen Begabung auf den Lebensweg mitgibt, ausgesprochen lakonisch, wenn er nicht gerade Ekstase gestaltet. Und weil aber auch er einiges durchschaut, läßt er den Maler Jakobus sogar die tiefe Ungeheuerlichkeit der »bewußten Sache« erfassen und formulieren, und so gesehen, ist sie dann weniger ein göttliches als vielmehr ein sehr männliches Problem: »Ich hocke auf ihrer Leidenschaft wie ein Äffchen auf einem Kriegselefanten.«

Wie Prinz Phili zusammenfassend bemerkt: »Dös san Gschichten.«

Birgit Vanderbeke
abgehängt
128 Seiten. Leinen

Den Himmel kann man nicht abhängen – alles andere schon. Und oft tut man nur so, als ob das Leben normal wäre. Ein anonymer Anrufer bringt den Alltag einer Schriftstellerin aus dem Rhythmus. Er beschimpft sie mit einer eigentümlich warmen Stimme. Als ob nichts gewesen wäre, erledigt sie aber weiterhin ihre Post und überlegt, wie sie Simmy, ihrer sehr aufgeweckten Tochter, eine Tätowierung ausreden könnte. Auch wenn sich nichts wirklich verändert hat, ist doch alles anders geworden. Sie spürt die Angst im Rücken, fühlt sich beobachtet, und vielleicht gibt es ja auch jemanden, der sie ganz einfach abknallen will. Erst als sie sich eine Platte ihres Mannes Serge auflegt, eines Jazzmusikers, kann sie für kurze Zeit vergessen, daß nicht mehr alles in Ordnung ist. Beim Hören muß sie an Eddie denken, den genialen Geigenspieler, der gemeinsam mit Serge »Blue Heaven« komponierte. Eddie war ganz plötzlich tot und eine Legende – einer muß ihn, der mit seiner Geige ziemlich an den Himmel rankam, verraten haben. Er wurde einfach abgehängt. Aber das ist normal. Und als ob nichts gewesen wäre, klingelt wieder das Telefon.

S. Fischer

Birgit Vanderbeke

Das Muschelessen
Band 13783

Fehlende Teile
Band 13784

Gut genug
Band 13785

Friedliche Zeiten
Band 13786

Alberta empfängt einen Liebhaber
Band 14198

Ich sehe was, was du nicht siehst
Band 15001

abgehängt
Band 15622

»Ich hatte ein bißchen Kraft drüber«
Herausgegeben von Richard Wagner
Zum Werk von Birgit Vanderbeke
Band 15622

Fischer Taschenbuch Verlag

Heinrich Mann
Das Kind
Geschichten aus der Familie
Band 13641

»Das Kind – Geschichten aus der Familie« sammelt literarische und briefliche Zeugnisse, in denen Heinrich Manns Sicht auf die Familie deutlich wird. Wie sah er das Verhältnis zu seiner Mutter Julia, wie die Beziehung zu den Geschwistern Thomas, Julia, Carla und Viktor Mann? Wie dachte er über die Familie seines Bruders? Welche Äußerungen gibt es zu Maria Mann, der Tochter Leonie und seiner zweiten Frau Nelly Kröger?

Fischer Taschenbuch Verlag

Heinrich Mann

In einer Familie

Roman

Mit einem Nachwort von Klaus Schröter
320 Seiten. Leinen

Der junge Erich Wellkamp lernt in den Ferien Major von Grubeck und seine Tochter Anna kennen. Erich weiß es sofort: Anna bietet ihm die Sicherheit, auf die er gewartet hat. An Anna kann er sich anlehnen und vom Leben ausruhen. Also hält er um ihre Hand an. Doch es kommt anders als erwartet: Die beiden frisch Vermählten ziehen zu ihrem Vater in die Wohnung, wo Erich seine Schwiegermutter trifft – Dora, die zweite, sehr viel jüngere Frau des Majors. Diese lockt ihn mit ihrer kalten Schulter, später mit ihrer Einsamkeit. Schließlich nutzt sie einen gemeinsamen Opernbesuch, um ihn zu verführen. Aus der einen Nacht wird eine verhängnisvolle Affäre, die alle Beteiligten die Grenzen der Vernunft mißachten läßt.

S. Fischer

Heinrich Mann
Die kleine Stadt
Roman
440 Seiten. Leinen

Die kleine Stadt liegt in Italien. Alles beginnt mit dem Erscheinen einer Theatertruppe in der kleinen Stadt. »Unsere Ankunft«, so der jugendliche Held und Liebhaber der Truppe, »hat belebend gewirkt auf die Einwohner dieser Stadt, auf einmal ist ihnen der Mut gekommen, ihre Laster in Freiheit zu setzen«. Es beginnt ein Fastnachtstreiben, ein Liebes- und Rüpelspiel, heiter und böse, zart und leidenschaftlich. In seltsamen, manchmal gespenstischen Reigen verbinden sich die Schicksale der fahrenden Künstler und der Kleinbürger – Kunst und Leben, das große literarische Thema der Jahrhundertwende klingt an. *Die kleine Stadt* ist ein utopischer Gegenentwurf zur politisch unmündigen Gesellschaft der Wilhelminischen Ära. »Was hier klingt«, schrieb Heinrich Mann zu diesem Roman, »ist das hohe Lied der Demokratie. Es ist da, um zu wirken in einem Deutschland, das ihr endlich zustrebt. Dieser Roman, so weitab er zu spielen scheint, ist im höchsten Sinn aktuell.«

S. Fischer

Heinrich Mann
Studienausgabe in Einzelbänden
Herausgegeben von Peter-Paul Schneider

Der Atem

Band 5937

Die Armen

Band 12432

Empfang bei der Welt

Band 5930

Ein ernstes Leben

Band 5932

Es kommt der Tag

Die Göttinnen
Die drei Romane der Herzogin von Assy
I. Band: Diana
Band 5925
II. Band: Minerva
Band 5926
III. Band: Venus
Band 5927

Im Schlaraffenland
Ein Roman unter feinen Leuten
Band 5928

Die Jagd nach Liebe

Macht und Mensch
Essays
Band 5933

Mut
Essays
Band 5938

Professor Unrat oder Das Ende eines Tyrannen
Roman. Band 5934

Sieben Jahre Chronik der Gedanken und Vorgänge
Essays. Band 11657

Fischer Taschenbuch Verlag

Thomas Mann / Heinrich Mann

Briefwechsel 1900 - 1949

Herausgegeben von Hans Wysling

Band 12297

Der Dialog der beiden großen Brüder war oft Disput. Unterschiede des Temperaments und der Moralität führten zu einer »repräsentativen Gegensätzlichkeit«, die sich zunächst in der Kunstauffassung, dann vor allem in den politischen Anschauungen der beiden offenbarte. Im Ersten Weltkrieg kam es zum Bruch, als sich Heinrich in seinem ›Zola‹-Essay gegen den Bruder wandte und dieser sich in den ›Betrachtungen eines Unpolitischen‹ zur Wehr setzte.
Bei einer schweren Erkrankung Heinrichs 1922 bahnte sich die Versöhnung an, die zu mehr als einem »modus vivendi« kaum führen konnte. Als Thomas 1946 schwer erkrankte, bekannte ihm Heinrich, er empfände es als müßig, weiterzuleben ohne ihn. Diese sehr menschlichen Dokumente sind zugleich literarische Zeugnisse: sie enthalten Kommentare und Selbstinterpretationen zu fast allen großen Werken.

Fischer Taschenbuch Verlag